NARRATIVA

898

James Rollins

OCEANO DI FUOCO

TRADUZIONE DI
PAOLO FALCONE

NORD

Titolo originale
Tides of Fire

ISBN 978-88-429-3593-3

Per essere informato sulle novità
del Gruppo editoriale Mauri Spagnol visita:
www.illibraio.it

In copertina: immagini © Shutterstock
Art director: Stefano Rossetti
Grafica: PEPE *nymi*

OCEANO DI FUOCO

A Steve Berry,
l'amico migliore che uno scrittore possa desiderare.
Abbiamo iniziato questa avventura insieme,
e sono felice di poter ancora lottare al tuo fianco.
Naturalmente, dovrei smorzare un tale elogio con un insulto,
ma questa volta non lo farò. Solo questa volta.

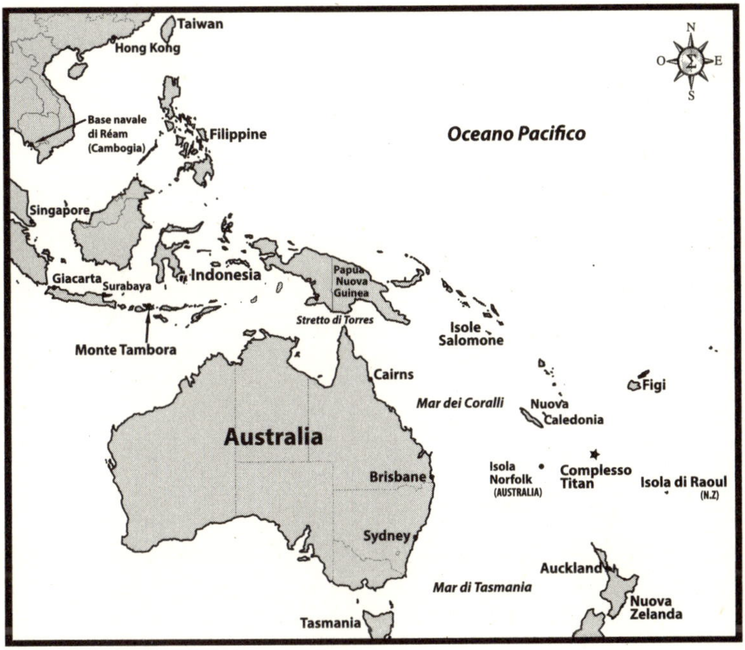

Taiwan
Hong Kong
Base navale
di Réam
(Cambogia)
Filippine
Oceano Pacifico
N
O
E
S
Singapore
Giacarta
Surabaya
Indonesia
Papua
Nuova
Guinea
Stretto di Torres
Monte Tambora
Isole
Salomone
Cairns
Figi
Mar dei Coralli
Nuova
Caledonia
Australia
Isola
Norfolk
(AUSTRALIA)
Complesso
Titan
Isola di Raoul
(N.Z)
Brisbane
Sydney
Auckland
Mar di Tasmania
Nuova
Zelanda
Tasmania

COMPLESSO TITAN

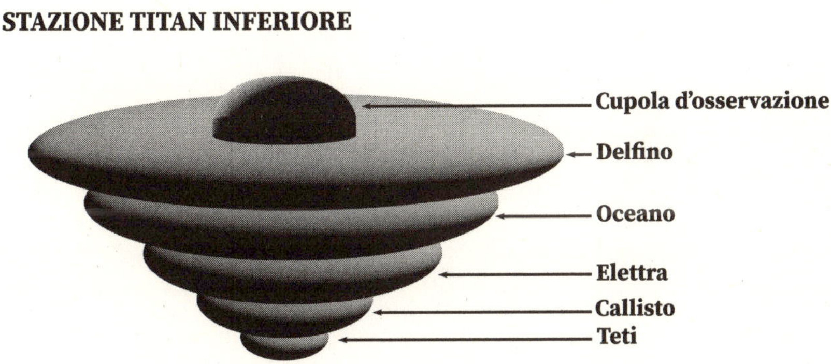

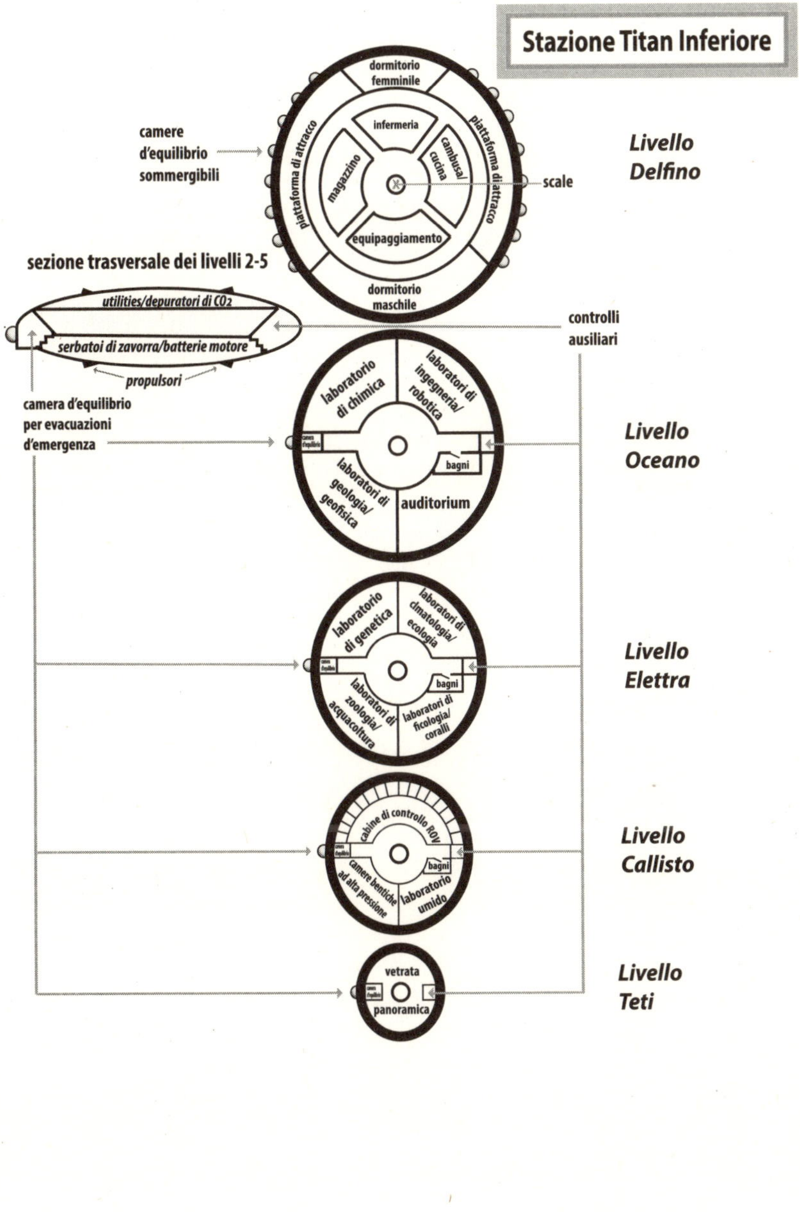

Stazione Titan Inferiore
dormitorio femminile
infermeria
cambusa/cucina
magazzino
equipaggiamento
piattaforma di attracco
piattaforma di attracco
dormitorio maschile
camere d'equilibrio sommergibili
scale
Livello Delfino
sezione trasversale dei livelli 2-5
utilities/depuratori di CO2
serbatoi di zavorra/batterie motore
propulsori
camera d'equilibrio per evacuazioni d'emergenza
controlli ausiliari
laboratorio di chimica
laboratori di ingegneria/robotica
laboratori di geologia/geofisica
auditorium
bagni
Livello Oceano
laboratorio di genetica
laboratori di climatologia/ecologia
laboratori di zoologia/acquacoltura
laboratori di ficologia/coralli
bagni
Livello Elettra
cabine di controllo ROV
camere bentiche ad alta pressione
laboratorio umido
bagni
Livello Callisto
vetrata panoramica
Livello Teti

ELENCO DEI PERSONAGGI

Indie orientali olandesi

COMANDANTE LELAND MACKLIN: comandante britannico della *Tenebrae*
TENENTE HEMPLE: secondo ufficiale della *Tenebrae*
MATTHEW: mozzo aborigeno imbarcato sulla *Tenebrae*
DOTTOR JOHANNES STOEPKER: medico, naturalista e membro della Società Reale Bataviana
SIR THOMAS STAMFORD RAFFLES: tenente governatore delle Indie orientali olandesi e presidente della Società Reale Bataviana
CAPITANO HAAS: comandante olandese della fregata East Indiaman *Apollon*
DOTTOR SWANN: chirurgo di bordo dell'*Apollon*
THOMAS OTHO TRAVERS: aiutante di campo del tenente governatore Raffles
DOTTOR JOHN CRAWFURD: medico e membro della Società Reale Bataviana
WILLIAM FARQUHAR: naturalista e governatore di Singapore

Personale della Stazione Titan

PHOEBE REED: biologa marina
JASLEEN (JAZZ) PATEL: dottoranda e aiutante della dottoressa Reed
WILLIAM BYRD: amministratore delegato della ESKY e principale finanziatore del Progetto Titan
JARRAH: capo della sicurezza della stazione
ADAM KANEKO: geologo e membro della *Tako no Ude*
HARU KANEKO: vulcanologo, zio di Adam Kaneko
DATUK LEE: biochimico della Universiti Sains Malaysia

BRYAN FINCH: pilota di sommergibile
KIM JONG SUK: biologo, professore al KAIST
HENRY STEMM: comandante del *Titan X*

Sigma Force

GRAYSON PIERCE: attuale comandante delle operazioni sul campo
SEICHAN: ex terrorista e assassina, oggi collabora con la Sigma
MONK KOKKALIS: specialista in medicina e bioingegneria
KATHRYN BRYANT: esperta d'intelligence
JOSEPH KOWALSKI: specialista in munizioni ed esplosivi
PAINTER CROWE: direttore della Sigma Force
JASON CARTER: tecnico informatico al quartier generale della Sigma

Triade *Duàn Zhī*

GUAN-YIN: madre di Seichan e dragone della triade
ZHUANG: secondo in comando
BOLIN CHÉN: membro non iniziato della triade (una Lanterna Blu)
YEUNG: vice dragone della triade

Contingente cinese

CAPITANA TSE DAIYU: comandante della base di ricerca dell'Esercito popolare di liberazione cinese in Cambogia
LUO HENG: bioingegnere e medico presso la base
ZHÀO MIN: biologa molecolare e assistente del dottor Luo
SOTTOTENENTE JUNJIE: collaboratore presso la base
SOTTUFFICIALE DI MARINA WONG: paziente ricoverato alla base
CHOI AIGUA: ex tenente generale della Forza di supporto strategico dell'Esercito popolare di liberazione, ora consulente per l'Accademia cinese di tecnologia spaziale

CHOI XUE: maggiore della Forza di supporto strategico dell'Esercito popolare di liberazione (figlio di Aigua)
CAPITANO WEN: comandante dell'unità di comando Falcon
YANG HÁO: tenente di Marina dell'Esercito popolare di liberazione

Altri

AIKO HIGASHI: direttrice della *Tako no Ude*
DARREN KWONG: responsabile del museo di storia naturale Lee Kong Chian
KADIR NUMBERI: direttore del museo di storia naturale di Giacarta
VALYA MIKHAILOV: terrorista, leader della nuova Gilda
JACK PIERCE: figlio di Gray e Seichan
PENNY E HARRIET: figlie di Monk e Kat

NOTA SCIENTIFICA

Siamo soli nell'universo?

È una domanda che ci turba e ci affascina sin dalla prima volta in cui abbiamo guardato le stelle.

Nell'ottobre 2021, un gruppo di scienziati della NASA ha elaborato un sistema per provare a darle una risposta, sette rigorosi passaggi necessari per confermare la presenza di « biofirme » che potrebbero indicare la presenza di forme di vita extraterrestri.* I sette passaggi della scala CoLD (Confidence of Life Detection) sono:**

1. Rilevare una firma di vita biologica;
2. Escludere ogni contaminazione;
3. Escludere fonti non biologiche;
4. Dimostrare che la firma ha avuto origine nell'ambiente in cui è stata rilevata;
5. Acquisire ulteriori osservazioni;
6. Eliminare tutte le ipotesi alternative;
7. Effettuare osservazioni indipendenti di follow-up.

Chiaramente, la NASA si sta già preparando per quando la vita extraterrestre verrà scoperta o rilevata, tra le stelle o altrove.

* Possibili biofirme: « Morfologie cellulari ed extracellulari, sostanze biogeniche nelle rocce, strutture molecolari bio-organiche, chiralità, minerali biogenici, modelli d'isotopi biogenici stabili in minerali e composti organici, gas atmosferici, caratteristiche rilevabili a distanza sulle superfici planetarie e cambiamenti temporali delle proprietà planetarie globali ». National Academies of Sciences, Engineering, and Medicine, *An Astrobiology Strategy for the Search for Life in the Universe*, The National Academies Press, Washington, D.C., 2019.

** *Call for a framework for reporting evidence for life beyond Earth*, J. Green, T. Hoehler, M. Neveu, et al., *Nature*, 28 ottobre 2021.

Nel gennaio 2021, la CIA ha pubblicato sul sito web www.theblackvault.com quasi tremila pagine di documenti declassificati riguardanti UFO (oggetti volanti non identificati) e UAP (fenomeni aerei non identificati) e, nel luglio dello stesso anno, il Pentagono ha compilato un rapporto non classificato su centoquarantaquattro casi di UAP rilevati da piloti militari tra il 2004 e il 2021. Di tutti questi casi, solo *uno* ha una spiegazione dimostrabile (un pallone aerostatico sgonfio). Forse è per questo motivo che, nel novembre 2021, il Pentagono ha istituito l'Airborne Object Identification and Management Synchronization Group, un gruppo di lavoro incaricato di « rilevare e identificare » anomalie sconosciute in spazi aerei regolamentati.

Date le recenti declassificazioni, la continua e graduale fuga d'informazioni e le udienze del Congresso con ufficiali del Pentagono tenutesi nel 2022 – tutte incentrate sulla possibile esistenza di forme di vita aliene – sorgono due domande.

Il governo sa già qualcosa?

E, considerato l'aumento di queste rivelazioni, *a cosa sta cercando di prepararci?*

State per scoprirlo.

NOTA STORICA

Viviamo su un pianeta instabile. Una polveriera geologica che nel corso di tutta la sua storia ha sempre messo in discussione la permanenza della vita sulla Terra.

Più di 250 milioni di anni fa, l'estinzione di massa del Permiano-Triassico – nota anche come Grande Moria, per evidenti ragioni – spazzò via il settanta per cento delle forme di vita terrestri e il novanta per cento di quelle acquatiche. Cosa l'aveva scatenata? Un'intensa attività vulcanica in tutta la Siberia fece salire in superficie una mostruosa quantità di magma, talmente abbondante da arrivare a coprire un'area pari alla metà degli Stati Uniti. Lungo il percorso, il magma incendiò giacimenti di gas e di petrolio. I gas serra rilasciati nell'atmosfera fecero salire la temperatura di diciotto gradi rispetto alla media attuale. Gli oceani si acidificarono, disintegrando le barriere coralline e sciogliendo le conchiglie degli organismi marini.*

Questo cataclisma geologico non fu certo l'ultimo a minacciare tutte le forme di vita sul pianeta.

Il supervulcano Toba eruttò 74.000 anni fa in Indonesia, sprigionando duemila megatoni di anidride solforosa e creando un cratere di cento chilometri per venti. Le eruzioni provocarono un inverno vulcanico che si protrasse per anni e squarciò lo strato di ozono, permettendo così alle radiazioni ultraviolette di bruciare la vita sulla Terra.** La popolazione mondiale si ridusse a soli 10.000-30.000 individui; il genere umano fu a un passo dall'estinzione.

* *The Great Dying: Earth's largest-ever mass extinction is a warning for humanity*, Jeff Berardelli e Katherine Niemczyk, *CBS News*, 4 marzo 2021.

** *An Ancient Supervolcano May Have Zapped the Ozone Layer, Exposing Early Humans to Intense Sunburns*, Isaac Schultz, *Gizmodo*, 2 giugno 2021.

Ma la Terra non aveva ancora finito di provare a sbarazzarsi di noi. Seguì una settantina di eventi vulcanici quasi apocalittici, e uno degli ultimi fu l'eruzione del Tambora, in Indonesia, nel 1815, a tutt'oggi il più devastante evento eruttivo mai documentato. Centinaia di migliaia di testimoni assistettero a quella catastrofe, la cui eco raggiunse il resto del mondo grazie agli equipaggi delle navi coloniali britanniche che al tempo solcavano il Pacifico meridionale. Le esplosioni, inizialmente scambiate per cannonate e udite fino a 1300 chilometri di distanza, polverizzarono i primi mille metri della montagna, creando una densa colonna di cenere e roccia alta trenta chilometri. L'eruzione e la successiva carestia fecero 100.000 vittime nella sola Indonesia, e milioni di altre persone morirono meno di due settimane dopo, quando la nube di cenere circondò l'equatore. In alcune aree le temperature scesero anche di venti gradi, dando inizio al famigerato « anno senza estate ».*

Ma sotto quella nube di cenere si cela un'altra storia, un racconto che riguarda l'instabilità geologica del nostro pianeta capriccioso, e un futuro che è già cominciato e che metterà in discussione tutto ciò che sappiamo sul nostro ruolo in questo mondo.

Continuate a leggere per scoprire la verità che ci è stata tenuta nascosta.

Fino a oggi.

* William K. Klingaman e Nicolas P. Klingaman, *The Year Without Summer: 1816 and the Volcano That Darkened the World and Changed History*, St. Martin's Press, 2013.

Lasciate dormire la Cina, perché al suo risveglio il mondo tremerà.

Frase attribuita a NAPOLEONE BONAPARTE

Tutta la guerra si basa sull'inganno.

SUN TZU, *L'arte della guerra*

La Terra dev'essere avvisata!

CLAUDIE HAIGNERÉ*

* La celebre astronauta francese, che ha trascorso settimane a bordo sia della stazione spaziale Mir sia della Stazione spaziale internazionale, ha urlato queste parole dopo aver tentato il suicidio nel 2008.

Al largo delle coste di Sumbawa,
Indie orientali olandesi,
11 aprile 1815

Dalla prua della nave di Sua Maestà *Tenebrae,* il comandante Leland Macklin fissava le fauci infuocate dell'inferno.

Era quasi mezzogiorno, ma non c'era traccia di sole. Una bassa coltre di cenere e fumo ammantava il cielo, il tanfo di zolfo irritava gli occhi e bruciava i polmoni. L'unica fonte di luce proveniva dall'isola di Sumbawa. Erano a mezzo miglio dalla costa, eppure non si vedeva altro che i fiumi di lava che scorrevano lungo i fianchi devastati del monte Tambora.

Un silenzio di tomba incombeva sul mare circostante, di cui si scorgevano solo pochi tratti. Le onde che sciabordavano contro la nave erano coperte da un palmo di cenere, inframmezzata da isolotti di pietra pomice. Ma nemmeno ciò era sufficiente a celare i morti. Banchi di pesci galleggiavano a pancia in su tra i cadaveri. Centinaia di anime. Molti corpi erano bruciati al punto di essere indistinguibili dall'acqua nera.

«Sarà meglio rientrare, comandante», consigliò il tenente Hemple, con evidente apprensione.

Hemple aveva sette anni meno di Macklin ed era il suo secondo in comando da più di dieci anni. Era un uomo dai modi bruschi e duri, che raramente cedeva al panico. Aveva tolto la giacca dell'uniforme a causa del caldo soffocante, restando in panciotto e camicia bianca, e – come tutti i membri dell'equipaggio – aveva naso e bocca coperti da un panno bagnato.

«Avremo già imbarcato duemila libbre di cenere calda, signore. Lo scafo inizia a surriscaldarsi.»

«Avete ragione.» Macklin si passò il panno sulla fronte madida. A differenza del secondo ufficiale, aveva ancora indosso la giacca blu coi bordini e coi bottoni d'ottone dorati. Scrollò la cenere dal berretto prima di calcarselo di nuovo sui capelli brizzolati.

Si voltò per valutare le condizioni della *Tenebrae*. La sua nave sembrava pietrificata come il mare, una collinetta scura che emergeva da quelle acque maledette. La cenere aveva coperto ponti e sartiame e annerito le vele dei tre alberi; i membri dell'equipaggio la spalavano via con scope e ramazze, ma la pioggia di polvere e fiocchi che continuava a cadere annebbiava loro la vista.

«Signore?» lo incalzò Hemple.

«Invertiamo la rotta. Torniamo a Giava, il governatore Raffles sarà in trepidante attesa della nostra valutazione. Raccomando tuttavia di navigare a mezza vela in queste acque infide.»

«Signorsì, comandante.» Hemple si congedò per comunicare gli ordini alla timoniera.

Qualche minuto dopo, la *Tenebrae* cominciò ad allontanarsi lentamente dall'isola infuocata. La pietra pomice presente nell'acqua raschiava contro il legno, producendo un suono simile a unghie di scheletri che artigliavano lo scafo per salire a bordo della nave. Si sentiva inoltre un debole sibilo in lontananza, un sussurro inquietante che proveniva dal punto in cui la lava del vulcano si riversava in mare.

Macklin era sollevato per il fatto che si stesse finalmente lasciando alle spalle il bagliore rossastro del monte Tambora. Erano trascorsi sei giorni dalla prima eruzione. Le esplosioni, simili a cannonate lontane, si erano udite fino all'isola di Giava, a ottocento miglia di distanza. All'inizio si era pensato a un feroce attacco dei pirati contro una nave mercantile; poi però l'isola era stata coperta da nuvoloni di cenere nera, seguiti da un'onda poderosa, e allora avevano capito: c'era stata un'eruzione vulcanica di proporzioni bibliche.

Due giorni dopo, il governatore Raffles aveva dato ordine di scoprire di quale vulcano si trattasse e stabilire l'entità dei danni nella regione. La *Tenebrae* – al tempo ormeggiata a Batavia, la capitale delle Indie orientali olandesi – era stata una scelta oculata per quella missione, in quanto si trattava di una nave carboniera utilizzata per il trasporto merci: la poppa quadrata, la prua larga e la carena piatta erano ideali per la navigazione in acque poco profonde. Aveva inoltre un largo ponte principale di trenta metri e un baglio di dieci. E, poiché quelle acque erano infestate dai pirati, era equipaggiata con sei carronate da ventiquattro libbre in coperta e due cannoni da sei sul castello di prua.

Macklin appoggiò una mano proprio su uno dei cannoni di prua, per trarre forza dalla potenza di quel ferro freddo. Non riusciva a scrollarsi di dosso una spaventosa inquietudine, amplificata dall'immobilità di quel mare e dal continuo raschiare della pietra pomice contro lo scafo. Era felice di tornare in porto.

Un rumore di passi lo distolse dai suoi pensieri. Si voltò e vide andargli incontro una figura alta e scheletrica, con indosso una semplice camicia bianca, ormai quasi nera come i pantaloni. Nonostante il volto coperto da uno straccio bagnato, era chiaro che si trattasse di Johannes Stoepker, naturalista della Società Reale Bataviana, istituzione che aveva l'obiettivo di studiare, preservare e promuovere l'interesse per il valore storico e scientifico delle Indie orientali. Era stato il governatore Raffles - presidente della Società - ad assegnare Stoepker alla *Tenebrae*, per dare il suo contributo durante quella missione esplorativa.

Dietro di lui c'era Matthew, il mozzo della nave, un dodicenne aborigeno con pelle e capelli scuri e un'indole intrepida, al punto di fungere da addetto alle polveri durante l'uso dei cannoni. In quei giorni, era stato reclutato dal naturalista come suo aiutante. Matthew era felice di quell'incarico, come dimostrava il sorriso con cui si portava in spalla una pesante sacca di pelle colma di pietra pomice raccolta dall'acqua.

« Cosa c'è? » chiese Macklin.

Stoepker abbassò lo straccio sulla barba. « Comandante, sarebbe possibile recuperare uno dei cadaveri in mare? A Giava, c'è un anatomista e chirurgo della Società che potrebbe essere molto interessato ad analizzarne lo stato. »

« Non se ne parla. Un morto a bordo attira la cattiva sorte, i miei uomini si ammutinerebbero all'istante. »

Stoepker corrugò la fronte e prese a rigirare sul dito l'anello d'oro ornato da una pietra di granato su cui erano incise le lettere BG, che stavano per *Bataviaasch Genootschap*, la denominazione olandese della Società Bataviana. Poi si schiarì la gola e disse: « La *Tenebrae* dispone di un tender con scafo metallico per navigare in acque con rocce e scogli affioranti. Potremmo calarlo in mare, caricarci un corpo, e lasciare che la nave lo trascini fino a Giava ».

Macklin rifletté su quella proposta, trovandola ingegnosa. « È una soluzione ragionevole. Si può fare. » Si rivolse a Matthew. « Ragazzo, trova Perry e aiutalo a calare il tender. »

Il mozzo annuì, quindi posò la sacca e si allontanò a passo svelto.

Stoepker raggiunse il comandante al parapetto e diresse lo sguardo sul bagliore dell'isola che andava svanendo al di là della poppa della nave. « Non me lo sarei mai aspettato dal Tambora. Dal Merapi sì, o magari dal Klut. Se avessi l'abitudine a scommettere, avrei puntato sul Bromo, che espelle fumo di continuo. »

Macklin annuì. « Eravamo tutti convinti che il Tambora fosse un vulcano dormiente. »

« Estinto, a dire il vero. O almeno questa era l'opinione comune fino a oggi. Tuttavia mi erano giunte voci secondo cui i nativi di Sumbawa sentivano qualche scossa e rumori nel sottosuolo di tanto in tanto. Non avremmo dovuto liquidarle così in fretta... »

« Mi pare evidente. »

« E l'eruzione di ieri sera... credo sia stata ancor più violenta della prima. O forse ho avuto questa impressione perché eravamo molto più vicini. »

« No, è stata senz'altro più forte. Il boato è stato talmente fragoroso che sembrava che la Terra si fosse spaccata a metà. »

« È vero. E l'enorme mareggiata che ne è seguita è stata spaventosa. È fuor di dubbio che tutte le isole della regione verranno interessate da altre inondazioni costiere. »

Il comandante ripensò all'onda che si era abbattuta su Giava dopo la prima eruzione, sbriciolando i moli e scaraventando navi e detriti nell'entroterra. La *Tenebrae* era ancorata in acque profonde, per fortuna, per cui era stata risparmiata dalla sua furia. « Preghiamo solo che ci sia ancora un porto cui tornare », borbottò.

Nel frattempo, il tenente Hemple tornò dal castello di prua, con le gambe irrigidite dall'urgenza. « Comandante, dalla coffa segnalano altri incendi più avanti. »

« Una delle isole periferiche? »

« No, signore. In mare, mezzo miglio a tribordo. » Sollevò il cannocchiale di ottone che stringeva in mano. « Ho verificato io stesso. »

Macklin gli fece cenno di passargli lo strumento, quindi si avvicinò al lato di tribordo della prua. Mentre si spostava, notò un debole bagliore attraverso la coltre di fumo. Mise a fuoco la lente e rimase un minuto intero a fissare il punto indicato dal tenente. Man mano che la carboniera avanzava, la vista si faceva più nitida. « Sembra una nave », disse alla fine. « In fiamme e inclinata su un lato. »

« Un vascello di Sua Maestà o un East Indiaman? » chiese Hemple.

« È ancora troppo lontana per distinguere colori o bandiere », rispose il comandante, abbassando il cannocchiale. « Ne sapremo di più quando la raggiungeremo. »

Hemple annuì e si congedò di nuovo per andare a comunicare il cambio di rotta al quartiermastro nella timoniera.

« Questi mari sono ancora caldi », l'avvertì Stoepker. « Non mi è difficile immaginare un fiocco vagante di cenere incandescente che dà fuoco a una nave di legno. »

« Non accadrà nulla del genere alla *Tenebrae*. I miei uomini terranno gli occhi aperti, non ci faremo trovare impreparati. »

« Forse l'altra imbarcazione non aveva un equipaggio altrettanto vigile. »

« Vedremo. »

Anche a mezza vela, non ci misero molto a raggiungere la nave in fiamme. Nel frattempo, Macklin e Stoepker erano saliti sul cassero di poppa, unendosi a Hemple e al quartiermastro Welch alla ruota del timone. Nessuno voleva correre rischi, soprattutto perché era ormai chiaro che quel vascello apparteneva ai pirati buginesi, il flagello delle imbarcazioni olandesi in quella regione. Gli alberi, inclinati sopra la superficie dell'acqua, si erano trasformati in torce; lo scafo emetteva un fumo così denso da oscurare quasi le fiamme.

Diverse scialuppe – la maggior parte delle quali in fiamme o fumante – si allontanavano dal relitto attraverso la fitta coltre di cenere. Due di esse virarono in direzione della *Tenebrae*.

Macklin trovava strano che i pirati cercassero aiuto a bordo di una nave di Sua Maestà; sapevano che vi avrebbero trovato la morte, ma ciò nonostante remavano forsennatamente per raggiungerla.

D'un tratto una delle due prese fuoco, così all'improvviso che Stoepker sobbalzò. I pirati si ammassarono al centro della barca, come se l'acqua li spaventasse più delle fiamme, ma non avevano scampo né dall'una né dalle altre. I vestiti s'incendiarono all'istante e il fondo della scialuppa si squarciò. Gli uomini caddero in acqua, svanendo sotto gli strati di cenere. Un braccio sbucò in superficie, ancora avvolto dalle fiamme, poi s'inabissò.

Hemple sgranò gli occhi. «Che sta succedendo?»

Stoepker si allontanò dal parapetto. «Queste acque nascondono qualcosa di malefico... dobbiamo andarcene immediatamente.»

Come a sottolineare il suo avvertimento, un boato fragoroso esplose alle loro spalle, rischiarando l'oscurità di un bagliore rosso fuoco. Un'altra eruzione del Tambora.

Macklin s'incupì, pensando che, quel giorno, il nome della sua nave si stava rivelando sin troppo appropriato. Ex nave carceraria, era stata battezzata dal suo primo proprietario come la cerimonia cattolica che aveva luogo gli ultimi tre giorni della Settimana Santa. Durante l'Ufficio delle Tenebre, quindici candele poste su un candelabro, rappresentanti le fatiche di Cristo sulla via della croce, venivano spente l'una dopo l'altra fino a che non calava il buio. La cerimonia si concludeva con un forte tonfo, che simboleggiava la chiusura della tomba di Gesù.

Il comandante alzò gli occhi al cielo senza sole mentre l'eco dell'esplosione si attenuava.

Finiremo sepolti anche noi?

Pochi istanti dopo, le acque alle loro spalle si sollevarono, come se un'enorme bestia marina stesse emergendo per attaccarli.

« Tenetevi forte! » urlò Hemple all'equipaggio.

Un'onda imponente innalzò la poppa della nave, che rimase in bilico sulla cresta per qualche secondo prima di ricadere pesantemente in mare. La *Tenebrae* continuò a vibrare, con gli alberi e le vele che oscillavano e sbattevano con violenza.

Macklin riportò la sua attenzione sulla seconda scialuppa, che nel frattempo aveva virato e si stava allontanando, come se i pirati avessero finalmente notato la bandiera di Sua Maestà che sventolava su uno degli alberi.

Ma il motivo era un altro.

Hemple si precipitò al suo fianco. « Fumo, signore. Tutt'intorno alla nave. »

Il comandante aveva notato quella coltre sempre più fitta, ma l'aveva attribuita alle fiamme provenienti dal vascello pirata.

Il nostromo e il suo secondo schizzarono fuori dal cassero di poppa gridando a squarciagola: « Fuoco nella sentina! »

« Forza, servono secchi di sabbia e acqua! » urlò il tenente ai membri dell'equipaggio.

Intanto Macklin fissava il mare e la nave dei pirati incendiata.

Stoepker si sporse oltre il parapetto e guardò in basso. « Cosa sono quelli? »

Una marea di rami pietrificati e neri era aggrappata alla parte inferiore dello scafo, e altri ne apparivano a ogni oscillazione. Intorno a loro si levava il fumo, come se fossero ferri arroventati che marchiavano le assi di legno.

Più in basso, attraverso gli squarci lasciati dalla cenere, s'intravedevano intensi flussi di luce che balenavano e tremolavano nelle profondità oscure.

« Spiegate le vele! » ordinò Macklin, senza staccare gli occhi da quella vista inaudita. « Via da queste acque! »

I rami ardenti erano sempre di più e continuavano ad arrampicarsi sullo scafo, simili ad artigli infuocati di un qualche mostro marino.

Ecco cosa aveva spaventato i pirati.

Prima che la *Tenebrae* potesse prendere velocità, le fiamme avvolsero lo scafo e si propagarono lungo i rami; neppure l'acqua che sciabordava contro i fianchi della nave riusciva a spegnerle.

Alle spalle di Macklin, Hemple abbaiava ordini, tra le urla e le imprecazioni che risuonavano ovunque, mentre la disperazione e il terrore s'impossessavano dell'equipaggio.

Attraverso la coltre di fumo, Macklin scorse il vascello buginese che affondava lentamente nel mare coperto di cenere. Sapeva che lo stesso fato attendeva probabilmente la sua nave. Poi si accorse che Stoepker e il mozzo non erano più al suo fianco, ma non c'era tempo per pensare alla loro scomparsa.

Il fumo avvolse la *Tenebrae* e le fiamme lambirono il parapetto. Col cuore in gola, Macklin ripensò all'ultima volta in cui aveva partecipato a una messa della Settima Santa nella chiesa di Batavia. I fedeli avevano intonato un canto, composto secoli prima da Gregorio Allegri, che accompagnava l'Ufficio delle Tenebre, gli ultimi tre giorni del supplizio di Cristo. «*Miserere mei, Deus.*»

Appropriato come il nome della sua nave.

Abbi pietà di me, Signore.

Batavia, isola di Giava,
23 aprile 1815

Sir Stamford Raffles, il governatore delle Indie orientali olandesi, seguiva il capitano Haas, comandante dell'*Apollon*, una fregata East Indiaman, attraverso le rovine del porto in via di ricostruzione. Con loro c'era anche il chirurgo della nave, il dottor Swann.

Lui e il capitano si erano presentati al palazzo del governatore con una lettera vergata da un uomo di cui Stamford si fidava. Dunque, nonostante l'ora tarda, e col sole basso all'orizzonte, aveva mandato a chiamare una carrozza e si era diretto al porto.

Il terzetto imboccò uno dei pochi moli di pietra rimasti intatti durante gli sconvolgimenti delle ultime settimane.

In tutto il porto echeggiavano colpi di martello, rumori di seghe e urla. Almeno il cielo non era più saturo di cenere, anche se persisteva una fitta foschia che aveva trasformato il sole in un globo rosso e adirato, dando vita a un crepuscolo perenne.

La brezza del tardo pomeriggio era ancora soffocante e trasportava un odore di zolfo.

Raffles si proteggeva dal fetore con un panno profumato premuto sul naso. Il caldo peggiorava ulteriormente il suo umore. Era uscito dal palazzo vestito di tutto punto, con giacca nera e panciotto rigido, poiché di lì a poco avrebbe dovuto partecipare a una cena con alcuni dignitari della Malesia britannica, venuti a esaminare i danni provocati dall'eruzione del Tambora.

Il capitano Haas, un olandese dai capelli color sabbia, indossava invece una giacca e un paio di pantaloni grigi meno formali, ma aveva un aspetto ordinato e un atteggiamento pratico e serio. Indicò l'*Apollon* ancorata nella baia. «Stavamo attraversando il mar di Giava, di ritorno dalla Nuova Guinea, quando ci siamo imbattuti in una scialuppa. Era in condizioni pessime, tanto che sulle prime abbiamo pensato che fosse andata alla deriva dopo essersi sganciata accidentalmente da una nave.»

«Poi abbiamo visto cosa c'era a bordo», intervenne Swann, un uomo minuto e anziano, con occhi scuri e un portamento severo. «Ho consigliato al capitano di trascinarla qui a Batavia.»

Haas si portò un crocifisso d'argento alle labbra. «Non abbiamo toccato niente. Del resto, nessuno avrebbe osato farlo.»

I tre uomini raggiunsero una lancia coperta da un drappo di tela per vele ormeggiata all'estremità del molo. Nelle vicinanze dell'imbarcazione c'era l'uomo che aveva consegnato la lettera al capitano: Thomas Otho Travers, ex soldato irlandese, nonché suo aiutante di campo e amico fidato. Aveva capelli scuri e un fisico ancora tonico, messo in risalto da una giacca e un pantalone attillati. Con lui c'era uno scozzese della stessa età, un membro della Società Bataviana che Raffles conosceva bene: il dottor John Crawfurd, un giovane medico con indosso un completo nero e un colletto bianco che gli dava l'aspetto di un prete.

Entrambi avevano un'espressione cupa.

Il governatore andò loro incontro. «Che succede? Perché tutta questa urgenza?»

Travers si girò verso la barca dallo scafo di ferro ammaccata e segnata dalle intemperie. « Questo tender era a bordo della *Tenebrae.* »

« Cosa? Come potete esserne sicuri? » Raffles non aveva più ricevuto notizie della carboniera, salpata sedici giorni prima. L'ipotesi più probabile era che fosse stata attaccata dai pirati buginesi che si erano riversati come avvoltoi sulle carcasse lasciate dalle eruzioni.

« Ne siamo certi, signore. » Travers si voltò verso il medico al suo fianco. « È meglio che glielo mostriate, dottor Crawfurd. Vi aiuto. »

I due uomini scostarono il drappo.

Raffles avrebbe voluto allontanarsi, sfuggire a quello spettacolo orribile, ma Haas e il chirurgo alle sue spalle gli impedirono d'indietreggiare.

Due cadaveri giacevano sul fondo della scialuppa, l'uno alto il doppio dell'altro. Erano entrambi anneriti e privi di tratti distintivi: la loro pelle, seppur leggermente ruvida, era caratterizzata da una lucentezza inquietante, come se fossero stati scolpiti nel marmo nero. Il corpo più piccolo, senza dubbio di un ragazzo, era raggomitolato sotto il braccio di quello che invece apparteneva a un uomo adulto. Un gesto che gli aveva dato ben poco conforto: a giudicare dal collo e dalla spina dorsale, contorti in modo innaturale, doveva essere morto fra atroci sofferenze. Eppure l'uomo aveva provato ad alleviare la pena del ragazzo, nonostante il dolore straziante che lui stesso doveva aver provato.

Cosa ancora più strana a notarsi, il cadavere più grande non era stato del tutto corrotto da quello strano morbo. La parte del suo corpo più lontana dal ragazzo era coperta di vesciche e bruciacchiata ai bordi, ma perlopiù illesa; un orecchio e una guancia mostravano ancora il pallore e il colorito bluastro della morte; il petto era malamente coperto da brandelli di camicia bruciacchiata, e una gamba era ancora intatta, coperta dal pantalone scuro e da uno stivale alto fino al polpaccio.

Nulla di tutto ciò aveva senso.

Raffles sollevò una domanda cruciale. « Chi sono? »

Il dottor Crawfurd salì cautamente sull'imbarcazione e si avvicinò al cadavere più grosso. Indicò poi il braccio che cingeva il ragazzo, puntando l'attenzione sull'anello ancora infilato al dito. « La pietra reca le iniziali BG. »

Il governatore si premette il panno profumato sul naso con più forza. Sapeva chi era salito a bordo della *Tenebrae*. « Johannes Stoepker... il naturalista. »

« È quello che pensiamo anche noi », convenne Travers. « E sospettiamo che il ragazzo fosse un mozzo della nave. »

« Cosa li ha ridotti in questo stato? Sembra che siano stati trasformati in pietra. »

Crawfurd si raddrizzò, facendo oscillare il tender, tanto che Travers dovette sporgersi in avanti per sorreggerlo. « Non lo sappiamo, signore », ammise il medico. « Ma ho eseguito un rapido esame. Qualunque cosa li abbia colpiti ha invero pietrificato le loro carni, rendendole dure come rocce. Tuttavia non ho idea di come o perché ciò sia accaduto. Quando i cadaveri verranno trasferiti nelle mie stanze, alle spalle della bottega dello speziale, avrò modo di esaminarli meglio. »

« Ma prima c'è qualcos'altro che dovreste vedere, governatore. » Travers raggiunse il medico a bordo della scialuppa e s'inginocchiò accanto al braccio che Stoepker stringeva al petto. Le sue dita di pietra erano chiuse su una scatoletta di metallo. « È chiaro che il naturalista non stava proteggendo solo il ragazzo. »

« Cosa contiene quella scatola? » chiese Raffles.

« Non lo sappiamo ancora. Abbiamo atteso il vostro arrivo prima di aprirla. » Travers si avvolse un fazzoletto intorno alla mano, per evitare qualsiasi contatto con la pelle annerita del cadavere, e afferrò il contenitore ma, per quanto ci provasse, non riusciva a staccarlo dalle dita cristallizzate. Anche da morto, Stoepker si rifiutava di rivelare il segreto che custodiva.

« Metteteci più vigore », lo spronò il governatore.

« Sì, signore. » Travers allargò le gambe per avere una maggiore stabilità e strattonò la scatola con forza, finché non si udì uno schiocco deciso e l'uomo cadde all'indietro sulla fiancata dello scafo. L'impatto fece oscillare violentemente la barca, ma Crawfurd la stabilizzò col proprio peso, impedendole di ribaltarsi.

Un tonfo in acqua attirò l'attenzione di Raffles. « Avete fatto cadere la scatola? »

« No, signore. Ce l'ho qui con me. »

Raffles aguzzò la vista e notò una mano dall'aspetto pietroso che galleggiava sulla superficie del mare.

Quale diavoleria è mai questa?

Travers scese dal tender e gli porse la scatola.

Raffles incrociò le braccia sul petto, rifiutandosi di toccarla. « Apritela », ordinò.

Travers fece scattare la serratura e sollevò il coperchio. Un foglio ripiegato - probabilmente un ultimo messaggio di Johannes Stoepker - scivolò fuori e svolazzò a terra.

Raffles lo ignorò e si sporse verso la scatola aperta. All'interno c'era un unico oggetto: una roccia con una struttura ramificata che assomigliava a un pezzo di corallo nero.

« Cosa credete che sia? » gli chiese Travers.

Il governatore scosse la testa.

Per quale motivo Stoepker si è preso tanta pena per custodire un tale oggetto?

Notò poi che quella roccia era scura e lucente come i cadaveri anneriti sul tender. Ricordò inoltre una peculiarità del corallo: quando un pezzo si spezzava e si seccava, spesso risaliva in superficie e restava a galla.

Mentre fissava la mano di Stoepker che galleggiava in mare, Raffles fu invaso da una fredda certezza.

Quei corpi non erano pietrificati.

Si erano trasformati in coralli.

PARTE PRIMA

IL PROGETTO TITAN

1

Trecento miglia al largo
dell'isola Norfolk, Australia,
18 gennaio ore 10.04

Phoebe Reed fissava incantata quel giardino dell'Eden sommerso.

Al di là del plexiglas spesso venti centimetri, i fari esterni della stazione rischiaravano l'oscurità perenne con fasci di luce rossa, pensata apposta per recare poco disturbo alle specie marine. Per avere una visuale più nitida, Phoebe indossava un visore per il potenziamento delle immagini sintonizzato sulla lunghezza d'onda della luce.

Anche a tremila metri di profondità, la flora e la fauna davano vita a un ricco caleidoscopio di forme e colori. Enormi granchi dalle zampe cremisi si arrampicavano sui banchi di scogli, esplorandone delicatamente gli anfratti. Pesci lumaca di un bianco spettrale scivolavano sopra le distese di sabbia. Uno squalo tagliatore - un tempo chiamato squalo sigaro per la sua forma cilindrica - transitò davanti alla vetrata brillando nelle tenebre, scuro sul dorso, bioluminescente sul ventre. Uno squalo più grande - un capopiatto - pattugliava le acque al limite del fascio di luce.

« Gli squali capopiatto non sono mai stati avvistati a questa profondità. »

« Sul serio, Jazz? » ribatté Phoebe.

Jasleen Patel, la sua dottoranda, le scoccò un'occhiataccia per aver dubitato delle sue conoscenze. Laureata in biologia marina due anni prima, Jazz stava ultimando la tesi di dottorato sotto la guida di Phoebe, di cui era stata anche alunna all'università. Inoltre lavorava con lei da cinque anni come assistente al laboratorio marino della Caltech.

Molti credevano che le due avessero legato perché erano entrambe donne e nere. Nata nelle Barbados, Phoebe era emigrata con la madre a South Central Los Angeles quando aveva otto anni. Jasleen, otto anni più giovane di lei, era invece nata in California, ma aveva origini indiane. La sua famiglia, proveniente da Mumbai, gestiva una catena di lavanderie nella Bay Area.

In realtà non erano stati né il colore della pelle né il genere a unirle. Almeno non del tutto. C'entrava di più l'interesse comune per i misteri degli abissi. Questo, e il rispetto reciproco.

Jazz appoggiò una mano sul vetro. « È sorprendente che esista *qualcosa* capace di sopravvivere in questa zona batipelagica priva di sole. Là fuori la pressione supera i trecento chili per centimetro quadrato. »

« Impressionante, vero? Non solo la vita ha attecchito, ma prospera pure. »

Entrambe osservarono il mondo meraviglioso al di là della vetrata.

Una coppia di rane pescatrici faceva oscillare le lunghe antenne, muovendo le esche luminescenti alle loro estremità. Gruppi di vermi calamaro si dimenavano nella luce, nutrendosi della neve marina che scendeva dai livelli illuminati dal sole e portava energia in quelle acque scure come la notte. Ogni angolo rivelava qualcosa: banchi di pesci vipera, un paio di calamari vampiro, un polpo Dumbo. Più in là, aragoste albine zampettavano tra onde di anemoni cremisi.

« Hai già individuato i banchi coralliferi da cui preleveremo i primi campioni? » Jazz guardò il suo orologio subacqueo. « Tra novanta minuti abbiamo il nostro primo slot libero per un ROV. »

« Ne ho scelti alcuni, ma vorrei fare un altro giro completo intorno alla vetrata panoramica a questo livello, e forse anche a quello superiore. »

« Non perdere tempo. Non siamo gli unici a sbavare per i ROV, abbiamo un mucchio di concorrenza quaggiù. »

« E anche in superficie. »

Migliaia di ricercatori, accademici e scienziati avevano fatto richiesta per partecipare a quella grande impresa oceanica, ma solo in trecento erano stati selezionati per il Progetto Titan. E ora quei trecento prescelti erano stati distribuiti sulle tre postazioni.

La metà dei ricercatori era in superficie, a bordo del *Titan X*, il megayacht di trecento metri con a poppa un globo di vetro di tredici piani che ospitava ventidue laboratori all'avanguardia. L'enorme imbarcazione era in grado non solo di fornire assistenza alla vicina stazione ma, grazie al suo reattore nucleare a sali fusi, anche di solcare rapidamente i mari per condurre studi in tutto il mondo.

In superficie c'era inoltre la Stazione Titan Superiore, una piattaforma galleggiante ispirata alle unità FPSO per l'estrazione e lo stoccaggio del petrolio. Fungeva da area di stazionamento, postazione di lavoro e struttura di supporto permanente, oltre che da ormeggio per una ventina di HOV e ROV.

Da due settimane a quella parte, gli HOV - sommergibili a conduzione umana - trasportavano ricercatori e membri del personale alla Stazione Titan Inferiore, a una profondità di tremila metri sotto il livello del mare. Qualcuno aveva descritto la struttura a piramide rovesciata della stazione sottomarina come « la trottola più costosa al mondo ».

Due giorni prima, mentre scendeva a bordo di un HOV, Phoebe aveva avuto modo di osservarla coi propri occhi. Il livello superiore, con una grande cupola d'osservazione di vetro al centro, sembrava un enorme disco volante che si estendeva per un centinaio di metri. I quattro livelli sottostanti avevano la stessa forma circolare del primo, ma andavano diminuendo di diametro man mano che la stazione scendeva in profondità, cosa che le conferiva appunto l'aspetto di una trottola. Il livello più basso - dove Phoebe si trovava in quel momento - era largo appena venti metri. Non c'erano laboratori al suo interno, solo finestroni di vetro nero polarizzato che correvano lungo tutto il suo perimetro, rendendolo simile all'osservatorio in cima.

Come la piattaforma e lo yacht in superficie, anche questa stazione galleggiava in acqua. Sospesa al di sopra del fondale marino, era tenuta in posizione da serbatoi di zavorra e stabilizzata dinamicamente da propulsori presenti a ciascun livello. L'unico contatto col fragile ecosistema sottostante si doveva ai cavi di ancoraggio.

Per agevolare gli spostamenti da una postazione all'altra, all'interno della Stazione Titan Inferiore veniva mantenuta una pressione costante di un'atmosfera, e dunque non c'era bisogno di acclimatamento o decompressione né in partenza né all'arrivo. I sommergibili scaricavano e imbarcavano i passeggeri attraverso un sistema di attracco simile a quello della Stazione spaziale internazionale, il che era appropriato, visto che il paesaggio marino circostante era ostile e pericoloso quanto il vuoto cosmico.

A ogni modo a volte era difficile tenere a bada i timori. Come la maggior parte dei ricercatori, Phoebe e Jazz percorrevano i passaggi azzurri della stazione in una nuvola di meraviglia, nervosismo ed emozione. Si erano addestrate per mesi, tra lezioni ed esercitazioni di sicurezza. Tuttavia nulla avrebbe potuto prepararle davvero a entrare in quel mondo.

« Pheebs, finisci pure il giro », disse Jazz. « Io vado di sopra a controllare il terminal del ROV che ci è stato assegnato. Voglio assicurarmi che quei due tizi del MIT non sforino nel nostro slot. »

« Perfetto, stagli col fiato sul collo, se necessario. »

« Oh, fidati, se non si danno una mossa, me li mangio vivi », ribatté, dirigendosi verso la scala a chiocciola che portava al livello superiore.

Phoebe sorrise. Jazz era uno scricciolo di appena un metro e mezzo, coi capelli castani cortissimi, ma, quando si trattava di difendere il loro spazio, poteva trasformarsi in un pitbull.

Consapevole che anche *lei* sarebbe stata ritenuta responsabile di un eventuale ritardo, Phoebe iniziò a girare intorno al Livello Teti, questa volta concentrandosi più sulla sua area di competenza e meno sulla meravigliosa e abbondante fauna marina che brulicava tra le barriere coralline.

La sua tesi di dottorato si concentrava sulla biologia unica dei coralli di mare profondo. Grazie alla popolarità dello snorkeling, la maggior parte delle persone aveva familiarità con le barriere coralline superficiali, in cui i polipi ricavavano energia dalle alghe fotosintetiche che vivevano in simbiosi coi coralli. Lei, invece, era interessata alle barriere che prosperavano al di *sotto* della zona raggiunta dal sole. Quei coralli di profondità continuavano a essere un mistero, di cui si sapeva ancora poco: maturavano lentamente in acque gelide sottoposte a un'enorme pressione, e potevano vivere molto a lungo, fino a cinquemila anni, secondo alcune stime.

In assenza di luce solare, queste specie si nutrivano di organismi microscopici - zooplancton e fitoplancton - e di materia organica particolata derivante da piante e animali in decomposizione. Per raccogliere quest'abbondanza di cibo, i coralli di profondità formavano fragili e meravigliose strutture di fronde e ramoscelli che setacciavano le correnti in cerca di nutrimento e ossigeno. Di conseguenza, le barriere coralline batipelagiche - piumate e aperte a ventaglio - sembravano foreste sottomarine.

Questa è più simile a una giungla fluorescente che a una foresta.

Oltre il vetro, il corallo si estendeva a perdita d'occhio. Brillanti gorgonie, inframmezzate da coralli molli e ventagli di mare, salivano coi loro steli e rami imponenti fino a dieci metri d'altezza, emettendo bagliori gialli, rosa, blu e violetto. Altrove, banchi di coralli arborei neri come la pece, con rami fitti e spessi, ricordavano sculture carbonizzate di pini alti un metro. In netto contrasto con questi, folti cespugli di *Lophelia* color avorio riempivano gole o coronavano creste.

Per un attimo, Phoebe si sentì sopraffare dal compito che l'attendeva: studiare e catalogare quel vasto paesaggio. Poi fece un respiro profondo e ripensò a un proverbio cinese che sua madre citava ogni volta che lei si sentiva soverchiare, soprattutto da quando si erano trasferite negli Stati Uniti.

Un viaggio di mille miglia inizia con un singolo passo.

Prese un altro respiro profondo e lasciò uscire lentamente l'aria.

Posso farcela.

Ore 11.08

Quaranta minuti dopo, Phoebe completò il secondo giro intorno alla vetrata panoramica del Livello Teti, facendosi largo tra capannelli di colleghi che bisbigliavano in tutte le lingue del mondo. Sulla mappa delle barriere coralline che aveva sul tablet, aveva selezionato quindici possibili siti, dieci di troppo per il tempo che avrebbe avuto a disposizione col ROV.

Devo ridurli a cinque o sei.

Strinse il tablet, frustrata, pur sapendo bene che in seguito ci sarebbe stato tutto il tempo per raccogliere altri campioni. Aveva mesi per allargare la sua griglia di ricerca. Quella era solo la prima settimana, che sarebbe servita a prendere confidenza coi sistemi di raccolta e per imparare a sfruttare al meglio i laboratori a bordo della stazione. Poi avrebbe esteso le sue ricerche. Aveva già prenotato un HOV per il martedì successivo per esplorare i siti più distanti.

Come evocato da quel pensiero, in acqua apparve un sommergibile giallo brillante, con un'enorme cupola di vetro a prua. Lei premette una mano sulla finestra e lo guardò scomparire nelle tenebre, come una stella che si spegneva lentamente. Una fitta di desiderio le accese un fuoco nel petto.

« Allora, dottoressa Reed, cosa ne pensa? » le chiese una voce maschile alle sue spalle, facendola trasalire.

Concentrata sul panorama, Phoebe non si era accorta che stava arrivando qualcuno. Si voltò, quindi s'irrigidì, sorpresa, trovandosi davanti William Byrd, l'amministratore delegato della ESKY e principale investitore del Progetto Titan. Australiano, sulla cinquantina, Byrd aveva fatto fortuna nel campo della cantieristica, costruendo perlopiù navi container e mercantili, ma anche imbarcazioni per la Marina del suo Paese. La sua azienda era leader nel mercato internazionale, con un patrimonio netto superiore ai settanta miliardi di dollari. Ciò nonostante, lui indossava una semplice tuta blu e un berretto con davanti il simbolo di un tridente, la divisa ufficiale della stazione. L'unica testimonianza della sua ricchezza era un grosso orologio da taschino d'oro agganciato a una catenina sul petto.

Phoebe si tolse il visore e si sforzò di trovare la voce. Alla fine indicò il mare al di là della vetrata, ripensando alla sua prima impressione. « Mr Byrd... aveva ragione a descriverlo come un giardino dell'Eden perduto. È... è... straordinario. »

« Ah, vedo che la settimana scorsa ha seguito la mia conferenza stampa.» Le rivolse un sorriso sornione, che gli diede ancora di più l'aria di un ragazzino. Era molto abbronzato, ma in modo naturale, col volto segnato dalla salsedine come un marinaio di lungo corso, messo in risalto da folti capelli biondi screziati di bianco, a causa dell'età o della prolungata esposizione al sole, probabilmente entrambe le cose.

«Dubito che qualcuno se la sia persa», ribatté lei. «Anche se sospetto che Bezos, Branson e Musk si siano offesi.»

«Se la sono cercata. Perché spendere miliardi per mandare razzi nello spazio, quando ci sono così tanti misteri ancora inesplorati qui sulla Terra? Soprattutto sottacqua, dove solo il venti per cento del fondale oceanico è stato mappato, e pure a bassa risoluzione. Quando si tratta di raggiungere un livello di definizione sufficiente per individuare oggetti grandi come relitti aerei, la percentuale scende a un misero 0,05 per cento... vuol dire che quasi *tutto* il fondale oceanico resta inesplorato.»

«Non avevo idea che le percentuali fossero così basse», commentò Phoebe.

«Questa è la nostra sfida più grande. Il futuro dell'umanità non verrà scoperto sulla superficie di Marte, ma in quel 99,9 per cento di oceani terrestri di cui non sappiamo ancora niente. E che stiamo trascurando a nostro rischio e pericolo. Gli oceani sono il nostro paniere, il nostro parco giochi, persino la nostra farmacia. Ma, soprattutto, sono i veri polmoni della Terra, visto che producono l'ottanta per cento dell'ossigeno mondiale e consumano il venticinque per cento dell'anidride carbonica. Se anche solo un quarto degli oceani sparisse, la maggior parte delle forme di vita sulla Terra morirebbe.»

Phoebe annuì, riflettendo sull'importanza di quell'impresa scientifica. Il Progetto Titan era finanziato da un gruppo di organizzazioni no-profit, sovvenzioni di ricerca e sponsor aziendali, ma il grosso dell'investimento si doveva all'uomo che le stava di fronte. Chissà, forse per lui era un modo per sdebitarsi dopo essersi arricchito grazie alle sue migliaia di navi cargo. Fatto stava che la sua società aveva finanziato e seguito la maggior parte dei lavori di costruzione del Complesso Titan, sborsando dieci miliardi di dollari per realizzarlo in un tempo sorprendentemente breve.

E io sono parte di questo progetto.

Tuttavia neppure lui riusciva ad avere la sua piena attenzione. Lo sguardo di Phoebe continuava a posarsi sulle vetrate alle sue spalle. Una balena dal becco di Cuvier transitò sopra i banchi coralliferi, probabilmente incuriosita dalla stazione tanto quanto loro dall'ambiente circostante. Note per riuscire a trattenere il fiato per ore, quelle balene erano i sub dei cetacei.

Byrd doveva essersi accorto che Phoebe era distratta, perché sorrise ancora e si voltò a osservare il paese delle meraviglie che splendeva al di là del vetro. « Se questo è davvero un giardino dell'Eden perduto, spero solo di non fare la fine di Eva ed essere cacciato per aver cercato conoscenze proibite. Abbiamo molto da imparare quaggiù. E tanto lavoro da fare. »

« Non è lavoro, mi creda. È un onore essere qui, ai margini del mar dei Coralli. Se penso a tutte le scoperte che ci attendono, non vedo l'ora di cominciare. »

Nel frattempo, gli occhi degli altri ricercatori si erano appuntati su di loro, dimenticando il mondo oltre le vetrate. Era raro che Byrd s'intromettesse nel loro lavoro. Durante le settimane di addestramento a bordo del *Titan X*, lo si era visto pochissime volte, sempre sul ponte dello yacht o mentre si aggirava col suo entourage tra i laboratori all'interno del globo di vetro a poppa. In quel momento, con lui c'era sólo una guardia del corpo, un alto aborigeno dal volto severo con una mano appoggiata sul manico di uno sfollagente assicurato alla vita.

« Il suo entusiasmo è contagioso, dottoressa Reed », disse Byrd, senza distogliere lo sguardo dal mare.

« G-grazie », balbettò lei, sconvolta che l'uomo conoscesse il suo nome.

D'altro canto, lei era una delle poche persone nere a bordo del Complesso Titan e, per quanto ne sapeva, una delle uniche *donne*. Sperava che non fosse quello il motivo per cui Byrd se la ricordava, o il fatto che svettasse sempre su tutti col suo metro e novanta di altezza.

Sebbene il Progetto Titan fosse un'impresa internazionale, la maggioranza era comunque composta da maschi bianchi. C'era un discreto numero di asiatici, e un buon numero di ricercatori provenienti da Turchia, Pakistan e Medio Oriente, ma il rapporto tra uomini e donne era di venti a uno. Questa disparità, tuttavia, si doveva più alla scarsa rappresentanza femminile nel mondo scientifico che al pregiudizio.

Almeno lo spero.

Byrd si voltò verso di lei. « Attendo con impazienza le sue considerazioni sullo stato della barriera, dottoressa Reed. Posso solo sperare di scoprire un modo per fermare la distruzione dei coralli che danno il nome a questo mare. »

Phoebe sospettava che fosse quello il motivo per cui era stata selezionata. Le barriere coralline di mare profondo sembravano particolarmente resistenti allo sbiancamento causato dal calore che invece affliggeva i coralli superficiali, una piaga che minacciava la Grande Barriera Corallina. I coralli di profondità resistevano molto meglio anche all'inquinamento. Nessuno, però, sapeva esattamente perché. Se fossero riusciti a scoprirlo, avrebbero forse trovato il modo per salvare le grandi barriere coralline del mondo.

« Ho letto le ricerche che ha svolto al Monterey Bay Aquarium Research Institute sull'ecosistema resiliente della Sur Ridge, al largo delle coste della California. Ecco perché ripongo tanta fiducia nel lavoro che svolgerà qui. »

Ha letto il mio lavoro, pensò lei, provando a nascondere la sorpresa. Forse, allora, il fatto che Byrd si ricordasse il suo nome non aveva nulla a che fare col colore della pelle o con la statura.

Raddrizzò la schiena. « Farò del mio meglio. »

« Non ne dubito. » Byrd sospirò. « Bene, la lascio ai suoi studi allora. Spero che avremo presto occasione di farci un'altra chiacchierata. »

Prima che potesse dirigersi verso la scalinata centrale, all'interno del livello riecheggiò un rombo. Fuori, i cavi di ancoraggio esterni presero a oscillare, ma i propulsori posti ai cinque piani della Stazione Titan Inferiore, tutti coordinati da un computer, compensarono il tremore, col risultato che la struttura si muoveva appena.

Ciò nonostante, tutti gli altri scienziati si allontanarono dalle vetrate.

Anche la guardia del corpo allungò un braccio verso Byrd,

che tuttavia si scansò e alzò una mano e la voce. « È solo un piccolo terremoto marino, niente di cui preoccuparsi. Ci troviamo in una regione tettonicamente attiva, questa è la sedicesima - no, la diciassettesima - scossa da quando abbiamo avviato il progetto. Gli ingegneri sapevano che questa è una zona sismica e ne hanno tenuto conto in fase di costruzione. »

Una volta cessato il tremore, Phoebe fu l'unica ad avvicinarsi di nuovo alle vetrate. Guardò fuori. Come Byrd, la fauna marina non appariva turbata dalla scossa. La sabbia che si era sollevata stava già tornando a depositarsi sul fondale.

Appoggiò una mano sul vetro e non sentì altro che il debole ronzio dei propulsori stabilizzanti. Appuntò lo sguardo sulle tenebre al di là del fascio di luce rossa, verso la zona dei probabili epicentri. Immaginò il punto in cui quella piattaforma marina digradava in un labirinto di profondi canali interconnessi. Le fosse delle Salomone, delle Nuove Ebridi e, più avanti, delle Tonga e delle Kermadec: le depressioni oceaniche che definivano la linea tettonica frastagliata dove la placca pacifica s'infilava sotto quella indo-australiana.

La fossa delle Marianne era celebre perché era la più profonda al mondo, anche se in realtà questa catena montuosa era più corta di soli mille metri, motivo per cui non aveva mai ricevuto altrettanta attenzione da parte del mondo scientifico.

Finora, si augurò lei.

Uno dei motivi che l'avevano spinta a unirsi al Progetto Titan era la sua vicinanza a quelle fosse oceaniche, che erano oggetto della sua ricerca. Le barriere coralline di acque profonde fino a tremila metri erano ben documentate, ma nessuno sapeva se prosperassero anche a profondità maggiori e, nel caso, che aspetto avessero o come facessero a sopravvivere in quegli ambienti. Le risposte a quelle domande si sarebbero potute trovare nel vicino labirinto di fosse.

Phoebe riportò la sua attenzione a William Byrd, che nel frattempo era stato fermato da tre ricercatori. Sembrava che li stesse ancora tranquillizzando, elencando i vari test di sicurezza e collaudo cui la stazione era stata sottoposta prima dell'apertura. Lei smise di ascoltare, ripensando invece a quanto le aveva detto poco prima, ovvero che il 99,9 per cento degli oceani era ancora inesplorato. Da qualche parte lì fuori dovevano esserci barriere coralline di acque ancora più profonde.

Tornò a girarsi verso la finestra.

E io le troverò.

Poi, con la mano ancora appoggiata al vetro, avvertì un tremito che le si propagò velocemente lungo il braccio. Il fondale marino prese a tremare, sollevando nuvole di sabbia e scuotendo la vasta foresta di coralli. La fauna marina schizzò via con guizzi di pinne e code: un esercito di granchi abbandonò la ricerca del cibo e si allontanò dalla barriera corallina, polpi e calamari in preda al panico sfrecciarono nell'oscurità, lasciandosi dietro chiazze d'inchiostro nero.

Phoebe sgranò gli occhi e le si mozzò il respiro.

Prima che potesse riprendersi, il fondale marino sotto la stazione si mosse. I cavi di ancoraggio sbatterono con una tale violenza che due si spezzarono. In alto, le porte tagliafuoco si chiusero di scatto, isolando tutti i livelli. Mentre la stazione si contorceva e sobbalzava, i cavi restanti si sganciarono dai loro attacchi con un'esplosione di bolle.

Non appena libera, la Stazione Titan Inferiore iniziò a girare lentamente, proprio come una trottola, finché non si attivarono i propulsori, che compensarono il movimento fino a fermarla.

Alcuni ricercatori erano stati scagliati a terra, mentre Byrd era ancora in piedi, probabilmente grazie alla salda presa della sua guardia del corpo. Tentò una risata, che però uscì forzata. « È stata una crociera di collaudo più intensa di quanto avessi preventivato ma, come potete vedere, anche se la scossa è stata forte, è tutto a posto. »

Le porte tagliafuoco tra i livelli tornarono lentamente ad aprirsi. Una sirena di cessato allarme risuonò in tutta la stazione.

« Come ho già detto, non c'è nulla di cui preoccuparsi », continuò Byrd, tranquillizzando i presenti con un largo sorriso, che però sembrava molto meno sicuro di prima.

Phoebe si voltò di nuovo verso la parete di vetro. La scossa era ormai passata, e il fondale si stava riassestando. La sabbia tornò a posarsi, rivelando la barriera corallina, che appariva perlopiù illesa: un paio di coralli arborei più alti si erano spezzati alla base, ma non sembravano esserci danni peggiori.

Ciò nonostante, Phoebe rimase in vigile attesa.

Cinque minuti dopo, un brivido le corse lungo la schiena: le creature pelagiche che erano scappate non avevano fatto ritorno, come se stessero ancora evitando quell'area.

Trasalì, colta da un'improvvisa preoccupazione.

Dovremmo fare lo stesso?

2

Hong Kong, Cina,
22 gennaio, ore 18.02

Il comandante Grayson Pierce attendeva inginocchiato sul pavimento che il figlioletto di due anni facesse la scelta che avrebbe determinato il suo futuro.

Per il momento, però, l'attenzione del piccolo Jack era completamente assorbita dal cacatua ciuffo giallo che zampettava su un trespolo vicino alla portafinestra. All'esterno, il sole basso all'orizzonte illuminava il paesaggio che dalle alture boscose del Victoria Peak scendeva fino ai grattacieli di Hong Kong e al porto.

Un sospiro esasperato attirò l'attenzione di Gray.

« Dai, Jack, scegline uno », sbottò Harriet, la cui pazienza aveva chiaramente raggiunto il limite. Sapeva che in cucina li aspettava una torta di compleanno a quattro strati a forma di Snoopy.

« Non mettergli fretta », la riprese Penny, vestendo i panni della sorella maggiore, di ben un anno.

Le due bambine - di sette e otto anni - erano le figlie dei migliori amici e colleghi di Gray, Monk Kokkalis e Kathryn Bryant, che stavano preparando la festicciola che sarebbe seguita a quella cerimonia. Dalla cucina arrivava il loro chiacchiericcio tranquillo, intervallato da qualche risata sommessa, su cui spiccava quella di Monk, più simile al richiamo d'accoppiamento di un'oca.

Erano arrivati in Cina da Washington alla fine della settimana precedente, per festeggiare il secondo compleanno di Jack a casa di Guan-yin, la nonna materna, che adesso girava intorno al capannello riunito di fronte al nipotino. Il suo nome significava « dea della misericordia », anche se, in quanto dragone della triade *Duàn zhī*, probabilmente era da intendersi più in senso ironico che letterale. Gray sapeva benissimo che se lui e Seichan *non* avessero portato Jack a Hong Kong, lei non avrebbe avuto nessuna *misericordia* per loro. Guan-yin si era già infuriata abbastanza per essersi persa il primo, fondamentale compleanno del nipote.

E chiaramente adesso intendeva compensare.

Era una donna dal fisico esile, con indosso una tunica col cappuccio che lasciava intravedere la lunga chioma di capelli neri, con una singola ciocca grigia lungo una guancia, la stessa guancia attraversata da una cicatrice ricurva e violacea che andava dallo zigomo al sopracciglio sinistro, risparmiandole però l'occhio. In pubblico era solita nascondere quello sfregio, non per vergogna, ma perché quel marchio rivelava immediatamente la sua identità. Il suo status, sia di dragone sia di Boss di Macao, le garantiva rispetto, ma anche numerosi nemici. Nella sua villa in cima al Victoria Peak, però, poteva abbassare la guardia. Non che avesse bisogno di protezione: la tenuta, infatti, era sorvegliata dai migliori elementi della sua triade. Inoltre, sebbene avesse sessant'anni suonati, maneggiava ancora i pugnali e i coltelli nascosti nella tunica con spietata maestria.

Guan-yin posò alcune buste rosse piene di soldi sopra quelle già impilate su un tavolino, accanto a decine di regali incartati. Era evidente che, all'interno della sua organizzazione, erano pochi quelli che non avrebbero reso omaggio a suo nipote.

A proteggere quelle buste c'era la sua onnipresente ombra. Mezza testa più alto di Gray, con un viso liscio e privo di rughe, Zhuang aveva capelli bianchi come la neve, che portava raccolti in una lunga coda di cavallo. Ogni suo movimento trasudava eleganza e potenza.

Quando una busta scivolò dalla pila, l'uomo l'afferrò abilmente senza nemmeno guardarla e la rimise al suo posto. Sulla schiena portava il fodero di una sciabola dao cinese del XVIII secolo. Zhuang non aveva mai raccontato la storia di quell'arma. In passato, però, Gray gliel'aveva vista impugnare e sapeva che i secoli non ne avevano smussato il filo.

Guan-yin lo ringraziò sfiorandogli il braccio con la punta delle dita. Dal modo in cui lo sguardo di Zhuang indugiò su di lei, Gray ebbe il sospetto che i suoi servigi andassero ben oltre quelli di una semplice guardia del corpo.

Provava invidia per quell'affetto sereno.

Lanciò un'occhiata alla madre di Jack, inginocchiata alla sinistra del bambino.

Vorrei che si potesse dire altrettanto della nostra relazione.

Seichan sembrava apparentemente calma, in attesa della scelta di Jack. Indossava un paio di pantaloni neri e una giacca dello stesso colore ricamata con fiori di qualche sfumatura più chiara. I capelli le ricadevano in una treccia color ebano sulla schiena. Nonostante l'espressione paziente, Gray la conosceva abbastanza bene da notare la tensione negli occhi color smeraldo e nelle spalle leggermente contratte.

Era come una molla pronta a scattare.

Ma non era il futuro di Jack a preoccuparla.

Gray avvertiva ancora il peso nel taschino della sua giacca sportiva.

Ma che mi è saltato in mente?

Guan-yin si sporse verso Seichan e le diede un bacio sulla guancia. « *Chúc mừng sinh nhật, Con gái* », le disse, augurandole buon compleanno in vietnamita.

La figlia le prese una mano e ricambiò l'augurio. « *Chúc mừng sinh nhật, Mẹ.* »

Poi Guan-yin s'inginocchiò agilmente accanto a Jack e gli mise una mano sulla testa, distogliendo la sua attenzione dal cacatua. « *Chúc mừng sinh nhật, Jack.* »

La tradizione vietnamita prevedeva che, indipendentemente dalla data effettiva di nascita, tutti i compleanni venissero festeggiati il giorno del *Tet Nguyen an*, il capodanno vietnamita, che cadeva in concomitanza con la prima luna nuova dell'anno dopo il 20 gennaio, ovvero lo stesso giorno del capodanno cinese, la cui vigilia era stata celebrata in modo sfrenato e rumoroso la notte prima.

Mancavano solo due giorni al vero compleanno di Jack, ma Guan-yin aveva insistito affinché il nipote festeggiasse rispettando le tradizioni vietnamita, cinese e americana. C'erano quindi pure le candeline da spegnere sulla torta a forma di

Snoopy, ma non prima della fine della cerimonia cinese dello *Zhua Zhou*.

A ogni modo, se da una parte Jack avrebbe mangiato la sua torta di compleanno con due giorni di anticipo, dall'altra era in ritardo di un anno per quella particolare ricorrenza. Anche se i cinesi erano soliti celebrarla il giorno del *secondo* compleanno, il *primo* cadeva il mese dopo la nascita. Per i cinesi, infatti, il tempo trascorso nell'utero materno copriva la maggior parte del primo anno del bambino.

Tuttavia Guan-yin aveva insistito che venisse fatta un'eccezione per il nipote.

Lo *Zhua Zhou* - letteralmente « presa del primo anniversario » - si sarebbe tenuto quel giorno.

Sul pavimento davanti a Jack erano stati disposti diversi oggetti simbolici, ognuno dei quali rappresentava un possibile destino. Un pallottoliere di giada che presagiva un futuro nel mondo degli affari o della finanza; una zampa di gallina per una vocazione da chef; un piccolo microfono per diventare l'intrattenitore di famiglia e così via, per un totale di sedici. Sedici oggetti per altrettanti destini.

Tutti i presenti attendevano che Jack ne scegliesse uno.

Gray non aveva mancato di notare che Seichan aveva posizionato una minuscola spada accanto al ginocchio sinistro del figlio, un oggetto che non aveva bisogno di spiegazioni per il destino che rappresentava. Guan-yin, invece, aveva messo uno stetoscopio giocattolo vicino all'altro ginocchio. A quanto pareva, era desiderio di tutti i nonni avere un medico in famiglia.

Lui non si era prestato a quelle sciocchezze.

Nessun destino si decide a questo modo.

Ciò nonostante, s'irrigidì nel vedere Jack sporgersi in avanti e muovere i primi passi verso il futuro. Un silenzio di attesa scese sulla stanza. Nel frattempo, Monk e Kat si erano affacciati sulla porta della cucina. Anche Zhuang fece un passo avanti per seguire la scena.

Jack si muoveva tra quell'ammasso di oggetti come se stesse attraversando un campo minato. Alla fine cadde sulle ginocchia, poi anche sulle mani. Raggiunse gattonando un oggetto tra i più lontani, nascosto sotto un panno di velluto e messo in ombra dal bracciolo del divano.

Lo afferrò e si lasciò cadere pesantemente sul sedere, ridacchiando al suo nuovo tesoro. Quindi lo sollevò con orgoglio, per mostrarlo a tutti i presenti.

Gray si lanciò in avanti e glielo tolse dalle mani. «Chi ha lasciato qui una bomba a mano?»

La risposta giunse dal corridoio alle sue spalle. «È proprio il mio figlioccio.»

Lui si voltò con uno sguardo furente.

Kowalski era in boxer, infradito e maglietta. A giudicare dagli occhi rossi e dalle labbra piegate in una smorfia sofferente, aveva ancora i postumi della sbornia per i festeggiamenti del capodanno cinese che si erano protratti fino alle prime luci del mattino. «Tranquilli, è disinnescata. È una granata della Guerra di Corea, l'ho comprata un paio di giorni fa in un mercatino notturno. Sapevo che Jack l'avrebbe adorata. Ce l'ha scritto in fronte che da grande sarà un esperto di demolizioni. Come il suo padrino.»

«Credo che sia il caso di riprovarci», propose Gray con un grugnito.

Seichan annuì, un raro momento d'intesa tra loro negli ultimi tempi. «Sì, decisamente.»

Ore 22.18

Affacciata alla ringhiera del balcone buio, Seichan fissava il giardino. Una serie di piccole lanterne illuminava stagni scuri, ponti arcuati e fontane tintinnanti di bambù; il profumo degli alberi di orchidee in fiore addolciva la debole brezza notturna.

Alle sue spalle, la villa si preparava per la notte. Gray stava facendo la doccia dopo aver messo a letto Jack. Monk, Kat e le bimbe si erano ritirati in una capanna privata all'interno della tenuta. Kowalski era andato a fare un giro in città, scortato da un paio di guardie che avevano l'ordine non tanto di proteggerlo, quanto piuttosto d'impedirgli di provocare un incidente internazionale.

Il loro gruppo aveva viaggiato dagli Stati Uniti con passaporti e nomi falsi. L'obiettivo era mantenere un profilo basso: dal momento che non si trovavano a Hong Kong in veste ufficiale, dovevano muoversi con cautela. Sulla carta, l'ex colonia britannica era ancora una regione amministrativa speciale della Repubblica popolare cinese, con un governo e un regime economico autonomi. Negli ultimi tempi, però, il principio « un Paese, due sistemi » era diventato così vago da rendere le due entità quasi indistinguibili a livello amministrativo, soprattutto dopo la dura repressione delle proteste nel 2019 e, successivamente, le rigide quarantene dovute al Covid.

Nonostante i cambiamenti, la loro presenza a Hong Kong era stata agevolata da due fattori.

In primo luogo, la Sigma rimaneva un'organizzazione clandestina che si muoveva ai margini della struttura militare. I suoi agenti - reclutati in gran segreto dalla DARPA, l'agenzia di ricerca e sviluppo del dipartimento della Difesa - erano ex soldati delle forze speciali riaddestrati in varie discipline scientifiche per proteggere gli Stati Uniti e il resto del mondo da ogni tipo di minaccia. Le loro missioni erano sempre ufficiose, dato che si muovevano su un confine sottile, tra servizi d'intelligence, operazioni militari e ricerca scientifica.

In secondo luogo, a dispetto delle precauzioni, Gray e gli altri erano senza dubbio sorvegliati e le loro identità sicuramente note. Era il gioco di tutti i servizi d'intelligence: fingere di non sapere dell'intrusione di un'altra agenzia, ma allo stesso tempo tenerla d'occhio. Dunque la loro presenza sarebbe stata tollerata, a meno che non avessero messo in pericolo la sicurezza cinese. E nessuno avrebbe agito contro di loro senza provocazione.

Almeno per il momento.

A ogni modo, Seichan restava vigile, come sempre del resto. A eccezione delle piccole lanterne nel giardino sottostante, le uniche altre fonti di luce erano il freddo luccichio delle stelle e il bagliore distante dei neon dei grattacieli di Hong Kong. La luna era già tramontata, ma avrebbe fatto poca differenza: durante il novilunio non era che un'ombra scura che scivolava tra le stelle.

Ed era così che lei si era sentita per gran parte della sua vita. Un'ombra che si muoveva in un mondo luminoso.

Le tende alle sue spalle si scostarono, e una scheggia di luce proiettata da una lampada all'interno della villa si allungò verso la ringhiera. Un istante dopo, la portafinestra si aprì e Guan-yin uscì in balcone con indosso una vestaglia di seta, facendo calare su di loro il disagio che nessuna delle due aveva ancora superato.

Sebbene si fossero ritrovate quattro anni prima, tra loro permaneva un certo imbarazzo. Erano rimaste separate per vent'anni, durante i quali ciascuna aveva creduto che l'altra fosse morta, perciò era rimasto un abisso difficile da colmare. Da quando aveva ritrovato la madre, Seichan aveva trascorso molto tempo con lei, ma negli ultimi due anni le sue visite si erano diradate. L'ultima volta che era andata a trovarla con Jack era stata dieci mesi prima.

Guan-yin raggiunse la ringhiera e rimase in silenzio, come se volesse sondare il terreno. Ne approfittò per prendere un pacchetto di cellophane accartocciato dalla vestaglia, da cui estrasse una sigaretta. Se la portò alle labbra, quindi si tastò il vestito in cerca di un accendino.

Sospirando, Seichan tirò fuori un vecchio zippo Dunhill di ottone placcato d'argento, lo fece scattare e l'avvicinò alla sigaretta della madre, che si sporse in avanti.

La fiammella rischiarò la cicatrice frastagliata, una ferita che le era stata inferta ventisei anni prima dalla polizia segreta vietnamita nel corso di un interrogatorio. Guan-yin ne aveva fatto un motivo d'orgoglio, incorporandola nell'elaborato tatuaggio della coda di un dragone, che si estendeva dalla guancia alla fronte. Un dragone identico a quello del ciondolo della collana che portava al collo. Anche Seichan ne indossava uno simile, ma non uguale, in quanto era stato realizzato basandosi su un suo ricordo d'infanzia.

Si portò una mano alla collana e tornò con la mente a quand'era bambina, sdraiata a pancia in giù accanto a uno stagno, non molto diverso da quelli che c'erano in giardino. Ricordava di aver fatto scorrere un dito nell'acqua, cercando di attirare una carpa dorata, poi sulla superficie increspata era apparso il volto di sua madre, ancora privo di cicatrice, col dragone d'argento sulla gola che rifletteva la luce del sole.

Quel ricordo sembrava appartenere a qualcun altro.

Aveva ancora difficoltà a conciliare del tutto il passato col presente.

E forse non ci sarebbe mai riuscita.

Come i due ciondoli, le loro esistenze erano state forgiate e incastonate nel duro metallo, rendendole per sempre simili, ma non identiche.

« Jack è cresciuto tanto », sussurrò alla fine Guan-yin alla notte, rompendo il silenzio.

A Seichan non sfuggì il rimprovero. Era trascorso molto tempo dalla sua ultima visita. « Non sono riuscita a venire prima. »

La madre si limitò a soffiare una nuvoletta di fumo, che rimase sospesa nell'aria come la sua accusa.

Lei allontanò il fumo con una mano e cambiò argomento. « Non sapevo che fumassi. »

« Zhuang non vuole, mi nasconde le sigarette. »

« Vedo che prende molto sul serio il suo ruolo di tua guardia del corpo. Forse dovresti dargli retta. »

« So badare a me stessa, *Chi*. »

Seichan s'innervosì sentendo il suo vecchio nome. In vietnamita, *Chi* significava « ramoscello ». La madre aveva chiamato la sua triade *Duàn zhī*, ovvero « rametto spezzato », in memoria della figlia che credeva morta. E per molti versi quella bambina era morta per davvero.

« Sai che preferisco Seichan. O vuoi che ti chiami col tuo vecchio nome, Mai Phuong Ly? »

Guan-yin s'irrigidì. Nessuna delle due era più quella di un tempo. E a nessuna delle due piaceva ricordare la perdita che avevano subito né la sofferenza che ne era seguita.

Seichan aveva trascorso i suoi primi nove anni di vita in un piccolo villaggio in Vietnam. Quel tempo spensierato e felice era finito una notte terribile, quando uomini in uniformi militari avevano fatto irruzione nella loro abitazione e avevano trascinato via sua madre, tra sangue e urla.

Sarebbero trascorsi due decenni prima che Seichan scoprisse la verità, ovvero che la polizia segreta vietnamita aveva scoperto la relazione di Guan-yin con un diplomatico statunitense. Il ministero di Pubblica sicurezza l'aveva fatta rinchiudere e torturare in una prigione alla periferia di Ho Chi Minh per provare a estorcerle segreti di Stato americani. Un anno dopo, la donna era evasa approfittando di una rivolta dei detenuti e, per qualche tempo, un errore burocratico l'aveva data per morta, uccisa durante la sommossa in carcere. Grazie a quel piccolo vantaggio, aveva lasciato il Vietnam e fatto perdere le sue tracce.

Rimasta sola dopo la scomparsa della madre, Seichan aveva trascorso l'infanzia nel Sud-est asiatico, passando da uno squallido orfanotrofio all'altro, patendo spesso la fame e subendo numerosi maltrattamenti. Poi era arrivata a Seul, dove una misteriosa organizzazione terroristica - la Gilda - l'aveva prelevata dalla strada e reclutata. I suoi addestratori le avevano sistematicamente strappato non solo ogni residuo della sua infanzia, ma anche gran parte della sua umanità, trasformandola in un'assassina.

In seguito, dopo aver aiutato la Sigma a sconfiggere la Gilda, era rimasta ancora una volta sola e orfana, finché non aveva trovato un nuovo scopo proprio nella Sigma, oltre a una nuova casa e a una famiglia con Gray.

Guan-yin tirò un'altra lunga boccata dalla sigaretta. Anche lei aveva seguito un percorso simile a quello della figlia, indirizzando la rabbia e il dolore nella fondazione della triade *Duàn zhī* a Hong Kong e ritagliandosi così il proprio posto in quel mondo difficile.

«*Deui 'm zhī*», si scusò in cantonese.

Seichan abbassò il mento, accettando le sue scuse. «È tardi. Devo andare a letto.»

La madre la fermò posandole una mano sul braccio. «Ho saputo che ieri sera hai rifiutato la proposta di Gray. È per questo che sono venuta a parlarti.»

«È una questione che non ti riguarda.»

«Mi ha chiesto la tua mano. Due giorni fa, prima della vigilia del nuovo anno. Gli ho dato la mia benedizione... volevo che lo sapessi. Non so se questo possa fare qualche differenza.»

« No. »

Guan-yin abbassò la testa, ma non abbastanza in fretta da nascondere un guizzo nello sguardo.

« Non mi sposerò mai », affermò Seichan.

« È un sentimento che comprendo, sono felice che tu non abbia accettato la sua proposta. »

« Credevo che gli avessi dato la tua *benedizione.* »

« Dare una benedizione e *approvare* sono due cose ben diverse. Gray è un brav'uomo e un buon padre. È evidente. Se avessi accettato la sua proposta, non avrei avuto nulla da obiettare. Ma tu sei mia figlia, so che il tuo cuore è stato indurito da tutto ciò cui sei sopravvissuta. Come è accaduto al mio. Non c'è niente di cui vergognarsi. Siamo in grado di amare - sia un uomo sia un figlio - ma non abbiamo bisogno di un marito. Siamo indipendenti, come isole inviolabili, protette da secche necessarie. È questo ciò che siamo. Tale madre, tale figlia. » Posò una mano sul solido argento del suo ciondolo.

Seichan deglutì, sconcertata e allo stesso tempo sollevata nel sentire quelle parole. Rimase in silenzio per diversi secondi prima di contestare quella fredda constatazione. « E mio padre? Se ti avesse chiesto di sposarlo, tu avresti accettato? »

« Cerchi la risposta a una domanda che tuo padre non avrebbe mai potuto pormi. Lo sai. La nostra era un'unione impossibile. »

« Ma, se lui avesse sfidato la sua famiglia e te l'avesse chiesto, tu cosa gli avresti risposto? »

Guan-yin si girò verso la ringhiera, lo sguardo perso in lontananza. « Io... non lo so. Ero giovane. Non l'ha fatto, ed è stato meglio così. »

Seichan si voltò, pronta a lasciare la madre ai suoi ricordi.

« Ma a te qualcuno l'*ha* chiesto. Un brav'uomo, con un cuore orgoglioso. Col tuo rifiuto, rischi di perderlo. »

Lei continuò a camminare, costringendosi a tenere la schiena dritta. « Se è necessario un anello per trattenerlo, allora meglio che vada. »

Quando raggiunse la porta a vetri, ripensò a Gray che s'inginocchiava mentre i fuochi d'artificio scendevano a cascata sullo skyline di Hong Kong. Avevano cenato da soli, sua madre aveva portato Jack e gli altri a guardare i festeggiamenti dell'anno nuovo su una barca ormeggiata al Victoria Harbour. Gray indossava un completo grigio scuro, con una camicia inamidata e una cravatta azzurro argento che gli metteva in risalto gli occhi. Si era lisciato i capelli all'indietro, compreso l'ostinato ciuffo ribelle che gli conferiva sempre un aspetto sbarazzino e mascherava i suoi muscoli definiti e i riflessi rapidi. L'unico tocco casual era l'ombra di barba scura sulle guance dovuta alle sue origini gallesi.

Poi aveva tirato fuori la scatolina.

Me lo sarei dovuto aspettare.

E invece no. In passato avevano parlato di matrimonio, a volte scherzando e altre con una certa serietà, soprattutto dopo la nascita di Jack. Lei, però, non aveva nessuna intenzione di sposarsi, le stava bene così com'erano. Pensava fosse un capitolo chiuso.

Tuttavia, col senno di poi, riusciva a comprendere il motivo di quell'improvvisa proposta.

Negli ultimi tempi c'erano stati sempre più attriti fra loro, accompagnati da litigi e lunghi silenzi. Quando Jack era più piccolo, le attenzioni costanti di cui aveva bisogno avevano nascosto la crescente frustrazione che provavano entrambi. Gray voleva di più da lei, parlava persino di un secondo figlio. Ma Seichan non poteva ignorare la sensazione di essere in trappola. Era stata sotto il controllo della Gilda per tutta la sua vita, non aveva mai avuto libertà di azione. E, sebbene amasse suo figlio con un'intensità che a volte la paralizzava, anche lei desiderava qualcosa di più, soprattutto da quando Jack era diventato più autonomo. Si sentiva tirata in due direzioni diverse, e quella sensazione non faceva che peggiorare col passare del tempo.

Così, quando Gray si era inginocchiato nella sala da pranzo della villa, il suo anello le era sembrato una catena. Aveva provato a spiegargli ciò che provava, ciò che pensava. Lui aveva compreso le sue ragioni, ma glielo si leggeva nello sguardo, che era ferito. Quella sera avevano fatto l'amore, lentamente e con passione, come se stessero cercando di rassicurarsi a vicenda.

La mattina seguente, però, le tensioni erano proseguite. I vari festeggiamenti per il compleanno di Jack avevano permesso a entrambi di lasciarsi i problemi alle spalle per un po', ma Seichan non era sicura che fosse sufficiente o che lo sarebbe mai stato.

Mentre apriva la portafinestra, un basso rombo fece tremare il vetro. Poi il balcone iniziò a sussultare, e le campanelle nel giardino presero a suonare un allarme stridente.

Si voltò e fece cenno alla madre di allontanarsi dalla ringhiera. « Via da lì! »

In lontananza, i grattacieli illuminati di Hong Kong ondeggiavano. Intere aree della città precipitarono nelle tenebre: prima Kowloon, al di là del porto, poi anche l'isola su cui sorgeva la villa. Era come se una luna scura fosse scesa dal cielo e avesse spento ogni luce.

Guan-yin e Seichan tornarono nel salone, mentre Zhuang correva loro incontro da una stanza adiacente.

« Raduna tutti nei giardini », gli ordinò Guan-yin. « Staremo più sicuri all'aperto. »

« Vado a prendere Jack e Gray », disse Seichan.

Ma, prima che potesse fare tre passi, dall'esterno giunsero alcuni colpi d'arma da fuoco ovattati. Lei si girò verso la madre. Una granata esplosa da un lanciarazzi deflagrò in giardino, provocando una fiammata intensa e un'onda d'urto che fece vibrare la portafinestra.

Guan-yin aveva un'espressione incredibilmente calma. « Al bunker in garage. Ci vediamo là. »

Seichan e Zhuang si allontanarono in direzioni diverse.

Intanto il tremore continuava ad aumentare.

3

Tremila metri sotto il mar dei Coralli,
23 gennaio, ore 1.18

Phoebe soffocò uno sbadiglio, ma non perché fosse annoiata. La mezzanotte era passata da un pezzo e lei era stanca morta. Era riuscita ad accaparrarsi uno slot notturno alla guida del ROV, e c'erano ancora tre siti da cui voleva prelevare un campione.

« Qual è il prossimo? » chiese Jazz, seduta alla postazione di controllo.

Il Livello Callisto, il quarto della Stazione Titan Inferiore, era circondato da quindici cabine identiche, ognuna separata da quelle adiacenti da paratie che andavano dal pavimento al soffitto e chiusa da una porta a fisarmonica, sia per questioni di privacy sia per limitare la luce ambientale durante la visione delle riprese delle telecamere montate sui ROV.

Phoebe si sporse sopra le spalle della sua assistente per osservare le splendide immagini ad alta definizione delle barriere coralline su un monitor da quarantacinque pollici. In un angolo dello schermo c'erano una finestra che indicava la posizione del ROV rispetto ai fondali illuminati su cui si muoveva e tre serie di coordinate diverse che lampeggiavano in rosso.

Lei indicò quella più esterna, nel punto in cui il fascio di luce della stazione veniva inghiottito dalle tenebre. « Proseguiamo verso Loci A17. »

« Ricevuto. » Jazz fece avanzare il ROV manovrando i comandi sulla console. Altri pulsanti e interruttori disposti ad arco davanti alla sua postazione azionavano l'attrezzatura in dotazione a ciascun ROV, tra cui manipolatori a tenaglia, strumenti di misurazione e da taglio e contenitori per la raccolta dei campioni. L'unica limitazione era la distanza massima che poteva coprire: soli cinquecento metri, pari alla lunghezza del suo cavo a fibra ottica.

Mentre il ROV si avvicinava a Loci A17, Phoebe studiava l'oscurità al di là del fascio di luce della stazione, lì dove non poteva andare.

In quelle profondità senza sole, i tecnici del Progetto Titan avevano seminato quarantadue AUV, sommergibili a guida autonoma che scansionavano il fondale marino seguendo rotte preimpostate. Operativi da sei mesi, funzionavano con batterie ricaricabili della durata di una settimana e servivano a mappare in alta definizione il paesaggio sottomarino circostante fino ai bordi delle profonde fosse a est. Sfortunatamente per lei, non erano attrezzati per la raccolta dei campioni.

Nel corso delle ultime settimane, Phoebe aveva studiato le immagini delle telecamere e le registrazioni sonar di tutti gli AUV, riuscendo così a determinare l'ubicazione di una ventina di banchi coralliferi. Nessuno era più grande di quello sotto la stazione, ma molti si trovavano a profondità maggiori. Per raccogliere campioni anche da quelle barriere avrebbe dovuto aspettare altri tre giorni, quando aveva in programma un'escursione con un HOV, un sommergibile a comando umano in grado di coprire una maggiore distanza.

Ma fino ad allora...

« Siamo arrivati », le comunicò Jazz. « Wow, ottima scelta, è una meraviglia. »

Sullo schermo ondeggiava un corallo alto sei metri, con rami fittissimi ricoperti di polipi verde smeraldo.

« Ho individuato questo gigante solitario il primo giorno. Sembra una specie di corallo nero », spiegò Phoebe.

« Se così fosse, sarebbe da record. È grande il doppio rispetto a qualsiasi altro abbia mai visto. »

I coralli neri comprendevano centinaia di specie, con polipi di ogni tonalità - giallo brillante, bianco scintillante, persino blu e viola scuro - e rami calcarei disseminati di minuscoli aculei. Era per quest'ultimo motivo che alcuni esemplari erano conosciuti anche come coralli « spinosi ». Quelli ricoperti di polipi verdi, come l'esemplare che avevano davanti, a volte venivano chiamati « coralli albero di Natale » per via dei loro rami brillanti e fitti.

Fino a quel momento, Phoebe aveva identificato quattordici

specie di coralli neri in quella barriera corallina, ma quel particolare esemplare aveva catturato il suo interesse, e non solo per via delle sue incredibili dimensioni. « Dev'essere molto antico, se è cresciuto così tanto. »

« Una vera e propria sequoia », convenne Jazz.

« Esatto. »

I coralli neri erano considerati gli animali marini più longevi. Una specie di polipo nelle acque hawaiane era stata fatta risalire a 4270 anni prima e continuava a prosperare.

Jazz fece girare il ROV intorno all'alto esemplare, inquadrandolo da ogni angolazione. « I ricercatori sul *Titan X* hanno già raggiunto un consenso sull'età di questi coralli? Voglio dire, da quanto tempo ci stava aspettando questa oasi nascosta? »

« Non è ancora chiaro. Un archeologo marino sta ripetendo alcuni studi preliminari. Ha prelevato un campione profondo dalle regioni più fitte della barriera e sta provando a datarlo con l'ablazione laser, la stessa tecnica con cui si è riusciti a stabilire che i banchi coralliferi nel Mediterraneo stanno crescendo ininterrottamente da più di 400.000 anni. »

Jazz le lanciò un'occhiata. « Un momento... se questo archeologo sta *ripetendo* i test, vuol dire che c'è qualcosa di strano che deve essere ricontrollato. »

Phoebe cambiò espressione.

« Sai qualcosa e me l'hai tenuto nascosto! »

« Come ho detto, si tratta di studi preliminari. »

« Dimmelo, o faccio schiantare questo ROV nella sabbia. »

Phoebe sorrise. « Secondo l'archeologo, questi fondali coralliferi sarebbero qui da dieci milioni di anni, forse anche di più. »

« Dieci milioni... »

« E forse di più. Potrebbero rivelarci molte cose sul passato remoto della Terra. » Era proprio quello ciò che la incuriosiva di più delle barriere coralline di mare profondo, il vero fulcro delle sue ricerche. Siccome i coralli crescevano molto lentamente a quelle profondità estreme, i loro scheletri calcificati incorporavano numerosi elementi oceanici, creando un archivio delle condizioni marine antecedenti la comparsa dell'uomo sulla Terra. Lo studio di quelle fonti naturali prometteva di offrire preziose informazioni su come i cambiamenti negli oceani influenzavano la crescita dei coralli, tanto nel passato quanto nel futuro.

Ripensò alla conversazione con William Byrd e alle preoccupazioni espresse per lo stato delle barriere coralline del mondo.

È per questo che mi ha scelto.

Non voleva deluderlo. Anche se non era solo quello a motivarla. La verità era che aveva sempre subito il fascino dell'oceano. Era il suo amato rifugio e il suo parco giochi.

Suo padre era un portoricano irascibile, incline a improvvisi scatti di rabbia, e usava tanto i pugni quanto la lingua per esprimere la sua frustrazione. La madre aveva fatto del suo meglio per proteggerla, facendola uscire di casa quando quelle tempeste diventavano troppo furiose. Lei aveva trovato conforto e pace nell'oceano, dove la rabbia del mondo si attenuava. Restava sottacqua il più a lungo possibile, trattenendo il fiato, cercando di scendere più in profondità che poteva con una sola boccata d'aria, praticando di fatto ciò che in futuro sarebbe stato chiamato « immersione in apnea ».

Dopo che lei e sua madre erano finalmente scappate dalla violenza e si erano trasferite dalle Barbados nel Sud della California, Phoebe aveva iniziato a praticare quello sport con più serietà, ottenendo anche una borsa di studio.

Continuava a praticarlo, trovando ancora gioia nella solitudine.

Guardò le oscure profondità al di là della stazione.

Solo che adesso scendo a profondità molto maggiori.

« Pheebs? Che facciamo? » chiese Jazz.

Lei si riscosse dai suoi pensieri e indicò l'insolito esemplare sul monitor, impaziente di apprenderne i segreti. « Avvicinati, voglio scegliere per bene il campione da prelevare. »

« Nessun problema, capo. » Jazz rallentò l'avanzata del ROV con mano esperta e lo fece fermare davanti a un fitto ammasso di rami... o almeno ci provò. « La corrente qui è piuttosto forte. Puoi pensarci tu al campione, mentre io tengo fermo il ROV? »

« D'accordo. » Phoebe prese posto accanto a lei, posizionandosi davanti ai comandi che manovravano gli strumenti di raccolta, poi indicò alcuni rami che brillavano sul monitor. « Ingrandisci questo punto. »

Jazz regolò l'obiettivo della telecamera, e un istante dopo lo schermo fu invaso da una fitta sezione di polipi verde smeraldo.

Dopo aver messo a punto l'immagine, trasalì. « Mi sa che ti sei *sbagliata*, capo, non credo si tratti di una specie di corallo nero. »

« Da lontano lo sembrava proprio », mormorò Phoebe. « Lo scheletro di questo corallo è nero, e da vicino è possibile vedere gli aculei sulla corteccia che caratterizzano queste specie. »

« Ma non puoi ignorare i polipi. Conta i loro bracci, sono *otto*. »

Phoebe sospirò: Jazz aveva ragione. « Quelli dei coralli neri ne hanno solo *sei*. Interessante... Forse ne sapremo di più una volta raccolto il campione. »

« Potrebbe trattarsi di una nuova specie. »

« Speriamo. » Phoebe diresse un manipolatore verso il ramo prescelto. Mentre le tenaglie si avvicinavano al gambo, decine di polipi tesero dei sottili filamenti verso l'artiglio d'acciaio.

« Tentacoli spazzini », disse Jazz, stupita.

Phoebe si avvicinò.

Molte specie di coralli possedevano quelle armi, anche se quelle erano molto più lunghe del normale, poco sotto il mezzo metro. I tentacoli spazzini venivano usati per afferrare le prede che i polipi non riuscivano a raggiungere coi loro bracci limitati, ed erano caratterizzati da potenti nematocisti, ovvero pungiglioni velenosi in grado di stordire piccoli animali. Venivano impiegati anche come mezzo di difesa territoriale, per scoraggiare l'intrusione di qualsiasi altro corallo.

«Di qualunque specie si tratti, chiaramente non è contenta di quello che stiamo facendo», disse Jazz.

Phoebe avvicinò ulteriormente la tenaglia. «Prenderemo solo la punta di questo gambo. Non ce ne vorrà per così poco.»

Quando l'artiglio metallico toccò il corallo, un movimento turbinoso le fece trasalire. I polipi schizzarono fuori dai loro nidi calcificati e fuggirono come uno stormo di uccelli spaventati, facendo guizzare il corpo e agitando i bracci. Qualcuno attaccò l'artiglio, aggrappandovisi con forza.

«Ma che... *Nessun* corallo si comporta così», esclamò Jazz.

Phoebe notò che alcuni polipi non erano ancora fuggiti. Prima che potessero farlo, staccò il ramo coi suoi ultimi ospiti e lo aspirò in un contenitore autosigillante per campioni. «Che strano...» commentò, lasciando i comandi.

I polipi erano organismi sessili, cioè restavano nello stesso luogo dalla vita alla morte. Anche se durante il loro ciclo vitale potevano rilasciare minuscole meduse che si staccavano dal loro corpo, non lasciavano mai i coralli. «Non ho mai visto nulla del genere.»

Jazz la fissava con occhi sgranati. «Nessuno ha mai visto nulla del genere. Potrebbe trattarsi non solo di un'altra *specie* di corallo, ma forse di un subphylum completamente nuovo di Cnidari.»

Gli Cnidari comprendevano numerosi subphyla e classi diverse, tra cui meduse, anemoni, coralli di tutti i tipi e persino strani parassiti. Se Jazz aveva ragione, avevano appena compiuto una scoperta sensazionale.

Ciò nonostante, Phoebe frenò l'entusiasmo. «Non corriamo troppo.» Guardò l'orologio. «Il tempo a nostra disposizione sta per finire. Capiremo cosa abbiamo scoperto una volta tornate al laboratorio.»

Jazz annuì e iniziò a richiamare il ROV.

Mentre il sommergibile si allontanava dall'esemplare, Phoebe fissava lo schermo. Prima, distratta com'era dalle dimensioni di quell'albero gigantesco, non aveva notato un'altra sua particolarità. La sabbia ai suoi piedi sembrava priva di qualsiasi forma di vita. Non c'erano altri coralli nelle immediate vicinanze, né pesci che frugavano tra i suoi anfratti o granchi che zampettavano sotto i suoi rami.

Ripensò ai polipi in fuga e ai loro tentacoli spazzini.

Sapevano ancora molto poco di quell'esemplare, ma una cosa era chiara.

Era decisamente aggressivo.

4

Hong Kong, Cina,
22 gennaio, ore 22.44

Stringendo il figlio tra le braccia, Gray sfrecciava a piedi nudi giù per le scale che portavano al garage al pianoterra. L'edificio era squassato dalle vibrazioni del terremoto e rivoli di polvere cadevano dal soffitto.

Quando il mondo aveva cominciato a tremare, lui stava facendo la doccia, perciò adesso indossava solo un paio di pantaloni della tuta. Non aveva avuto neppure il tempo di asciugarsi: Seichan si era precipitata nella camera da letto per avvisarlo che la villa era sotto attacco e doveva portare Jack al piano di sotto. Solo allora, dopo aver chiuso l'acqua, aveva sentito i colpi ovattati di un'arma automatica e alcune esplosioni più forti.

Superò gli ultimi gradini con un balzo ed entrò nel garage da otto posti. Protetta da quattro uomini con fucili automatici cinesi QBZ a canna corta, Guan-yin attirò la sua attenzione verso una parete alla sua destra. « Da questa parte! »

« Vai! » lo spronò Seichan alle sue spalle.

Lui corse incontro alla donna superando una fila di Audi, Porsche e Aston Martin, e una Bugatti Chiron da un milione di dollari posizionata su una piattaforma girevole. A quanto pareva, essere la Boss di Macao pagava bene.

Uno degli uomini armati aprì una porta mimetizzata nella boiserie della parete. « Nel bunker! » ordinò Guan-yin, indicando la rampa di scale nascosta.

Gray esitò, e non solo perché era restio a cercare riparo sottoterra durante un terremoto. Abbassò lo sguardo su Jack, che gli sonnecchiava in braccio con una guancia appoggiata su una spalla. Nonostante il continuo e nauseante movimento del suolo, era ancora mezzo addormentato, esausto dopo quella lunga giornata d'intense emozioni, ignaro del mondo circostante come solo un bambino di due anni poteva essere.

Lui non era l'unico bambino in pericolo.

« Dove sono Monk, Kat e le ragazze? » chiese, pronto a passare il figlio a Seichan per andare a cercarli.

Monk e famiglia soggiornavano in una capanna all'interno del giardino recintato, perché Penny e Harriet avevano insistito per stare vicino ai laghetti koi e alle anatre che li abitavano.

« Zhuang è andato a prenderli. Li terrà al sicuro », rispose Guan-yin.

La fiducia nella sua guardia del corpo si dimostrò ben riposta quando una porticina sul lato opposto del garage si aprì di schianto, rivelando un passaggio coperto che portava in giardino. Monk e Kat, ciascuno con una figlia in braccio, seguirono Zhuang e un altro membro della triade all'interno e corsero dietro la fila di auto posteggiate.

Ora che la porta era aperta, i rumori dello scontro a fuoco erano più forti. Nei giardini si stava combattendo una guerra. Un'esplosione più potente risuonò in alto, seguita dal tintinnio di vetri infranti: una granata era scoppiata all'interno della villa. Si trattava di un attacco su larga scala, e chiunque lo avesse sferrato aveva probabilmente approfittato della confusione causata dal terremoto.

Gray sapeva che le bellicose triadi locali si scontravano periodicamente nelle strade, dando vita a vere e proprie guerriglie urbane, però mai avrebbe pensato che qualcuno avrebbe osato attaccare la *Duàn zhī*, la triade che controllava Hong Kong e Macao col pugno di ferro ed era rispettata e temuta in tutto il Sud-est asiatico. Soprattutto non la dimora personale del dragone. Secondo il codice delle triadi, un simile atto era ritenuto disonorevole e considerato un oltraggio da lavare col sangue, e spesso provocava faide che andavano avanti per generazioni. Alcune si combattevano da secoli per affronti molto meno gravi.

A giudicare dalla rabbia che ne oscurava i lineamenti, Guan-yin avrebbe sfruttato tutte le risorse a sua disposizione per ottenere vendetta, rivolgendosi anche alle triadi con cui aveva stretto patti e giuramenti. I responsabili dell'aggressione avevano incendiato una polveriera che presto avrebbe dilaniato Hong Kong e non solo.

Nel frattempo, Monk e Kat correvano verso la porta nascosta, lui con indosso solo un paio di boxer e una maglietta con sopra un bulldog imbronciato che gli somigliava molto, lei in vestaglia, coi capelli sciolti e scarmigliati. Le bambine, in pigiamini dai colori vivaci, non avevano reagito a quel caos con la stessa calma di Jack, e piangevano tenendosi strette ai genitori.

Lo sguardo di Monk bruciava di rabbia, mentre un intenso rossore gli copriva il viso e la parte superiore della testa rasata. Il braccio stretto intorno a Penny formava uno scudo protettivo di muscoli. Pure Kat era fuori di sé, ma la sua furia era smorzata dalla preoccupazione.

Avevano percorso metà della distanza che li separava dall'ingresso del bunker, quando una serie di forti esplosioni fece saltare in aria tre porte metalliche e le scagliò all'interno del garage. Grazie ai riflessi affinati dall'addestramento coi Berretti verdi, Monk afferrò Kat e Harriet col braccio libero e si accovacciò dietro un SUV Audi. Una pioggia di detriti si abbatté sulle auto parcheggiate, danneggiando parabrezza, tettucci e cofani, e l'ambiente cominciò a riempirsi di fumo.

Zhuang si tuffò accanto a loro stringendo una SIG Sauer P226 tra le mani. L'altro membro della triade non fu altrettanto rapido e venne centrato da una delle tre porte metalliche, che quasi gli staccò la testa di netto.

Una tempesta di proiettili si abbatté nel garage. Il commando all'esterno sparava alla cieca attraverso la cappa di fumo. Gli uomini di Guan-yin risposero al fuoco, anche loro a casaccio, ma almeno riuscirono a sbarrare la strada agli aggressori.

Gray si voltò per passare Jack a Seichan, pronto a correre in aiuto di Monk e Kat, ma lei strappò un fucile dalle mani di una guardia e si precipitò nel garage sparando con una mano sola. Gray aveva dimenticato quanto potesse essere veloce, soprattutto se alimentata a collera e adrenalina. Non avendo altra scelta, scese qualche gradino della rampa di scale per mettere Jack al sicuro, ma senza perdere di vista il garage.

Raggiunti Monk e gli altri, Seichan intimò loro di restare accucciati e di correre al riparo della fila di veicoli.

Erano quasi arrivati alla porta, quando un uomo entrò correndo in garage con un FN SCAR in spalla, un fucile da battaglia con un lanciagranate agganciato sotto la canna. I membri della triade rivolsero il fuoco contro di lui, che si rannicchiò tra un'Aston Martin e la Bugatti puntando la sua arma su Monk e gli altri.

Nemmeno Seichan fu abbastanza veloce da reagire all'imboscata.

Ma sua madre sì.

Guan-yin premette un grosso pulsante sul muro accanto a lei, e la piattaforma girevole sotto la Bugatti si attivò con un sussulto, facendo perdere l'equilibrio all'intruso. Zhuang ne approfittò per sparare tre colpi in rapida successione, due alla testa e uno al petto.

L'uomo crollò a terra, permettendo a Zhuang e agli altri di attraversare il garage.

« Andate di sotto », ordinò Guan-yin.

Tutti si precipitarono giù per le scale, e un istante dopo la porta segreta si chiuse di scatto alle loro spalle. Applique a forma di draghi alati fiancheggiavano le pareti della rampa, che terminava in uno spazio dal tetto basso grande un quarto del locale sovrastante. Gray si era aspettato che il bunker fosse una camera blindata, e invece era un altro garage.

Solo che lì non c'erano costose auto sportive o berline di lusso, ma tre Alpha Titan: Mercedes G550 4×4 corazzate e rivettate, con placcature grigio opaco sulle fiancate e alti pneumatici. I finestrini erano senza dubbio a prova di proiettile e ad alta protezione balistica.

« Dividetevi e salite a bordo », ordinò la donna. « Dobbiamo lasciare la villa. »

« Non possiamo restare qui? » chiese Kat, stringendo Harriet a sé. I singhiozzi della bambina si erano ridotti a rantoli tremanti. « Il terremoto è passato, e lì fuori hai un esercito a tua disposizione. »

Monk annuì, sistemandosi Penny tra le braccia.

In mezzo a tutto quel caos, Gray non si era accorto che il suolo aveva smesso di tremare. Comprendeva la preoccupazione dei suoi amici per le figlie: anche Jack si era svegliato con l'espressione imbronciata di quando stava per piangere.

Poi vide la polvere che cadeva dalle crepe sul soffitto di cemento. «Guan-yin ha ragione. Potrebbero arrivare scosse di assestamento. Sarebbe meglio non trovarsi qui, nel caso ce ne fosse una particolarmente forte.»

«E non possiamo escludere la possibilità che quei bastardi sappiano di questo bunker.» Seichan si appoggiò il fucile su una spalla. «Conoscevano abbastanza bene la disposizione della villa da spingerci nel garage per tenderci quell'imboscata. Avranno torturato il personale per ottenere queste informazioni.»

«Due cameriere non si sono presentate al lavoro questa mattina», ammise la madre. «Avevo pensato fosse dovuto ai festeggiamenti di capodanno.»

«Sanno di questo bunker?» le chiese la figlia.

«No, solo Zhuang e pochissimi miei assistenti ne sono a conoscenza, ma qualche membro del personale potrebbe averne sentito parlare.»

Gray indicò le Titan. «Allora non possiamo restare qui. Probabilmente il commando non ha trovato il bunker perché ha agito di fretta, scegliendo di approfittare del terremoto anziché attendere una ricognizione completa della villa.»

«Allora non diamogli una seconda possibilità», commentò Monk.

Nonostante il GPS, le strade del Victoria Peak restavano un labirinto intricato in cui era difficile districarsi, se non le si conosceva bene. Quindi il gruppo fu costretto a separarsi. Zhuang e la famiglia di Monk salirono su una Titan, mentre Gray si mise al volante di un'altra, con Guan-yin al suo fianco e Seichan, Jack e un altro membro della triade sul sedile posteriore. Gli altri uomini della *Duàn zhī* montarono a bordo dell'ultimo veicolo.

A un segnale del dragone, le porte del bunker si aprirono su un'area isolata e boscosa a poca distanza da Mount Kellett Road. Le radici nodose di un grosso albero della gomma nascondevano l'uscita. La Mercedes stipata di uomini armati si mise alla testa del convoglio, seguita da quelle guidate da Gray e Zhuang.

La strada era immersa nel buio, i lampioni erano fuori uso a causa del blackout. L'unica fonte d'illuminazione proveniva dalle luci dei freni dei tre veicoli, che procedevano a fari spenti. Tuttavia era difficile nascondere il ruggito gutturale dei loro motori V8.

Percorrevano la strada tortuosa il più velocemente possibile, con una parete rocciosa che si ergeva su un lato e un dirupo scosceso sull'altro.

Nello specchietto retrovisore, le luci della villa alimentate da un generatore erano ammantate di fumo e dalle fiamme.

Sembrava che il nemico non si fosse accorto della loro fuga.

Speriamo che duri.

Una radio portatile sul cruscotto gracchiò, poi la voce di Monk si diffuse nell'abitacolo. « E Kowalski? » chiese, ricordando a tutti che un membro del loro gruppo mancava all'appello.

Ore 23.07

E io che credevo di morire di cancro.

Kowalski si faceva largo tra la folla con un paio di tovaglioli premuti sulla guancia sfregiata da un coccio di vetro.

Al momento del terremoto si trovava all'Old Man, un bar nel quartiere di SoHo. Lo aveva scelto per il nome: dopo i cicli di chemioterapia, si sentiva vecchio eccome. Il bar, inoltre, era angusto e buio, cosa che rispecchiava il suo umore, ed era aperto fino alle due del mattino. Pensando di restarci fino alla chiusura, aveva iniziato con un Men Without Women, un drink a base di un corposo whisky irlandese, cream stout e arabica salata che sapeva di caffè.

Gli era sembrato particolarmente appropriato, visto che era in vacanza da solo. Maria, la sua ragazza, era partita quindici giorni prima per Stoccarda con la sorella, per partecipare a un progetto antropologico della durata di sei settimane. Prima, però, avevano festeggiato insieme il capodanno a Washington.

Poi lui si era reso conto che, se fosse andato a Hong Kong, si sarebbe potuto concedere un *secondo* capodanno.

Non aveva saputo resistere.

Tanto più che aveva molte ragioni per festeggiare.

I risultati dell'ultima biopsia non avevano mostrato segni di recidiva. Dieci mesi prima, si era sottoposto a un trapianto di midollo osseo per curare un mieloma multiplo di stadio 3, ovvero un tumore delle plasmacellule e da tre settimane aveva terminato il ciclo di farmaci immunosoppressori. A quel punto, non restava che rimettersi in forze, mangiare sano e limitare il consumo di alcol, e lui aveva seguito diligentemente le indicazioni del medico... o almeno due su tre. Nella vita bisognava pur divertirsi, altrimenti non valeva la pena viverla.

Stava sorseggiando il suo secondo cocktail - un mix di rum e soda al limone chiamato Soldier's Home - quando il bar aveva iniziato a tremare. Diverse bottiglie erano cadute dalle mensole, gli specchi si erano frantumati. Lui si era accovacciato col bicchiere in mano e aveva atteso per qualche minuto che il terremoto cessasse. Nel frattempo, la maggior parte degli hongkonghesi si era riversata nelle strade, per timore di una scossa di assestamento.

Con la guancia in fiamme, Kowalski attraversò la strada sbriciolando pezzi di vetro sotto le scarpe e imboccò una scalinata sovrastata da un cartello che diceva:

光漢台花園
KWONG HON TERRACE GARDEN

Il parco soprelevato non aveva edifici nelle immediate vicinanze che potessero crollargli addosso e offriva un punto d'osservazione abbastanza alto per valutare l'entità dei danni. Quando arrivò in cima, Kowalski scoprì di non essere l'unico ad averlo scelto come rifugio.

Il prato e il parco giochi dei bambini erano gremiti di gente. Tuttavia, essendo alto un metro e novanta, Kowalski riusciva a vedere al di sopra della maggior parte delle teste. Si aprì facilmente un varco tra la folla grazie alla stazza imponente e all'espressione scontrosa, e si diresse verso una balaustra. Sotto di lui, la città era avvolta nelle tenebre, a eccezione di alcune aree rischiarate da luci alimentate da generatori, e altre da fuochi sparsi. Tutt'intorno urlavano le sirene, aggiungendosi alla cacofonia di clacson, urla e colpi d'arma da fuoco.

Gli tornò alla mente una cosa che gli aveva detto tempo prima Painter Crowe, il direttore della Sigma: « Nonostante le apparenze, il mondo è a un solo disastro dalla barbarie ». Essendo spesso lui a causare quei disastri in prima persona, si era sforzato di non prendere l'avvertimento sul personale.

Tornò a concentrarsi sulle conseguenze del terremoto. Tutti i grattacieli sembravano ancora in piedi, anche se l'angolo di un edificio vicino si era sbriciolato. I pali della luce e i lampioni erano crollati in strada. Molte finestre erano esplose.

D'un tratto, qualcuno lo prese per un gomito e lo strattonò con forza. Lui si voltò con un pugno sollevato, ma poi si trattenne, avendo riconosciuto uno dei membri della triade che lo aveva accompagnato in città, un fascio di muscoli dal volto magro.

« Forza, dobbiamo andare », lo avvertì.

« Dove? »

« Dobbiamo raggiungere la Montagna e gli altri. »

« Maestro di Montagna » era come veniva chiamata a volte Guan-yin, un titolo onorifico che le spettava in quanto dragone della triade. Mentre la guardia faceva strada all'interno del parco, Kowalski aveva la sensazione che qualcosa non andasse, ma non riusciva a capire se fosse solo il terremoto o ci fosse pure un qualche motivo più grave. In ogni caso, faceva del suo meglio per tenere gli occhi incollati sulla sua figura minuta, ma un paio di volte per poco non la perse tra la folla. All'improvviso, la guardia si girò di scatto e sollevò un braccio, come se volesse rimproverarlo per qualcosa. Invece sputò un fiotto di sangue dalla bocca.

Barcollò per qualche passo stringendo l'elsa di un pugnale conficcato nella gola, poi qualcuno alle sue spalle sfilò la lama con violenza e lui crollò in ginocchio. Il suo assassino, col volto coperto da una fascia nera, scostò il cadavere e si fece avanti.

Altre quattro figure mascherate si stavano avvicinando da direzioni diverse. Kowalski si accovacciò, provando a nascondere la sua mole tra la gente accalcata ai suoi fianchi, ma era come cercare di occultare un'anguria in un cesto di arance.

Individuò altri due assassini che gli andavano incontro.

Sette contro uno.

Si metteva male.

Soprattutto perché Kowalski era disarmato. Serrò i pugni con forza, pronto a vendere cara la pelle. Intanto molti dei presenti notarono il cadavere e gli uomini dal volto coperto e iniziarono a scappare verso le scale o sul lato opposto del parco.

Mentre la calca intorno a lui si diradava, il primo assassino gettò via il pugnale insanguinato ed estrasse una pistola da una fondina ascellare sotto la giacca.

La situazione stava precipitando.

Kowalski rallentò, preparandosi al peggio. Le altre figure mascherate si avvicinavano sempre di più, bloccando ogni via di fuga. Nel frattempo, però, lui si era reso conto di non essere completamente disarmato.

Infilò una mano nella tasca della giacca e tirò fuori la sua unica speranza. Se la portò alle labbra, non per baciarla, ma per simulare una minaccia. Finse di staccare la linguetta, poi lanciò la sfera verso i nemici.

« *Shŏuléi!* » urlò.

Aveva imparato la parola cinese per « granata » quando aveva acquistato quel cimelio della Guerra di Corea al mercatino notturno. Era felice che Gray lo avesse costretto a portarselo via dopo che Jack l'aveva scelto durante il suo *Zhua Zhou*.

Lo stratagemma ebbe un effetto immediato. L'uomo armato di pistola corse via, seguendo la folla in fuga. I suoi compagni fecero altrettanto.

Kowalski si voltò e scappò nella direzione opposta. Ora che la strada era sgombra, raggiunse in un attimo la balaustra e la scavalcò con un balzo. Atterrò con violenza sulla strada sottostante, ma rotolò su una spalla e si rimise subito in piedi.

Si mescolò alla fiumana di pedoni zoppicando un poco, poi s'infilò dietro un angolo.

Aveva mosso appena due passi, quando un'altra mano gli afferrò un braccio. Questa volta Kowalski reagì con un pugno, che centrò il naso del ragazzo alle sue spalle.

Lui però non mollò la presa. « Lanterna Blu! Lanterna Blu con *Duàn zhī.* »

Kowalski ci mise qualche secondo, il tempo di trascinare lo sconosciuto per una decina di metri, prima di ricordarsi che « Lanterna Blu » era l'espressione che designava un membro della triade non iniziato. Lo rimise in piedi. « Che ci fai qui? »

« Ti ho seguito dalla villa », ansimò il ragazzo, col sangue che gli colava da entrambe le narici. « E ti ho visto saltare in strada dopo che sei stato attaccato. »

Kowalski aggrottò la fronte. Qualcuno doveva aver spifferato ai suoi aggressori che due membri della triade lo avevano accompagnato in città, ma a quei bastardi ne era sfuggito un *terzo*, e lui poteva immaginare il motivo. « Non ti ha mandato Guan-yin, vero? »

« No. Sono venuto di mia iniziativa. »

Quindi stava cercando di guadagnare punti, uno sforzo che al momento Kowalski apprezzava molto. « Fai strada. »

Il ragazzo gli lasciò finalmente il braccio e corse avanti. « Seguimi! »

Ore 23.16

Sul sedile posteriore della Titan, Seichan cullava Jack con un braccio solo, stringendolo forte a sé mentre l'auto ondeggiava a ogni brusca curva della strada tortuosa. Appoggiato su un ginocchio, invece, aveva il calcio del fucile di fabbricazione cinese.

Dal lato sinistro del veicolo, aveva una vista vertiginosa del ripido dirupo sottostante, mentre sul lato opposto sfrecciava il fianco roccioso di una collina. La strada era spaventosamente stretta, soprattutto considerate le dimensioni di quei carri armati su ruote con cui la stavano percorrendo. Come se non bastasse, il convoglio procedeva ancora al buio: avevano messo una buona distanza tra loro e la villa, ma nessuno voleva correre rischi inutili.

Dopo aver girato intorno alla collina, Mount Kellett Road si divideva in due rami: da una parte curvava su se stessa e tornava indietro, e dall'altra procedeva verso la città, inoltrandosi tra complessi condominiali e abitazioni più piccole.

Gray si portò la radio alle labbra. « Notizie di Kowalski? »

« No », rispose Zhuang dalla Titan alle sue spalle. « Ho allertato gli uomini che erano con lui, ma non riesco più a contattarli. Il segnale del cellulare va e viene a causa del blackout e delle linee sovraccariche. »

Guan-yin scosse la testa. « Avranno teso un'imboscata anche a loro. Dobbiamo presumere che il vostro amico sia morto. »

« Non conosci Kowalski », ribatté Gray.

Seichan la pensava come lui, quell'uomo era quasi impossibile da uccidere.

A ogni modo, se Kowalski e gli altri erano stati attaccati in città, c'era qualcosa che non tornava. La triade *Duàn zhī* contava settantamila membri.

Perché darsi tanto daffare per un manipolo di uomini a Hong Kong?

La Titan in testa rallentò in prossimità dell'incrocio. Diversi residenti avevano lasciato le loro abitazioni appollaiate in modo precario sul fianco del dirupo e si erano riversati in strada.

Zhuang suonò il clacson per farsi largo, ma Seichan notò che alcuni di loro stavano già scappando da qualcosa che lei e gli altri non riuscivano a vedere.

Si lanciò in avanti verso Gray. « Frena! »

Un enorme autoarticolato proveniente dall'altro ramo dell'incrocio si abbatté contro la fiancata della Titan in testa, scagliandola via. Camion più piccoli sopraggiunsero alle sue spalle, bloccando l'incrocio, e uomini armati saltarono giù dai cassoni scoperti, aprendo il fuoco.

Al grido di Seichan, Gray aveva già iniziato a frenare.

I proiettili si abbattevano sul cofano e sul parabrezza del SUV corazzato come chicchi di grandine delle dimensioni di una pallina da golf.

« Da quella parte! » Guan-yin indicò la foresta alla loro sinistra.

Gray sterzò bruscamente e si diresse verso un muro di alberi enormi e un ripido dislivello. Una granata esplose sulla strada a pochi metri da loro. La Titan sobbalzò. Una nuvola di fiamme e fumo oscurò i finestrini laterali. Quando si diradò, Seichan scorse una donna che abbassava un bazooka.

Non può essere...

Il muso del SUV s'inclinò bruscamente imboccando la discesa al margine della foresta. Solo allora lei notò la mulattiera che si diramava dalla strada. Ma era troppo stretta per il loro mezzo, che al suo passaggio abbatteva alberelli e rimbalzava sui tronchi più grossi. Altre esplosioni e colpi d'arma da fuoco risuonarono alle loro spalle, mentre la terza Titan seguiva il sentiero che Gray stava tracciando nella foresta.

Bloccata dalla cintura di sicurezza, Seichan lasciò cadere il fucile e strinse forte Jack, che piangeva. Ogni singhiozzo non faceva che aumentare la sua rabbia.

« Rimarremo incastrati fra gli alberi! » urlò Gray.

« Non ti fermare », insistette Guan-yin.

I grossi pneumatici e gli assali a portale li trascinarono avanti per altri cinquanta metri, poi la foresta si aprì su un sentiero ghiaioso largo quasi quanto la Titan, delimitato da fitte felci e grovigli di alti alberi di banyan.

« Gira a destra! »

Gray obbedì, sollevando per un istante il veicolo su due ruote, per poi riprendere a tutta velocità. Dietro di loro, l'altro SUV sbucò dagli alberi e girò in maniera più fluida, probabilmente perché Zhuang conosceva quella mulattiera che attraversava il Victoria Peak.

« Dove siamo? » chiese Gray.

« Su un sentiero escursionistico e antincendio », rispose Guan-yin, guidandolo poi attraverso una fitta rete di stradine tortuose.

Seichan si guardava intorno per capire se il nemico li stesse inseguendo, ma la foresta era immersa nel buio.

« Questi sentieri formano un labirinto che si estende sull'intera montagna », spiegò Guan-yin. « Una decina conduce sull'isola di Hong Kong, e oltre a questi ce n'è un'altra decina che in pochi conoscono. Quei maledetti *pok gaai* non possono seguirli tutti. »

La radio portatile sul cruscotto gracchiò di nuovo.

«Ho appena parlato con Bolin Chén a Hong Kong», disse Zhuang.

Guan-yin afferrò la radio e se la portò alla bocca. «*Bolin Chén? Shuí?*» chiese, informandosi sull'identità di quella persona.

«*Guà lán dēng long*», rispose l'altro in cantonese, spiegando che si trattava di una Lanterna Blu.

«Che succede?» chiese Gray.

Lei sollevò una mano e continuò a parlare nella sua lingua, senza però smettere di dargli indicazioni.

Seichan ne approfittò per cullare Jack, cercando di calmarne la paura, che pian piano si affievolì in un quieto tremolio. Al contrario della sua collera, che non si era affatto placata.

Alla fine, Guan-yin chiuse la chiamata con un'espressione amara.

«Allora?» disse Gray, chiaramente preoccupato per Kowalski.

«Il tuo amico sta bene, è con uno dei membri più giovani della triade. Gli ho ordinato di portarlo a Deep Water Bay, sul versante meridionale dell'isola, lontano dal centro cittadino. Ho un catamarano ormeggiato al Royal Hong Kong Yacht Club di cui solo Zhuang è a conoscenza. Andremo a Macao, nessuna triade oserà attaccare la nostra roccaforte.»

Seichan si sporse in avanti. «Non è stata un'altra triade ad attaccarci, mamma, ma uno dei *nostri* nemici.»

Gray le lanciò un'occhiata perplessa dallo specchietto retrovisore. «Che vuoi dire?»

Lei ripensò alla donna che aveva esploso un colpo di bazooka contro di loro. Non c'erano dubbi sulla sua identità. Non si era presa neppure la briga di nascondere la sua carnagione pallida, i capelli talmente bianchi da brillare sotto le luci dei camion, né il tatuaggio - deturpato da una cicatrice - di un sole nero con raggi uncinati sulla guancia destra.

«Chi ci ha attaccato?» la incalzò lui.

«Valya», rispose lei. «Valya Mikhailov.»

L'ultima volta che l'aveva vista era stata due anni prima, quando portava ancora in grembo Jack. In cima a una montagna spazzata da una bufera di neve nel West Virginia, Seichan aveva sparato due proiettili contro quel fantasma uscito dal suo passato con la Gilda. Una pallottola l'aveva centrata al petto, l'altro le aveva sfiorato la guancia tatuata. Valya aveva perso l'equilibrio ed era precipitata nel dirupo innevato alle sue spalle, ma il suo corpo non era mai stato ritrovato.

Da quella notte, un nodo di tensione era andato formandosi dentro di lei. Aveva atteso con ansia quel momento, lo aveva pregustato a lungo. E, quando l'aveva vista in strada col bazooka, si era sentita più sollevata che sorpresa.

Seichan aveva sempre saputo che quella battaglia sulla montagna imbiancata non era mai davvero finita.

Finalmente si ricomincia.

5

Tremila metri sotto il mar dei Coralli,
23 gennaio, ore 2.38

Stanca e con gli occhi annebbiati, Phoebe imboccò la scala a chiocciola per salire al livello superiore. Sperava di riuscire a dormire. La strana scoperta di quell'albero di corallo ostile le aveva lasciato addosso una certa agitazione, ma ogni ulteriore approfondimento avrebbe dovuto aspettare l'indomani mattina.

Jazz era rimasta al piano di sotto a stoccare i campioni raccolti durante l'uscita notturna del ROV. Ogni esemplare andava messo in una delle vasche d'isolamento ad alta pressione del laboratorio di biologia, che li manteneva alla stessa pressione esterna per garantirne l'integrità. In caso contrario, il balzo estremo avrebbe potuto ucciderli all'istante, distruggendone anche i tessuti.

Non posso permettere che accada.

Phoebe sarebbe voluta restare a dare una mano, ma Jazz l'aveva cacciata, pretendendo che andasse a riposarsi. Lei si era opposta senza molta convinzione. Fino ad allora aveva dormito poco e male. Tutte le donne a bordo della stazione dividevano un angusto dormitorio al Livello Delfino e, siccome lavoravano su turni ventiquattr'ore su ventiquattro, nessuna aveva una cuccetta personale ma, come accadeva sui sottomarini militari, vigeva il regime di *hot racking*, secondo cui i letti venivano usati a rotazione da chi ne aveva bisogno.

Tra i materassi perennemente tiepidi, il ronzio, l'eco e i rumori continui della stazione, non era mai riuscita a farsi una buona dormita.

Tutte cose che invece non avevano nessun effetto su Jazz, ma del resto aveva otto anni in meno di lei.

Mentre varcava lo spesso portello che separava il Livello Elettra da quello Oceano – ogni livello del complesso prendeva il nome da una divinità marina o da una ninfa acquatica dell'antica Grecia –, Phoebe si ritrovò davanti un giovane asiatico che stava scendendo.

Si spostò per lasciarlo passare, ma lui le si parò davanti. « Dottoressa Reed, cercavo proprio lei. »

« Ah, sì? Come mai? »

Era la prima volta che vedeva quell'uomo. Di certo non faceva parte della squadra di biologi, altrimenti se lo sarebbe ricordato. Alto quanto lei, era di una bellezza mozzafiato, con folti capelli neri rasati ai lati; gli occhi, scuri e a mandorla, brillavano anche nella luce soffusa.

Erano talmente penetranti che fu costretta a distogliere lo sguardo.

Mia cara, sei single da troppo tempo.

Le sembrava giapponese, ma non poteva esserne certa. Aveva problemi anche a stabilirne l'età; forse sui trentacinque, come lei. Indossava la tipica tuta blu della stazione, solo che a lui metteva in risalto il corpo muscoloso. Il simbolo sul taschino – un piccone sovrapposto alla Terra – lo identificava come un geologo.

Non c'è da stupirsi, allora, se non lo conosco.

« Il suo lavoro potrebbe tornarci utile. » Le tese la mano. « Adam Kaneko. »

Lei gliela strinse. « Geologo? »

« Sismologo, per la precisione. »

Ah, ecco perché è ancora in piedi a quest'ora.

Negli ultimi cinque giorni c'erano state diverse scosse, ma nessuna così forte come quella che aveva spezzato i cavi di ancoraggio della stazione.

« Come posso aiutarla, dottor Kaneko? »

« Che ne dice di darci del tu? »

« Certo. »

« Non so se ne sei al corrente, ma un forte terremoto, con epicentro nel mar Cinese Meridionale, ha colpito il Sud-est asiatico poco meno di un'ora fa. »

« No, non ne sapevo niente. Ma perché avete bisogno di un biologo? »

E di me, in particolare.

« Abbiamo ancora poche notizie al riguardo, però è da due settimane che il mio team mappa gli epicentri di un cluster di scosse, e sembra che tutti abbiano origine nella fossa delle Tonga, a circa quattrocento miglia da qui. »

« Dovremmo preoccuparci? »

« Per il momento no. »

Phoebe non ne era convinta, soprattutto per via dell'esitazione nella sua voce.

« Se mi concedi un paio di minuti, vorrei mostrarti una cosa. »

« Sì, va bene. »

Adam le fece strada all'interno del Livello Oceano, che ospitava i dipartimenti di chimica, ingegneria e geologia, oltre a una grande aula per confronti interdisciplinari.

Passarono davanti al portello pressurizzato di una delle stazioni di attracco di emergenza presenti su ciascun livello. Con tutto quel parlare di terremoti, all'improvviso Phoebe era sin troppo consapevole dei trecento chilogrammi di pressione che premevano su ogni centimetro della stazione.

« Da questa parte », disse Adam, fermandosi poco dopo davanti a una porta contrassegnata da un piccone e un martello incrociati. Come tutti i laboratori, anche quello di geologia era suddiviso in un dedalo di cubicoli, cabine e postazioni di lavoro. In fondo alla stanza, una parete ricurva di vetro nero polarizzato era rischiarata dal bagliore rosato delle lampade esterne.

Nonostante l'ora tarda, la stanza era piena di ricercatori. I setacci sferragliavano e tremavano; qualcosa batteva ritmicamente. L'aria aveva un sapore acre, dovuto ai reagenti e agli acidi utilizzati per analizzare i carotaggi.

Adam si diresse verso una serie di monitor disposti ad arco davanti a tre sedie ergonomiche, e fece cenno a Phoebe di sedersi all'unica postazione libera.

Lei obbedì, cauta, confusa da quella strana convocazione. Sulla poltrona centrale era seduto un giapponese più anziano, con capelli bianchi ben pettinati. La salutò con un piccolo cenno del capo, senza smettere di manovrare una serie di comandi e studiare un monitor attraverso un sottile paio di occhiali da lettura appollaiati sul naso. Sullo schermo, una cartina topografica luminosa si spostava lentamente su un paesaggio roccioso risplendente di sfumature variopinte. Su un lato si ergeva una rupe imponente.

La terza sedia era occupata da una figura familiare.

« Grazie per essersi unita a noi, dottoressa Reed », disse William Byrd, sporgendosi in avanti per incontrare il suo sguardo. « Spero di non trattenerla a lungo, sono stato io a suggerire di chiederle un parere sulla nostra scoperta. »

« Spero di poter essere d'aiuto », ribatté lei guardando Adam, che si era piazzato alle spalle dell'uomo più anziano. « Il dottor Kaneko mi ha parlato del continuo sciame di scosse, ma non capisco in che modo io possa tornare utile al dipartimento di geologia. »

« Dopo la violenta scossa di qualche giorno fa, ho investito risorse notevoli per valutare il livello di rischio, sia per la stazione sia per l'intera area. Per il momento, tutti gli epicentri sembrano avere origine lungo la fossa delle Tonga. »

« Non *tutta* la fossa », lo corresse l'uomo seduto al suo fianco. « Solo una sua piccola sezione. »

« Non sono sicuro che un tratto di centosessanta chilometri possa essere definito 'piccolo'. »

« A ogni modo, lo schema delle scosse ha qualcosa di strano », insistette l'altro. « E di preoccupante. »

« È troppo presto per affermarlo con certezza. » Byrd rivolse un cenno a Adam. « Anche suo nipote la pensa come me. »

Phoebe spostò lo sguardo tra i due asiatici, e solo allora notò la somiglianza.

Adam se ne accorse e fece le presentazioni. « Mio zio, il dottor Haru Kaneko, del dipartimento di vulcanologia dell'università di Kyoto. »

« È un onore conoscerla », disse Phoebe, che continuava a non capire per quale motivo fosse stata convocata in quel laboratorio.

Byrd si girò sulla sua sedia. « Adam, mentre noi continuiamo con la scansione sonar, lei aggiorni la dottoressa Reed sulla scoperta del team di geologia. »

« Sì, certo. » Adam si spostò accanto a Phoebe e batté sulla tastiera del monitor davanti a lei, facendo comparire una mappa della regione.

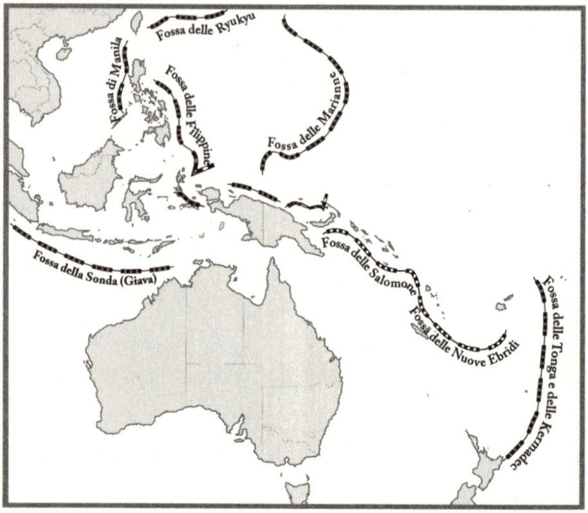

« Questa cartina mostra tutte le principali fosse della regione », spiegò Adam. « Un vero e proprio labirinto, come puoi vedere. È per questo che il Sud-est asiatico è una delle aree tettoniche più attive del pianeta... nella sola fossa delle Tonga si registrano due terzi dei terremoti di profondità di tutto il mondo. Questa instabilità si deve alla collisione di quattro grandi placche tettoniche: la pacifica, l'indo-australiana, l'eurasiatica e la placca delle Filippine. » Batté un dito sulla mappa. « Queste quattro grandi placche s'incontrano in un punto vicino al centro delle isole indonesiane. »

Il dottor Kaneko mosse un braccio per attirare l'attenzione del nipote. « Mostrale l'ultima mappa sismologica... renderà le cose più chiare. »

« Ci stavo arrivando », rispose Adam, pigiando altri tasti. « Ecco. »

Sul monitor apparve una nuova cartina della stessa regione, solo che era punteggiata di stelline cremisi di varie dimensioni.

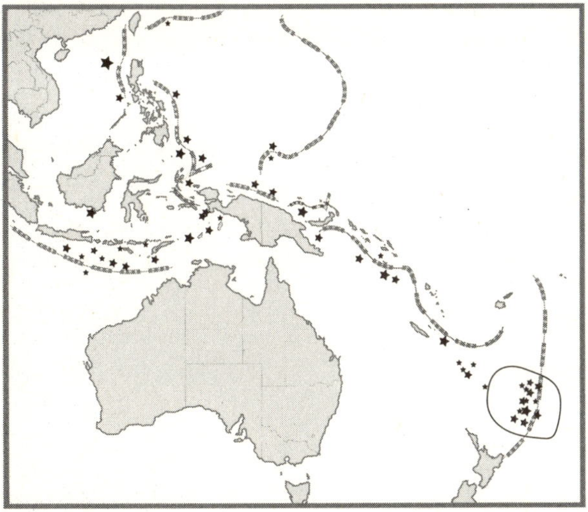

«Le stelle indicano tutti i maremoti registrati negli ultimi *quattro* giorni, ma ho ristretto il campo alle scosse *superiori* ai due gradi della scala Richter. Più è grande la stella, più il terremoto è stato forte.» Aveva cerchiato con uno stilo un cluster di stelle al centro della fossa delle Tonga e delle Kermadec. «Come puoi vedere, l'attività in questa sezione della depressione è straordinariamente instabile.»

«Ed è così da due settimane a questa parte», aggiunse lo zio.

«Ma gli sciami sismici non sono rari in questa regione», chiarì Byrd, forse per tranquillizzarla.

«È vero», ammise Adam. «Però stanno aumentando di numero e d'intensità. Negli ultimi tre mesi, a bordo del *Titan X*, mio zio ha monitorato l'attività sismica durante la messa a punto del complesso. È stato il primo a notare l'inquietante cluster di scosse iniziate due settimane fa.»

«Ho registrato ogni tremore», intervenne di nuovo il dottor Kaneko. «Data, durata, intensità e ubicazione.»

Adam annuì. «La rappresentazione grafica dei vettori delle forze che ho ricavato dai suoi dati sembra mostrare che le scosse nella fossa delle Tonga si stiano propagando verso ovest attraverso il labirinto di fosse e faglie, diventando via via più intense. Ti faccio vedere.» Batté di nuovo sulla tastiera. «Queste sono le principali linee vettoriali elaborate dal mio programma.»

Adesso la mappa era sovrastata da tre grandi frecce che attraversavano l'Indonesia e i Paesi limitrofi e puntavano verso le coste dell'Asia.

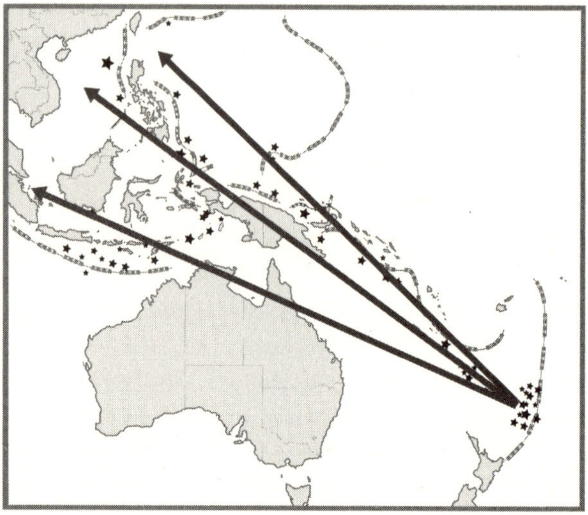

«Cosa indicano queste frecce?» chiese Phoebe.

Il dottor Kaneko rispose: «Stando ai modelli prodotti da mio nipote, se l'attuale escalation di terremoti dovesse continuare, i vulcani dell'arco della Sonda - e forse anche quelli di tutto il Sud-est asiatico - potrebbero destabilizzarsi, e probabilmente eruttare».

«Di quanti vulcani stiamo parlando?»

Adam riportò l'attenzione di Phoebe sullo schermo. «In tutto il Sud-est asiatico ce ne sono più di settecento, sia attivi sia potenzialmente attivi. Su un'altra mappa ho segnato quelli più a rischio.»

Premette un tasto, e sul monitor apparve una cartina disseminata di piccoli triangoli.

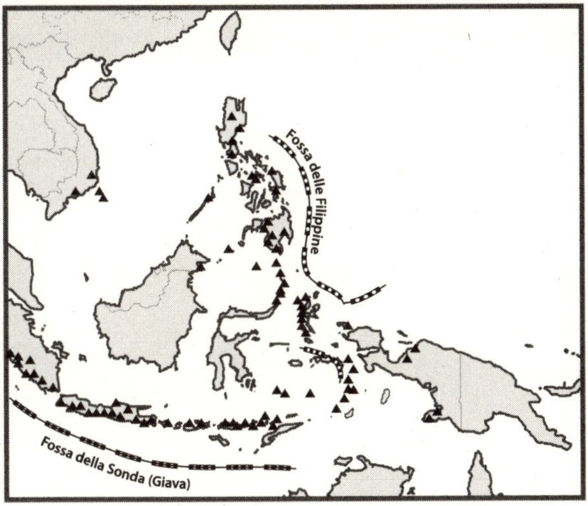

Phoebe sussultò. « Sono comunque un centinaio. »

« Centoventidue, per la precisione. Alcuni di questi triangoli indicano gruppi di due o tre picchi vulcanici », disse Adam.

Lei guardò di nuovo le frecce vettoriali che attraversavano le aree vulcaniche. « A cosa si deve questa escalation? »

« È ciò che stiamo cercando di scoprire », intervenne Byrd. « Potrebbe trattarsi semplicemente di un comune pattern di rilascio di stress tra le placche tettoniche delle Tonga. Una volta rilasciata abbastanza pressione, è possibile che la situazione torni a normalizzarsi. »

Il dottor Kaneko gli rivolse un'occhiata dubbiosa, segno che quello doveva essere un motivo di contesa tra i due uomini.

Byrd lo ignorò e proseguì: « Ho sguinzagliato due USV DriX. Sono veicoli di superficie senza equipaggio in grado di eseguire rilevamenti sonar ad alta precisione, che ora stanno percorrendo la fossa delle Tonga. Possiamo manovrarli a distanza da questa stazione ».

« Sì, so di cosa si tratta. Li utilizzo per le mie ricerche », disse Phoebe.

« Ovviamente. Qualche ora fa, dopo che i due DriX hanno raggiunto la sezione problematica della fossa, abbiamo fatto una scoperta insolita... ed è su questa che gradiremmo un suo parere. »

« Un mio parere? Perché? »

« Dottor Kaneko, può mostrargliela? »

« Mi dia un attimo per impostare questo DriX su una rotta autonoma, non vorrei perdermi dettagli importanti. »

Un istante dopo, sul suo monitor apparve una variopinta carta topografica ad alta risoluzione della fossa delle Tonga. Le alte cime dei rilievi sottomarini brillavano di un giallo intenso, i pendii e le fratture di un verde smeraldo, e le regioni più profonde di toni di blu.

Phoebe notò la profondità riportata sulla mappa.

Più di seimila metri. Due volte quella della stazione.

Sapeva che la massima depressione della fossa delle Tonga – l'Horizon Deep – raggiungeva una profondità di diecimila metri. C'era vita anche in quegli abissi, sebbene fosse limitata a vermi, gamberetti e cetrioli di mare.

Cos'altro potrebbe esserci laggiù?

Sospettava di conoscere la risposta, e ciò non faceva che accrescere la sua trepidazione.

Ore 3.04

Mentre aspettavano, Adam notò che Phoebe fissava lo schermo con le palpebre socchiuse, muovendo un ginocchio su e giù e sfregandosi distrattamente le mani. Si era tirata indietro i capelli con una fascia sgargiante, cosa che conferiva al suo viso concentrato un'aria intimidatoria, tanto da sembrare la quiete prima della tempesta.

Adam conosceva quell'intensità. Prima d'iscriversi all'università di Tokyo, aveva prestato servizio per sei anni con le Forze di autodifesa giapponesi, con grande disappunto di suo padre. Aveva lavorato a stretto contatto con soldati, in particolare cecchini, che riuscivano a mantenere la stessa feroce concentrazione che adesso riconosceva sul volto di Phoebe.

« Ci siamo », disse suo zio. « Tra un istante vedremo le immagini del DriX che sta girando in cerchio al di sopra della regione anomala. »

Lo schermo si oscurò, cancellando il paesaggio luminoso di

limo, sabbia e scogliere. Lo zio Haru spostò il cursore del mouse attraverso una serie di menu, quindi il monitor tornò a splendere di colori brillanti. Per il momento, la scansione sembrava identica a quella precedente. I rilievi sottomarini brillavano come illuminati da un sole. Un'imponente parete rocciosa sulla sinistra si dissolveva attraverso uno spettro di sfumature prismatiche, dai gialli brillanti in prossimità della vetta ai blu e viola più scuri man mano che la profondità aumentava.

« *Oji*, credo che il DriX sia uscito dalla rotta prestabilita », disse Adam.

« Lo vedo. » Lo zio spinse gli occhiali più in alto sul ponte del naso. « C'è una tempesta in arrivo laggiù che sta mettendo a dura prova il sistema telemetrico e la navigabilità del veicolo. Lo riporto in posizione. »

Un istante dopo la visuale cambiò, spostandosi verso la parete rocciosa, quindi il DriX riprese ad avanzare lungo la fossa. « È fuori rotta di circa cinquecento metri. »

Byrd si spinse avanti con la sedia, e Phoebe fece altrettanto, mentre Adam si chinò verso di loro, scrutando il monitor.

Stando al profondimetro, le macchie viola scuro indicavano profondità di oltre novemila metri, tre volte quella della stazione.

« Ci siamo quasi », disse lo zio Haru. « Tuttavia ci stiamo avvicinando da un'angolazione leggermente diversa. La regione si estende per circa settanta chilometri lungo la fossa, coprendo oltre cinquecento chilometri quadrati di superficie. »

Un'ombra oscurò momentaneamente il lato destro dello schermo.

« Era l'altra parete della fossa? » chiese Phoebe.

« Sì », rispose Adam. « La sua ampiezza media è di ottanta chilometri, ma in questo punto è molto minore, tra gli otto e gli undici. »

« L'ampiezza ridotta potrebbe spiegare il motivo per cui questa sezione è così instabile », ipotizzò Byrd. « Forse si tratta di un punto di stress. »

« Può darsi », ammise Adam. « Ma la natura riparata di questa regione potrebbe spiegare anche *ciò* che abbiamo scoperto. »

«E cosa avete...» iniziò Phoebe, ma la domanda le morì in gola non appena cambiò l'immagine sullo schermo.

Il fondale viola andava diventando sempre più nero, come se una chiazza di petrolio si stesse propagando all'interno della fossa.

Lei si sporse ancora più avanti, quasi spingendo via il dottor Kaneko. «Non può essere.»

I tre uomini la guardarono, in cerca di conferma.

«È un corallo», affermò lei. «Posso mettermi ai comandi del DriX per un momento?»

«Sì, certo.» Haru si spostò con la sedia per lasciarle il posto. «Lo sa manovrare?»

«Ne ho guidato uno per esplorare l'oasi della Sur Ridge al largo di Monterey. Oltre a elaborare mappe 3D del fondo oceanico, il segnale retrodiffuso del sonar riesce a distinguere tra rocce, sabbia e coralli. Questo modello è provvisto di un profilatore di sedimenti?»

«*Hai*, un Echoes 3500 T7. È in grado di penetrare colonne d'acqua fino a undicimila metri di profondità.»

«Ottimo.»

«Dottoressa Reed, perché le serve un profilatore di sedimenti?» intervenne Byrd con un'espressione perplessa.

«Per via di un problema in cui mi sono già imbattuta in passato. Spesso le scansioni sonar superficiali scambiano fitti affioramenti di corallo per massi o parte del fondale.» Indicò la distesa di un nero uniforme sullo schermo. «Il sonar del DriX rimbalza sulla superficie di quella foresta di corallo, dando la falsa impressione che si tratti del fondo marino.»

«E non è così?»

«No.»

«E allora dov'è il fondale?»

«È quello che voglio scoprire. Un profilatore riesce ad andare *dentro* i fondali sabbiosi, persino attraverso strati di argilla. Ho già utilizzato questa tecnologia per sbirciare sotto la superficie di densi banchi coralliferi.» Diminuì la velocità del veicolo e attivò l'unità Echoes, settando il software per ottenere un feed in tempo reale.

Un istante dopo, lo schermo si divise in due: una metà continuava a mostrare la mappatura della fossa eseguita dal sonar, l'altra le immagini inviate dal profilatore.

Haru e Byrd trasalirono. Phoebe non fiatava, concentrata al massimo sui comandi.

Sul monitor, le onde dell'Echoes 3500 T7 mostravano una sezione trasversale di quell'informe distesa nera. Affondavano in quell'oscurità, rivelando fitti strati di steli e gambi di corallo aggrovigliati e intrecciati insieme. Sembrava il negativo di una foto di tronchi d'albero abbattuti. Le immagini si sfocarono prima di raggiungere il fondo.

Phoebe staccò le mani dai comandi e lasciò che il DriX proseguisse autonomamente in avanti. «Non è possibile», disse alla fine.

«Cosa?» chiese Byrd.

«Quella foresta di coralli è immensa, si sviluppa per almeno trecento metri di altezza, il che significa che questa sezione della fossa è molto più profonda di quanto sembri. Le precedenti scansioni sonar di quest'area devono aver confuso la superficie del corallo col fondale oceanico.»

«Un falso fondale...» commentò Adam.

«Quant'è profonda, allora?» chiese di nuovo Byrd.

«Non lo so. Il profilatore di sedimenti non riesce a spingersi oltre.» Phoebe indicò il gradiente scalare sullo schermo color seppia. «Le immagini perdono nitidezza trecento metri sotto la superficie del corallo, che si trova a circa diecimila metri di profondità. A seconda di quanto scende ancora, è possibile che questa sezione sia il punto più profondo della fossa.»

«Potrebbe minacciare il record della fossa delle Marianne, a oggi la depressione oceanica più profonda al mondo, quasi undicimila metri sotto il livello del mare», aggiunse Adam.

Byrd aveva lo sguardo che gli brillava, probabilmente esaltato all'idea di battere quel record, ma un attimo dopo la sua espressione si fece tesa. «Oltre a essere sorprendente, questa scoperta spiega in qualche modo il cluster di scosse nell'area? O non ha nulla a che fare coi terremoti?»

Tutti gli occhi si posarono su Phoebe.

Lei fece spallucce. «Non sono una sismologa. Però qui non stiamo parlando di un *piccolo* banco corallifero. Quella laggiù è una vera e propria giungla, una foresta pluviale come ce ne sono in Brasile. E, a queste profondità estreme, dev'essere cresciuta a un ritmo eccezionalmente lento, ci saranno volute centinaia di milioni di anni per raggiungere un'altezza e un'estensione simili. Potrebbe addirittura risalire ai primi coralli apparsi sulla Terra mezzo miliardo di anni fa.»

«E per quanto riguarda le scosse recenti?» la incalzò Byrd.

«Se, come dice lei, questa sezione della fossa è un punto di stress, forse allora il peso di tutto questo corallo - cinquecento chilometri quadrati compressi tra due strette pareti - si è rivelato eccessivo. Forse è cresciuto oltremisura fino a superare un punto di rottura, e la faglia sottostante non è più riuscita a trattenere la tensione.»

Adam scosse la testa, poco convinto. «Considerate le pressioni tettoniche cui è abitualmente sottoposta, non credo che la risposta sia questa.»

Haru s'irrigidì sulla sedia, attirando l'attenzione degli altri sul monitor che stava fissando. «Cos'è quello?» chiese.

Ormai la chiazza di petrolio si era allargata fino alle due pareti rocciose eppure, vicino a una di esse, quel paesaggio uniforme era interrotto da uno squarcio frastagliato che si estendeva per circa cinquecento metri attraverso il corallo incontaminato.

Phoebe riprese i comandi del DriX e lo guidò all'interno di quel sentiero irregolare. Arrivato alla fine, il sonar rilevò la presenza di una sagoma liscia. Anche se era accartocciato dalla pressione e sepolto nel corallo, non c'erano dubbi su cosa fosse quel lungo cilindro sormontato da un'alta torretta di comando.

«Un sottomarino», disse Byrd.

Haru rivolse uno sguardo tagliente al nipote, chiaramente curioso di sapere se la presenza di quel relitto potesse spiegare le scosse localizzate. La sezione di coda dell'imbarcazione sembrava essere implosa con notevole forza.

Ma Adam era interessato ad altro. «C'è un modo per stabilirne l'età?» chiese a Phoebe.

«Non solo col sonar e non a queste profondità. Se vogliamo scoprire quand'è affondato, dobbiamo avvicinarci con un veicolo dotato di telecamera.»

« Allora è quello che faremo », stabilì Byrd. « Ho un sommergibile che può scendere fino a... »

Fu interrotto da una forte sirena, proveniente da un computer dall'altra parte del laboratorio.

« Un altro terremoto », disse Adam con tono preoccupato, sapendo che quell'allarme suonava solo in caso di eventi sismici superiori al settimo grado della scala Richter.

Un geologo si precipitò al computer, osservò lo schermo e quindi urlò: « Otto punto due! »

« Dove? » urlò lui di rimando.

« Mar Cinese Meridionale, vicino alla fossa di Manila. Non lontano da quello registrato quarantacinque minuti fa... solo che questo è molto più forte. »

« Dunque non può trattarsi di una scossa di assestamento », commentò Haru.

Adam annuì. « La prima, per quanto brutta, dev'essere stata una scossa *premonitrice.* »

« O forse anche questa è una scossa premonitrice », l'avvertì cupamente lo zio. « E il peggio deve ancora venire. »

Adam si voltò a guardare il monitor su cui brillavano ancora le mappe che aveva elaborato, e fissò le grandi frecce puntate verso il mar Cinese Meridionale. Una seconda finestra mostrava le centinaia di vulcani presenti in tutta la regione.

« Temo che questo sia solo l'inizio », aggiunse Haru.

Dalla fredda certezza nella sua voce, tutti intuirono ciò che aveva taciuto, ovvero che quelle eruzioni e scosse potevano essere...

... l'inizio della fine.

6

Deep Water Bay, Hong Kong,
23 gennaio, ore 0.22

Decine d'imbarcazioni - da piccole barche a vela a cabinati di medie dimensioni fino a un superyacht di trenta metri - erano ormeggiate in un campo boe di proprietà del Royal Hong Kong Yacht Club. La sede del circolo si trovava su un'isola nella baia, ma per raggiungerla era necessario un traghetto, che al momento era fuori servizio a causa del terremoto.

Al suo posto, solcava le acque uno Zodiac pilotato da Zhuang, e con a bordo Seichan, Kat, Guan-yin e i tre bambini, diretto verso un catamarano di dodici metri - un Leopard Powercat - ancorato al largo.

Gray avrebbe voluto essere con loro, ma la piccola imbarcazione poteva trasportare solo un certo numero di passeggeri alla volta. Dopo aver scaricato le donne e i bambini sul catamarano, Zhuang sarebbe tornato a prendere gli uomini, rimasti a guardia all'estremità del pontile di legno.

Monk gli si avvicinò. «Se Seichan ha ragione e dietro l'attacco c'è Valya, perché ci ha teso un'imboscata qui a Hong Kong? E perché proprio ora, dopo così tanto tempo?»

Gray prese un profondo respiro carico di aria salmastra, cercando di scacciare l'ansia che gli contraeva i muscoli, e si strinse la giacca a vento sulle spalle. Poco dopo il loro arrivo alla baia, Kowalski e due membri della triade li avevano raggiunti con un cambio d'abiti per tutti: felpe con cappuccio, pantaloni larghi, giacche leggere in Gore-Tex e stivali di varie misure.

«Non lo so», rispose lui, che a sua volta si era posto quelle domande.

Monk si accigliò, e la sua voce salì di un tono. «Certo, era troppo sperare che fosse morta... ma forse ora avrò la possibilità di fargliela pagare per quel che ha fatto a Kat e alle ragazze.»

Due anni prima, Valya aveva rapito Seichan e le due figlie di Monk, e ridotto Kat in fin di vita. Quand'era venuta a sapere che era ricomparsa, c'era mancato poco che Kat si lanciasse subito al suo inseguimento... non tanto per vendicarsi di quello che aveva fatto a lei, quanto piuttosto per ciò che aveva fatto passare alle figlie, per averle messe in pericolo sia ora sia in passato.

« Qualcuno deve abbatterla una volta per tutte », grugnì Kowalski, sfiorandosi la ferita incerottata sulla guancia.

Bolin Chén trasalì. A soli quattordici anni, era decisamente troppo giovane per trovarsi lì, ma ciò nonostante restava appiccicato all'altro membro della *Duàn zhī*, un vice dragone dagli occhi d'acciaio di nome Yeung, un muro di muscoli tatuati, un carro armato ambulante. Con indosso una felpa col cappuccio blu e un berretto da baseball, si guardava intorno per assicurarsi di non avere sorprese.

I due avevano portato anche un carico d'armi non rintracciabili. Gray aveva scelto una SIG P229, che al momento era nella fondina sotto la giacca, e Monk una Glock G45 con un caricatore da trentatré colpi. Kowalski, invece, aveva preteso un bullpup Tavor X95 di fabbricazione israeliana a canna corta, un grosso fucile d'assalto che portava a tracolla sul petto massiccio.

« Dev'esserci un motivo se Valya è riapparsa ora », continuò Monk. « Soprattutto dopo essersi finta morta per due anni. »

Gray annuì. « Per carità, è possibile che quell'imboscata sia stata un tentativo di ottenere la sua vendetta: dopotutto, abbiamo distrutto la Gilda e ucciso suo fratello. Però ne dubito. Valya è una donna calcolatrice, mentre l'attacco mi è parso affrettato, una decisione presa sul momento per sfruttare il terremoto come copertura. No, non mi convince. »

La prima volta che la Sigma aveva avuto a che fare con lei, Valya stava cercando di riempire il vuoto di potere venutosi a creare in seguito alla caduta della Gilda. Nello scontro feroce che era seguito, il fratello gemello – Anton – era rimasto ucciso. Anche se l'uomo era morto per proteggere una risorsa della Sigma, lei aveva iniziato a nutrire un sentimento di vendetta nei confronti dell'organizzazione, e di un suo membro in particolare.

Gray spostò lo sguardo in mare. Lo Zodiac aveva finalmente raggiunto la poppa del Powercat di Guan-yin, e Seichan e gli altri erano pronti a salire a bordo.

Grazie a Dio, stanno tutti...

Il molo sobbalzò sotto i suoi piedi, scaraventandolo a terra insieme con tutti gli altri. La superficie della baia s'increspò a formare grandi onde. In lontananza, il catamarano ondeggiava e oscillava, ma era ormeggiato in acque profonde, dove l'effetto del terremoto era attenuato. Zhuang era riuscito a fissare una cima e a far sbarcare tutti i passeggeri dal gommone.

Sollevato, Gray si concentrò sulla propria situazione. Il molo continuava a muoversi. Gli edifici sulla riva tremavano e sussultavano; una palazzina affacciata sulla baia crollò davanti ai suoi occhi, rovesciando calcinacci e sezioni di muri sulla spiaggia sottostante. Una grossa palla di fuoco, provocata dall'esplosione di una conduttura del gas, illuminò un punto più interno della città.

Né lui né gli altri tentarono di raggiungere la terraferma, dovevano già ricorrere a tutte le loro forze per non cadere dal molo che continuava a contorcersi. Non potevano far altro che aspettare.

Un forte rumore di legno spaccato sovrastò per un momento il basso rombo del terremoto. Qualche metro più avanti, l'estremità del molo si staccò dai pilastri di pietra e si abbatté in mare.

Preso dal panico, Bolin si alzò di scatto.

Kowalski l'afferrò per un braccio e lo tirò giù. « Sta' fermo! »

Dopo altri cinque minuti, i forti scossoni si attenuarono, lasciando il posto a un lieve tremore. Gray si arrischiò a mettersi seduto e si accertò che il catamarano fosse salvo. Lo Zodiac stava tornando indietro, sfrecciando sulle onde.

« Guardate! » urlò Monk, indicando l'acqua ai lati del molo. Il livello del mare si stava rapidamente abbassando, esponendo sempre di più la spiaggia.

Gray si alzò. Aveva capito cosa stava accadendo. « Via! » gridò agli altri, che si tirarono su di scatto. « Cercate un posto rialzato! »

Poi sollevò le braccia sopra la testa e cercò di attirare l'attenzione di Zhuang, ma lo Zodiac continuava ad avanzare.

Imprecando, estrasse la SIG dalla fondina ed esplose due colpi in aria.

Alla fine, il gommone rallentò. Gli spari d'avvertimento, o la vista del tratto sempre più ampio di spiaggia illuminata dalle stelle, dovevano aver allertato Zhuang del pericolo. Lo Zodiac effettuò una brusca virata e sfrecciò verso il Powercat, inseguito dall'acqua che si ritirava.

Non potendo fare altro, Gray si voltò e corse verso la terraferma. Alle sue spalle, stava montando un'onda gigantesca, uno tsunami che di lì a un paio di minuti si sarebbe abbattuto sulla città.

L'unico aspetto positivo era che Seichan, Jack e gli altri erano in acque sicure a bordo del catamarano. Adesso Gray aveva una sola missione.

Restare in vita per loro.

Ore 0.38

Seichan osservava le sagome indistinte degli uomini che correvano sul molo. Il terremoto si era placato, ma l'acqua che si ritirava dal litorale non lasciava dubbi sul fatto che un nuovo pericolo fosse imminente. Le sirene dell'allarme tsunami echeggiavano in tutta la baia.

A metà strada tra la riva e il catamarano, Zhuang stava facendo l'impossibile per controllare lo Zodiac in quel mare imbizzarrito che continuava a scaraventarlo in alto.

Lei si accorse che anche il Powercat si stava sollevando sempre di più. Poi la prua, ancora legata alla boa di ormeggio e alla sua ancora, s'inclinò in avanti. La catena che scendeva fino al fondale doveva aver raggiunto la sua massima estensione. Il ponte oscillava sotto i suoi piedi.

Brutta storia.

Temendo il peggio, si allontanò dalla poppa e percorse lo stretto ponte di passeggiata che costeggiava il salone principale. Kat si era rifugiata in una cabina al suo interno per cercare di tranquillizzare i bambini.

Mentre si dirigeva verso la prua, Guan-yin la chiamò dal

flybridge. Sua madre aveva dato ordine di avviare i motori, ma anche lei era consapevole del pericolo mentre l'imbarcazione continuava a inclinarsi ripidamente in avanti.

«Sciogli gli ormeggi!» le urlò.

Seichan raggiunse il ponte di prua scivolando sul pavimento in fibra di vetro. Ormai il catamarano era piegato su un lato di quasi trenta gradi. Quando fu abbastanza vicina al corrimano, lei si tuffò a terra e afferrò la cima di nylon avvolta intorno alla bitta di tribordo. Sfortunatamente, la fune era troppo tesa per poter essere sciolta.

«Seichan!» le urlò di nuovo la madre. «Tagliala!»

Seichan sentì uno schiocco secco alla sua sinistra: una lama si era conficcata nel legno a pochi centimetri dalla sua guancia, provando l'abilità della madre coi coltelli da lancio. Estrasse la lama da venti centimetri e iniziò a segare la cima con la sua estremità seghettata.

La spalla le faceva male mentre muoveva freneticamente il braccio avanti e indietro. Inoltre, a causa dell'inclinazione della barca, il sangue le fluiva alla testa, martellandole le orecchie. Aveva inciso la cima per tre quarti quando quella si spezzò. Il lato di tribordo si sollevò di colpo, sbalzandola da terra per un terribile istante.

Tornata giù, rotolò verso la bitta di babordo, intorno alla quale era avvolta una seconda cima di ormeggio. Nel frattempo, il livello dell'acqua continuava a salire sotto la barca, facendola oscillare da una parte all'altra.

«Muoviti!» le urlò Guan-yin.

Lei strinse i denti e trattenne un'imprecazione. Poi anche la seconda cima si spezzò. Il lato sinistro dello scafo s'impennò, sollevandola di nuovo da terra. Seichan mollò il pugnale e afferrò il parapetto con entrambe le mani un istante prima di volare fuori bordo, poi ricadde sul ponte con una forza tale da perdere il respiro.

Il catamarano ondeggiava selvaggiamente tuttavia, quando Guan-yin aprì il gas, l'improvviso movimento in avanti lo riequilibrò in parte. L'imbarcazione si allontanò dalla riva e si diresse verso acque più profonde, sfuggendo alle onde dello tsunami.

Mentre il ponte si raddrizzava, Seichan si mise in ginocchio e si voltò verso la terraferma, pregando che gli altri fossero riusciti a mettersi in salvo. Sollevato dall'acqua, ora il Powercat si trovava più in alto rispetto alla città, ma questo non le permetteva comunque d'individuare Gray o gli altri. Poi la barca raggiunse il lato opposto dell'onda e cominciò la discesa, mentre l'impetuoso flusso d'acqua avanzava verso la costa.

Fu allora che Seichan si rese conto che non riusciva a vedere un altro elemento del loro gruppo.

Zhuang e il gommone erano scomparsi.

Ore 0.52

Gray e gli altri percorsero il lungomare che separava la spiaggia da un vasto e buio campo da golf, fino a raggiungere una recinzione metallica che correva lungo lo spartitraffico della strada. Lui e Monk la scavalcarono in un attimo. Kowalski lanciò praticamente Bolin dall'altra parte, poi fece altrettanto con Yeung, e quindi si arrampicò a sua volta.

Uno sguardo alle loro spalle rivelò un'enorme fascia di acque bianche ribollenti che avanzava sempre più veloce verso la spiaggia. Non sarebbero mai riusciti a seminarla, ormai mancava meno di un minuto all'impatto con la terraferma.

«Che facciamo?» chiese Kowalski, quando raggiunsero un'alta rete che impediva alle palline da golf di colpire le auto di passaggio.

Il campo da golf si estendeva per centinaia di metri in ogni direzione. Sulle scogliere circostanti sorgevano imponenti edifici residenziali, ma non li avrebbero mai raggiunti in tempo. L'unico punto soprelevato nelle vicinanze, se così lo si poteva definire, era la sede del circolo, una palazzina di due piani con una terrazza ristorante sul tetto.

Gray la indicò attraverso il recinto di protezione.

Bolin s'issò a cavalcioni della rete stringendo un pugnale tra le mani, poi infilò la punta della lama in una delle maglie e infine si catapultò dall'altra parte, sfruttando il peso della caduta per allargarla. Una volta atterrato, divaricò l'apertura con le dita per consentire agli altri di passare. «*Fāi dī, fāi dī*», li esortò.

I quattro uomini s'infilarono nel varco che dava sui prati ben curati del campo da golf. Il circolo buio, distante una cinquantina di metri, era chiuso per la notte.

Per fortuna avevano portato le chiavi.

Kowalski imbracciò il fucile d'assalto e fece fuoco contro la fila di alte finestre al pianterreno, poi si lanciò all'interno dell'edificio buio senza rallentare e attivò la torcia tattica della sua arma.

Gray individuò le scale che portavano al piano di sopra. «Seguitemi!»

Dietro di loro un'onda enorme si abbatté sulla strada con un ruggito stridulo, sradicando la recinzione del campo da golf. Si muoveva a una velocità incredibile.

Gray aveva raggiunto il pianerottolo del primo piano, quando un muro d'acqua schiumante si schiantò contro le finestre frantumate sotto di loro.

«Vai!» gli urlò Kowalski.

Gray infilò la seconda rampa salendo i gradini due alla volta, poi imboccò il breve corridoio che conduceva alla doppia porta di vetro della terrazza. Nel frattempo, l'acqua aveva invaso la tromba delle scale, trascinando detriti acuminati nella sua furia.

Kowalski imbracciò di nuovo il Tavor e fece fuoco. I proiettili scheggiarono il vetro spesso, ma non riuscirono a romperlo. Allora Gray aumentò l'andatura e si lanciò di spalla contro uno dei pannelli indeboliti, sfondandolo. Perse l'equilibrio nello slancio, ma Monk lo afferrò per un braccio, impedendogli di cadere.

Si allontanarono dalla porta per sfuggire all'acqua, anche se ormai la sua forza stava diminuendo, ritirandosi giù per la tromba delle scale.

Ma non erano ancora fuori pericolo.

All'esterno, lo tsunami aveva sommerso completamente il campo da golf ed era salito fino al primo piano dell'edificio, trascinando con sé alberi frantumati, automobili e imbarcazioni spaccate. Il pavimento della terrazza tremava, poi sobbalzò con più forza quando le violente correnti squarciarono le pareti sottostanti. La parte anteriore dell'edificio iniziò a cedere, soccombendo alla marea impetuosa che ne squassava le fondamenta.

Il lato più lontano della terrazza si sbriciolò, precipitando in quel vortice di acqua ribollente. La distruzione si faceva inevitabilmente strada verso di loro.

Gray e gli altri indietreggiarono, ma non avevano vie di fuga.

Poi Monk indicò qualcosa al di là della ringhiera. « Una luce! » urlò.

Un debole bagliore avanzava sull'acqua scura, schivando detriti, sballottato dalle correnti.

Lo Zodiac...

Evidentemente Zhuang non era riuscito a sfuggire in tempo allo tsunami e, intrappolato dalla corrente, non aveva avuto alternativa se non seguirla fino al litorale. Gray corse verso la ringhiera, trascinandosi dietro Kowalski. « Punta la torcia in alto e agitala. »

L'omone obbedì, consapevole che il gommone era la loro unica possibilità di sopravvivenza.

Concentrato com'era a salvarsi la pelle, Zhuang non li vide. Allora Gray estrasse la pistola e svuotò il caricatore in aria, riuscendo finalmente ad attirare la sua attenzione.

Intanto la terrazza continuava a disintegrarsi. Anche se Zhuang fosse riuscito a raggiungerli, avrebbero avuto pochi secondi per saltare a bordo del gommone prima che quel vortice di acqua e detriti ne squarciasse il fondo.

Lo Zodiac avanzava nella corrente schivando gli ostacoli più grandi e scavalcando quelli più piccoli. Poi, quando fu abbastanza vicino, Zhuang diede altro gas e puntò dritto verso il circolo, attraversando il campo di detriti.

« Tenetevi pronti! » urlò Gray.

Arrivato in prossimità dell'edificio, Zhuang virò di colpo all'ultimo istante per spostare il gommone su un fianco.

« Ora! » tuonò Gray, scavalcando la ringhiera.

Gli altri lo seguirono, atterrando pesantemente sull'imbarcazione. Il più leggero del gruppo, Bolin, fu sbalzato via dal contraccolpo.

Kowalski l'afferrò per una gamba prima che finisse in acqua. « La smetti di sgusciare via, tu? »

Senza attendere un secondo di più, Zhuang diede di nuovo gas e ripartì. Proprio allora, però, un oggetto appuntito squarciò la sezione di babordo dello Zodiac. La sua manovrabilità ne risentì, ma l'uomo riuscì a mantenere il controllo del gommone.

Dietro di loro, ciò che restava del circolo venne inghiottito dalla marea.

Tuttavia ormai lo tsunami aveva esaurito gran parte della sua spinta e l'acqua stava tornando verso la baia.

Zhuang schivò una barca a vela capovolta che girava su se stessa, poi passò tra due pali della rete del campo da golf ancora in piedi, e proseguì verso la strada e la spiaggia allagate.

Gray stava per esultare, ma poi un corpo urtò contro il gommone e rimbalzò via. Una delle migliaia di vittime che lo tsunami aveva probabilmente fatto a Hong Kong e nelle sue isole periferiche.

Quando raggiunsero la baia, vide una chiazza isolata di luce che brillava al largo.

Il catamarano di Guan-yin.

Trasse conforto da quella vista.

Siamo sopravvissuti... almeno per il momento.

7

West Lamma Channel,
23 gennaio, ore 2.02

Seduto nel salone del catamarano, Gray si teneva la testa tra le mani, esausto e turbato. Seichan era al suo fianco sulla panca rivestita di pelle. Sull'altro lato del tavolino che avevano davanti, Monk era appoggiato a Kat con un braccio intorno alla sua vita.

Kowalski aveva raggiunto i bambini nella cabina principale sul ponte sottostante. Harriet, Penny e Jack si sentivano al sicuro, con lui, quasi fosse un enorme orsacchiotto di peluche, e si erano addormentati accoccolati contro di lui.

Guan-yin e Zhuang erano invece sul flybridge, ai comandi del Leopard Powercat. In quel momento stavano attraversando il canale che separava Hong Kong dall'isola di Lantau, diretti a Macao.

Erano tutti stanchi, ma Gray aveva comunque deciso di contattare il quartier generale della Sigma per informare Painter Crowe dell'attacco sferrato da Valya Mikhailov. Inoltre Painter era sicuramente al corrente delle scosse e dello tsunami che avevano colpito la regione, e avrebbe voluto un aggiornamento sulle loro condizioni, soprattutto perché si trovavano in un Paese in cui la Sigma non era la benvenuta.

Fortunatamente, Guan-yin non aveva badato a spese nell'equipaggiare il Powercat con apparecchiature di comunicazione, il che non era una sorpresa per una donna che conduceva imprese lecite e illecite in tutto il Sud-est asiatico. Quand'era rimasto solo con Seichan e gli altri compagni di squadra, Gray aveva inviato un codice tramite il computer nel salone, richiedendo una connessione criptata con la Sigma, e adesso stavano aspettando che Painter si mettesse in contatto con loro.

Gray sospirò, chiedendosi per quale motivo non li avesse ancora chiamati.

Anche se a Hong Kong era notte fonda, a Washington era metà pomeriggio e di certo Painter doveva essere nel suo ufficio. Lanciò un'occhiata al monitor del computer, dove una minuscola clessidra roteava su una finestra aperta.

Erano trascorsi più di dieci minuti, e ormai anche Monk sembrava non poterne più. « Perché ci sta mettendo così tanto? »

Poco dopo, il computer emise finalmente un *bip* e la clessidra lasciò il posto a un conto alla rovescia di dieci secondi. Gray si alzò di scatto e andò a sedersi davanti al monitor, con gli altri che gli si accalcarono alle spalle.

Quando il conto alla rovescia raggiunse lo zero, sullo schermo comparve l'immagine pixellata dell'ufficio di Painter. Il direttore era seduto dietro una grande scrivania di mogano, con tre monitor a schermo piatto sulla parete alle sue spalle.

Su di uno c'era una mappa del Sud-est asiatico.

Painter si era tolto la giacca e arrotolato le maniche della camicia fino ai gomiti, segno che aveva lavorato sodo, probabilmente proprio su quanto era successo a Hong Kong.

Si sporse in avanti e si passò una mano tra i capelli neri, spostando un'unica ciocca bianca dietro un orecchio. Aveva un'espressione esasperata, cosa che incupiva i lineamenti bruniti del suo volto. « Alla buon'ora. Sono ore che cerco di mettermi in contatto con voi. »

« Abbiamo avuto un po' di problemi... e non parlo solo delle scosse e dello tsunami. »

« Che genere di problemi? »

« Valya Mikhailov. »

« A Hong Kong? »

Gray annuì, aggiornandolo su tutto ciò che era successo quella notte.

Il direttore lo ascoltò con attenzione, facendogli qualche domanda e annuendo spesso, quasi non fosse sorpreso dalle sue parole. « Probabilmente l'imboscata non è stata un caso. » Si voltò verso la mappa alle sue spalle. « Ci sono problemi in tutto il Sud-est asiatico. E, per usare le tue parole, non sto parlando solo delle scosse e dello tsunami. »

« Che vuoi dire? »

« Due settimane fa, i cinesi hanno perso un sottomarino nucleare, uno dei loro ultimi modelli, un Tipo 096 SSBN di classe Tang di cui sappiamo poco o nulla. L'unica prova della sua esistenza è una foto sgranata che un satellite dell'agenzia d'intelligence geospaziale statunitense ha scattato al cantiere navale di Huludao, nella provincia del Liaoning, nella Cina settentrionale. »

« Quali sono le sue capacità? » chiese Monk.

Painter scrollò le spalle. « Nessuno lo sa con certezza. Secondo un esperto della Marina che ho interpellato, si crede che sia dotato di un nuovo sistema di propulsione a idrogetto che va a risolvere il problema della rumorosità del modello precedente. La foto sgranata mostra anche file di celle VLS, sistemi di lancio verticali per ventiquattro missili balistici Julang-3, tutti muniti di testate nucleari. Come potete immaginare, la Cina non vuole che qualcuno recuperi il suo sottomarino... a maggior ragione considerato *dove* è stato individuato. »

« Individuato? Dunque l'abbiamo trovato? » chiese Kat.

« A dire il vero non siamo stati noi, un'agenzia rivale ci ha battuti sul tempo. Tuttavia ha chiesto aiuto alla Sigma, soprattutto perché sapeva che voi eravate in zona. Data la sua giovane età, immagino inoltre che si sentisse più sicura a coinvolgere il più esperto fratello maggiore. »

« Di chi parli? » chiese Gray, massaggiandosi una tempia, troppo stanco per gli enigmi.

Kat sospirò. « La TaU. Sei stato contattato da Aiko? »

Avevano avuto a che fare con quella donna tre anni prima, nel corso di una missione alle Hawaii e in Giappone. Aiko Higashi era a capo di un gruppo d'intelligence giapponese chiamato TaU, o *Tako no Ude*, ovvero « tentacoli di piovra », un nome adatto per una neonata agenzia di spionaggio. Gray sapeva però che nell'alfabeto greco il *tau* era la lettera successiva al *sigma*. Probabilmente quel nome era un omaggio alla loro equivalente americana... o forse era da interpretare come un segno di sfida, un modo per dimostrare di essere sempre un passo avanti rispetto a loro.

Cosa che in quella circostanza si era dimostrata vera.

« È per questo che ho tardato a rispondere alla vostra chiamata », spiegò Painter. Digitò qualcosa sulla tastiera, e l'immagine sul monitor nel salone si divise. « Ho ritenuto che la dottoressa Higashi dovesse partecipare a questo incontro, tanto più che lei potrebbe essere in parte responsabile dell'imboscata che avete subito. »

Gray si accigliò. *Che avrà voluto dire?*

Su una metà dello schermo apparve una seconda scrivania, un piano d'ebano su gambe in legno biondo intonate ai telai bianchi dei pannelli shoji sulla parete posteriore. Una libreria dello stesso materiale, con venature verticali, era stipata di riviste e libri, la maggior parte dei quali con titoli in giapponese.

Seduta dietro la scrivania, Aiko rivolse loro un cenno col capo. « *Kon'nichiwa* », li salutò con voce seria e meccanica. Aveva la schiena dritta e l'atteggiamento di una persona con un passato da militare. Il suo abito blu sembrava rigido come i suoi modi.

Gray la conosceva abbastanza, ma non certo come Kat. Le due donne avevano fatto carriera nelle rispettive agenzie d'intelligence. Aiko aveva iniziato lavorando per il ministero della Giustizia giapponese, poi era entrata a far parte della Public Security Intelligence Agency.

Secondo la costituzione giapponese - redatta al termine della Seconda guerra mondiale - le agenzie d'intelligence interne non potevano operare su suolo straniero ma, a causa delle crescenti minacce portate da Cina, Corea del Nord e Russia, oltre che da gruppi terroristici, erano state potenziate e raggruppate sotto il CIRO, il Cabinet Intelligence and Research Office. Tuttavia l'aumento delle tensioni internazionali richiedeva ulteriori misure. Dunque, proprio come la Sigma che operava sotto l'egida della DARPA, la TaU faceva altrettanto per conto della CIRO. La nuova agenzia esisteva da soli tre anni, e qualsiasi missione lontana dal Paese richiedeva tatto e cooperazione internazionale.

Come in quel caso.

Aiko non sembrava particolarmente contenta di ciò, ma era abbastanza sveglia da capire quando bisognava fare di necessità virtù. « Presumo siate stati informati della scomparsa del mezzo navale cinese. »

« Un sottomarino nucleare », specificò Gray.

Aiko strizzò le palpebre. « L'escalation dei comportamenti aggressivi cinesi sta destabilizzando tutta la regione, e si è aggravata in seguito all'AUKUS, il patto di sicurezza trilaterale firmato da Australia, Regno Unito e Stati Uniti. Inoltre la situazione con Taiwan si fa sempre più tesa. Negli ultimi anni, la Marina dell'Esercito popolare di liberazione ha aumentato il numero delle esercitazioni a fuoco vivo e dei pattugliamenti, conducendo anche incursioni in acque territoriali, in particolare nei dintorni dell'Australia. »

« Ed è lì che ha perso il sottomarino? Da qualche parte al largo delle coste australiane? » chiese Kat.

« È quello che sospettavamo inizialmente. Due settimane fa, c'è stata una fuga di notizie su frenetiche attività navali cinesi a nord della Nuova Zelanda. È stato subito chiaro che uno dei loro nuovi sottomarini era affondato, forse a causa di un maremoto. »

« L'intelligence militare statunitense è in possesso delle stesse informazioni », confermò Painter.

« Correva voce che fosse in atto un'operazione di recupero », continuò Aiko. « E che alcuni sommergibilisti fossero stati evacuati e allontanati in tutta fretta. »

« Evacuati come? » chiese Gray.

« Secondo le agenzie d'intelligence, il nuovo sottomarino è equipaggiato con un paio di capsule di salvataggio simili a quelle presenti sui VSU russi di classe Oscar, piccole imbarcazioni che possono accogliere una decina di uomini ed essere sparate in superficie. Ma le voci su questo recupero potrebbero essere solo propaganda navale. Soprattutto perché i cinesi sembrano non sapere con esattezza dove sia affondato il sottomarino. Se ci fossero dei superstiti, è lecito pensare che abbiano indicato l'ubicazione del relitto alle autorità. »

« E la TaU com'è entrata in questa storia? »

« È stato un misto di casualità e fortuna. In realtà, non avevamo in programma d'indagare sulla faccenda, se non che in quelle acque era già in corso un progetto di ricerca internazionale, così abbiamo inviato un agente per avere una presenza sul campo. È un ex soldato delle Forze di autodifesa giapponesi che abbiamo reclutato un paio d'anni fa, poco prima che si laureasse in geologia e sismologia, due materie di studio di particolare interesse per la sicurezza del Giappone. È stato scelto soprattutto perché è il nipote di un vulcanologo che collabora al Progetto Titan quasi dall'inizio, il dottor Kaneko.»

«E cos'ha sentito il vostro agente?» chiese Gray.

«Non ha solo «sentito». Mentre indagava su un insolito sciame di scosse sismiche lungo la fossa delle Tonga, lui e il suo team hanno scoperto il relitto di un sottomarino a diecimila metri di profondità.»

«Caspita», commentò Monk. «L'ipotesi che possano esserci sopravvissuti mi pare sempre più remota.»

Kat gli mise una mano sulla spalla. «Non è detto. L'equipaggio potrebbe aver lasciato il sottomarino prima che toccasse il fondo.»

«Continuo a non capire. Sembra un lavoro per le nostre rispettive autorità militari... perché la TaU e la Sigma sono state coinvolte? E soprattutto...» Gray guardò Painter. «In che modo il ritrovamento del sottomarino è collegato all'imboscata che abbiamo subito noi a Hong Kong?»

Painter si rivolse ad Aiko. «Direttrice Higashi?»

La donna annuì. «Il dottor Kaneko crede che lo sciame sismico che li ha portati a scoprire il sottomarino possa essere la causa del crescente numero di eventi tettonici in tutto il Sud-est asiatico. Vi faccio vedere i suoi dati di ricerca.» Mostrò una mappa del labirinto di faglie e fosse sottomarine in tutto il Pacifico meridionale, poi un'altra con gli epicentri delle scosse e una terza che indicava l'ubicazione di centinaia di vulcani. «Il nostro agente e lo zio ritengono che gli eventi che si stanno verificando nella fossa delle Tonga - e che potrebbero avere qualcosa a che fare col sottomarino affondato - possano destabilizzare le faglie e gli archi vulcanici di tutto il Sud-est asiatico, causando un'immane catastrofe.»

Gray affondò nella poltrona. «Quanto sono attendibili le sue conclusioni?»

«Abbiamo consultato dodici altri sismologi: dieci concordano con lui, due no. È per questo che, qualche giorno fa, quando sono venuta a sapere del vostro arrivo a Hong Kong, ho dato per scontato che foste già al corrente del pericolo e vi trovaste sul posto per indagare. Così ho fatto alcune domande discrete.»

«Domande che sono arrivate alle orecchie sbagliate», aggiunse Painter. «Soprattutto perché eravate già finiti nel radar dell'intelligence cinese. Il governo di Pechino deve avervi visto come una minaccia per i loro piani di recupero del sottomarino.»

«Quindi ha ingaggiato un manipolo di mercenari per ucciderci», concluse Gray con un sospiro.

«Per nascondere il suo coinvolgimento», aggiunse Kat. «E per prendere le distanze dagli omicidi.»

«Valya non ci avrà pensato due volte ad accettare l'incarico», continuò Gray, massaggiandosi la fronte. «Le si è presentata l'occasione perfetta per sferrare la vendetta che sognava da tempo... e guadagnarci qualcosa.»

«Che facciamo?» chiese Kat.

Painter drizzò la schiena. «Per prima cosa, dobbiamo mettere i vostri figli al sicuro. Ho già organizzato tutto. Kat, vorrei che tu tornassi a Washington con loro e mi raggiungessi al comando. Stiamo per addentrarci in acque profonde - e non solo letteralmente -, e le tue competenze in materia d'intelligence torneranno molto utili per coordinare gli sforzi della TaU e della Sigma. Inoltre la tua esperienza e i tuoi contatti saranno necessari per evitare che la catastrofe che incombe su una regione così politicamente instabile possa innescare una guerra globale.»

«D'accordo.»

«Monk, tu e Kowalski raggiungerete l'agente della TaU alla Stazione Titan. Domattina ha in programma un'esplorazione della fossa, vi prenderete parte anche voi. Sta succedendo qualcosa di strano laggiù e dobbiamo scoprire di che si tratta prima che sia troppo tardi.»

«E io?» chiese Gray.

«Ti spiegherà tutto la direttrice Higashi. Potrebbe essere un abbaglio ma, se così non fosse, vorrei che te ne occupassi tu. Se vuole, Seichan può venire con te.»

«Di che si tratta?»

«Sei ore fa, un agente dell'intelligence cambogiana ci ha informati di un'altra iniziativa del governo cinese.»

Kat aggrottò la fronte. « L'intelligence cambogiana? »

« Le ricerche del sottomarino vengono coordinate da Pechino, ma sin dall'inizio c'è stato un fitto scambio di comunicati con la base navale di Réam, in Cambogia », spiegò Aiko. « Nonostante le smentite di Phnom Penh e Pechino, è risaputo che la Cina ha stabilito sul posto un laboratorio di ricerca militare segreto, un sito d'importanza strategica nella regione indo-pacifica. Si mormora che al suo interno stiano testando nuove armi e non solo. »

« E il vostro contatto cambogiano che vi ha detto? » chiese Gray.

« È da lui che abbiamo appreso del presunto salvataggio dei sommergibilisti. E poco fa ci ha comunicato che Pechino ha spedito una squadra d'assalto a Singapore per impossessarsi di un oggetto custodito in un museo locale. »

Lui rimase spiazzato. « Un museo? »

« Proprio così. Il Lee Kong Chian... un museo di storia naturale ubicato all'interno del campus dell'università nazionale di Singapore. »

« Di che oggetto si tratta? » chiese Gray.

« Non lo sappiamo », disse Aiko.

« Sta a voi scoprirlo », intervenne Painter. « E, se possibile, recuperarlo. »

Monk non sembrava felice del suo incarico. « Io vengo spedito in alto mare con un tizio cui piace far saltare le cose, e loro se ne vanno a fare un colpo al museo? È il colmo. »

Gray guardò Seichan, che era rimasta in silenzio per tutta la durata del collegamento. Aveva le braccia conserte e le labbra strette in una linea sottile, segno che era ancora furiosa per l'attacco. E, a giudicare dalla fronte corrugata, stava già valutando ogni possibilità. Non c'erano dubbi su chi sperava di trovare in quella squadra d'assalto spedita a Singapore.

Alla fine, sciolse le braccia e diede la sua risposta a Painter. « Sembra divertente. »

8

Phsar Réam, Cambogia,
23 gennaio, ore 5.02

La capitana Tse Daiyu scese dal sedile posteriore dell'Xpeng G9 nero, mentre l'autista metteva il veicolo in folle. Il motore elettrico del SUV era silenzioso e cupo come il suo umore. Il sole doveva ancora sorgere sul golfo del Siam, su cui si affacciava la base navale di Réam, e la mattina era ancora calda e umida dopo la notte afosa.

La donna pulì le lenti degli occhiali che si erano appannate nel momento stesso in cui era uscita dall'abitacolo climatizzato, poi usò lo stesso fazzoletto per asciugarsi la fronte sudata. Odiava il caldo. Era cresciuta a Mohe, una città nella provincia settentrionale dell'Heilongjiang, dove l'aurora boreale brillava spesso nel cielo e il clima era freddo e secco tutto l'anno.

Non come in questa sauna infernale.

Attraversò il parcheggio. Uomini e donne - un misto di soldati semplici e ufficiali - si affaccendavano in quell'angolo fortificato della base cambogiana. Indossavano tutti mimetiche blu con pochissime mostrine, per non rivelare i rispettivi gradi. Si trattava di uno stratagemma escogitato per nascondere la reale estensione del coinvolgimento dell'Esercito cinese in Cambogia, anche se in realtà non ci cascava nessuno. Quel teatrino era più a beneficio del governo cambogiano che una concreta preoccupazione per Pechino.

In qualità di comandante della base, Daiyu si rifiutava di prendere parte a quella pantomima, e quindi sfoggiava tutte le sue mostrine e la sua uniforme da capitano: pantaloni grigi e una giacca scollata bianca con spalline rigide. I capelli erano lunghi fino al colletto, e l'unica concessione alla vanità era la tinta con cui nascondeva le sue poche ciocche grigie.

Aveva quarantotto anni, ed era solo la seconda donna della

Marina cinese ad aver raggiunto il grado di capitano. Ciò nonostante, non aveva intenzione di fermarsi: aspirava infatti a diventare ammiraglia.

In quanto figlia unica di una coppia di operai, portava su di sé il peso dell'onore della famiglia. I genitori avrebbero voluto un maschio ma, vincolati dalla politica del figlio unico, si erano dovuti accontentare di lei. A ogni modo, le avevano sempre voluto un bene dell'anima, e avevano instillato in lei una forte autostima e l'orgoglio per il suo Paese, la famiglia e se stessa, non necessariamente in quest'ordine.

La morte della madre, avvenuta dodici anni prima, l'aveva spinta a unirsi all'Esercito popolare di liberazione. Già allora era consapevole che non sarebbe mai riuscita a realizzare le sue ambizioni nel settore civile. Laureatasi alla Sun Yat-sen University con un dottorato in geoscienze, aveva lavorato per conto della Marina a progetti di ricerca in acque profonde al Southern Marine Science and Engineering Laboratory di Guangdong. Dunque l'ingresso nell'Esercito era stato un passo naturale. Successivamente, dopo un incarico come ufficiale di rotta a bordo di una portaerei, aveva fatto ritorno a quello stesso laboratorio.

Da allora, aveva passato dieci anni a seguire la realizzazione di un modello di batiscafo all'avanguardia, anche se il suo più grande risultato era stato lo sviluppo e il collaudo della *Zhu Hai Yun*, una nave da ricerca guidata dall'intelligenza artificiale in grado di gestire autonomamente droni e sommergibili con un equipaggio ridotto all'osso.

Il suo obiettivo era quello di guidare la Marina cinese in una nuova era di dominio oceanico. Se ce l'avesse fatta, nessuno avrebbe potuto negarle il grado di ammiraglio. Tuttavia molto dipendeva dal suo nuovo incarico in Cambogia. Daiyu era intenzionata ad aggiungere l'ennesima perla alla sua corona di successi. Aveva supervisionato i lavori di costruzione del complesso, che prevedeva la base militare in superficie e una serie di laboratori d'ingegneria interrati.

Si diresse verso una struttura di quattro piani col tetto in acciaio che si affacciava sul mare. Era contrassegnata solo dal numero 零八 sopra l'ingresso, ma era l'edificio più importante di tutto il complesso. Due guardie armate erano appostate ai lati dell'entrata; era evidente che entrambe avrebbero voluto rivolgerle il saluto, ma si trattennero. Come chiunque altro, all'aperto erano obbligate a prendere parte alla recita inscenata all'interno della base.

Daiyu aprì la porta con una card magnetica. Non appena entrò, l'odore umido di acqua di mare e gasolio le aggredì le narici. La struttura ospitava due piani di uffici e postazioni di lavoro aperte disposti intorno a una enorme piscina di acqua di mare. Dava sul golfo del Siam, ma al momento le sue enormi porte erano chiuse. Una nave da ricerca era ormeggiata al molo, accanto al prototipo di un sommergibile.

Il suo ufficio era al secondo piano, tuttavia lei s'incamminò verso un ascensore vicino all'ingresso. Sebbene l'attendesse una lunga e importante giornata di lavoro, era curiosa di scoprire se c'era stato qualche progresso durante i due giorni in cui era mancata.

Usò la stessa card per aprire le porte dell'ascensore, quindi pigiò il pulsante su cui era impresso il numero 五 per raggiungere il quinto e ultimo livello interrato del complesso.

Le porte si chiusero, e l'abitacolo scese per trenta metri nel bunker sotterraneo di cemento che si estendeva perlopiù sotto il parcheggio del complesso. L'ascensore si arrestò con un sobbalzo e le porte si spalancarono con un leggero sibilo d'aria pressurizzata. Daiyu imboccò un lungo corridoio grigio con camere d'equilibrio sigillate che davano su altrettanti laboratori.

Lanciò un'occhiata all'interno della prima stanza. Al di là della vetrata della camera d'equilibrio, c'erano tre cadaveri nudi su altrettante barelle d'acciaio. I corpi erano completamente neri, come se fossero stati consumati dalle fiamme, e contorti in pose innaturali. Le ricordavano i calchi in gesso delle vittime del Vesuvio che aveva visto a Pompei.

Solo che questi non sono calchi in gesso.

I tre uomini erano stati recuperati da una capsula di salvataggio espulsa dal *Changzheng 24*, il loro sottomarino scomparso. L'Esercito ci aveva messo tre giorni a rintracciare la piccola imbarcazione che galleggiava nel Pacifico meridionale. Una violenta tempesta aveva contrastato gli sforzi dei soccorritori, allontanando la capsula dal punto in cui era riemersa. E il recupero era stato ulteriormente complicato dal suo faro segnalatore che, danneggiatosi durante la risalita, aveva funzionato a intermittenza. Alla fine la capsula era stata ritrovata semisommersa, invasa dall'acqua penetrata attraverso una crepa nello scafo causata dalla pressione dell'oceano, coi tre corpi che galleggiavano al suo interno.

Daiyu rabbrividì e s'infilò nella camera d'equilibrio successiva, dove respirò una boccata di fresca aria riciclata prima di entrare nel biolaboratorio allestito in tutta fretta dieci giorni prima, dopo che i medici avevano appurato le strane condizioni dei cadaveri. Per studiarli a dovere, aveva fatto portare microscopi e centrifughe, un ultracongelatore e un incubatore a CO_2. Aveva inoltre ordinato un sequenziatore di DNA di nuova generazione e un sistema PCR per le analisi genetiche. Infine, dietro richiesta del capo ricercatore, al piano di sopra erano stati installati pure un microscopio elettronico e un sistema di diffrazione a raggi X.

Dopo tutte quelle spese e quegli sforzi, adesso lei voleva delle risposte.

Si diresse verso l'uomo che avrebbe dovuto dargliele.

Il dottor Luo Heng, un brillante bioingegnere e medico dell'università di Shanghai, la accolse con un inchino. A soli trentadue anni, aveva ottenuto una serie di riconoscimenti per le sue ricerche ed era l'attuale direttore della CSCB, la Chinese Society of Cell Biology.

A Daiyu non sfuggì l'ostinata durezza con cui la guardava. L'uomo non si sarebbe voluto trovare lì, all'inizio aveva sciocamente creduto di avere una scelta.

Cresciuto a Hong Kong, era solo un bambino quando la regione era stata restituita alla Cina. Tuttavia si comportava come se fosse intrappolato tra due mondi: Oriente e Occidente, autorità militare e vita civile. In lui persisteva una vena tenace e combattiva, contro la quale Daiyu si era scontrata sin dal giorno del suo arrivo.

Gli altri quattro ricercatori presenti nel laboratorio erano chini sulle loro postazioni, come se stessero tentando di evitare il suo sguardo. Il dottor Luo aveva scelto personalmente due di loro, mentre gli altri - un tenente e un sottotenente - erano stati selezionati dalla capitana per assisterlo e vigilare sul suo operato.

Ma, alla fine, se fossero riusciti a fare qualche progresso sarebbe stato interamente merito di Heng.

« Come sta il nostro paziente? » chiese Daiyu.

« Venga a vedere lei stessa », rispose lui, facendo strada verso la vetrata che si affacciava sulla stanza successiva. « Non penso che arriverà a domani. »

Nella camera sigillata dall'altra parte del vetro, un uomo giaceva in un letto d'ospedale, con due tubicini che uscivano da naso e bocca per collegarsi a un respiratore che si alzava e si abbassava ritmicamente. Un'infermiera con indosso una tuta bianca da rischio biologico controllò una flebo di morfina attaccata al braccio destro, l'unico arto del paziente ancora sano.

L'uomo, un sottufficiale di Marina del *Changzheng 24*, era l'unico superstite trovato nella capsula di salvataggio recuperata dieci giorni prima. Ma non era uscito illeso da quell'esperienza. Le sue gambe erano dure e nere come i tre cadaveri nell'altra stanza: era come se la metà inferiore del suo corpo fosse stata immersa nel catrame. Il dolore e il delirio causato dalla febbre gli impedivano di rispondere a qualsiasi domanda o di descrivere le sue condizioni.

Negli ultimi giorni, quello strano morbo si era propagato al resto del corpo, arrivando a coprire metà petto e buona parte del braccio sinistro. Nessuna cura farmacologica o seduta di radioterapia era riuscita ad arginarne la diffusione. L'unico trattamento che si era rivelato efficace era stato l'acidificazione del sangue del paziente tramite l'abbassamento della temperatura corporea con immersioni nel ghiaccio. Tuttavia si limitava a rallentare l'infezione.

« Stanotte abbiamo dovuto rianimarlo due volte », disse Heng con una punta di rabbia nella voce. « Ma, nonostante tutti i nostri sforzi, non sopravvivrà ancora a lungo. »

Daiyu conosceva bene l'opinione di Heng: già tre giorni prima le aveva chiesto di lasciar morire il paziente, però lei gli aveva ordinato di tenerlo in vita il più a lungo possibile, o almeno fino a quando non avessero ottenuto qualche risposta.

Ancora non sapevano se quel morbo fosse dovuto all'esposizione accidentale a una tossina sconosciuta o a un'arma biologica rilasciata a bordo del *Changzheng 24*. Avevano bisogno di risposte, soprattutto se volevano iniziare le operazioni di recupero del relitto.

« Avete fatto progressi durante la mia assenza? » lo incalzò lei.

« Sì e no. Abbiamo capito *cosa* sta succedendo al suo corpo... ma ancora ci sfugge il *perché* e il *come*. »

« Mi mostri quello che avete scoperto. »

Heng si avvicinò a un computer. « Il corpo sta chiaramente subendo un processo di biomineralizzazione... dia un'occhiata a questo campione centrifugato di liquido cerebrospinale. »

Sul monitor apparvero due immagini al microscopio. Una mostrava un ingrandimento di piccoli cristalli su uno sfondo sfocato.

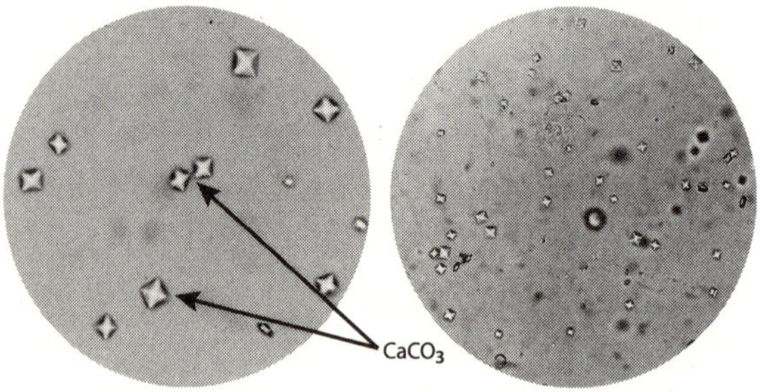

« Cosa sono? » chiese Daiyu.

« Cristalli di carbonato di calcio. »

« E di solito si trovano nel liquido cerebrospinale? »

« Assolutamente no. Anche se il carbonato di calcio costituisce circa l'otto per cento dei nostri corpi, l'origine di questi cristalli va cercata altrove. »

« Dove? »

« Nelle *ossa* della vittima. »

« Cosa? »

« Il processo sembra dissolvere il calcio presente nelle ossa e sostituirlo con questi cristalli, che poi si depositano in gran quantità nelle membrane cellulari di tutto il corpo. L'interno della cellula rimane intatto, mentre le pareti esterne diventano rigide e friabili. »

« E il corpo assume una consistenza simile alla pietra. »

« Esatto. Esiste una condizione chiamata sclerodermia, una malattia autoimmune che produce tessuto fibroso in eccesso tra le cellule e causa l'ispessimento e l'irrigidimento della pelle e degli organi. Nel nostro caso, però, non sono i tessuti fibrosi a causare questa condizione, ma i depositi di calcio. »

« E le ossa? »

Heng si voltò verso il sottufficiale nella stanza adiacente. « Abbiamo effettuato diverse ecografie alle gambe. Anche se sono rigide, sotto quel guscio duro *non* ci sono ossa. È come se il processo stesse terraformando il corpo, trasformando la struttura scheletrica interna in un esoscheletro. »

« Ma non ha idea di come ciò avvenga... » commentò lei con una smorfia.

« Tutto quello che so è che si tratta di un processo molto aggressivo, che trae dalla vittima la maggior parte dell'energia che gli occorre. Quando il sottufficiale Wong è stato portato qui, la sua temperatura corporea era di quarantun gradi, ma è salita a cinquanta quando le sue condizioni si sono aggravate. È per questo che è caduto in un coma profondo, ed è per questo, forse, che le immersioni nel ghiaccio hanno dato qualche risultato. A ogni modo, qualunque cosa stia accadendo sembra in grado di liberare l'energia potenziale immagazzinata in un corpo... ed è un quantitativo enorme. Se volessimo trasferire tutta l'energia contenuta nelle riserve di grasso di un uomo sano in una batteria per auto, ce ne occorrerebbe una del peso di una tonnellata. »

« Dunque c'è qualcosa che succhia questa energia? »

« Non solo, ma la sprigiona tutta in una volta... è un'esplosione nucleare biologica. »

« E cosa la provoca? »

Heng scrollò le spalle, confuso. « Non lo so. Non ho rilevato nessun batterio, virus o agente chimico in grado d'innescarla. Potrebbe trattarsi di una qualche specie di *protezione* del corpo, o un nuovo tipo di *predazione*. Forse entrambe le cose. Ho studiato la microstruttura dei cristalli in cerca di risposte, e i risultati sono stati sorprendenti. »

« Come mai? »

« Il carbonato di calcio si presenta principalmente in due configurazioni polimorfiche, ognuna delle quali è caratterizzata da una peculiare struttura cristallina. Si forma più spesso come calcite, un minerale presente nel calcare, e i suoi cristalli hanno una configurazione trigonale. » Indicò le due immagini sul monitor. « Ma grazie alla cristallografia a raggi X ho scoperto che questi cristalli sono ortorombici, e formano un minerale chiamato aragonite. Si tratta di una configurazione meno stabile, ma è come si cristallizza il carbonato di calcio in presenza di 'acqua di mare'. »

« Acqua di mare? » Daiyu immaginò il *Changzheng 24* che affondava nelle profondità oceaniche. « È un dettaglio significativo? »

« Non è detto. La concentrazione di sale e di altri ioni nell'acqua marina è straordinariamente simile a quella che si trova nel siero del nostro sangue. Questo potrebbe spiegare perché il carbonato si cristallizza in aragonite. Ma non posso averne la certezza. »

Daiyu annuì, molto più scossa di quanto non fosse prima di entrare in quel laboratorio.

Ma Heng non aveva ancora finito. « C'è un ultima cosa che voglio mostrarle. » Prese il mouse e aprì una serie di menu e finestre sullo schermo. « Ieri ho scoperto una cosa cui non so dare una spiegazione, ma è abbastanza insolita da richiedere la sua attenzione. »

« Di che si tratta? »

« Prima le ho detto che i cristalli di calcio si sono depositati in tutte le membrane cellulari della vittima. Non è esattamente così. » Fece partire un video che mostrava lui e un altro ricercatore nell'obitorio accanto, con indosso tute da rischio biologico. Il cameraman zoomava sulla sua mano che tagliava la calotta cranica di uno dei cadaveri calcificati con una sega per ossa, quindi si spostava per rivelare l'interno del cranio.

Daiyu trasalì a quella vista raccapricciante.

Le circonvoluzioni di un cervello grigio luccicavano sotto la luce dei neon.

Heng spiegò: « Il processo di biomineralizzazione ha interessato le cellule degli organi e dei tessuti, ma non quelle del sistema nervoso centrale. Il morbo non ha intaccato né il cervello né la colonna vertebrale ».

Daiyu si sforzò di mantenere la voce ferma. « Secondo lei perché sono state risparmiate? »

Lui non si preoccupò di rispondere. « La cosa più strana è che, quando ho sottoposto il cervello a un EEG, abbiamo rilevato una debole attività elettrica. »

« Sta dicendo che il tessuto nervoso dà ancora segni di vita? »

« No... certo che no », rispose Heng, seppur con un'inquietante esitazione. « Immagino si tratti di un residuo di energia termica rilasciata dal violento processo che sta stimolando in maniera casuale nervi e sinapsi. Ma è comunque sconcertante. Più tardi sezionerò il cervello e la colonna vertebrale, e forse allora... »

Un forte allarme iniziò a suonare nella stanza accanto.

L'infermiera al di là della vetrata richiamò la loro attenzione mentre il sottufficiale sul letto era in preda alle convulsioni... o almeno quelle parti del suo corpo che non si erano trasformate in pietra.

Heng fissò Daiyu, supplicandola con gli occhi di lasciar morire il paziente.

Lei guardò il macabro video in pausa sul monitor, poi di nuovo il medico. « Tienilo in vita. »

L'uomo si rabbuiò, ma non si oppose alla sua decisione. « *Duì* », disse.

Daiyu uscì dal laboratorio. Mezza stordita, prese l'ascensore e salì al secondo piano della struttura, quindi s'incamminò con passo rigido verso il suo ufficio.

Vedendola arrivare, la segretaria si alzò dalla scrivania e le rivolse un inchino. « *Hǎijūn shang xiao Tse* », la salutò, prima di metterla al corrente di una telefonata che aveva appena ricevuto da Pechino. « Sta arrivando qualcuno che è interessato al suo... progetto. »

« Chi? »

La donna abbassò lo sguardo sul pezzo di carta che stringeva tra le mani. « Il dottor Choi. »

« Mai sentito. Chi l'ha mandato? »

« Il vicedirettore dello Zhōngguó Guójiā Hángtiān Jú, l'agenzia spaziale nazionale. Il dottor Choi è un astrofisico dell'Accademia di tecnologia spaziale. »

Daiyu aggrottò la fronte, confusa.

Perché mi mandano un astrofisico?

Un brivido di apprensione le corse lungo la schiena. Ripensò al processo di biomineralizzazione di cui le aveva parlato il dottor Luo, alla *terraformazione* del corpo del sottufficiale. Inoltre non riusciva a togliersi dalla testa l'ultima immagine del video che le era stato mostrato: un cervello scintillante in un guscio duro.

Un cervello con una traccia residua d'energia.

Immaginò di nuovo il sottomarino che affondava nelle tenebre.

Cos'è successo davvero laggiù?

PARTE SECONDA

L'ARCA DI CEMENTO

9

Trecento miglia al largo dell'isola Norfolk,
Australia, 23 gennaio, ore 10.11

Phoebe si sporse fuori dal portello del sommergibile. L'intensa luce del mattino le bruciava gli occhi dopo una settimana trascorsa sottacqua, ma lei si rifiutava anche solo di battere le palpebre. Mentre il vento le scompigliava i capelli, prese una profonda boccata d'aria fresca e rivolse la faccia al sole nel cielo chiazzato di nuvole. Era come se avesse appena terminato un'immersione in apnea, e in un certo senso era così.

La Stazione Titan Inferiore si trovava tremila metri più in basso, e la risalita era durata ventidue minuti. Jazz era rimasta di sotto per continuare la loro ricerca: i campioni raccolti la notte prima andavano analizzati, catalogati e sequenziati. Phoebe si fidava di lei, sapeva che sarebbe riuscita a cavarsela in sua assenza.

La spedizione alla fossa delle Tonga l'avrebbe tenuta lontana per quattro o cinque giorni. Era euforica, quasi non riusciva a credere che sarebbe stata la prima persona al mondo a esplorare la smisurata barriera corallina nelle buie profondità abissopelagiche di quella depressione oceanica. S'issò fuori dal sommergibile per lasciar passare Adam Kaneko, che l'avrebbe accompagnata in quel viaggio.

Phoebe saltò sul molo galleggiante, dove una decina di altri sommergibili gialli era assicurata ai massicci piloni della stazione, poi sollevò lo sguardo verso la struttura di due livelli che la sovrastava. Quella sezione del complesso, basata sul progetto opportunamente modificato di una piattaforma petrolifera, era perfetta sia per le operazioni di superficie sia per quelle sottomarine.

Adam la raggiunse, atterrando con destrezza sul pontile di legno. A differenza sua, ignorò la colossale struttura sopra le loro teste e si guardò intorno. «Siamo in ritardo?»

Lei seguì il suo sguardo, e solo allora si accorse che il *Titan X* non era più ormeggiato sul lato opposto della struttura.

«Sono partiti senza di noi?» chiese, perplessa.

Secondo i programmi, Phoebe e Adam avrebbero dovuto imbarcarsi sul megayacht e navigare per quattrocento miglia fino alla fossa delle Tonga, che avrebbero poi raggiunto a bordo di un sommergibile d'alto mare.

Ma dov'è finito?

«Eccovi!» gridò una voce alle loro spalle.

Byrd sbucò dall'ascensore situato all'interno di uno dei piloni della piattaforma. Phoebe e Adam gli corsero incontro, ansiosi di scoprire se c'erano state novità nel corso della notte.

«Spero che siate entrambi ben riposati», disse Byrd.

«Dov'è il *Titan X*?» gli chiese lei.

Lui si schermò gli occhi con una mano e guardò il mare. «È salpato quattro ore fa.»

«Come mai?»

«Per risparmiarvi qualche ora di viaggio. Anche se è equipaggiato con un reattore nucleare a sali fusi, non arriverà a destinazione prima di nove ore. Non volevo farvi perdere mezza giornata.» Indicò in alto. «Di sopra c'è un elicottero pronto a trasportarvi sullo yacht. Una volta raggiunto, altre due o tre ore di viaggio e potrete entrare in acqua per raggiungere la fossa.»

Phoebe era senza parole, al tempo stesso felice di quella notizia e leggermente infastidita dal fatto che nessuno l'avesse informata del cambio di programma.

«Ho anticipato la partenza dello yacht anche per un altro motivo», continuò Byrd, mentre faceva strada verso l'ascensore. Si voltò verso Adam. «Sono sicuro che suo zio l'ha informata dei danni provocati dal terremoto e dallo tsunami che hanno colpito le coste della Cina.»

«Sì, certo.»

«Una volta che i soccorritori avranno finito di scavare tra le macerie, la conta delle vittime sarà nell'ordine delle decine di migliaia. Se la colpa di tutto ciò è davvero il cluster di scosse nella fossa delle Tonga, non c'è tempo da perdere, dobbiamo scoprire il prima possibile qual è la causa di questa instabilità tettonica.»

Adam annuì. « Mio zio sta monitorando i sismi che si stanno susseguendo in tutta la regione. Crede che il peggio debba ancora venire. »

« È per questo che io non mi muoverò da qui. Aiuterò suo zio a preparare l'evacuazione del complesso nel caso il livello di allerta dovesse aumentare. »

« Non sarebbe il caso di evacuarla subito... per precauzione? » chiese Phoebe, pensando a Jazz.

« No, persino il dottor Kaneko ritiene che una simile iniziativa sia ancora prematura. Inoltre ci sono numerosi sistemi di sicurezza a tutela del personale a bordo. »

Le sue parole non la tranquillizzarono, ma Phoebe riconosceva anche l'importanza del compito che li attendeva. Se in quella fossa c'era una risposta, era loro dovere trovarla.

Quando raggiunsero l'ascensore che li avrebbe portati al livello superiore, il rombo di un motore li fece voltare. Un idrovolante sbucò tra le nuvole e planò verso l'acqua.

« Dovrebbero essere i nostri nuovi ospiti. Sono arrivati giusto in tempo », disse Byrd.

« Chi sono? » chiese Phoebe.

« Due ricercatori della DARPA mandati dal governo. Ci aiuteranno a valutare il livello di rischio nella regione e a identificare il sottomarino che abbiamo trovato. »

« La voce si è sparsa in fretta », commentò Phoebe con tono acido, turbata dal coinvolgimento dei militari, anche se in realtà si trattava solo di due scienziati.

Byrd annuì. « Già. A quanto ho capito, erano già in zona - a Hong Kong - per il terremoto e lo tsunami. C'è poco da meravigliarsi se la DARPA ha preso sul serio la nostra scoperta. »

Phoebe lanciò un'occhiata perplessa a Adam, che fissava il ventaglio di spruzzi che si sollevavano dall'idrovolante. Si aspettava che fosse altrettanto irritato per quell'ingerenza, invece sembrava solo agitato e diffidente. Aveva una mano chiusa a pugno, come se fosse pronto a battersi.

Lei sospettava la verità.

Sapeva già che stavano arrivando.

Ore 10.55

Adam era sul bordo dell'eliporto accanto a Phoebe, con uno zaino in spalla e un borsone ai suoi piedi. Poco distante, un elicottero della ESKY scaldava i motori in attesa di partire alla volta del *Titan X*. Con un'autonomia di volo di quasi mille chilometri, l'AgustaWestland AW119 Koala li avrebbe portati a destinazione per poi fare la spola tra il complesso e la fossa delle Tonga.

Nell'attesa, lui si godeva il sole, respirando a pieni polmoni. L'aria filtrata e le luci artificiali dei laboratori non potevano reggere il confronto con la realtà.

Phoebe spostava il peso da una gamba all'altra, piegando prima un ginocchio e poi l'altro, palesemente ansiosa di muoversi. Sotto quel cielo luminoso, sembrava un'amazzone in procinto di andare in guerra. Era alta quanto lui, ma non altrettanto asciutta; neppure la tuta informe riusciva a nascondere le sue curve.

Lei notò che la fissava. « L'idrovolante è atterrato mezz'ora fa. Quanto ancora dobbiamo aspettare? »

Adam le si avvicinò. « Byrd starà facendo il solito discorso da imbonitore per vendere il suo prodotto, nella speranza che la DARPA allenti i cordoni della borsa. »

Phoebe sorrise. « Sicuro. Ma preferirei che i militari stessero il più lontano possibile da questa storia. Anche se comprendo il loro interesse. Credi che il sottomarino possa appartenere alla Marina degli Stati Uniti? »

« Io... non lo so », rispose Adam, provando un po' di disagio a mentirle. Deglutì e si voltò verso l'ascensore proprio mentre le porte si aprivano. « Pare che ci siamo. »

Byrd s'incamminò verso di loro parlando col più basso dei due agenti della Sigma. Adam aveva già ricevuto un breve dossier sui nuovi arrivati. Aiko gli aveva garantito che poteva fidarsi ciecamente dei due uomini, aggiungendo poi di offrire loro la sua piena collaborazione. Allo stesso tempo, però, lo aveva messo in guardia dal non rivelare troppi dettagli sulla TaU.

Nonostante quelle rassicurazioni, a Adam non faceva piacere quell'intromissione di un'organizzazione segreta straniera.

Provava orgoglio per tutti i risultati raggiunti dalla TaU nel corso della sua breve esistenza. Negli ultimi sei mesi avevano sventato un attacco bioterroristico a Kyoto e smascherato un piano di Mosca di hackerare il ministero degli Affari esteri giapponese. Tuttavia entrambe le operazioni erano state condotte all'interno del territorio nazionale. Comprendeva dunque i motivi per cui la Sigma era stata coinvolta: dare supporto alla TaU e aggirare il divieto imposto dalla costituzione giapponese di condurre operazioni d'intelligence all'estero.

Ma questo non vuol dire che la cosa debba piacermi.

Byrd li raggiunse e fece le presentazioni, partendo dall'agente più basso, che indossava una felpa grigia con cappuccio e un paio di pantaloni tecnici neri con numerose tasche. « Lui è Monk Kokkalis. Ha un dottorato in biologia e una specializzazione in biomedicina, che si spera possa tornare utile quando raggiungerete la fossa. »

L'uomo si tolse il berretto nero che portava sul cranio glabro e tese la mano ai due scienziati.

Adam gliela strinse con forza per affermare la sua posizione, ma era come cercare di spaccare una roccia con le dita. L'agente della Sigma gli arrivava solo alle spalle, eppure sembrava fatto d'acciaio.

« Spero che la nostra presenza non sia di disturbo », disse, con un sorriso cordiale.

« Nient'affatto », rispose lui, sforzandosi di non digrignare i denti.

Poi Byrd presentò il secondo agente, un colosso dall'espressione burbera, con il naso storto a causa di una vecchia frattura del setto e una ferita su una guancia, incerottata ma chiaramente recente. Indossava un lungo spolverino in lana su jeans neri, stivali e maglietta, e portava un pesante borsone in spalla. « E lui è Joseph Kowalski, ex soldato della Marina specializzato in esplosioni e demolizioni. »

Adam tirò un sospiro di sollievo quando il gigante non gli porse la mano, in quanto temeva che la sua stretta gli avrebbe sbriciolato le ossa.

Kowalski si limitò a bofonchiare un saluto.

« Siccome all'interno del sommergibile che scenderà nella

fossa non c'è spazio per tutti... » Byrd guardò il colosso al suo fianco. « ... soprattutto per un uomo di queste dimensioni, Mr Kowalski resterà qui ad aiutare me e il dottor Kaneko a monitorare la minaccia in corso. »

Monk rivolse un largo sorriso ai due scienziati. « Verrò solo io. »

Byrd indicò l'elicottero. « Bene, è ora di andare. Fate buon viaggio e restate sempre in contatto radio. Noi faremo altrettanto. »

Il gruppo si divise, prendendo due direzioni diverse.

« Cerca di non distruggere niente! » urlò Monk.

Kowalski scrollò le spalle, ma non gli promise nulla.

Adam guardò ora l'uno ora l'altro con un'espressione perplessa, sempre più certo di una cosa.

Me la sarei cavata meglio da solo.

10

Repubblica di Singapore,
23 gennaio, ore 11.48

Gray imboccò il ponte pedonale che sovrastava l'Ayer Rajah Expressway. Portava una giacca a vento blu e un ombrello per proteggersi dalla pioggerella. Era mattina, ma c'erano già trenta gradi e l'aria era appiccicosa.

Il traffico sulla strada sottostante era scarso per quella città solitamente vivace e movimentata. L'intera regione sembrava trattenere il respiro, sulla difensiva. Singapore aveva sentito il terremoto ed era stata solo sfiorata dallo tsunami, subendo molti meno danni rispetto alle città costiere di Cina, Vietnam e Filippine. Il bilancio delle vittime continuava a salire.

E probabilmente il peggio deve ancora venire.

Gray sperava che le previsioni dei geologi su un imminente, violento cataclisma si rivelassero esagerate, tuttavia per il momento non poteva fare altro che concentrarsi sulla missione. Monk e Kowalski avevano finalmente raggiunto la Stazione Titan nel mar dei Coralli, e Kat stava tornando a Washington con un volo privato organizzato da Painter. Dimostrando la tipica resilienza dei più piccoli, Jack e le bambine si stavano già riprendendo dalla notte di caos e terrore che avevano vissuto.

Ora che i loro figli erano lontani dal pericolo, Gray non aveva più distrazioni. Quando raggiunse l'estremità opposta del cavalcavia, studiò l'obiettivo che incombeva in lontananza.

Il museo di storia naturale Lee Kong Chian si ergeva come un masso grigio scuro di sette piani ai margini del campus dell'università nazionale di Singapore, una struttura monolitica quasi priva di finestre e ricoperta da cima a fondo di pannelli di cemento modellato. Le linee squadrate del tetto e delle pareti la facevano sembrare una gigantesca arca arenatasi sul campus.

Per Gray, era una cassaforte di cemento che doveva forzare per risolvere un enigma.

Cosa cercano i cinesi al suo interno?

Alle sua spalle, Seichan parlottava con la madre, mentre Zhuang gli camminava accanto. Lui e Guan-yin li avevano accompagnati a Singapore per assisterli nelle indagini. Considerati i tempi stretti, Gray aveva accettato il loro aiuto... anche perché non sarebbe mai riuscito a convincere Guan-yin a non seguirli.

La donna si era già dimostrata preziosa, riuscendo a introdurre armi a Singapore. Gray portava la sua SIG Sauer P229 infilata dietro la schiena, nascosta sotto un maglione leggero e la giacca a vento, mentre Seichan aveva la Glock 45 di Monk in una fondina in Kevlar fissata alla caviglia.

Senza dubbio erano armati anche Guan-yin e Zhuang, sebbene l'uomo avesse lasciato la sciabola nell'albergo dall'altra parte della superstrada. Per non correre rischi, la madre di Seichan indossava un niqab di seta cremisi che le copriva la testa e il collo, con un velo sottile sulla parte inferiore del viso che nascondeva il tatuaggio e le cicatrici.

Zhuang accelerò il passo per accostarsi a Gray. « Cosa speri di ottenere piazzandoti qui così presto? I cinesi faranno sicuramente irruzione di notte, fuori dall'orario di apertura. Inoltre possiamo osservare l'interno del museo attraverso le sue telecamere di sorveglianza. »

« Nessuna telecamera può sostituire il tuo sguardo. »

Mentre erano in viaggio, Jason Carter – il guru della tecnologia della Sigma – aveva hackerato il sistema a circuito chiuso del museo, in modo da ricevere il feed delle telecamere di sorveglianza. Ma Gray non era soddisfatto, c'erano ancora troppi angoli ciechi. Aveva intenzione di studiare attentamente la struttura prima che calasse la notte, e non c'era modo migliore di farlo che andarci di persona.

Painter gli aveva confermato che fino a quel momento non era accaduto nulla di particolare all'interno dell'istituto. Inoltre gli aveva fatto recapitare in albergo una valigetta contenente telefoni satellitari, tablet criptati, auricolari e microfoni da gola, oltre a quattro paia di visori militari IVAS, dotati non solo della più recente tecnologia di visione notturna, ma anche di display interni a comparsa su cui era possibile vedere le immagini hackerate delle telecamere del museo.

Prima di lasciare l'albergo, Gray aveva consegnato a tutti un auricolare e un microfono, in modo che potessero restare sempre in contatto. I dispositivi erano quasi invisibili, a meno di non trovarsi a distanza molto ravvicinata. Aveva poi distribuito il resto dell'attrezzatura in quattro zaini, uno per ciascuno di loro.

Guardò l'orologio. « Aumentate il passo. »

A mezzogiorno avevano prenotato un tour privato organizzato dai contatti della Sigma. Non era stato difficile pianificarlo. Il quartier generale dell'organizzazione, infatti, era ubicato sotto lo Smithsonian Castle sul National Mall, una collocazione scelta per la vicinanza ai numerosi laboratori di ricerca dell'istituto e alle stanze del potere di Washington. Quel tour avrebbe permesso loro di accedere alle aree riservate del museo, bypassando i metal detector e le perquisizioni all'ingresso per il pubblico.

Arrivati a destinazione, Gray notò che la facciata era completamente diversa dal resto della struttura. Un angolo dell'edificio era stato rimosso, lasciando spazio a una parete di terrazze ricoperte di alberi, arbusti e felci, una rigogliosa cascata verde che simboleggiava le lussureggianti scogliere delle isole di Singapore. Altri giardini circondavano il museo.

« Dove abbiamo appuntamento col direttore? » gli chiese Seichan.

Lui indicò un punto oltre la larga scalinata che portava all'ingresso. « Il professor Kwong ci aspetta all'entrata per gruppi su un fianco dell'edificio. »

Mentre si facevano largo tra la folla, Gray continuava a guardarsi intorno, così come Seichan.

« Ho visto che hai letto molto durante il volo », sussurrò lei. « Hai per caso capito cosa potrebbe interessare ai cinesi? »

« No. Il museo contiene più di un milione di reperti, ma solo una parte è esposta nelle gallerie. Tutto il resto è conservato in laboratori secchi e umidi ai piani superiori. Aree off-limits. »

Quello era l'altro motivo per cui Gray aveva richiesto un

tour privato. Il museo si estendeva su un'area di oltre ottomila metri quadrati, ma le gallerie aperte al pubblico occupavano solo un quarto di quella superficie.

Alzò lo sguardo verso la struttura imponente. « Scommetto che qualunque cosa stiano cercando si trova in una delle aree riservate. »

« Ci vorrà un mucchio di tempo per controllarle tutte. La tua mente stramba non può aiutarci a restringere il campo di ricerca? »

« Non faccio miracoli. »

Tuttavia Gray sapeva di essere stato reclutato nella Sigma proprio per la sua « mente stramba », più che per il suo trascorso militare nel corpo dei Ranger degli Stati Uniti. La sua infanzia era stata caratterizzata dagli opposti. Sua madre era una cattolica molto devota che aveva sfidato strenuamente i dogmi della Chiesa, mentre suo padre era uno scorbutico operaio petrolifero che, divenuto invalido intorno ai cinquant'anni, si era ritrovato a fare il casalingo. Forse era questo retaggio – questo incessante tentativo di bilanciare due estremi – a fargli guardare le cose in modo differente. O forse era qualcosa di genetico, di radicato nel suo DNA, che gli permetteva di notare collegamenti che nessun altro era in grado di vedere.

Dopo un decennio al servizio della Sigma, aveva capito che il suo talento non consisteva nel pensare fuori dagli schemi, ma nell'infilare nello schema tutte le informazioni in suo possesso finché non trovava una parvenza di ordine.

« Non ci credo che brancoli completamente nel buio », lo stuzzicò lei.

Gray le scoccò uno sguardo con la coda dell'occhio.

Si sforzava di mantenere un'espressione impassibile, ma Seichan lo conosceva troppo bene. « Hai scoperto qualcosa, vero? »

« È solo un'intuizione », ammise lui.

« Di che si tratta? »

« La Cina conta diversi musei di storia naturale – a Shanghai, a Pechino, persino a Hong Kong – e tutti hanno collezioni molto vaste. Per quale motivo, allora, inviare una squadra qui a Singapore? Che c'è di così importante in questo museo? »

Seichan scrollò le spalle.

« Ho chiesto a Jason d'incrociare i dati dei database dei vari musei e di scoprire quali e quanti reperti sono presenti solo qui a Singapore. La ricerca ha dato numerosi risultati, ma non c'è nessun reperto particolarmente insolito che potrebbe essere collegato in qualche modo al relitto di un sottomarino e a un inspiegabile cluster di terremoti. »

« Sei finito in un vicolo cieco. »

« Sì... poi però mi sono informato su come ha avuto inizio questa collezione. La storia del museo è più intrigante di ciò che contiene. »

« Come mai? »

« Sia la fondazione di Singapore sia quella del museo si devono a sir Thomas Stamford Raffles. Nel 1819, Raffles fondò la città portuale che in seguito sarebbe diventata l'attuale Singapore. Ma Raffles era anche un appassionato naturalista che amava la flora e la fauna di questa regione, e fece innumerevoli scoperte. Per preservare e far conoscere la biodiversità locale, nel 1823 istituì l'Istituto Singapore, ovvero la prima incarnazione di questo museo. In seguito ribattezzato Museo Raffles in suo onore, nel 1965 cambiò di nuovo nome in Museo nazionale di Singapore, che a oggi rimane il più antico di tutto il Sud-est asiatico. Infine, nel 2015, la sua sezione di storia naturale e tutti i suoi reperti sono stati trasferiti in questa nuova sede. »

Seichan lo guardò con la fronte aggrottata. « Perché sarebbe importante? »

« La storia è sempre importante. »

« Vai al punto, professore. »

« All'interno di questo edificio ci sono reperti che facevano parte della collezione privata di sir Raffles. Il suo interesse per la storia naturale precede il suo arrivo a Singapore, risale a quand'era governatore dell'isola di Giava... e presidente della Società Bataviana, un'organizzazione scientifica che aveva tra i suoi obiettivi quello di preservare e promuovere la storia naturale delle Indie orientali. Alcuni esemplari conservati nel museo risalgono a quel periodo. »

« E quindi? »

« Potrebbe essere solo una coincidenza, ma... ai tempi in cui Raffles era governatore, il Sud-est asiatico fu interessato da uno degli eventi tettonici più devastanti al mondo: l'eruzione del monte Tambora, che provocò terremoti e tsunami in tutta la regione, e oscurò il cielo con una nube di cenere che si diffuse in tutto il pianeta.» Si voltò a guardarla. «Ti ricorda niente? Io ho subito pensato alle previsioni apocalittiche del team di geologi della Stazione Titan. Forse i cinesi stanno cercando un oggetto collegato a quell'evento catastrofico, qualcosa che ritengono abbastanza importante da giustificare un'incursione in questo museo.»

Seichan inarcò un sopracciglio, scettica.

«È solo un'intuizione, te l'ho detto.»

Tuttavia tenne per sé ciò che pensava.

Le mie intuizioni raramente si rivelano sbagliate.

Ore 13.34

Seichan seguiva il professor Darren Kwong lungo la scala ricurva che portava al piano rialzato. Il direttore del museo era un malese basso, dal sorriso sempre pronto e dai modi affabili; indossava un camice da laboratorio lungo fino al ginocchio sopra una camicia bianca e una cravatta rossa, probabilmente a simboleggiare i due colori della bandiera di Singapore. Era chiaro che l'uomo era molto orgoglioso del Paese e di quella struttura.

«E questa è la nostra Heritage Gallery», esclamò, allargando un braccio per indicare una sezione del museo che ricordava una biblioteca ottocentesca. La galleria era fiancheggiata da alte teche in legno e vetro stipate di libri, manufatti e curiosità. «Qui è esposta la storia antica del museo. Sentitevi liberi di aprire tutte le teche e tutti i cassetti che volete, questa sezione è stata concepita per essere il più possibile interattiva.»

Gray non se lo fece ripetere due volte. Dopo il discorso che le aveva fatto prima di entrare, Seichan sapeva che quell'area gli interessava in modo particolare. Lo stesso non valeva per lei.

Si sforzava di non manifestare la sua impazienza mentre ciondolava alle spalle dei due uomini. Prima di quella galleria, avevano visitato le quindici zone del piano principale dedicate alla biodiversità, che mostravano come aveva avuto inizio la vita in quella regione e come le varie specie si erano evolute nel corso di milioni di anni.

Gli stessi che le sembravano trascorsi da quand'erano entrati in quel posto.

Sua madre e Zhuang erano rimasti al piano di sotto, in attesa di uno spettacolo di luci che avrebbe ulteriormente messo in risalto tre imponenti scheletri di sauropodi, i cui lunghi colli e crani si ergevano oltre il livello del mezzanino. Ne avrebbero approfittato anche per sorvegliare l'ingresso, tenendo d'occhio eventuali visitatori dall'aria sospetta.

« Ho notato che la Heritage Gallery è divisa in due sezioni », disse Gray al direttore. « Una dedicata a sir Stamford Raffles e l'altra a William Farquhar. Eppure le loro scoperte coprono quasi lo stesso arco temporale. Perché questa suddivisione? »

Kwong allargò il sorriso. « Per evitare di essere tormentati dai loro fantasmi. Entrambi appassionati naturalisti, sir Raffles e il maggior generale Farquhar erano perennemente in competizione, si contendevano i meriti delle loro scoperte e non perdevano occasione di denigrarsi a vicenda, a volte con toni molto accesi. È per questo che abbiamo deciso di creare due sezioni separate. »

Gray si avvicinò a una lunga teca con la scritta FARQUHAR sul bordo superiore. « Come si spiega l'astio tra i due? Stando a questo cartello, era stato Raffles a nominare Farquhar governatore della neonata città di Singapore. »

« Ah, vede, sir Raffles non era felice del lassismo con cui il suo mandatario aveva preso quell'impegno. Farquhar non si atteneva alle istruzioni che lui gli aveva lasciato. Sotto il suo comando, fiorì il commercio di schiavi, così come la diffusione dell'oppio e di altri vizi. I rapporti tra loro s'incrinarono sempre di più, peggiorando di anno in anno. Poi Farquhar si macchiò di un atto così odioso che Raffles lo rimosse immediatamente dal suo incarico. »

« Quale? »

« Esistono versioni diverse, ma si dice che i due ormai si odiassero a tal punto che Farquhar cercò d'incastrare sir Raffles, in modo da costringerlo a lasciare la regione. All'epoca correva voce che Raffles nascondesse un grande segreto, anche se nessuno sapeva di cosa si trattasse. Qualcuno parlava di un ricco tesoro, altri di una qualche verità infamante. Farquhar assoldò alcuni malviventi locali, soprattutto trafficanti d'oppio cinesi, per scoprire cosa nascondesse. Quando venne a saperlo, Raffles lo destituì all'istante. »

Gray guardò Seichan con un sopracciglio alzato, come a rimproverarla per aver dubitato di lui, poi tornò a rivolgersi a Kwong. « E questo segreto è mai venuto alla luce? »

« Non che io sappia, ma Farquhar continuò ad avere buoni rapporti coi cinesi, che gli fecero un importante regalo d'addio, una coppa d'argento del costo di settecento dollari, una cifra esorbitante per l'epoca. E furono sempre i cinesi a sostenere la sua passione naturalistica, mettendogli a disposizione artisti che per lui realizzarono quasi cinquecento illustrazioni. » Indicò un punto della teca. « Ecco, qui ce ne sono alcune. »

Gray si chinò per osservare un elaborato piatto raffigurante un uccello dai colori vivaci. « Se Farquhar aveva scoperto il segreto di Raffles, probabilmente lo avevano fatto anche i cinesi. »

« Immagino di sì, ma non se n'è mai saputo niente. »

« Almeno, non ancora », borbottò lui.

« Come dice? » chiese il direttore.

Gray si raddrizzò. « Niente. Quand'è successo tutto questo? »

« Nel 1823. »

« È l'anno in cui è stato fondato l'Istituto Singapore. »

« Esatto. »

« Chi ha mandato al suo posto come governatore della città e curatore del neonato museo? »

« Un medico, il dottor John Crawfurd. »

« Un medico? »

« E naturalista in erba. Crawfurd aveva già lavorato per Raffles, quando questi era governatore dell'isola di Giava. »

Seichan si avvicinò.

Gray e le sue intuizioni del cavolo...

« Dunque Crawfurd era a Giava con Raffles nel 1815, durante l'eruzione del Tambora », osservò lui.

Kwong aggrottò la fronte, perplesso. «Suppongo di sì. Posso solo immaginare quanto dev'essere stato terribile.»

«Speriamo di continuare soltanto a immaginarlo», chiosò lui, guardando Seichan.

Ore 14.09

Gray salì in ascensore con Seichan e il direttore, per andare ai cinque piani superiori chiusi al pubblico, il cuore pulsante del museo.

Mentre salivano, Gray cercava di mettere ordine nei suoi pensieri. Possibile che Raffles e Crawfurd avessero scoperto qualcosa durante l'eruzione del Tambora, un segreto che successivamente Farquhar aveva appreso e condiviso coi suoi soci cinesi? Era tuttavia chiaro che all'epoca nessuno ne avesse colto l'importanza, perché Farquhar non lo aveva usato per screditare Raffles. E neppure i cinesi, che però erano noti per la meticolosità con cui documentavano ogni cosa, e dunque era ragionevole supporre che da qualche parte avessero lasciato una traccia scritta al riguardo. Qualunque fosse quel segreto, sir Raffles l'aveva nascosto in un museo che in seguito avrebbe portato il suo nome, e che al tempo era diretto dal dottor John Crawfurd, suo amico fidato.

Ma cosa c'era di così importante da richiedere una tale segretezza?

Le porte dell'ascensore si aprirono con un sibilo sul terzo piano, quindi Kwong si diresse verso una porta con una serratura elettronica. Quando varcarono la soglia, un odore pungente aggredì le loro narici. Sparsi per tutta l'ampiezza di uno stanzone c'erano scaffali su scaffali di barattoli di vetro per campioni di varie dimensioni.

«I primi due piani chiusi al pubblico ospitano la nostra collezione in liquido», spiegò il direttore. «Ovvero specie vertebrate e invertebrate in soluzioni d'etanolo.»

Gray riconobbe la fonte dell'odore acre che c'era nell'aria quando passarono davanti a un ricercatore con una visiera protettiva che aveva appena tirato fuori da un contenitore un serpente striato attorcigliato su se stesso. Una cappa aspirante ronzava sopra la postazione di lavoro, ma non riusciva a risucchiare completamente l'alcol che impregnava l'esemplare e ammorbava l'aria.

Kwong si fermò davanti a una serie di piccoli contenitori che sembravano molto più vecchi degli altri. Le etichette scritte a mano erano sbiadite e scrostate. I barattolini contenevano una collezione di minuscoli granchi, alcuni non più grandi di un'unghia di pollice. « Visto che mi è parso interessato alla storia del museo, le mostro questi crostacei, raccolti nel 1881 dall'equipaggio di una nave della Royal Navy - l'*Alert* - su una spiaggia di Singapore. Eppure sembrano freschi come il giorno in cui sono stati catturati. »

« Impressionante. » Gray si avvicinò per guardarli meglio, poi si voltò verso il direttore. « Quali sono i reperti più antichi della collezione? »

« Difficile a dirsi. All'inizio, gli esemplari erano donati da esploratori e avventurieri, o venduti al museo dalla gente del posto, e spesso la loro provenienza non veniva documentata. Come se non bastasse, col tempo molte etichette si sono disintegrate. »

Gray lanciò uno sguardo a Seichan, alle sue spalle, che sembrava disgustata dagli esemplari immersi nell'alcol.

Raggiunsero la parete in fondo, dove una porta dava su una scalinata, e salirono al piano superiore.

« A proposito di quegli esemplari antichi... Ce n'è qualcuno che è stato donato da Raffles? » chiese Gray.

« Certamente. Alcuni sono esposti nella Heritage Gallery. »

« D'accordo, ma nessuno risale al 1823, l'anno di fondazione del museo. »

« Ah! Quei tesori sono conservati in una camera blindata. »

« Davvero? Mi piacerebbe vederli. »

« Se vuole, possiamo andarci alla fine del tour. Ma devo avvisarla che gli esemplari al suo interno non hanno nessun valore scientifico, li teniamo sotto chiave solo per via della loro età. Spero dunque che non resti deluso. »

Gray annuì.

Lo spero anch'io.

Quando raggiunsero il piano successivo, Kwong s'incamminò attraverso un vasto labirinto di alti armadi di metallo, posti l'uno accanto all'altro a formare solide pareti, ciascuno con una ruota in acciaio fissata a un'estremità, che consentiva di spostarlo sia a destra sia a sinistra lungo un binario.

«Questo piano ospita la nostra collezione *a secco*», spiegò il direttore. «Le scaffalature compattabili ci permettono di sfruttare lo spazio in modo efficiente. Ognuna di esse contiene migliaia di piastre di essiccazione su cui sono depositati gli esemplari.»

Proseguì in una stanza in cui alcuni ricercatori stavano infilzando insetti su delle tavolette; una donna era intenta a separare delicatamente le zampe di un aracnide grosso come il palmo di una mano. Mentre camminavano, Kwong spiegava i metodi di essiccatura, congelamento e conservazione degli esemplari. Gray lo lasciava parlare, evitando di stargli troppo addosso, o di essere troppo diretto, per non rischiare d'insospettirlo.

Tuttavia il tempo stringeva.

«Quella camera blindata di cui parlava prima... si trova qui?» chiese alla fine.

«No, è al piano di sopra.» Kwong alzò lo sguardo verso il soffitto. «Insieme con gli uffici e a un laboratorio di ricerca.»

Lui guardò l'orologio, più per lasciar intendere che la visita doveva finire che per vedere l'ora.

Kwong colse l'antifona. «Possiamo andarci subito.» Si voltò di scatto verso le scale, e quasi andò a sbattere contro una minuta ricercatrice che trasportava un ragno enorme fissato su una vaschetta di cartone. «*Maafkan saya*», si scusò in malese.

Lei gettò via il vassoio, rivelando una pistola che gli conficcò subito tra le costole. Anche gli altri ricercatori nella stanza erano armati.

La donna fissò Gray e Seichan con un'aria torva.

Aveva un caschetto corto di capelli scuri, occhi con un pesante trucco smokey e una carnagione color mandorla. Gray sapeva che era tutto finto. Nella sua mente, le tolse la parrucca, il make-up, le lenti a contatto e persino la pasta di lattice che le allargava gli zigomi. Immaginò il viso albino che si nascondeva lì sotto, la tela bianca su cui quella donna aveva applicato il suo travestimento.

«La vostra visita finisce qua», disse Valya.

11

Phsar Réam, Cambogia,
23 gennaio, ore 14.22

La capitana Tse era intenzionata a difendere il suo territorio. Aveva speso molto tempo e tante energie per istituire quella stazione di ricerca sul suolo cambogiano, e non avrebbe permesso a un'altra divisione dell'Esercito di soffiarle il progetto. Se fosse stata messa da parte, la sua reputazione ne avrebbe risentito. Sarebbe stato un disonore.

Ciò nonostante, accolse l'astrofisico con deferenza quando la segretaria lo fece accomodare nell'ufficio. « Benvenuto in Cambogia, dottor Choi », disse, rivolgendogli un piccolo inchino.

« *Xièxiè nín* », rispose formalmente lui, avvicinandosi alla sedia che gli venne offerta.

Subito dopo aver saputo del suo arrivo, Daiyu si era documentata sul conto di quell'uomo. Choi Aigua aveva quasi settant'anni, venti più di lei, e aveva passato la maggior parte della sua vita nell'Esercito, in particolare al Centro spaziale di Jiuquan, dove i taikonauti cinesi venivano mandati nello spazio. Aveva raggiunto il grado di *zhōngjiàng*, ovvero tenente generale della Forza di supporto strategico dell'Esercito popolare di liberazione, prima di congedarsi. Continuava però a lavorare come consulente per l'Accademia cinese di tecnologia spaziale.

E adesso è qui.

Attese che lui si accomodasse prima di sedersi a sua volta. D'un tratto si sentiva a disagio per l'aspetto spartano del suo ufficio. Oltre alla pratica scrivania metallica, con sopra un laptop e una pila ordinata di fascicoli, c'erano solo due schedari e una sedia abbandonata in un angolo. Era raro che accogliesse qualcuno nel suo spazio privato, le eventuali riunioni organizzative si tenevano nella sala conferenze in fondo al corridoio.

Il dottor Choi si schiarì la gola. « Le chiedo scusa per il disturbo, capitana Tse. E la ringrazio per avermi permesso di portare mio figlio.» Rivolse un cenno a un giovane appoggiato alla scrivania con un cappello in mano. «Xue è un maggiore della Forza di supporto strategico.»

Lei annuì, percependo l'orgoglio nella sua voce. Il figlio aveva seguito le orme del padre, probabilmente raggiungendo quel grado in così giovane età grazie alla parentela. Era una cosa irritante, soprattutto se pensava a quanto fosse stato difficile per lei diventare capitana.

Mantenne comunque un tono di voce calmo. «Come posso aiutarla?»

«Siamo qui per vedere i corpi recuperati dal *Changzheng 24*. Sembra che in questa faccenda gli obiettivi della Marina coincidano con quelli della Forza di supporto strategico.»

«Come?» chiese lei, dando voce alla domanda che l'aveva ossessionata tutto il giorno e cui non era riuscita a dare una risposta nonostante tutte le ricerche fatte. «Perché l'agenzia spaziale è interessata al sottomarino?»

«Perché è affondato per colpa nostra.»

Lei non riuscì a nascondere la sorpresa. «Io... nessuno mi aveva informata...»

«Solo pochissimi membri dell'Esercito sanno del nostro coinvolgimento. La versione ufficiale è che il sottomarino era impegnato in una crociera di collaudo per testarne le capacità.»

Daiyu contrasse la mascella, ma parlò con calma. «Così mi era stato detto.»

«La verità è un'altra.»

«Quale?»

«Il *Changzheng 24* doveva indagare su un segnale radio anomalo proveniente da una fossa oceanica, la stessa in cui alla fine è affondato. Aveva a bordo una flotta di droni, ROV autonomi che lei stessa ha sviluppato durante la progettazione della nave da ricerca *Zhu Hai Yun*.»

Daiyu drizzò la schiena, orgogliosa di quel risultato. Eppure una preoccupazione si fece strada in lei. *Se uno dei miei droni ha avuto un problema, la responsabilità dell'affondamento ricadrà su di me?* «Cosa stavate cercando?» chiese, con voce guardinga.

Il dottor Choi abbassò lo sguardo, riordinando chiaramente

i pensieri prima di rispondere. «Capitana Tse, cosa sa del Progetto Chang'e-5, la missione lunare lanciata nel 2020?»

Lei rimase spiazzata da quell'improvviso cambio di argomento. «Solo che la sonda ha raggiunto la sua destinazione e ha fatto ritorno sulla Terra con un carico di rocce lunari.»

«Allora ci sono molte cose che non sa. O meglio, che non può sapere. Ufficialmente, il *Chang'e-5* è atterrato sopra un'antica pianura lavica all'estremità settentrionale della Luna, una regione nota come Oceanus Procellarum. Il lander ha perforato la piana vulcanica raccogliendo due chili di basalto, il primo campione di suolo lunare di questo tipo raccolto da quarantacinque anni a questa parte.»

Daiyu era perplessa, non riusciva ancora a capire cosa c'entrasse quella storia con un sottomarino affondato.

«Lo scopo della missione consisteva nell'ottenere una migliore comprensione dell'*evoluzione* della Luna. Secondo la teoria più accreditata, il satellite si è formato circa quattro miliardi e mezzo di anni fa, in seguito alla collisione di un corpo planetario delle dimensioni di Marte - chiamato Theia - con la neonata Terra. Il materiale espulso dall'impatto - un misto di rocce, gas e polvere - si è poi fuso in una sfera di magma bollente che nel tempo si è raffreddata fino a formare la nostra Luna.»

«Continuo a non capire cosa...»

«I campioni del *Chang'e-5* si sono rivelati molto *più recenti* delle rocce raccolte dalle precedenti missioni lunari, a dimostrazione che si sono raffreddati molto più lentamente. Questo vuol dire che la Luna è stata vulcanicamente attiva molto *più a lungo* di quanto stimato in precedenza. Tuttavia ciò non ha senso dal punto di vista scientifico. Se la Luna è rimasta calda per un periodo di tempo così lungo, dev'esserci stata una fonte di calore sconosciuta che ne ha ritardato il raffreddamento.»

«Ovvero?»

«Le teorie abbondando. All'inizio si credeva che questa fonte di calore fosse dovuta a una concentrazione insolitamente alta di uranio o torio in decadimento. Ma le rocce raccolte dal *Chang'e-5* hanno smentito questa ipotesi.»

«Di cosa potrebbe trattarsi, allora?»

«Io ho una mia teoria, che sto provando a confermare da quando la sonda spaziale è tornata sulla Terra.»

«E questa sua conferma prevedeva di far affondare un sottomarino?» chiese lei con un pizzico di amarezza. In passato aveva avuto a che fare con scienziati talmente concentrati sui risultati da non riuscire più a vedere nient'altro, o a comprendere i costi reali delle loro ricerche. «Quale scoperta sulla Luna può giustificare una missione nelle profondità oceaniche?»

«Una scoperta che potrebbe cambiare il mondo», ribatté l'uomo con freddezza. «Le rocce lunari sono state inviate in laboratori sparsi in tutta la Cina, ma le parti più interessanti sono rimaste in quelli della Forza di supporto strategico.»

«Quali parti?»

«Una minuscola manciata di polvere. Ci è voluto un po' per separare quelle particelle esotiche. All'inizio sembrava comune basalto, una miscela di silicati e ossidi metallici, ma le particelle sono in uno stato di decadimento radioattivo, oltre a essere isotopicamente differenti da qualsiasi altra roccia. Anche la loro struttura cristallina è insolita.»

Daiyu ripensò agli strani cristalli che le aveva mostrato il dottor Luo Heng, ma per il momento tenne quell'informazione per sé.

Il dottor Choi raccolse la valigetta dal pavimento e se la mise in grembo. «Se non le dispiace, vorrei fare un passo indietro», disse, frugando al suo interno. «Per molto tempo, in tanti hanno ipotizzato che la Luna si sia formata da un pezzo di Theia, il planetoide che si è schiantato contro la Terra. Tuttavia, grazie agli studi isotopici, adesso sappiamo che la Luna e la Terra sono fatte dello stesso materiale.»

Lei intuì dove voleva andare a parare. «Ma ha appena detto che quella polvere esotica è isotopicamente *differente*.»

«Esatto. La maggior parte della Luna è formata da rocce terrestri, non ci sono dubbi, però io credo che contenga anche una piccola frazione di materiale espulso da quel planetoide.»

«Sta dicendo che quelle particelle esotiche provengono da Theia?»

«Proprio così. Le particelle sono abbastanza radioattive e strane da un punto di vista elementare da poter essere la fonte sconosciuta che ha permesso alla Luna di mantenersi calda più a lungo di quanto avrebbe dovuto.»

Daiyu scosse la testa. «È un'ipotesi abbastanza intrigante, ma questo non spiega ancora il motivo per cui è venuto in Cambogia.»

«Sono qui perché *enormi* lastre del planetoide Theia sono state trovate altrove.»

«Dove?»

«Proprio qui sulla Terra, sotto i nostri piedi.» Fissò la donna negli occhi. «E presto potrebbero distruggerci.»

Ore 14.44

Heng respirava pesantemente dietro la maschera protettiva. Era nella morgue a tenuta stagna con Zhào Min, una biologa molecolare dell'università di Shanghai con cui aveva scritto cinque articoli. Quando l'Esercito l'aveva costretto ad accettare quell'incarico gravoso, lui l'aveva voluta al suo fianco.

Adesso, però, era roso dal senso di colpa. Si era pentito di averla coinvolta in quell'indagine segreta, una ricerca su cui non avrebbero potuto scrivere nulla. Entrambi, infatti, avevano firmato un accordo di riservatezza estremamente vincolante: se fossero venuti meno ai loro obblighi, sarebbero incappati in una punizione ben peggiore di una multa salata o di un periodo di reclusione. Probabilmente i militari li avrebbero uccisi.

E potrebbero farlo a prescindere dall'accordo che abbiamo siglato.

Scacciò quella paura e inserì un altro elettrodo nel lobo occipitale del cervello sezionato che avevano estratto dalla calotta cranica di uno dei cadaveri.

Mentre lavoravano, il sottotenente Junjie filmava ogni cosa con una videocamera. Era così alto da entrare a malapena nella tuta da rischio biologico. Nonostante la bassa temperatura nella stanza, il suo viso grondava sudore dietro il respiratore. Aveva gli occhi vitrei e le labbra serrate, e probabilmente si stava sforzando di non vomitare.

Era stato costretto ad assistere mentre Min e Heng segavano il cadavere annerito, lo stesso su cui il giorno prima avevano eseguito una craniotomia. Dopo aver girato il soggetto sullo stomaco, Heng aveva spaccato la parte posteriore del cranio e inciso la spina dorsale, quindi aveva sezionato il cervello e il midollo spinale, oltre a numerosi fasci di nervi integri.

L'operazione si era rivelata sorprendentemente facile. Dal momento che le ossa si erano dissolte, la carne sfibrata e calcifera si era staccata di netto dal tessuto neurologico. «Come sbucciare un uovo sodo», aveva commentato.

Heng posizionò l'ultimo di trenta elettrodi nel cervello e nella spina dorsale, che in precedenza aveva immerso in una vasca di plastica piena di soluzione salina, per eseguire un EEG intracranico. «Dovrebbero bastare», disse.

Min annuì e agganciò i morsetti agli ultimi due elettrodi, collegati come tutti gli altri a un encefalogramma portatile, quindi si spostò con Heng davanti al monitor.

Min gli sfiorò la spalla con la propria. Heng sapeva che l'interesse della donna nei suoi confronti non era solo di natura accademica. L'affetto che provava per lui era probabilmente il motivo principale per cui aveva accettato quel lavoro in Cambogia. Quel sospetto - e l'impossibilità di ricambiare i suoi sentimenti - non facevano che acuire il senso di colpa per averla coinvolta. Non era mai stato onesto con lei riguardo al proprio orientamento sessuale. Nel mondo accademico, soprattutto dopo il passaggio di Hong Kong alla Cina, qualsiasi comportamento al di fuori dell'ordinario poteva distruggere una carriera. Così lui aveva tenuto segreta la sua omosessualità, interpretando il ruolo che ci si aspettava.

Una serie di linee luminose apparve finalmente sullo schermo e sfarfallò per alcuni secondi prima di formare picchi e avvallamenti frastagliati. Tuttavia le ampiezze erano basse.

Proprio come ieri.

«L'EEG rileva ancora dell'attività elettrica», bisbigliò. «Ma com'è possibile? Senza ossigenazione né circolazione sanguigna, non dovrebbe esserci.»

«Forse gli elettrodi captano qualche radiazione elettromagnetica all'interno della struttura che ci circonda», ipotizzò Min. «I progetti ingegneristici ai piani di sopra richiedono di sicuro grandi quantità di energia.»

Lui scosse la testa. « No. I laboratori sotterranei sono sufficientemente isolati. E poi... guarda questo pattern. I ritmi e le onde sono troppo simili a quelli di un'attività cerebrale normale. » Fece scorrere un dito lungo alcune linee. « Queste sono indubbiamente onde alfa, beta e gamma. Nessun rumore d'interferenza potrebbe mai produrle in modo casuale. »

« E allora cosa stiamo guardando? »

Heng si portò distrattamente una mano al mento, ma colpì la maschera protettiva e abbassò il braccio. « Non posso affermarlo con certezza, soprattutto perché il segnale è troppo debole, però sembra che ci siano una marcata diminuzione delle onde alfa e un incremento delle onde theta e delta. »

« Che cosa significa? »

« Il pattern delle onde cerebrali assomiglia a quello di un paziente in coma. »

Min si voltò a guardarlo. « Il sottufficiale Wong è caduto in coma quando la sua temperatura corporea è salita, e di certo la stessa cosa sarà successa a questi uomini prima di morire. Potrebbe trattarsi di un residuo di quell'evento... un pattern impresso nei loro cervelli che in qualche modo persiste ancora dopo la morte. »

« Se anche ciò fosse possibile, qualcosa dovrebbe comunque sostenere i tessuti, mantenendo i neuroni ossigenati e vivi. Qualunque cosa stia accadendo qui è troppo importante per essere ignorata. »

Aveva in programma di sezionare il cervello per studiarne i tessuti, deciso a scoprire *perché* il sistema nervoso centrale fosse stato risparmiato dal processo di calcificazione, ma quell'attività elettrica prolungata lo convinse a posticipare l'esame.

Prima, voleva tentare qualcos'altro.

« Vediamo che succede se stimoliamo il tessuto con un quantitativo maggiore di energia. » Si girò verso Junjie. « Chiama l'infermiera Lam all'interfono e dille di portare il generatore d'impulsi che si trova nella stanza dell'ufficiale Wong. »

Il sottotenente annuì, sollevato di potersi allontanare.

I neurostimolatori erano progettati per il trattamento di disturbi neurologici, anche dei pazienti in coma. Heng aveva provato a usarne uno su Wong, ma non aveva ottenuto risultati.

Abbassò lo sguardo sul cervello e sulla spina dorsale disseminati di aghi. *Sembra l'opera di un folle agopuntore,* pensò.

« Cosa speri di apprendere da una stimolazione cerebrale profonda? » chiese Min.

« Se si tratta di un pattern residuo, come hai suggerito, una scarica elettrica dovrebbe essere sufficiente a cancellarlo. Se invece è davvero un pattern indicativo di uno stato comatoso, la neurostimolazione potrebbe ripristinare un ritmo normale. »

Junjie andò incontro all'infermiera nella camera d'equilibrio e rientrò col generatore d'impulsi portatile. Heng prese in consegna lo strumento e collegò i cavetti agli elettrodi nel cervello.

Tornò quindi davanti al monitor, sul quale scorrevano onde flebili e piccole linee frastagliate. Prese il neurotrasmettitore alimentato a batteria. « Comincio dal settaggio più basso. » Ruotò la manopola e premette il pulsante. Una luce verde lampeggiò per due secondi, per poi tornare rossa alla fine della stimolazione. « Niente? »

Min indicò un groviglio di linee frastagliate che segnalava il picco di elettricità. « Diamogli un momento. »

I ritmi e le onde si riassestarono subito. Sembrava che non fosse cambiato nulla. La scarica non era riuscita a cancellare il pattern né a ripristinarne uno normale. L'unica differenza era forse un leggero aumento dell'ampiezza tra le oscillazioni.

« Riproviamoci con più energia. » Heng riattivò lo strumento. Attese che la luce verde diventasse rossa, poi guardò la donna. Ancora niente. Nessun cambiamento significativo, solo oscillazioni più ampie tra i picchi e le valli delle onde, come se quei mari si stessero agitando sempre di più.

« Lo imposto al massimo della potenza... » Premette il pulsante... e si scatenò l'inferno.

Ore 15.02

Daiyu non credeva alle sue orecchie. « Pensa davvero che pezzi di un antico planetoide possano trovarsi sottoterra? »

« Un attimo di pazienza. » Il dottor Choi prese un tablet dalla valigetta e lo sbloccò con l'impronta del pollice. « È dagli anni

'70 che conosciamo l'esistenza di due gigantesche strutture informi all'interno dello strato viscoso del mantello terrestre», disse, scrollando lo schermo. «La loro scoperta è stata possibile grazie alla tomografia sismica, che ha inoltre mostrato come le onde telluriche rallentino quando provano ad attraversare queste regioni. Per tale motivo, gli scienziati le hanno definite 'grandi province a bassa velocità di taglio', ma sono conosciute pure come 'superplume', o anche 'blob', per via della loro forma amorfa.» Appoggiò il tablet sulla scrivania. «Questi blob sono grossi come continenti e cento volte più alti dell'Everest. Questo si trova sotto l'Africa.» Cliccò su un'immagine.

«L'altra, invece, si trova dall'altra parte del pianeta, sotto il Pacifico.» Passò un dito sul display e ruotò l'immagine della Terra, fino a far apparire l'Oceania e il Sud-est asiatico. Partendo dal Nord-ovest dell'Australia si estendeva una seconda ombra delle dimensioni di un continente.

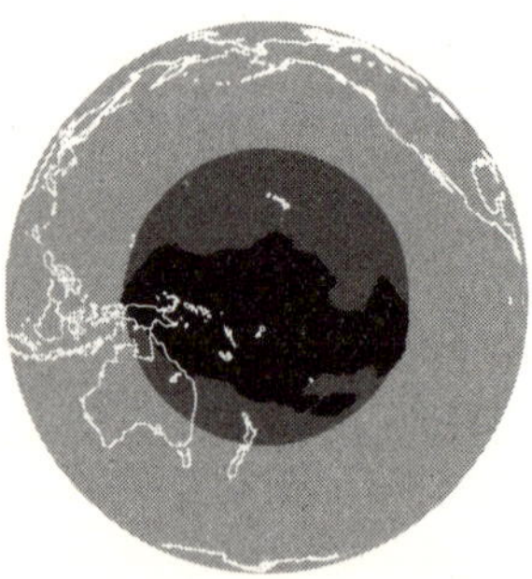

Daiyu si raddrizzò dopo aver studiato l'immagine. « E lei crede che questi due blob siano i resti del planetoide Theia? »

« Non sono solo io, si tratta di un'ipotesti accreditata da sempre più scienziati. E gli ultimi studi geodinamici la confermano. »

Daiyu si sforzò d'immaginare quei grossi frammenti di un pianeta alieno sepolti sotto la crosta terrestre. « Cosa intendeva prima, quando ha detto che questi blob rappresentano una minaccia e che potrebbero distruggere la Terra? »

« Al di là del fatto che i superplume provengano o no da Theia, è appurato che sono causa d'instabilità tettonica, soprattutto ai loro margini. Il blob africano è all'origine della violenta attività vulcanica che da sempre interessa l'Africa, ed è anche il motivo per cui il continente si sta lentamente sollevando, spinto da questa massa sottostante. » Indicò la mappa ancora aperta sul tablet. « Il blob del Pacifico è altrettanto problematico, in quanto è una delle principali forze che alimentano la Cintura di Fuoco. Nel corso dell'evoluzione terrestre, i blob hanno prodotto milioni di chilometri cubi di lava, che sono emersi sotto forma di enormi pennacchi. Si ritiene che sia stato proprio uno di questi pennacchi a innescare la Grande Moria alla fine del periodo Permiano, un evento di estinzione di massa che ha spazzato via la maggior parte delle forme di vita sul pianeta. E questi blob sono ancora oggi bombe geologiche che potrebbero esplodere da un momento all'altro. Specialmente se venissero disturbati. »

« Come si fa a disturbare un pezzo di pianeta grosso come un continente? »

« È per questo che sono qui... perché l'abbiamo appena fatto. »

« Cosa? E come? »

« È quello che sto cercando di scoprire. Se dovessi riuscirci, potremmo sviluppare un'arma che renderebbe obsoleto l'intero arsenale nucleare mondiale. E consolidare per secoli il dominio della Cina. »

Daiyu gli rivolse un'occhiata scettica.

« Mentre il *Chang'e-5* perforava il suolo lunare, abbiamo perso momentaneamente il collegamento satellitare col modulo. Una volta ripristinato, la trivella non funzionava più. La versione ufficiale è che ci siamo imbattuti in uno strato di scisto che ci ha impedito di continuare a scavare, ma la verità è un'altra. Dopo il ritorno del lander, l'abbiamo esaminata e abbiamo scoperto che le sue componenti elettroniche si erano fuse.»

«Com'è successo?»

«Non lo sappiamo. Sappiamo però - anche se ci sono voluti anni a fare due più due e a comprenderne l'importanza - che, nel momento in cui la trivella ha smesso di funzionare, abbiamo rilevato un debole impulso radio, registrato dal nostro array sensoriale WEM sui monti Dabie, nella regione di Huazhong. All'epoca, i tecnici lo avevano giudicato insignificante, soprattutto perché era durato pochi secondi, e lo avevano attribuito a un'interferenza.»

Daiyu conosceva il WEM, nel 2019 aveva anche avuto modo di visitare quella struttura altamente sorvegliata, poco dopo che era diventata operativa. Il Progetto WEM, ovvero Wireless Electromagnetic Method, aveva lo scopo di produrre trasmissioni ELF, segnali a frequenza estremamente bassa in grado di viaggiare attraverso l'acqua e le rocce, che avrebbero permesso ai militari di restare in contatto anche coi sottomarini immersi a grandi profondità.

«È stato mio figlio Xue - che al momento è coinvolto nei Progetti Chang'e-6 e 7 - a notare la correlazione tra il segnale radio e il problema riscontrato dal lander lunare. Stava analizzando tutti gli eventi occorsi prima e durante la perdita di segnale con la sonda, sperando di scoprire la causa del problema e impedire che si ripresentasse durante le missioni future.»

«Perché suo figlio ritiene che il segnale radio sia significativo e non casuale? Dopotutto i tecnici del WEM l'avevano già archiviato come interferenza.»

«Per due motivi. Innanzitutto per via della sua *provenienza*. Il segnale è stato captato anche da altri radiotelescopi, cosa che ci ha permesso di triangolarne l'origine: un punto della fossa delle Tonga-Kermadec, a nord della Nuova Zelanda. In pieno oceano. E non poteva provenire da una nave di passaggio nell'area.»

«Come mai?»

«A causa del secondo motivo. Il segnale era nel campo di

frequenze ELF, e come lei sa possono essere inviate solo da un trasmettitore gigantesco... che di certo non potrebbe mai essere caricato su una nave.»

Daiyu annuì, ricordando che l'array WEM si estendeva su una superficie di quattromila chilometri quadrati.

«Un simile segnale può essere generato solo da qualcosa di *enorme.*» Il dottor Choi indicò l'ombra appostata sotto il fondale del Pacifico. «Qualcosa delle dimensioni di un continente.»

«Sta dicendo che l'impulso radio proveniva da un superplume?»

«È quello che stavamo cercando di scoprire mandando il *Changzheng 24* ad analizzare la fossa. Poteva trattarsi benissimo di un fenomeno naturale, è risaputo che anche i fulmini e i terremoti possono generare onde ELF. È da un anno ormai che i nostri geologi stanno testando l'array WEM come mezzo per rilevare i terremoti.»

«E cosa avete scoperto?»

«È proprio questo il problema. Non lo sappiamo. Quando il *Changzheng 24* è arrivato a destinazione, ho chiesto all'array WEM di trasmettere un segnale ELF identico a quello registrato nel 2020. L'equipaggio ha confermato di averlo ricevuto... e subito dopo abbiamo perso i contatti.»

«Come successo col *Chang'e-5.*»

«Esatto. Qualche minuto dopo abbiamo rilevato un forte maremoto, con epicentro vicino all'ultima posizione conosciuta del *Changzheng 24.*»

Daiyu cominciava a capire quale fosse l'arma di cui le aveva parlato lo scienziato. «Sta insinuando che il terremoto è stato provocato dal segnale ELF?»

«Qualcosa ha provocato. Perché da allora la fossa è un continuo di terremoti, tutti localizzati nello stesso punto. Stanno aumentando d'intensità e si stanno propagando sempre di più, minacciando di destabilizzare l'intera area. Proiezioni e modelli suggeriscono che la regione potrebbe essere interessata da un evento apocalittico senza precedenti.»

Daiyu era scettica, ma si trattenne dal fare commenti.

«Ecco perché sono qui, per non lasciare nulla d'intentato. Mio figlio è convinto che sia importante capire cosa sia successo ai sommergibilisti, soprattutto perché esiste la possibilità che non sia la prima volta che in questa regione vengono ritrovati dei corpi in quelle condizioni.»

«Di che sta parlando?»

«Dopo essere stato informato delle condizioni dei sommergibilisti, Xue ha deciso di approfondire le ricerche su questo strano morbo, proprio come ha fatto con quel segnale che tutti gli altri avevano ignorato. E, due giorni fa, ha trovato un vecchio documento che riporta un altro evento apocalittico – l'eruzione del Tambora del 1815 –, scritto da commercianti cinesi che al tempo vivevano a Singapore.»

«E cosa dice questo documento?»

«È un resoconto approssimativo, ma parla di cadaveri trasformati in pietra durante l'eruzione.»

Daiyu si sedette più dritta. «Cosa?»

«Parla inoltre di una cura scoperta e tenuta segreta dall'ex governatore dell'isola di Giava, sir Stamford Raffles, e di un sistema per placare terremoti ed eruzioni. A quanto pare, queste conoscenze sono state chiuse in una scatola di metallo, insieme con un fascio di carte, e nascoste in un museo fondato dallo stesso Stamford.»

«Mi pare una fantasia provocata dall'oppio», commentò lei.

«Molti devono aver creduto la stessa cosa nel corso dei secoli. E l'avrei pensato pure io, se non fosse per un dettaglio scovato da mio figlio.»

«Ovvero?»

«Nell'inventario dell'attuale incarnazione di quel museo figurano 'una scatola di metallo e documenti personali appartenenti a sir Stamford Raffles'. La voce risale al 1825, due anni dopo la sua fondazione.»

Daiyu ripensò alle condizioni dei sommergibilisti, all'agonia del sottufficiale Wong. Eppure era chiaro che il dottor Choi non fosse affatto interessato a una cura.

Un'arma che avrebbe reso obsoleto l'intero arsenale nucleare mondiale.

Quell'uomo ambiva a dominare i terremoti, a trasformare i pezzi di un antico planetoide delle dimensioni di un continente in armi in grado di squassare la Terra.

Annuì lentamente. « Se in quei documenti ci sono delle risposte... »

Il dottor Choi prese il tablet dalla scrivania. « È per questo che ho mandato una squadra d'assalto in quel museo a Singapore. »

Lei fece per ribattere qualcosa, ma fu interrotta da un allarme nel corridoio.

La sua segretaria entrò nella stanza insieme col figlio del dottor Choi. « Abbiamo un problema nel laboratorio sotterraneo! »

12

Repubblica di Singapore,
23 gennaio, ore 15.10

Tenuta sotto tiro da una pistola, e con le mani legate dietro la schiena da una fascetta di plastica, Seichan non poté opporsi quando le sfilarono la Glock dalla fondina nascosta nello stivale.

Anche Gray era stato legato e disarmato.

Al suo fianco, Kwong ansimava dalla paura, ma almeno aveva i polsi liberi. Evidentemente Valya non lo considerava una minaccia. Inoltre la sua collaborazione era assicurata dalla pistola che aveva premuta tra le costole.

L'imboscata, rapida e discreta, era scattata in un punto del museo in cui non c'erano telecamere di sorveglianza. Era probabile che Seichan e Gray fossero ancora in vita solo per essere interrogati. Forse i cinesi volevano scoprire quanto gli Stati Uniti fossero coinvolti in quella storia. O forse il commando non li aveva uccisi per timore che una guardia di sicurezza potesse imbattersi nei loro cadaveri durante una ronda e dare l'allarme.

Tuttavia, a giudicare dallo sguardo di Valya, Seichan immaginava ci fosse una motivazione più ovvia: condannarli alla morte più lenta e dolorosa possibile.

Valya si voltò, avvicinando una radio da polso alle labbra. « Bloccate la sala di controllo della sicurezza, dieci minuti e siamo fuori. » Poi agitò la sua SIG Sauer verso i suoi uomini. « Andiamo. »

Il commando si divise: metà condusse i prigionieri all'interno dell'ascensore, assicurandosi di tenere nascoste le pistole, mentre gli altri si diressero alle scale sul lato opposto, per coprire l'altra parte del museo.

« Che state cercando? » chiese Gray, mentre veniva schiacciato in un angolo dell'abitacolo.

Valya alzò gli occhi al cielo, per nulla intenzionata a rispondergli. Poi utilizzò una card magnetica per salire al piano superiore. Chissà se le era stata fornita, o se l'aveva sottratta a un ricercatore di cui si era sbarazzata. In ogni caso, Seichan non riusciva a capire per quale motivo non avesse ancora portato a termine il suo incarico.

Perché aspettare di tenderci l'imboscata?

La risposta arrivò quando si accorse di come guardava Kwong.

Aveva bisogno di lui.

Il loro tour del museo doveva aver intralciato i suoi piani. Era stata costretta a nascondersi e ad attendere, fino a quando non si fosse presentata l'occasione di catturare il direttore. Tutto dipendeva da lui.

Quando le porte dell'ascensore si aprirono sul quinto piano, Valya fece strada in un piccolo atrio. Da dietro la porta chiusa che c'era davanti a loro, si sentì una raffica di colpi attutiti da un silenziatore, accompagnata da un singolo urlo strozzato. Il resto della squadra d'assalto stava liberando il piano e, a giudicare dagli spari, non si faceva più tanti scrupoli a lasciarsi dietro una scia di cadaveri.

Poi la porta si aprì di scatto e un dottorando uscì di corsa per tentare di sfuggire alla carneficina, ma finì dritto contro il pugnale di Valya. La donna gli affondò la lama nel petto, rigirandola nella carne e, quando il ragazzo crollò in ginocchio, la sfilò con uno strattone e gli tagliò la gola, strozzando il suo urlo di dolore. Infine lo spinse da parte con una pedata.

Kwong cercò d'indietreggiare, orripilato, ma il suo aguzzino gli premette più forte la canna della pistola contro la schiena.

Il drappello si rimise in marcia e imboccò un corridoio che più avanti si apriva su un laboratorio di ricerca suddiviso da lunghe file di banchi da lavoro con sopra microscopi e supporti fotografici. A terra, tre cadaveri giacevano in una pozza di sangue. Un membro del commando sorvegliava il corridoio sul lato opposto, che conduceva a una serie di uffici.

Valya lasciò un uomo a guardia del passaggio da cui erano arrivati, poi indicò un'entrata sul retro del laboratorio. « Di là. »

Proseguirono fino a un magazzino polveroso pieno di scaffalature colme di casse e scatole, uno stanzone che puzzava di muffa. Valya proseguì verso la parete in fondo, dove c'era una porta circolare d'acciaio nero alta un paio di metri, con una grossa ruota al centro.

Il caveau aveva un aspetto antiquato, come se risalisse al secolo precedente, ma un pannello rosso su un lato indicava che era stata modernizzata con una serratura biometrica.

Ecco a cosa le serve Kwong.

« Aprila », ordinò Valya.

Il direttore lanciò un'occhiata a Gray, che annuì. « Faccia come dice. »

L'uomo strisciò la sua chiave magnetica su un lettore, poi appoggiò il palmo della mano sopra il pannello luminoso. Il display emise un ronzio, poi divenne verde. Un rombo d'ingranaggi risuonò nel magazzino, seguito da un suono metallico.

Un membro del commando girò la ruota e spalancò la porta. Oltre la soglia si apriva uno stanzone largo come un garage doppio. Sembrava una riproduzione in scala ridotta dell'esposizione dei piani inferiori. Sulla destra, file di mensole a vista erano stipate di barattoli di ogni dimensione. A giudicare dal vetro ingiallito, doveva trattarsi di una collezione molto antica, risalente forse alla fondazione del museo. Sulla parete sinistra erano allineati alti essiccatori d'acciaio.

Valya entrò da sola, poi consultò un pezzo di carta e passò in rassegna gli essiccatori, controllandone le date. Attraversò tutta la stanza, fino ad arrivare alla sezione più antica, e si chinò accanto a uno di quei grossi armadi. Dando le spalle all'entrata, aprì le due ante e fece scorrere un dito lungo i cassetti di legno incolonnati prima di estrarne uno.

Tornò quindi alla porta col cassetto tra le mani e con un duro sorriso di soddisfazione sul volto.

Seichan guardò Gray.

Lui annuì. « Ora. »

Ore 15.17

Al suo segnale, colpi d'arma da fuoco esplosero all'interno del magazzino attraverso la porta aperta. Gray si lanciò su Kwong, spingendolo dietro la pila di casse più vicina.

Non appena Seichan si tuffò accanto a loro, Gray disse alla radio: « Via libera! »

Le raffiche s'intensificarono.

I membri della squadra d'assalto furono falciati dal fuoco incrociato di Guan-yin e Zhuang, posizionati ai lati opposti del laboratorio di ricerca.

Prima, subito dopo essere stato catturato, Gray aveva piegato il mento per attivare il microfono sulla laringe, allertando così il dragone e la sua guardia del corpo, che da quel momento avevano sentito tutto ciò che era stato detto. Quel dispositivo era quasi invisibile e, nella fretta di allontanarsi coi tre prigionieri, Valya e i suoi uomini non l'avevano notato.

Anche Zhuang e Guan-yin avevano costantemente aggiornato Gray sui loro spostamenti. Il primo aveva sottratto una chiave magnetica a una guardia, la seconda ne aveva sfilata un'altra a un ricercatore in pausa pranzo. Poi si erano divisi, salendo al quinto piano dai lati opposti del museo per tendere un'imboscata alle due guardie lasciate da Valya. Il blitz era stato agevolato dai visori IVAS, che avevano consentito loro di tenere d'occhio i due obiettivi attraverso le immagini delle telecamere su quel piano. Avevano atteso che le sentinelle guardassero nella direzione sbagliata, quindi si erano sbarazzati di loro con un fendente alla gola. Infine avevano preso posizione all'esterno del laboratorio e atteso il segnale di Gray.

Mentre lo scontro a fuoco proseguiva, Gray fece scudo a Kwong col proprio corpo. « Proteggilo », disse a Seichan, che nel frattempo si era liberata i polsi tagliando la fascetta col perno affilato di uno scaffale.

« Ma che stai...? » balbettò lei, vedendo che non si era nemmeno liberato le mani.

« Cessate il fuoco! » disse Gray alla radio, uscendo dal suo nascondiglio.

Gli spari s'interruppero, permettendogli di raggiungere il

caveau aperto. Con una spallata poderosa, chiuse la porta, con l'idea d'intrappolare Valya al suo interno. Prima che potesse riuscirci, però, lei sgusciò fuori, lanciandogli un'occhiata di puro odio.

Tuttavia, per riuscire a infilarsi nella fessura tra la porta e il telaio, aveva dovuto inclinare il cassetto che aveva in mano e, quando provò a estrarre la pistola, lo rovesciò.

Si chinò di scatto per raccogliere il contenuto.

Gray fece lo stesso, scivolando in avanti con le gambe, come un battitore lanciato verso la casa base. « Fuoco! » urlò, calciando una busta trasparente piena di fogli ingialliti sotto una scaffalatura. Provò a fare altrettanto con una scatola di metallo ammaccata, ma Valya l'afferrò, rotolò via e si rialzò di colpo, puntandogli contro la pistola.

Premette il grilletto, ma un proiettile proveniente dal laboratorio le sfiorò una spalla e le fece perdere la mira. La pallottola rimbalzò contro la porta del caveau vicino all'orecchio di Gray. La pioggia di fuoco si concentrò quindi su di lei, che fu costretta ad allontanarsi. Uno dei suoi uomini, sanguinante ma vivo, aggirò le scaffalature sull'altro lato e andò in suo soccorso.

I due si precipitarono verso l'uscita sparando all'impazzata e, quando la raggiunsero, Valya afferrò l'uomo per il bavero e lo spinse davanti a sé. Usandolo come scudo, attraversò di corsa il laboratorio di ricerca, mentre le pallottole crivellavano il corpo inerme.

Seichan schizzò fuori dal nascondiglio e raccolse un'arma da uno dei cadaveri. Puntò verso la schiena di Valya, ma troppo tardi: era già arrivata in fondo al corridoio, dove si liberò del corpo che le aveva fatto da scudo e girò dietro l'angolo, scomparendo alla vista. Nel frattempo, però, aveva rimediato una seconda pistola, probabilmente dal cadavere di cui si era appena sbarazzata.

Fece quindi fuoco verso entrambi i corridoi, costringendo Zhuang e Guan-yin a nascondersi.

Zhuang provò a rispondere, ma lei scivolò oltre una porta alla sua destra che dava sulla tromba delle scale.

Nel frattempo, Gray aveva seguito l'esempio di Seichan e si era liberato della fascetta ai polsi. Prese la busta coi fogli e se l'infilò dietro la schiena, sotto la giacca a vento. Poi raccolse un'arma da terra.

Proprio allora Kwong uscì barcollando dal nascondiglio. Aveva una mano sul collo e le dita sporche di sangue. Gray si maledisse per non essersi accorto che l'uomo era ferito.

Lo prese sotto una spalla e s'incamminò verso il laboratorio. Ancora sulla porta, Seichan si accorse delle condizioni del direttore e andò ad aiutarlo.

Poi Zhuang corse loro incontro con una Glock 18 in pugno, una pistola automatica con un caricatore esteso. « Tua madre... sta inseguendo quella *biaozi.* »

Seichan guardò Gray.

« Vai », le disse lui, passando il direttore a Zhuang. « Portalo giù e cerca aiuto. »

Seichan scattò via, seguita da Gray. Non potevano permettere che Guan-yin desse la caccia a Valya. Non da sola. Non aveva idea di quanto quella donna fosse letale e astuta.

Superarono gli uffici e imboccarono la scalinata alla loro destra. Gray tese le orecchie per cogliere eventuali colpi di pistola, ma non si sentiva volare una mosca. Quando raggiunsero il terzo piano, alcune voci furtive riecheggiarono nella tromba delle scale. Lui sapeva che Valya aveva altri uomini, l'aveva sentita ordinare a un altro gruppo di bloccare la sala di controllo della sicurezza nel seminterrato.

« Attenzione », sussurrò.

Seichan rallentò appena, ansiosa di raggiungere la madre e troppo furiosa per essere prudente, ma all'ennesima svolta delle scale fu accolta da una raffica di colpi. Indietreggiò di scatto, mentre i proiettili si conficcavano nel muro.

« Di qua! » urlò Gray, sentendo un rumore di stivali in avvicinamento. Si precipitarono verso la porta che dava sul terzo piano e la varcarono un istante prima che venisse investita da una pioggia di pallottole.

Continuarono a correre, sapendo fin troppo bene che avevano solo qualche secondo prima che gli uomini armati con fucili d'assalto li raggiungessero, sorprendendoli allo scoperto. La porta dall'altra parte della stanza era troppo lontana. Alla loro sinistra c'erano alcune stanze, ma se avessero cercato rifugio al loro interno sarebbero finiti in trappola.

Gray riponeva tutte le sue speranze in ciò che fiancheggiava un lato di quel piano.

La collezione in liquido.

Migliaia di barattoli stipate su innumerevoli scaffali.

Mentre correva, puntò la pistola e aprì il fuoco. Ogni pallottola mandò in frantumi decine di contenitori, facendo schizzare a terra il loro contenuto. Pozze di etanolo si allargarono sul pavimento, unendosi a formare un lago sempre più grande.

La porta alle loro spalle si spalancò.

« L'accendino! » gridò lui.

Seichan gli passò uno zippo d'argento. Lui lo prese al volo e lo fece scattare, quindi lo lanciò a terra alle sue spalle.

Il lago di etanolo s'incendiò con un sibilo mentre un paio di uomini armati superavano la porta. Le fiamme avvolsero la sala, inghiottendoli.

Le loro urla riecheggiarono nelle orecchie di Gray e Seichan.

Ma gli uomini di Valya erano tutt'altro che stupidi.

Altri due rimasero sulla porta, fuori portata delle fiamme, ed esplosero una raffica di colpi. Il problema con incendi come quello, provocato da sostanze alcoliche, era che non faceva fumo, dunque Seichan e Gray erano ancora un bersaglio facile.

Ma Gray conosceva pure la procedura standard per domare quel tipo d'incendio. L'acqua non era sufficiente. Centinaia di sprinkler sul soffitto presero a spruzzare una sostanza resistente all'alcol che, a contatto con l'aria, formò una schiuma compatta e spumosa che oscurò immediatamente la visuale.

Mentre l'assordante sirena antincendio iniziava a suonare, Gray fece segno a Seichan di tenersi bassa e scattò attraverso il pavimento scivoloso, proteggendosi gli occhi dalle sostanze chimiche. Gli uomini di Valya esplosero altri colpi, ma la schiuma era troppo fitta per prendere la mira.

Con una spallata, Gray aprì la porta in fondo al corridoio e se la richiuse alle spalle. Si ritrovarono nell'atrio degli ascensori, ma con un incendio in corso nessuna cabina si sarebbe fermata a quel piano.

Presero quindi le vicine scale d'emergenza, contando sul

fatto che Valya stesse facendo sorvegliare solo la scalinata principale sull'altro lato, quella da cui lei era fuggita poco prima. Potendo contare ormai su pochissimi uomini, avrebbe usato le ultime risorse a sua disposizione per coprire la ritirata.

La loro supposizione si rivelò corretta, visto che raggiunsero sani e salvi il piano espositivo principale, che nel frattempo si era quasi del tutto svuotato. Un altoparlante avvertiva le poche persone ancora presenti di lasciare il museo, ripetendo l'annuncio in più lingue.

Gray e Seichan nascosero le armi e si mescolarono a un gruppetto di visitatori davanti all'uscita. In strada, l'urlo delle sirene della polizia e dei pompieri si aggiungeva alla cacofonia delle urla e dell'allarme antincendio che risuonava all'interno dell'edificio.

Zhuang li vide uscire e si fece largo tra la folla fino a raggiungerli.

« Come sta Kwong? » chiese Gray.

« L'ho messo su un'ambulanza, ma non so altro », rispose lui, guardandosi le mani sporche di sangue.

« E mia madre? » chiese Seichan.

« Non l'ho vista. »

Gray non aveva parole per offrirle conforto. Entrambi conoscevano la verità: l'aveva presa Valya, oppure era morta su quelle scale.

Lui non sapeva quale fosse l'alternativa peggiore.

13

Phsar Réam, Cambogia,
23 gennaio, ore 15.20

Heng e la dottoressa Min erano all'interno della camera d'equilibrio, mentre Junjie continuava a filmare dietro le loro spalle.

Una forte sirena strepitava nel corridoio dietro di loro. Heng aveva attivato l'allarme prima di uscire dall'obitorio, poi aveva contattato telefonicamente la capitana Tse.

«Continua a filmare», ordinò Heng a Junjie, che aveva accennato ad abbassare la videocamera. Aveva bisogno di quella registrazione, perché temeva che i suoi occhi non sarebbero riusciti a cogliere tutti i particolari di ciò che stava accadendo in quella stanza.

All'interno della morgue, il cervello e il midollo spinale erano ancora immersi nella soluzione salina. Solo che adesso la colonna si contorceva nel liquido, e dalle circonvoluzioni e dai solchi del cervello erano spuntate centinaia di viticci lunghi una trentina di centimetri.

Il tessuto neurologico aveva ripreso vigore dopo che Heng lo aveva stimolato attraverso una forte scarica elettrica. Lui aveva quindi ordinato a tutti di chiudersi nella camera d'equilibrio, in modo da mettere una barriera di vetro e acciaio tra loro e quell'orrore.

«Che sta succedendo là dentro?» chiese Min.

Lui lanciò un'occhiata all'EEG ancora acceso nella stanza: le linee sul monitor ondeggiavano furiosamente. Non aveva mai visto un tracciato così estremo, neppure in pazienti in preda a crisi epilettiche. Le onde cerebrali si sovrapponevano e si accavallavano, come se l'EEG stesse registrando una miriade di tracciati diversi.

Un rumore di passi nel corridoio anticipò l'arrivo della capitana Tse, rossa in volto e armata di pistola. Ai suoi fianchi c'erano due uomini, un signore brizzolato con un completo impeccabile e un giovane in uniforme militare con due strisce sulle spalline e una stella sul petto che lo identificavano come maggiore dell'Esercito.

« Che succede? » chiese Daiyu.

I due medici si spostarono per liberarle la visuale.

Anche Junjie fece un passo di lato, poi trasalì. « Guardate! »

Heng si voltò, ma non notò nulla di diverso. Il cervello e il midollo continuavano ad agitarsi nella soluzione salina. Poi spostò lo sguardo e capì cosa aveva messo in allarme il sottotenente.

In fondo alla stanza, gli altri due cadaveri calcificati tremavano sulle loro barelle d'acciaio. Il cranio di quello più vicino si spaccò come un melone maturo, e decine di viticci guizzarono fuori dalle fessure che andavano allargandosi sempre di più. Pezzi di ossa calcaree cadevano sul pavimento.

Il cervello si spinse fuori dalla scatola cranica, come una farfalla da una crisalide, e scivolò oltre il bordo della barella, dove però rimase penzoloni, perché era ancora attaccato alla colonna vertebrale. Alcuni viticci lo inseguirono fino ad avvolgerlo.

La stessa cosa stava accadendo all'altro cadavere.

Poi il midollo spinale nella vasca di plastica si drizzò come un cobra e, con un ultimo strattone, si divise in tre parti che si contorcevano e cozzavano l'una contro l'altra.

« Indietro! » urlò Daiyu.

Ipnotizzato da quella vista, Heng non si mosse. Junjie lo prese per un braccio e l'allontanò dalla vetrata. Riscosso da quel movimento brusco, il medico si rese conto delle intenzioni della capitana Tse. « No! »

La donna lo ignorò e premette un grosso pulsante rosso. Un basso sibilo risuonò all'interno della camera mortuaria, seguito da un ruggito esplosivo. Lingue di fuoco guizzarono dagli ugelli del tetto.

Heng indietreggiò, coprendosi gli occhi.

Una porta tagliafuoco si abbassò davanti alla vetrata della camera d'equilibrio, trasformando la stanza in un crematorio.

Quell'inferno roboante infuriò per diversi lunghi minuti, riducendo ogni cosa in cenere.

Anche la camera d'equilibrio era diventata un forno. Prima di uscire, Heng consigliò a Min e a Junjie di sfilarsi le tute da rischio biologico.

Poi lanciò un'occhiata furente alla capitana Tse. « Non c'era bisogno di reagire a quel modo. La situazione era sotto controllo. »

« Questo non può saperlo. La sicurezza di questa struttura è una *mia* responsabilità e, finché non capiremo meglio con cosa abbiamo a che fare, procederò con la massima cautela. » Gli puntò contro l'indice. « Non è colpa mia se lei non è stato in grado di comprendere che cosa è capitato a quegli uomini. »

Heng si sentì addosso gli occhi del giovane appena arrivato. Trent'anni al massimo, capelli corti, e uno sguardo così intenso da risultare quasi intollerabile. « Non tutto è stato distrutto dal fuoco », gli disse. « Abbiamo ancora un soggetto di studio, il sottufficiale Wong. »

« Mio figlio ha ragione », intervenne l'uomo più anziano. « Dopo quanto è appena successo, quel sommergibilista è diventato di fondamentale importanza. Dobbiamo vederlo. »

Heng spostò lo sguardo tra i due uomini, notando solo allora la somiglianza: stessa mascella scolpita, stessi zigomi affilati. « È in coma », li informò. « Ma potete osservarlo dal laboratorio principale. »

Mentre li accompagnava nella stanza accanto, la capitana Tse fece le presentazioni. Il giovane in uniforme era il maggiore Choi Xue. Suo padre - il dottor Choi - era invece un ex tenente generale della Forza di supporto strategico dell'Esercito popolare di liberazione, che attualmente lavorava come consulente per l'agenzia spaziale cinese.

Lui non riusciva a capire cosa ci facessero là. Nel vedere l'espressione angosciata della dottoressa Min, si sentì di nuovo in colpa per averla coinvolta in quella vicenda che si era fatta ancora più tesa e ingarbugliata. Aveva l'impressione che stessero affondando sempre di più in sabbie mobili senza fondo.

Xue si accorse della sua preoccupazione. « Le spiegheremo ogni cosa meglio che possiamo », gli promise, con una serietà che sembrava sincera. « Prima, però, potrebbe condividere con noi tutto quello che ha scoperto su questo strano morbo? »

Lui annuì, anche se faceva ancora fatica a sostenere il suo sguardo. Aveva il sospetto che dietro tutta quell'intensità si celasse una mente eccezionale. E in effetti ne ebbe conferma mentre gli raccontava tutto ciò che aveva scoperto sulle condizioni dei sommergibilisti. Xue lo ascoltava con attenzione, come se stesse memorizzando ogni sillaba. A differenza della capitana Tse, poneva domande pertinenti, frutto di ragionamenti non banali.

Xue si chinò sul computer per studiare i polimorfi di carbonato sul monitor. « I corpi sono infestati di *aragonite.* » Indicò il cristallo ortorombico sullo schermo. « E il carbonato si cristallizza in aragonite in presenza di acqua marina. Questo suggerisce che qualunque cosa abbia colpito l'equipaggio è di origine marina... non si tratta di una biotossina rilasciata a bordo del sommergibile prima della partenza. »

Heng inarcò un sopracciglio. « È quello che penso anch'io. Al momento, un agente patogeno marino è l'unica spiegazione possibile. Le mostro una cosa. » Prese il mouse e aprì alcune finestre. « Ho eseguito una biopsia punch della pelle dell'ufficiale Wong, quindi ho essiccato sottovuoto le cellule per ottenere una visuale migliore del pattern di calcificazione. Ecco cosa ha rivelato un microscopio elettrico a scansione. »

Sullo schermo apparve una stratificazione grigiastra della cristallizzazione, formata da sottili lamine increspate e distinte.

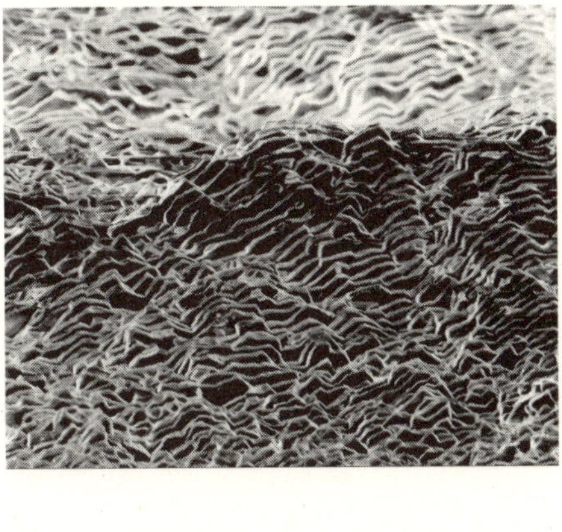

Stava per spiegare che cosa mostrasse quell'immagine, ma Xue annuì. « Ricorda la stratificazione di aragonite che si trova nelle conchiglie », disse.

Heng gli lanciò un'occhiata interrogativa. « Ho avuto la stessa impressione... conchiglie di molluschi o forse scheletri calcarei di coralli. Sono tutti composti di aragonite. »

« Il che sarebbe un'ulteriore prova dell'origine marina di questo morbo. » Xue si voltò verso l'obitorio. « È come se questo processo utilizzasse le materie prime del corpo umano – il sangue, le ossa ricche di calcio – per sviluppare un esoscheletro di aragonite, preservando allo stesso tempo il tessuto neurologico per favorire la crescita di... qualcos'altro. »

« Ma cosa? » Heng lo fissò. « Vi ho raccontato tutto quello che so. E *voi*... cosa sapete? »

Xue sostenne il suo sguardo a lungo, poi abbassò il mento, come se avesse preso una decisione. « Un momento, per favore. » Alzò un braccio per richiamare l'attenzione del padre, che stava studiando il corpo del sottufficiale Wong dall'altra parte della vetrata insieme con la capitana Tse.

All'interno della stanza, l'infermiera seguitava a monitorare le condizioni del paziente. L'infezione aveva continuato a propagarsi, una marea nera che nel giro di un altro giorno o due l'avrebbe completamente sommerso.

Xue trasalì. « Perché continua a tenerlo in vita in quello stato? »

« Non me lo chieda, è la capitana Tse che mi ha costretto a rianimarlo cinque volte. » Scosse la testa. « Il processo di trasformazione continuerà anche dopo che Wong sarà morto. Potremmo studiare le sue condizioni senza sottoporlo a questo martirio. »

Il dottor Choi si voltò finalmente verso il figlio. Xue tirò fuori di tasca una chiavetta USB e gliela mostrò, come per chiedergli il permesso di rivelarne il contenuto. Il padre annuì, fidandosi del suo giudizio.

Quindi Xue si girò verso Heng e indicò il computer. « Posso? »

« Certamente. »

Inserì la chiavetta e diede una rapida scorsa ai file, per poi aprirne uno contrassegnato dalla scritta 嫦娥五号.

Heng non capiva per quale motivo avesse aperto una cartella col nome di un modulo lunare cinese, il *Chang'e-5*.

Xue cliccò su un'icona, e un istante dopo sullo schermo apparve una fotografia nitida di un cristallo dai bordi affilati di forma ortorombica.

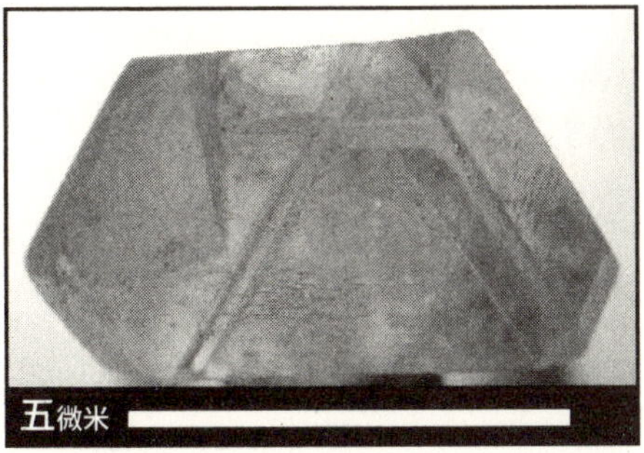

Le sue dimensioni – *cinque micron* – erano quelle di una particella di polvere. « È aragonite? » chiese Heng.

« Sì, e ha la stessa insolita matrice cristallina dei campioni che mi ha mostrato prima. »

« Dove l'ha trovata? » Si preparò mentalmente, avendo già intuito la risposta dal nome della cartella.

Xue confermò le sue paure. « Questo microcristallo proviene da particelle isolate da un campione di roccia lunare. »

Heng deglutì. Avrebbe voluto ribattere che era impossibile, ma aveva ancora davanti agli occhi ciò che era successo nella stanza accanto. « Con cosa abbiamo a che fare? »

L'altro si limitò a scuotere la testa.

La dottoressa Min si avvicinò ai due uomini. « C'è qualcosa che non va col sottotenente Junjie », disse con un filo di voce.

Heng e Xue si girarono verso la sua postazione e videro Junjie che agitava una mano e se la strofinava sui pantaloni. Nonostante la distanza, a nessuno dei due sfuggì la sfumatura grigiastra sul suo indice.

Gli andarono incontro.

Heng gli afferrò il polso e spostò la mano sotto la luce: l'indice aveva perso chiaramente colore.

« Che sta facendo? » chiese Junjie.

«Ha bucato la tuta quand'era nell'obitorio?»

Junjie provò a liberarsi della sua presa. «Sì, con l'ago di un elettrodo... ma era giusto un buchetto.»

«E poi ha maneggiato uno dei cadaveri?»

«Io... no, ne sono sicuro. Forse ho toccato il tavolo su cui ha sezionato il corpo, ma nient'altro.»

Xue indietreggiò, come se avesse paura di stargli vicino. «Potrebbe essere venuto in contatto con particelle espulse durante la dissezione.»

Heng girò e rigirò il dito, esaminandolo da ogni angolazione. La punta era nettamente più scura, quasi nera intorno a un forellino che sembrava causato da una puntura di spillo.

«Che succede?» chiese la capitana Tse, che nel frattempo si era avvicinata col dottor Choi.

«Il sottotenente Junjie potrebbe essersi infettato tramite una ferita aperta. Ma non ha senso. Altre persone hanno maneggiato i corpi senza ammalarsi.»

Prima di volare in Cambogia, aveva guardato il video del recupero della capsula di salvataggio espulsa dal *Changzheng 24*. Ricordava che i soccorritori non portavano nemmeno i guanti, eppure non erano rimasti contagiati.

In seguito, aveva eseguito una serie di test su topi da laboratorio, esponendoli a sangue, saliva e tessuti provenienti sia da Wong sia dai due cadaveri. Nessun animale si era infettato. Quell'ostinata mancanza di trasmissione rendeva difficile determinare la causa dell'infezione.

E allora perché Junjie si è ammalato?

Ripensò all'orrore cui aveva assistito nell'altra stanza, chiedendosi se i corpi fossero diventati contagiosi una volta che il processo era progredito abbastanza da provocare la malformazione neurologica. Junjie era stato forse raggiunto da uno schizzo di liquido cerebrospinale che gli aveva trasmesso un qualche agente patogeno?

«Fate largo», esclamò Xue.

Concentrato su quel mistero medico, Heng non si era accorto che il maggiore era andato a prendere l'ascia antincendio dall'altra parte del laboratorio.

«Bloccategli il braccio sulla scrivania», ordinò Xue.

«No, no, no...» gemette Junjie.

Heng capì le sue intenzioni e serrò la presa sul polso. «Meglio perdere un dito che...» Indicò la stanza accanto con un cenno della testa. «Il dito infetto va rimosso.»

Junjie sgranò gli occhi e smise di opporsi, lasciando che il medico gli inchiodasse la mano su un tavolo da lavoro. Poi allargò le dita e distolse lo sguardo.

Xue sollevò l'ascia e si rivolse a Min. «Dica all'infermiera di preparare un laccio emostatico.»

La donna si affrettò verso la camera d'equilibrio.

Xue fece un respiro profondo e calò il fendente con forza. La lama tranciò di netto l'osso, staccando non solo l'indice, ma l'intera mano.

Junjie urlò di dolore.

Heng strinse l'avambraccio sanguinante, tentando di arrestare l'emorragia, poi guardò Xue in cerca di una spiegazione.

Lui abbassò l'ascia e riecheggiò le sue parole. «Meglio perdere una *mano* che...» Indicò a sua volta l'obitorio.

Heng era nauseato, ma sapeva che l'uomo aveva ragione.

Xue guardò l'arto mozzato. «E forse non mi sarei dovuto limitare alla mano.»

Ore 16.04

La capitana Tse Daiyu camminava avanti e indietro davanti al tavolo della sala conferenze, cercando di placare la rabbia e la frustrazione che la stavano divorando. L'unica briciola di conforto era vedere l'espressione sconcertata del dottor Luo mentre ascoltava il resoconto di Xue: il malfunzionamento del lander, le particelle esotiche nelle rocce lunari, i lastroni di un antico planetoide che minacciavano il mondo, e il vero motivo per cui il *Changzheng 24* era affondato.

Mentre Xue si addentrava nei dettagli tecnici, Daiyu smise di ascoltarlo, concentrando la sua attenzione sul dottor Choi, che parlava al telefono in corridoio. Dal modo in cui si muoveva, era ovvio che qualcosa non andava. Daiyu ne era compiaciuta: quell'uomo era troppo pieno di sé, e troppo orgoglioso di un figlio che aveva accompagnato per mano fino al grado di maggiore. Non aveva dubbi che la conversazione riguardasse il sottomarino affondato.

Socchiuse le palpebre.

Potrei forse trovare il modo di sfruttare questa situazione a mio vantaggio?

Il sottotenente Junjie si trovava nell'infermeria del laboratorio, attentamente monitorato per qualsiasi ulteriore traccia di contagio, e la sua mano mozzata era stata immersa in una soluzione salina per poter essere conservata e studiata.

Ma a lei non interessava.

C'erano in ballo questioni ben più importanti, oltre alla possibilità di conseguire una gloria eterna.

Ripensò a quello che le aveva detto il dottor Choi.

Un'arma che renderebbe obsoleto l'intero arsenale nucleare mondiale.

Il dottor Choi chiuse la chiamata, rimase immobile per un minuto intero, quindi rientrò nella sala conferenze. Tutti gli sguardi si posarono su di lui.

« La squadra d'assalto che ho mandato a Singapore è riuscita a recuperare il reperto », annunciò, guardando tutti negli occhi. « Una scatola di metallo risalente al 1823. »

« Cosa contiene? » chiese Xue. Era stato lui a scoprire l'esistenza di quell'oggetto, e adesso i suoi occhi brillavano di trepidazione.

Il padre sospirò. « Niente che abbia molto senso. Un pezzo di corallo... che forse prima era un *dito*. È difficile dirlo. Per averne la certezza, dovremmo analizzarlo. Ma, se fosse davvero un dito, Xue, dimostrerebbe che avevi ragione... e che tutto questo è già successo, ai tempi dell'eruzione del Tambora. »

« C'era altro nella scatola? » chiese lui, facendo un passo avanti.

« Sì, un secondo oggetto, ma che ha ancora meno senso. Stando alla capa del commando, si tratta di una vecchia punta di lancia di legno dipinto, con una cordicella avvolta intorno all'estremità inferiore. Non capisco cosa c'entri col pezzo di corallo... forse è stata inserita nella scatola per errore. »

« E i documenti? » intervenne Heng. « Secondo l'inventario di quel museo, non c'era solo la scatola. »

« Ce li hanno soffiati », ammise lui con una smorfia.

« Cosa? Chi? » esclamò la capitana Tse.

« Un gruppo di agenti americani, gli stessi che abbiamo tentato di eliminare la sera prima. »

« Dunque non siamo gli unici a sapere del reperto », commentò Heng. « Se chiedessimo loro di collaborare... »

« Ormai è troppo tardi. » Il dottor Choi rivolse uno sguardo deciso alla capitana. « È stato versato troppo sangue. »

Era evidente che l'uomo stava tenendo nascosta la sua ambizione di forgiare una nuova arma, sicuramente al dottor Luo, e forse anche al figlio.

« A ogni modo, la capa della squadra sostiene di poter convincere gli americani a consegnarci quelle carte. Ha un ostaggio che spera di scambiare con ciò che le è stato sottratto. »

« Quando avverrà lo scambio? »

« A mezzanotte. A Giacarta, sull'isola di Giava. »

« Dove sir Raffles è stato governatore », notò Xue.

« Ho proposto quell'isola proprio per questo motivo. È lì che sir Raffles ha collezionato quei reperti, lì che viveva all'epoca dell'eruzione del Tambora. Ha lasciato una forte impronta sulla città, e la sua eredità è ancora molto presente, non da ultimo nelle collezioni dei musei. Dovendo fare una rapida valutazione del reperto, essere già nei luoghi in cui è stato trovato potrebbe rivelarsi un vantaggio. Per questo, Xue, voglio che tu sia presente al momento dello scambio. »

« Sì, certo. »

« E vorrei che portassi con te il dottor Luo. »

Heng indietreggiò. « Un momento! Cosa? »

Xue si voltò verso di lui. « La sua collaborazione sarebbe molto gradita. »

« Un'unità di comando Falcon verrà con voi, per proteggervi e fornirvi ulteriore supporto », tagliò corto il dottor Choi.

« Perché una scorta? » chiese il figlio.

« La squadra d'assalto che ha recuperato il manufatto è composta di *mercenari*, li ho ingaggiati per tenere segreto il nostro coinvolgimento. Ma non c'è più tempo per le mezze misure.

Stanno succedendo troppe cose - e su più fronti - per continuare a usare questi sotterfugi.»

«Che intende dire?» chiese Heng.

«Abbiamo saputo che una nave da ricerca internazionale sta facendo rotta verso la fossa delle Tonga, cosa che ci crea diversi problemi. Una nostra unità navale - un sottomarino d'attacco di classe Yuan - dovrebbe arrivare nella regione dopo mezzanotte, così come il *Dayangxi*, il nostro nuovo landing helicopter dock di Tipo 076.»

La capitana Tse s'irrigidì. Conosceva il *Dayangxi*. Il suo progetto si basava sulla stessa tecnologia che lei aveva sfruttato per sviluppare la nave gestita dall'intelligenza artificiale *Zhu Hai Yun*. La nuova portaelicotteri era dotata di una flotta di droni e sommergibili autonomi, oltre che di una catapulta elettromagnetica e di un sistema d'arresto per la partenza e l'atterraggio di veicoli aerei da combattimento senza equipaggio.

Il dottor Choi notò la sua reazione e, come se le avesse letto nella mente e percepito il desiderio che aveva nel cuore, disse: «È per questo che ho chiesto che la capitana Tse supervisioni le operazioni alla fossa. Quel tratto di mare va chiuso, il che implica la confisca della nave da ricerca in arrivo e la messa in sicurezza del luogo in cui è diretta».

Lei raddrizzò la schiena, ripensando al suo piano decennale per raggiungere il grado di ammiraglio. Se quella missione avesse avuto successo, ci sarebbe potuta riuscire in metà di quel tempo... e forse ancora meno.

Ciò nonostante, voleva avere ben chiari i limiti entro i quali poteva muoversi. «Se l'equipaggio di quella nave dovesse opporre troppa resistenza, o rivelarsi una minaccia...»

Il dottor Choi capì cosa gli stava chiedendo. «Fatelo sembrare un incidente.»

PARTE TERZA

LA ZONA ADALE

14

Oceano Pacifico,
seicento miglia a NE di Auckland,
23 gennaio, ore 19.46

Phoebe stava scendendo la scala a chiocciola che correva al centro della Città della Scienza, il globo di vetro di tredici piani situato a poppa del *Titan X*, il megayacht di trecento metri di proprietà di William Byrd. Nonostante l'ora, il posto brulicava di attività; più di cento ricercatori lavoravano nei suoi laboratori all'avanguardia, tutti con indosso identiche tute blu, che si distinguevano solo per lo stemma a indicare i rispettivi campi di studio e per le targhette cucite con sopra i nomi.

Davanti a lei, Adam faceva strada con Monk Kokkalis, lo scienziato della DARPA. Phoebe si sentiva la terza incomoda, perché i due uomini non facevano che borbottare tra loro a voce bassa. Aveva sentito nominare Singapore e un museo, ma col frastuono che c'era era difficile sentire cosa dicessero.

Mentre superavano il quinto piano, lanciò uno sguardo ai quattro corridoi che lì si univano a formare una croce. Ognuno di essi terminava davanti alla parete ricurva del globo, offrendo un'ampia vista panoramica sull'oceano Pacifico. Il corridoio a ovest, illuminato dal sole basso all'orizzonte, era accecante.

Mancava un'ora al tramonto.

Ma io me lo perderò.

Il loro imbarco era di lì a venti minuti. Avevano appena partecipato a una lezione sulla sicurezza, comprensiva anche di un'elementare sessione di pratica all'interno di un simulatore. Normalmente il training sarebbe durato settimane, ma la situazione era tale da far soprassedere alle consuete procedure. Non avrebbero neppure atteso il mattino per partire... non che avrebbe fatto qualche differenza una volta scesi nelle profondità oscure dell'oceano.

Erano arrivati a bordo del *Titan X* nel primo pomeriggio, dopodiché lo yacht aveva impiegato altre due ore per raggiungere la fossa delle Tonga. Phoebe si sarebbe voluta imbarcare immediatamente sul DSV, il loro veicolo da immersione profonda appositamente commissionato da William Byrd, che doveva aver versato una somma importante nelle casse della Triton Submarines - l'azienda leader nella progettazione e realizzazione di sommergibili - per farsi costruire un mezzo personalizzato per il suo progetto. Tuttavia il suo pilota - la massima autorità a bordo del DSV - li aveva costretti a trascorrere tutto il pomeriggio e parte della sera a prepararsi per la missione.

Ma ora ci siamo.

Raggiunto il pianoterra della Città della Scienza, il terzetto si diresse verso un ascensore che li avrebbe portati nella stiva di poppa, dove era ubicato il sistema di messa in mare e recupero del sommergibile. Nella cabina trovarono ad attenderli un altro scienziato in tuta blu. Il suo stemma - un pesce che galleggiava sopra una Terra stilizzata - lo identificava come parte del team di biologia. Phoebe non lo conosceva, segno che doveva aver trascorso la maggior parte del tempo a bordo della nave da ricerca. L'uomo - un asiatico di quasi trent'anni - aveva un fisico ossuto e non arrivava al metro e sessanta. Tuttavia quello che gli mancava in altezza lo compensava con l'entusiasmo.

Aveva un sorriso che illuminava l'ascensore e oscillava sui talloni, come se cercasse di aumentare la sua statura. Si scostò una ciocca di capelli dagli occhi, che però tornò subito al suo posto, facendogli quasi cadere gli occhiali. Lui li risistemò sul naso e passò in rassegna i nuovi arrivati. «Voi dovete essere i dottori Reed, Kaneko e Kokkalis.» Allungò una mano e la mosse da una parte all'altra, come se non sapesse a chi offrirla per primo. Aveva un forte accento britannico. «Sono il dottor Datuk Lee, un biochimico della Universiti Sains Malaysia.»

Phoebe fu la prima a stringergli la mano mentre le porte dell'ascensore si chiudevano. «Piacere di conoscerla, dottor Lee, ma come fa a sapere i nostri nomi?»

Poteva immaginare la risposta: la Città della Scienza era come una confraternita, una fucina di voci e di pettegolezzi.

L'improvviso spostamento del *Titan X* in quelle acque era stato sicuramente oggetto di discussioni molto accese.

Ma il motivo era un altro.

« Sostituirò la dottoressa Ismail durante l'immersione. »

« Cosa le è successo? » chiese lei.

« Non sta bene, problemi gastrointestinali. Mi è stato chiesto di prendere il suo posto visto che ho completato l'addestramento per il DSV. Inoltre la mia specialità sono i piezofili. »

Adam e Monk guardarono Phoebe in cerca di una spiegazione.

Lei annuì. Adesso capiva perché era stato scelto come sostituto e perché si era già sottoposto all'addestramento. « I piezofili sono organismi in grado di sopravvivere a pressioni estreme, come quelle che caratterizzano le fosse oceaniche. »

« Sto studiando queste creature per comprendere meglio come la geologia del nostro pianeta si sia coevoluta con le sue forme di vita, ma il mio fondo principale sostiene la ricerca del... »

L'ascensore si fermò.

Monk ne approfittò per porre una domanda al nuovo membro della loro squadra. « *Chi* finanzia le sue ricerche, dottor Lee? La sua università? »

« Ovviamente, ma anche il PLASSF ha stanziato una generosa sovvenzione. »

« La Forza di supporto strategico cinese », spiegò Adam.

Datuk annuì. « E la NASA. »

Monk era confuso tanto quanto Adam. « Riceve finanziamenti da *due* diverse agenzie spaziali? »

Prima che lui potesse rispondere, le porte dell'ascensore si aprirono sulla caotica e rumorosa stiva aperta. Uomini e donne si riversarono all'interno della cabina, spingendoli tutti e quattro fuori. L'aria puzzava di acqua salmastra e gasolio. Il DSV, che durante il viaggio era stato alloggiato in un hangar climatizzato, adesso era agganciato a una gru A-Frame sospesa sopra il mare.

Quando lo vide, Phoebe dimenticò ogni altra cosa.

Quale essere umano può competere con quella meraviglia?

Il pilota, un muscoloso australiano dai capelli ramati di nome Bryan Finch, era in piedi sul veicolo, e urlava ordini all'equipaggio mentre il DSV veniva calato in acqua.

Il sommergibile era stato realizzato sul telaio di un Triton 36000/2, ma era un po' più grande, abbastanza da ospitare cinque persone anziché due. Ne manteneva la forma squadrata, che proteggeva al centro una sfera cava di titanio di grado 23 in cui alloggiavano i passeggeri. La parte anteriore della sfera sporgeva oltre il bordo del veicolo, simile a una valva di spesso plexiglas e titanio.

L'altra sua caratteristica unica erano un paio di alette ai lati dello scafo, con luci e telecamere extra sul lato inferiore. Quando venivano impiegate a grandi profondità, permettevano al DSV - sospinto da dieci propulsori - di avanzare in modo fluido e preciso.

Ed erano proprio quelle ali a dargli il suo nome: *Cormorano,* come l'uccello marino in grado d'immergersi fino a cinquanta metri sottacqua.

Phoebe sorrise.

Solo che questo uccello scenderà molto più in profondità.

Ore 20.15

Adam affondò nel sedile all'interno della sfera di titanio. Non si era mai considerato claustrofobico. Non era una caratteristica che si addiceva a un geologo, che spesso si trovava a svolgere il proprio lavoro sottoterra ma, quando il pilota sigillò il portello in alto, il fiato gli si bloccò in gola e il cuore prese a martellargli nel petto.

La sua reazione, però, non si doveva al fatto di essere chiuso dentro una palla di titanio di tre metri cubi, quanto piuttosto alla *destinazione* di quella palla.

Diecimila metri sottacqua.

Bryan superò i passeggeri e prese posto ai comandi accanto a Phoebe, che aveva requisito il sedile del copilota alla sua sinistra. Monk e Datuk Lee erano alle loro spalle. Adam era da solo in fondo, tuttavia non era dispiaciuto per quella sistemazione, visto che gli permetteva di tenere d'occhio il biochimico malese. Il suo improvviso coinvolgimento l'aveva insospettito, soprattutto dopo aver appreso del suo legame con la Cina.

Era in stato di allerta da quando Monk gli aveva raccontato cos'era accaduto ai suoi compagni a Singapore. Lo spargimento di sangue, i sotterfugi e il gran dispiego di forze, tutto gli faceva pensare che i cinesi non intendessero solo insabbiare la storia del sottomarino affondato.

«Riempimento condotti e serbatoi di zavorra», annunciò Bryan, dopo aver effettuato un check dei sistemi.

Un gorgoglio soffocato risuonò all'interno del *Cormorano*. Accanto a ciascuno dei sedili posteriori c'era un finestrino all'altezza delle ginocchia, mentre quelli davanti avevano una visuale maggiore attraverso la cupola. Il livello dell'acqua al di là del vetro salì gradualmente fino a sommergere il veicolo.

«Si scende», disse il pilota con un largo sorriso.

Adam accelerò il respiro, lottando contro un'altra ondata di panico. Osservava i serbatoi d'ossigeno in fibra di carbonio allineati su un lato. Gli era stato detto che c'era abbastanza aria per tre giorni, il che doveva essere più che sufficiente dato che le batterie del DSV duravano solo sedici ore.

Bryan guidava il DSV con un joystick. Quel pomeriggio si erano esercitati tutti all'interno del simulatore. Quel mezzo non era molto diverso da un elicottero. Eppure Adam si era schiantato cinque volte. Monk e Phoebe lo avevano messo in imbarazzo con la loro abilità: il primo aveva spiegato di aver fatto molta esperienza con gli elicotteri quand'era coi Berretti verdi, dunque ci aveva messo poco a prendere confidenza coi comandi del *Cormorano*; la seconda aveva familiarità con quel tipo di veicoli per via delle numerose esplorazioni oceaniche che aveva effettuato.

Forse è meglio che me ne stia qua dietro.

Bryan comunicava via radio con l'equipaggio del *Titan X*, tenendolo aggiornato sulla loro discesa, e intanto monitorava una serie d'interruttori, luci e pannelli LED e controllava i dati provenienti dagli strumenti di navigazione.

Il *Cormorano* era solo *uno* dei componenti del PEA, il Progetto di Esplorazione Adale. Oltre alla gigantesca nave in superficie, due USV DriX si aggiravano nei dintorni come squali d'acciaio, uno dotato di un ecoscandaglio multibeam con cui effettuava un rilevamento batimetrico del fondale, e l'altro equipaggiato con un modem di comunicazione, un sistema ridondante rispetto a quello a bordo del *Titan X* che consentiva al *Cormorano* di rimanere in continuo contatto col mondo in superficie. Tuttavia, più il DSV scendeva in profondità, e maggiore sarebbe stato il tempo di latenza. Una volta arrivato in fondo, un eventuale SOS ci avrebbe impiegato sette secondi a raggiungere la superficie, e altrettanti ne sarebbero serviti al *Titan X* per rispondere con un sentito « ci mancherete ».

Gli ultimi componenti del PEA erano tre lander scatoliformi che in precedenza avevano raggiunto il fondale in caduta libera. Le tre pesanti sonde erano state chiamate *Qui*, *Quo* e *Qua*, come i nipotini di Paperino, perché gli scienziati pensavano di avere un gran senso dell'umorismo. La scelta di quei nomi dimostrava il contrario.

I lander avrebbero aiutato il DSV nella navigazione, ma fungevano anche da piattaforme scientifiche. Avevano a bordo carotatrici per sedimenti e strumenti per la raccolta e la conservazione dei campioni, e anche una scatola di esche dislocabile per attirare la fauna marina.

« Mettetevi comodi. Impiegheremo tre ore a raggiungere il fondale », disse Bryan. Lui per primo si accomodò sul sedile e si aprì una bottiglia di Diet Coke.

Ben sapendo che l'efficienza era stata la parola d'ordine nella progettazione di quel veicolo, Adam immaginava che in seguito quella bottiglia di plastica sarebbe tornata utile come sistema ridondante per la raccolta dei rifiuti corporei... o almeno per chi di loro avesse una buona mira.

Nessuno parlò durante le fasi iniziali della discesa. Erano tutti persi nei propri pensieri, o forse avevano paura di distrarre il pilota. Precauzione che si rivelò in ogni caso superflua, dato che Bryan tirò fuori il cellulare e iniziò a guardare un film scaricato da Netflix.

Diversi minuti dopo, Phoebe ruppe finalmente il ghiaccio. « Incredibile », disse, col naso premuto contro il vetro.

Il DSV era scivolato dalle acque chiare a un mondo crepuscolare. Adam non ne coglieva il fascino. Era solo una distesa informe blu scuro, eccezion fatta per sbuffi di neve - un mix di krill, micro gamberetti e plancton - illuminati dai fari del veicolo. Di tanto in tanto un pesce curioso faceva capolino davanti ai finestrini; alcune meduse indugiavano più a lungo, finché il *Cormorano* non passava oltre le loro campane fluttuanti.

Di lì a poco il crepuscolo cedette il posto alla notte.

« Stiamo uscendo dal termoclino », annunciò Datuk, fissando un monitor a colori.

« Vale a dire? » chiese Monk.

I dati che scorrevano sul monitor, inviati dal campionatore d'acqua Niskin e da un sensore CTD posizionati all'esterno del veicolo, mostravano una serie di letture in tempo reale: profondità, pressione esterna, temperatura, conduttività, salinità, pH e livelli di ossigeno.

« Il termoclino si trova fra gli strati illuminati dal sole dell'oceano e le sue profondità più fredde », spiegò Datuk. « La temperatura è diminuita in fretta quando abbiamo iniziato la discesa ma, ora che siamo usciti dal termoclino, continuerà a scendere molto più lentamente. Adesso è di *quattro* gradi, quindi calerà di altri due o tre gradi prima che il DSV raggiunga il fondo, e infine si attesterà poco sopra lo zero. »

Adam lanciò uno sguardo al monitor. Se la lettura della temperatura aveva rallentato, i misuratori di profondità e di pressione continuavano a salire. Quella era l'unica prova che stavano ancora scendendo, perché all'interno del *Cormorano* non si avvertiva nessuna sensazione di movimento.

« Stiamo per entrare nella zona batipelagica, compresa tra i mille e i quattromila metri di profondità », intervenne Phoebe. « Quindi passeremo in quella abissopelagica. »

Datuk annuì. « E, sotto i seimila metri, raggiungeremo la regione più profonda dell'oceano: la zona adopelagica, o adale, da Ade, il dio greco degli inferi. Queste profondità inesplorate costituiscono quasi la metà degli oceani, eppure fino a poco tempo fa erano di più le persone che avevano camminato sulla Luna di quelle che avevano esplorato questi abissi estremi. Attualmente, però, siamo a *dodici* persone sulla Luna e *ventidue* sul fondo delle fosse oceaniche più profonde. »

Nonostante la luce fioca, gli occhi di Phoebe brillavano di gioia. «E oggi questi numeri andranno aggiornati.»

Adam avrebbe tanto voluto condividere il loro entusiasmo. Durante la lezione sulla sicurezza, aveva scoperto che i maggiori pericoli durante un'immersione erano un incendio o una perdita. A quelle profondità polverizzanti, nessuno sarebbe stato in grado di soccorrerli. La loro unica speranza era riuscire a rilevare per tempo ogni possibile avaria.

Durante la discesa, Bryan interrompeva la visione del film ogni quindici minuti per aggiornare l'equipaggio del *Titan X*. Adam lo ascoltava attentamente, interessato non tanto ai dettagli tecnici - la maggior parte dei quali era comunque incomprensibile - quanto al tono del pilota, per cogliere qualsiasi traccia di angoscia o di allarme nella voce.

Tuttavia era difficile mantenere quel livello di concentrazione e di tensione. Trascorsa un'altra ora, con sua sorpresa si scoprì ad abbassare le palpebre e a scivolare in un leggero torpore.

La voce squillante di Phoebe lo fece ridestare di colpo. «Credo che stiamo entrando in uno strato ad alta concentrazione salina», disse.

Adam si raddrizzò e guardò fuori dal finestrino. Una foschia distinta velava le acque nere illuminate dai fari del DSV, tanto che sembrava che stessero scendendo attraverso un torbido brodo di pollo.

«Hai ragione», convenne Datuk, con gli occhi incollati sul monitor. «La salinità è aumentata di otto volte. Si tratta sicuramente di un denso strato di acqua più salata.»

«Dobbiamo preoccuparci?» chiese Adam, sporgendosi in avanti.

«No», rispose Phoebe. «Ma queste aree sono letali per la fauna marina, a causa dell'ipersalinità dell'acqua e della mancanza di ossigeno.»

«Però ospitano ogni sorta di strani organismi chemiosintetici», aggiunse Datuk. «Per via dei loro enzimi unici, vengono studiati per usi farmaceutici e industriali. Proprio come i piezofili di cui mi occupo io.»

«Intendi quegli organismi in grado di sopravvivere ad altissime pressioni?» intervenne Monk.

« Esatto. Questi strati ipersalini sono inoltre caratterizzati da una maggiore conduttività elettrica, una proprietà unica che tra un anno o due verrà sfruttata dal *Kazačok* - il lander della missione ExoMars - per raccogliere acqua dall'atmosfera di Marte. »

Monk si girò verso Adam. Fino a quel momento, avevano evitato di chiedergli del suo legame con l'agenzia spaziale cinese. Se quell'uomo era una talpa, non volevano metterlo in allerta. Ma Datuk aveva appena dato loro il pretesto perfetto per tirar fuori l'argomento.

Ore 21.50

Mentre Phoebe guardava incantata fuori dal finestrino, notò un riflesso strano sul vetro: era Adam che si era sporto in avanti.

« Datuk, prima hai detto che le tue ricerche sui piezofili hanno attirato l'interesse dell'industria spaziale. Posso chiederti per quale motivo? » chiese Adam.

Phoebe si era chiesta la stessa cosa. Incuriosita, si voltò per ascoltare la risposta.

Datuk sorrise e i suoi occhi s'illuminarono. Come la maggior parte degli scienziati, era felice di parlare del proprio lavoro. « Faccio parte di un team investigativo chiamato LAB, ovvero Laboratory for Agnostic Biosignatures. Veniamo finanziati da programmi di astrobiologia di tutto il mondo, e la nostra missione consiste nell'espandere l'attuale comprensione di ciò che costituisce la *vita* e arricchirne la definizione. E, per farlo, studiamo gli angoli più remoti del nostro pianeta, cercando forme di vita in luoghi in cui non dovrebbero essere in grado di prosperare. »

« Come la fossa verso cui siamo diretti », commentò Phoebe, guardando fuori dal finestrino.

« Esatto. L'esplorazione di ciò che c'è quaggiù offre opportunità uniche per comprendere ciò che c'è lassù, al di là dei confini del nostro mondo. Offre approcci inediti per analizzare le stelle in cerca di altre biofirme di vita extraterrestre. Finora ci siamo limitati a cercare acqua, metano o altri composti organici sui pianeti del nostro sistema solare, ma il LAB spera di ampliare lo spettro.»

«È per questo che sei interessato a queste profondità estreme?» chiese Monk.

«Sì. Il nostro team sta tentando di smantellare i dogmi considerati finora inattaccabili. Per esempio, da decenni si ritiene che le prime forme di vita terrestri siano comparse sulla *superficie* del nostro pianeta, dove l'acqua e l'atmosfera sono esposte alla luce del sole e ai raggi ultravioletti. Il mio obiettivo è dimostrare il contrario, ovvero che la vita potrebbe aver avuto inizio sotto la superficie terrestre, alimentata dall'energia chimica. È questo che ha suscitato il mio interesse per la *piezosfera* della Terra, uno strato che copre le acque profonde e si estende per cinquemila metri sotto i fondali oceanici. In sedimenti marini situati a migliaia di metri di profondità abbiamo trovato forme di vita dove non dovrebbero esserci. Forme di vita con un metabolismo così lento che una singola divisione cellulare si compie in mille anni.»

Phoebe era perplessa. «E lo studio di queste strane forme di vita dovrebbe espandere la ricerca di biofirme extraterrestri?»

«Credo proprio di sì. Sono convinto che abbiamo maggiori possibilità di scoprire la vita su un altro pianeta cercando forme di vita *lente*, sepolte in profondità. Le forme di vita *veloci* della superficie vanno e vengono. Se da un lato le superfici planetarie ricevono molta energia dai rispettivi soli, dall'altro sono sotto la costante minaccia di meteoriti o brillamenti stellari. La vita sotterranea, invece, è protetta da questi disastri, e quindi più stabile.» Datuk indicò la parte anteriore dell'abitacolo. «L'acqua si sta schiarendo.»

Phoebe si girò e, in effetti, la foschia ipersalina si era diradata.

«La salinità è tornata nella norma», continuò lui, per poi aggiungere, con espressione un po' confusa: «E continua a scendere. Anche i livelli di ossigeno stanno aumentando».

Ormai avevano superato i settemila metri, raggiungendo la zona adale. «A queste profondità è normale», spiegò Phoebe. «Nelle fosse oceaniche, l'acqua è più ricca di ossigeno a causa della minore salinità e della maggiore pressione.»

«Ma dai un'occhiata a questi numeri», ribatté Datuk.

Lei posò lo sguardo sul monitor luminoso. I livelli di ossigeno disciolto aumentavano costantemente e, proprio in quel momento, superarono i 12 mg/L, il venti per cento in più della norma. La salinità era invece scesa sotto il ventinove per cento. Solitamente l'acqua di mare si attestava al di sopra del trentatré per cento, anche a quelle profondità estreme. Scosse la testa. «Dev'esserci un problema coi sensori esterni, questi dati non possono essere corretti.»

«Cos'è quella roba laggiù?» li interruppe Bryan.

Phoebe si voltò e abbassò lo sguardo verso la base ricurva della cupola, che le permetteva di guardare direttamente sotto il veicolo.

Tutti trasalirono.

Lei smise di respirare, sopraffatta dalla meraviglia.

Sotto di loro - ma sempre più vicino - il mondo brillava e scintillava. Scie di fuoco smeraldino e ceruleo s'irradiavano in ogni dove; altre aree palpitavano di colori, dando vita a un caleidoscopio radioso.

Sapeva di cosa si trattava.

Bioluminescenza.

Mentre il *Cormorano* proseguiva nella sua discesa, quel mondo splendente e sovrannaturale si espandeva in tutte le direzioni, per poi svanire nelle tenebre. Lei immaginò le imponenti scogliere della fossa delle Tonga che svettavano ai loro lati: prima dell'immersione, avevano deciso di dirigersi verso il centro di quella depressione proprio per evitare qualsiasi contatto con le sue pareti rocciose.

«È quello che penso che sia?» chiese Adam alle sue spalle.

Phoebe ripensò alla chiazza nera rilevata sulla mappa batimetrica della fossa che indicava la presenza di un'immensa foresta di coralli, alta trecento metri e vasta cinquecento chilometri quadrati.

Solo che quella foresta non era *nera*.

Man mano che il DSV scendeva verso il fondale, la giungla bioluminescente assumeva contorni sempre più definiti. Era un regno incantato e sfolgorante di rami scuri che lampeggiavano, luccicavano e risplendevano di sfumature brillanti. Tronchi di corallo spessi come sequoie si ergevano dal fondale, talmente imponenti che le luci in alto non riuscivano a illuminare le radici in basso. Proprio sotto il *Cormorano,* i rami s'intrecciavano a formare una canopia ondulata che si estendeva a perdita d'occhio.

«Rilascio zavorra. Continuiamo in assetto neutro.» Bryan premette alcuni interruttori, espellendo una serie di pesi da cinque chili l'uno.

Il DSV rallentò e si abbassò fino a librarsi qualche metro sopra quella distesa luccicante. Phoebe non riusciva a distogliere lo sguardo. Al di là del bagliore, si distinguevano colonie di polipi di uno smeraldo uniforme, che spuntavano dallo scheletro duro e nero del corallo dei rami più vicini.

Ripensò alla sentinella solitaria all'esterno della Stazione Titan Inferiore da cui aveva prelevato un campione. Apparteneva alla stessa specie della foresta sottostante? Si sarebbero dovuti abbassare ancora per scoprirlo. Il giorno prima, l'albero nei pressi della stazione le era sembrato un antico gigante ma, se apparteneva alla stessa specie del corallo che si trovava sotto di lei, allora non era che una piantina.

Avrebbe tanto voluto che Jazz fosse lì con lei per vederlo coi suoi occhi.

«*Akah Bahar*», mormorò Datuk alle sue spalle.

«Come hai detto?» gli chiese Adam.

«È il nome malese del corallo nero... e non potrebbe essere più appropriato.»

«Perché?» fece Phoebe, senza distogliere lo sguardo dalla foresta. «Che vuol dire?»

«Significa 'Radice del Mare'.»

Lei lo corresse, continuando a fissare quella vasta canopia. «Questa sembra più la radice del mondo.»

15

Tremila metri sotto il mar dei Coralli,
23 gennaio, ore 21.55

Jasleen Patel si staccò dal microscopio ottico stropicciandosi gli occhi. Erano due ore che studiava i vetrini dei diciassette campioni raccolti il giorno prima. Aveva un mal di testa martellante, probabilmente dovuto a un calo glicemico per aver saltato la cena. Ma non voleva deludere la sua capa.

Si sgranchì il collo e guardò l'ora sul portatile. Ormai il DSV del *Titan X* doveva aver raggiunto il fondo della fossa. Si sentì pungere da un pizzico d'invidia, ma lo represse subito.

Presto avrò la mia occasione.

Si rimise al computer e riguardò il suo lavoro. Aveva trascorso l'intera giornata a catalogare i dettagli morfologici e fisiologici degli esemplari, un lavoro delicato e minuzioso che prevedeva l'estrazione di nuclei delle dimensioni di un centimetro dai pezzi di corallo conservati all'interno di camere bentiche ad alta pressione. Prima di poter essere analizzati, i campioni andavano gradualmente portati alla pressione di un'atmosfera della stazione.

Era stato estenuante.

Aveva studiato ogni singolo campione, contato il numero dei tentacoli dei polipi e annotato colorazione, lunghezza e dimensioni. Li aveva analizzati con un sequenziatore di DNA NovaSeq 6000, e aveva persino usato un microscopio stereoscopico per estrarre le nematocisti - le cellule velenose - dai tentacoli. Questi ultimi erano tutti unici, come le impronte digitali degli esseri umani, e potevano tornare utili per corroborare la tassonomia dei campioni.

Il portatile emise un trillo e sullo schermo comparve la notifica di un'e-mail in arrivo.

Alla buon'ora.

Aprì il file allegato. Era da parte del team che gestiva il microscopio elettronico a scansione della stazione, cui lei aveva mandato un campione di ciascun corallo con la richiesta di analizzare gli scleriti - gli endoscheletri calcarei dei coralli - da più angolazioni. Si trattava di un altro sistema per classificare ogni specie, in quanto non esistevano due coralli con la stessa struttura carbonatica.

Passò rapidamente in rassegna le scansioni fino a trovare quella dell'Esemplare A17, che prendeva il nome dal quadrante in cui era stato raccolto. Ripensò all'imponente gigante nero ricoperto di polipi color smeraldo, un albero di Natale solitario che cresceva lentamente nell'oscurità.

La scansione dello sclerite mostrava l'esemplare da più angolazioni. Il team del microscopio elettronico aveva fatto un ottimo lavoro.

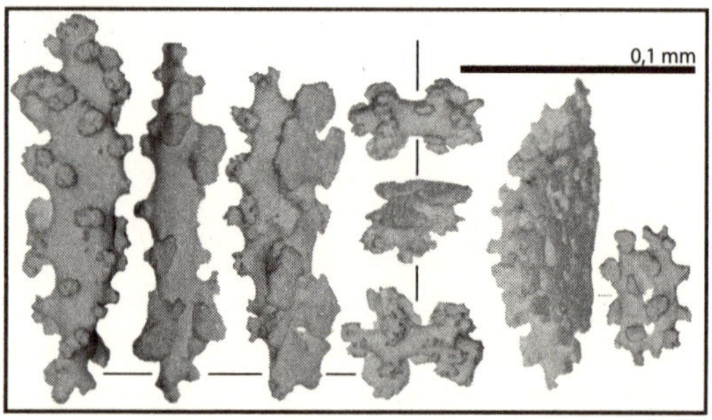

Si avvicinò allo schermo, sistemandosi gli occhiali sul naso. « Cosa sei? » sussurrò al mistero che aveva davanti.

L'Esemplare A17 continuava a confonderla e incuriosirla. Aveva tutte le caratteristiche di un corallo nero, ma i suoi polipi avevano otto tentacoli anziché i consueti sei. Inoltre i suoi tentacoli spazzini erano straordinariamente lunghi, con all'estremità una nematocisti urticante quattro volte più grande della media. Per finire, la scansione di quello sclerite mostrava una densità di calici di polipi che non aveva mai visto in nessun altro corallo.

Non c'è da stupirsi che voi cosini verdi abbiate sviluppato un metodo di fuga. Siete in troppi, là dentro.

Ripensò ai piccoli polipi che erano schizzati via dal corallo quando Phoebe aveva raccolto il campione, che avevano attaccato persino il manipolatore a tenaglia.

Tuttavia la parte più frustrante di quell'enigma era stata l'analisi del DNA. Il sequenziatore le aveva sempre dato un codice di errore. Alla fine, avendo anche altri campioni da catalogare, Jazz si era arresa. Avrebbe atteso il ritorno di Phoebe per riprovarci.

Guardò di nuovo l'ora.

Forse dovrei fare un altro tentativo.

Odiava l'idea di deludere la sua amica. Aveva pianificato di finire il lavoro in giornata e inviare i risultati al *Titan X*, in modo che Phoebe potesse analizzarli una volta terminata l'immersione.

Basta, aveva deciso. Anche a quell'ora tarda, il laboratorio di biologia era pieno di scienziati che ancora lavoravano ai loro progetti. Jazz si alzò con uno sbadiglio e lasciò la sua postazione, quindi scese al piano inferiore, dove si trovavano il laboratorio umido con le camere bentiche e le cabine di controllo ROV.

Erano tutte occupate.

Jazz le superò ed entrò nella stanza ad alta pressione. Era come camminare in un acquario. Le vasche, disposte su dieci file da quattro impilate l'una sull'altra, erano fatte dello stesso vetro utilizzato per le pareti dei livelli della stazione. Sotto ciascuna di esse, una serie di comandi di precisione - simili a quelli che azionavano le gru a pesca verticale nei parchi divertimento - permetteva ai ricercatori di manovrare trapani, carotatrici e tubi di aspirazione all'interno del contenitore pressurizzato.

Jazz aveva deciso di prelevare un campione fresco, prima di eseguire per l'ennesima volta il sequenziamento del DNA dell'Esemplare A17, quindi si diresse verso la loro camera bentica. I loro nomi - *Reed/Patel* - erano scritti con un pennarello nero cancellabile nell'angolo superiore della vasca. Era così che ogni ricercatore ne rivendicava il possesso. Un sistema alla buona, ma efficace.

Solo che adesso sotto i loro nomi ce n'era un terzo: 김종석.

Jazz non aveva molta familiarità coi diversi alfabeti asiatici, ma era abbastanza certa che si trattasse dell'hangul coreano. Il ricercatore in questione doveva essere il dottor Kim Jong Suk, specializzato nello studio dei crostacei, in particolare dei gamberetti. L'uomo era rinomato per il pessimo carattere e i modi sgarbati, che riservava soprattutto alle colleghe donne.

Jazz aveva meticolosamente sezionato tutti i pezzi di corallo e li aveva posizionati su vassoi di plastica, che aveva poi adagiato con cura sul fondo della vasca. Il dottor Suk si era limitato ad aggiungere una ventina di grossi gamberi con gusci rosa traslucidi. Appartenevano alla specie *Lucensosergia lucensi*, conosciuti anche come gamberetti di Sakura, dal nome giapponese dei fiori di ciliegio. Le creaturine nuotavano, zampettavano e strisciavano da una parte all'altra della vasca. Il fondo ricoperto dai loro escrementi ricordava un piatto condito con troppo pepe.

Jazz sbuffò, esasperata. Gli scienziati erano stati avvertiti che sarebbe stato necessario condividere le camere ad alta pressione, ma al momento ce n'erano quattro ancora inutilizzate. Siccome occorrevano ore per prepararne una, il dottor Suk doveva aver pensato che poteva risparmiarsi l'impiccio, inserendo i suoi gamberetti nella loro vasca.

« Che stronzo », sussurrò, impugnando i comandi.

Diede un'occhiata ai vassoi, che erano stati messi tutti in disordine dai movimenti dei gamberetti. Uno degli esemplari – il G5 – era addirittura caduto. Jazz lo rimise al suo posto con la tenaglia, quindi prese pinze e trapano, pronta a mettersi al lavoro sull'A17.

Almeno quell'esemplare era rimasto indisturbato, e i grani di pepe sul suo vassoio si potevano contare sulle dita di una mano. C'erano però tre gamberetti adagiati lì accanto. Le zampe e le antenne non si muovevano.

Morti.

Probabilmente Kim trattava i suoi esemplari come i suoi colleghi, e quegli esemplari erano stati uccisi dai suoi modi bruschi.

Non si era neppure preso la briga di rimuoverli. Gli altri

gamberetti evitavano quell'angolo della vasca, come se avessero paura di avvicinarsi ai cadaveri dei loro fratellini.

Quando Jazz ne toccò uno con le pinze, uno stuolo di bollicine verdi schizzò fuori dall'addome e si diresse verso il corallo nero. *Polipi. Lo stavano mangiando?* si chiese. Girò il gamberetto e notò che le zampe di solito traslucide erano completamente nere. Una si staccò dal corpo e scivolò via. Quell'esemplare doveva essere morto da giorni, ulteriore dimostrazione della sciatteria del dottor Kim.

Jazz sospirò e si mise all'opera. Estrasse un campione cilindrico dall'Esemplare A17, accertandosi di risucchiare anche diversi polipi con un tubo di aspirazione, quindi infilò il tutto in un recipiente di estrazione. Dopo averlo chiuso, premette un pulsante per rilasciare gradualmente la pressione al suo interno, un processo che sarebbe durato quattro lunghi minuti.

Mentre aspettava, appoggiò la fronte alla vasca. Era difficile avercela con quegli ospiti rosa che piroettavano e volteggiavano da una parte all'altra, come tanti fratellini scalmanati che giocavano tra loro. Quando un gamberetto si avvicinò troppo all'Esemplare A17, una decina di polipi schizzò fuori dal corallo nero, allungando una miriade di tentacoli spazzini che frustarono con violenza il malcapitato.

La creaturina si dimenò per qualche secondo, agitò le zampe e sussultò, poi scivolò lentamente sul fondo, raggiungendo i tre esemplari già morti. Alcuni polipi la seguirono, mentre gli altri tornarono all'interno del corallo. Quando il gamberetto aggredito atterrò sul dorso, Jazz notò un bagliore attraverso il suo carapace traslucido, come se stesse bruciando dall'interno. Si spostò per avere una visuale migliore, ma poi l'addome tornò scuro.

Sarà stata un'illusione ottica dovuta al riflesso delle luci sul vetro, pensò. Ciò nonostante, fissando l'ostinato pezzo di corallo nero, ripeté la domanda che l'aveva tormentata tutto il giorno. « Cosa sei? »

Qualcun altro aveva una domanda simile per lei. « Che sta facendo ai miei esemplari? » chiese una voce secca.

Spaventata, Jazz si girò di scatto.

Kim Jong Suk la guardava con occhi pieni di odio. Era più

alto di lei di soli sette centimetri, ma aveva una presenza tale da risultare incombente.

Lei non si lasciò intimorire. «I suoi esemplari? Pensavo li avesse messi da parte per cucinarli. Nessuno studioso gestirebbe così male l'oggetto della propria ricerca.»

Le labbra dell'uomo sbiancarono e si assottigliarono sotto i sottili baffi neri. In quanto stimato professore del KAIST - l'Istituto avanzato di scienza e tecnologia coreano -, non era abituato a essere messo in discussione, soprattutto da una studentessa. «Ms Patel», disse freddamente, a rimarcare che non aveva ancora un dottorato. «La mia ricerca ha tempistiche serrate e la vostra camera era perlopiù vuota. E, siccome la dottoressa Reed è assente, immagino che al momento non sia in corso nessun lavoro scientifico degno di nota. Tanto vale sfruttare la vasca in modo produttivo. Sono sicuro che qualunque compito gravoso le sia stato assegnato possa attendere la fine di un vero lavoro di ricerca.»

Lei sorrise alla sua condiscendenza, sostenendo il suo sguardo. «Siamo sul punto d'identificare un subphylum completamente nuovo di Cnidari, mentre lei perde tempo con una specie di gambero che viene studiata da anni. Qual è lo scopo della sua ricerca? Scoprire un nuovo modo per saltarli in padella?»

«Ms Patel, la informo che...»

«E vedo che lei è ancora qui, nella Stazione Titan Inferiore, mentre la dottoressa Reed è là fuori, nelle profondità dell'oceano, a esplorare una biosfera sconosciuta. Dunque quale ricerca è davvero più importante?»

Nel frattempo, gli altri biologi presenti nella stanza avevano preso a fissarli. Jazz era certa che di lì a poco tutto il complesso avrebbe saputo di quell'alterco.

Il dottor Suk strinse le mani a pugno.

Il sorriso di lei si allargò. *Dai, provaci.* Era cresciuta con tre fratelli maggiori, se la sapeva cavare anche a botte.

La discussione fu interrotta da un sonoro *clic* proveniente dalla vasca alle sue spalle. La porta di decompressione si aprì con uno schiocco: il campione dell'Esemplare A17 era pronto.

Jazz estrasse con cautela il piccolo flacone della Nalgene

contenente il frammento di corallo. Le sarebbe piaciuto rifilare un'altra stoccata a quell'arrogante, ma aveva del lavoro da fare. Richiuse la porta della camera di decompressione e prese un coperchio con cui sigillare la bottiglietta.

Il dottor Suk mosse un passo, come per invitarla a togliersi di torno. Jazz rimase dov'era, intenta a rigirare il campione immerso in acqua salmastra all'interno del flacone. L'uomo sbuffò in maniera eloquente, ma lei lo ignorò.

« Può spostarsi, per favore? » le chiese, sforzandosi di mantenere un tono educato.

Alla fine lei cedette, convinta di aver tenuto il punto in modo adeguato. Ma, prima che potesse spostarsi, il pavimento sussultò, una scossa di terremoto che la scagliò addosso al dottor Suk. D'istinto, lui le prese la mano per sostenerla ma, così facendo, il flaconcino si rovesciò, schizzando il suo contenuto sulle loro dita.

Il terreno tremò per altri cinque lunghi secondi.

Non appena smise, Jazz si allontanò da lui, col volto paonazzo per l'imbarazzo. Agitò la mano bagnata e guardò la boccetta a terra. Si chinò per raccoglierla, pregando che il campione non fosse fuoriuscito.

In quel momento, però, qualcosa le punse il dito medio, provocandole un dolore più intenso di quello causato dalla puntura di un calabrone. Cadde in ginocchio, con la mano che le bruciava. Quando la girò, notò un minuscolo puntino verde aggrappato al dito: un polipo. Fece una smorfia e lo spazzò via.

Il dottor Suk barcollò all'indietro, strofinandosi la mano sul petto. Aveva il volto contratto dal dolore, segno che anche lui era stato punto. « Cos'è stato? »

Lei raccolse il contenitore col campione ancora dentro. « Solo una puntura di corallo », ribatté con nonchalance, nonostante il bruciore.

Poi recuperò il coperchio di plastica e l'avvitò. Intanto, il dolore si stava gradualmente attenuando. Il dottor Suk aggrottò la fronte e uscì dalla stanza; a quanto pareva, la sua ricerca non era poi così urgente.

Jazz prese alcuni strappi di scottex e un flacone spray di soluzione antisettica e asciugò la chiazza d'acqua sul pavimento. Poi gettò la carta nello scivolo dei rifiuti biologici, in fondo al quale sarebbe stata incenerita.

Era imbarazzata e affranta, perché anche quell'incidente sarebbe stato presto sulla bocca di tutti. Mise via il campione e uscì dal laboratorio con una leggera sensazione di sconfitta.

Lo analizzerò domattina.

Si diresse verso il dormitorio femminile, aprendo e chiudendo la mano per eliminare il bruciore residuo al dito. Si sentiva una sciocca per aver infranto il protocollo di sicurezza, avrebbe dovuto sigillare il flacone subito dopo averlo prelevato dalla camera di decompressione.

Mentre saliva le scale, ripensò al gamberetto che sprofondava verso il fondo della camera bentica, inseguito dai polipi color smeraldo. Ora che aveva scoperto quanto fosse dolorosa la loro puntura, capiva perché il piccolo crostaceo fosse rimasto paralizzato da quell'attacco.

Il veleno dei polipi era molto potente.

Grazie a Dio non sono un gamberetto.

Ore 22.44

Kowalski non era il tipo da appianare un litigio.

Di solito era lui a *provocarli.*

Eppure eccolo lì, nel laboratorio di geologia, con un sigaro spento stretto tra i molari posteriori; non aveva potuto accenderlo a causa delle rigide norme antincendio del posto. Ma non l'avrebbe fumato in ogni caso. Ordini del medico. Però così almeno poteva godersi il profumo delle foglie cubane essiccate.

William Byrd e il dottor Haru Kaneko erano presi in una discussione animata. Tutti nella stanza avevano sentito l'ultima scossa. A quanto pareva, Haru era convinto che fosse stata l'ultima avvisaglia prima di un imminente e più grande evento geologico.

« Ho effettuato diverse proiezioni », dichiarò, seduto davanti a una serie di monitor che mostravano grafici, diagrammi e tracciati sismici. « L'intera regione si sta destabilizzando a un ritmo allarmante... più velocemente di quanto previsto anche dai miei primi modelli. »

« Ma la situazione potrebbe risolversi altrettanto in fretta », replicò Byrd. « Ho letto le valutazioni dei sismologi di Stanford e del MIT. »

« Si tratta di valori anomali, e lo sa bene. Molti altri studiosi convengono con le mie proiezioni... sia pure con diversi gradi di consenso. »

« Questi 'diversi gradi di consenso' indicano che un evento *potrebbe* verificarsi in un arco temporale che va dai prossimi giorni a tra diversi anni. »

« Tuttavia le previsioni più cupe arrivano dai miei colleghi *vulcanologi*. Sono le eruzioni vulcaniche a rappresentare la minaccia maggiore. E pochi geologi hanno studiato a fondo la regione come ho fatto io, o sono stati coinvolti nel monitoraggio di questa fossa nelle ultime settimane. Secondo i miei modelli, c'è una probabilità dell'ottantatré per cento che un evento catastrofico si verifichi entro le prossime dodici ore, forse anche meno. »

Byrd cedette. « Facciamo così... il suo team continuerà a monitorare le condizioni durante la notte e, se domani mattina lei sarà ancora preoccupato, daremo inizio all'evacuazione. »

I due uomini si voltarono verso Kowalski, per vedere se avesse qualcosa da aggiungere. Lui aveva una sola raccomandazione. Era una filosofia che seguiva di rado, ma in quel momento sembrava perfetta.

« Meglio prevenire che curare », grugnì.

Haru annuì.

« Quanto ci vuole a evacuare questo posto? » chiese Kowalski.

Byrd fece un calcolo a mente. « Contando il personale presente, il numero dei sommergibili e il tempo necessario a scendere e risalire in superficie... circa tre ore. »

« Così tanto? »

« Siamo a tremila metri di profondità », gli ricordò lui.

« Non perdiamoci in chiacchiere, allora », ribatté Kowalski. « Prepariamo le valigie. »

Byrd provò a opporre una debole resistenza. « Se ce ne andiamo, ci vorranno settimane per tornare in attività... interrompere tutti i progetti ci costerà milioni di dollari. E, se ci sbagliassimo, la stampa andrebbe a nozze con questa storia. »

« Meglio un po' di cattiva pubblicità che un centinaio di scienziati morti. »

« Sì, ovviamente ha ragione », capitolò Byrd, sotto lo sguardo severo di Kowalski.

Haru sembrava molto sollevato, così come gli altri geologi nel laboratorio. Era proprio l'*intensità* del loro sollievo a preoccupare Kowalski, più dei loro grafici e diagrammi.

Byrd fece per dirigersi verso l'uscita, quando un uomo dai capelli scuri si precipitò nel laboratorio e gli andò incontro. Era alto come Kowalski, e il suo fisico possente metteva a dura prova il tessuto della tuta color antracite che lo identificava come un membro della squadra di sicurezza del complesso. La sua unica arma era un bastone d'acciaio estensibile alla cintura. Nessuno voleva correre il rischio di portare una pistola là sotto.

Be', quasi nessuno.

« Signore », disse il capo della sicurezza.

« Cosa c'è, Jarrah? »

« I miei uomini sulla stazione in superficie riferiscono di una grossa nave militare in avvicinamento. »

« E... »

« Il loro equipaggio si rifiuta di rispondere. »

« Che bandiera batte? » chiese Kowalski.

« È troppo buio per riuscire a distinguerla. Magari ci stiamo preoccupando per niente. »

Lui aggrottò la fronte, convinto del contrario.

Non è mai « niente ».

« Comunichi ai suoi uomini di tenerci aggiornati », disse Byrd. « Li avvisi inoltre che ci stiamo preparando all'evacuazione. »

Jarrah inarcò le sopracciglia, ma si limitò ad annuire, poi girò sui tacchi e uscì.

Byrd si voltò verso gli altri. « Avete ragione. Finché la situazione non si sarà tranquillizzata, in superficie saremo tutti più al sicuro.»

Kowalski ne dubitava. Aveva una strana sensazione alla bocca dello stomaco, come un presentimento. E lui si fidava del suo istinto. Guardò l'ora, sapendo che c'era qualcun altro che andava avvertito.

Si girò verso Haru. «Dovremmo informare la squadra diretta alla fossa che questo posto potrebbe saltare in aria da un momento all'altro.»

Come a conferma delle sue parole, una nuova scossa fece tremare la stazione. Gli strumenti metallici sferragliavano sui tavoli, i contenitori di vetro tintinnavano, il pavimento vibrava.

Quando cessò, Kowalski fece per parlare... ma venne anticipato da un'altra scossa.

Seguita da una terza.

Kowalski indicò la radio. «Li chiami immediatamente.»

16

Oceano Pacifico,
seicento miglia a NE di Auckland,
23 gennaio, ore 23.07

Phoebe si sporse sul sedile, mentre il *Cormorano* avanzava sopra lo splendente paesaggio sottostante. Era come se stessero sorvolando una foresta pluviale dipinta da un artista visionario con una tavolozza di colori a olio fosforescenti. La giungla di corallo tremolava e lampeggiava in ogni punto, con tracce di fuoco metallico nelle sue viscere.

Bryan aveva aspirato altri cinque chilogrammi di acqua nei serbatoi di zavorra per avvicinarsi il più possibile a quella meraviglia. Aveva inoltre spiegato le alette ai lati del DSV, trasformandolo nell'uccello di cui portava il nome.

Adam stava tenendo d'occhio un monitor che mostrava una scansione del profilatore di sedimenti, con la speranza che, scandagliando così in basso nella colonna d'acqua, potessero finalmente scoprire a quale profondità era situato davvero il fondo della fossa.

« Trovato qualcosa? » gli chiese Monk.

« Stiamo rilevando il fondale oceanico, è circa cinquecento metri sotto di noi, al di là di tutto quel corallo », rispose. « E continua a scendere... »

Phoebe avrebbe voluto che i suoi occhi riuscissero a penetrare la foresta come il profilatore. Era difficile distinguere qualcosa attraverso quella fitta canopia, ma sembrava che i polipi color smeraldo più in profondità fossero di dimensioni maggiori. La popolazione sul lato superiore doveva essere composta dagli elementi più giovani della colonia.

Aveva inoltre notato che i polipi più grandi producevano la maggior parte della bioluminescenza, mentre gli esemplari più giovani sembravano esserne privi. Sapeva che i coralli costieri formavano una relazione simbiotica con le zooxanthellae, alghe microscopiche che fornivano sostentamento a entrambi fotosintetizzando la luce del sole, e si chiese se anche in quella foresta fosse in atto un simile mutualismo, nel caso specifico tra i coralli e una qualche alga bioluminescente. O forse c'era qualche reazione chimica congenita che si sviluppava solo quando i polipi invecchiavano?

Quanti misteri...

Mentre proseguivano, qualcosa catturò la sua attenzione. Sembrava che una larga ombra seguisse il *Cormorano* attraverso la foresta, aggirando i massicci tronchi di corallo. L'aveva già intravista, ma non era in grado di dire cosa fosse. Poteva anche essere solo un'illusione ottica dovuta al passaggio dei fari del DSV. Sembrava una massa scura che velava la bioluminescenza, simile a una nube temporalesca in transito davanti alle stelle.

Phoebe non era sicura che ci fosse davvero. Ciò nonostante le fece sorgere una domanda.

Quali forme di vita hanno attecchito a queste profondità schiaccianti?

C'era un modo per scoprirlo. «Quanto distano i tre lander? Vorrei usare la scatola con le esche per stanare qualche creatura.»

Bryan controllò la griglia batimetrica sul monitor del sonar. «*Qua* è cinquecento metri più avanti, lungo il percorso seguito dal sottomarino affondato. Non penso però che avrai bisogno di quelle esche.»

«Perché?»

Il pilota aumentò leggermente la spinta dei propulsori per sollevare il DSV in prossimità di un rilievo scuro... che però non faceva parte del paesaggio sottostante. «Più avanti c'è una balena caduta», disse.

Datuk e Monk si spostarono per guardare al di là della coppia seduta davanti.

«Cos'è?» chiese Monk.

«Esattamente quello che sembra», rispose Phoebe, accertandosi che le telecamere esterne in 4K stessero registrando. «Spesso le carcasse delle balene morte finiscono sul fondo dell'oceano, trasformandosi in un ricco banchetto per le creature degli abissi.»

Di lì a poco la collina scura assunse la forma di un grosso capodoglio. Era adagiato su un fianco sopra la foresta: neppure il suo notevole peso era riuscito a sfondare la canopia.

Archi di costole bianchissime e parte della mascella facevano capolino dalla carcassa già divorata per metà. Il resto del corpo brulicava di creature che beccavano, laceravano, tagliuzzavano e s'incuneavano nella carne.

«Ma che diavolo... È normale che quaggiù ci siano così tanti animali?» chiese Monk.

«Sì», sussurrò lei, incantata da quello spettacolo. «E no.»

«Che intendi?»

Phoebe indicò un gruppo di grossi crostacei bianco cadavere con lunghe antenne. Sembravano un incrocio tra un'aragosta e un gambero. «Gli anfipodi sono in grado di sopravvivere a profondità estreme. Gli esemplari che vivono in acque poco profonde raramente diventano più grandi di un'unghia di pollice, mentre quelli che prosperano nelle fosse oceaniche possono arrivare anche a trenta centimetri.»

Monk scosse la testa. «Ma quei bestioni là fuori saranno lunghi un *metro.*»

«Come ho detto... sì, creature simili possono trovarsi a queste profondità... ma *no,* non di queste dimensioni.»

Un anfipode si raggomitolò su se stesso e rotolò lungo il fianco della balena, come un porcellino di sant'Antonio, il suo distante cugino che viveva sulla terraferma.

«Quello sembra uscito da un incubo», commentò Adam, indicando un granchio di un rosso vivo con un'apertura delle zampe di oltre quattro metri che si aggirava sopra la massa di carne in putrefazione. «Anche lui è più grande del normale?»

«In realtà no», rispose Phoebe. «È un *Macrocheira kaempferi,* un granchio gigante del Giappone. Che io sappia, non sono mai stati avvistati a queste profondità. Del resto, però, meno dell'uno per cento di queste fosse oceaniche è mai stato visto da occhi umani... o robotici.»

Una grossa pastinaca fluttuò sopra il dorso del capodoglio.

Era larga due metri e lunga il doppio, contando anche la coda seghettata.

Altrove, una colonia di piovre - creature abitualmente solitarie - era aggrovigliata all'interno della carcassa svuotata. Phoebe le riconobbe. *Enteroctopus dofleini*, i polpi giganti del Pacifico. Erano lunghi dieci metri e arrivavano a pesare trecento chili l'uno.

Lei scosse la testa, incredula e meravigliata.

Come fanno a sopravvivere quaggiù?

Sapeva che le fosse oceaniche erano come isole solitarie, così remote e inospitali che le forme di vita non potevano spostarsi dall'una all'altra, quindi erano costrette a adattarsi all'ambiente in cui erano intrappolate.

E questo è decisamente unico.

Quelle creature, rimaste in qualche modo isolate lì, dovevano aver sviluppato peculiari strategie di adattamento per far fronte alla pressione estrema.

Come a dimostrazione di ciò, davanti al DSV apparve un calamaro solitario, un esemplare colossale di *Mesonychoteuthis hamiltoni* del peso di una tonnellata. I suoi occhi neri - larghi come piatti da portata - erano rischiarati dai luminosi fotofori intorno ai cristallini. Rivoli di fosforescenza di un blu intenso seguivano i contorni delle sue appendici, dando vita a un minaccioso spettacolo di luci.

Phoebe si chiese se parte dello splendore della foresta in basso si dovesse alle creature bioluminescenti che vi dimoravano.

Prima che potesse riflettere sull'argomento, un basso rombo scosse il *Cormorano*. La canopia vibrò sotto di loro; pezzi di corallo andarono in frantumi e s'inabissarono.

Lei appoggiò una mano sul finestrino mentre Bryan risaliva.

Non erano gli unici a cercare di sfuggire al terremoto.

Le creature interruppero il loro banchetto e si dileguarono in tutte le direzioni; qualcuna provò a nascondersi tra gli alberi tremanti di corallo, altre sfrecciarono nelle tenebre. Alcune piovre si rifugiarono più in profondità nelle viscere della balena; l'enorme pastinaca sfrecciò sopra il *Cormorano*, colpendo la parte superiore del veicolo con la coda seghettata, come a suggerirgli di scappare.

Bryan faceva del suo meglio per seguire quel consiglio e mettere una distanza di sicurezza tra loro e la foresta in tumulto. Dopo un minuto, il maremoto cessò e il mondo tornò a riassestarsi.

« State tutti bene? » chiese.

Ricevette in risposta cenni di assenso e pollici in su.

« Proseguiamo? »

Monk si sporse in avanti. « Quanto manca al sottomarino? »

« Altri tre chilometri. »

Prima d'immergersi, Monk aveva raccomandato di non scendere direttamente sopra il relitto, preoccupato per eventuali fuoriuscite di radiazioni. Non potevano infatti escludere la possibilità che il sottomarino affondato fosse di tipo nucleare. Adam si era detto d'accordo con lui. A giudicare dalle occhiate furtive che i due si erano scambiati, Phoebe sospettava che ne sapessero molto più di quanto non fossero disposti a condividere con gli altri. Ciò nonostante, non si era opposta al suggerimento, pensando che a quel modo avrebbe avuto più tempo per esplorare la foresta di corallo.

Monk si voltò a guardare il capodoglio che ormai si erano lasciati alle spalle. « Perché gli animali che vivono quaggiù sono tutti così grandi? »

« È un fenomeno noto come gigantismo abissale », spiegò Phoebe. « Le creature degli abissi crescono molto di più rispetto ai loro congeneri di acque meno profonde. Le temperature inferiori e l'alta pressione contribuiscono a un aumento significativo delle dimensioni delle cellule e a una loro maggiore longevità. Anche la scarsità di cibo gioca un ruolo importante. Gli animali più grossi hanno un metabolismo più lento e più efficiente. »

« E dunque hanno bisogno di mangiare meno... »

« Non è solo questo », intervenne Datuk, pronto a dare sfoggio delle proprie conoscenze sulle forme di vita sottoposte a pressioni estreme. « Le dimensioni di una creatura marina sono in diretta correlazione con la quantità di ossigeno disciolto nell'acqua. Più ossigeno c'è, più l'animale è grande. » Indicò le letture dei sensori sul suo monitor. « Date un'occhiata a questi numeri... sono fuori scala. I livelli di ossigeno disciolto sono superiori del trenta per cento rispetto alle rilevazioni effettuate nel corso d'immersioni in altre fosse. »

« La salinità è scesa più o meno della stessa percentuale », notò Phoebe.

« Esatto. Queste acque sono ricche di ossigeno e povere di sale, un po' come il plasma sanguigno. »

« Be', se è così, allora quello dev'essere un gigantesco globulo rosso », intervenne Monk, indicando una medusa con una campana rosata larga alcuni metri e lunghi tentacoli carnosi.

« Una *Tiburonia*, una grande medusa rossa del Pacifico. Ma quell'esemplare è due volte più grande di qualsiasi altro conosciuto », commentò Phoebe.

« La cosa non mi sorprende in queste acque ricche di ossigeno », disse Datuk. « Inoltre non sto rilevando nessuna traccia di microplastiche. È come se la foresta di corallo sottostante avesse purificato l'acqua fino a creare un mare incontaminato. »

Phoebe abbassò lo sguardo. Era un'idea intrigante. In Brasile, la foresta amazzonica fungeva da polmone del pianeta, assorbendo anidride carbonica e rilasciando ossigeno.

Forse questa foresta opera in maniera simile?

Bryan si mise seduto più dritto. « A breve raggiungeremo il lander più vicino. Una volta sul posto, rallenterò per effettuare un check dei sistemi prima di proseguire. Tutti d'accordo? »

Nessuno obiettò.

Phoebe si chiese se qualcuno avrebbe dovuto farlo.

Ore 23.30

Il cambio di timbro dei propulsori distolse l'attenzione di Phoebe dal paesaggio. Il DSV sobbalzò leggermente, spingendola in avanti.

« *Qua* dovrebbe essere poco più avanti. » Bryan diminuì la velocità, controllando la discesa in modo da fermarsi esattamente nel punto in cui la posizione del lander lampeggiava sulla griglia batimetrica.

« Dov'è? » chiese lei, fissando la distesa piatta in basso.

« Proprio sotto di noi. »

Phoebe si sporse in avanti, guardando oltre i suoi piedi.

Ah...

Il lander squadrato si era schiantato contro la parte superiore della foresta ed era scivolato un paio di metri più in basso, adagiandosi su un fianco tra i rami spezzati. A Phoebe dispiaceva moltissimo per il danno che avevano provocato a quell'antico habitat, anche se quell'incidente le offriva un'opportunità unica.

Indirizzò le luci posizionate sotto l'aletta dalla sua parte verso lo squarcio nella canopia, sperando di riuscire a scorgere qualcosa all'interno della foresta sottostante.

L'acqua era velata da una leggera foschia verde provocata da un vortice di polipi color smeraldo - gli esemplari più giovani di dimensioni millimetriche -, disturbati dallo schianto del lander.

Erano gli stessi che avevano attaccato il manipolatore del ROV nei pressi della Stazione Titan Inferiore, a ulteriore dimostrazione che le due formazioni coralline appartenevano molto probabilmente alla stessa specie. Si chiese se avrebbe avuto il tempo di prelevare un campione mentre Bryan ultimava il check dei sistemi. Per farlo, però, si sarebbero dovuti avvicinare di più.

Allungò le mani verso i controlli del braccio idraulico del *Cormorano*. « Posso... »

Un'enorme anguilla nera - spessa come la sua coscia e pulsante di luci - sbucò dalla breccia nella foresta. Spalancò le fauci, mostrando file di denti aguzzi lunghi sette centimetri, e si scagliò verso il DSV scuotendo il corpo muscoloso in una dimostrazione di forza e aggressività.

Il fascio delle luci doveva averla attirata fuori dalla tana.

E non solo lei.

Migliaia di polipi, già irritati per la distruzione provocata dal lander, sfogarono la loro rabbia su ciò che avevano davanti. In pochi secondi, l'anguilla si ritrovò ricoperta di quegli esseri minuscoli. Da nero, il corpo divenne di un verde ossidato e prese a contorcersi di dolore, mentre le sue luci guizzavano impazzite.

Phoebe si sentiva in colpa per aver snidato quella povera creatura.

«Sto registrando un picco nella temperatura dell'acqua», disse Datuk alle sue spalle. Concentrato sul monitor, non si era accorto dell'attacco che era avvenuto vicino a uno dei sensori esterni del DSV.

«Dai un'occhiata fuori», gli consigliò lei. «Credo stia rilevando la temperatura corporea di quell'anguilla.»

«*Ni tidak mungkin*», mormorò Datuk, incredulo. «Il calore metabolico dev'essere incredibilmente intenso se i sensori esterni sono riusciti a rilevarlo a queste profondità fredde. Se quell'anguilla fosse stata attaccata in superficie, ora starebbe friggendo o addirittura bruciando.»

Intanto le luci della creatura agonizzante avevano cominciato ad attenuarsi.

Phoebe si coprì la bocca, ancora tormentata dal senso di colpa. Quell'anguilla era sopravvissuta per decenni, se non di più...

Finché noi non ci siamo intromessi.

Dalla canopia emerse un'altra sagoma allungata. Per un attimo, lei pensò che si trattasse di un'altra anguilla, solo che era verde scuro e attraversata da uno spettro di colori bioluminescenti. Raggiunse l'anguilla e le si avvolse intorno al corpo, per trascinarla con sé nel varco creato dal lander. Un secondo tentacolo, e poi un terzo si allungarono verso la creatura inerme, accarezzandone la pelle.

Al suo tocco, tutti i polipi si staccarono. Poi il primo tentacolo allentò la presa, mantenendo il contatto solo tramite alcuni filamenti che gli spuntavano dal lato inferiore, percorsi da luci che pulsavano come un cuore palpitante.

L'anguilla si mosse, tremolando sotto quelle attenzioni, e le strisce luminescenti tornarono a guizzare lungo il suo corpo. Alla fine, si liberò e tornò nelle profondità della foresta. I tentacoli luminosi le andarono dietro, svanendo nelle tenebre.

L'intero equipaggio del *Cormorano* aveva assistito a quella scena, anche Bryan.

Monk fu il primo a parlare. «Quell'altra creatura... ha curato l'anguilla?»

«Ma cos'era? Un polpo?» chiese Adam.

Phoebe scosse la testa, troppo stordita per parlare, quindi deglutì prima di rispondere. « No, non era un polpo... penso fosse un polipo. »

« Un polipo? » ripeté Lee.

« Sì... proveniente dalle viscere di quella giungla di coralli. Ho notato che le dimensioni dei polipi *aumentano* man mano che si scende nelle sue profondità. Giù in fondo, potrebbero essere giganteschi. »

Nessuno sembrava convinto.

A lei non importava, si fidava del suo istinto e della scienza. « I polipi hanno già dimostrato di potersi muovere autonomamente al di fuori dei loro rami calcarei. E quei viticci che abbiamo visto poco fa potrebbero essere una versione modificata dei tentacoli spazzini, una cosa che ho già osservato altrove. »

« Quando? » chiese Datuk. « E dove? »

Phoebe raccontò loro dell'albero di corallo solitario che aveva scoperto all'esterno della Stazione Titan Inferiore. « Sono sicura che appartenga alla stessa specie di questi coralli. »

« Io continuo a credere che fossero i tentacoli di un polpo », insistette Adam. « Magari non ancora del tutto sviluppati, visto che mancavano le ventose. »

« È un polipo », insistette lei.

« Forse è *entrambe* le cose », intervenne Datuk.

Tutti gli occhi si posarono su di lui.

« Sebbene siano classificati come cefalopodi, i polpi non hanno nessun senso dal punto di vista evolutivo. Il loro cervello enorme, il sistema nervoso complesso, gli occhi simili a macchine fotografiche, persino la capacità di mimetizzarsi: tutte queste caratteristiche sono comparse da un giorno all'altro sulla scena evolutiva. A differenza di qualsiasi altro organismo vivente, i polpi possono addirittura modificare il proprio RNA per adattarsi all'ambiente. Da un punto di vista evolutivo, sono anni luce avanti rispetto a tutti gli altri cefalopodi. »

« E quindi? » chiese Monk.

« Ancora oggi non sappiamo *come* i polpi hanno avuto origine. Sono animali talmente strani che gli scienziati hanno ipotizzato che possano provenire dallo spazio. »

« Dallo spazio? » ripeté Adam con una risatina.

« Indirettamente. E questo secondo un articolo scientifico che è stato sottoposto a una rigorosa peer review. » Datuk sollevò una mano. « Ma non è questo il punto. Ciò che mi preme sottolineare è che ancora ignoriamo l'*origine* dei polpi. L'unica informazione che possediamo al riguardo è che sono arrivati sulla scena evolutiva poco dopo che negli oceani sono comparsi i primi coralli. »

« Giusto », convenne Phoebe.

Datuk indicò in basso. « E quei coralli sono molto antichi. »

« Giusto anche questo », replicò lei.

« Stai dicendo che quei grossi polipi sono gli antenati dei moderni polpi? L'anello mancante nella loro storia evolutiva? » chiese Adam.

« Non sto dicendo un bel niente. Le mie sono solo congetture. »

Phoebe ripensò all'altra caratteristica unica di quel corallo che le aveva impedito di raggrupparlo tassonomicamente con altre specie di corallo nero.

Quei polipi avevano otto tentacoli.

Proprio come un polpo.

Ripensò a quei tentacoli luminosi che rianimavano delicatamente l'anguilla, un'azione altruistica che avrebbe potuto supportare la teoria di Datuk. Gli studi più recenti dimostravano quanto i polpi fossero animali complessi e intelligenti. Erano straordinariamente premurosi, in grado di provare compassione, di mostrare affetto ed empatia. Sperimentavano inoltre emozioni negative e persino dolorose.

Guardò la foresta sottostante.

Che Datuk avesse ragione?

Rivide i minuscoli polipi che avevano attaccato l'anguilla, chiedendosi se quell'aggressione riflettesse la loro giovane età. Un po' come per i piccoli di serpente a sonagli, che rappresentavano un pericolo maggiore rispetto agli adulti. Attaccavano furiosamente, rilasciando il loro veleno tutto in una volta, e solo crescendo imparavano che era più vantaggioso nascondersi e agire con cautela. Gli esemplari adulti, invece, controllavano la quantità di veleno che secernevano e a volte mordevano senza rilasciarne neanche una goccia, solo per mettere in guardia una potenziale minaccia.

Abbiamo assistito a qualcosa del genere? Gli adulti sono intervenuti per correggere il comportamento aggressivo dei loro piccoli? Magari vigilano sul loro habitat, per proteggere se stessi e tutte le altre forme di vita che dimorano sotto quella canopia.

Scosse la testa, spaventata e intimorita.

Ma quelle domande avrebbero dovuto aspettare.

Bryan si raddrizzò sul suo sedile e riportò l'attenzione dei passeggeri sulla loro missione. «Semaforo verde, gente. Possiamo proseguire.»

17

Oceano Pacifico,
seicento miglia a NE di Auckland,
23 gennaio, ore 23.58

Mentre il *Cormorano* si avvicinava alla posizione del sottomarino affondato, Monk guardava dal suo oblò la foresta luminosa che si estendeva intorno a loro. Si scoprì a massaggiarsi il polso sinistro, qualcosa che faceva tutte le volte che era in ansia. In quei momenti, le sue dita venivano attratte dalla sua vecchia mutilazione, come se inconsapevolmente cercassero di ricordargli di stare all'erta, per non rischiare di perdere qualcosa di ben più prezioso di una mano.

O forse era solo la sua nuova protesi che faceva i capricci.

La indossava da tre mesi soltanto. Quell'ultimo ritrovato tecnologico della DARPA era agganciato al suo polso tramite punti di contatto magnetici collegati ai nervi motori e sensoriali del braccio. Grazie alla cute coltivata in laboratorio e all'impianto corticale wireless che gli permetteva di controllarla, la sua mano protesica era quasi indistinguibile da una reale. E infatti nessuno a bordo del DSV si era accorto di nulla.

La protesi, inoltre, gli dava qualche vantaggio. Le dita erano abbastanza potenti da rompere una noce e, sotto il palmo, era nascosta una carica di esplosivo C4. Gli ingeneri della DARPA avevano anche incorporato una suite di contromisure di guerra elettronica, inclusi strumenti di hackeraggio.

Per molti versi, era un'arma a tutti gli effetti.

Non che quaggiù possa servirmi a qualcosa.

Monk si costrinse ad allontanare le dita dal polso e si spostò sul sedile per studiare la griglia batimetrica accanto a una spalla del pilota. Un triangolo verde indicava la posizione del relitto.

Ancora cinquecento metri e saremo sul posto.

Tornò a guardare fuori dal finestrino, spiando però di sottecchi l'uomo seduto al suo fianco. Datuk Lee non aveva dato prova di essere una talpa al soldo dei cinesi, ciò nonostante Monk era deciso a tenerlo d'occhio, per cercare eventuali crepe nel suo comportamento gioviale.

Adam stava facendo lo stesso dal sedile posteriore, ma con molta meno discrezione. L'agente della TaU osservava il biochimico con insistenza, senza quasi mai distogliere lo sguardo. Tuttavia Datuk sembrava essere ignaro delle sue attenzioni, concentrato com'era a monitorare i suoi sensori, mormorando di tanto in tanto tra sé.

Un movimento attirò l'attenzione di Monk, ma non era nulla di cui preoccuparsi. L'incarto rosso di un KitKat fluttuava sul corallo sottostante, spinto dalla corrente provocata dal passaggio del *Cormorano*. Non era la prima traccia umana in cui s'imbattevano, aveva già visto qualche lattina di birra, diversi sacchetti di plastica e un grosso pneumatico. Erano una triste testimonianza del fatto che neppure a quelle profondità c'era modo di sfuggire ai rifiuti del mondo di superficie.

Ma laggiù c'era qualcosa di molto più nocivo della spazzatura.

Phoebe trasalì.

E poi la vide anche lui.

Una cicatrice scura, uno squarcio largo e canceroso che attraversava il corallo, oscurando quel paesaggio brillante.

«Siamo quasi a destinazione», annunciò Bryan.

Il danno sembrava molto peggio di quello che avrebbe potuto provocare l'impatto di un sottomarino. Lo schianto del lander *Qua* non aveva avuto ripercussioni sulla bioluminescenza della foresta.

In quel punto, invece, il banco corallifero appariva nero e morto. Man mano che si avvicinavano, quella distesa oscura andava allargandosi verso l'esterno a formare un cerchio sempre più ampio.

Datuk offrì una spiegazione. «Sto rilevando radiazioni gamma.»

Tutti si voltarono verso di lui.

«Quanti rem?» chiese Monk.

«Diciotto. Qui dentro non corriamo pericolo, ma fuori il livello delle radiazioni continua a salire. Meglio non avvicinarsi troppo a quel sottomarino.»

Bryan aveva diminuito la velocità già al primo avvertimento. L'inerzia li fece avanzare ancora un poco, portandoli sull'orlo della zona morta.

«Venti rem», comunicò Datuk. «Trenta...»

«Torniamo indietro», ordinò Monk.

Il pilota invertì i propulsori.

«Adesso sappiamo cos'ha ucciso quei coralli», affermò Adam. «Quel sottomarino deve avere una grossa perdita. Tuttavia l'acqua è un buon isolante: con diecimila metri di oceano sopra di noi, le radiazioni non dovrebbero costituire una minaccia per il mondo di superficie, ma solo per le forme di vita locali.»

«Be', assicuriamoci di non farne parte», chiosò Monk.

Phoebe si voltò verso di loro. «Adam, le radiazioni potrebbero anche non rappresentare un pericolo per il resto del mondo, ma quaggiù c'è *qualcosa* che preoccupa tuo zio. È in questo tratto delle Tonga che si stanno concentrando tutti i terremoti. Lo schianto del sottomarino potrebbe essere solo una coincidenza, ma ne dubito. Soprattutto se è successo due settimane fa.»

Monk guardò Adam. Entrambi sapevano che l'incidente era probabilmente avvenuto proprio allora.

«La foresta di coralli è qui da millenni», continuò lei. «Mentre questa piaga è recente, e sono sicura che la colpa è di quel relitto.»

«Ma non possiamo avvicinarci troppo per indagare», le ricordò Datuk.

«Potremmo sfruttare il ROV agganciato alla base del *Cormorano*», propose Adam.

Phoebe scosse la testa. «Ha un cavo di soli ottanta metri, e noi siamo a cinquecento metri di distanza dal sottomarino. Per utilizzare il ROV, dovremmo comunque avvicinarci molto.»

«Non se ne parla», esclamò Datuk. «Se le radiazioni continuano a salire alla stessa velocità che ho registrato, potrebbero ucciderci.»

«Non *all'istante*, però», replicò Phoebe.

Bryan convenne con lei, seppur a malincuore. «Il titanio e il vetro piombato della capsula possono garantirci una protezione. Ma fino a un certo punto.»

Phoebe annuì. «Potremmo vivere abbastanza a lungo per scoprire la causa dei terremoti e forse trovare un modo per fermarli.»

«Per poi morire di avvelenamento da radiazioni», aggiunse Adam.

«Ma almeno avremmo salvato milioni di vite.»

Monk alzò una mano. «Stiamo correndo troppo. Per prima cosa, confermiamo la *provenienza* del sottomarino. Chiunque l'abbia perso, potrebbe avere risposte che non richiedono un nostro sacrificio.»

«Siamo abbastanza vicini da zoomare sul sottomarino con le nostre telecamere 4K», suggerì Bryan. «Possiamo provare a identificarlo da qui.»

«Ottima idea», concordò Monk.

Bryan e Phoebe si misero subito al lavoro, armeggiando con le otto telecamere del *Cormorano*. Attivarono anche un faro alto due metri e mezzo.

«Sembra che la SeaCam sia la nostra opzione migliore», stabilì Bryan. «Ha una capacità di zoom superiore, soprattutto in condizioni di scarsa illuminazione.»

Sul monitor sopra la sua postazione apparve un'inquadratura sfocata. Bryan regolò l'immagine, fino a rivelare un primo piano della macchia scura che si estendeva su quel paesaggio luminoso.

«Inizio a zoomare», disse Phoebe.

L'occhio della telecamera avanzò di scatto, spingendosi nell'oscurità, e si arrestò al limite del fascio luminoso da ventimila lumen del faro.

Niente.

Sbuffando, Phoebe spostava l'inquadratura da una parte all'altra.

«Aspetta!» le urlò Monk. Si sporse in avanti e indicò una macchia opaca. «Ingrandisci quel punto.»

Lei obbedì.

L'inquadratura avanzò di nuovo. La macchia andò via via ingrandendosi, formando gradualmente l'immagine sgranata di una torretta grigia che spuntava dal corallo nero. Il resto del sottomarino era sepolto, ma ciò che riusciva a vedere gli bastava. Sia lui sia Adam avevano esaminato i filmati della sorveglianza del cantiere navale di Huludao. L'SSBN di Tipo 096 cinese aveva una vela inconfondibile.

Ed era identica a quella sul monitor.

Adam gli rivolse un piccolo cenno di conferma, per poi lanciare un'occhiata a Datuk, che però fissava lo schermo con un'espressione impassibile.

« Qualcuno l'ha riconosciuto? » chiese Phoebe.

Ormai Monk non vedeva più nessun motivo di mentire. « È un sottomarino cinese. »

Lei aggrottò la fronte. « Allora dobbiamo sperare che i cinesi siano disposti a... »

Il paesaggio sottostante tremò con un boato fragoroso. La foresta di corallo si sollevò come un'onda e si diresse verso di loro. Bryan aumentò la potenza dei propulsori e portò il DSV più in alto, sfuggendo al terremoto per un pelo. La canopia ondeggiante sfiorò il lato inferiore del *Cormorano*, facendolo oscillare come un barattolo di vernice all'interno di un agitatore.

Quel sisma era decisamente più violento dei precedenti.

Ma non era l'unico pericolo.

« Il livello delle radiazioni è schizzato alle stelle! » urlò Datuk.

Bryan invertì la rotta e si allontanò alla massima velocità.

« Ottanta rem! »

Monk immaginò l'involucro del reattore nucleare del sottomarino che andava a pezzi sotto l'urto del terremoto. Non sarebbero mai riusciti a scappare in tempo.

« Cento rem! Se le radiazioni continuano a salire, rischiamo grosso. Persino qua dentro. »

Bryan scaricò tutta la zavorra e anche le batterie esterne, e un istante dopo il *Cormorano* schizzò verso l'alto come il tappo di una bottiglia di champagne.

In basso, la macchia scura sopra quel paesaggio luminoso si allargava man mano che altri coralli venivano bruciati dalle radiazioni.

Poi dal radiomodem uscì una voce concitata e allarmata: « *Cormorano,* qui è il *Titan X*! Venite via dalla fossa! Ora! »

Monk sapeva che a quelle profondità le comunicazioni viaggiavano con un leggero ritardo. L'allarme era stato inviato sette secondi prima.

Pregò che non fosse già troppo tardi.

PARTE QUARTA

CATACLISMA

18

Giacarta, isola di Giava, Indonesia,
24 gennaio, ore 0.02

Gray non poteva fare a meno di cogliere l'ironia nel nome del luogo scelto per lo scambio di ostaggi: il Love Bridge, un'attrazione turistica del beach resort di Ancol, a nord dell'isola di Giava.

Il pontile di legno a forma di U si estendeva per trecento metri sopra la baia di Giacarta, abbracciando tra le sue estremità una distesa di sabbia bianca. Doveva quel nome al fatto che la curvatura della passerella e la spiaggia sottostante si univano a formare la sagoma di un gigantesco cuore.

« Dev'essere una trappola », disse Seichan.

« L'amore di solito lo è », replicò lui, guardandola di sottecchi.

Era stato proprio l'*amore* a portarli in quel posto. Dopo aver catturato la madre di Seichan, Valya li aveva contattati attraverso la rete della triade per organizzare lo scambio. Nel breve video girato per dimostrare che l'ostaggio era ancora vivo, Guan-yin aveva il viso distorto dalla rabbia e un occhio gonfio e chiuso. Valya aveva concesso loro poco tempo per raggiungere Giacarta, la sua richiesta era arrivata solo sei ore prima. Dovevano restituire i documenti che Gray aveva preso al museo di Singapore, o Guan-yin sarebbe tornata a Hong Kong... a pezzi. Lo scarso preavviso aveva lasciato loro poco margine di manovra: non avevano potuto fare altro se non mettersi in viaggio.

Seichan era un fascio di nervi, ma aveva insistito per affiancare Zhuang e una decina di membri della triade *Duàn zhī*. Un altro manipolo di uomini armati sorvegliava le vie d'accesso al ponte su quel lato.

A trecento metri di distanza, il lato opposto del pontile era presidiato dal nemico. Grazie a un binocolo, Gray non aveva avuto difficoltà a individuare Valya accanto a Guan-yin. Il suo viso pallido e i capelli bianchi, scintillanti nella debole luce di un lampione, erano come un faro nella notte. Oltre a un gruppetto di suoi uomini - un mix di russi ed europei dell'Est - con lei c'erano anche diversi cinesi. A giudicare dalla loro postura e dai fucili QBZ che imbracciavano, dovevano essere militari, forse membri di una delle unità di combattimento d'élite dell'Esercito popolare di liberazione.

Lo scambio sarebbe avvenuto al centro del ponte, dove la passerella di legno rientrava verso l'interno a formare l'incavo del cuore appollaiato sull'acqua. In quel punto pittoresco sorgeva un ristorante - Le Bridge -, ma a quell'ora della notte era chiuso. Le due fazioni si sarebbero incontrate lì davanti.

Gray guardò l'ora. « Pronta? »

« Andiamo », fece Seichan.

Si misero in marcia, seguiti da Zhuang e due membri della triade, tra cui il vice dragone dagli occhi d'acciaio, Yeung, armato fino ai denti.

Dall'altra parte del ponte, un analogo contingente si staccò dal gruppo più numeroso e si diresse all'appuntamento. Valya, che era stata chiara sul numero di persone autorizzate a partecipare allo scambio, avanzava con due dei suoi uomini e un paio di soldati cinesi. Un mercenario puntava una pistola alla nuca di Guan-yin.

Sotto la giacca, Gray aveva il riscatto per liberare il dragone, ovvero il plico di fogli che aveva preso al museo, ancora nella loro plastica protettiva. Avendo già provveduto a fotocopiare quelle pagine, non aveva particolari remore a scambiarle con la madre di Seichan. A causa dei tempi stretti, era riuscito a dare loro solo una rapida scorsa.

Si trattava di un resoconto su uomini pietrificati, una strana autopsia, e una folle affermazione su una cura e un modo per placare gli dei degli inferi. Il resto erano schizzi realizzati a mano: una specie di *corallo*, un paio di vedute di un'*isola* e un *serpente* che poteva essere stato disegnato da un bambino.

Quel materiale non aveva senso, e forse era volutamente criptico.

Cos'è che accomunava tutti quegli elementi?

Non avendo modo di saperlo, Gray si concentrò sulla minaccia immediata. Si guardava intorno in cerca di possibili pericoli, ma nei paraggi non c'era neppure una barca, e le acque erano troppo basse per un sommergibile. Se nella baia c'era qualche sub, nuotava in silenzio, senza produrre neppure una bolla. Aveva anche esaminato il piccolo ristorante al centro del pontile con un mirino a infrarossi in grado di rilevare il calore corporeo, ma non aveva visto nessuno.

Fino a quel momento, sembrava che Valya stesse mantenendo la parola.

Ciò nonostante, Gray sapeva di non potersi fidare di lei. Seichan aveva sicuramente ragione.

È una trappola.

Ma non aveva modo di sapere come e quando sarebbe scattata.

Le due fazioni pesantemente armate si avvicinavano al luogo dell'appuntamento. Lo scambio sarebbe avvenuto all'aperto, senza nessun posto in cui nascondersi. L'unica garanzia di collaborazione tra le parti era la loro distruzione reciproca assicurata.

Gray raggiunse il ristorante col cuore che gli martellava nel petto. Zhuang spostò il fucile d'assalto verso l'edificio, pronto a un eventuale attacco a sorpresa dal suo interno, ma il locale era piccolo, poco più grande di un bar. Yeung passò davanti e sbirciò oltre le finestre con una torcia montata sulla canna del fucile.

Dentro non c'era nessuno.

Continuarono verso il punto d'incontro.

Le armi fremevano su entrambi i lati.

Gray aveva la sensazione che sarebbe finita male.

Ore 0.06

Heng si schiaffeggiò il collo per uccidere una zanzara. Il suono fece trasalire il membro del commando Falcon che osservava attraverso un mirino telescopico i due gruppi che si avvicinavano.

Intorno a lui, una decina di uomini - mercenari e soldati - sorvegliava quell'estremità del ponte. Il maggiore Choi Xue confabulava col comandante dell'unità antiterrorismo, il capitano Wen, che guardava torvo i russi al suo fianco con una mano sulla QSZ-92 semiautomatica nella fondina. Era evidente che non aveva nessun rispetto per quei loro alleati.

Heng era stato informato del piano per recuperare i documenti mentre era in volo dalla Cambogia. I mercenari se li erano fatti soffiare dagli americani, ma erano tornati da Singapore con un ostaggio... e una scatola metallica appartenuta a sir Raffles.

Dopo l'atterraggio, Heng aveva dato una rapida occhiata al suo contenuto. A prima vista, il ramo di corallo vecchio di due secoli *sembrava* avere la stessa struttura di aragonite del carbonato trovato nei sommergibilisti del *Changzheng 24,* ma non poteva esserne certo senza studiarne il pattern cristallino con un microscopio elettronico. Non aveva invece idea di cosa fosse l'altro reperto nella scatola. La punta di lancia di legno aveva un aspetto antico, tuttavia era probabile che non avesse nessuna relazione col corallo, forse era stata riposta e dimenticata in quel contenitore anni prima.

Xue si avvicinò. « Una volta recuperati i documenti e confermata la loro autenticità, verrà condotto in un laboratorio di ricerca qui a Giacarta dove potrà analizzare il corallo. »

« Non torniamo in Cambogia? » Heng aveva affidato a Min i due pazienti - Junjie e Wong - affinché continuasse a monitorarli. « Ho ancora molte ricerche da condurre. »

« Dobbiamo prima verificare se questo vecchio racconto ha una qualche attinenza col presente. Se così fosse, vorrei continuare a indagare su questo aspetto storico. Sir Raffles ha raccolto i suoi reperti qui a Giacarta, quand'era governatore dell'isola di Giava. Se ha lasciato altri indizi, probabilmente sono nascosti in questa città. »

Heng annuì. In verità, anche lui non vedeva l'ora di studiare quel pezzo di corallo antico.

Nel frattempo, i due gruppi sul pontile avevano raggiunto il punto in cui sarebbe avvenuto lo scambio.

Xue li osservava picchiettando un dito sulla coscia, impaziente. Una preoccupazione continuava a tormentarlo. «Chi sono quegli americani?» sussurrò rivolto alle acque scure.

Ore 0.08

Seichan stringeva la mascella così forte che si aspettava di rompersi un molare. Nella mano destra impugnava una Glock 45, col dito premuto sul paragrilletto, pronta a sparare. Era tentata di farlo subito, ma si trattenne.

Un russo con folte sopracciglia e capelli biondo scuro teneva una pistola puntata alla testa della madre, che aveva le mani legate dietro la schiena. Il niqab di seta le era stato strappato via, lasciando scoperta la cicatrice violacea e il drago tatuato.

Anche Valya aveva messo da parte ogni travestimento. I capelli raccolti in una coda mettevano in risalto l'attaccatura a V. La pelle era pallida fin quasi a essere traslucida. La donna soffriva di albinismo tuttavia, a smentire il fatto che tutti coloro che ne erano afflitti avessero gli occhi rossi, le sue iridi erano azzurro ghiaccio. E in quel momento trasudavano odio.

Fu soltanto allora che Seichan si rese conto di quanto la madre e quell'assassina avessero in comune, compreso un tatuaggio sul lato sinistro del viso. Quello di Valya rappresentava un mezzo sole con raggi uncinati che dalla guancia salivano fino alla fronte, e adesso anche il suo era attraversato da una cicatrice frastagliata. Entrambe erano state strappate alle loro famiglie e avevano condotto una vita molto dura. Una aveva trovato il suo posto nel mondo brutale della Gilda, l'altra in quello crudele ed efferato delle triadi. Nel tempo, avevano assunto il comando delle rispettive organizzazioni, ritagliandosi una posizione che le metteva al riparo da ulteriori sofferenze.

Gray si fece avanti, pronto ad affrontare Valya. Seichan non le staccava gli occhi di dosso, osservando ogni contrazione dei muscoli, ogni movimento del corpo, ogni guizzo degli occhi. Allo stesso tempo, sentì il profumo di Gray, lo sbuffo del suo respiro, persino il calore del suo corpo quando lui le passò accanto. Continuando a fissare Valya, non poté fare a meno di chiedersi cosa ne sarebbe stato di lei se non avesse incontrato Gray.

Sarei dall'altra parte della barricata in questo momento?

Gray alzò le mani, pronto a contrattare per la libertà di Guan-yin. La giacca a vento leggera svolazzava nella brezza marina, rivelando la SIG Sauer nella fondina alla vita, oltre alla busta di plastica coi fogli infilata nella cintura. Abbassò lentamente una mano per prenderla, poi la posò sulle assi di legno del pontile e fece un passo indietro.

« Lascia andare Guan-yin », disse con fermezza. Estrasse la pistola, ma la tenne bassa, attaccata alla coscia.

« Prima devo controllare i documenti. L'inventario del museo parla di quattordici pagine... sarà meglio che ci siano tutte », l'avvertì Valya.

« Ho mantenuto la mia parola, mi aspetto che tu faccia altrettanto. »

Lei fece un cenno e Guan-yin fu spinta avanti. Valya la prese per un gomito e le piantò una Beretta nel fianco. I suoi due uomini puntarono le loro armi su Gray. Lui fece un altro passo indietro, per accertarsi che non ci fossero malintesi.

Seichan spostò l'indice sul grilletto.

Valya raccolse la busta da terra senza staccare gli occhi di dosso da Gray e spostò il peso del corpo sulla gamba destra. I suoi occhi si socchiusero appena.

No...

Seichan sapeva cosa stava per accadere... o almeno credeva. Anche Guan-yin doveva aver sospettato qualcosa, perché si lasciò cadere su un ginocchio e si voltò di scatto. Una piccola pistola le scivolò nel palmo della mano destra, a dimostrazione che i suoi polsi non erano mai stati veramente legati. Pezzi di fascette di plastica recise caddero sulle assi di legno.

Valya si voltò nella stessa direzione.

Le due donne spararono simultaneamente.

Centrati in pieno sulla fronte, i due soldati cinesi stramazzarono al suolo.

Valya si tirò su e si lanciò verso Seichan e Gray. « Via! » urlò, stringendo il plico di fogli.

Guan-yin la seguì insieme coi suoi due uomini. «*Pǎo!*» gridò, ribadendo l'ordine di fuggire.

Mentre correva accanto alla madre, Seichan puntò la pistola contro Valya.

Guan-yin le abbassò il braccio. «*Ḿh'hóu.*»

Qualsiasi spiegazione avrebbe dovuto aspettare. I militari cinesi all'altra estremità del molo aprirono il fuoco. Le pallottole si conficcavano nelle assi e affondavano nell'acqua, ma per il momento la loro mira era poco precisa per via della raffica di fuoco che proveniva dal loro lato del ponte. Evidentemente gli uomini di Valya avevano teso loro un'imboscata.

Ma quello scontro non sarebbe durato a lungo.

I cinesi stavano già prendendo il sopravvento, mentre i mercenari battevano in ritirata nelle strade buie del lungomare. Gli spari erano sempre più concentrati sul ponte, dove Seichan e gli altri superarono il ristorante e sfrecciarono verso il lato opposto del molo. Più avanti, i membri della triade li coprivano con raffiche di fucili d'assalto, bloccando l'avanzata del contingente cinese.

Un paio di soldati tentarono di attraversare il tratto di spiaggia tra le due estremità del ponte, ma Zhuang se ne accorse e aprì il fuoco. Un uomo cadde sulla sabbia, l'altro fu costretto a indietreggiare.

Seichan si scambiò un'occhiata con Gray. Ormai, entrambi avevano capito cosa doveva essere successo. Valya non si trovava a Giacarta per scambiare Guan-yin con le *pagine* in loro possesso, ma l'aveva usata per salvarsi la *pelle.*

Probabilmente aveva capito di essere in pericolo quando il commando Falcon era arrivato a Giacarta, segno che i cinesi non avevano più bisogno di nascondersi dietro un gruppo di mercenari. Consapevole di ciò, e del fatto che la sua squadra aveva fallito - in *due* occasioni, a Hong Kong e al museo -, Valya doveva aver sospettato di non essere più indispensabile.

Guan-yin le aveva offerto una via d'uscita, promettendole di aiutarla a fuggire.

Una vita per una vita.

Mentre il drappello si avvicinava all'estremità occidentale del pontile, Seichan sollevò di nuovo la pistola.

Io non le ho promesso nulla.

Anche se le dava le spalle, Valya percepì la minaccia. Si voltò, sbandando leggermente, e puntò la Beretta su Seichan.

« No! » urlò Guan-yin alla figlia. « Ho giurato di proteggerla finché non lascerà questa regione. »

Era un giuramento che le triadi in guerra consideravano sacro. Se fosse stato infranto, Guan-yin e l'intero clan *Duàn zhī* si sarebbero coperti di vergogna.

Zhuang fece cenno ad altri suoi uomini di avanzare e proteggere il gruppo durante quello stallo momentaneo. I cinesi erano ancora bloccati dalle raffiche dei fucili d'assalto, ma non sarebbe durata a lungo.

« Andate », disse Guan-yin a Valya e ai suoi uomini. Anche se l'aveva protetta da sua figlia, la sua voce era carica di rabbia e dell'odio che provava per quell'assassina. « Zhuang, assicurati che gli altri li lascino andare. »

Valya percorse l'ultimo tratto del pontile camminando all'indietro e tenendo per tutto il tempo la Beretta rivolta contro Seichan, che a sua volta continuava a minacciarla con la propria arma. Aveva il braccio completamente fermo, ma il resto del corpo tremava di rabbia. Entrambe erano pronte a fare fuoco, ma sapevano che la loro vendetta avrebbe dovuto aspettare.

Tuttavia Seichan non poteva lasciarla scappare di nuovo. Prese la mira tra i suoi occhi color ghiaccio.

Non questa volta.

Ore 0.21

Gray si precipitò su Seichan, temendo le conseguenze di un'eventuale rottura del giuramento di Guan-yin, ma prima che riuscisse a raggiungerla il mondo tremò con violenza.

Il pontile venne scagliato in alto e si spaccò in più punti. Gli allarmi presero a suonare in tutta la città.

Un altro terremoto.

Valya saltò sulla riva insieme coi membri della triade, incluso Zhuang.

Gray corse da Seichan e Guan-yin e, con l'aiuto di Yeung, le condusse verso la terraferma attraverso le assi sfasciate e tremanti del ponte. «Sarà meglio allontanarsi dalla costa... se dovesse esserci un altro tsunami, non...»

Un boato assordante risuonò tutt'intorno; era come se il mondo si fosse spaccato in due. Il terreno sobbalzò furiosamente, scaraventandoli tutti e quattro in mare. In quel punto, però, a pochi metri dalla riva, l'acqua arrivava solo alle ginocchia.

Gray si tirò in piedi e aiutò Guan-yin a rialzarsi.

Seichan lo raggiunse, sempre con la pistola in pugno.

Lui le indicò la riva. Erano caduti sull'altro lato del pontile e per il momento erano protetti dai piloni. Nonostante la scossa, infatti, lo scontro a fuoco non era cessato.

Guadarono l'acqua tremolante. La riva non era molto lontana, ma la scossa aveva smosso il fondale, trasformandolo in una specie di sabbie mobili. I boati continuavano a inseguirli a ogni passo conquistato con fatica. Nonostante la distanza, ciascuna esplosione sembrava un pugno allo stomaco. Alla fine raggiunsero la spiaggia e uscirono dall'acqua.

Zhuang corse loro incontro e li invitò a muoversi più in fretta. Doveva aver mandato avanti Valya con alcuni membri della triade, per onorare il giuramento di Guan-yin.

«Dove andiamo?» chiese Gray.

Nel frattempo, anche i cinesi avevano lasciato la loro postazione all'altra estremità del ponte. Gray e il resto del gruppo avrebbero dovuto continuare a tenere gli occhi aperti, anche se non avevano nulla da offrire. Il plico dei fogli era in mano a Valya. Forse quello era stato il suo piano sin dall'inizio: approfittare dell'aiuto della triade per mettere le mani sui documenti e venderli alla Cina.

Era un'ipotesi da tenere in considerazione, specialmente trattandosi di quella donna.

«Da questa parte.» Zhuang fece strada. Sembrava sapere dove andare. Prima di atterrare a Giacarta, aveva lasciato intendere che la triade aveva una casa sicura in città.

Ormai il terremoto era cessato, ma le detonazioni proseguivano. Sembravano cannonate, a volte vicine, altre più lontane.

«Che sta succedendo?» chiese Guan-yin, voltandosi verso la baia.

Gray indicò a est. Un bagliore rosso fuoco rischiarava il cielo notturno, come se il sole fosse sul punto di sorgere. «Un'eruzione vulcanica.»

E non era l'unica. Tutt'intorno, l'orizzonte era punteggiato di fiamme distanti. Le esplosioni continuavano senza sosta, come a segnare la fine del mondo.

Il gruppo si lasciò la baia alle spalle, certo che un altro tsunami si sarebbe abbattuto sulla costa. Anche se il terremoto non era stato violento e non era durato molto, doveva aver innescato una reazione a catena tra tutti i vulcani dell'isola, un evento che i geologi avevano previsto. Il forte vento che soffiava dalla baia, proprio da dove bruciavano le fiamme più intense, portò loro una zaffata di zolfo.

Mentre attraversavano la città, sempre più gente si riversava nelle strade, fissando l'orizzonte infuocato. Lampi frastagliati s'inseguivano in cielo, illuminando un pennacchio nero che si levava da un cratere infuocato.

«Di qua!» Zhuang fece strada in uno stretto vicolo e lungo una stradina tortuosa prima di fermarsi davanti a un alto cancello anonimo. «Qui saremo al sicuro.»

Gray ne dubitava, ma seguì gli altri in un piccolo cortile su cui si affacciavano tre piani balconati. Alzò lo sguardo mentre le stelle svanivano poco alla volta, oscurate dal fumo che saliva dai vulcani.

Iniziò a cadere una leggera pioggia di cenere. I fiocchi ancora caldi gli pizzicavano le guance e la fronte.

I boati erano finalmente cessati, ma in realtà sembrava che il mondo stesse trattenendo il respiro prima del vero Armageddon.

Un ronzio proveniente dalla tasca interna della giacca attirò la sua attenzione. Gray prese il telefono satellitare che gli era stato fornito a Singapore. Solo una persona aveva quel numero. «Direttore Crowe.»

«Gray... grazie a Dio stai bene. Dovete lasciare immediatamente la regione. Le proiezioni parlano di un collasso geologico totale... si scatenerà l'inferno in quel posto.»

« E il sottomarino? »

« È l'ultima delle preoccupazioni, per noi e chiunque altro. »

Lui spostò lo sguardo verso le strade.

Non per i cinesi.

« Sei riuscito ad avvertire Monk e Kowalski? » chiese lui.

Il telefono rimase muto per alcuni secondi, tanto che Gray pensò che fosse caduta la linea.

Poi Painter disse: « Kat sta provando a contattare il *Titan X* e la stazione base del progetto nel mar dei Coralli da quand'è atterrata a Washington, ma non ha ancora ricevuto risposta. Stiamo anche tentando di accedere a un satellite di sorveglianza dell'NSA, però le isole circostanti - sia l'arcipelago delle Kermadec vicino alla fossa delle Tonga sia quello delle Salomone nei pressi del Complesso Titan - hanno iniziato a eruttare due ore fa, bloccando le comunicazioni ».

Molto prima del terremoto che ha appena colpito Giacarta, pensò Gray.

« Le notizie parlano di una spessa coltre di cenere che oscura l'intera area. Al momento, non disponiamo di linee di vista libere. Persino i nostri satelliti SAR - che solitamente riescono a penetrare nuvole dense o fitti banchi di nebbia - non sono di nessuna utilità a causa dell'elevata carica statica delle nubi di cenere. O forse è dovuto a interferenze da parte di forze ostili. O entrambe le cose. »

Lui alzò lo sguardo verso le stelle, ma ormai erano completamente offuscate. Si spostò sotto un balcone per ripararsi dalla pioggia di cenere calda che adesso cadeva con maggiore intensità.

« Proveremo ancora a contattare Monk e Kowalski », gli promise Painter. « Ora, però, voi dovete andarvene prima che tutti i voli vengano soppressi. »

« Potrebbe essere già tardi. »

« Allora salite su una barca. »

Un rombo e un crepitio distanti risuonarono dalla baia. Gray riconobbe quel ringhio lacerante, l'aveva sentito il giorno prima. Uno tsunami, causato probabilmente dalla vicina eruzione vulcanica, si stava abbattendo sulla costa.

Ripensò non solo alla propria esperienza, ma anche ai resoconti dell'eruzione del Tambora di due secoli prima. A quel tempo, sull'isola, c'era anche sir Stamford Raffles. La storia si stava ripetendo, ma questa volta sarebbe stato cento volte peggio.

Anche se aveva dato solo una rapida scorsa alle pagine recuperate dal museo, ricordava le parole di sir Raffles nell'introduzione del suo resoconto: *L'unica speranza per il mondo risiede nelle pagine che seguono.*

«Gray? Che hai intenzione di fare?»

«Resto qua.»

«Perché?»

Era una domanda legittima. Non aveva avuto il tempo di assimilare lo scritto di sir Raffles, ma ne intuiva l'importanza. La sua «mente stramba», come l'aveva definita Seichan, aveva già iniziato a lavorare su un puzzle con ancora troppo pochi pezzi. In quelle pagine, però, l'ex governatore aveva accennato a una possibile salvezza, a un modo per *placare gli dei degli inferi.*

Altri boati echeggiavano all'orizzonte.

Painter ripeté la domanda. «Perché hai deciso di restare?»

Lui rispose come meglio poté, ma con la convinzione che fosse sulla pista giusta. «Devo trovare un modo per parlare agli dei.»

19

Tremila metri sotto il mar dei Coralli,
24 gennaio, ore 2.28

Tre ore dopo l'inizio delle operazioni d'evacuazione della Stazione Titan Inferiore, Kowalski camminava avanti e indietro nel laboratorio di geologia masticando l'estremità del suo sigaro. Non vedeva l'ora di lasciare quel posto, sin troppo consapevole dei tremila metri d'acqua sopra la sua testa.

All'esterno del laboratorio, decine di persone andavano su e giù tra i livelli con borsoni in spalla e laptop sottobraccio. Urla e grida risuonavano ovunque. Ciò nonostante, un quarto del personale era ancora all'interno della stazione sottomarina. L'evacuazione era in ritardo rispetto al programma.

Perché ci stanno mettendo così tanto?

Ogni mezz'ora, una sirena annunciava il ritorno della flotta di sommergibili che traghettava i ricercatori e i membri del personale alla Stazione Titan Superiore. Attraverso gli altoparlanti, William Byrd aveva invitato tutti a mantenere la calma, assicurando che l'evacuazione era solo una misura precauzionale.

Le sue parole, però, erano cadute nel vuoto.

Soprattutto perché nel frattempo c'erano state altre scosse.

Kowalski era stato tentato di andarsene con la prima flotta di sommergibili, ma il dottor Kaneko si era rifiutato di abbandonare la stazione, anche se aveva congedato la sua squadra di geologi. Byrd e Jarrah - il capo della sicurezza - erano rimasti con loro. A quanto pareva, il miliardario era determinato ad attenersi al detto del comandante che affonda con la sua nave... anche se quella nave era già in fondo al mare.

Le continue scosse intralciavano le operazioni d'evacuazione. Si trattava perlopiù di tremori, anche se alcune erano decisamente più forti. Una era stata abbastanza violenta da staccare due dei sei cavi che ancoravano la stazione al fondale. Tuttavia anche le scosse d'intensità minore disturbavano i sommergibili, che avevano difficoltà ad attraccare in sicurezza alle camere d'equilibrio. A peggiorare le cose, dalla superficie giungevano notizie di una fitta nube di cenere dovuta alle eruzioni vulcaniche che da due ore interessavano le isole vicine. L'alta conduttività della cenere stava arrecando danni notevoli ai sistemi di comunicazione, sovraccaricando i materiali isolanti e causando frequenti interruzioni nei generatori di corrente.

Per farla breve, era un casino.

E Byrd lo sapeva. « Le comunicazioni in superficie sono ancora interrotte », riferì dalla sua postazione. « Le chiedo scusa, dottor Kaneko. Avrei dovuto darle ascolto e anticipare l'evacuazione. Se l'avessi fatto, adesso saremmo tutti di sopra. »

« Almeno quaggiù riesco ancora a ricevere i dati delle sonoboe e dei monitor sismici », replicò lui, chino su una tastiera.

« E cosa dicono? Ci sono buone notizie? » chiese Kowalski.

Haru sospirò. « Le boe rilevano un innalzamento del fondale delle Tonga... cinquanta metri, e in aumento. I sismografi e i geofoni mostrano invece un'escalation dei terremoti, solo che adesso non sono più concentrati in *una* sola sezione della fossa. Nuovi cluster stanno spuntando lungo tutti i duemila chilometri della zona di subduzione delle Tonga-Kermadec. »

« In parole povere...? »

« Significa che non abbiamo ancora visto il peggio. Neanche lontanamente. »

« Quanto ancora può peggiorare la situazione? » chiese Byrd.

Haru si voltò verso di loro. « L'intensità di un'eruzione si misura col VEI, l'indice di esplosività vulcanica. È una scala aperta, il che vuol dire che non ha un valore massimo. Un VEI pari a zero corrisponde a una lenta fuoriuscita di lava, come nel caso del Kīlauea, alle Hawaii. Da qui la scala procede per altri otto gradi, che classificano le eruzioni da esplosive a mega-colossali. Il mondo moderno non ha mai assistito a un VEI *otto*. L'ultimo risale a settantamila anni fa, con l'eruzione del Toba. Fu un evento talmente catastrofico che ridusse la popolazione mondiale a soli trentamila individui. »

Kowalski provò una stretta nauseante allo stomaco. « E adesso? »

Haru tornò a guardare i monitor e visualizzò una mappa della regione con centinaia di triangoli che indicavano i vulcani più a rischio. « Ci sono state ventiquattro eruzioni nelle ultime due ore, la maggior parte delle quali di VEI tre e quattro, ma anche qualche sei, di tipo cioè *colossale.* » Batté qualche tasto sulla tastiera. « Secondo il modello elaborato da mio figlio... ecco come sarà la situazione tra due o tre giorni se l'instabilità tettonica dovesse continuare a intensificarsi. »

Pigiò un altro tasto.

Sulla mappa apparve un numero sopra ciascun triangolo.

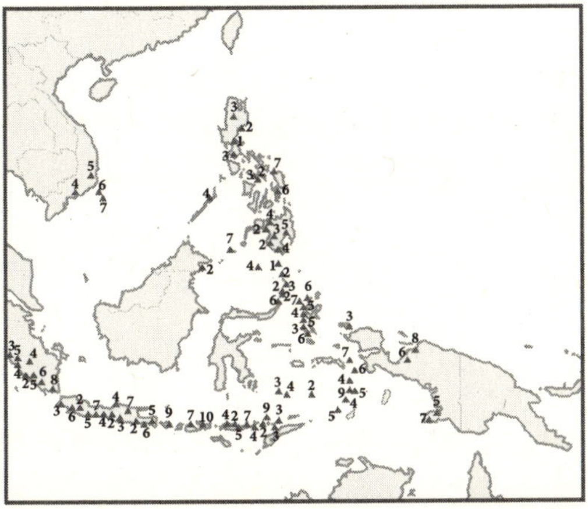

Kowalski contò diversi quattro e cinque, qualche sei e sette, due otto e anche...

« Non può essere... » gemette Byrd, come se cercasse di negare i numeri sullo schermo.

« Ci sono tre *nove* su questa mappa », notò Kowalski. « E un *dieci.* »

« Proprio così. Quel dieci indica il centro dell'arco vulcanico della Sonda, ovvero il monte Tambora, la cui eruzione nel XIX secolo fece centomila vittime. E quella era soltanto un *sette.* »

Byrd si alzò di colpo, spingendo la sedia all'indietro. « Che facciamo? »

Kowalski conosceva la risposta.

Tirò fuori uno zippo e accese il sigaro.

Così va meglio.

Nessuno ebbe niente da ridire.

Haru si limitò a scuotere la testa. « A meno che la fossa non si calmi improvvisamente per qualche bizzarro motivo, non possiamo fare nulla. Oltre alle conseguenze immediate, il cataclisma solleverà una nube di cenere che avvolgerà tutta la Terra per decenni, portando all'estinzione di ogni forma di vita. L'unica speranza... »

Un forte allarme li fece sobbalzare tutti.

Tre brevi scosse annunciarono il ritorno dei sommergibili. Diversi ritardatari corsero su per la scala a chiocciola, sperando di trovare posto al loro interno.

Kowalski fissava un monitor a circuito chiuso che mostrava il livello superiore. Gli ultimi membri del personale si accalcavano davanti all'anello delle camere d'equilibrio, ansiosi di andarsene... Non che la superficie sarebbe stata sicura ancora a lungo.

Byrd si voltò verso l'uscita. « Vado a coordinare il prossimo gruppo, e a cercare di tranquillizzare tutti gli altri. Torno il prima possibile. »

Fece cenno a Jarrah di accompagnarlo ma, prima che potesse allontanarsi, Kowalski lo prese per un braccio e gli indicò il monitor. « Abbiamo compagnia. »

Alcune camere d'equilibrio si erano aperte. Uomini e donne si precipitarono in avanti, ma furono costretti a indietreggiare da figure in armature nere che entrarono nella stazione. Colpi di fucile ovattati risuonarono al piano superiore. Diversi ricercatori stramazzarono al suolo tra le urla dei presenti.

Gli aggressori facevano molta attenzione a dove sparavano, certamente consapevoli di quanto un colpo vagante fosse pericoloso a quelle profondità. Ma i fucili non erano il loro unico mezzo di coercizione. Tutti avevano una baionetta montata sulla canna, e molti brandivano un taser.

Kowalski ricordò che Jarrah li aveva avvisati di una nave militare che si era rifiutata di rispondere a qualsiasi chiamata. Con l'evacuazione, i terremoti e le eruzioni vulcaniche, nessuno aveva più prestato attenzione a quell'imbarcazione silenziosa che navigava nelle vicinanze.

Solo che non era passata oltre.

Adesso Kowalski sospettava che il blackout delle comunicazioni nell'ultima mezz'ora non avesse nulla a che fare coi cali di tensione. Quella nave doveva aver bloccato qualsiasi trasmissione.

Spinse Byrd verso l'uscita. « Non possiamo restare qui. »

Jarrah annuì, d'accordo con lui. Impugnò il bastone estensibile d'acciaio che portava alla cintura e l'allungò al massimo, poi prese il dottor Kaneko e lo trascinò verso la porta. Uscirono di corsa dal laboratorio, ma si avvicinarono con cautela alla scalinata centrale. Dovevano allontanarsi il più possibile dal nemico, che fino a quel momento sembrava esclusivamente interessato a mettere in sicurezza il Livello Delfino. Prima o poi, però, sarebbe sceso a controllare quelli sottostanti.

Kowalski estrasse una Mark XIX Desert Eagle da sotto la giacca, la puntò in alto e infilò la testa nella tromba delle scale. Vide alcune ombre che si spostavano, e un singolo colpo di fucile lo fece rabbrividire, ma nessuno sembrava guardare in basso. Fece cenno agli altri di scendere, e poco dopo il quartetto raggiunse il livello inferiore.

Sembrava deserto, anche se poteva esserci qualche ritardatario rintanato nei laboratori.

Byrd aveva con sé un tablet su cui era possibile vedere le riprese delle telecamere a circuito chiuso. Sullo schermo, il personale della stazione veniva condotto sotto la minaccia delle armi nella cambusa e nei dormitori. Diversi uomini armati sorvegliavano l'imbocco delle scale, ma non davano l'impressione di voler scendere, cosa che Kowalski trovava preoccupante.

« Chi sono? »

« Guai », rispose lui. « Per ora è tutto quello che ci serve sapere. »

« Che facciamo? »

Intanto, sullo schermo del tablet, alcuni membri del commando raggruppati intorno a due casse di plastica distribuivano pacchetti rettangolari, ognuno con un componente elettronico attaccato sopra.

Kowalski imprecò, riconoscendo la minaccia grazie alla sua esperienza nel campo delle demolizioni.

Semtex e detonatori.

Il commando iniziò a piazzare le cariche esplosive su tutto il livello. Una o due bombe sarebbero bastate a far implodere l'intero complesso, ma evidentemente quegli uomini non volevano correre rischi.

«Non c'è un altro modo per lasciare la stazione?» chiese. «Sbaglio, o su ogni livello c'è una camera d'equilibrio d'emergenza?»

Byrd scosse la testa. «Sì... ma prima dovrebbe attraccarci un sommergibile.»

Lui si accigliò.

La vedo dura.

«La nostra unica speranza è raggiungere il livello più basso della stazione», disse Byrd, imboccando di nuovo le scale.

Kowalski lo seguì, anche se non capiva come scendere ancora potesse aiutarli. Tuttavia l'ultimo livello era il più piccolo e probabilmente il più difendibile.

Quando raggiunsero il successivo - Callisto - si trovarono di fronte una giovane donna con uno zaino in spalla e un laptop stretto al petto.

Sembrava più incavolata che spaventata.

Ore 2.38

«Che sta succedendo?» chiese Jazz.

«Venga con noi», le ordinò Byrd, proseguendo verso il Livello Teti.

Confusa, lei si unì al drappello. Era troppo stanca, troppo frastornata per mettersi a discutere. Si asciugò il sudore dalla fronte e rabbrividì, non di paura, ma a causa di una leggera febbre. Il medio della mano destra si era irrigidito e pulsava. Lei continuava ad aprire e chiudere il palmo, preoccupata per la circolazione sanguigna e per la possibilità che si formasse un trombo. Il dito aveva assunto un'inquietante sfumatura grigiastra.

Ma ormai quello era l'ultimo dei suoi pensieri.

L'eco di un colpo di fucile glielo confermò.

Mentre scendeva le scale, Jazz osservò gli altri uomini che erano con Byrd. Riconobbe Jarrah e il dottor Kaneko, mentre l'ultimo membro del gruppo doveva essere Joseph Kowalski, il tizio della DARPA. Nessuno glielo aveva presentato, ma la sua stazza, il suo atteggiamento e i lineamenti duri del volto erano stati oggetto di numerosi pettegolezzi. Il suo partner - un esperto in biomedicina - aveva accompagnato Phoebe alla fossa delle Tonga.

Guardò l'enorme pistola che quell'uomo stringeva in una mano. Poco prima, all'interno del laboratorio bentico, aveva creduto di aver sentito dei colpi d'arma da fuoco, ma aveva liquidato quei suoni come schiocchi prodotti dalle pareti della stazione sollecitate dai terremoti. Non c'erano altre spiegazioni possibili. *Chi mai sparerebbe in un luogo circondato da una pressione schiacciante?*

Spostò lo sguardo sul volto di Kowalski, velato dal fumo che saliva dal sigaro.

Questo tizio.

Quando raggiunsero l'ultimo livello della stazione, un grido acuto riecheggiò nella tromba delle scale, seguito da una sfilza di urla rabbiose in cinese.

Al di là delle vetrate, l'oceano continuava a splendere sotto la luce dei fari esterni. La barriera corallina scintillava di sfumature brillanti, ma adesso l'acqua aveva un che d'inquietante. Altre urla, questa volta più vicine, arrivarono dall'alto.

« Dobbiamo sigillare questo livello », disse Byrd.

« E come? » chiese Haru.

I tre avevano lasciato Jarrah e Kowalski ai piedi della scalinata.

Jazz cercava di guardare in entrambe le direzioni allo stesso tempo. Poi fece la domanda più importante. « Perché? »

« Siamo sotto attacco », spiegò Haru. « Un commando armato ha preso in ostaggio il personale non ancora evacuato. » Tenne per ultima la parte peggiore. « E ha piazzato bombe in tutta la stazione. »

Sconcertata, Jazz guardò i due uomini ai piedi delle scale.

Se ne sarebbe potuta andare qualche ora prima, stava infatti riposando nel dormitorio femminile quand'era stato dato l'ordine d'evacuazione. Byrd aveva assicurato a tutti che non c'era nulla di cui preoccuparsi, che si trattava di un eccesso di cautela. Lei gli aveva creduto e, invece di lasciare subito la stazione, era tornata al laboratorio di biologia per recuperare i campioni di corallo. Erano troppo importanti per essere abbandonati lì.

Così imparo a essere sempre tanto solerte.

Avrebbe dovuto prendere esempio dai suoi fratelli maggiori, per i quali l'ozio era una grande virtù e il semplice atto di scendere dal letto era una grande impresa.

Byrd raggiunse una porta obliqua su un lato del livello, posizionata esattamente di fronte alla camera d'equilibrio d'emergenza che si trovava sulla parete opposta. Conduceva a una serie di comandi ausiliari, un sistema ridondante di batterie e generatori che garantiva una certa autonomia a ogni livello in caso di disastro.

E quello lo era di sicuro.

Lui spalancò la porta e prese una grossa chiave che pendeva da una catenina intorno al collo, poi scese i due gradini che portavano in una camera buia.

«Qualunque cosa stiate facendo, sbrigatevi!» urlò Kowalski, sollevando un altro poco la pistola.

Byrd inserì la chiave in una console e la girò con forza. Le luci dei comandi d'emergenza tremolarono per un istante prima di accendersi.

Ferma sulla porta, Jazz si abbassò di scatto sentendo uno sparo fragoroso. La detonazione la rintronò e le fece fischiare le orecchie. Ciò nonostante, sentì un forte grido di sorpresa proveniente dal livello superiore.

Dietro di lei, Kowalski girò intorno alla scalinata, cercando l'angolazione migliore da cui esplodere un secondo colpo.

E per fortuna lo fece.

Una raffica di mitra si abbatté nel punto in cui si trovava fino a un istante prima. Le pallottole tintinnarono e rimbalzarono sul pavimento d'acciaio, schizzando ovunque, anche sulle pareti di vetro.

Jazz trasalì e si rannicchiò di più.

Kowalski fece di nuovo fuoco, poi urlò agli altri: « Ora o mai più! »

« Ancora un momento! » Byrd colpì con un pugno un pulsante rosso con su scritto FUOCO.

Un istante dopo, un allarme risuonò in tutta la stazione e le grosse paratie tra un livello e l'altro si chiusero di schianto, con una forza tale da far tremare i pavimenti.

Due oggetti rotolarono giù per i gradini, rimbalzando e spruzzando sangue, e si fermarono ai piedi della scalinata.

Un paio di gambe, tranciate di netto dalla chiusura della paratia in alto.

Jazz sussultò e quasi cadde nella cabina in cui si trovava Byrd.

Kowalski scavalcò i due moncherini. « Questo giochetto non ci farà guadagnare molto tempo! » urlò, per farsi sentire sopra la sirena. « Quei bastardi faranno saltare la porta col Semtex! »

Byrd si spostò davanti a due leve rosse. « Allora è meglio non farsi trovare qui, quando accadrà. » Tirò quella più piccola contrassegnata dalla parola ANCORA.

All'esterno risuonò una serie di tonfi. Al di là della vetrata, gli spessi cavi d'ancoraggio si sganciarono dai fianchi della struttura e scivolarono sul fondo dell'oceano. La Stazione Titan Inferiore oscillò sopra la barriera corallina, ma i propulsori di stabilizzazione si attivarono subito e la riportarono in asse.

« E adesso che facciamo? » chiese Kowalski.

« Questo. » Byrd premette quattro interruttori, quindi mise entrambe le mani sulla leva più grande – quella con su scritto SGANCIO – e la tirò con tutte le sue forze.

L'intera stazione vibrò, emettendo una serie di clangori. Jazz perse l'equilibrio e si tenne allo stipite della porta per non cadere. L'allarme cessò all'istante, e nel silenzio che seguì il rombo degli stabilizzatori aumentò d'intensità.

« Che sta succedendo? » chiese Jazz, vedendo la barriera corallina che si spostava sotto di loro.

« I cinque livelli della stazione sono stati assemblati in modo da essere indipendenti l'uno dall'altro. » Byrd si voltò verso una serie di comandi alle sue spalle, sovrastati da una cupola di vetro, e afferrò una grossa cloche. « Ognuno di essi è, di fatto, un sommergibile autonomo. » Spinse la cloche in avanti e i propulsori rombarono più forte. « In quale altro modo avremmo potuto impilarli l'uno sull'altro a questa profondità? »

Jazz si raddrizzò e barcollò verso le vetrate, quindi appoggiò le mani sul vetro e guardò a bocca aperta la gigantesca struttura che si erano appena lasciati alle spalle. La Stazione Titan Inferiore continuava a brillare nel buio, ma adesso i livelli restanti si stavano separando.

« A meno che la procedura non venga interrotta, ogni livello salirà autonomamente in superficie. » Byrd si voltò a guardare gli altri. « Come ho già detto, questa struttura ha molteplici ridondanze e sistemi di sicurezza. »

« E quelli che sono rimasti a bordo? » chiese Haru.

« Quando un livello è in movimento, le camere d'equilibrio si bloccano automaticamente. Far partire i sommergibili durante la risalita è troppo rischioso, potrebbe causare una perdita catastrofica. C'è un comando manuale per sbloccarle, ma dubito che i nuovi arrivati ne siano a conoscenza. »

Kowalski si avvicinò a Jazz soffiando una nuvola di fumo di sigaro. « Dunque ha intrappolato quei bastardi col personale della stazione. »

Byrd scrollò le spalle. « A meno che non abbiano tendenze suicide, ciò dovrebbe scoraggiarli dal far esplodere quelle cariche. »

L'altro fece una smorfia e alzò lo sguardo. « Non sono loro a darmi pensiero... ma chi li ha mandati. Potrebbe non farsi nessuno scrupolo a lasciarli morire tutti. »

20

Quattrocento miglia al largo dell'isola Norfolk, Australia, 24 gennaio, ore 2.40

La capitana Tse fissava accigliata la postazione sonar sul ponte del *Dayangxi*. I dati non provenivano dall'attrezzatura a bordo della loro nave, un landing helicopter dock di Tipo 076, ma da una serie di sonoboe in acqua posizionate intorno all'alta stazione di ricerca che galleggiava sul mar dei Coralli.

« Non capisco », disse, osservando la mappa 3D sul monitor. Il complesso sottomarino appariva come una serie di sagome ovali che si allontanavano l'una dall'altra. « La stazione è già saltata in aria? »

« Non è chiaro, capitana », rispose un operatore radio in mimetica blu seduto a una console dietro di lei. « Il team Snow Leopard non è ancora riemerso, e finora gli idrofoni sulla superficie del mare non hanno rilevato nessuna esplosione subacquea. »

« Cos'è successo, allora? »

« C'è molta confusione al riguardo... sembrerebbe che ci sia stato un incidente. »

Lei aggrottò ancora di più la fronte, irritata da quell'incertezza. « Siamo ancora in controllo della struttura in superficie? »

L'uomo annuì con forza. « *Shì.* »

La capitana si avvicinò alla vetrata che dava sulla poppa. Il mare era piatto, come se fosse schiacciato dalla pressione del cielo basso e nero. La luce dei fari esterni del *Dayangxi* era velata da una coltre di cenere, squarciata di tanto in tanto da scariche elettrostatiche.

A ovest, a ottanta miglia dalla poppa, un chiarore rossastro rischiarava le tenebre: la struttura superiore della stazione di ricerca era ancora in fiamme dopo l'attacco missilistico. Il team Snow Leopard aveva distrutto un elicottero, cosa che aveva permesso a uno dei loro - uno Z-8 da trasporto - di atterrare e scaricare una forza d'assalto armata di tutto punto. Allo stesso tempo, tre navi d'attacco, ognuna con quaranta uomini a bordo, erano salpate dal ponte a pozzo dell'LHD, raggiungendo la stazione e sottomettendola in quattro e quattr'otto.

Lei aveva coordinato l'attacco a distanza, mentre il *Dayangxi* proseguiva verso est sfruttando la piena potenza della sua turbina a gas e dei motori diesel. La piattaforma di ricerca era di secondaria importanza, il suo vero obiettivo era un altro: la fossa delle Tonga.

A ogni modo, si era tenuta pronta a schierare forze aggiuntive, sia marine sia aeree, tra cui un Hongdu GJ-11 Sharp Sword - un drone da combattimento stealth - già predisposto su una delle catapulte elettromagnetiche sul ponte di volo. Con sua grande delusione, non c'era stato bisogno d'impiegarlo, ma la cosa non la sorprendeva. Sapeva, infatti, che la stazione di ricerca aveva sistemi di sicurezza modesti e una scarsa potenza di fuoco.

Guardò la piattaforma bruciare per altri due secondi, poi tornò alla postazione sonar e si rivolse all'operatore radio. «Contatta il comandante del team Snow Leopard e comunicagli di distruggere la stazione sommersa e di affondare la piattaforma in superficie non appena i suoi uomini saranno riemersi. Terminata la missione, potranno tornare sul *Dayangxi.*»

«Sì, capitana.»

L'elicottero della squadra d'assalto e le navi d'attacco erano molto veloci, e non avrebbero avuto problemi a raggiungere il lento landing helicopter dock diretto verso la fossa. A ogni modo, di lì a un'ora Daiyu contava di sfruttare la velocità di un'altra nave, una che era ancora ormeggiata nel ponte a pozzo e che l'avrebbe fatta arrivare a destinazione ben prima del *Dayangxi*.

Immaginò l'imbarcazione che l'attendeva di sotto e strinse una mano a pugno.

È giusto che ci sia io al suo comando.

La Marina cinese aveva utilizzato il suo progetto per la *Zhu*

Hai Yun - la nave da ricerca gestita dall'intelligenza artificiale - per costruirne una versione militarizzata: lo *Yema*, un Landing Craft Air-Cushion di Tipo 726, che era in grado di viaggiare a ottanta nodi, quasi tre volte la velocità del *Dayangxi*. Quel mezzo da sbarco l'avrebbe portata alla fossa in circa cinque ore. Una volta a destinazione, si sarebbe messa in contatto col sottomarino hunter-killer che aveva mandato in avanscoperta, con l'ordine di limitarsi a *pattugliare* le acque fino al suo arrivo.

Strinse il pugno con più forza.

Nessuno si prenderà i miei meriti.

Non avrebbe mai permesso al capitano del sottomarino di assumere il comando del sito in cui era affondato il *Changzheng 24*. Era invece decisa a dimostrare il valore e le qualità dei suoi sistemi di progettazione autonomi. A bordo dell'LCAC modificato c'erano un carro armato da combattimento, una flotta di droni senza equipaggio - ognuno con caratteristiche uniche e letali - e un batiscafo per raggiungere il fondo della fossa.

Sorrise. Avrebbe relegato sia il sottomarino d'attacco sia l'ingombrante *Dayangxi* a ruoli secondari, rendendoli semplici strumenti per le sue aspirazioni personali. Voleva dimostrare a Pechino che era giunto il momento di lasciarsi alle spalle i tradizionali sistemi bellici, mostrandogli una strada nuova - e migliore - verso il futuro.

E sarò io a guidarlo in questo viaggio

«Capitana Tse», la chiamò l'operatore radio. «Ho trasmesso i suoi ordini al team Snow Leopard, ma la coltre di cenere sempre più fitta sta intralciando le comunicazioni. Tra le particelle elettriche nell'aria e i danni che hanno subito le nostre antenne, la situazione potrebbe peggiorare.»

Quasi a voler enfatizzare quella minaccia, una catena di lampi accecanti illuminò la notte.

Lei guardò torva il cielo basso. A tribordo, i fuochi che brillavano nell'oscurità indicavano i vulcani in eruzione sulle isole Salomone. Rifletté su quello strano evento, e sull'opportunità che le offriva.

Sette ore prima, era atterrata a bordo del *Dayangxi* e ne aveva assunto il comando. In mare, non aveva avvertito nessuno dei terremoti registrati. Aveva assistito solo alle eruzioni vulcaniche e all'oscuramento del cielo notturno, il che era già abbastanza preoccupante. Successivamente, aveva avuto una breve conversazione telefonica con Choi Aigua. L'astrofisico credeva che l'attività tettonica fosse un'ulteriore prova a sostegno della sua teoria, cosa che alimentava le sue speranze su ciò che avrebbe potuto scovare in quelle acque.

Daiyu abbassò lo sguardo, cercando d'immaginare un pezzo di planetoide alieno sepolto nel mantello superiore della Terra che, stando allo scienziato, era all'origine di tutto quel caos. Lei era scettica al riguardo, anche se le continue eruzioni in tutta la regione stavano sgretolando i suoi dubbi.

Choi era convinto che l'affondamento del *Changzheng 24* avesse in qualche modo innescato quella successione di eventi. Se avessero scoperto *come* ciò era avvenuto - in che modo quel relitto era collegato ai corpi pietrificati, ai cristalli provenienti da un campione di roccia lunare e a uno strano impulso ELF - avrebbero acquisito le conoscenze necessarie per sviluppare un'arma con cui dominare il pianeta. In caso di successo, avrebbero riportato la Cina sul tetto del mondo, inaugurando una nuova e luminosa dinastia destinata a durare fino al tramonto definitivo del sole.

Lei non accettava ciecamente quella teoria, ma non aveva il coraggio di respingerla.

Se esiste anche la minima possibilità che abbia ragione...

Un movimento sullo schermo del sonar catturò la sua attenzione. Le sagome ovali della stazione sottomarina si erano distanziate ancora di più, e stavano lentamente risalendo in superficie. Tutte tranne una. La sezione più piccola era ancora sul fondo dell'oceano e si stava allontanando.

La osservò meglio, diffidente e curiosa allo stesso tempo.

Mentre la fissava, il monitor si oscurò. L'immagine tornò qualche secondo dopo, solo che adesso era sfocata e disturbata.

«Stiamo captando interferenze più forti, probabilmente causate dagli effetti elettromagnetici dei vulcani in eruzione nelle vicinanze», le riferì l'operatore del sonar. «Il problema dovrebbe risolversi una volta che ce li saremo lasciati alle spalle.»

«Fa' quello che puoi.» Si raddrizzò e guardò davanti a sé.

Il destino della stazione di ricerca era già sparito dai suoi pensieri. Sapeva che il team Snow Leopard era in grado di occuparsi di quella faccenda. Inoltre, prima di allontanarsi, aveva calato quattro UUV in mare, veicoli sottomarini senza equipaggio capaci d'individuare, seguire e attaccare qualsiasi formazione di bolle d'aria anomala. Se gli UUV ne rilevavano una, si trasformavano all'istante in siluri autoguidanti.

Ripensò al piccolo livello della stazione ancora sul fondo dell'oceano. Se si fosse allontanato troppo, gli UUV l'avrebbero raggiunto e distrutto. Rassicurata da quel pensiero, accantonò ogni timore e si concentrò su ciò che l'attendeva. Immaginò il *Titan X*, il gigantesco yacht da ricerca sulle tracce del *Changzheng 24*.

Sorrise al mare oscuro.

Un altro obiettivo da distruggere, un altro passo verso la gloria.

21

Oceano Pacifico,
seicento miglia a NE di Auckland,
24 gennaio, ore 3.48

Seduto sul retro del *Cormorano,* Adam si sporse in avanti tra Datuk e Monk. Un velo di sudore freddo gli imperlava la fronte... ma non era dovuto solo alla tensione. L'umidità all'interno del DSV era andata aumentando durante la risalita.

« Com'è la situazione? » chiese.

Datuk indicò i dati inviati dai sensori esterni. « Non rilevo più radiazioni. Sono via via diminuite una volta che ci siamo lasciati alle spalle lo strato ad alta concentrazione salina. Venti minuti fa il livello è sceso a zero, e da allora è rimasto invariato. Ormai dovremmo essere al sicuro. »

Dopo che il livello delle radiazioni si era normalizzato, Bryan aveva interrotto la risalita a varie profondità per eseguire un check dei sistemi. Come stava facendo in quel momento. Metà delle luci verdi sul pannello di controllo adesso lampeggiava di un rosso furioso, e ancora più allarmanti erano i fili di fumo che salivano da alcuni punti. A suo dire, alcuni circuiti erano bruciati, ma non c'era nulla di cui preoccuparsi.

Tuttavia Adam era sin troppo consapevole del pericolo di un incendio a bordo di quel veicolo chiuso. Stando al monitor di Datuk, il *Cormorano* era ancora mille metri sottacqua.

« Dovremmo riuscire a completare la risalita senza altre pause », concluse Bryan alla fine del check. « Ho bypassato l'attuatore elettrico e rilasciato manualmente le ultime zavorre. »

Ripresero a salire, anche se era impossibile capirlo guardando l'oceano scuro. Non si percepiva nessun senso di movimento all'interno di quella batisfera sigillata, l'unica prova che il DSV stava avanzando era il numero sul misuratore di profondità che continuava a diminuire.

Bryan spostava avanti e indietro un interruttore, cercando chiaramente di riattivare la sezione morta del pannello di controllo.

«Forse ci saremmo dovuti tenere un paio di quelle batterie di riserva, invece di espellerle tutte», commentò Monk con una smorfia.

Adam, invece, dava ragione al pilota. Vista la rapidità con cui era salito il livello di radiazioni, era felice che si fosse sbarazzato di quel peso supplementare.

Qualunque cosa pur di andare più veloci.

Tuttavia ci stavano mettendo più tempo a risalire di quanto non ce ne avessero messo a scendere. Dopo essere sfuggito alle radiazioni, Bryan aveva insistito per usare prudenza, soprattutto perché il *Cormorano* aveva riportato diversi danni ai sistemi durante il sisma precedente, quando la canopia corallina aveva raschiato la sua base.

«Abbiamo abbastanza energia per raggiungere la superficie?» chiese Phoebe.

Il pilota annuì, asciugandosi la fronte sudata. «Adesso che la maggior parte dei sistemi è spenta, le batterie di bordo dovrebbero bastare.»

«E le comunicazioni col *Titan X*?» s'informò Monk.

Phoebe si tolse le cuffie. «Ancora niente, ricevo solo interferenze. È un problema comune coi modem acustici... sono particolarmente sensibili al rumore di fondo. Un canto di balene a miglia di distanza può bloccare le onde sonore e interrompere le comunicazioni per ore.»

«E queste interferenze a cosa si devono?»

«Potrebbe essere qualsiasi cosa. Gli oceani sono più rumorosi di quanto non si creda. Quando studiavo l'ecosistema della Sur Ridge, al largo delle coste della California, mi sono imbattuta in una colonia di gamberi pistola che confondeva i nostri sonar. Sono considerati le creature più rumorose del pianeta. Hanno una grossa chela che fanno scattare con una forza tale da produrre una bolla d'aria che poi esplode, rilasciando plasma luminoso e incandescente. Sparano letteralmente proiettili contro le loro prede. E fanno molto rumore. Le detonazioni prodotte dalle colonie di gamberi pistola possono sovrastare qualsiasi altro suono per un raggio di chilometri.»

Monk annuì. «La DARPA sta studiando il rumore prodotto da questi gamberi, e le esplosioni sonore delle cernie territoriali, per sviluppare un sistema in grado di rilevare potenziali minacce sottomarine senza dover lanciare segnali sonar da una barca o una boa. Analizzando il modo in cui questi suoni rimbalzano sugli oggetti nascosti, il progetto PALS - Persistent Aquatic Living Sensors - sta cercando un algoritmo che permetta di utilizzare il rumore di fondo naturale delle creature marine come uno scandaglio acustico.»

«Sul serio?» Phoebe si voltò dalla sua parte.

«La DARPA è alla continua ricerca di soluzioni innovative. Gli oceani coprono il settanta per cento della superficie terrestre, il che li rende un potenziale ed enorme campo di battaglia in cui le tensioni aumentano rapidamente. E questo vale in modo particolare per i mari di questa regione.»

Lei perse visibilmente interesse, di sicuro non apprezzava che il mondo naturale venisse sfruttato per fini bellici.

Adam riportò la discussione sulle interferenze. «Dunque non c'è modo di sapere da dove venga questo rumore di fondo...»

«Sembra ghiaia che rotola giù per il fianco di una collina», disse Phoebe. «E questo mi spinge a pensare che possa trattarsi di attività tettonica residua.»

«La Terra che digrigna i denti», commentò Datuk, inarcando un sopracciglio.

Adam non gradì quell'immagine.

Monk si fece passare le cuffie e ascoltò il suono per un minuto intero con la fronte aggrottata, quindi le porse a Adam chiedendogli un parere.

Lui le indossò e premette entrambi i palmi sugli auricolari. Chiuse gli occhi e lasciò che il suono gli riempisse la testa. Ricordava in effetti una frana, come aveva detto Phoebe, solo che non aveva mai fine. L'unica variazione era una leggera fluttuazione del volume. Una morsa nauseante gli afferrò lo stomaco.

Non è possibile...

Deglutì e ripassò le cuffie a Monk, che lo fissava senza battere ciglio, chiaramente in attesa di una conferma.

Lui annuì.

L'agente della Sigma guardò fuori dal finestrino. Stando al profondimetro, il DSV era emerso dalle acque nere come la pece e ora si trovava in quelle che avrebbero dovuto essere illuminate dal sole, anche se a quell'ora di notte erano scure come sul fondo della fossa.

Ciò nonostante Monk continuava a fissarle, cercando la minaccia che si nascondeva là fuori. Forse quel rumore di ghiaia era causato davvero dalle placche tettoniche che si stavano assestando sotto di loro, ma poteva anche trattarsi di altro... di un pericolo più immediato e vicino.

Quel suono ricordava in modo preoccupante le vibrazioni prodotte da un'elica che fendeva le acque nelle vicinanze. Girava in tondo intorno a loro, a volte più vicina e altre più lontana, generando così un effetto Doppler variabile.

Adam sperava che lui e Monk si sbagliassero, soprattutto considerata la nazionalità del relitto sul fondo dell'oceano, ma dentro di sé sapeva che avevano ragione. Si sporse in avanti per osservare a sua volta il mare.

Da qualche parte là fuori c'è un sottomarino.

Ore 4.12

Un fragoroso boato salutò la riemersione del *Cormorano*. Nel corso degli ultimi due minuti di risalita, Phoebe e gli altri avevano sentito diversi rimbombi ovattati, simili a colpi di cannone su un campo di battaglia.

Bryan espulse le ultime zavorre sul ponte di bordo libero e il sommergibile uscì quasi del tutto dall'acqua.

Lo spettacolo che si apriva al di là della linea di galleggiamento non aveva senso. Sembrava che fossero riemersi in un altro mondo. Le stelle erano sparite. Il cielo era basso e pesante. Lampi e fulmini squarciavano uno spesso strato di nuvole... ma i boati non erano provocati dai tuoni.

L'orizzonte a est bruciava. Alcune chiazze di un arancione brillante rischiaravano l'oscurità; tra queste, la più vicina ricordava una cascata di fiamme danzanti.

«Vulcani», disse Phoebe.

Un'altra esplosione devastante trasformò uno di quei bagliori distanti in uno spettacolo infuocato. Phoebe si girò verso Adam, ricordando le mappe che le aveva mostrato e la sua previsione di un cataclisma imminente.

Si sta già avverando?

Adam indicò verso il bagliore. «Quelle fiamme dovrebbero indicare le isole Kermadec, un arcipelago che costeggia la fossa dalla Nuova Zelanda a Tonga.»

«Sono abitate?» chiese Monk.

«No. Credo ci sia una stazione di ricerca da qualche parte, ma viene utilizzata di rado.»

«Sia ringraziato il cielo.»

Phoebe era meno sollevata.

Quelle isole non sono le uniche in pericolo.

Stava pensando alle regioni a ovest della fossa e agli oltre cento vulcani che Adam e lo zio avevano giudicato più a rischio. Lui incrociò il suo sguardo.

«È già troppo tardi?» gli chiese.

Adam si limitò a scuotere la testa. «Saprò risponderti quando saremo a bordo del *Titan X*.»

Lei si voltò. Sul finestrino si era già depositato un sottile strato di cenere, e anche le onde che sciabordavano contro la parte inferiore della cupola di vetro erano ammantate di grigio.

Bryan tirò la cloche accanto al sedile e i propulsori si attivarono con un ronzio. Il DSV virò lentamente fino a fermarsi di fronte al gigantesco yacht da ricerca. Le luci a bordo erano fioche, smorzate dalla pioggia di cenere, e anche l'enorme sfera di vetro della Città della Scienza era coronata da uno strato di polvere scura.

Il pilota premette un interruttore, accendendo una luce stroboscopica allo xeno per segnalare la loro posizione. Durante l'addestramento pre-immersione, Phoebe aveva appreso che quell'interruttore attivava anche un dispositivo di localizzazione satellitare Iridium.

«Adesso che siamo riemersi, posso mettermi in contatto col *Titan X*. Farci mandare un'imbarcazione da recupero», annunciò Bryan.

« Fallo subito, per favore. » Adam scambiò uno sguardo nervoso con Monk, poi lanciò un'occhiata guardinga a Datuk.

Phoebe sospettava che a preoccuparlo non fossero soltanto i vulcani in eruzione. Aveva infatti notato che fissava la distesa d'acqua che li circondava, ignorando il megayacht che avevano davanti.

Bryan contattò la sala radio del *Titan X* e un istante dopo iniziò a comunicare utilizzando l'arcano gergo dei piloti, fatto di acronimi e istruzioni concise. Quand'ebbe finito, aprì la botola sopra le loro teste e salì la scaletta che conduceva al portello d'uscita. Lo sollevò quel tanto che bastava per far entrare un po' d'aria fresca... anche se di fresco, quell'aria, non aveva proprio nulla. La brezza marina puzzava di zolfo bruciato. Bryan evitò di aprire ulteriormente il portello, per impedire alla cenere di contaminare l'interno della cupola di vetro.

All'esterno, intanto, un basso rimbombo, intervallato da esplosioni più potenti, continuava a levarsi in lontananza.

« Cosa dicono dallo yacht? » chiese Adam, quando il pilota tornò al suo posto.

« La maggior parte dei loro sistemi di comunicazione è fuori uso... di fatto sono riuscito a contattarli solo perché siamo praticamente attaccati alla nave. »

« Hanno notizie del Complesso Titan? » chiese Phoebe, preoccupata.

« Stando alle ultime informazioni, i terremoti nella zona stavano peggiorando, così Byrd ha ordinato di evacuare la stazione. Il personale e i ricercatori rimarranno sulla piattaforma in superficie in attesa che la situazione torni sotto controllo. »

Lei tirò un sospiro di sollievo.

Almeno Jazz dovrebbe essere al sicuro.

« Nient'altro? » chiese Monk.

« Come ho detto, i loro sistemi di comunicazione sono quasi tutti KO, non riescono neppure a stabilire un collegamento satellitare. »

Phoebe si guardò intorno.

In altre parole, siamo soli.

Ore 4.44

Monk era a prua dell'imbarcazione da recupero, un gommone a scafo rigido che avanzava lentamente tra le onde coperte di cenere, trascinandosi dietro il *Cormorano*. Accanto a lui c'era Adam, mentre Phoebe e Datuk condividevano una panca dietro di loro, con una tazza di caffè fumante tra le mani.

Bryan era rimasto a bordo del DSV per aiutare l'equipaggio del *Titan X* a riagganciare il veicolo alla gru di messa in mare e recupero posizionata a poppa dello yacht. L'intenzione era quella di prepararlo velocemente per un'altra immersione, anche se non era detto che ci sarebbe mai stata. A causa delle elevate radiazioni sul fondo dell'oceano, ogni nuova uscita rischiava di essere pericolosa, se non addirittura letale. Eppure la domanda restava: *Che diavolo sta succedendo in quella fossa?*

Monk, però, aveva un'altra preoccupazione, ben più pressante delle radiazioni, o dell'orizzonte in fiamme e della pioggia di cenere. Continuava a guardare il mare, cercando una prova della presenza di un sottomarino. Il fatto che rimanesse nascosto sottacqua rafforzava l'ipotesi che dovesse trattarsi di un'imbarcazione cinese.

Ammesso che ci sia davvero.

Per accertarsene, avrebbe avuto bisogno della sala sonar del *Titan X*. Essendo una nave da ricerca oceanica, doveva avere a bordo un sofisticato sistema di strumenti esplorativi, di certo migliore di quello del *Cormorano*. Un movimento attirò la sua attenzione a tribordo, una vela rossa che solcava il mare sul lato opposto del *Titan X*.

Tuttavia era troppo piccola per essere quella di un sottomarino militare.

Adam glielo confermò. « È uno dei due DriX USV che sorvegliano il mare girando autonomamente intorno allo yacht. Forse l'interferenza che abbiamo sentito è stata causata dalle eliche di quei due mezzi. »

Monk scosse la testa. « Sono troppo silenziosi. Inoltre avremmo dovuto sentirli anche durante l'immersione, e invece abbiamo rilevato la loro presenza solo quando hanno attivato gli ecoscandagli per monitorare la nostra discesa. E i loro segnali erano decisamente forti e distinti.»

Adam annuì. «Che facciamo, allora?»

«Per il momento, lasciamo che quei due squali scorrazzino in acqua. Per precauzione.»

«Sei ancora convinto che non siamo soli in queste acque...»

«Tenere gli occhi e le orecchie aperti è sempre una buona idea.»

L'imbarcazione da recupero percorse l'ultimo tratto che la separava dal *Titan X*, quindi attraccò all'interno della stiva di poppa.

Monk si voltò a guardare le cascate di fuoco all'orizzonte. Boati e rimbombi avevano accompagnato il loro ritorno a bordo dello yacht. Il cielo si era abbassato ancora di più, riempiendo ulteriormente l'aria di fumo e cenere. Raffiche di fulmini squarciavano le tenebre, provocati dalla sconfinata energia presente nelle nuvole sovrastanti. Un'altra fontana di fiamme sgorgò da una delle bocche in eruzione.

Dobbiamo scoprire cos'è che sta causando tutto questo.

Ripensò al relitto nella fossa, alla foresta luminescente di coralli e alla zona morta che si era allargata davanti ai loro occhi. Allo stesso tempo, però, non riusciva a ignorare l'altra minaccia che incombeva su di loro.

Sbarcato dal gommone, il gruppetto s'incamminò verso l'ascensore. Phoebe incespicò, esausta. Monk odiava l'idea di tenerla ancora lontana da un letto, ma...

Le toccò un gomito mentre le porte dell'ascensore si aprivano. «Posso parlarti un attimo?»

Datuk entrò nella cabina e tenne la porta aperta.

«Noi prendiamo il prossimo», gli disse Adam.

Datuk sembrava confuso, ma era troppo stanco per fare domande. Lasciò cadere la mano e le porte si richiusero.

Monk attese che l'ascensore iniziasse a salire prima di dire: «Adam mi ha detto che hai un'ottima dimestichezza coi comandi dei DriX USV».

Lei si scosse la cenere dai capelli, guardandolo coi suoi occhi color caramello caldo. «*Ottima*... diciamo che sono in grado di manovrarne uno.»

« E *due*? »

« Perché? » Phoebe aggrottò la fronte e lanciò un'occhiata a Adam. « Cos'è che vi spaventa così tanto? »

Monk rimase piacevolmente sorpreso dal suo acume e non vide motivo di mentirle. « Ho bisogno che ci aiuti a stanare un sottomarino... ma questa volta non si tratta di un relitto. »

Lei spostò lo sguardo tra i due uomini, e le sue parole successive dimostrarono tutta la sua perspicacia. « Pensate che i cinesi abbiano inviato un altro sottomarino per proteggere quello che è affondato, e che sia l'origine delle interferenze che avete sentito in cuffia. »

« Non ne siamo sicuri », ammise Adam con un filo di voce.

« Allora accertiamocene », replicò Phoebe allontanandosi dall'ascensore.

Monk sorrise.

La stazione di monitoraggio delle due unità DriX si trovava appena fuori dalla stiva di poppa. I tre entrarono nella cabina di comunicazione, presidiata da un unico operatore seduto davanti a una serie di monitor luminosi.

« Com'è andata l'immersione? » chiese l'uomo, alzandosi.

« Abbiamo dovuto interrompere », rispose sbrigativamente Phoebe.

Il giovane tecnico indicò il pannello di comando. « Ero lì lì per chiudere tutto e richiamare gli USV prima che altra cenere si depositasse sull'acqua. »

« Ci pensiamo noi », disse Monk. « Prima, però, dobbiamo rivedere alcuni dati. »

« Sarei felice di... »

Adam lo prese per un gomito e lo scortò fuori dalla stanza. « Grazie, facciamo noi. »

« Avrebbe potuto darci una mano », obiettò Phoebe quando Adam chiuse la porta. « Probabilmente sa guidare queste unità meglio di me. »

« Per il momento, è meglio tenere la cosa tra noi », ribatté lui.

Monk annuì. « Se in queste acque si annida davvero una minaccia, non vogliamo che il nemico scopra che lo sappiamo. »

« E, se ci sbagliassimo, non c'è ragione di scatenare il panico.

Soprattutto perché abbiamo già abbastanza preoccupazioni», aggiunse Adam.

Phoebe si accigliò, chiaramente a disagio per quella situazione. Tuttavia prese posto davanti alla console ed esaminò la coppia di monitor, uno per ciascun DriX. Il sistema multibeam era stato disattivato al termine dell'immersione, dunque gli schermi del sonar erano spenti, ma un paio di finestrelle mostravano la posizione e i dati operativi degli USV.

«Le due unità dovrebbero girare in tandem», spiegò Monk. «Una su ciascun lato del *Titan X.*»

Phoebe si sporse verso un piccolo schermo che mostrava la posizione dei DriX rispetto allo yacht. «Esatto.»

«Riesci ad ampliare la loro rotta? In modo graduale, preferirei evitare cambiamenti repentini.»

Lei premette qualche pulsante e spostò il cursore del mouse da un menu all'altro. «Fatto. Il raggio della ronda aumenterà del cinque per cento a ogni giro.»

Monk annuì. «Puoi fare in modo che i loro sonar inviino un segnale a intervalli regolari? Come se si trattasse di un normale controllo di routine.»

«Facile.» Phoebe rimise mano ai controlli. «Fatto. Ho impostato l'invio dei segnali a intervalli di cinque minuti.»

«E ora?» chiese Adam.

«E ora aspettiamo. Quando vai a caccia, la pazienza è importante tanto quanto la furtività o la potenza di fuoco.»

Si misero in attesa. Ogni cinque minuti, una delle due unità DriX attivava il proprio ecoscandaglio, inviando onde sonore verso il fondo del mare, quindi sul monitor corrispondente si formava un'immagine 3D colorata che mostrava la colonna d'acqua con diversi gradienti di profondità e un'immagine nitida del fondale.

La fossa appariva a sprazzi, rivelando le sue alte scogliere e le profondità buie. Il livello di dettaglio era abbastanza elevato da riuscire a distinguere la cicatrice che attraversava la canopia di corallo, e persino il profilo del relitto cinese.

Trascorse un'ora, durante la quale non videro nulla d'insolito.

« Forse ci siamo sbagliati », ammise Adam facendo un grosso sbadiglio.

Phoebe inclinò la testa. « Aspettate, questo sì che è strano. »

« Cosa? »

Lei si sporse verso i monitor, picchiettando alla cieca sulla tastiera. Continuava a passare dall'immagine formata dal *primo* segnale sonar a quella elaborata dall'*ultimo*, come un oculista che controllava la vista a un paziente.

« Cos'hai notato? » le chiese Adam, che come Monk non aveva superato la visita.

« Regolo un attimo l'opacità e... » Sovrappose le due immagini traslucide: le pareti della fossa erano perfettamente allineate, così come gran parte del fondale... ma non la zona centrale. L'immagine sovrapposta mostrava che la canopia corallina e il sottomarino al suo interno erano sprofondati di decine di metri.

« Che sta succedendo? » chiese Adam.

« Stanno affondando », rispose lei. « Forse le radiazioni hanno indebolito la foresta sottostante, che adesso sta cedendo sotto il peso del relitto. »

« Ma il sottomarino perde radiazioni da più di due settimane. Per quale motivo il corallo dovrebbe cedere proprio adesso? » chiese Monk.

« A causa del terremoto? » ipotizzò Adam.

« Può darsi. » Uno dei due DriX inviò un altro segnale sonar, e Phoebe si affrettò a sovrapporre la nuova immagine alle altre due. « La foresta si è abbassata di altri otto metri. »

Le immagini elaborate nel corso della mezz'ora seguente confermarono che lo sprofondamento stava accelerando.

Phoebe non si capacitava di quella stranezza. « Se il sottomarino è semplicemente adagiato su quella distesa di corallo che si sta sbriciolando, i detriti che si accumulano sotto di esso dovrebbero rallentarne la discesa, invece no. Credo di sapere cosa... »

L'immagine successiva li lasciò tutti senza fiato.

Phoebe si avvicinò al monitor, guardando attentamente il fondale marino.

Il relitto era scomparso.

Ore 6.30

Phoebe ignorò la sfilza di domande dei due uomini. L'avevano tenuta all'oscuro per troppo tempo, dunque non si sentiva in dovere di rispondere. Attivò invece il profilatore di sedimenti di uno dei due DriX per raggiungere e analizzare il fondo della fossa.

Ma non riusciva a trovarlo.

Si appoggiò allo schienale del sedile con un ringhio frustrato.

Adam le toccò delicatamente una spalla, come se temesse la sua reazione. « Cos'è successo laggiù? »

« Quello che temevo. »

« Cioè? »

« Dev'essersi aperta una crepa sul fondo che ha inghiottito il sottomarino e una grossa sezione della foresta. » Si voltò verso i due uomini. « Potrebbe essere stata causata dal terremoto, o magari c'è sempre stata. Forse le radiazioni hanno indebolito un ponte di corallo che attraversava la fenditura e, una volta frantumatosi a causa del sisma, tutto ciò che si trovava in alto è sprofondato di sotto. »

« Ma cosa può esserci laggiù? »

« È troppo profondo per dirlo. »

« Potremmo trovarci ciò che stiamo cercando, ovvero la causa di questa instabilità tettonica », intervenne Monk. « Del resto, siamo esattamente all'epicentro di questo strano sciame sismico. »

« C'è solo un modo per scoprirlo », replicò lei.

Adam chiuse gli occhi. « Radiazioni o no, dobbiamo immergerci di nuovo. »

Un DriX emise un altro segnale sonar. Phoebe si sporse in avanti per osservare l'immagine sul monitor, sperando che potesse fare luce su ciò che si trovava sul fondo dell'oceano.

Lo schermo, però, era coperto su un lato da una sagoma scura. Era la punta di un oggetto affusolato, alla cui estremità spuntava una serie di alette. Si trovava a una profondità di duecento metri.

Sapeva di cosa si trattava. « Avevate ragione », disse.

Attesero che il secondo DriX passasse nello stesso punto e

attivasse il suo sonar. Un istante dopo, l'immagine sul monitor corrispondente non lasciava spazio a dubbi: la coda del sottomarino era sparita.

«Si saranno accorti di essere stati scoperti?» chiese.

Monk scosse la testa. «Non c'è modo di saperlo. Avranno certamente rilevato il segnale del sonar, ma con un po' di fortuna penseranno che si tratta di una trasmissione automatica. Se siamo riusciti a intravedere la coda del sottomarino, vuol dire che il suo comandante ha abbassato la guardia, troppo sicuro del fatto che il *Titan X* – una nave da ricerca disarmata – non rappresenti una minaccia.»

«Quindi cosa facciamo?» chiese Phoebe. «Ci arrischiamo a immergerci col *Cormorano* con quello squalo che si aggira in queste acque?»

«C'è qualcosa che non mi quadra», disse Monk, strofinandosi il mento.

«Cosa?» gli chiese Adam.

«Perché quel sottomarino si limita a girare intorno al nostro yacht?»

«Forse sta solo tenendo d'occhio il relitto per accertarsi che nessuno gli si avvicini», ipotizzò Adam.

Monk scosse la testa. «No, sta aspettando qualcosa... Rinforzi.»

22

Giacarta, isola di Giava, Indonesia,
24 gennaio, ore 2.45

Affacciata a un balcone della casa sicura, Seichan fissava il paesaggio infernale che si estendeva davanti a lei. Una pioggia di cenere calda scendeva sull'isola, schiacciata sotto il peso di un basso cumulo di nuvole. Quattro vulcani, talmente vicini da far vedere i fiumi di lava che scorrevano lungo i loro fianchi, rischiaravano la notte.

Ormai lei aveva imparato i loro nomi.

Salak, Gede, Cereme, Papandayan.

Altri vulcani stavano sicuramente eruttando in tutta l'Indonesia, ma la spessa coltre di fumo limitava il mondo a quei quattro picchi e a quella città devastata sulle rive del mar dei Coralli.

A volte le eruzioni erano così potenti da mandare in frantumi le finestre. Il suolo tremava continuamente. I pennacchi di fumo nero che si levavano dai crateri erano illuminati da piogge di fuoco in basso e catene di fulmini in alto. L'aria puzzava di zolfo bruciato. Le fiamme rischiaravano ampie zone del centro abitato.

Urla e grida riecheggiavano nelle strade, dando vita a un coro incessante di sofferenza. Carri e automobili avanzavano piano attraverso la foschia, uomini e donne si coprivano il volto per proteggersi dalla cenere e dall'aria appestata. Ma dove sarebbero potuti andare? I voli erano stati tutti annullati, e il mare costantemente spazzato da onde e marosi era troppo pericoloso.

C'era una sola certezza.

Siamo tutti intrappolati su quest'isola.

Seichan sperava che ciò valesse per una persona in particolare. Ripensò al ghigno soddisfatto di Valya quando si erano incontrate sul ponte. Anche se era felice di riavere sua madre, temeva che alla fine il prezzo di quel salvataggio sarebbe stato troppo alto.

Come se avesse percepito i suoi dubbi, Guan-yin le sfiorò una mano chiusa a pugno. Stava fumando una sigaretta, nonostante il caldo soffocante e l'aria bruciante. «Ci sarà un'altra occasione», le disse, esalando una nuvola di fumo. «Ricorda, figlia mia, *wonsungido namueseo tteoleojinda.*»

Lei inarcò un sopracciglio, riconoscendo l'adagio coreano: *Anche le scimmie cadono dagli alberi.*

«Quella donna crede di essere abile come una scimmia su un albero, ma anche lei prima o poi commetterà un errore. Tu non devi fare altro che pazientare fino al momento giusto.»

«Oppure posso darle la caccia e ammazzarla prima che abbia la possibilità di commetterlo», ribatté lei, per poi aggiungere in vietnamita: «*Việc hôm nay chớ để ngày mai*».

Non rimandare a domani ciò che può fare oggi.

«Per il momento, speriamo che ci sia ancora, un domani», rispose Guan-yin, scrollando le spalle.

Seichan si voltò verso la stanza dove Gray era seduto davanti alle fotocopie delle pagine prese al museo di Singapore. Zhuang era in piedi di fronte a lui, coi pugni appoggiati sul tavolo.

«Andiamo a vedere se hanno scoperto qualcosa.»

Ore 2.49

Gray appoggiò la fronte sul palmo della mano. La stanza era calda, l'aria soffocante. Un ventilatore basso smuoveva una leggera brezza.

L'edificio di epoca coloniale sorgeva nel centro storico di Giacarta. Esternamente, la struttura appariva in cattivo stato, con la facciata fatiscente e i vetri delle finestre fissati con nastro adesivo. Il cortile era invaso dalle erbacce, ma in un angolo c'era un generatore, che un membro della triade si stava affannando a pulire per evitare che la cenere lo ostruisse. Il resto della città era immerso nelle tenebre, rischiarate ogni tanto da qualche fiammata e dai fianchi infuocati dei vulcani.

Quello più vicino - il monte Salak, distante soltanto trenta chilometri - eruttava a intervalli regolari, come se rimproverasse Gray per non avere ancora risolto l'enigma.

Lui aveva letto quattro volte il resoconto di sir Stamford Raffles. Due cadaveri erano stati recuperati sul tender di una nave salpata in seguito all'eruzione del Tambora. Successivamente, i corpi erano stati sottoposti ad autopsia, eseguita dal dottor John Crawfurd, lo stesso uomo cui Raffles avrebbe assegnato il governo di Singapore dopo la destituzione di William Farquhar.

Seichan lo raggiunse insieme con la madre. « Scoperto qualcosa? »

Lui sospirò. « Nulla che abbia senso. »

« Parlamene lo stesso. » Gli mise una mano sulla spalla.

Gray le aveva già accennato l'inizio del resoconto, quindi saltò tutta quella parte. « I due cadaveri appartenevano a Johannes Stoepker - un naturalista della Società Bataviana - e a un mozzo aborigeno di nome Matthew. Il dottor Crawfurd sembrava certo che il cadavere di Stoepker, interessato solo parzialmente dal processo di pietrificazione, potesse offrirgli un indizio per una cura. »

« E così è stato? »

« Non proprio. Dopo aver studiato il cadavere, Crawfurd si è convinto che *qualcosa* avesse interrotto il processo. Sfortunatamente, non in tempo per salvare la vita al naturalista. Tuttavia, Stoepker è sopravvissuto abbastanza a lungo da lasciare un documento scritto, che racconta di mari tossici e di una minaccia in agguato nelle profondità del mare. Qualunque cosa fosse, ha incendiato il vascello su cui viaggiava e una nave pirata. »

« Cos'era? »

Gray scosse la testa. « Stoepker credeva che si trattasse di uno strano corallo... e io sospetto che ce ne sia un pezzo nella scatola che Valya ha consegnato ai cinesi. »

« Cosa te lo fa pensare? »

Lui sfogliò le carte che aveva davanti. « Oltre a studiare i due cadaveri, Crawfurd ha chiesto aiuto a un biologo per analizzare un ramo di corallo. Guarda.» Le passò un foglio con lo schizzo di un corallo e uno studio microscopico del suo scheletro.

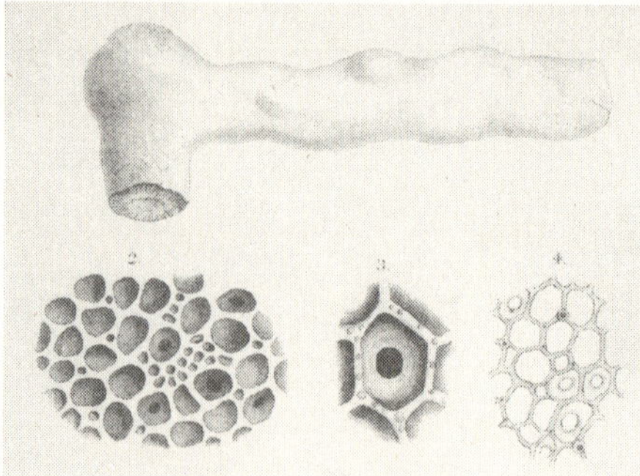

«Sembra un dito», commentò Seichan.

«Proprio così. Dai risultati dell'esame patologico, Crawfurd si era convinto che i cadaveri si fossero mineralizzati, come succede ai coralli.» Prese un foglio e lesse ad alta voce: «'Sembrerebbe che le ossa del defunto si siano dissolte e quindi riformate con una nuova struttura cristallina che ha inglobato tutti i tessuti circostanti. Di conseguenza, la carne risulta avere una consistenza innaturalmente fragile'».

«È possibile?» chiese Zhuang con un'espressione disgustata.

Gray alzò le spalle. «Non posso escluderlo. E, se pensiamo alla foresta di coralli che i ricercatori del Progetto Titan hanno scoperto nella fossa delle Tonga, queste parole potrebbero avere una certa importanza.»

«Crawfurd o Stoepker hanno scritto altro a questo riguardo?»

«No, il resoconto termina qua, anche se ho la sensazione che qualcuno abbia tagliato delle parti. Il racconto di Stoepker sembra incompleto, e Crawfurd non trae ulteriori conclusioni.»

«E quei disegni?» Zhuang indicò le altre pagine sul tavolo.

«Non so che dire. Potrebbero essere indizi relativi alla parte di resoconto mancante. Se Raffles temeva che qualcuno come Farquhar potesse scoprire il suo segreto, è possibile che abbia nascosto alcune pagine altrove.»

«Non voleva tenere tutte le uova nello stesso paniere», commentò Seichan.

« Può darsi. Nel caso, però, non ho idea di dove possano essere. »

« Cosa raffigurano i disegni? » chiese Guan-yin.

Gray prese un foglio. « Qui ci sono un'isola e alcuni suoi abitanti. »

« Forse è tratto dal diario di viaggio di qualcuno, ed è finito per errore tra le pagine del resoconto », ipotizzò Seichan.

« È quello che penserei anch'io. Se non fosse per un dettaglio... » Gray prese un secondo disegno che mostrava una capanna col tetto in paglia, che probabilmente si trovava sulla stessa isola di prima.

« Cos'ha di particolare? » chiese Guna-yin.

Lui batté l'indice sull'angolo inferiore sinistro, indicando un uomo in abiti coloniali che fumava una pipa seduto insieme con alcuni nativi.

«Credo si tratti di Crawfurd», disse. «Non posso esserne certo, ma a me sembra che uno dei protagonisti di questa storia si sia recato su quell'isola per parlare con una tribù indigena del posto. E che questi disegni siano una testimonianza di quell'incontro.»

«Ma per quale motivo Crawfurd l'avrebbe fatto?»

«Forse stava cercando la cura cui Raffles accenna nel suo resoconto.»

«Quell'isola potrebbe essere ovunque», sottolineò Seichan, incupendosi.

«Vero. Ma l'ultimo disegno ha ancora meno senso.»

Era poco più di uno schizzo, come se fosse stato realizzato da un bambino, e raffigurava un serpente sputafuoco e quello che sembrava un arcobaleno.

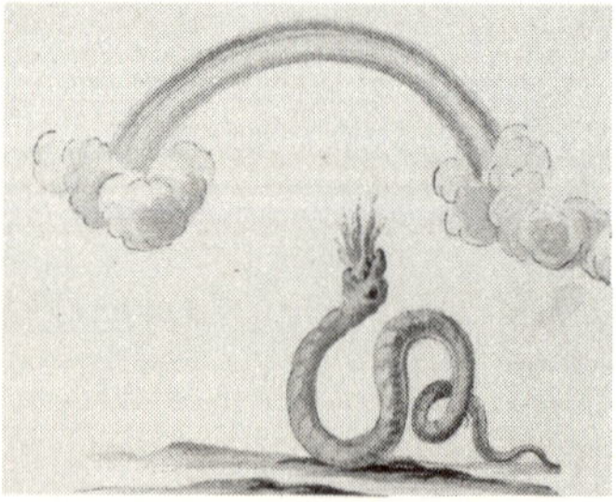

«Stando al resoconto di Raffles, questo schizzo era tra le carte di Stoepker nella scatoletta metallica trovata insieme col suo cadavere», spiegò Gray. «Non c'è nulla che ne spieghi l'origine o il significato, o almeno non nelle pagine che erano conservate a Singapore. Forse la parte di resoconto mancante contiene più informazioni di quanto non pensiamo. »

« Dev'esserci un motivo se l'ha incluso tra le sue carte », disse Zhuang.

« Se dovessi fare un'ipotesi, direi che non è stato disegnato da Stoepker, ma dall'altro passeggero del tender. »

« Il ragazzo aborigeno », disse Seichan.

« Esatto, Matthew. Il mozzo della *Tenebrae* e Stoepker sono stati ritrovati due settimane dopo la partenza della carboniera da Giacarta. Scommetto che il morbo ha impiegato diversi giorni a sopraffarli, lasciando a Stoepker il tempo di scrivere il suo resoconto e a Matthew di realizzare il suo disegno. »

« Ma per quale motivo disegnare un serpente e un arcobaleno? »

« Stoepker doveva ritenerlo importante se ha deciso di conservarlo nella sua scatola », disse Gray. « A meno che non volesse semplicemente preservare il talento artistico del ragazzo, nel qual caso il disegno non avrebbe nessun senso. Ma non credo. »

« Come mai? » chiese Seichan.

« Leggendo i loro resoconti, mi sono fatto l'idea che Raffles e Crawfurd non fossero inclini ai sentimentalismi. Erano uomini di scienza, devoti a Dio, insomma, tipici membri della Società Bataviana. Pur ammettendo che Stoepker avesse conservato il disegno in memoria del ragazzo, loro due non l'avrebbero mai fatto. »

« Allora cosa significa? » chiese Guan-yin.

« Per adesso ho solo un'ipotesi. »

Seichan gli lanciò un'occhiata eloquente. « Un'ipotesi... o un'intuizione? »

« Un po' entrambe le cose, immagino. Durante il volo da Singapore sono riuscito a dare solo una rapida scorsa alle pagine, ma già allora sospettavo che il disegno fosse opera di Matthew. » Gray batté un dito sulle raffigurazioni dettagliate dell'isola e dei suoi abitanti. « Forse anche questi uomini sono aborigeni. »

Zhuang prese il foglio e l'osservò attentamente.

Gray provò a spiegare il suo ragionamento. « Prima di atterrare a Giacarta, ho fatto una ricerca utilizzando le parole chiave 'serpente', 'arcobaleno' e 'popolazioni aborigene'. Non mi aspettavo niente, e invece ho scoperto qualcosa d'interessante. » Prese il tablet su cui aveva salvato le sue ricerche. « Secondo la mitologia aborigena, c'è una leggenda condivisa da centinaia di comunità delle Prime Nazioni Australiane, quella del Serpente Arcobaleno. Anche se questo dio serpente è conosciuto con diversi nomi - *Yurlunggur, Tulloun, Kanmare, Goorialla* e così via - la sua leggenda rimane straordinariamente coerente, tanto che è considerata una delle più antiche e durature credenze religiose al mondo. »

« E che dice la leggenda? » chiese Seichan.

« Secondo gli aborigeni australiani, il Serpente Arcobaleno è il creatore del genere umano, ma allo stesso tempo è anche animato da una furia distruttrice. Vive nel mare e si sposta sotto il mondo attraverso le acque, affiorando qua e là in superficie per offrire protezione o infliggere punizioni. »

Zhuang avvicinò il foglio agli occhi. « Forse il ragazzo ha disegnato un serpente per invocare l'aiuto del suo dio. »

« Non lo so... se fosse una specie di preghiera aborigena, per quale motivo Crawfurd e Raffles - entrambi cristiani - l'avrebbero conservata tra le loro carte? » Gray guardò tutti i presenti. « No... questo disegno dev'essere importante... »

Seichan incrociò le braccia sul petto, non ancora convinta.

Gray prese l'ultima pagina del resoconto. « Ecco cosa scrive sir Stamford Raffles alla fine. 'Ahimè, abbiamo appreso quanto poco sappiamo del nostro mondo. E adesso ci troviamo nella condizione di custodire una conoscenza che, se sfruttata in modo improprio, potrebbe causarne la rovina. Sarebbe forse meglio portarla con noi nella tomba, ma sappiamo che non deve andare perduta, poiché contiene finanche una promessa di salvezza. Un modo per placare gli dei degli inferi nel caso in cui questi dovessero adirarsi ancora, cosa che sicuramente accadrà'. »

Un boato assordante risuonò dall'esterno, quasi che gli dei avessero ratificato le parole di quell'antico testamento. Al di là delle finestre, le fiamme zampillavano come una fontana dalla bocca del monte Salak.

«Be', gli dei mi sembrano abbastanza adirati», commentò Seichan.

«Allora dobbiamo trovare un modo per placarli.»

«Come?»

«Cercando la parte mancante del resoconto di Raffles e Crawfurd.»

«Da dove iniziamo?»

Gray si alzò e guardò il cielo infuriato. «In un altro museo.» Prese di nuovo il tablet e scorse le pagine aperte fino a trovare l'annuncio di una mostra: ITINERARI MARITTIMI: POPOLI, LUOGHI E OGGETTI. «È una mostra finanziata dall'Australia-Indonesia Museum Projects sui rapporti storici fra le tribù aborigene dell'Indonesia e quelle dell'Australia. Potrebbe sembrare un colpo di fortuna, ma in realtà è un argomento che questo museo tratta regolarmente.»

«E dove si trova?» domandò Seichan.

«Proprio qui, nel centro storico di Giacarta.»

Seichan era perplessa. «Cosa ti fa credere che questa mostra sia collegata alle pagine mancanti del resoconto? Quel tizio ha fondato anche questo museo?»

«No, questo edificio esisteva già da un secolo quando Raffles è diventato governatore dell'isola... anche se a quei tempi era adibito a municipio.»

«E dunque Raffles aveva un ufficio al suo interno...» concluse lei.

«Esatto. Se avesse voluto occultare dei documenti importanti, è plausibile che li abbia nascosti proprio tra quelle pareti. Mi sembra un buon posto dove iniziare a cercarli.»

Seichan si diresse verso il balcone, accettando a malincuore le sue conclusioni. «Allora è meglio andare, prima che bruci l'intera città.»

Un'altra forte esplosione scosse l'edificio, ricordando a tutti che quelle eruzioni non minacciavano solo Giacarta, ma l'intera regione, e forse anche il resto del mondo.

Tuttavia Gray sapeva che si sarebbero dovuti muovere con cautela. C'era un altro pericolo là fuori, oltre alle fiamme e alla cenere.

Non siamo gli unici intrappolati su quest'isola.

23

Giacarta, isola di Giava, Indonesia,
24 gennaio, ore 3.47

Heng attendeva i risultati del microscopio elettronico a scansione. Battendo un piede sul pavimento, si guardava intorno nel piccolo laboratorio di ricerca sotterraneo dell'Istituto Eijkman di Biologia Molecolare nel centro di Giacarta.

La struttura faceva parte di un complesso medico più vasto, il che probabilmente era il motivo per cui disponeva ancora di elettricità. Fondato nel XIX secolo per lo studio dei batteri, oggi era un istituto all'avanguardia con un laboratorio di biosicurezza e una camera di decontaminazione.

Preghiamo di non dovercene servire.

Il centro era chiuso per la notte, ma il maggiore Choi Xue aveva ottenuto il permesso di usare il laboratorio grazie a un accordo tra la comunità scientifica e il ministero della Ricerca indonesiano. Un guardiano nel panico li aveva scortati all'interno della struttura, prima di congedarsi con l'aria di chi se la sarebbe voluta dare a gambe.

E non era l'unico.

Appena fuori dalla porta del laboratorio, Xue stava discutendo animatamente col capitano Wen, determinato a riportare in patria l'unità Falcon e tutti gli uomini sotto la sua responsabilità. A quanto pareva, la sua nave era ancorata abbastanza al largo nella baia da aver superato indenne lo tsunami iniziale e le successive mareggiate. Xue non voleva saperne di andarsene, non dopo aver perso i documenti del museo.

Intanto le eruzioni continuavano a scuotere l'edificio. Le urla e gli allarmi provenienti dalla città risuonavano distintamente anche nel laboratorio sotterraneo, e la puzza di zolfo al suo interno si era fatta più intensa.

Heng aveva sfruttato la connessione wireless della struttura

– ancora funzionante, a ulteriore dimostrazione dell'importanza del complesso medico e dei due ospedali annessi – per informarsi sui vulcani attivi nella regione. Solo a Giava ce n'erano più di quaranta. Il più vicino – il monte Salak – aveva eruttato l'ultima volta nel 1938, ma da allora aveva regolarmente rilasciato gas, causando la morte di sei adolescenti nel 2007.

Secondo l'ultimo rapporto dei servizi d'emergenza di Giacarta, un'altra decina di picchi sull'isola aveva iniziato a emettere fumi da fessure e crepe, a ulteriore prova che una colossale catastrofe geologica era possibile e imminente.

Xue entrò nel laboratorio con le guance paonazze e gli occhi pieni di rabbia. «Quanto altro tempo le occorre, dottor Luo?»

Heng controllò il conto alla rovescia sul monitor accanto al microscopio elettronico. «Meno di un minuto.»

«Perfetto. Abbiamo i secondi contati, dobbiamo andarcene quanto prima.»

Era troppo pericoloso rimanere sull'isola. Heng si voltò verso Xue, e come sempre rimase colpito dai suoi lineamenti finemente scolpiti. «Torniamo in Cambogia?» gli chiese, dopo un attimo di esitazione.

«Dipende da ciò che scoprirà qui», rispose lui con un leggero sorriso. «E dall'umore del capitano Wen. Ha perso sette uomini durante lo scontro a fuoco.»

«Lei invece intende restare a Giacarta...»

«Sì. C'è una pista che vorrei seguire, sempre che le sue ricerche diano i frutti sperati.»

«Che intende dire?»

Prima che il maggiore potesse rispondere, il computer emise un suono. Heng si girò verso il monitor. Nella cartellina era apparso un nuovo file.

Finalmente...

Un'ora prima, Heng aveva staccato un frammento dal corallo nero trovato nella scatoletta del museo, quindi lo aveva fissato con del nastro biadesivo in carbonio sul piattino d'alluminio del microscopio e infine l'aveva ripulito dai residui particellari con un getto d'aria. C'era voluto più tempo, ma almeno a quel modo le immagini sarebbero state nitidissime.

Aprì la cartella, che conteneva un paio di foto a ingrandimenti diversi. Heng cliccò sulla prima, che mostrava due *calici*, ovvero i fori incrostati in cui solitamente nidificavano i polipi del corallo.

Xue gli posò una mano sulla spalla e si chinò verso lo schermo. Il suo palmo era caldo, così come il suo respiro contro la guancia. « È lo stesso tipo di calcificazione che ha trovato sui sommergibilisti? »

« F-forse », balbettò Heng, destabilizzato dalla vicinanza dell'uomo. « Ma posso accertarmene. » Cliccò sulla seconda immagine, un ingrandimento dei cristalli intorno a uno dei calici.

Le dita di Xue si strinsero sulla sua spalla. « Sono cristalli ortorombici, come quelli rilevati nei tessuti di Wong e del resto dell'equipaggio. »

« E nelle particelle di polvere lunare raccolta dal lander *Chang'e-5* », aggiunse Heng.

« Ottimo lavoro. »

Heng avvampò, scostandosi un poco prima di voltarsi. « Ma questo cosa prova? »

« Prova che gli eventi del passato *influiscono* sul presente », rispose Xue, continuando a fissare il monitor con uno sguardo soddisfatto.

« E adesso che facciamo? Poco fa ha detto che c'è una pista che vorrebbe seguire qui a Giacarta. »

« Esatto. Si tratta dell'ufficio che sir Stamford Raffles occupava ai tempi in cui era governatore dell'isola. »

« L'ufficio del governatore? Esiste ancora? »

« Sì, il vecchio municipio di Batavia è ancora in piedi, anche se è stato trasformato in un museo. » Gli fece cenno di alzarsi. « Andiamo, non c'è un minuto da perdere. »

Heng si affrettò a raccogliere il materiale delle sue ricerche. « Perché tutta questa fretta? »

« Qualche istante fa mi è stato detto che anche gli americani sanno del museo. »

« Chi gliel'ha detto? » Xue ignorò la sua domanda e si diresse verso l'uscita per comunicare le proprie intenzioni al capitano Wen.

Heng sospettava che la possibilità di affrontare di nuovo gli americani sarebbe bastata a convincerlo a restare sull'isola.

Quell'uomo aveva un desiderio più grande della sopravvivenza, soprattutto dopo aver perso sette dei suoi uomini.

La vendetta.

PARTE QUINTA

HUNTER-KILLER

24

Sotto il mar dei Coralli,
24 gennaio, ore 6.32

Erano trascorse tre ore da quando la Stazione Titan Inferiore si era divisa, e ormai Kowalski aveva perso il conto delle volte che aveva girato intorno al Livello Teti. Dovevano essere più di mille.

O almeno così gli sembrava.

In preda alla frustrazione, schiacciava tra i molari il mozzicone del sigaro ormai freddo. Gli altri lo avevano costretto a spegnerlo, lamentandosi della limitata quantità d'aria all'interno del sommergibile, un problema che stava diventando sempre più preoccupante.

Non potevano restare sottacqua per sempre, visto che le riserve di ossigeno si stavano esaurendo. Solitamente, i serbatoi in fibra di carbonio venivano sostituiti dalla Stazione Titan Superiore, ma il rifornimento del Livello Teti era saltato a causa dei recenti terremoti. Stando a Byrd, avevano forse altre sei ore prima di soffocare.

Ciò nonostante tornare in superficie non era un'opzione.

Grazie allo schermo del sonar nella stazione di controllo ausiliaria, avevano visto tutti cos'era successo agli altri quattro livelli che erano risaluti in superficie. Li avevano seguiti tenendosi a una distanza prudente, poi avevano spento i propulsori e si erano stabilizzati in una condizione di galleggiamento neutro a circa cinquecento metri dalla superficie.

Nessuno osava nemmeno parlare.

Poi sopra di loro era risuonata una serie di potenti esplosioni e poco dopo il sonar aveva mostrato una pioggia di detriti. Byrd si era spostato per evitare di essere colpiti a loro volta, quindi aveva spento di nuovo i motori. Erano tutti rosi dalla preoccupazione, ma non per la loro sicurezza. Non potevano sapere se il personale del complesso sottomarino fosse stato portato in salvo sulla Stazione Titan Superiore prima che i livelli venissero distrutti.

Ciò era successo un'ora prima.

Adesso non potevano far altro che aspettare.

La speranza era che il nemico lasciasse quelle acque, permettendo loro di riemergere in sicurezza. Byrd intendeva attendere il più a lungo possibile, e risalire solo una volta finite le scorte di ossigeno. Non aveva altra scelta. Le batterie a bordo gli avrebbero permesso di allontanarsi, nella migliore delle ipotesi, di circa un miglio prima di scaricarsi, ma a quel punto sarebbero rimasti bloccati in acqua e alla mercé del commando in superficie.

Sentendosi come un leone in gabbia, Kowalski effettuò l'ennesimo giro del livello. Jazz era seduta contro la parete di vetro con un portatile aperto sulle gambe, ma non guardava lo schermo. Tremava di febbre e aveva un colorito pallido e la fronte sudata. Inginocchiato al suo fianco, il vulcanologo, dottor Haru Kaneko, le teneva una mano... o meglio, gliela stava *esaminando*.

Kowalski si fermò accanto ai due. « Come va? »

« Non credo che la febbre e i brividi siano dovuti a un virus influenzale. » Haru gli fece cenno di abbassarsi. « Dia un'occhiata. »

Lui obbedì. Il palmo di Jazz era grigio e tre dita erano quasi nere.

« È una... reazione tossica », disse Jazz, battendo i denti. « Un... avvelenamento dovuto a una puntura. Mi sento la mano in fiamme... riesco a malapena a muovere le dita. »

« Metta questo. » Kowalski le passò il suo spolverino.

Lei lo mise sulle spalle, rintanandosi nel suo calore, e posò il portatile. « Grazie. »

« Cosa l'ha punta? » le chiese Haru.

Jazz sospirò. « Il polipo di un corallo. Sono stata una stupida. Scommetto che il dottor Kim Jong Suk sta da schifo come me. Sempre che sia ancora vivo. »

« Ha bisogno di cure mediche », disse Haru.

« C'è solo un posto dove possiamo andare. E si trova cinquecento metri più sopra. » Kowalski si alzò con un grugnito e si diresse verso la sala di controllo ausiliaria. «Devo parlare col tuo capo», disse a Jarrah, che stava di guardia sulla porta.

Lui lo fece passare.

Byrd lo sentì e si voltò, interrompendo momentaneamente l'analisi dei dati sul pannello di controllo: livelli di ossigeno, pressione esterna, profondità e carica delle batterie. Alle sue spalle, al di là della cupola di vetro, si estendevano le acque nere come inchiostro. «Che succede?»

«Quella donna sta sempre peggio. Ha bisogno di aiuto, e non lo troverà di certo quaggiù.»

«Cosa propone di fare?»

«Riemergiamo subito.»

«Non sappiamo com'è la situazione in superficie... rischiamo di farci ammazzare tutti.»

«Non penso che aspettare un altro paio d'ore servirà a...»

Ci fu una serie di potenti detonazioni, abbastanza forti da scuotere tutto il livello.

Kowalski si rannicchiò guardando le vetrate, convinto che avrebbero ceduto, poi si voltò verso Byrd, che era tornato a fissare lo schermo del sonar. «Che diavolo è stato?»

Byrd indicò quattro ombre sul bordo superiore del monitor. Erano i piloni che permettevano alla Stazione Titan Superiore di restare a galla, solo che adesso i loro contorni non erano più netti e distinti, ma informi e sfocati. «Quei bastardi stanno cercando di affondare la stazione.»

Sullo schermo, grosse sezioni del complesso scendevano verso il puntino che indicava la loro posizione.

Byrd accese i propulsori.

«Via! Più veloce!» urlò Kowalski, mentre un pezzo largo trenta o quaranta metri precipitava verso di loro.

«Non posso rischiare di bruciare i propulsori.»

«Preferisce essere tagliato in due?» Kowalski trasalì, aspettando l'impatto da un momento all'altro, ma poi un movimento sul lato destro dello schermo attirò il suo sguardo.

Avanzava a tutta velocità verso di loro, dall'alto verso il basso. Aveva trascorso abbastanza anni nella Marina da riconoscere quel segnale.

«Siluro!» gridò.

25

Oceano Pacifico,
seicento miglia a NE di Auckland,
24 gennaio, ore 7.38

Sessanta metri *sopra* l'oceano, Monk tentava di nascondersi dalla minaccia che incombeva sotto di loro. Era sul ponte di coperta del *Titan X,* una piattaforma d'osservazione cuneiforme con pareti di vetro adagiata sopra l'alta prua dello yacht. Le vetrate offrivano una vista panoramica a trecentosessanta gradi della nave e dell'oceano.

Alle sue spalle, la sfera di tredici piani della Città della Scienza era appollaiata come un sole nero sulla poppa della nave, per via dello spesso strato di cenere che offuscava la luce emanata dall'interno. A est, cinque picchi infuocati indicavano la presenza della catena vulcanica delle isole Kermadec. Alimentato da quei pennacchi di fumo, il cielo si era abbassato fin quasi a soffocare il *Titan X.* Lampi solitari e lunghe catene di fulmini balenavano tra le nuvole in un codice conosciuto solo agli dei.

Per il resto, tutt'intorno a loro non c'era che l'oceano scuro e minaccioso. Le onde appesantite dalla cenere si abbattevano contro lo scafo senza fare rumore. Il sole era sicuramente sorto, ma non ce n'era traccia in cielo. Il mondo era bloccato in una mezzanotte eterna.

Il comandante dello yacht - un tozzo australiano con una tuta beige - li chiamò dalla stazione di comando sul ponte. « Il radar sta rilevando qualcosa. Una grossa imbarcazione. E fila che è una bellezza. Settanta nodi. »

« Quanto è lontana? » chiese Monk.

« Dieci miglia, ma si sta avvicinando. »

Monk fece un rapido calcolo a mente.

Ci raggiungerà tra sei minuti.

Imprecando, appoggiò una mano sulla stazione di comunicazione, mentre con l'altra - la protesi - stringeva una radio. Dovette mettercela tutta per non schiacciarla nella sua presa d'acciaio. Un monitor delle telecamere a circuito chiuso mostrava numerosi uomini che si davano da fare intorno al *Cormorano* nella stiva di poppa, come meccanici su un'auto di Formula 1 durante un pit stop. Il veicolo era ancora agganciato alla gru A-Frame sospesa sull'acqua.

«Bryan, abbiamo compagnia. Dobbiamo immergerci *ora*. Bryan, mi ricevi?» Monk deglutì, in attesa della risposta, che arrivò preceduta da una sfilza d'imprecazioni che avrebbe fatto arrossire un marinaio.

«Mi servono almeno altri venti minuti!»

«Te ne concedo *due*. C'è un'imbarcazione non identificata che sta sfrecciando verso di noi, ed è probabile che non abbia intenzioni amichevoli. Non vorrete trovarvi qui quando raggiungerà lo yacht.»

«'Fanculo, allora.»

Sul monitor, le attività intorno al DSV accelerarono.

Monk si voltò verso la stazione di comando. «Comandante?»

«Otto miglia», rispose Stemm, col volto rosso come la zazzera di capelli intrappolata sotto il berretto. «Spengo i motori.»

«Perfetto. Si tenga pronto al mio segnale.»

Un'ora prima, Monk aveva informato l'equipaggio della minaccia che pattugliava le acque sotto lo yacht. Il comandante Henry Stemm aveva servito nella Marina australiana per vent'anni prima di congedarsi e unirsi a quel progetto, e nei suoi anni di servizio aveva visto abbastanza imbarcazioni di quel tipo da riconoscere la disposizione delle vele sullo schermo del sonar. Riteneva probabile che si trattasse di un'imbarcazione diesel-elettrica di classe Yuan, un sottomarino hunter-killer della flotta cinese.

Inoltre Monk lo aveva messo a parte delle sue preoccupazioni su ciò che si trovava diecimila metri sotto di loro, e sul suo probabile collegamento con le scosse e le eruzioni sempre più diffuse. Bisognava tornare nella fossa per dare un'altra occhiata, ma prima il *Cormorano* doveva sfuggire a quello squalo d'acciaio.

Adam e Phoebe si erano offerti volontari per quella missione. Monk sarebbe voluto andare con loro, ma sapeva che c'era bisogno di qualcuno che restasse a sorvegliare quelle acque. L'impresa dei due ricercatori sarebbe stata vana se, una volta tornati in superficie, fossero stati catturati o uccisi. Nelle ore successive, Monk avrebbe giocato in difesa. Guardò il resto della sua squadra, formata dal comandante e da cinque membri dell'equipaggio del ponte.

Siamo noi contro la Marina cinese.

Scrollò le spalle. Le probabilità erano tutte contro di loro, ma come recitava il detto: *Si va in guerra con l'esercito che si ha a disposizione.*

Avvertì i motori spegnersi.

Adesso veniva la parte rischiosa.

Venti minuti prima, Monk aveva chiesto al comandante di far girare lentamente in tondo il *Titan X*, nella speranza che l'equipaggio cinese vedesse che la situazione era tranquilla e abbassasse la guardia. Aveva fatto di tutto per far sembrare che sullo yacht nessuno si fosse accorto della presenza del sottomarino.

Adesso la tattica era del tutto diversa.

Si girò verso il comandante Stemm per un aggiornamento.

« Sei miglia », riferì lui, con le labbra ridotte a due linee esangui di tensione. « È sicuro che siano i cinesi? »

« L'intera regione sta bruciando, tutte le forze militari sono probabilmente impegnate in operazioni di soccorso, inclusa la Flotta del Pacifico degli Stati Uniti. Quel sottomarino non è qui per caso, soprattutto perché ci sta venendo addosso troppo in fretta. Si tratta di un'imbarcazione ostile. »

L'arrivo dei rinforzi cinesi non lo aveva sorpreso. Se li aspettava, anche se sperava di avere più di un'ora di tempo per prepararsi. Odiava mettere fretta a Bryan, ma non aveva scelta.

Sul monitor, Phoebe e Adam stavano varcando il portello superiore del DSV ancora agganciato alle catene.

« Ora o mai più », disse Monk alla radio.

Bryan era troppo occupato per rispondergli a voce, così alzò un braccio verso la telecamera e gli mostrò il medio, poi seguì i due ricercatori all'interno del sommergibile, chiudendosi il portello sopra la testa.

Monk si girò di nuovo verso Stemm. « Al mio segnale! » urlò, tenendo la radio incollata alle labbra. Le sue parole non erano rivolte solo ai membri dell'equipaggio sul ponte. « Ora! »

« Motori di tribordo a prua! Motori di babordo a poppa! Potenza massima! » gridò il comandante.

I propulsori di manovra ai lati dello scafo si accesero simultaneamente, facendo vibrare il *Titan X*. Poi, con un brusco sussulto, lo yacht da ottantamila tonnellate iniziò a girare lentamente su se stesso.

Monk immaginò il fracasso che provocava sottacqua quella piroetta cacofonica.

Ma non era ancora soddisfatto.

Il suo comando, infatti, aveva raggiunto anche la stazione di controllo dei DriX nella stiva di poppa e il tecnico addetto agli USV stava già impostando entrambe le unità in modo che emettessero segnali sonar a ripetizione.

Sul monitor delle telecamere a circuito chiuso, il *Cormorano* fu sganciato dal telaio e lasciato cadere pesantemente in acqua; non c'era tempo per la delicatezza. Rimase a galla per un istante, poi s'inabissò in un attimo.

In bocca al lupo, pensò Monk.

Ma avrebbe dovuto rivolgere lo stesso augurio anche a se stesso.

« Velivolo non identificato in avvicinamento! » urlò Stemm. « Procede a ottocento chilometri orari! »

Un istante dopo un oggetto schizzò sopra lo yacht, passandogli così vicino da far sollevare la cenere depositata sulla Città della Scienza, poi sollevò il muso e sfrecciò nella nube di cenere, sparendo alla vista.

« L'abbiamo perso », comunicò il comandante.

Monk aveva intravisto la sua forma triangolare, la disposizione a V delle ali.

Un drone stealth.

Forse un Hongu Sharp Sword, o un Flying Dragon.

A ogni modo, di certo era pesantemente armato.

Spostò lo sguardo verso la direzione da cui era venuto. Il

sottomarino in avvicinamento non avrebbe mai potuto lanciarlo. No, quel drone era decollato da un'altra imbarcazione, probabilmente più grande, che si aggirava da qualche parte là fuori.

Guardò in basso.

Forse sarei dovuto andare con loro.

Ore 7.43

Adam si appoggiò allo schienale del sedile posteriore del *Cormorano.* Lo scossone provocato dall'impatto con l'acqua gli aveva spedito il cuore in gola e lo stomaco da qualche parte vicino alle ginocchia.

Ma non era turbato solo per quello.

Lanciò un'occhiata all'uomo che gli era seduto davanti.

Datuk Lee aveva una mano stretta al sedile e l'altra appoggiata alla cupola di vetro sopra la sua testa. L'unica prova della brusca discesa del DSV era il fatto che i suoi occhiali erano scivolati fino alla punta del naso. Tuttavia, adesso che l'immersione si era stabilizzata, Datuk li risistemò e si sedette in modo più composto.

« Che ci fa qui? » chiese Adam.

« Gli ho chiesto io di venire », rispose Phoebe.

Bryan annuì. « Hai fatto bene. Ho aggiunto altri tre pesi di zavorra all'esterno, ma ogni grammo in più ci torna utile. Più siamo pesanti, e più velocemente scendiamo. »

Adam deglutì e guardò l'acqua scura.

Quand'era entrato nel sommergibile, Datuk era già seduto. Impegnato altrove, non lo aveva visto salire a bordo. A quel punto, però, era troppo tardi per protestare. Bryan era salito dopo di lui e aveva preso posto, ordinando subito di azionare i dispositivi di rilascio del telaio che sorreggeva il DSV.

Adesso Bryan stava eseguendo un check dei sistemi. Le luci sulla plancia di comando erano tutte verdi, tranne due. La squadra di riparazione aveva sostituito i circuiti fritti, montato nuovi serbatoi di ossigeno, ricaricato le batterie e ispezionato ogni altra cosa. Tuttavia Adam sapeva che Bryan era contrariato.

E lo sono pure io.

Phoebe doveva essersi accorta che era risentito per la presenza di Datuk. « Avremo bisogno di tutte le competenze possibili, perché non sappiamo cosa troveremo laggiù. Siamo stati fortunati che, nonostante i rischi che questa missione comporta, Datuk abbia accettato di partecipare a una seconda immersione. »

« Io non parlerei di fortuna. »

Lei alzò gli occhi al cielo e si rivolse a Datuk. Ormai aveva capito quale fosse la preoccupazione di Adam, perciò andò dritta al punto. « Datuk, sei per caso una spia dei cinesi? »

L'uomo s'irrigidì con un'espressione atterrita. « Cosa? Io? Perché me lo chiedi? »

Phoebe tornò a voltarsi verso Adam. « Visto? Nulla di cui preoccuparsi. » Riportò lo sguardo davanti a sé, convinta che la questione fosse risolta.

Adam, però, nutriva forti dubbi sul suo metodo d'interrogatorio, ma ormai quel che era fatto era fatto.

« Forse dovreste fare silenzio per qualche minuto, invece di sbraitare tra voi », li redarguì Bryan.

Tutti gli occhi si posarono sulla cupola di vetro. Phoebe indossò le cuffie, trasalendo per tutti i suoni che sentiva negli auricolari.

Monk aveva cercato di produrre quanto più rumore di fondo possibile per nascondere la loro discesa: tra i motori dello yacht, il rimbombo dell'acqua e i segnali dei sonar, sperava di accecare e distrarre momentaneamente il sottomarino hunter-killer.

Ma sarebbe bastato?

Dovevano raggiungere i seicento metri di profondità, oltre i quali il sottomarino – e i suoi siluri – non si sarebbero potuti spingere.

O almeno è ciò che ci auguriamo.

I servizi d'intelligence navali erano notoriamente cauti quando si trattava di rivelare l'effettiva profondità di collasso dei loro sommergibili e delle armi ausiliarie.

Datuk fissava il profondimetro.

Anche Adam.

Trecento metri...

Phoebe teneva d'occhio un piccolo schermo sfocato e tremolante per via delle interferenze. Mostrava la loro posizione di navigazione, ricavata dai dati inviati dai tre lander sul fondale marino: *Qui, Quo* e *Qua*. Il *Cormorano* appariva come un puntino alato che scendeva parallelamente a un gradiente di profondità. Il fondale marino brillava di colori vivaci grazie ai rilevamenti dell'ultimo ecoscandaglio. Anche la fenditura, simile a una larga cicatrice nera, era ben visibile.

Quattrocento metri...

Phoebe si abbassò di scatto con un sussulto.

Adam si sporse in avanti. «Che succede?»

«Siamo appena stati colpiti da un segnale sonar molto più forte di quelli lanciati dai DriX. È stato dolorosissimo.»

«Ci hanno trovato.» Datuk sgranò gli occhi.

Cinquecento metri...

Adam si fece passare le cuffie da Phoebe. Chiuse gli occhi, lasciando che i suoni – una disarmonia di frequenze tonali dovuta agli sforzi di Monk – gli riempissero il cranio.

Provò a selezionarli tutti, sforzandosi di trovarne uno in particolare.

Proprio allora, un violento segnale colpì di nuovo il DSV con una forza tale da fargli male ai denti. Trasalì e attese che quel suono si dissolvesse in lontananza... ma poi ne udì un altro: un basso rombo che andava crescendo via via di volume. Un tonfo leggermente più forte lo interruppe, confermando la sua peggiore paura.

Indicava l'apertura di un portello per il rilascio dei siluri.

Aprì gli occhi e guardò oltre la spalla di Datuk.

Seicento metri...

Il rombo si faceva sempre più intenso.

Phoebe lo stava fissando. Lui cercò di mascherare la propria reazione, per evitare di scatenare il panico a bordo. Tuttavia lei socchiuse le palpebre e serrò le labbra.

Ha capito.

Trattenne il respiro.

Il rombo sovrastò rapidamente qualsiasi altro suono... poi cessò all'improvviso. Lui si preparò all'esplosione, ma non accadde nulla. Il siluro doveva aver raggiunto la sua profondità di collasso, ed era stato disattivato dalla pressione. Adam lo immaginò scivolare inerte verso il fondale.

Si sporse in avanti e controllò la loro posizione.

Settecento metri...

Si tolse le cuffie con un sospiro di sollievo. Il piano di Monk si era rivelato vincente, grazie a quella trovata avevano guadagnato abbastanza tempo da raggiungere una profondità di sicurezza... per il rotto della cuffia.

« Ormai dovremmo essere fuori pericolo », disse.

Datuk si girò verso di lui. « Non ne sarei così sicuro », ribatté, con una voce talmente inquietante che per un momento Adam si aspettò che tirasse fuori una pistola e la puntasse alla testa di Phoebe. Invece, indicò il suo schermo. « I sensori stanno già rilevando le radiazioni. »

26

Sotto il mar dei Coralli,
24 gennaio, ore 6.50

Kowalski scivolò a pancia in giù sul pavimento inclinato, insieme con Haru e Jazz. Sopra di loro, Byrd si accovacciò davanti alla plancia di comando; Jarrah, invece, si teneva all'intelaiatura della porta della sala di controllo ausiliare.

« Tenetevi forte! » urlò Byrd.

A cosa, per la miseria?

Ormai il sommergibile era in posizione quasi verticale.

Pochi istanti prima, Kowalski aveva detto a Byrd che un siluro stava sfrecciando verso di loro. Al che lui aveva spostato la barra di comando con entrambe le mani, facendo sollevare il muso del sommergibile. A quel punto, stavano andando talmente veloci che quella manovra improvvisa aveva scagliato Kowalski fuori dalla stanza.

« Che sta facendo? » urlò.

Ma Byrd era troppo occupato per rispondere.

Al di là delle vetrate, i fari esterni illuminarono una sagoma gigantesca, che rasentò la base del Livello Teti, fendendo l'acqua come una colossale scure nera. Era un'enorme sezione del ponte della Stazione Titan Superiore, la stessa che pochi secondi prima avevano visto precipitare verso di loro sullo schermo del sonar.

Però l'obiettivo non era solo quello di evitarla.

Byrd imbarcò acqua per caricare più zavorra, in modo che il sommergibile affondasse parallelamente a quel gigantesco detrito.

Allora Kowalski capì.

Vuole usarlo come scudo.

Era un'idea ancora più folle del...

L'esplosione frantumò l'oceano con un accecante bagliore

infuocato. L'onda d'urto scaraventò via il loro sommergibile, facendolo girare più volte su se stesso.

Kowalski e gli altri furono sballottati contro l'acciaio e il vetro della struttura.

Sembrava non finire più... poi finalmente quel movimento rotatorio rallentò.

Il sommergibile fece un ultimo giro, quindi si fermò in posizione leggermente inclinata.

Kowalski era sdraiato sulla schiena; tremava, gli faceva male tutto, gli fischiavano le orecchie e in bocca avvertiva il sapore metallico del sangue. Jazz era accasciata contro una vetrata. Haru si mise a sedere, stringendosi un braccio al petto; un rivolo di sangue gli colava dal naso.

Jarrah e Byrd avevano superato la tempesta all'interno della sala di controllo e quello spazio limitato li aveva in qualche modo riparati.

Kowalski si alzò con un gemito. Lanciò un'occhiata a Haru, che gli fece cenno di stare bene, anche se il suo volto era una maschera di dolore. Poi si diresse verso Jazz, cercando lungo il tragitto eventuali crepe nel vetro.

«Com'è possibile che siamo ancora tutti vivi?» urlò rivolto a Byrd.

«I sommergibili sono progettati per resistere fino al doppio della pressione prevista per un'immersione», rispose lui, mentre faceva un check dei sistemi. «Sono riuscito a ottenere lo stesso risultato anche col Livello Teti, ma solo perché era la sezione più piccola della stazione. È per questo che l'ho scelto per fuggire, può sopportare pressioni di seicento chilogrammi per centimetro quadrato. Nonostante le apparenze, è un carro armato di vetro e titanio.»

«Inoltre l'esplosione deve essere stata attutita da quel grosso pezzo di ponte», aggiunse Jarrah, sedendosi pesantemente sul gradino più in alto.

Nel frattempo Kowalski aveva raggiunto Jazz, che si stava scostando dalla vetrata.

«C-cosa è successo?» chiese con la voce impastata.

«Siamo stati attaccati da un cane rabbioso. Abbiamo sconfinato nel suo territorio, e quello deve aver fiutato il nostro odore», rispose lui.

Jazz scosse la testa, confusa e ancora febbricitante, sforzandosi di dare un senso alle sue parole. «Un cane? Sottacqua?»

Lui le controllò le pupille: una era talmente dilatata da essere due volte l'altra. Aveva una commozione cerebrale, se non una frattura alla testa. «Tranquilla, si rilassi.»

Haru barcollò verso di loro, tenendosi ancora il braccio al petto. «Ci penso io a lei.»

Kowalski gli lanciò un'occhiata dubbiosa, ma lui l'allontanò con un gesto. Sapendo che non poteva fare nulla per nessuno dei due a meno che non fossero riemersi, Kowalski si diresse verso la stazione di controllo.

Il livello era ancora inclinato e ruotava piano su se stesso.

«La metà dei motori è fuori uso.» Byrd indicò le bolle che danzavano su una sezione dalla vetrata. «E perdiamo ossigeno da uno dei serbatoi di riserva.»

«Allora riemergiamo. L'attacco che abbiamo subito conferma che chiunque ci sia lassù sa che sottacqua c'è qualcuno, e non se ne andrà finché non avrà la certezza che siamo morti.»

«Quel siluro... significa che nelle vicinanze c'è un sottomarino?»

«No. Probabilmente si tratta di un UUV... e potrebbero essercene altri.»

Jarrah si voltò verso di lui, stringendo il suo manganello d'acciaio come se avesse voglia di colpire qualcosa. «Cos'è un UUV?»

«Un veicolo sottomarino senza equipaggio, capace d'individuare, seguire e attaccare qualsiasi formazione di bolle d'aria anomala in acqua. Di recente la Cina ne ha testati alcuni nello stretto di Taiwan, ma per fortuna solitamente i loro siluri sono più piccoli di quelli convenzionali.»

«E forse questo è un altro motivo per cui siamo ancora vivi», aggiunse Jarrah.

«Non diamo al nemico la possibilità di rimediare», disse Kowalski. «Consiglio di risalire mantenendoci sotto ciò che resta della piattaforma in superficie... è probabile che gli UUV stiano pattugliando le acque circostanti per creare una sorta di recinzione virtuale. »

Byrd indicò una larga ombra sullo schermo del sonar. « Pare che il grosso della stazione sia ancora in piedi, il primo tentativo di affondarla è fallito. È davvero tenace! »

« Andiamo a vedere come se la passa, allora, prima che l'ossigeno finisca. »

Byrd annuì.

« Niente propulsori », gli ricordò lui. « Affidiamoci alla galleggiabilità del DSV. Ci fingeremo morti il più a lungo possibile. »

Ore 7.30

Jazz era appoggiata allo stipite della porta della sala di controllo. La testa le pulsava, restringendo il suo campo visivo. Un senso di nausea le annodava lo stomaco e il braccio destro bruciava come se fosse in fiamme. Tuttavia il dolore l'aiutava a restare concentrata.

« Non dovrebbe stare in piedi », l'avvertì Haru, al suo fianco sulla soglia.

« Se devo morire, lo farò sulle mie gambe », disse, con voce roca, stringendosi lo spolverino di Kowalski sulle spalle.

Squadrò l'uomo che aveva davanti dalla testa ai piedi, notando il braccio rotto e il sangue raggrumato sotto il naso. Si sentiva in colpa per averlo costretto ad aiutarla ad alzarsi e a raggiungere la sala di controllo.

« Molto bene, allora. Affronteremo insieme ciò che ci riserva il destino », disse Haru.

« Tenetevi forte! Rilascio le ultime zavorre e riemergiamo! » urlò Byrd.

Un gorgoglio di bolle esplose al di là delle vetrate, quindi il Livello Teti schizzò verso l'alto con un forte sussulto e si spinse fuori dall'acqua. Le onde s'infrangevano contro le pareti di vetro, mentre il sottomarino improvvisato dondolava instabile sulla superficie dell'oceano.

Jazz strinse lo stipite della porta, non a causa delle oscillazioni, ma per lo spettacolo che si apriva davanti ai suoi occhi. Trasalì. Byrd imprecò. Haru cadde in ginocchio.

Al di là delle vetrate, le imponenti rovine della Stazione Titan Superiore erano un vortice di fumo e fiamme. I suoi ponti - o meglio, ciò che ne restava - erano fortemente inclinati. Cumuli di detriti galleggiavano sull'acqua scura: frammenti gialli di HOV, pezzi di schiuma sintattica dei piloni, barche fracassate, lastre di vetro spaccate.

E cadaveri, molti cadaveri.

Atterrita da quell'orrore, Jazz ci mise qualche secondo per rendersi conto che il fumo non era dovuto solo ai rottami incendiati. Non c'era sole in quel cielo del mattino e nuvole basse soffocavano l'aria. Una polvere scura scendeva in una pioggia continua, insieme con fiocchi incandescenti. Un lampo silenzioso balenò in alto. Più lontano, cascate di fuoco ribollenti di fumo nero punteggiavano l'orizzonte. Boati distanti, simili a colpi di cannone, riecheggiavano sull'acqua.

Un movimento e un suono più acuto attirarono la sua attenzione. Un grosso gommone dipinto con vernice mimetica blu e nera sbucò da dietro il relitto. Uomini in tenuta da combattimento affollavano il ponte, e la grossa mitragliatrice di prua era puntata verso di loro. Si trattava chiaramente di un'imbarcazione d'attacco.

«Attivo i propulsori!» urlò Byrd. «O ciò che ne rimane...»

All'esterno delle vetrate, l'acqua gorgogliò e il sommergibile iniziò a muoversi attraverso il campo di detriti. Prese lentamente velocità, ma non sarebbe mai riuscito a seminare i suoi inseguitori. Una pioggia di proiettili si abbatté sulle pareti di vetro e titanio, togliendo ogni dubbio sulle loro intenzioni. Byrd ignorò la minaccia e aumentò la velocità. Si allontanavano sempre di più dall'ammasso di macerie, e dopo un po' si lasciarono alle spalle anche l'ultimo rottame.

Ancora qualche metro...

«Contatto stabilito!» urlò Byrd, spegnendo i motori.

Il Livello Teti continuò a spostarsi in avanti per inerzia, ma il rombo dei propulsori cessò.

Ormai il nemico era a soli trenta metri di distanza.

Jazz tratteneva il fiato. Tutti rabbrividirono, aspettandosi il peggio.

Poi una potente esplosione scagliò la barca in alto, spaccandola in due. Diversi pezzi si rovesciarono sul sommergibile sottostante, mentre una grossa onda lo spingeva più lontano.

Esattamente come previsto dal piano di Kowalski.

Aizzare i cani contro i padroni.

Avevano attirato il nemico lontano dalla stazione, nelle acque pattugliate dagli UUV. Come accaduto in precedenza, le cavitazioni generate dai propulsori del sommergibile avevano innescato un attacco automatizzato. Stando a Kowalski, una volta partito, un siluro intelligente avrebbe monitorato costantemente il suo bersaglio e, se avesse perso il contatto, avrebbe cercato subito di ristabilirlo. Ed era esattamente ciò che aveva fatto quando Byrd aveva spento i motori, puntando l'unica altra cavitazione presente in acqua.

Un altro mezzo anfibio era ormeggiato al livello inferiore della stazione in fiamme, probabilmente la barca di supporto di una squadra di demolizione che stava piazzando altre cariche per affondare quella struttura ostinata. Di sicuro il nemico aveva assistito all'esplosione del gommone, riconoscendo la minaccia nascosta negli abissi, e adesso ci avrebbe pensato due volte prima di gettarsi al loro inseguimento.

Ma quell'imbarcazione non era l'unico pericolo.

In lontananza, un elicottero procedeva verso est mantenendosi sotto lo strato di nuvole di cenere. Jazz pregava che non tornasse indietro, gli UUV sottacqua non avrebbero potuto difenderli da un attacco dal cielo.

Sapendo che non c'era nulla che potesse fare al riguardo, rivolse lo sguardo sulla Stazione Titan Superiore. Il livello intermedio, quello che accoglieva gli alloggi dell'equipaggio, era perlopiù intatto, cosa che la spingeva a sperare che alcuni ricercatori e membri del personale al suo interno fossero ancora vivi.

Jazz si girò verso la camera d'equilibrio sull'altro lato del livello, pregando che Kowalski e Jarrah raggiungessero la stazione in tempo.

Ore 7.44

Kowalski percorse a nuoto l'ultimo tratto che lo separava da una sezione distrutta del livello inferiore, sovrastato da un pilone inclinato che sporgeva per metà fuori dall'acqua. Afferrò un montante e allungò una mano verso Jarrah.

Tutto okay? gli chiese con lo sguardo.

Il capo della sicurezza aveva il respiro affannoso, ma annuì.

Il Livello Teti galleggiava a un centinaio di metri di distanza, quasi invisibile nella coltre scura. La sua posizione era però indicata da frammenti in fiamme del gommone e da una pozza infuocata di gasolio.

Fin qui tutto bene.

Sinceratosi che al momento gli altri erano fuori pericolo, Kowalski s'issò sopra il livello distrutto. Durante la risalita del sommergibile, quando si trovavano a dieci metri dalla superficie, lui e Jarrah erano usciti dalla camera d'equilibrio allagata. Riemersi in un paesaggio da incubo, si erano spogliati fino a restare in mutande per avere una maggiore libertà di movimento in acqua, e avevano sfruttato i detriti galleggianti come copertura per nuotare fino alla stazione situata cinquanta metri più avanti. Nel mentre, avevano visto il Livello Teti tornare in superficie e attirare in trappola uno dei due mezzi anfibi.

Adesso tocca a noi.

Kowalski si accovacciò sul ponte ed estrasse la sua Desert Eagle da una sacca impermeabile legata intorno alla vita. La ispezionò rapidamente, mentre Jarrah allungava il suo manganello.

«Pronto?»

«Andiamo.»

S'incamminarono tra le rovine del livello inferiore protetti dall'oscurità. Avanzavano lungo il suo perimetro aggirando i rottami che non riuscivano a scavalcare, verso la barca ormeggiata sul lato opposto, che era poco sorvegliata, perché il nemico era sicuro di avere la situazione sotto controllo. I due soldati a bordo non stavano neppure sorvegliando la stazione, ma avevano lo sguardo rivolto verso il Livello Teti, probabilmente ancora sconcertati da ciò che era successo.

Nel frattempo, i membri del team di demolizione stavano finendo di piazzare la seconda serie di cariche esplosive. Oltre a sentirli, Kowalski e Jarrah non avevano difficoltà a vederli - e di conseguenza a evitarli - per via delle torce con cui illuminavano i diversi punti della stazione che stavano minando.

Kowalski si concentrò sul loro obiettivo. La timoniera illuminata a metà scafo della barca: sembrava che al suo interno non ci fosse nessuno. Soddisfatto, puntò la pistola contro una delle due guardie, quella più vicina alla grossa mitragliatrice montata a prua. L'altro soldato era a un paio di metri di distanza.

Prima che potesse premere il grilletto, Jarrah gli abbassò il braccio e gli passò davanti, facendogli cenno di non muoversi. Poi sollevò il manganello, percorse l'ultimo tratto che lo separava dalla barca e salì a bordo, nascondendosi tra le ombre. Attese che i due uomini guardassero in direzioni opposte, quindi passò all'azione.

Brandendo il bastone come una grossa spada, abbatté la guardia accanto alla mitragliatrice, quindi si girò di scatto e centrò l'altra in pieno volto, mandandola al tappeto.

Rivolse quindi un cenno a Kowalski, che saltò sul pontone e corse verso la mitragliatrice, una Gatling 12,7 millimetri a tre canne montata su un supporto girevole. Si posizionò dietro lo scudo d'acciaio e puntò l'arma verso la stazione.

Jarrah entrò nella timoniera e accese i motori.

Mentre la barca si spostava, Kowalski faceva fuoco in direzione delle zone illuminate dalle torce. La mitragliatrice rotante era in grado di sparare duemila colpi al secondo, ma lui l'aveva impostata in modalità bassa per risparmiare munizioni. I proiettili tracciavano strisce luminose attraverso le tenebre prima di affondare nella carne e nell'acciaio.

Urla di dolore si levavano al loro passaggio. Poi il nemico iniziò a reagire. Le pallottole rimbalzavano sui fianchi corazzati del pontone, sulla timoniera e sullo scudo della mitragliatrice. Un potente boato risuonò in un angolo della stazione quando una carica di Semtex esplose, spedendo in aria un paio di corpi.

Kowalski li ignorò, continuando a sparare a qualsiasi ombra che si muovesse.

Quando Jarrah terminò il secondo giro intorno alla stazione, le urla e il fuoco di risposta erano cessati, lasciando solo fumo. Kowalski fece segno a Jarrah di avvicinarsi, anche se era convinto che qualche membro del commando fosse ancora in vita.

La barca toccò il fianco della stazione. Kowalski sbarcò con la sua Desert Eagle e un fucile d'assalto QBZ sottratto a una delle due guardie. Jarrah gli andò dietro, ma non prima di aver spedito il pontone verso le acque pattugliate dagli UUV. Non potevano rischiare che qualcuno la usasse contro di loro.

Kowalski si fermò a guardare le macerie della stazione avvolte dal fumo.

Si va a caccia.

Dietro di lui, Jarrah aveva recuperato un'arma di scorta, ma attirò la sua attenzione toccandogli una spalla col manganello, poi gli indicò qualcosa in cielo. In lontananza, l'elicottero di prima stava tornando alla stazione.

Kowalski imprecò, pentendosi all'istante di aver lasciato andare la barca con la mitragliatrice.

Un'esplosione al largo mise fine a qualsiasi speranza di recuperarla.

« E ora? » fece Jarrah.

Lui indicò la stazione buia. « Un problema alla volta. »

27

Giacarta, isola di Giava, Indonesia,
24 gennaio, ore 3.22

Con un piccolo esercito al seguito, Gray imboccò la piazza su cui sorgeva il museo di storia naturale. L'aria scottava. Come tutti, lui aveva una sciarpa sul viso per evitare d'inalare la cenere, tuttavia gli lacrimavano gli occhi e di tanto in tanto un fiocco incandescente gli bruciava la pelle scoperta.

Il museo era un edificio di due piani intonacato di bianco, con file di piccole finestre sigillate dietro persiane verdi. La facciata, ornata da un colonnato, era fiancheggiata da due ali in stile coloniale olandese che cingevano un cortile sul retro. Il tetto in tegole rosse era coperto da diversi centimetri di cenere. Incisa sul frontone triangolare al secondo piano c'era un'unica parola in olandese: GOUVERNEURSKANTOOR.

Ufficio del governatore.

Esattamente ciò che stiamo cercando.

Mentre attraversava la piazza, Gray notò con sorpresa che non c'era nessun cordone di sicurezza intorno al museo. Del resto, però, l'intera isola stava cadendo a pezzi.

I terremoti continuavano a scuotere il terreno, le mareggiate ad abbattersi sulla costa. Altri due vulcani avevano eruttato nel corso dell'ultima ora. Le strade erano intasate di veicoli di tutti i tipi, perlopiù abbandonati, e di uomini e donne con le loro vite sulle spalle o caricate su carretti. I militari e i corpi di polizia erano allo stremo delle forze, soprattutto perché Giacarta non era l'unica isola a essere sotto assedio. L'arcipelago indonesiano comprendeva diciassettemila isole, di cui seimila abitate.

Gray fissò la facciata buia del museo incustodito.

Ora come ora, il passato non importa a nessuno.

Alle sue spalle, Seichan camminava accanto alla madre, mentre Zhuang guidava un manipolo di venti uomini della triade. Lui aveva provato ripetutamente a contattare Painter, ma era riuscito a collegarsi solo poche volte, e mai per più di trenta secondi. Aveva comunque fatto del proprio meglio per comunicargli le sue intenzioni e chiedere aiuto. Sapeva che in passato il governatore Raffles aveva un ufficio in quel museo, ma non aveva idea di dove si trovasse.

Tagliato fuori dal resto del mondo, e potendo contare solo su informazioni frammentarie, aveva la sensazione di brancolare nel buio. Irrompere nel museo era un azzardo, però era l'unica opzione che gli era rimasta.

Seichan gli si avvicinò e indicò verso la facciata. « A quanto pare, non siamo gli unici ad aver avuto questa idea. »

Qualcuno aveva rotto una finestra accanto all'ingresso principale. Gray sollevò una mano per far rallentare il gruppo. Quando raggiunsero l'entrata, sentì urla di rabbia e colpi d'arma da fuoco provenienti dall'interno.

Gray si girò verso Zhuang. « Entriamo in fretta e facciamo piazza pulita. »

I colpi sembravano esplosi da armi di piccolo calibro. Stringendo la SIG Sauer, guardò i fucili automatici del suo gruppo, sperando che fossero sufficienti. Seichan impugnava una Glock, mentre Zhuang aveva una pistola in una mano e la sua sciabola nell'altra. Gray non sapeva quale delle due armi fosse più letale, soprattutto in uno scontro ravvicinato.

C'è solo un modo per scoprirlo.

« Andiamo », disse.

S'incamminarono in una formazione compatta ed entrarono dalla finestra spaccata, posando delicatamente i piedi sui vetri rotti per cercare di fare il meno rumore possibile. Attraversato l'atrio buio, si ritrovarono nel museo vero e proprio. C'erano porte ovunque.

Gray si diresse a destra, verso il punto da cui provenivano gli spari e le urla, e si fermò accanto all'entrata di una galleria laterale. Con lui c'erano Seichan e Guan-yin, oltre a Yeung, armato come al solito di tutto punto, un vero e proprio carro armato su due piedi.

Zhuang si piazzò sul lato opposto della porta insieme coi suoi uomini.

Il lungo corridoio della galleria era delimitato da alte vetrine e piedistalli. Alcune luci d'emergenza brillavano nell'oscurità. Una vetrina cadde a terra, frantumandosi, e altre urla in giavanese e indonesiano si levarono tra quelle mura. Una pistola esplose quattro colpi.

C'erano sette, otto figure annidate tra le vetrinette; tutte col volto coperto, come Gray e la sua squadra. In fondo alla galleria, un gruppo di uomini e donne era nascosto dietro un basso piedistallo di marmo che sorreggeva una dea indù sdraiata. A giudicare dalle camicie beige identiche, dovevano essere membri del personale del museo.

Mentre l'aspetto trasandato degli aggressori e la varietà delle loro armi faceva pensare a sciacalli che stavano approfittando del caos che imperversava in città.

Gray fece cenno a Zhuang e ai suoi uomini di entrare, quindi li seguì con Seichan e gli altri, e pochi istanti dopo i due gruppi si avventarono sui saccheggiatori da entrambi i lati. Alcuni caddero sotto i loro colpi, altri se la diedero a gambe. Zhuang ordinò ad alcuni membri della triade di seguirli, per accertarsi che lasciassero davvero l'edificio.

Poi uno dei dipendenti del museo disse qualcosa.

Guan-yin gli rispose in indonesiano. Dopo un breve scambio di battute, l'uomo uscì da dietro il piedistallo insieme coi suoi colleghi. Il dragone e Gray andarono loro incontro.

Un indonesiano alto e dal volto severo si fece avanti. Doveva essere sulla settantina, ma aveva l'aria di chi non avrebbe avuto problemi a mettere al tappeto qualcuno con la metà dei suoi anni. «Sono Kadir Numberi, il direttore del museo», si presentò in inglese. «Grazie per averci aiutati.»

«Dovere», disse Gray.

Numberi guardò gli uomini armati alle sue spalle. «Cosa ci fate qui?» chiese, con malcelato sospetto.

Lui fece del suo meglio per spiegargli brevemente il motivo della loro presenza, ma ciò nonostante il sospetto negli occhi dell'uomo non si attenuava.

«... e per questo abbiamo bisogno di scoprire dove si trova il vecchio ufficio di sir Stamford Raffles», concluse lui.

«L'ufficio che aveva ai tempi in cui era governatore?»

« Esatto. È per questo che siamo qui. Nient'altro. »

Il dottor Numberi si girò verso il suo staff e confabulò rapidamente con loro, ricevendo cenni di assenso in risposta, quindi tornò a rivolgersi a Gray. « Devo confessarle che non ho idea di dove fosse il suo ufficio, ma abbiamo vecchie planimetrie e documentazioni risalenti al 1710, l'anno di costruzione di questo edificio. »

« Può mostrarcele? »

« Senz'altro. » Si voltò e s'incamminò lungo la galleria. « Sono sul retro. »

Prima di seguirlo, Zhuang ordinò a Yeung e a un manipolo di suoi uomini di restare indietro, per sorvegliare il posto e proteggere loro le spalle.

« Purtroppo non so molto di questa struttura al tempo in cui era un municipio », si scusò il direttore. « La mia area di competenza è l'antropologia. »

« In tal caso, le sue conoscenze potrebbero tornarmi molto utili. So che questo museo ospita una mostra sulla storia dell'Indonesia e sui suoi rapporti con le popolazioni aborigene. »

« Esatto. Per la precisione, è una mostra sulle Prime Nazioni Australiane e sui loro legami marittimi con questo Paese. Sono stato io stesso a organizzarla. »

« Ah, sì? »

« Sono nato e cresciuto nella Papua Occidentale, ma il mio bisnonno faceva parte del popolo yolngu dell'Australia settentrionale. Quindi la fusione delle nostre storie - come quella della mia linea di sangue - riveste per me un interesse particolare. »

Adesso Gray capiva *perché* quel museo dedicava così tanta attenzione a quel particolare aspetto della storia indonesiana.

I modi dell'uomo si ammorbidirono. « Perché è così interessato all'argomento? Ricordo che pure sir Raffles ne era affascinato quand'era governatore, ma so poco altro sul suo conto. »

« Raffles nutriva un interesse per gli aborigeni? »

« E per l'etnografia in generale. Oltre a essere un naturalista, voleva far conoscere e apprezzare le popolazioni della regione. »

A quelle parole, Gray sentì scattare qualcosa dentro di sé, e la sensazione di brancolare nel buio sparì.

Siamo sulla strada giusta.

Mentre entravano nella galleria successiva, colpi d'arma da fuoco risuonarono alle loro spalle. All'inizio qualche sparo isolato, poi raffiche sempre più intense, seguite da grida e rumori di vetri rotti.

Altri saccheggiatori.

Gray spostò Seichan contro una parete e sollevò la pistola. Zhuang si piazzò davanti a Guan-yin, mentre i suoi uomini si posizionarono ai lati dell'entrata, puntando i fucili verso il lungo corridoio che avevano appena percorso.

Yeung e altri membri della triade sopraggiunsero poco dopo con una parte dello staff del museo. L'esplosione di una granata illuminò la galleria alle loro spalle. Colpi di armi automatiche squarciavano il fumo.

Gray e gli altri si appiattirono contro le pareti.

No, quelli non erano sciacalli.

Zhuang urlò qualcosa a Yeung in cantonese, e poco dopo lui esplose una granata con un STK 40, quindi raggiunse gli altri nella seconda galleria. Sanguinante da un taglio sopra un occhio, infilò un'altra granata da 40 millimetri nella culatta del fucile.

Adesso la galleria era avvolta dalle fiamme.

Lo scontro a fuoco cessò momentaneamente, con le due fazioni intente a valutare la situazione.

« Consegnateci i documenti e vi lasceremo andare! » urlò un uomo sul lato opposto della galleria.

Aveva un leggero accento britannico, ma era senza dubbio un membro del commando cinese che aveva costretto Valya alla fuga.

Gray prese un respiro profondo, esasperato e frustrato per la stupidità di quella battaglia, a maggior ragione perché fuori il mondo era in fiamme... E presto lo sarebbe stato anche il museo: coi pavimenti e con le travi in legno, il fuoco nella galleria si stava diffondendo rapidamente.

Basta.

Qualcuno doveva fare la prima mossa... senza armi.

Gray mise le mani a coppa intorno alla bocca e urlò: «Siamo numerosi e determinati quanto voi! Possiamo continuare ad ammazzarci a vicenda sino alla fine del mondo! Oppure possiamo fare un passo indietro... e stabilire una tregua temporanea».

Seichan gli lanciò un'occhiataccia, Guan-yin si accigliò.

Seguì una lunga pausa, poi: «Cosa propone?»

«Salviamo il mondo», urlò lui. «Insieme, se necessario. Sempre che lo vogliate. Oppure continuiamo a spararci addosso mentre intorno a noi tutto brucia.»

Su lato opposto della galleria partì un'animata discussione.

Sembrava che almeno qualcuno fosse disposto ad accettare la sua proposta.

Gray provò a tirare acqua al suo mulino. «Avete visto cosa sta succedendo fuori! Su quest'isola e in tutta la regione. Entrambi abbiamo una parte dei tasselli di un puzzle vecchio di secoli... un puzzle che potrebbe distruggere o salvare il mondo. Eppure continuiamo a farci la guerra, tenendoci strette le nostre informazioni incomplete. Se non uniamo le forze, il mondo avrà fine. A voi la scelta!»

La discussione dall'altra parte si spense poco alla volta.

«Come pensa di fermare ciò che sta succedendo?» chiese lo stesso uomo di prima.

«I documenti di Raffles - le pagine in nostro possesso - ci forniscono alcuni indizi. All'inizio il governatore afferma che 'l'unica speranza per il mondo risiede nelle pagine che seguono', e termina con una promessa, 'un modo per placare gli dei degli inferi nel caso in cui questi dovessero adirarsi ancora'. Ma io sono convinto che abbia diviso il suo resoconto per proteggerlo meglio, nascondendone una parte in questo museo.»

«Nel suo vecchio ufficio di governatore», replicò il cinese, dimostrando di conoscere anche lui quella storia. «In questi documenti vengono menzionati corpi pietrificati?»

Gray s'irrigidì.

Ma che...?

Seichan lo guardò di nuovo, ma questa volta sembrava più confusa che arrabbiata.

« Sì! » ammise lui. « Una malattia che dissolve le ossa e ricalcifica i tessuti. »

Un altro mormorio fece seguito alle sue parole.

Quindi si levò una seconda voce, più acuta e ansiosa: « Esiste una cura? »

Ore 3.46

Il capitano Wen afferrò Heng per una spalla, affondando le dita fino all'osso, e lo strattonò all'indietro. Persino Xue gli scoccò un'occhiataccia.

Eppure, dall'altra parte qualcuno rispose alla sua domanda. « Sì, c'è un riferimento a un elisir! » gridò l'americano. « Ma questo rimedio si cela dietro una serie di enigmi, sarà necessario trovare le altre pagine per saperne di più! »

Wen si spostò accanto a Xue. « I miei uomini stanno circondando il cortile sul retro... continui a far parlare gli americani finché non saremo in posizione. »

« No », ribatté Xue. « I nostri avversari non sono stupidi, staranno con gli occhi aperti. Potrebbero bruciare le pagine in loro possesso prima che riusciamo a fermarli. »

Wen gli si avvicinò, pronto a opporsi, ma Xue gli diede le spalle.

« Per il momento prenderemo in considerazione la loro offerta. Una volta scoperto ciò che sanno, decideremo il da farsi », decise Xue.

Heng lasciò uscire il fiato che stava trattenendo, ripensando al sottufficiale Wong e al sottotenente Junjie che li attendevano in Cambogia.

Se c'è anche la minima possibilità che esista una cura, dobbiamo trovarla.

« Gli americani hanno ragione », disse, liberandosi dalla stretta del capitano Wen. « Dobbiamo collaborare, e condividere ciò che sappiamo, o rischiamo di perdere tutto. Se non poniamo fine a questo collasso geologico, il mondo verrà distrutto. »

Mentre Xue ragionava su quelle parole, i suoi occhi riflettevano la luce tremolante dell'incendio provocato dalla loro breve battaglia. Per Heng, le fiamme che andavano diffondendosi tra quelle mura erano una versione in scala ridotta della minaccia più grande che incombeva all'esterno.

Il mondo ci brucia intorno, e noi stiamo ancora qui a discutere.

« Per favore... » implorò.

Xue annuì lentamente. Aveva preso una decisione. Si fece avanti e urlò: « Accettiamo la tregua! »

Wen scosse la testa, scuro in volto.

Le due fazioni concordarono che avrebbero mandato i propri rappresentanti al centro di quel lungo corridoio. Mentre veniva stabilito il numero di persone che avrebbero preso parte all'incontro, alcuni membri dello staff del museo imbracciarono gli estintori e si accinsero a spegnere l'incendio.

Una volta domato, Xue s'incamminò col capitano Wen e con due uomini del suo commando. Heng li seguiva con la vecchia scatola di metallo appartenuta a sir Raffles.

Dall'altra parte, attraverso la coltre di fumo, videro sopraggiungere un uomo dai capelli scuri, probabilmente quello che aveva proposto quell'accordo. Era accompagnato da una donna euroasiatica armata di pistola e da un uomo più anziano dal volto severo, che imbracciava un fucile d'assalto. Dietro di loro seguivano altri due uomini armati.

A ciascuna estremità della galleria, i rispettivi eserciti incoraggiavano la loro reciproca collaborazione. I due gruppi si fermarono al centro del corridoio, ai lati opposti di un tavolo di marmo con sopra i resti di una statua frantumata. Heng provò una fitta di senso di colpa vedendo la distruzione che avevano causato, ma la paura – sia per se stesso sia per il mondo – la spazzò subito via.

Xue fece un passo avanti, piazzandosi davanti all'americano.

A parte la nazionalità, i due uomini avevano molto in comune: l'altezza, la determinazione, lo sguardo freddo e intelligente. Non c'era da stupirsi che gli americani avessero sempre avuto la meglio su di loro. Quell'avversario non era da sottovalutare.

Xue appoggiò le mani sul tavolo di marmo. « Cominciamo », disse.

Ore 4.01

Con la Glock ben stretta in pugno, Seichan teneva d'occhio il capo del commando, un uomo dall'aspetto granitico nonostante il volto coperto dall'elmetto. Era armato fino ai denti, con una pistola QSZ-92 in mano e un fucile d'assalto a tracolla.

Al tavolo di marmo, Gray e la sua controparte cinese, il maggiore Choi Xue, avevano iniziato lo scambio d'informazioni.

Gray si sporse in avanti per guardare all'interno della scatola metallica.

Seichan la osservava con la coda dell'occhio. Conteneva un pezzo di corallo nero simile a quello disegnato sulle pagine di Raffles, e un altro oggetto che non aveva senso. Anche Gray sembrava perplesso.

« Cos'è? » chiese lui, con la fronte aggrottata.

Seichan riconobbe il suo tono e il suo modo di fare.

Sa qualcosa, ma vuole capire cosa sa l'altro.

Xue lo estrasse dalla scatola e lo posò sul tavolo dopo averlo esaminato brevemente. « Dovrebbe trattarsi di una punta di lancia di legno, con uno spago avvolto all'estremità inferiore. È di sicuro antica, ma non abbiamo idea di cosa c'entri col pezzo di corallo. »

Seichan gli diede un'altra occhiata e suo malgrado si ritrovò d'accordo con quell'uomo: in effetti sembrava una vecchia punta di lancia ricoperta di simboli cerimoniali.

Gray si voltò verso il suo gruppo. « Le spiace se coinvolgo un'altra persona? Qualcuno che potrebbe confermare i miei sospetti. »

« Faccia pure. »

Gray fece cenno al direttore del museo di avvicinarsi. Numberi obbedì con una certa riluttanza, scuotendo la testa alla vista della galleria devastata. Arrivato al tavolo, e fatte rapidamente le presentazioni, Gray gli indicò la punta di lancia. « Direttore, sbaglio o si tratta di un rombo aborigeno? »

« Non sbaglia. A giudicare dai segni, è probabile che sia opera dei kaurareg, conosciuti anche come isolani dello stretto di Torres. Abitavano le isole tra l'Australia e la Papua Nuova Guinea, ed erano rinomati per le loro capacità nautiche. »

« Cos'è un rombo? » chiese Xue con un'espressione perplessa ma interessata.

Il direttore sciolse in parte la cordicella arrotolata, come se volesse dimostrare come usarlo. Invece, a causa dello spazio ristretto, si limitò a mimare il gesto. « Quando viene fatto roteare velocemente in aria, questo pezzo di legno affusolato produce un caratteristico suono grave, da cui il suo nome. Tra i popoli delle Prime Nazioni gliene hanno dati diversi, ma tutti significano più o meno 'segreto/sacro'. »

Xue era sempre più interessato. « In che occasioni veniva usato? »

« Soprattutto durante le cerimonie. E a volte per comunicare a grandi distanze: in una notte silenziosa, o sopra una distesa d'acqua, il suono può viaggiare per quindici chilometri e raggiungere un volume di cento decibel, come quello di una motosega. Inoltre, regolando la velocità di rotazione e variando la direzione, è possibile creare qualcosa di simile a un codice Morse. »

Xue socchiuse le palpebre, come se quella spiegazione avesse una qualche attinenza con le informazioni che non aveva ancora condiviso con loro.

« A cosa servivano queste cerimonie? » chiese Gray.

« A scacciare gli spiriti maligni o a scongiurare eventi nefasti. »

Lui lanciò un'occhiata alle alte finestre sbarrate, immaginando probabilmente i cieli infuocati su Giacarta e non solo.

Questo è decisamente un evento nefasto.

« Ci sono molti tabù intorno ai rombi », aggiunse il direttore. « Usarne uno senza permesso era un atto punibile con la morte, soprattutto perché i popoli delle Prime Nazioni credono che il suo suono sia la voce del Serpente Arcobaleno, il loro dio più sacro della creazione. »

Gray aggrottò la fronte e guardò più intensamente l'oggetto di legno.

Xue notò la sua reazione.

Era chiaro che per ora nessuno dei due aveva osato rivelare *tutto* ciò che sapeva.

Consapevole di ciò, Gray pungolò il suo interlocutore. « Un frammento di corallo e un vecchio rombo... Prima ha parlato di corpi pietrificati, una cosa che non ha *nulla* a che fare con questi due oggetti. Mi pare dunque evidente che non mi abbia raccontato tutto ciò che sa. »

Xue non si fece intimidire. « Potrei dire la stessa cosa di *lei*, comandante Pierce. Non mi ha ancora mostrato i documenti di Raffles... e mi ha rivelato solo una *parte* del suo resoconto. È chiaro che sospetta un qualche legame con le popolazioni aborigene... ma non mi ha detto il motivo. »

I due si guardarono negli occhi per diversi secondi.

L'impasse fu rotta dall'altro cinese, che fino a quel momento era rimasto in silenzio. « Perché siamo qui? » chiese con voce acida, puntando l'indice contro Gray. « Ci dica... ci *mostri*... ciò che sa, cos'ha scoperto, cosa sospetta. »

Xue annuì, incrociando le braccia sul petto.

Ma Heng non aveva ancora finito. Puntò il dito contro Xue. « E lei gli parli dei sommergibilisti, del segnale ELF, delle rocce lunari e di quegli strani cristalli. »

Xue si rabbuiò, sconcertato e furioso allo stesso tempo.

Heng scrollò le spalle. « Oppure mi spari. Non m'interessa. Il tempo stringe, e voi due continuate a cincischiare. Fate pure, tanto tra poco qui saremo tutti morti. »

Il capitano Wen sollevò la pistola, pronto ad accontentarlo, ma Xue gli abbassò il braccio. « Il dottor Luo non ha torto. » Prese un respiro profondo. « Dobbiamo collaborare più apertamente... per salvare il mondo. » Allungò una mano sopra il tavolo.

Gray la fissò, poi gliela strinse rivolgendogli un cenno col capo. « Ho una storia folle da raccontarle », disse.

Xue sorrise per la prima volta. « Aspetti di sentire la mia. »

28

Giacarta, isola di Giava, Indonesia,
24 gennaio, ore 4.45

Mezz'ora dopo, Gray fissava i due tablet sul tavolo di marmo. Uno era suo, l'altro di Xue, ed erano stati posati nello stesso momento, come due giocatori che scoprano la propria mano di poker. Gray aveva aperto una versione digitalizzata delle pagine, permettendo così a Xue di leggere il resoconto di Raffles e di vedere i disegni. Dopodiché gli aveva raccontato tutto ciò che sapeva e sospettava. Tuttavia, per precauzione, aveva lasciato i fogli fotocopiati a Guan-yin e ai membri della triade.

Allo stesso modo, Xue aveva richiuso la scatola metallica prima di affidarla al dottor Luo.

Un conto è rivelare le proprie carte, un altro è consegnarle all'avversario.

Dal suo tablet, Xue aveva condiviso con Gray foto di corpi pietrificati, ingrandimenti di cristalli ortorombici, immagini di quelli che sembravano pezzi di un planetoide sepolto nel mantello della Terra, e un macabro video che mostrava una massa di tentacoli che fuoriuscivano dal cervello di un cadavere annerito.

Ora Gray fece del suo meglio per cucire le due storie. «Ricapitolando: nel 2020, un lander lunare cinese ha perforato quella che potrebbe essere una vena cristallina di Theia, l'antico planetoide che schiantandosi contro la Terra primordiale ha dato origine alla Luna. In quello stesso momento, un vostro dispositivo ha rilevato un segnale ELF proveniente da un pezzo dello stesso planetoide sepolto sotto la fossa delle Tonga.»

Xue annuì. «Qualsiasi cosa abbiamo fatto sul suolo lunare, dev'essere stata captata dai frammenti presenti sulla Terra. Forse la Luna stessa ha inviato dei segnali – tachioni... onde gravitazionali... – che però noi non siamo riusciti a rilevare perché non disponiamo ancora della tecnologia necessaria. Potrebbe anche darsi che i pezzi di planetoide siano collegati tra loro attraverso un qualche entanglement quantistico e, quando accade qualcosa a uno, tutti gli altri lo avvertono immediatamente. »

« Ma il segnale ELF del 2020 non ha provocato un disastro tettonico come quello che stiamo vivendo ora », continuò Gray. « Ha soltanto danneggiato il lander, disabilitandone la trivella. Sembra quasi che abbia preso di mira il *Chang'e-5*... forse per impedirgli di continuare a perforare la vena. »

« È una possibilità », ammise Xue.

« Poi, due settimane fa, avete mandato uno dei vostri sottomarini a indagare sulla fonte del segnale e, una volta arrivato a destinazione, i militari hanno inviato un segnale ELF simile. »

« Un segnale molto potente. »

« E questo segnale ha provocato un terremoto. E in qualche modo ha danneggiato il sottomarino, tanto da farlo affondare nella fossa. Da allora, l'instabilità è andata progressivamente peggiorando e adesso il mondo è sull'orlo del baratro. »

L'altro abbassò lo sguardo, chiaramente afflitto da quelle parole.

Gray scosse la testa. « Non è colpa vostra, nessuno avrebbe potuto prevedere le conseguenze. Ma insieme forse troveremo un modo per scongiurare il peggio. »

Xue annuì una volta e alzò il capo.

« Raffles e il dottor Crawfurd devono aver vissuto qualcosa di simile quando il Tambora ha eruttato: i cadaveri biomineralizzati, il mare in tempesta, le eruzioni vulcaniche e i terremoti sempre più frequenti. Però avevano scoperto qualcosa, un segreto legato al sapere e alla storia degli aborigeni. » Gray guardò il disegno del Serpente Arcobaleno sullo schermo del tablet e, ripensando al rombo, ricordò che il dottor Numberi aveva detto che il suo suono era « la voce del loro dio ». Intuiva che c'era qualcosa d'importante nascosto in quelle parole, ma non riusciva a capire di cosa si trattasse.

Xue sospirò, strappandolo ai suoi pensieri. « Ma come possiamo essere sicuri che Raffles abbia davvero scoperto qualcosa? »

« C'è un dettaglio di questa storia che mi porta a crederlo. »

« Quale? »

« È un mistero cui i geologi e i vulcanologi che hanno studiato l'eruzione del Tambora non hanno ancora dato risposta. » Gray spostò lo sguardo verso le finestre sbarrate. « Anche Raffles ne parla nelle sue carte. Dopo la prima eruzione ce ne sono state altre, ciascuna più potente della precedente; poi, all'improvviso, sono cessate, e i vulcanologi non sanno spiegare il motivo per cui è successo. Gli eventi osservati - tanto l'intensificarsi delle eruzioni quanto la loro brusca cessazione - non seguivano nessun modello previsto o familiare. »

« Lei crede che Raffles abbia trovato un modo per placare il vulcano. »

« Forse. »

« E la cura contro il morbo pietrificante? » chiese Heng.

« Raffles potrebbe aver scoperto anche quella, ma tutte queste congetture non ci sono di nessun aiuto senza quelle pagine mancanti. » Gray si voltò verso il dottor Numberi, che aveva ascoltato ogni cosa con un'espressione a metà tra lo stupore e l'incredulità. « Direttore, se ci mostra quei documenti antichi di cui mi ha parlato, potremmo scoprire quale delle trentasette stanze del museo ospitava il vecchio ufficio del governatore. »

« Non ce n'è bisogno. So dove si trova. » Xue si voltò, indicando l'ala opposta. « È al secondo piano, si affaccia sulla piazza antistante l'entrata. »

Il direttore sgranò gli occhi. « Ma quello è il *mio* ufficio. »

Gray sorrise. « Se è così, la cosa ha senso. Il direttore di un museo ha *diritto* alla stanza migliore. »

Numberi scosse la testa. « Ma non troverete niente... quel locale è stato ristrutturato più volte negli ultimi cinquant'anni, da quando è diventato l'ufficio del direttore. »

« Be', allora scopriremo quant'era bravo Raffles a custodire i segreti », commentò lui senza battere ciglio. Poi si rivolse al maggiore. « Sempre che la nostra tregua sia ancora valida. »

Xue fece spallucce. « Per il momento. »

Ore 5.02

« Decisamente meglio che picchiettare sui muri », commentò Seichan.

« Di certo non si può dire che non siano ben organizzati », ammise Gray.

I fasci delle torce danzavano sulle pareti dell'ufficio buio al secondo piano. Su un lato c'era una larga e robusta scrivania in mogano, uno dei tanti manufatti storici di quel museo. Anche le assi del pavimento - graffiate, rigate e fissate con chiodi anneriti - avevano un'aria antica, così come le travi di legno che sostenevano il soffitto. Una parete era interamente occupata da una libreria piena di statuette, piccoli idoli di pietra, ceste di vimini e ceramiche varie. Tutto il resto della stanza era occupato da libri, fino all'ultimo centimetro.

Accanto a Seichan, uno degli uomini di Xue stava analizzando una parete con uno scanner portatile che gli consentiva di vedere al di là dei pannelli di legno e dell'intonaco. Aveva già esaminato le altre tre in cerca di oggetti nascosti, stanze segrete o nicchie.

Da parte sua, Gray aveva controllato la libreria, ispezionando ogni ripiano, ma senza trovare nulla.

Alla fine il tecnico abbassò il dispositivo. « *Méiyŏu* », riferì a Xue.

« Niente », tradusse Seichan.

Il maggiore incrociò le braccia sul petto, sfregandosi il mento.

« E il pavimento? Se questo edificio è ancora in piedi dal 1710, deve avere una struttura portante molto robusta », disse Gray.

« Ma certo », convenne Xue.

Il tecnico si mise subito all'opera, passando lo scanner avanti e indietro sopra le assi, facendo scansare i pochi presenti: lei, Gray e Zhuang da un lato della stanza, mentre dall'altra parte stavano Xue, il capitano Wen, ancora contrariato, e il dottor Luo, che si era messo in disparte in un angolo con un'espressione preoccupata.

Da quand'erano entrati nel museo, c'erano state altre scosse ed eruzioni.

Nel frattempo, un silenzio inquietante era calato sul resto della città. Le urla di panico, i clacson delle auto e gli allarmi erano cessati, come se chiunque avesse compreso quanto fosse futile opporsi all'inevitabile.

Tranne noi.

Il tecnico si fermò, fece un passo indietro, e rimase immobile per un momento. Quindi si mise a girare in tondo sul tappeto davanti alla scrivania. « Ho trovato qualcosa », disse in mandarino al direttore e a Xue.

A Gray non servì una traduzione per avvicinarsi. Il tecnico continuò a parlare in mandarino, indicando sul display dello scanner una larga ombra rettangolare tra due travetti del pavimento.

« L'ingegnere crede si tratti di un contenitore di metallo », tradusse Xue.

« Tiriamolo fuori. » Gray guardò il direttore, più per cortesia che per altro: lo avrebbe fatto anche se Numberi si fosse opposto.

Ma lui annuì. « Vi aiuto a spostare il tappeto. »

Le assi sottostanti non sembravano avere nulla di diverso rispetto alle altre: stessa superficie ruvida, stessa patinatura scura. Tuttavia, stando allo scanner, sotto di loro c'era chiaramente qualcosa.

Il dottor Numberi indicò la porta. « C'è un'ascia antincendio nel corridoio. »

Il capitano Wen abbaiò un ordine ai suoi uomini, e poco dopo un membro del suo commando si precipitò nell'ufficio con l'attrezzo. Per non essere da meno, Yeung lo seguì dentro con una seconda ascia.

I due uomini si misero subito all'opera. Il direttore sussultava a ogni fendente, come se gli stessero spaccando il petto. Poco dopo, da sotto le assi apparve un grosso contenitore di metallo nero, con un'apertura nel mezzo.

Il dottor Numberi si coprì la bocca con una mano. « Incredibile... è stato qui per tutto questo tempo senza che nessuno lo sapesse... »

Gray e Xue s'inginocchiarono ai lati della scatola e ne aprirono le ante, rivelando lo sportello di una cassaforte.

«Il contenitore esterno funge da protezione ignifuga supplementare», commentò Gray. «Raffles non voleva correre rischi.»

La cassaforte aveva un cassetto sul lato inferiore e due serrature sullo sportello, tra le quali c'era una placca di bronzo con sopra inciso un vulcano in eruzione.

Gray indicò l'immagine. «Credo proprio che ci siamo.»

«Ma come facciamo ad aprirla?» chiese Heng.

Xue provò a tirare il cassetto, che scivolò fuori senza opporre resistenza. Al suo interno, adagiata su un rivestimento di velluto, c'era una grossa chiave di bronzo.

«Non può essere così facile», disse Seichan. «Non è *mai* così facile.»

Il maggiore provò ad aprire la serratura sulla sinistra. La chiave entrava senza problemi, ma non girava.

«L'avevo detto, io», borbottò lei.

«Provi la serratura a destra», lo incalzò Gray.

Lui annuì e lo fece subito. Questa volta la chiave girò, e la placca di bronzo si aprì di scatto, rivelando altre sette serrature di dimensioni minori. Accanto a ciascuna c'era una finestrella, e dietro ogni vetro ingiallito una lettera smaltata.

Gray chiese la chiave al maggiore e provò a infilarla in una di quelle aperture più piccole. Riuscì a inserire solo la punta, che però fu sufficiente a far ruotare un quadrante nascosto e a modificare la lettera dietro la finestrella. «Scommetto che dobbiamo allineare le lettere per formare una parola di senso compiuto», disse.

«Che ne dici di Raffles?» propose Seichan. «È formato da sette lettere.»

«Mmm... no, non era uno sciocco. Sarebbe un po' come avere per password la parola 'password'.» Ciò nonostante, iniziò a ruotare le lettere per formare quel nome. «Che strano...»

«Cosa?»

«Ogni quadrante comprende solo *cinque* lettere. Quello in alto va dalla L alla P, i quattro centrali comprendono le prime lettere dell'alfabeto, e i due in fondo le ultime.» Si voltò verso Seichan. «Dunque è impossibile comporre il nome 'Raffles'. Deve trattarsi di un'altra parola. Una, sono pronto a scommettere, che ha una qualche attinenza con la pista che stiamo seguendo. »

« Ti sarà sfuggito un dettaglio », ipotizzò lei. « Magari scritto sul retro di una di quelle pagine o nascosto nei disegni. »

« Non credo. Raffles non avrebbe mai rischiato di nascondere il codice su fogli che sarebbero potuti andare perduti. »

« E allora quale potrebbe essere questa parola? » chiese Heng.

Xue indicò l'incisione sulla placca di bronzo. « Questa immagine dev'essere una rappresentazione dell'eruzione del Tambora. E anche il nome 'Tambora' è formato da sette lettere... ma non possiamo comporlo con quelle che abbiamo a disposizione. »

Gray si sedette sui talloni e prese un respiro profondo. Seichan riusciva quasi a vedere gli ingranaggi che gli giravano nella testa mentre si sforzava di formare una parola di sette lettere con quelle disponibili. Le combinazioni possibili erano innumerevoli.

Il maggiore era altrettanto pensieroso.

Heng, invece, ragionava a voce alta camminando intorno a loro. « Se al posto delle lettere ci fossero stati dei numeri, la combinazione avrebbe potuto essere la data dell'eruzione del Tambora... »

I due uomini si raddrizzarono.

« Ma certo. È così », esclamò Gray.

Xue annuì: anche lui aveva capito.

Seichan no.

Gray guardò Xue, che annuì come per dargli il permesso, quindi iniziò a spostare le lettere. « Non è una *parola*. È una *data*, come diceva il dottor Luo. » Finì di girare le chiavi e si fece indietro.

Seichan allora vide le lettere che aveva scelto: MDCCCXV.

« Il 1815 in numeri romani. L'anno dell'eruzione del Tambora », disse Xue.

Seichan spostò lo guardo tra i due uomini. Era chiaro che pure Xue avesse la stessa mente stramba di Gray. Anche lui aveva l'incredibile capacità di dare ordine al caos.

In segno di rispetto per la sua controparte, Gray restituì la chiave al maggiore. « A lei l'onore. »

Xue abbassò il capo in segno di riconoscenza, poi si chinò e inserì di nuovo la chiave nella serratura sulla sinistra, che questa volta girò con un forte schiocco d'ingranaggi. Lo sportello si aprì.

« Ce l'avete fatta », disse Heng con un filo di voce.

Un forte odore di sale, putrefazione e alcol li costrinse a indietreggiare. Quando il tanfo si attenuò, si avvicinarono all'apertura e scoprirono a cosa era dovuto. Sul fondo della cassaforte c'era un contenitore di vetro, il cui coperchio si era allentato quel tanto che bastava a far evaporare e condensare parte del liquido al suo interno.

Seichan si portò una mano sulla bocca... e non solo per l'odore.

C'era una massa scura in quel recipiente.

« Cos'è? » chiese lei.

Gray, però, era più interessato al fagotto di tela cerata posato su una mensola metallica accanto al contenitore. Recava un sigillo di cera con l'emblema della Corona britannica. « Devono essere le pagine mancanti di Raffles. »

« Ma insieme con cosa le ha nascoste? » chiese Xue, continuando a fissare l'esemplare immerso nel liquido.

Lui asciugò la condensa sul coperchio di vetro con un polsino della giacca, rivelando una massa nera e chiazzata di grigio arrotolata su se stessa.

« Sembra un serpente », disse Seichan. « Forse è il Serpente Arcobaleno. »

Gray inclinò la testa da una parte, poi dall'altra. « No, non è un serpente. »

Accese una torcia e la rivolse verso il vetro ingiallito per illuminare meglio il contenuto del recipiente. Quella che sembrava un'unica spessa spira era in realtà un groviglio di filamenti simili a tentacoli intrecciati tra loro.

Ma il vero orrore era un altro.

Gray spostò la luce per rivelare la massa nera da cui si allungavano quei tentacoli. Le sue pieghe e circonvoluzioni non lasciavano spazio a dubbi.

« È un cervello? » chiese Seichan.

« Forse un tempo lo era. » Si voltò verso Heng e Xue. « Sembra quello che ho visto nel vostro filmato... »

Heng lo confermò con un cenno del capo.

Gray passò il pollice su una targhetta d'acciaio affissa al coperchio di vetro. C'era inciso qualcosa, ma non la classificazione scientifica dell'esemplare. C'era soltanto un nome, per ricordare una vita spezzata troppo presto.

MATTHEW

29

Trecento miglia al largo
dell'isola Norfolk, Australia,
24 gennaio, ore 9.28

Novanta minuti dopo essersi arrampicato sulle rovine della Stazione Titan Superiore, Kowalski era pronto ad andarsene.

Per restare in piedi sul ponte inclinato della piattaforma, si reggeva a un montante con una mano, mentre con l'altra teneva in equilibrio su una spalla il lanciagranate PF-89 anticarro che aveva confiscato a uno dei prigionieri cinesi.

Fumava il sigaro e fissava i rottami in fiamme di un elicottero Z-8 che galleggiava sul mare ricoperto di cenere. Non aveva avuto difficoltà ad abbatterlo, dal momento che le dense nuvole sovrastanti lo avevano costretto a volare a bassa quota. Lui sospettava che fosse tornato alla stazione non per attaccarli, ma per cercare un posto sicuro dove atterrare. Quando si era avvicinato, infatti, si era accorto che il motore ostruito dalla cenere balbettava e singhiozzava, facendo fatica a mantenerlo in volo.

Tuttavia, aveva anche notato che era provvisto di missili aria-superficie e mitragliatrici. Mosso da un'abbondante cautela e ancor più rabbia, l'aveva abbattuto prima che potesse fare danni. Era stata una decisione ovvia. Dopo essersi sbarazzati degli ultimi soldati cinesi, lui e Jarrah avevano scovato una decina di uomini e donne chiusi negli alloggi dell'equipaggio a metà ponte, gli unici superstiti del numeroso contingente di scienziati e membri del personale a bordo delle due stazioni Titan.

Dunque Kowalski non si sentiva particolarmente incline alla clemenza. Tuttavia aveva risparmiato la vita a quei pochi membri del commando che si erano arresi o avevano riportato ferite troppo gravi per costituire una minaccia. Jarrah li aveva legati e rinchiusi in una stanza, quindi aveva consegnato le loro armi ai superstiti.

Nel frattempo, lui aveva raggiunto a nuoto l'idrovolante che il giorno prima lo aveva portato con Monk alla stazione, quindi era andato a recuperare Byrd, Jazz e il dottor Kaneko. Scivolando sull'acqua, senza nessuna cavitazione delle eliche che potesse innescare un UUV, era riuscito a tirarli fuori dal Livello Teti e a trasportarli sani e salvi sulla piattaforma.

Il Twin Otter, che al momento era ormeggiato al livello inferiore della stazione, aveva un ultimo viaggio da compiere. Kowalski rivolse lo sguardo a est, verso la direzione in cui l'elicottero cinese stava andando prima di fare marcia indietro. I soldati superstiti gli avevano rivelato che una grossa nave militare aveva seguito la medesima rotta.

Kowalski sapeva a cosa puntava.

Il *Titan X*.

E Monk.

Volare in quelle condizioni era molto rischioso, ma Kowalski non aveva nessuna intenzione di restarsene con le mani in mano. Sebbene avesse provato una certa soddisfazione nell'abbattere l'elicottero, non era ancora appagato. Il cuore gli batteva forte mentre guardava i cadaveri che galleggiavano fra i detriti.

Un portello si aprì di schianto alle sue spalle.

Kowalski si girò e vide Byrd che gli andava incontro con uno zaino e un fucile in spalla. Anche lui aveva un conto da regolare. Inoltre conosceva il *Titan X* meglio di chiunque altro.

Intanto Jarrah stava caricando altre borse sull'idrovolante, determinato a dare il suo contributo. Tra i superstiti, c'era uno dei suoi compagni di squadra; benché ferito, avrebbe fatto del suo meglio per proteggere la stazione dopo la loro partenza.

« Jazz e il dottor Kaneko stanno riposando in infermeria », disse Byrd. « Ma a bordo non ci sono medici, solo un'infermiera. »

« Per il momento dovrà bastare. Se mai riuscirò a contattare qualcuno, gli dirò di mandare i soccorsi », disse la guardia.

« Nel caso, lo informi anche di ciò che si aggira in queste acque. »

« Un altro giorno, più o meno, e gli UUV si scaricheranno, ma fino ad allora contribuiranno a proteggere la stazione. »

« Ci siamo », comunicò Jarrah via radio. « Possiamo partire. »

Kowalski si girò verso Byrd. « È pronto a vendicarsi? »

« Non vedo l'ora di restituire il pacco che ci hanno lasciato. »

Kowalski guardò il Twin Otter. Poco prima, aveva raccolto tutte le cariche di Semtex piazzate dal commando per confezionare un regalino da recapitare ai cinesi. « Andiamo a consegnare la posta. »

Byrd fece strada.

Kowalski lo seguì, pensando al piccolo ostacolo da superare per mettere in pratica il suo piano.

Prima dobbiamo arrivare a destinazione.

Guardò verso ovest. Il mondo si stava rimpicciolendo col passare delle ore. Il cielo era sempre più basso. Gli orizzonti rischiarati da fiamme lontane si chiudevano intorno a loro. Un fulmine squarciò le nuvole scure. Un tuono rimbombò in lontananza, proveniente non dal cielo, ma dalle viscere della Terra. E la cenere calda continuava a cadere, saturando ulteriormente l'aria e il mare.

Ciò nonostante, Kowalski era deciso a tenere fede al motto dei postini.

Né la neve né la pioggia né il caldo né il buio della notte m'impediranno di portare a termine il mio giro...

Si guardò intorno con un'espressione cupa prima di aggiungere una postilla.

Né una cazzo di eruzione vulcanica.

Ore 9.55

Sepolta sotto un mucchio di coperte, Jazz cercava di contrastare i brividi che le squassavano il corpo. Aveva talmente freddo che si era messa addosso anche lo spolverino di Kowalski.

Un'infermiera magra, coi capelli rossi e con un forte accento australiano, le aveva dato del paracetamolo. Non poteva prendere nulla di più forte per via della commozione cerebrale, neppure un'aspirina, in quanto avrebbe potuto aggravare un'eventuale emorragia intracranica. « Cerchi magari di riposarsi », le aveva consigliato l'infermiera.

Jazz lanciò un'occhiata al letto accanto. A Haru invece avevano dato antidolorifici veri per steccargli il braccio, e adesso russava piano con la bocca aperta. Almeno lui sarebbe riuscito a concedersi un po' di meritato riposo.

Il letto sull'altro lato era occupato da una persona che Jazz avrebbe preferito non vedere mai più.

Sepolto sotto un cumulo di coperte, il dottor Kim Jong Suk tremava quanto lei. Aveva il viso cinereo, gli occhi iniettati di sangue, la fronte madida di sudore e le labbra screpolate ed esangui. Era stato tra i primi a essere evacuato, ed era già ricoverato nell'infermeria quando la piattaforma era stata attaccata. Il braccio sinistro, appoggiato sopra le coperte, era grigio scuro dal gomito in giù, mentre le dita erano nere e dure, come se fossero incancrenite. Nonostante la flebo di morfina, di tanto in tanto gemeva e si dimenava.

Stava sicuramente peggio di lei. Doveva essere stato punto da più polipi, che gli avevano iniettato un maggiore quantitativo di veleno.

Jazz tirò fuori una mano e la ispezionò: metà palmo era grigia, e due dita erano quasi nere. Non riusciva più a muovere il medio. «Che razza di veleno è?» sussurrò.

Si girò su un fianco e prese il portatile. Se l'era portato dietro quando Kowalski l'aveva fatta salire a bordo dell'idrovolante; nonostante tutto quello che stava accadendo, si era rifiutata di abbandonare le sue ricerche. Per distrarsi dalla febbre e dai dolori, accese il computer e aprì i suoi file, in particolare quelli riguardanti l'Esemplare A17, il pezzo di corallo nero pieno di quei feroci polipi color smeraldo.

Iniziò a riesaminare le immagini e i dati micro e macroscopici, in cerca di qualche elemento che potesse spiegare la gravità della sua condizione e di quella di Kim. Col senno di poi, sarebbe stato meglio se si fosse soffermata sulle nematocisti velenose in modo più dettagliato, invece aveva solo annotato le caratteristiche morfologiche delle cellule... che potevano essere riassunte in una parola.

Enormi.

Frustrata, e tormentata da un mal di testa sempre più forte, aprì il file contenente i pochi dati relativi al DNA del corallo.

Che poi era il motivo per cui era stata punta. Visto che il sequenziatore continuava a generare un codice di errore, si era trovata costretta a prelevare un secondo campione dall'Esemplare A17 per ripetere l'esame genetico.

Tuttavia, nonostante le difficoltà, la prima serie di analisi aveva comunque fornito qualche informazione. In una situazione normale, lo schermo del sequenziatore si sarebbe riempito di dati, mentre in quel caso era pieno di lacune. Non c'era da stupirsi se il NovaSeq si era rifiutato di collaborare. Jazz studiò i pezzi mancanti, cercando di capire perché il sequenziatore non fosse riuscito a leggere quelle sezioni di codice. Se i test sul secondo campione avessero mostrato le medesime lacune, avrebbe significato che il problema non era dovuto al macchinario o alla tecnica utilizzata, ma a un'anomalia del DNA stesso.

Jazz aprì la seconda serie di dati.

Era quello il motivo per cui si trovava ancora nella Stazione Titan Inferiore quando si era imbattuta in Kowalski e gli altri. Aveva approfittato dell'evacuazione per avere il NovaSeq tutto per sé ed effettuare rapidamente un secondo sequenziamento.

Poi purtroppo era stata costretta a fuggire e non aveva avuto modo di analizzare i risultati.

Ma adesso ho tutto il tempo che voglio.

Confrontò la seconda serie di dati con la prima. Ne rimase sorpresa, ma anche sollevata.

Sapevo che non poteva trattarsi di un errore umano.

Le due serie erano perfettamente identiche. In entrambe le occasioni, il sequenziatore non era riuscito a elaborare le stesse parti di codice genetico.

«Che cosa ci nascondi?» bisbigliò, fissando quegli spazi vuoti.

Prima che potesse approfondire la questione, sentì un rumore provenire dal letto di fronte al suo. Kim Jong Suk era in preda alle convulsioni, con la testa gettata all'indietro e la schiuma alla bocca. Jazz controllò i suoi parametri vitali sul monitor vicino: la frequenza cardiaca era superiore ai duecento battiti, e la febbre era schizzata a quaranta.

L'infermiera arrivò di corsa con una siringa.

La temperatura di Kim aumentò ancora. Arrivò un altro membro del personale per tenere fermo il paziente, mentre l'infermiera gli iniettava del diazepam.

Le convulsioni si attenuarono gradualmente fino a sparire del tutto, e il battito cardiaco rallentò. Tuttavia un parametro vitale continuava a peggiorare.

La febbre era salita a quarantatré.

« Dobbiamo far scendere la temperatura », disse l'infermiera.

« Vado a cercare del ghiaccio in dispensa », propose il suo assistente, uscendo di corsa dall'infermeria.

Jazz scosse la testa nel vedere che la temperatura saliva ancora. Era come se stesse bruciando dall'interno. Si mise una mano sulla fronte umida di sudore per controllare le sue condizioni, poi guardò il braccio di Kim. La sua mano era ormai completamente nera.

Lei strinse un pugno, ma altre due dita si rifiutarono di piegarsi.

Abbassò il braccio.

Che cavolo sta succedendo?

30

Giacarta, isola di Giava, Indonesia,
24 gennaio, ore 6.15

« Si parla di una cura? » chiese Heng.

Gray ignorò la sua domanda e finì di leggere l'ultima pagina trovata all'interno della cassaforte, quindi la passò a Xue, seduto al suo fianco alla scrivania di Kadir. Oltre al resoconto vergato a mano, sul piano di mogano c'erano altri disegni che arricchivano quella storia misteriosa.

Dall'altra parte della stanza, Seichan stava confabulando con Zhuang e sua madre; nell'angolo opposto, il capitano Wen parlava con uno dei suoi uomini. Yeung era di guardia sulla porta accanto al direttore del museo.

C'era voluta più di un'ora per leggere tutte le pagine, e in quel lasso di tempo la tensione tra quelle mura era andata via via aumentando. Gray non sapeva quando avrebbe avuto fine la tregua coi cinesi, ma sperava che sarebbe durata abbastanza da permettergli di trovare qualche risposta.

Heng si avvicinò alla cassaforte aperta e fissò i resti macabri di Matthew. Neppure Raffles sapeva per quale motivo il corpo del ragazzo - o meglio, il suo sistema nervoso centrale - avesse subito quella trasformazione. Aveva però descritto la reazione orripilata di Crawfurd nello scoprire che all'interno di quel piccolo cranio c'era del tessuto ancora vivo. Fortunatamente, era sopravvissuto solo altri venti minuti. In seguito, Raffles aveva sepolto i resti del giovane aborigeno nella speranza che in futuro qualche scienziato potesse dare un senso alla sua morte.

Xue girò l'ultima pagina e rimase per qualche istante a fissare il vuoto con aria pensierosa. Era una storia terrificante, e lasciava ancora molte domande senza risposta.

Come le condizioni di Matthew.

«Cosa ne pensa?» disse alla fine a Gray.

Tutti i presenti si avvicinarono ai due uomini.

«Che avete scoperto?» chiese Seichan.

«Il racconto riprende da dove si era interrotto, ovvero l'autopsia dei due cadaveri», rispose Gray, indicando poi la cassaforte sotto il pavimento. «E sappiamo tutti com'è andata una delle due.»

«E l'altra?»

«Stoepker.» Gray sospirò. «Crawfurd ha trovato strani pomfi sul suo corpo, per la precisione nei punti dove la carne non era stata interessata dal processo di biomineralizzazione. Sospettava quindi che avessero qualcosa a che fare con ciò che l'aveva guarito.»

«O almeno che aveva *arrestato* il processo», lo corresse Xue. «Dubito che le ossa dissolte si siano in qualche modo riformate.»

«Giusto», riconobbe lui. «Crawfurd ha trovato altre informazioni su queste bolle nel resoconto di Stoepker, che prima di morire aveva messo su carta tutto ciò che era accaduto a lui e a Matthew dopo aver lasciato la *Tenebrae*.»

«Vale a dire?» chiese Heng.

«Poco dopo essere fuggiti dalla carboniera in fiamme a bordo del tender, c'è stato un violento maremoto. Per poco la loro scialuppa non si è capovolta, ed è stata investita da una pioggia di pezzi di corallo urticanti. Stoepker, inoltre, ha visto qualcosa di strano in quel mare soffocato dalla cenere: 'centinaia di sfere coralline ricoperte di aculei', per usare le sue parole, che vorticavano su se stesse.»

«Cos'erano?» chiese ancora Heng.

«Ci arrivo tra poco. I due naufraghi si sono ammalati e, nel corso delle due settimane successive, le loro condizioni sono peggiorate sempre di più... soprattutto quelle di Matthew... forse perché era più piccolo, o forse perché aveva ricevuto una dose maggiore di veleno. Stoepker ha notato inoltre che quei globi spinosi – e persino frammenti di essi – potevano incendiare qualsiasi materiale infiammabile. Legno, vestiti, pece e così via.»

Xue annuì. « Nel suo resoconto dice di essersi imbattuto in una piccola baia completamente avvolta dalle fiamme. »

Gray guardò tutti i presenti negli occhi per sottolineare l'importanza di quanto stava per rivelare. « Ma in quelle acque non c'erano solo *coralli*. Stoepker parla anche di luci che lampeggiavano intorno e sotto la scialuppa. Matthew era convinto che fossero Serpenti Arcobaleno, sosteneva che li avrebbero salvati se avessero rivolto loro delle preghiere. »

« E cos'è successo? »

« Il ragazzo ha fatto il possibile. Ha realizzato il suo disegno e ha pregato per due giorni e due notti, consumando tante di quelle energie che alla fine è caduto in uno stato comatoso. Tuttavia qualcosa aveva ascoltato le sue preghiere, o forse si è trattato di un caso. Fatto sta che una notte quei serpenti sono emersi ai lati della scialuppa con lunghi tentacoli scintillanti, rivelandosi una specie di cefalopodi bioluminescenti... o almeno così li descrive Stoepker. »

« Cos'erano, in realtà? » domandò Heng.

« Non sono del tutto sicuro che ci sia una risposta a questa domanda », intervenne Xue. « Prima, però, finiamo la storia. »

Gray annuì e riprese il racconto. « Quei tentacoli erano privi di ventose, ma – per citare di nuovo le parole di Stoepker – 'dimenavano filamenti urticanti che penetravano abiti e carni, come se cercassero di arrivarmi alle ossa'. »

« Ecco spiegati i pomfi », commentò Heng. « Qualunque sostanza chimica fosse presente in quei tentacoli, probabilmente ha agito come antidoto al veleno del corallo. »

« È la stessa cosa che pensava Stoepker e, successivamente, anche Crawfurd. Purtroppo, i Serpenti Arcobaleno non sono arrivati in tempo per salvare Matthew, e anche nel caso di Stoepker hanno solo rimandato l'inevitabile, visto che ormai le sue condizioni erano disperate. La tragica storia dei due naufraghi termina qui. »

« Ma viene ripresa in seguito da Raffles e Crawfurd », aggiunse Xue. « Incuriositi dal mito del Serpente Arcobaleno, i due sono partiti alla ricerca della tribù di Matthew. »

«Il ragazzo era originario di un'isola dello stretto di Torres», disse Gray, rivolgendo un cenno al direttore del museo.

Numberi fece un passo avanti, affascinato da quel risvolto della storia. «Molto probabilmente apparteneva al popolo kaurareg. È ragionevole presumere che lo fosse, dal momento che le competenze nautiche degli isolani dello stretto di Torres erano ben note all'epoca, e molti di loro finivano per prestare servizio su navi britanniche e olandesi. Ma cosa ha scoperto Raffles, una volta trovati i kaurareg?»

«Mentre li cercava, è venuto a sapere che, nei giorni successivi alla prima eruzione del Tambora, c'era stato un grande raduno di popolazioni aborigene, provenienti da ogni angolo dell'Indonesia. Avevano raggiunto via mare l'isola di Sumbawa, dove avevano celebrato un rito con centinaia di rombi. A quanto dice il governatore, subito dopo quella cerimonia il vulcano finalmente si è placato.»

«E qualunque cosa avesse avvelenato le acque vicine è sparita», aggiunse Xue.

Seichan non era convinta. «Ma in realtà nessuno ha *assistito* a tutto ciò, a eccezione degli aborigeni che in seguito hanno raccontato l'episodio. Giusto? Per quanto ne sappiamo, potrebbe trattarsi di una storia inventata di sana pianta per accrescere la loro reputazione.»

«Forse, ma Raffles e Crawfurd hanno parlato coi loro anziani, da cui hanno appreso la leggenda del Serpente Arcobaleno. Era un racconto che risaliva a ciò che quelli chiamavano 'Sogno Oscuro', l'alba dell'umanità... o almeno alla comparsa delle popolazioni aborigene in Australia e nelle isole limitrofe.»

Numberi si strofinava il mento, come se volesse intervenire, ma non disse nulla.

«Quel racconto antico era un segreto gelosamente custodito dagli anziani, ma Crawfurd li ha convinti a condividerlo con loro», continuò Xue. «Secondo la leggenda, diversi punti della crosta terrestre sono *sottili,* tanto da consentire l'accesso al regno sotterraneo del Serpente Arcobaleno, un dio in grado di spostarsi sotto il mondo attraverso i corsi d'acqua.»

Numberi annuì.

« Uno di questi punti si trovava sul fondale del mar di Giava, il tratto di oceano Pacifico che bagna l'isola di Sumbawa. Quando gli dei si arrabbiavano, attraversavano questi strati sottili di crosta terrestre per raggiungere la superficie e infliggere le loro punizioni. »

« Ma non era l'unico punto. » Gray prese i disegni trovati nella cassaforte. « Ce n'era un altro molto più importante, quello che a detta degli aborigeni anziani era la vera dimora del Serpente Arcobaleno. »

« Vale a dire? » chiese Seichan.

« Secondo Crawfurd, 'si trova ben oltre tutte le isole, in mari raramente visti da occhio umano'. Ciò nonostante, li ha segnati sul suo diario, commissionando anche una serie di disegni agli artisti di bordo. »

« I disegni dell'isola con gli indigeni? » chiese lei.

« Esatto. Adesso sappiamo che erano gli aborigeni che hanno accompagnato Crawfurd all'*altro* punto sottile della crosta terrestre, la dimora dei loro dei. Credo che Raffles abbia nascosto questi disegni nella cassaforte perché, a differenza degli altri, erano sufficientemente dettagliati da permettere l'identificazione dell'isola. » Fece scivolare sul tavolo il disegno di una grossa montagna piena di crateri.

« Scommetto che è un vulcano, l'equivalente del Tambora in quei 'mari raramente visti da occhio umano' », commentò, prima di mostrare un secondo disegno. « Qui possiamo vedere l'isola da un'altra angolazione, forse il lato opposto. In basso c'è anche una mappa, o forse quella delle barriere coralline che la circondano. »

«Sa dove si trova?» chiese Numberi, palesemente incuriosito da quel mistero collegato al popolo del suo bisnonno.

«Non ancora», rispose lui. «Ma ho qualche idea.»

Xue lo guardò, però Gray gli fece cenno di proseguire con la storia.

«Crawfurd ha passato tre mesi su quell'isola, acquisendo quante più informazioni possibili», proseguì Xue. «Ha visto coi propri occhi come gli aborigeni anziani evocavano il Serpente Arcobaleno coi loro rombi, ha appreso altro sullo strano corallo e ha scoperto cosa lo legava a quegli strumenti rituali. È arrivato persino ad analizzare campioni di entrambi in gran segreto. Gli anziani però l'hanno scoperto e, reputando il suo gesto profondamente sacrilego, lo hanno condannato a morte. Tuttavia lui è riuscito a fuggire con uno dei loro sacri rombi e coi disegni che aveva realizzato.»

Gray abbassò lo sguardo sugli schizzi e iniziò a cambiarne la disposizione sul tavolo, quasi che fossero tessere di un puzzle da comporre. Xue gli diede una mano, condividendo con lui suggerimenti e intuizioni.

Una volta che furono pronti a presentare al meglio il lavoro di Crawford, Gray riprese la parola. «Il nostro intrepido dottore ha dato inizio alla sua ricerca studiando il *corallo* di Stoepker, dunque seguiamo il suo esempio. Qui abbiamo un disegno dettagliato dell'esemplare in tutta la sua gloria, ciò che Crawfurd ha chiamato *Perfidia lithiasis*, ovvero 'pietra infida'.» Batté l'indice sulla splendida rappresentazione di un albero di corallo nero; nell'angolo superiore sinistro del foglio c'era un ingrandimento di uno dei suoi polipi con otto tentacoli.

Xue indicò l'ingrandimento. « A giudicare dal livello dei dettagli, la Società Bataviana doveva aver messo a disposizione di Crawfurd microscopi, strumenti di dissezione e qualsiasi altro attrezzo che potesse tornargli utile per le sue ricerche. »

« Anche questi sono opera sua. » Gray attirò la loro attenzione su un altro albero di corallo, una sezione trasversale del suo scheletro pietroso e un primo piano di un polipo urticante.

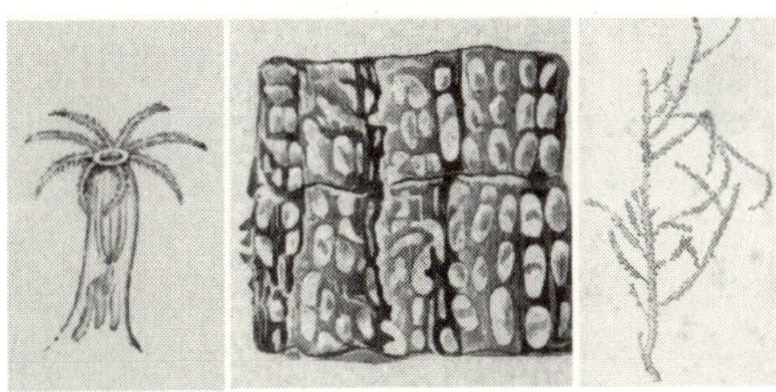

« Mentre si trovava sull'isola, Crawfurd ha assistito a un'eruzione », proseguì Xue. « Abbastanza violenta da convincerlo a tornare sulla sua nave. In acqua, però, ha visto le 'sfere coralline ricoperte di aculei' descritte da Stoepker. Avendo letto quel resoconto, e sapendo dunque che rappresentavano una minaccia terribile, ha implorato l'aiuto delle sue guide aborigene. Queste hanno fatto roteare i loro rombi fino a evocare il

Serpente Arcobaleno, che è emerso dal mare coi suoi tentacoli scintillanti e ha ricacciato la minaccia negli abissi. Anche l'eruzione è cessata, come se quegli uomini fossero riusciti a placare l'ira degli dei degli inferi.»

«O forse è stata una coincidenza», gli ricordò Seichan.

Gray ignorò il suo scetticismo e indicò un altro disegno. «Ecco come apparivano a Crawfurd quelle strane sfere di corallo.»

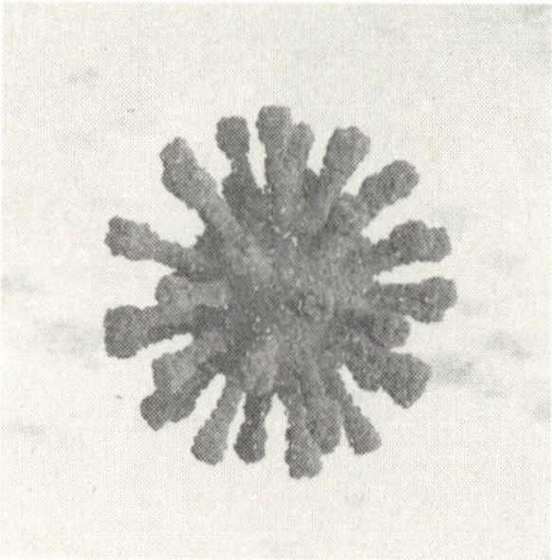

«Sembra una mina galleggiante», commentò Zhuang.

«O una particella virale», propose Heng.

Gray accolse entrambe le ipotesi. «Vero. Se la sua storia è attendibile, probabilmente era *entrambe* le cose. Proprio come una mina marina, rappresentavano un pericolo per le navi di passaggio. E forse servivano proprio a questo, a difendere la specie. Ogni volta che i coralli avvertivano una minaccia, rilasciavano queste armi biologiche per sventarla.»

Heng osservava i disegni con un'espressione confusa. «Cos'hanno a che fare questi coralli aggressivi e pericolosi col Serpente Arcobaleno, che invece sembra una specie relativamente benevola?»

Gray si girò verso Xue. «Lascio la parola al maggiore, che ha elaborato una teoria al riguardo.»

«Credo che in realtà siano la stessa specie, di cui i Serpenti sono la versione adulta», spiegò Xue. «A quanto pare Crawfurd sospettava la stessa cosa. Se ci sia arrivato da solo o sia stato aiutato da un anziano non è dato sapersi. Fatto sta che ha disegnato questo.» Mostrò uno schizzo che illustrava la trasformazione di un polipo con otto tentacoli in una creatura più grande e indipendente e dotata di occhi.

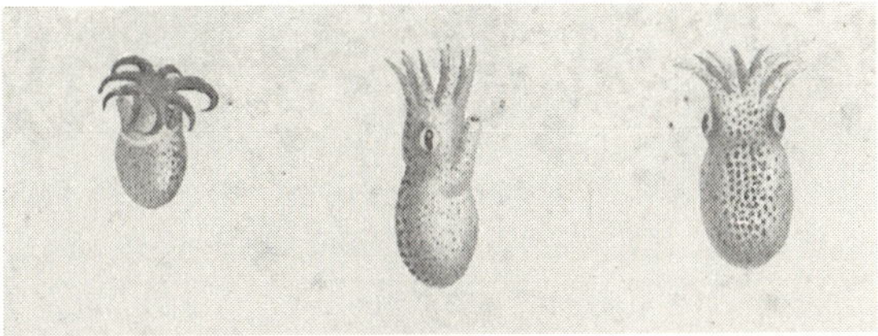

« Credo rappresenti il ciclo di vita della specie », chiarì Xue.

« ... che si conclude con la formazione del Serpente Arcobaleno », chiosò Heng.

Gray annuì. « Esatto. Crawfurd ha studiato anche questa versione adulta della specie. Riteneva che vivesse nelle profondità marine e riemergesse solo in caso di necessità, il che il più delle volte significava limitare i danni provocati dagli esemplari più giovani. »

Xue prese gli ultimi due disegni. « Qui abbiamo un bozzetto anatomico che mostra il sistema circolatorio di questi serpenti dai tentacoli lisci e le papule che espellono i loro filamenti urticanti.

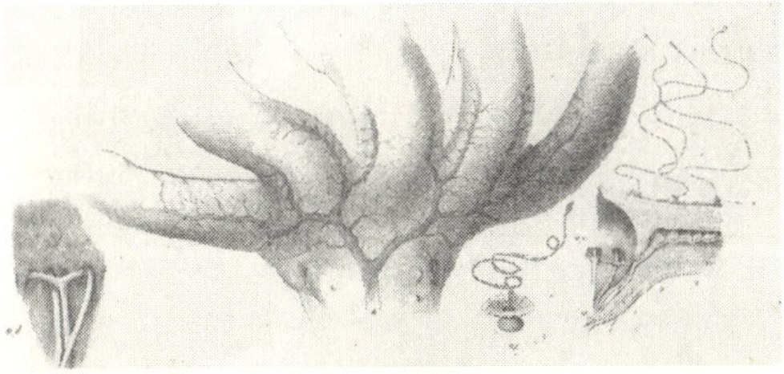

« Sospetto che Crawfurd abbia realizzato altri disegni, ma che abbia deciso di condividerne solo una parte per non lasciarsi dietro troppi indizi su ciò che lui e Raffles stavano cercando di proteggere. Tuttavia ha dedicato molto tempo ad analizzare e a disegnare quei *viticci* urticanti. In quanto medico, doveva trovarli molto interessanti. » Xue mostrò l'ultimo bozzetto, che ritraeva nel dettaglio l'anatomia e la conformazione di quei filamenti.

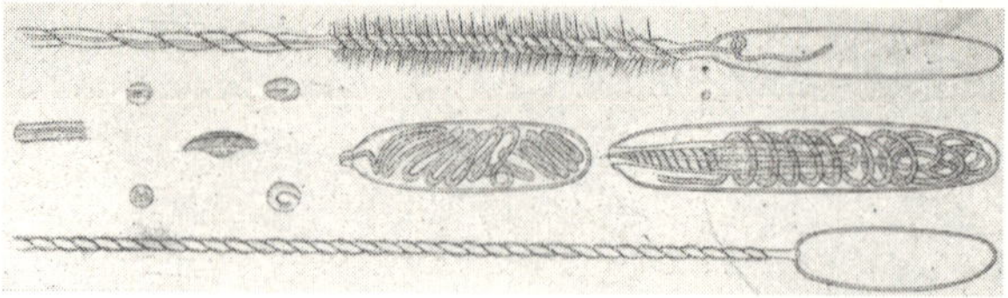

Heng si avvicinò, dimostrando la stessa curiosità intellettuale dell'antico collega. «Potrebbero essere delle versioni modificate delle cellule urticanti dei coralli. Forse è così che curavano i malati, somministrando un antidoto che contrastava gli effetti delle tossine rilasciate dagli esemplari più giovani.»

Gray raccolse i fogli. «Così hanno raccontato a Crawfurd. Ma non sappiamo se abbia mai avuto la possibilità di accertarsene.»

Seichan si adombrò. «Dunque potrebbe trattarsi solo di un sentito dire, come il fatto che i rombi degli aborigeni riuscissero a placare le eruzioni.»

Lui non ribatté, un po' di sano scetticismo era legittimo.

Xue stava fissando di nuovo il vuoto, perso nei suoi pensieri.

Gray aspettò.

Alla fine il maggiore si appoggiò allo schienale della sedia. «Ciò che mi colpisce in tutta questa storia è il ruolo svolto dall'*armonia*. È stato un segnale ELF a dare il via a tutto, nel momento in cui il nostro modulo lunare ha perforato un deposito di quello che riteniamo essere un pezzo della crosta cristallina di Theia. Mi chiedo... e se quella particolare frequenza e lunghezza d'onda equivalessero a una *richiesta di soccorso*? Forse hanno lanciato il segnale perché hanno percepito la trivellazione come una minaccia.»

«Ma come facevano a sapere cosa stava succedendo sulla Luna?» obiettò Seichan.

«Come ho detto prima, tutti i pezzi di Theia – sia quelli presenti nel mantello terrestre sia quelli nel sottosuolo lunare – potrebbero essere in contatto tra loro grazie a un qualche tipo di entanglement quantistico che noi non riusciamo a comprendere.»

Gray provò a prendere per buona quell'ipotesi, esplorando le sue possibili implicazioni. «Se così fosse, probabilmente nel

2020 è rimasto tutto tranquillo perché dalla Luna non è giunta nessuna conferma di 'Aiuto!' dopo la richiesta di soccorso.» Si voltò verso Xue. «Ma cosa sta succedendo adesso?»

«Posso solo azzardare una risposta. Due settimane fa, abbiamo inviato lo stesso segnale ELF, ma molto più potente... forse è stato recepito come un'altra richiesta di soccorso... Arrivava da una montagna.» Contrasse il volto in un'espressione preoccupata, come se fosse giunto a una conclusione inquietante.

«Che c'è?» lo incalzò Gray.

«I nostri geologi che stanno studiando i terremoti da due settimane ritengono che i vettori delle forze si stiano spostando dalla fossa delle Tonga verso le nostre coste», rispose lui, con una punta di panico nella voce. «Ciò che sta succedendo potrebbe essere una risposta alla richiesta di soccorso inviata dal nostro array... forse i terremoti e le eruzioni sono una conseguenza del tentativo di raggiungere la fonte del nostro segnale sulle montagne.»

«E pur di riuscirci stanno distruggendo il mondo», aggiunse Gray.

«Ma che relazione c'è tra questa strana specie – venerata come una divinità dalle popolazioni aborigene – e gli eventi che stanno squassando il mondo?» chiese Heng.

Xue scosse la testa, più che disposto ad ammettere la sua ignoranza.

Anche Gray accantonò quella domanda... almeno per il momento. «Se, come dice lei, è tutta una questione di 'armonia', allora forse la frequenza tonale di un rombo fatto roteare in un determinato modo equivale a un segnale di 'cessato pericolo', che comporta l'interruzione di qualsiasi cosa provochi lo slittamento delle placche tettoniche e gli attacchi di quelle mine virali descritte da Stoepker.»

Xue si alzò. «C'è solo un modo per scoprirlo. Abbiamo un aereo e possiamo procurarci una nave. È un bel rischio, ma il monte Tambora non è distante.»

«Ha intenzione di *verificare* questa teoria?» gli chiese lui, alzandosi a sua volta. «All'ombra di un vulcano che poche ore fa ha quasi spaccato il mondo in due?»

« Se questa minaccia è davvero diretta verso la Cina - e successivamente il mondo intero - il vostro aiuto mi farebbe molto comodo. »

« Dunque la nostra tregua è ancora valida? »

Lui scosse la testa mentre usciva dall'ufficio. « No. »

Confuso, Gray si affrettò a seguirlo.

Xue si guardò indietro. « Adesso è un'alleanza. »

PARTE SESTA

PARADISO OSCURO

31

Oceano Pacifico,
seicento miglia a NE di Auckland,
24 gennaio, ore 11.17

Monk era seduto all'interno della stazione di comunicazione sul ponte del *Titan X*. Indossava una tuta beige da lavoro per mimetizzarsi tra i membri dell'equipaggio, che si affaccendavano in silenzio intorno al comandante Stemm, in piedi davanti al timone.

Tre soldati in mimetiche da combattimento nere e blu li tenevano sotto tiro coi loro fucili QBZ. Tuttavia non erano stati loro tre a farli prigionieri. Lo yacht e tutti i suoi passeggeri erano intrappolati in una rete... tesa sopra e sotto il mare.

Monk si guardò intorno. Tre ore prima, un'enorme nave anfibia li aveva raggiunti a tutta velocità. Era un Landing Craft Air-Cushion di Tipo 726, un mezzo da sbarco cinese chiamato *Yema,* ovvero « cavallo selvaggio ».

Uno stallone che aveva subito tenuto fede al suo nome.

Al suo arrivo si era dimostrato particolarmente agile a dispetto delle notevoli dimensioni. Spinto da due eliche alte sette metri azionate da motori a turbina a gas, aveva aggirato più volte lo yacht, quasi fluttuando sui suoi giganteschi cuscini d'aria, gli stessi che gli permettevano anche di muoversi sulla terraferma, persino sulle spiagge di sabbia.

L'LCAC aveva un carico massimo di sessanta tonnellate, dunque poteva accogliere centinaia di soldati, ma non era quello il suo scopo principale. Sul ponte, infatti, trasportava un carro armato da combattimento di Tipo 96, un veicolo comunemente schierato su imbarcazioni di quel genere, solo che quel modello era sormontato da una cupola corazzata piena di antenne.

Monk immaginava che quel cingolato, come qualsiasi altro

mezzo a bordo dello *Yema*, fosse stato dronizzato. Anche il ponte del gigantesco hovercraft aveva subito delle modifiche: le due strutture fisse che correvano parallele su ciascun lato, con un largo spazio centrale per carri armati, piattaforme di atterraggio e veicoli di fanteria, avevano lasciato il posto a una timoniera solitaria ubicata a prua, sul lato di babordo dello scafo. Il resto del ponte era disseminato di catapulte elettromagnetiche e gru da cui pendevano UUV e AUV di ogni tipo. Tra questi c'erano diversi Sea Whales e Hidden Dragons, due modelli progettati per operare autonomamente sottacqua, una caratteristica che li accomunava ai numerosi siluri impilati come tronchi d'albero sui supporti di lancio. Infine, qui e là si vedevano droni ad ala fissa e a decollo verticale.

Qualcuno aveva trasformato quell'LCAC in una nave da combattimento completamente autonoma.

In precedenza, il comandante Stemm aveva aiutato Monk a capire con cosa avevano a che fare, dato che, per via del suo passato nella Marina australiana, conosceva gran parte della tecnologia usata su quel mezzo, avendo seguito lo sviluppo delle forze navali cinesi controllate dall'intelligenza artificiale.

Appena giunto a destinazione, lo *Yema* aveva lanciato una serie di droni in aria e in mare, creando una rete di dispositivi di sorveglianza e di difesa intorno al *Titan X*, che non aveva potuto fare altro che arrendersi e consentire a un contingente di soldati di salire a bordo. Di questi, solo una ventina era scesa dall'hovercraft; altri cinquanta erano sbarcati dal sottomarino d'attacco giunto poco dopo sul posto, e che adesso girava oziosamente in cerchio a un miglio di distanza, come un adolescente annoiato. Del resto, dopo aver scaricato le truppe di supporto, la sua utilità si era esaurita. L'LCAC era sufficiente a tenere sotto controllo la nave da ricerca, anche se a bordo aveva un equipaggio composto al massimo da due o tre uomini. I suoi sistemi, infatti, erano stati progettati per operare con una supervisione umana minima, se non del tutto assente.

Stemm si allontanò dalla sua postazione, attirando l'attenzione di due soldati, che però distolsero subito lo sguardo. Sapevano che l'equipaggio sul ponte non costituiva una minaccia; inoltre, col passare delle ore la loro soglia di attenzione si era abbassata.

Si avvicinò a Monk. « Il radar ha rilevato un'ombra lontana a ovest », mormorò con un pugno davanti alla bocca, fingendo uno sbadiglio. « Mastico un po' di mandarino... ho sentito quei bastardi parlare di un LHD. »

Un landing helicopter dock.

Lui soffocò un gemito, poi si girò verso il mare. Fulmini frastagliati squarciavano le nuvole basse, ma non riuscivano a illuminare quella nuova minaccia.

Era ancora troppo distante.

« Quanto manca al suo arrivo? »

« Alla velocità attuale, un'ora. »

Monk ripensò al grosso drone con le ali a V che ore prima era sfrecciato sopra di loro, e giunse alla conclusione che doveva essere decollato dalla nave più grande in avvicinamento. Evidentemente i cinesi non volevano correre rischi, qualunque cosa stessero cercando di nascondere o recuperare sul fondo della fossa doveva essere molto importante.

Da quando avevano preso possesso dello yacht, i soldati stavano sottoponendo i ricercatori a interrogatori brutali per cercare di capire cosa sapevano, e quella probabilmente era l'unica ragione per cui il *Titan X* non era stato ancora affondato.

Dalla sua postazione, vicino alle telecamere di sicurezza, Monk aveva assistito impotente mentre assaltavano la Città della Scienza. I corridoi erano ancora disseminati dei cadaveri di chi aveva provato a opporre resistenza. Molti altri erano stati picchiati e feriti nel corso degli interrogatori.

Monk aveva notato che a coordinare le operazioni era una donna, che si distingueva per la deferenza che le veniva mostrata e per il fatto che era l'unica a non portare la mimetica. Indossava invece una giacca blu scuro con grosse spalline sopra una camicia bianca e una cravatta.

Alcune voci alle sue spalle anticiparono l'arrivo di un gruppo di soldati, guidati proprio da quella donna. Al suo fianco c'era un colosso con le nocche sanguinanti e lacere, il che lo identificava come uno degli addetti agli interrogatori. I tre uomini di guardia sul ponte scattarono sull'attenti.

Tenendo gli occhi bassi, Monk li sentì rivolgersi alla nuova arrivata.

« *Hăijūn shang xiao Tse* », dissero in coro.

Digrignò i denti. *Capitana Tse.* Doveva essere proprio la leader di quella task force. La spiò con la coda dell'occhio mentre lei si avvicinava alle vetrate per osservare la nave che aveva requisito.

I droni ronzavano come moscerini intorno allo yacht. Le piccole vele degli AUV e degli UUV smuovevano lo strato di cenere sulla superficie dell'oceano, mentre altri veicoli sottomarini pattugliavano le acque più in profondità. La donna si mise le mani sui fianchi, chiaramente soddisfatta dello spettacolo.

Si voltò. Nonostante l'ombra proiettata dalla tesa del cappello, Monk notò che le brillavano gli occhi. I capelli corti e lisci le arrivavano alla base del collo. Il completo e la camicia erano impeccabili come i suoi modi; l'unico neo era uno schizzo di sangue sul bavero della giacca.

Dev'essersi avvicinata troppo a quello scimmione con le nocche insanguinate.

La capitana si consultò proprio con lui prima di avvicinarsi al comandante Stemm, che nel frattempo era tornato al timone.

« Comandante », esordì la donna, passando all'inglese. « Mi risulta che un vostro sommergibile si sia immerso poco prima che arrivassimo. È stato rilevato dal nostro sottomarino, e la cosa mi è stata confermata dagli uomini con cui abbiamo parlato sulla sua nave. »

Stemm annuì. « Era un'immersione programmata. Tutto qui. »

Lei fece un passo avanti. « Non le credo. »

L'uomo provò a indietreggiare, ma fu bloccato dal gorilla, che gli si era piazzato alle spalle con una pistola in pugno.

« A quanto mi ha riferito il comandante del nostro sottomarino, avete fatto un bel po' di rumore quando si è immerso... come se steste cercando deliberatamente di nasconderne la discesa. »

Stemm serrò le labbra, rifiutandosi di rispondere.

« Ho anche sentito che avete scoperto un'immensa foresta di corallo e strane forme di vita sul fondo dell'oceano. E poi voci sull'apertura di una grossa crepa che ha inghiottito un certo relitto e una sezione della foresta.»

La capitana Tse sembrava compiaciuta. Evidentemente il suo uomo aveva fatto un ottimo lavoro nell'estorcere informazioni, che adesso lei poteva usare per torchiare il suo nuovo bersaglio. La postura rigida e il petto in fuori facevano intuire l'enorme peso che portava sulle spalle. In quanto donna, probabilmente aveva lottato con le unghie e coi denti per arrivare a ricoprire quella posizione, costretta a dimostrare di essere più determinata, più cinica e più scaltra dei colleghi maschi.

Monk cercò di provare comprensione per lei, ma poi ripensò ai cadaveri nei corridoi e ai volti tumefatti dei ricercatori.

Che vada al diavolo.

«A cosa sono interessati gli uomini a bordo di quel sommergibile?» proseguì la capitana. «Vogliono rubare la tecnologia del nostro nuovo sottomarino nucleare, o stanno indagando sull'origine dei terremoti?»

Stemm doveva essersi reso conto che era inutile continuare a mentire. «Il nostro unico interesse è capire se c'è un collegamento tra quel relitto e lo sciame sismico.» Indicò i bagliori distanti delle fiamme. «Bisogna fare qualcosa per fermare le eruzioni e le scosse, questo deve riconoscerlo.»

«Io *riconosco* che, in operazioni come questa, dovrebbe esserci un solo comandante.» Rivolse un cenno al suo gorilla, che puntò la pistola dietro la nuca del prigioniero.

Monk fece un passo avanti.

Lo sparo lo assordò, facendogli fischiare le orecchie.

La capitana si era spostata all'ultimo momento per evitare gli schizzi di sangue e i brandelli di materia grigia. Stemm si accasciò sul ponte mentre il resto dell'equipaggio indietreggiava con espressioni inorridite.

Monk serrò la protesi con una forza tale da far scrocchiare le nocche.

La donna si girò dalla sua parte, come se l'avesse sentito, ma ignorò il pugno e lo guardò dritto in faccia. «Dottor Kokkalis. Io e lei dobbiamo parlare. Sono molto interessata al coinvolgimento della DARPA in questa storia.»

Lui si rifiutò di distogliere lo sguardo.

E tanti saluti al tentativo di passare inosservato.

Evidentemente il gorilla era bravo con gli interrogatori. Troppe persone a bordo del *Titan X* conoscevano la sua storia... o almeno la versione che era stata raccontata loro. Al momento, isolati com'erano, dubitava che i cinesi sapessero del suo legame con la Sigma. Doveva sperare che quella donna restasse il più a lungo possibile all'oscuro di quel dettaglio.

La capitana abbaiò un ordine, e due soldati armati di fucile gli intimarono di muoversi.

« Riprenderemo la nostra conversazione a breve, dottor Kokkalis », lo congedò lei, abbassando poi lo sguardo sul ponte. « Prima c'è un'altra faccenda di cui devo occuparmi *personalmente.* »

Mentre veniva condotto via, Monk guardò l'LCAC. A bordo della nave d'attacco c'era un mezzo che non era stato ancora utilizzato. La sua forma squadrata e la cupola di vetro sul davanti lo rendevano inconfondibile.

Un sommergibile per immersioni profonde.

Solo che quel modello era stipato di grossi siluri, probabilmente progettati per essere utilizzati a profondità estreme.

Monk si girò verso la capitana, che stava fissando a sua volta il gigantesco hovercraft. Chiuse gli occhi e poi spostò lo sguardo in lontananza, rivolgendo un avvertimento silenzioso all'equipaggio dell'USV diretto alla fossa.

Attenti, sta arrivando un altro squalo.

32

Diecimila metri sotto il Pacifico,
24 gennaio, ore 11.32

« Rilascio zavorra », comunicò Bryan, rallentando il DSV.

Phoebe si ridestò di colpo, sorpresa. Dopo una notte insonne e tre ore di discesa silenziosa e monotona in quelle acque scure, era scivolata in un sonno leggero.

Si girò verso Datuk per chiedergli delle radiazioni, ma lui non le lasciò neppure il tempo di fargli la domanda. « Centotrenta rem », disse, indicando i rilevamenti dei sensori esterni sul suo monitor.

« E nell'abitacolo? » s'informò lei.

Per quella nuova immersione, Datuk si era procurato un rilevatore di radiazioni portatile con cui monitorare la situazione all'interno del *Cormorano*. La spessa cupola di vetro piombato e titanio garantiva loro una certa protezione, ma non li isolava del tutto dall'ambiente esterno. « Per ora la situazione è sotto controllo. Rilevo solo otto rem... ma ti sconsiglio di andare a farti una nuotata là fuori. »

« Mi aspettavo peggio », commentò Adam. « Dopotutto, siamo oltre i novemila metri di profondità... abbiamo quasi raggiunto il fondale. »

Phoebe guardò fuori, consapevole che il livello delle radiazioni era già sufficientemente alto. Il tratto di foresta sotto di loro era immerso nelle tenebre. In lontananza, uno scintillio luminescente indicava invece il corallo ancora incontaminato. La zona morta si era ampliata di almeno quattro volte.

Sapeva però che l'oscurità in basso non era dovuta al corallo asfissiato dalle radiazioni, ma alla bocca della fenditura che si era aperta poche ore prima. Stando alle misurazioni batimetriche, era lunga due chilometri e larga cinquecento metri.

Prese i comandi e attivò il sonar.

«Trovato qualcosa?» le chiese poco dopo Adam.

Lei gli indicò il monitor. «Guarda tu stesso.»

Il sonar multibeam del DSV mostrava le pareti sotterranee della crepa, due scogliere frastagliate che precipitavano a strapiombo per almeno altri duemila metri rispetto al fondo della fossa. A quella profondità, però, le immagini saltavano, dunque era impossibile stabilire se e quanto scendessero ancora.

«Qualcosa sta assorbendo il segnale sonar, o gli impedisce di tornare indietro», spiegò lei.

«Cosa potrebbe essere?»

Phoebe elencò le varie possibilità: «Cambiamenti nella densità dell'acqua, un segnale sonar proveniente da un'altra fonte, fauna marina rumorosa». Scosse la testa. «Ma dovremmo comunque rilevare *qualcosa,* invece il nostro segnale sparisce semplicemente nel nulla.»

Adam propose un'alternativa inquietante. «Forse la fenditura è così profonda che il sonar non riesce a raggiungere il fondale.»

«Questo sarebbe possibile solo se fosse a centinaia di chilometri di profondità.»

Lui fece spallucce. «Hai una spiegazione migliore?»

Phoebe si rivolse al pilota. «Continuiamo a scendere a questa velocità. Se le radiazioni dovessero peggiorare, avremo il tempo di risalire senza mettere a repentaglio la nostra sicurezza.»

«Centottanta rem all'esterno, e dieci all'interno», le comunicò Datuk.

«Forse le radiazioni sono inferiori alle nostre previsioni perché il sottomarino è precipitato in una buca molto più profonda», ipotizzò Adam. «Come ho già detto, l'acqua è un ottimo isolante, soprattutto a queste pressioni.»

Intanto il *Cormorano* aveva raggiunto la parte superiore della foresta, e poco dopo iniziò a scendere tra le sue rovine, una distesa buia e minacciosa di rami e tronchi spezzati di corallo. Non c'era nulla che si muovesse, brillasse o tremolasse in quel luogo di tenebra.

L'equipaggio ammutolì, come in segno di rispetto per quel cimitero che stavano attraversando. Phoebe sentì stringersi il petto, e il suo respiro si fece più pesante.

Che devastazione.

Man mano che scendevano, i tronchi degli alberi si facevano sempre più spessi. Coi suoi trecento metri di altezza, la foresta che li circondava era alta come l'Empire State Building. Phoebe poteva solo supporre l'età di quei coralli neri: considerata la lentezza con cui crescevano, dovevano avere milioni di anni.

Si guardava intorno a bocca aperta, affascinata dai misteri che celava quel luogo maestoso.

Dieci minuti dopo, il DSV raggiunse la base della foresta. I tronchi, ormai larghi una decina di metri, formavano un colonnato gigantesco intorno a loro, una cattedrale buia a diecimila metri sotto il livello del mare.

« Ci siamo », sussurrò Bryan, mentre superavano le colossali radici ed entravano nella fenditura.

« Duecento rem », comunicò Datuk.

Adam si sporse verso il vetro per osservare la parete rocciosa all'esterno. « Non vedo segni di vita sulla sua superficie. »

« È completamente spoglia », convenne Datuk. « E in alcuni punti la roccia si sta ancora sgretolando. »

« È impensabile che si tratti di una spaccatura rimasta a lungo nascosta sotto un ponte di coralli, dev'essersi formata di *recente.* »

« Probabilmente dopo l'ultima scossa. »

« Ma perché? » chiese Phoebe, perplessa. « E perché proprio qui? » Si guardò alle spalle. « Non può essere una coincidenza che abbia inghiottito quel sottomarino radioattivo. »

« Forse i terremoti che si sono succeduti nelle ultime due settimane stavano tentando di costringerlo ad allontanarsi », ipotizzò Datuk, anche se lui stesso era poco convinto. « E poi, subito dopo l'ultimo picco di radiazioni, qualcosa ha deciso che ne aveva avuto abbastanza ed è intervenuto direttamente. »

« Ma chi mai potrebbe fare una cosa simile? »

« Non ne ho idea. » Indicò il monitor. « Ma quest'acqua è troppo *pulita*... non rilevo tracce di microplastiche, i livelli di ossigeno disciolto sono alle stelle e la salinità è bassissima. Non dovrebbe essere così, a meno che non ci sia qualcosa che la sta depurando. »

Phoebe ricordò di aver riflettuto su quel mistero durante

l'immersione precedente, quando aveva paragonato quegli sterminati banchi corallini alla foresta amazzonica, uno dei polmoni della Terra. Quella foresta sottomarina svolgeva un compito simile, preservando la purezza di quelle acque? Datuk aveva ragione nel sospettare che qualcosa stava tentando fisicamente di allontanare dalla fossa quel sottomarino tossico che perdeva scorie nucleari?

« Stiamo per battere un record », disse Bryan, strappandola ai suoi pensieri.

« Che record? » chiese lei.

Lui rivolse un cenno al profondimetro che monitorava la loro discesa, dove il *Cormorano* appariva come un puntino alato che scendeva parallelamente a un gradiente scalare. « Siamo quasi a undicimila metri. Il primato mondiale d'immersione più profonda è detenuto da Victor Vescovo, poco più di 10.900 metri a bordo di un sommergibile come il nostro progettato dalla Triton. »

Tutti gli si avvicinarono per vedere il DSV battere quel record, e sorrisi stanchi si allargarono sui loro volti.

« Avremmo dovuto portare una bottiglia di champagne », borbottò il pilota.

Adam sospirò. « Speriamo di avere la possibilità di raccontarlo ai tizi del Guinness. »

« Fino a che profondità può spingersi il *Cormorano*? » chiese Datuk.

« Come la maggior parte dei sommergibili, anche questo è stato progettato per resistere a pressioni superiori a quelle di qualsiasi fossa conosciuta. »

« Ovvero? Qual è la sua profondità di collasso? » insistette lui.

« Quattordicimila metri... Ma questo valore si basa su test di laboratorio, non è mai stato confermato in condizioni reali », replicò Bryan.

« Be', credo che presto scopriremo se è corretto », commentò Adam.

Il silenzio calò di nuovo su di loro, mentre continuavano a scendere in quell'oscurità senza fondo.

Ore 12.07

Daiyu prese posto nell'abitacolo del *Qianliyan*. Quel batiscafo per immersioni profonde prendeva il nome da un demone cinese, che significava «occhio che vede lontano». Secondo la leggenda, questa creatura malevola aveva sfidato Mazu, la dea del mare, che però l'aveva sottomessa, e da allora il demone era diventato il suo guardiano e il protettore delle profondità marine. Era un nome appropriato, soprattutto perché era stata lei a sceglierlo quando ne aveva costruito il prototipo insieme con un team d'ingegneri del Southern Marine Science and Engineering Laboratory di Guangdong. Successivamente la Marina l'aveva modificato per realizzarne una versione che poteva essere imbarcata sulla loro nave d'attacco anfibia. Lei l'aveva ispezionato durante il viaggio, e ne era rimasta molto soddisfatta. La Marina aveva implementato tutte le sue specifiche ingegneristiche, compreso l'abitacolo in titanio e plexiglas con una precisione sferica del 99,978 per cento.

Ma soprattutto...

Ha mantenuto il nome che gli avevo dato.

La considerava una testimonianza del suo successo.

Il *Qianliyan* aveva una sfera a due posti circondata da un guscio nero opaco a forma di lacrima, con una sporgenza convessa di vetro sul lato anteriore. Nasceva principalmente come nave da sorveglianza e ricognizione, ma poteva essere impiegato anche nella guerra antisommergibile, e infatti aveva quattro siluri *Dú-yá* agganciati sotto il lato inferiore. Quel nome, in cinese, voleva dire «zanne velenose», e quei grossi proiettili lo erano a tutti gli effetti. La loro struttura slanciata e i motori a pistoni, alimentati da un propellente per razzi a combustibile solido, erano concepiti per resistere a pressioni altissime. Quelle armi erano lente a profondità estreme, ma letali e inesorabili una volta agganciato il bersaglio.

Un rumore annunciò l'arrivo del suo copilota, il tenente Yang Háo, che prese posto al suo fianco. Il suo secondo in comando aveva dato prova delle proprie capacità durante gli interrogatori a bordo dello yacht, e avrebbe fatto altrettanto nelle profondità marine.

Eseguirono in silenzio un check dei sistemi, quindi l'uomo si girò dalla sua parte. «Capitana Tse, sono perfettamente in grado di pilotare il *Qianliyan*, e sarei onorato di farlo. Non c'è bisogno che anche lei scenda nella fossa.»

Lei gli scoccò un'occhiataccia.

Per *numerose* ragioni.

Innanzitutto quel veicolo l'aveva progettato lei, dunque non avrebbe permesso a nessun altro di pilotarlo durante la sua prima missione operativa. Per gran parte della sua carriera - tolto un breve periodo come ufficiale di rotta su una portaerei - si era dedicata principalmente al settore di ricerca e sviluppo. Era però consapevole che il merito intellettuale da solo non le avrebbe permesso di conquistare il grado di ammiraglio, doveva dimostrare il suo valore sul campo di battaglia, affilare la sua spada col sangue dei nemici della Cina.

In secondo luogo si trovava in quelle acque anche per sottoporre tutti i suoi progetti autonomi a una prova di fattibilità. Affidare il controllo della superficie al clone militarizzato della sua nave gestita dall'intelligenza artificiale era una dimostrazione di quanto si fidasse del proprio lavoro. Se quei sistemi avessero avuto bisogno di un monitoraggio costante e di un continuo intervento umano, non avrebbero avuto nessuna ragione di esistere.

Pilotare personalmente il *Qianliyan* avrebbe rafforzato la sua fiducia in se stessa e dimostrato la sua volontà di mettere la ricerca al di sopra di ogni cosa, persino della sua stessa vita.

Ma c'era un ultimo motivo.

Prima di lasciare la Cambogia, aveva ricevuto l'ordine di distruggere il relitto del *Changzheng 24*, per evitare che una potenza straniera potesse recuperarlo e scoprire i loro progressi nel settore navale.

Inoltre, ancor più importante, il dottor Choi Aigua era intenzionato a replicare il suo esperimento, inviando un altro segnale ELF in quella fossa. Avrebbe potuto essere il primo passo verso l'avvento di un nuovo sistema di armamenti destinato a sconvolgere l'equilibrio mondiale.

Affinché ciò avvenisse, era necessario che qualcuno fosse

presente sul posto per osservare gli effetti dell'esperimento... e sopravvivesse per poterlo raccontare.

Il *Qianliyan* era allo stesso tempo più piccolo e più corazzato del sottomarino affondato, una fortezza costruita per sopportare pressioni estreme. I suoi sistemi elettronici, collocati in una gabbia di Faraday, potevano resistere a qualsiasi esplosione elettromagnetica. Daiyu era sicura che il batiscafo fosse in grado di affrontare senza problemi le conseguenze della nuova trasmissione del segnale ELF.

Il suo ruolo in quella missione, soprattutto se fossero riusciti a realizzare un'arma così potente da scuotere il mondo, le avrebbe garantito in futuro il grado di ammiraglio della flotta cinese.

Ma prima aveva un altro obiettivo da portare a termine: trovare e distruggere l'altro sommergibile. Sarebbe stato un gioco da ragazzi, visto che non era armato e il suo equipaggio era ignaro del loro arrivo. Inoltre non ci avrebbero messo molto a raggiungerlo: dal momento che il *Qianliyan* era molto più pesante, soprattutto a causa dei siluri che trasportava, avrebbe compiuto la discesa nella metà del tempo.

Soddisfatta del suo piano, comunicò via radio di calare il batiscafo in acqua, quindi si voltò verso il tenente Yang e finalmente gli rispose: « Questa è la *mia* missione. Non permetterò a nessuno di oscurare la mia gloria ».

33

Trenta miglia al largo delle coste di Bali,
24 gennaio, ore 9.32

Quattro ore dopo aver lasciato il museo di storia naturale di Giacarta, Gray era sulla prua di un intercettatore veloce che sfrecciava al largo delle coste di Bali.

« Non mi fido di nessuno di loro », disse Seichan al suo fianco, voltandosi verso la timoniera con un'espressione torva.

« Al momento non abbiamo alternative. »

Una forte esplosione confermò le sue parole.

Il Batar – un vulcano sull'isola alle loro spalle – lanciava lapilli infuocati in cielo. Davanti, il mare scuro scorreva sotto nuvole nere squarciate da catene di fulmini. L'imbarcazione procedeva a cinquantadue nodi su quelle acque ricoperte di cenere, con isolotti galleggianti di pietra pomice che sbattevano contro lo scafo in vetroresina. La brezza puzzava dello zolfo delle eruzioni e del fumo delle foreste in fiamme.

A causa dei tempi stretti, prima si erano arrischiati a volare attraverso quei cieli in tempesta. Il loro piccolo mezzo di trasporto – lo stesso turboelica cinese Harbin Y-12 che aveva trasportato il commando del maggiore Choi a Giacarta – era decollato da una pista deserta e atterrato a Denpasar, nella vicina isola di Bali.

Durante la trasvolata, avevano assistito in silenzio alla devastazione sottostante. Vulcani che vomitavano fumo, crateri infuocati che esplodevano l'uno dopo l'altro, fiumi di lava incandescente che scorrevano ovunque e che, una volta raggiunto il mare, generavano alte colonne di vapore. Il volo era stato turbolento. Le doppie eliche avevano ronzato rumorosamente per tutto il tempo, iniziando poi ad arrancare in prossimità della loro destinazione. La discesa verso l'aeroporto buio era stata più simile a una caduta libera che a un atterraggio controllato.

Nella città insulare era andata decisamente peggio. Era avvolta dalle fiamme e bombardata dai lapilli arroventati espulsi dal Batar. Le foreste lungo i fianchi del vulcano bruciavano sotto l'avanzata delle colate piroclastiche. L'unico aspetto positivo era che la baia cittadina era ben riparata, e dunque gli tsunami non avevano provocato grossi danni.

Una volta atterrati, si erano assicurati l'intercettatore con un misto di mazzette e minacce. La motovedetta veniva solitamente utilizzata per contrastare i pirati e i narcotrafficanti nell'area, ma loro se ne sarebbero serviti per raggiungere il tratto di mare menzionato da Stoepker che due secoli prima aveva inghiottito la *Tenebrae*.

Tutti loro sapevano bene che si trattava di un tentativo disperato, ma dovevano provarci.

Gray guardò l'orologio: mancavano ancora quaranta minuti all'arrivo. « Andiamo di sotto. Ho un paio di cose da chiedere al dottor Numberi. »

Seichan gli mise una mano sul braccio. Lui si voltò e vide la preoccupazione nei suoi occhi. La tirò a sé e l'abbracciò, facendo del suo meglio per tranquillizzarla. Era raro che quella donna mostrasse esitazione o apprensione, quel muro d'impassibilità non cedeva quasi mai. Era una freddezza che nasceva dalla necessità, instillata in lei da decenni di sofferenze e brutalità.

« Torneremo a casa », le promise lui. « Dobbiamo ancora festeggiare il vero compleanno di Jack. »

Seichan sorrise e si rilassò un poco. « È oggi. Me n'ero quasi dimenticata. »

« A dire il vero, siccome siamo al di qua della linea internazionale del cambio di data... »

« Sta' zitto e stringimi forte. »

Gray obbedì.

« E accertati che Kowalski non porti un'altra granata. »

« Facile a dirsi », sospirò lui.

La tenne stretta finché non la sentì irrigidire la schiena e le spalle, segno che era di nuovo pronta ad affrontare i pericoli che incombevano su di loro. Prolungò l'abbraccio ancora un momento, perché anche lui aveva bisogno di conforto.

Alla fine si staccò da lei, la prese per mano e s'incamminò verso le scale che portavano di sotto.

Sul ponte di poppa e nella timoniera c'erano venti uomini, dieci dei quali appartenenti al loro gruppo, e gli altri dieci a quello di Xue e Wen. Il piccolo Harbin non aveva potuto trasportarne di più, quindi entrambe le fazioni erano state costrette a lasciare indietro qualcuno. Su richiesta di Gray, quelle persone sarebbero rimaste a Giacarta a proteggere il museo.

Era stato l'unico modo per ringraziare il suo direttore, Kadir Numberi, per aver accettato di unirsi a loro in quel viaggio pericoloso. La pista che stavano seguendo era legata alla storia segreta dei popoli aborigeni e le sue conoscenze in materia potevano rivelarsi fondamentali. Gray aveva ancora molte domande e sperava di ottenere qualche risposta prima di raggiungere le acque in cui era affondata la *Tenebrae*.

Per quel motivo, entrò nella timoniera e richiamò l'attenzione di Xue e di Heng. « Potreste portare la scatola di Raffles giù in cambusa? Ho fatto alcune riflessioni che vorrei sottoporre al dottor Numberi. »

« Certo », rispose il maggiore, facendogli strada verso le scale che conducevano sottocoperta.

Il capitano Wen, in piedi accanto al pilota della barca, si voltò dalla loro parte, ma si guardò bene dal seguirli. Ne aveva chiaramente abbastanza delle loro discussioni storiche.

Gray ricordò l'avvertimento di Seichan di non fidarsi di nessuno.

Soprattutto di Wen.

Seichan rimase nella timoniera per tenerlo d'occhio insieme con Yeung, come sempre armato fino ai denti.

Nella cambusa, Guan-yin e Zhuang erano seduti a un tavolino. Di fronte a loro, il direttore del museo stava leggendo il resoconto di Raffles con la fronte corrugata.

« Dottor Numberi, posso disturbarla un momento? » chiese Gray entrando.

« Certo », rispose lui, spostando i fogli.

« C'è un aspetto di tutta questa storia sugli aborigeni che ancora non mi è del tutto chiaro. »

« Di che si tratta? »

Gray ricordava che a un certo punto, al museo di Giacarta, il direttore si era comportato in modo strano. Aveva avuto l'impressione che volesse dire qualcosa, ma che poi ci avesse ripensato. « Nel suo resoconto, Raffles parla di un periodo di tempo chiamato Sogno Oscuro. Sembrava importante, però il governatore non approfondisce l'argomento. Sa qualcosa al riguardo? »

« Forse. Non è facile esprimere a parole il concetto aborigeno di 'Tempo del Sogno', o semplicemente 'Sogno'. Racchiude la storia delle origini di quel popolo, un tempo di dei ed eroi, ma comprende anche il passato e il presente. È tutto il tempo che si fonde a formare un unico continuum, che a volte viene indicato col termine 'Ogniquando'. Se devo essere sincero, sono rimasto sorpreso di vederlo menzionato nel resoconto di Raffles. »

« Perché? »

« All'epoca, l'espressione 'Tempo del Sogno' - o semplicemente 'Sogno' - non era di uso comune, lo è diventata solo decenni dopo la sua morte. Dunque è strano che Raffles la usi, così come è strana la scelta dell'aggettivo 'oscuro'. »

« Secondo lei a cosa si riferiva? »

« Deve avere qualcosa a che fare con la storia più antica dei popoli delle Prime Nazioni, ma la mia è solo un'ipotesi. Per molto tempo si è ritenuto che i primi insediamenti umani in Australia risalissero a circa sessantamila anni fa. Tuttavia studi più recenti - un ambito di ricerca che purtroppo fino a poco tempo fa veniva trascurato - hanno portato alla luce alcune incongruenze. Per esempio, l'analisi di un sito di pesca aborigeno a Warrnambool, nel Victoria, è stato recentemente datato a centoventimila anni fa. Allo stesso modo, altri dieci luoghi si sono dimostrati molto più antichi dei canonici sessantamila anni. Anche se alcuni scettici hanno sollevato dubbi su questi dati, va sottolineato che la ricerca iniziale è stata condotta da stimati accademici. »

« Ma cos'hanno a che fare queste *date* con un periodo chiamato Sogno Oscuro? » intervenne Xue con un'espressione perplessa.

Il direttore si voltò dalla sua parte. « Molte delle prime storie del Tempo del Sogno riguardano eventi apocalittici. Parlano di un'onda colossale che si abbatte sulla terraferma, portando morte quasi ovunque, e di dei impetuosi che si danno battaglia sottoterra, eruttando fuoco o facendo piovere fiamme dal cielo che uccidono migliaia d'innocenti.»

«Un periodo decisamente *oscuro*», commentò Xue.

«Proprio come *adesso*», aggiunse Gray.

Numberi annuì. «Questi racconti mi hanno spinto a una riflessione. In passato c'è stata un'eruzione mille volte più violenta di quella del Tambora. È successo settantaquattromila anni fa. Il Toba, un supervulcano a nord dell'isola di Sumatra, seminò morte e devastazione per centinaia di chilometri, dando vita a un inverno vulcanico che durò decenni e decimò la popolazione mondiale.»

Gray cominciava a capire. «Il Sogno Oscuro di Raffles potrebbe essere un resoconto di quell'evento, sepolto tra miti e leggende...»

«Se gli aborigeni che al tempo vivevano a Sumatra avessero assistito a quell'eruzione, allora i racconti apocalittici avrebbero senso. Gli incendi, gli tsunami, tutto quanto. Dunque mi chiedo... e se fosse stato questo evento catastrofico a spingere le popolazioni aborigene a migrare verso il continente australiano?»

«Ciò confermerebbe che gli aborigeni vivono in questa regione da molto più di sessantamila anni», commentò Xue. «Forse è stato questo lunghissimo periodo di tempo a permettere loro di comprendere le origini del vulcanismo di questa regione, o almeno alcuni suoi aspetti.» Spostò lo sguardo sulla scatola tra le mani di Heng, immaginando probabilmente il rombo al suo interno e la promessa che racchiudeva.

Gray, invece, fissava il direttore, che aveva serrato le labbra e abbassato lo sguardo, come se avesse timore di continuare. «C'è qualcos'altro che vuole dirci?» lo incalzò lui.

«Forse non è niente», rispose, ma la luce nei suoi occhi suggeriva il contrario. «Qualche anno fa, ho letto un articolo che metteva in discussione il modello Out-of-Africa sull'origine dell'umanità. Uno degli studi fondamentali a sostegno di questa teoria si deve ad Allan Wilson e Rebecca Cann, due biologi che, nel 1987, analizzando numerosi DNA mitocondriali, hanno fatto risalire le origini della razza umana a una singola donna.»

Heng annuì. «L'Eva mitocondriale. Ricordo di averne sentito parlare durante i miei corsi propedeutici di biologia.»

«Una donna che, a detta dei due studiosi, era probabilmente originaria dell'Africa.»

«Esatto», confermò Heng.

«Ma questa storia non finisce qui.» Il direttore si guardò intorno, fissando tutti i presenti. «A distanza di anni, infatti, Wilson e Cann si sono recati in Australia per analizzare il DNA mitocondriale di centinaia di uomini e donne delle Prime Nazioni. I risultati li hanno lasciati senza parole, tanto da rinnegare l'assioma principale del loro studio precedente, affermando solennemente che l'*Homo sapiens* non era originario dell'Africa, ma dell'*Australia*. Parafrasando la dottoressa Cann: 'l'analisi del DNA mitocondriale colloca l'origine dell'umanità molto più indietro nel tempo, e indica che i primi aborigeni australiani fecero la loro comparsa quattrocentomila anni fa'.»

Fece una pausa, lasciando che tutti elaborassero le sue parole.

«Perché nessuno di noi ne sapeva nulla?» chiese alla fine Heng.

Numberi scrollò le spalle. «Da allora – e ancora oggi – si riscontrano anomalie genetiche e datazioni archeologiche che non hanno senso, tutti elementi che mettono ancora più in discussione la versione accettata dell'origine della nostra specie. Persino Cann e Wilson hanno detto che l'Eva mitocondriale era *probabilmente* originaria dall'Africa. Non è mai stata una *certezza* ma, una volta attecchita, la teoria è diventata granitica. E, quando in seguito i due biologi l'hanno ripudiata, nessuno gli ha creduto.»

«Se quegli scienziati avevano ragione», disse Gray, «allora forse dovremmo riconsiderare sotto una nuova luce i miti legati al Serpente Arcobaleno, soprattutto perché questo dio è intimamente legato alle storie delle origini delle popolazioni aborigene.»

Il direttore annuì. «Esatto. Leggendo il documento di Raffles, ho notato molte analogie tra gli eventi da lui descritti e le leggende del Serpente Arcobaleno.»

« Quali? » chiese Xue.

« Secondo la leggenda, il Serpente Arcobaleno poteva apparire in molte forme e in molti luoghi, spesso nello stesso momento. »

« Dunque non è una *singola* entità, ma una *moltitudine*... probabilmente si tratta di una specie », ragionò Gray.

« Proprio così. Al netto delle varie differenze, c'è un filo comune che attraversa tutte queste storie: la presenza di un *unico* gigantesco serpente che dorme nelle viscere della Terra e il cui Sogno scuote il mondo. »

Gray si voltò verso Xue. « Sembra quasi una descrizione dei pezzi di Theia sepolti sotto il mantello terrestre. »

« E, quando questo enorme rettile s'infuria, scatena incendi e inondazioni », continuò il dottor Numberi. « Come sappiamo, si narra che il Serpente Arcobaleno e le sue moltitudini più piccole si spostino tra le distese d'acqua sotterranee, da un punto *sottile* della crosta terrestre all'altro, per offrire protezione o infliggere punizioni. Scavando a fondo in queste storie, possiamo trovare descrizioni più *dettagliate* delle loro azioni. »

« Per esempio? »

« Quando un Serpente punisce un uomo, lo ingoia tutto intero e ne consuma le ossa prima di rigurgitarle sotto forma di pietre », spiegò Numberi.

« Ricorda moltissimo gli effetti della tossina pietrificante », commentò Xue.

« Nel corso di questo processo, il Serpente pianta minuscoli semi di se stesso nelle ossa. Questi 'piccoli arcobaleni', come vengono chiamati, crescono nella pietra fino a svilupparsi in altri Serpenti, che successivamente portano l'anima dell'afflitto dal gigante che vive sottoterra, dove si unisce al Sogno e torna a vivere, questa volta per sempre. »

Gray ripensò al filmato girato nell'obitorio in Cambogia.

Heng e Xue si scambiarono un'occhiata, pensando probabilmente alla stessa cosa. I due uomini avevano forse assistito a una di quelle rinascite? Era successa la stessa cosa a Matthew?

« Tuttavia, sempre che riesca a intervenire per tempo, quel gigante sotterraneo può interrompere questo processo, annullando gli effetti delle tossine e risanando il corpo», continuò il direttore.

«Un po' quello che è successo a Stoepker», disse Heng, guardandosi intorno. «Ricordate i pomfi sulla sua pelle?»

Numberi sospirò. «È evidente che i primi popoli aborigeni - risalenti al tempo dell'eruzione del Toba o forse agli albori dell'umanità - hanno assistito a qualcosa che potevano descrivere solo in termini mitologici, stabilendo così una connessione con una specie con cui forse condividevano un'origine antica.»

Gray studiò i volti intorno a sé. Aveva mille altre domande, ma dalla timoniera in alto giunse un grido in mandarino.

Xue si alzò di scatto e si mise in ascolto, quindi riferì agli altri. «Siamo arrivati», si limitò a dire.

Gray alzò lo sguardo. «Andiamo a scoprire se il passato può salvare il presente.»

Ore 9.48

L'intercettatore aveva rallentato fino a raggiungere un'andatura da traina. In piedi a poppa, Seichan stringeva il calcio della Glock nella fondina, traendo conforto dal suo freddo acciaio mentre osservava il mondo che bruciava.

L'orizzonte a est era in fiamme, ma al di sopra di quel chiarore rossastro svettava un picco nero. Fiumi di lava scorrevano lungo i suoi fianchi; lapilli e getti arcuati di fuoco sgorgavano impetuosi dal cratere, rischiarando una colonna di fumo scuro. I fulmini balenavano tra le nuvole basse e minacciose, dando vita a una corona ininterrotta di energia.

Lei conosceva il nome di quel mostro.

Tambora.

Anche se aveva un panno bagnato premuto sul naso e sulla bocca, Seichan si sentiva in bocca il sapore dello zolfo infuocato, e la cenere che cadeva dal cielo le faceva lacrimare gli occhi. Ma c'era chi stava peggio.

I villaggi lungo le coste di Panjang e Saringi, due isole periferiche nella provincia di Nusa Tenggara Occidentale, bruciavano senza sosta. I pescherecci al largo e in prossimità delle rive si erano trasformati in torce galleggianti.

Gli abitanti non avevano avuto scampo.

Seichan non scorgeva nessun movimento lungo le coste, nessuna ombra si stagliava contro le fiamme. Nessun segno di vita. La loro barca era l'unica cosa che si muoveva, una sentinella solitaria nelle tenebre.

È questo il destino che attende l'intera regione?

Spinse lo sguardo più lontano.

... e il resto del mondo?

Larghi isolotti di pietra pomice raschiavano contro lo scafo in vetroresina dell'intercettatore, producendo un'incessante sinfonia stridente. Alcune rocce erano ancora rosse e fumanti.

Seichan chinò la testa per la disperazione, e fu allora che notò qualcosa che spuntava da sotto la coltre di cenere che ammantava il mare. Sembravano bastoncini neri, ma osservandoli meglio si rese conto che erano le sfere di corallo disegnate da Crawfurd. Ce n'erano diverse sparse sulla superficie dell'oceano. Affioravano per un istante, poi tornavano a immergersi. Uno di quei globi spinosi schizzò fuori dal mare e saltò su un isolotto di pomice, quindi rotolò di nuovo in acqua e sparì sotto la cenere.

Seichan riportò la sua attenzione sui pescherecci in fiamme. Erano tutti di legno, dunque non avevano avuto nessuna possibilità di uscire indenni da quel campo minato. Immaginò i cadaveri sepolti dalla cenere o sprofondati negli abissi, e un sinistro presentimento s'impossessò di lei.

Non dovremmo essere qui.

Un trambusto la strappò ai suoi pensieri. Gray uscì dalla timoniera alla testa di alcuni uomini e si diresse verso il ponte di poppa chiedendo ai presenti di fare spazio.

« Ci servono almeno tre metri », urlò.

Lei rimase a poppa, e di lì a poco venne raggiunta da sua madre e da Zhuang, cui si accodarono quasi tutti i membri della triade. I soldati dell'unità Falcon si piazzarono invece ai lati alla timoniera, sulla cui soglia c'era il capitano Wen.

L'uomo seguiva le operazioni con un'espressione torva, era evidente che l'idea di Gray non lo convinceva affatto. Poco prima, Seichan l'aveva sorpreso a lamentarsi coi suoi uomini, dimenticando che lei parlava mandarino. O forse semplicemente non gli importava di farsi sentire.

In verità, lei condivideva il suo pessimismo.

«Faremmo meglio a pregare che funzioni», mormorò Guan-yin attraverso il panno premuto sulla bocca.

«Non funzionerà», ribatté Seichan. «È tutto inutile.»

Xue e Heng si avvicinarono a Gray porgendogli la scatola metallica.

«Dovrebbe farlo il dottor Numberi», propose lui. «È quello che ha più familiarità coi rombi.»

Il maggiore annuì e si girò verso di lui.

Il direttore esitò, poi dal Tambora giunse un potente boato, seguito da un alto getto di fuoco.

L'uomo allora estrasse lo strumento dalla scatola, iniziò a svolgere la cordicella e si spostò al centro del ponte. «Anche ammettendo che Raffles e Crawfurd avessero ragione... non possiamo sapere se il rombo debba produrre una specifica frequenza o tonalità. O generare un codice attraverso un particolare schema ritmico.»

«Se così fosse, sono sicuro che Raffles ne avrebbe accennato nelle sue carte», disse Gray, provando a tranquillizzarlo.

Xue annuì. «Ho notato che sono stati praticati alcuni forellini sullo strumento, come se fosse stato *accordato* per produrre il suono giusto. Scommetto che lo emetterà quando il rombo raggiungerà la velocità e il volume massimi.»

«Farò del mio meglio», promise il direttore. Nel frattempo, aveva finito di slegare il rombo, che adesso gli penzolava all'altezza delle caviglie. Un istante dopo, prese un respiro profondo e iniziò a farlo roteare sopra la testa.

Tutti fecero un passo indietro; Xue sollevò un cellulare per riprendere la scena.

Un basso brusio si levava dalla lama roteante.

«Più veloce», lo esortò Gray, ma Numberi non aveva bisogno di consigli del genere.

Aveva chiaramente una certa dimestichezza con quello strumento, visto che muoveva il polso e il braccio in modo tale da mantenere un angolo di rotazione perfetto. La punta di lancia si trasformò presto in una macchia indistinta, e il suono che emetteva salì d'intensità fino a trasformarsi nel ronzio di un gigantesco alveare.

Ciò nonostante, Numberi aumentò ancora la velocità di rotazione.

Gray e gli altri l'osservavano con trepidazione. Anche il cuore di Seichan batteva più forte, come se cercasse di seguire quel ritmo.

Poi la cordicella si spezzò e il rombo schizzò via come un proiettile.

Yeung saltò con un braccio alzato e l'afferrò al volo, dimostrando riflessi invidiabili. Seichan non era sicura che lei sarebbe riuscita a prenderlo.

Yeung restituì lo strumento al direttore.

«Grazie. La cordicella era chiaramente consumata, avrei dovuto sostituirla prima d'iniziare.» Numberi si girò verso Xue. «Posso realizzarne una con un materiale qualsiasi, l'importante è che sia della lunghezza giusta.»

Qualcuno gli passò una lenza da pesca, che lui legò al rombo dopo averla tagliata della misura corretta.

Riprovarono. Pochi secondi dopo, lo strumento stava di nuovo roteando sopra la sua testa. Tenendo fede al suo nome, produceva un rombo assordante.

Le sfumature più acute di quel suono si conficcavano nei cervelli, mentre i toni bassi risuonavano nei petti. Sembrava il rumore di una motosega impazzita... ma era abbastanza forte?

Numberi ansimava e grondava sudore.

Tutti si voltarono a guardare il mare, tuttavia non notarono nessuna differenza: a est, il mostro di fuoco continuava a divampare, boati distanti echeggiavano nell'oscurità, l'acqua tremolava a causa di una leggera scossa.

«Non sta succedendo nulla», disse Guan-yin.

Seichan era delusa, ma non sorpresa.

Abbassò lo sguardo nel momento stesso in cui una di quelle sfere spinose spuntò accanto allo scafo e iniziò a colpirlo, ma la vetroresina ignifuga resistette senza problemi. Qualche tentacolo si staccò. Sembravano quasi identici a quelli conservati nella scatola.

Smosse da quel globo vorticante, le acque ricoperte di cenere si aprirono abbastanza da permetterle di sbirciare nelle profondità marine. Sotto la superficie scintillava un turbinio di filamenti blu elettrico e rosso fuoco.

Lei strizzò le palpebre per osservarlo meglio, ma poi un rumore di legno spaccato la fece girare di scatto.

Numberi urlava, mentre i frammenti del rombo si abbattevano sui presenti. Il pezzo più grande volò sopra le loro teste e finì in mare: dopo aver colpito un isolotto di pomice, rimbalzò via e scivolò per alcuni metri sullo strato di cenere prima di fermarsi.

Una di quelle mine puntute emerse dal nulla e lo sfiorò, per poi inabissarsi di nuovo. A quel tocco, il frammento di legno emise uno sbuffo di fumo, quindi prese fuoco.

Numberi crollò in ginocchio. «Il rombo doveva essere troppo secco, o forse aveva una crepa che non abbiamo visto.»

Heng provò a consolarlo, ma le sue parole furono tutt'altro che confortanti. «Tanto non stava funzionando.»

Seichan si voltò per dirgli qualcosa, per offrirgli un po' di speranza, un gesto che non le si addiceva molto.

Un grido glielo impedì.

«Basta con queste stronzate!» urlò in mandarino il capitano Wen. «Uccideteli tutti!»

Una raffica di colpi.

Seichan si abbassò di colpo, estraendo la Glock dalla fondina.

Zhuang si lanciò davanti a Guan-yin, prendendosi subito un proiettile nella spalla. L'impatto lo scagliò all'indietro, addosso alla donna che stava proteggendo.

Guan-yin scivolò oltre la battagliola e cadde in mare.

34

Oceano Pacifico,
seicento miglia a NE di Auckland,
24 gennaio, ore 13.50

Monk avanzava lungo il corridoio che attraversava le viscere del *Titan X* coi polsi ammanettati dietro la schiena. Era scortato da due soldati in tenuta da combattimento, con pistole QSZ-92 in mano e fucili a tracolla.

Sapeva per quale motivo lo avevano prelevato dalla piccola cella in cui era stato rinchiuso nelle ultime due ore. Poco prima, aveva sentito arrivare il gigantesco landing helicopter dock; i suoi pesanti e potenti motori avevano fatto vibrare lo scafo dello yacht. Allora uno dei suoi carcerieri che parlava abbastanza bene inglese gli aveva spiegato il perché.

Dopo il ritorno della capitana Tse, le forze cinesi avrebbero fatto saltare in aria il *Titan X*, affondandolo con tutti quelli che erano a bordo. Ma lui, in quanto membro della DARPA, sarebbe stato portato sull'LHD e successivamente in qualche struttura di detenzione segreta cinese.

Tuttavia non aveva nessuna intenzione di opporre resistenza.

Ho atteso questa opportunità per due lunghe ore.

Approfittando del fatto che aveva le braccia dietro la schiena, sganciò la protesi dai punti di contatto magnetici sul polso. Come chiunque altro, le guardie non si erano accorte che una delle sue mani era di titanio rivestito di cute coltivata in laboratorio.

Sfilò la manetta sinistra, tossendo per coprire il leggero tintinnio delle catene metalliche, quindi flesse le dita meccaniche grazie all'impianto corticale wireless che gli permetteva di controllare la protesi anche quand'era staccata dal polso.

Adesso che si era assicurato che tutto funzionasse correttamente, poteva entrare in azione. Si girò di scatto verso la guardia alla sua sinistra e le agganciò la mano di titanio al collo. Le dita si serrarono con forza sulla trachea, stritolando le ossa e soffocando ogni possibile grido.

Quell'attacco improvviso, sferrato per di più da un prigioniero legato, colse di sorpresa l'altra guardia. Monk ne approfittò per prenderle la pistola, conficcargliela sotto il mento ed esplodere un colpo ovattato. L'elmo impedì al sangue di schizzare sulla parete.

I due uomini si accasciarono a terra nello stesso momento.

Monk infilò la pistola nella cintura dei pantaloni, riagganciò la mano al polso e trascinò i due cadaveri in una cabina. Quindi sfilò la mimetica a uno dei due e l'indossò velocemente, calcandosi poi un elmo in testa. Se avesse tenuto gli occhi bassi, forse sarebbe riuscito a passare inosservato.

Uscì di nuovo in corridoio e si girò verso la poppa, pensando alla gigantesca sfera di vetro della Città della Scienza in cui erano tenuti i prigionieri.

Scosse la testa e si diresse nella direzione opposta, facendo però una promessa silenziosa.

Farò il possibile.

Tuttavia sapeva che c'erano altri che non avrebbe mai potuto aiutare.

Ore 13.52

Incredibile...

Phoebe guardava a bocca aperta fuori dal finestrino.

Aveva trattenuto il fiato durante gli ultimi metri di discesa. Ma adesso, novanta minuti dopo essere entrati nella fessura, il *Cormorano* era finalmente vicino al fondo. L'equipaggio sapeva cosa avrebbe trovato laggiù grazie ai rilevamenti del sonar, ma vederlo coi propri occhi era tutta un'altra storia.

A un certo punto della discesa la voragine si era improvvisamente allargata, aprendosi su una caverna immensa. Sembrava di essere nello spazio. Luci abbaglianti scintillavano in ogni dove, formando costellazioni splendenti che mettevano a dura prova la vista.

«Possiamo fermarci?» chiese Phoebe.

«Nessun problema. Rilascio un po' di zavorra», rispose Bryan.

Phoebe gli aveva chiesto di rallentare gradualmente la discesa da quando il sonar aveva rilevato la fine della fenditura. Aveva buone ragioni per essere cauta. Le avevano tutti.

«I sensori rilevano più di quattrocento rem là fuori», comunicò Datuk. «Abbastanza da provocare un avvelenamento acuto da radiazioni.»

«E qui dentro?»

«Poco meno di cento. Non è una quantità letale, ma tra qualche ora inizieremo ad accusare spossatezza e vomito.» Scosse la testa. «Consiglio di non trattenerci quaggiù troppo a lungo.»

Bryan aveva un'altra preoccupazione. «Abbiamo appena superato i tredicimila metri... non me la sento di scendere ancora.»

Phoebe comprendeva i suoi timori: mancavano solo mille metri alla profondità di collasso del *Cormorano*. A ogni modo, lo stupore teneva a bada le sue paure. L'immensa caverna in cui erano entrati non era deserta. «Com'è possibile che a queste profondità cresca ancora tutto questo corallo?» chiese, incredula.

Stando al sonar, la caverna si estendeva per chilometri. Quel corallo nascosto doveva essere molto più antico di quello che formava la foresta in alto. Gli alberi s'innalzavano da un abisso senza fondo fino alla volta arcuata sopra le loro teste, quasi che la sorreggessero.

Ma molte di quelle colonne erano crollate.

Oltre ad aprire la fenditura in alto, l'ultimo terremoto aveva anche distrutto parte di quella giungla sepolta. La caduta del sottomarino aveva causato altri danni, per non parlare delle scorie radioattive fuoriuscite dal suo reattore nucleare.

«Più che alberi, queste formazioni coralline mi sembrano *radici*», disse Datuk.

A differenza dei tronchi dritti della foresta superiore, quelli erano contorti e si biforcavano in rami arricciati, da cui si allungavano radichette indagatrici.

Phoebe li studiò sotto quella nuova luce.

Che avesse ragione? Quell'immensa distesa era all'origine della foresta in alto? O si trattava semplicemente di un altro banco corallifero, che aveva assunto quella conformazione caotica e disorganica perché cresciuto in uno spazio limitato?

«Ma il sottomarino cinese dov'è finito?» chiese Adam, sporgendosi in avanti.

Concentrata su altro, lei aveva momentaneamente ignorato il sonar. «Mando un altro segnale.»

Un'onda sonora partì in direzione del fondale, e quando tornò indietro sullo schermo apparvero scorci delle pareti circostanti, che in effetti erano lontane chilometri. Ma le immagini erano frammentarie: alcune aree erano nascoste dietro fitti ammassi di corallo, altre si presentavano come immense macchie nere. Direttamente sotto il DSV, il sonar continuava a mostrare un occhio nero, un pozzo di tenebra senza fondo.

«Un momento», disse lei. «Vedo degli aloni molto sotto di noi... una manciata di chiazze luminose. È come se il sonar stesse rilevando *qualcosa*... forse il vero fondale della fossa.»

«A che profondità sono?»

Lei si appoggiò allo schienale del sedile con una smorfia. «Sedicimila metri.»

«Troppo lontani», commentò Bryan.

«Se il sottomarino si trova laggiù, possiamo anche dirgli addio», fece Adam.

Ma Phoebe non voleva saperne di arrendersi. «Possiamo scendere ancora di mille metri, dico bene?» chiese al pilota.

«In teoria», l'avvertì lui.

«Una volta raggiunti i quattordicimila metri, potremo sfruttare lo zoom delle telecamere 4K per vedere se lì sotto c'è qualcosa, come abbiamo già fatto durante la scorsa immersione. E magari scopriremo cosa sta causando lo sciame sismico nella fossa.»

«Abbiamo fatto trenta...» commentò Datuk, continuando a lavorare diligentemente alla sua postazione.

Adam s'incupì e fece per dire qualcosa, ma ci ripensò.

Soddisfatta, lei si voltò, però un movimento all'esterno del suo finestrino la fece sobbalzare. Si rilassò quando comprese che si trattava del braccio idraulico del *Cormorano*.

« Chi l'ha azionato? » chiese.

La pinza all'estremità del braccio afferrò qualcosa. Sembrava un serpente inerte, ma poi Phoebe notò la sua superficie liscia e scintillante e capì che era uno dei tentacoli luminosi che avevano visto prima. Solo che adesso, separato dal corpo, era ridotto a un guscio grigio ed esanime.

« Sono stato io », le rispose Datuk. « Vorrei eseguire dei test, per capire come una specie del genere possa sopravvivere a queste profondità caratterizzate da pressioni estreme. »

Lei aveva dimenticato l'interesse del biochimico per i piezofili e il loro legame con le biofirme aliene. E quella forma di vita poteva senz'altro essere considerata *aliena*, anche se probabilmente esulava dal contesto delle sue ricerche.

« A che stai lavorando, di preciso? » gli chiese Adam, con la voce intrisa di sospetto.

« Quando mi sono unito al Progetto Titan, ho portato a bordo del *Cormorano* un sequenziatore MinIon, un nuovo dispositivo per l'analisi genetica che non necessita di amplificazione per rilevare il DNA o l'RNA, ed è abbastanza sensibile da distinguere le basi standard dalle basi modificate, e persino i polipeptidi dagli altri polimeri. »

« In parole povere? »

« Il sequenziatore a nanopori è in grado di scovare segni rudimentali di vita biologica. Lo utilizzo abitualmente in laboratorio per i miei studi genetici, ma sono stato incaricato di testarlo anche in condizioni reali. A pressioni estreme, per esempio. O, come in questa occasione, in presenza di un livello elevato di radiazioni. Questi test serviranno a capire se e quanto il MinIon potrà tornare utile come strumento d'indagine a bordo di sonde spaziali esplorative... »

« ... in cerca di biofirme », terminò al posto suo Phoebe.

« Esatto. »

Adam aggrottò la fronte e riportò la conversazione sull'argomento che li interessava. « Phoebe ha ragione, cercare d'individuare il sottomarino con le telecamere è la soluzione migliore. » Poi si rivolse a Bryan. « Ma scenderemo *lentamente*, e alla prima avvisaglia di pericolo facciamo marcia indietro. »

« Puoi starne certo », ribatté il pilota.

Sistemata la questione, Phoebe riattivò il sonar, e un istante dopo il nuovo sondaggio di profondità apparve sul suo monitor.

Gli aloni c'erano ancora, ma si erano spostati.

Che strano... pensò. Quasi certamente lo spostamento era dovuto a una distorsione dell'immagine sonar, eppure...

Mentre rifletteva sulle notevoli dimensioni di quegli aloni, un pensiero inquietante si fece strada nella sua mente.

C'è qualcosa che si muove, laggiù?

35

Oceano Pacifico,
seicento miglia a NE di Auckland,
24 gennaio, ore 14.22

Monk scavalcò l'imponente ancora rossa ubicata all'estremità anteriore del *Titan X*. Alta due volte un uomo, e collegata a una robusta catena attorcigliata nelle vicinanze, occupava completamente la piccola stiva sul fianco di tribordo dello scafo.

Si avvicinò al portello, sperando che nessuno l'avesse visto mentre lo spalancava, e si sporse fuori, consapevole che da qualche parte sul ponte c'era sicuramente una spia lampeggiante che segnalava che la stiva era aperta. Con un po' di fortuna, se un membro dell'equipaggio l'avesse notata, avrebbe tenuto la bocca chiusa.

Almeno per qualche altro minuto.

Prima di spalancare il portello, aveva indossato un completo da sub: bombola d'ossigeno, giubbetto di galleggiamento, maschera e pinne. Aveva preventivato di tuffarsi in mare coi vestiti che aveva addosso, ma poi aveva trovato quell'attrezzatura in un armadietto vicino. Probabilmente veniva tenuta lì nel caso in cui qualcuno avesse avuto bisogno d'immergersi per risolvere un problema di ancoraggio.

Era stato un piccolo colpo di fortuna.

Ma me ne servirà molta di più.

Guardò le onde coperte di cenere che sciabordavano contro lo scafo qualche metro più in basso. Si augurava che fossero sufficienti a nascondere la sua presenza. Poi si concentrò sul suo obiettivo. Trecento metri più avanti, l'LCAC anfibio galleggiava sull'acqua sopra il suo enorme cuscino d'aria, con gli idrogetti che giravano al minimo per mantenerlo in posizione.

Alle sue spalle, le isole Kermadec continuavano a bruciare.

Si guardò intorno in cerca del sottomarino cinese, ma non lo vedeva da nessuna parte. Forse si era immerso dopo l'arrivo dell'LHC, o forse si trovava sul lato opposto dello yacht.

Si sporse un altro po' per sbirciare oltre la poppa.

Una gigantesca nave scintillava a un quarto di miglio di distanza. Il landing helicopter dock, che aveva scoperto chiamarsi *Dayangxi*, era uno spettacolo per gli occhi. Da quand'era arrivato, si era sempre tenuto in disparte. Come il sottomarino hunter-killer, sembrava solo di supporto all'LCAC gestito dall'IA che aveva catturato il *Titan X*.

Un lampo illuminò il cielo a giorno, costringendolo a rientrare. Attese che il bagliore si attenuasse, che il mondo tornasse di nuovo nelle tenebre.

Ora o mai più.

Monk si avvicinò di nuovo al portello, si sedette sul bordo e si lasciò cadere in acqua, cercando di sollevare meno schizzi possibili. Mentre affondava in quell'abisso scuro, regolò rapidamente il giubbetto e arrestò la discesa tre metri sotto la superficie. Non se la sentiva di scendere di più, per un motivo ben preciso.

Non sono solo, quaggiù.

L'oceano buio risuonava del basso borbottio degli idrogetti dello *Yema*. Suoni metallici più netti, e altri più lugubri e stridenti, gli ricordavano che in quelle acque c'erano anche gli UUV e gli AUV.

Iniziò a nuotare, sperando che quei sommergibili lo prendessero per una creatura marina come tante. Probabilmente indossare l'attrezzatura da sub non era stata una decisione saggia, visto che il metallo della bombola d'ossigeno avrebbe potuto attirare i loro sensori. Tuttavia avrebbe avuto addosso del metallo anche se si fosse immerso nudo. Non si sarebbe mai sognato, infatti, di assaltare l'LHD senza un'arma.

Aveva una pistola QBS in una tasca impermeabile del giubbetto e un fucile d'assalto che gli pendeva dal petto.

Nuotava lentamente, cercando di ridurre al minimo ogni movimento, lasciando che il suono degli idrogetti lo guidasse verso il suo bersaglio. Pregava inoltre che le frequenti esplosioni vulcaniche, le scariche elettriche nel cielo e le continue ondate elettromagnetiche coprissero la sua avanzata.

Non fu così fortunato.

Aveva percorso a malapena cento metri, quando un *ping* lo raggiunse dal basso, abbastanza forte da trafiggergli le orecchie e rimbombargli nel petto. Qualcosa aveva rilevato la sua presenza. Un predatore nelle profondità sotto di lui.

Uno degli squali d'acciaio l'aveva trovato.

Ore 14.27

Il *Qianliyan* scendeva attraverso una foresta di coralli senza vita, una distesa di rami frantumati e tronchi spezzati su cui sembrava essersi abbattuta la furia di un gigante.

Tuttavia, attraverso l'oscurità, Daiyu scorgeva in lontananza scorci brillanti. In precedenza, mentre il batiscafo procedeva verso il fondo della fossa, aveva avuto modo di constatare quanto fosse esteso quel banco corallifero, e aveva scoperto che, a eccezione di una parte contaminata dalle radiazioni, il resto era un tripudio mozzafiato di luci e colori.

Osservando quello spettacolo dall'alto, le erano tornati alla mente alcuni ricordi della sua infanzia a Mohe, una città all'estremità settentrionale della provincia dell'Heilongjiang. Ogni tanto, il padre la portava sul tetto del loro palazzo, lontano dal degrado e dalla confusione delle strade sottostanti. Quelle notti d'inverno erano gelide, con la neve sotto i piedi e i ghiaccioli che pendevano come pugnali scintillanti dai cornicioni. Ma in cielo l'aurora boreale disegnava grandi onde di scintillante fuoco smeraldo e vortici sfavillanti di un blu luminescente.

In quei momenti, il padre la prendeva per mano e la chiamava col vezzeggiativo *Xiăo Hŭ*. Era raro, ormai, che si riferisse a lei col nome di « piccola tigre », ma al tempo lo faceva sempre. Le diceva che i cieli s'incendiavano per lei, che quello era il loro modo di dirle che l'attendeva un destino grandioso.

Daiyu unì le mani e intrecciò le dita. Benché fosse tutt'altro che superstiziosa, considerava l'apparizione di quei coralli luminosi come un'ulteriore prova di quel destino. Era come se l'aurora boreale fosse scesa in quell'abisso per ricordarle la promessa del padre.

Il tenente Yang aveva un approccio più prosaico, dimostrando scarso interesse per tutto ciò che non lo riguardava direttamente. « I livelli di radiazione aumentano sempre di più. »

Lei sminuì le sue preoccupazioni. « Non corriamo pericolo qui dentro. Inoltre quelli cui stiamo dando la caccia sono tremila metri più in basso, eppure continuiamo a captare il loro segnale sonar, segno che chiaramente sono ancora vivi. »

Avevano già ridotto notevolmente la distanza che li separava dal *Cormorano,* perché erano più pesanti e quindi scendevano a una velocità maggiore. Inoltre i sistemi di bordo del *Qianliyan* sfruttavano i segnali sonar del loro bersaglio e i conseguenti sondaggi batimetrici, per osservare il paesaggio sottostante. In altre parole, l'altro sommergibile si comportava come un faro nelle tenebre, indicando la rotta da seguire.

Per ora.

Qualche minuto dopo, la foresta all'esterno scomparve, lasciando il posto a due scogliere a strapiombo. Erano entrati nella fenditura.

« Ho agganciato il bersaglio », comunicò Yang. « Quando vuole, possiamo sparare uno dei siluri *Dú-yá.* »

Il tenente non vedeva chiaramente l'ora di testare quell'arma... proprio come Daiyu.

Ma non era ancora il momento.

« Porti pazienza », disse lei. « Lasciamo che il *Cormorano* affronti per primo eventuali minacce. Potrebbe tornarci utile... come un canarino in una buia miniera di carbone. »

L'uomo non si oppose, anche se non era affatto d'accordo con la sua decisione.

Lei alzò lo sguardo. « Non c'è fretta. Come le ho già detto, qui dentro non corriamo nessun pericolo. »

Ore 14.35

Raggiunto da un altro *ping* assordante, Monk fece dietrofront. Sapeva che non sarebbe mai riuscito a tornare al *Titan X.*

Doveva trovare un riparo. Aveva solo qualche secondo prima che lo squalo lo identificasse come una minaccia e l'attaccasse.

L'oscurità accresceva il suo terrore.

D'un tratto, un piccolo bagliore sbocciò nelle tenebre, un occhio rosso fuoco. All'inizio pensò che fosse una specie di allucinazione febbrile, poi però sentì un motore, un ronzio costante attraverso l'acqua.

Si voltò nella direzione del suono, temendo il peggio, e qualche secondo dopo vide un piccolo veicolo a forma di sottomarino che avanzava verso di lui. Una luce rossa lampeggiante gli illuminava il lato inferiore, mentre dal dorso gli spuntava una lunga asta, con in fondo una protuberanza a forma di pallone da football.

Monk si spostò sulla sua traiettoria e gli andò incontro. Mentre nuotava, fu raggiunto da un altro forte *ping*. Era certo - o quasi - che non provenisse dal veicolo che aveva davanti, ma dal basso.

Aumentò le bracciate.

L'occhio rosso si avvicinava sempre di più.

Quando il natante gli passò sopra, lui si aggrappò con entrambe le braccia alla lunga asta, cingendola poco sopra il dispositivo sonar a forma di pallone, e si lasciò trascinare via lungo la sua rotta preimpostata.

In tutto quel caos, col mare che brulicava di mezzi autonomi di ogni tipo, nessuno si era preso la briga di richiamare i DriX che avevano assistito il *Cormorano* durante la sua immersione.

Monk sperava che gli UUV li avessero già identificati come mezzi non da combattimento e dunque li ignorassero.

Speriamo continuino a farlo.

Quando fu raggiunto dall'ennesimo *ping*, trattenne il fiato e iniziò a contare. Il predatore che gli stava dando la caccia inviava quei segnali a intervalli regolari, cercando di valutare se attaccare o no quella forma insolita. Dal momento che a bordo aveva un numero limitato di armi, era probabile che fosse stato programmato per agire con cautela, evitando quindi di sparare indiscriminatamente a qualsiasi bersaglio mobile.

Come me.

Un minuto dopo, non avvertendo altri *ping*, si sentì abbastanza al sicuro da spostarsi in posizione verticale. Pur restando aggrappato all'asta, si spinse in alto fino a mettere la testa fuori dall'acqua.

Lo *Yema* incombeva cinquanta metri più avanti. Purtroppo era difficile che il DriX si spingesse fin là, tuttavia non doveva passarci troppo lontano. Attese quindi che transitasse nei pressi della poppa, quindi scivolò sottacqua e percorse a nuoto gli ultimi metri che lo separavano dal gigantesco LCAC. Alcuni cavi d'acciaio penzolavano dalla gru A-Frame sul ponte, in attesa del ritorno del sommergibile della capitana Tse. Lui ne afferrò uno e, tirandosi leggermente su, si liberò dell'attrezzatura da sub, approfittando del fatto che il ronzio degli idrogetti al minimo copriva ogni altro rumore.

Infilò quindi la pistola nella cintura dei pantaloni, si sistemò meglio il fucile a tracolla e iniziò ad arrampicarsi lungo il cavo. Qualche metro dopo, si dondolò avanti e indietro e saltò su una sporgenza tra le due gigantesche eliche a poppa della nave. Si rannicchiò per riprendere fiato e sbirciò tra le pale immobili il lungo ponte che si estendeva davanti a lui, in cerca di qualsiasi segno di movimento tra l'attrezzatura e i droni sparsi qua e là. Un grosso carro armato svettava accanto alla timoniera.

La nave era deserta.

Poi un movimento in alto lo costrinse ad abbassarsi di più.

Un drone VTOL scese dal cielo, si fermò per un momento a mezz'aria, quindi tornò alla sua stazione di ricarica sul ponte. Sollevato di non essere stato scoperto, Monk spostò lo sguardo sul *Titan X*, una montagna poco illuminata e coperta di cenere che affiorava dal mare. Piccole ombre gli ronzavano intorno, stagliandosi contro le luci della Città della Scienza. Pregò che quelle forze aeree continuassero a interessarsi esclusivamente allo yacht.

Non poteva più aspettare.

S'incamminò verso il ponte, muovendosi tra le ombre, fermandosi spesso per accertarsi che la strada fosse libera. Avanzava col fucile in spalla, la guancia premuta contro il calcio.

A pochi passi dalla timoniera sentì delle voci. Si avvicinò alla porta sul retro, rimanendo al di sotto della visuale delle finestre, e si mise all'ascolto. All'interno del locale c'erano tre uomini che scherzavano tra loro.

Ridete pure, stronzi.

Qualcuno aprì una finestra socchiusa e soffiò fuori una nuvola di fumo. Monk intravide l'estremità accesa di una sigaretta.

Si spostò davanti alla porta e toccò il chiavistello con un mignolo, scoprendo che non era bloccato. In quel posto si fidavano ciecamente dei loro sistemi autonomi.

Monk decise che era giunto il momento di sfatare quella convinzione.

Piantò le gambe a terra, rinsaldò la presa sul fucile e spalancò la porta. I tre uomini si girarono di scatto, rimanendo momentaneamente pietrificati per la sorpresa. Monk non diede loro il tempo di riprendersi: esplose tre brevi raffiche in rapida successione, e un attimo dopo i tre crollarono a terra. Una sigaretta volò nell'aria e atterrò sul pavimento d'acciaio con uno sbuffo di cenere rossa.

Lui entrò nella timoniera e la schiacciò sotto il piede nudo.

Poi scavalcò i cadaveri e si diresse verso una serie di monitor su un lato della stanza. Quello più grande al centro mostrava una vista in 3D dell'oceano, sopra e sotto la superficie. Ogni elemento era rappresentato con linee e poligoni che si univano a formare contorni dettagliati. Il *Titan X* era reso alla perfezione, come se fosse stato disegnato da un progettista meticoloso. Le sue linee e forme di un verde brillante risaltavano contro quelle nere che riproducevano il mare.

Il landing helicopter dock *Dayangxi* era reso in modo simile, con linee e triangoli, solo che il suo contorno blu scuro lo rendeva quasi indistinguibile dall'ambiente circostante.

Monk esaminò lo schermo da cima a fondo, ma non riuscì a individuare il sottomarino. Doveva essere fuori dalla portata di quel radar, o forse in qualche modo riusciva a eluderlo.

Tornò a concentrarsi sul *Titan X*. Sullo schermo, il megayacht era circondato da numerosi puntini, presenti sia sopra sia sotto la superficie dell'oceano, e ognuno di essi era collegato alla nave tramite una lineetta lampeggiante.

Sapeva di cosa si trattava.

Un sistema di acquisizione bersagli.

Chiunque l'avesse impostato, aveva selezionato il *Titan X* come obiettivo principale. Il sistema sembrava in modalità sorveglianza, dunque per il momento le flotte di droni - sottomarini e aerei - salpate dall'LCAC si limitavano a tenerlo d'occhio.

Monk cercò un modo per disattivarlo, ma non riuscì nemmeno ad accedere.

Integrato nella scrivania c'era uno scanner biometrico per il riconoscimento delle impronte digitali. Pur consapevole che sarebbe stato inutile, avvicinò i tre cadaveri a quella postazione e appoggiò le loro mani sul display.

Niente.

Non era sorpreso. Poteva immaginare a chi appartenesse l'unica mano in grado di sbloccare quell'unità di controllo. La capitana Tse. Quella donna non gli sembrava il tipo di persona che amava condividere le cose, la morte del comandante Stemm aveva chiarito abbastanza bene quel punto.

Frustrato, prese in considerazione di sparare al pannello di controllo, ma temeva che così facendo avrebbe trasformato quei cani da guardia in segugi spietati. Di sicuro l'LCAC era dotato di un meccanismo di sicurezza che si sarebbe attivato nel momento stesso in cui qualcuno avesse cercato di danneggiare una qualche sua componente, spingendo le forze schierate a farsi immediatamente giustizia.

Tuttavia Monk nutriva ancora una speranza, ed era per quello che aveva raggiunto l'hovercraft a nuoto. Sapeva che staccare la spina al sistema era, nella migliore delle ipotesi, un azzardo, ma il suo piano B era ancora meno probabile e, peggio ancora, poteva avere esiti imprevedibili.

Inspirò a fondo e appoggiò la sua protesi sullo scanner.

Proprio in quel momento, la radio accanto al timone abbaiò una domanda in mandarino. Lui ritrasse la mano di scatto, temendo di aver fatto scattare un allarme, ma era solo qualcuno che chiedeva un aggiornamento all'equipaggio dello *Yema*. Monk conosceva solo qualche parola di mandarino, di certo non abbastanza da spacciarsi per uno dei soldati morti.

Ignorò la richiesta e tornò ad appoggiare il palmo metallico sullo scanner, quindi attivò il nuovo modulo di guerra elettronica integrato nella protesi tramite il suo impianto corticale. Quel coso era dotato di un cervello proprio. Scherzando, Kat gli aveva detto che, nonostante le dimensioni ridotte, era molto più intelligente di lui, il che probabilmente era vero.

L'unità non era stata progettata dalla DARPA, ma da una vecchia conoscenza della Sigma, Mara Silviera, che le doveva un favore. In passato, infatti, la Sigma l'aveva aiutata a combattere il malvagio doppelganger di una delle sue creazioni, e in seguito lei - un vero e proprio genio in fatto d'IA - si era sdebitata accettando di progettare e programmare il minuscolo modulo per la mano di Monk.*

Un leggero aumento della temperatura sul palmo fu l'unico segnale di avvenuta attivazione. Mentre Monk attendeva che l'IA del modulo s'interfacciasse con la sua omologa cinese, la radio gracchiò un'altra richiesta, questa volta più perentoria.

« Muoviti », disse lui, abbassando lo sguardo sulla protesi.

Il calore sotto il palmo s'intensificò, trasformandosi in bruciore. In quel momento, Monk avrebbe dato qualsiasi cosa per avere una cute meno sensibile, soprattutto perché adesso era come se la mano gli stesse andando a fuoco.

Le immagini sui monitor che aveva davanti tremolarono e persero nitidezza.

Intanto il tono dell'uomo alla radio si era fatto minaccioso.

Lui premette il palmo sullo scanner con più forza.

Come se servisse a qualcosa.

E invece servì... o forse fu solo una coincidenza.

La luce rossa del lettore biometrico lampeggiò due volte prima di diventare verde, segno che il sistema si era sbloccato. Tirando un sospiro di sollievo, Monk afferrò il mouse accanto a una tastiera integrata... ma non sapeva dove mettere le mani: tutte le scritte sui monitor, e anche la tastiera, erano in caratteri hanzi.

Fece scorrere il cursore del mouse da una parte all'altra dello schermo, cliccando sulle minacce che navigavano o volavano intorno al *Titan X*, ma era tutto inutile.

* Vedi James Rollins, *Il segreto dell'inquisitore*, Nord, Milano, 2018. (*N.d.T.*)

Demoralizzato, spinse via il mouse. Il cursore sullo schermo attraversò il mare e si fermò sul *Dayangxi*. La sagoma dell'LHD passò dall'indaco al giallo, quindi iniziò a lampeggiare, come se si aspettasse qualcosa da lui.

Intanto il verde brillante del *Titan X* si era attenuato.

Monk ricordò cosa stava guardando.

Un sistema di acquisizione bersagli.

Cliccò col mouse sul *Dayangxi* e sullo schermo si aprì un menu a comparsa, ancora una volta con scritte indecifrabili. Tuttavia a ogni opzione era associato un colore. Passando il cursore su ciascuna di esse, il colore della portaelicotteri cambiava di conseguenza. Alla prima opzione, il *Dayangxi* s'illuminò di un verde smeraldo, la stessa identica sfumatura che fino a poco prima aveva caratterizzato il *Titan X*.

Il verde deve indicare la modalità sorveglianza.

« Non va bene. »

Passò all'opzione successiva, e questa volta l'LHD divenne rosso fuoco.

Sorrise.

Ecco la modalità attacco.

La selezionò, e sul monitor apparve un'altra finestrella che gli chiedeva chiaramente di confermare la decisione. Lui cliccò sull'icona verde, che poteva significare solo una cosa.

« Sì, sono sicuro », disse.

Mentre il cremisi dell'LHD andava intensificandosi, il verde scuro del megayacht cedeva gradualmente il posto a un blu. Lo sciame di droni sullo schermo si allontanò dal *Titan X* e si diresse verso la portaelicotteri. Gli UUV e gli AUV sottacqua avanzavano nella stessa direzione, mentre una decina di forme più piccole fendeva il mare a tutta velocità.

Monk si scostò dalla console e si avvicinò alla finestra della timoniera.

Il *Dayangxi* era tranquillo, ignaro del pericolo in arrivo. Poi una sirena iniziò a urlare sul ponte. Ma ormai era troppo tardi. Lunghe sagome emersero dall'acqua, spiegando ali e sputando fiamme dalla coda. I siluri si erano trasformati in missili.

Monk non credeva ai suoi occhi. Sapeva che Pechino aveva sviluppato droni a forma di siluro, ma era la prima volta che li vedeva in azione. I «draghi volanti» - come li chiamavano i cinesi - si schiantarono contro il fianco dell'LHD, colpendo quasi all'unisono, ed esplosero con una violenza terrificante.

In alto, altri droni scendevano in picchiata verso il ponte lanciando missili con precisione letale. Gli elicotteri e gli aerei ad ala fissa esplodevano, volavano in cielo, cadevano in acqua. Droni di dimensioni minori si aggiravano sulla nave avvolta dal fumo, sparando contro l'equipaggio in fuga.

Altri draghi volanti aggirarono la portaelicotteri per attaccarla anche sul lato opposto.

Poi finalmente il *Dayangxi* rispose al fuoco, abbattendo una manciata di droni coi cannoncini rotanti schierati sul ponte.

Ma l'IA a bordo dello *Yema* era una guerriera preparata e reattiva.

Quattro droni lanciati in cielo dalle catapulte elettromagnetiche andarono a sostituire quelli distrutti, mentre altri siluri venivano rilasciati in mare, pronti a unirsi allo scontro.

Un movimento più nelle vicinanze del *Titan X* attirò l'attenzione di Monk. Una grossa vela emerse dall'acqua a circa un quarto di miglio di distanza e si diresse verso l'hovercraft. L'hunter-killer cinese.

Sta venendo a indagare.

Monk guardò il sistema di acquisizione bersagli. Non osava interrompere l'attacco, l'LHD era ancora la minaccia principale. Inoltre non era neppure sicuro che potesse selezionare *due* obiettivi. E, se anche fosse stato possibile, non aveva la minima idea di come farlo... né aveva il tempo per scoprirlo.

Tornò a voltarsi verso il sottomarino, e in quell'istante vide una scia d'acqua spumosa che avanzava velocemente verso l'LCAC. Il comandante dell'hunter-killer doveva aver capito chi c'era dietro l'attacco alla portaelicotteri.

Monk si girò verso l'uscita. Sapeva che i siluri Yu-4 montati su quel tipo di sottomarino potevano raggiungere gli ottanta chilometri orari. Uscì di corsa dalla timoniera, facendo un rapido calcolo.

Ho meno di dieci secondi.

Arrivato sul ponte scoperto, giunse a un'altra conclusione.

Non riuscirò mai ad abbandonare la nave in tempo.

36

Mar di Bali, quattro miglia al largo
delle coste di Nusa Tenggara Occidentale,
24 gennaio, ore 10.48

Quando i proiettili iniziarono a fischiare, Gray afferrò il dottor Numberi e lo tolse dalla linea di fuoco. Dall'altra parte del ponte, Guan-yin scivolò oltre la battagliola e finì in mare; Zhuang si lanciò dietro di lei. Non potendo correre in loro aiuto, lui fece l'unica cosa possibile: spinse il direttore del museo a terra per fargli scudo col proprio corpo.

Aprì il fuoco con la sua SIG Sauer, centrando un membro del commando Falcon a una rotula. Poi, mentre l'uomo si accasciava urlando, gli sparò in faccia.

Il caos imperversava. Le pallottole sibilavano da una parte all'altra, mietendo morti e feriti.

Il capitano Wen prese Xue per un braccio e lo trascinò nella timoniera, le cui finestre e pareti erano a prova di proiettile.

Anche Heng venne spinto al suo interno da un soldato.

Poi la porta si chiuse di schianto.

Una pallottola raggiunse Gray a una coscia, un'altra gli sibilò accanto alla testa e scheggiò la vetroresina alle sue spalle. Lui rispose al fuoco, abbattendo un altro militare.

La sparatoria andò avanti per altri dieci secondi, poi cessò. Una rapida occhiata rivelò che cinque membri dell'unità Falcon erano a terra, tutti privi di vita tranne uno, ferito e dolorante, non più interessato a combattere ma solo a sopravvivere. Il resto del contingente cinese si era rintanato nella timoniera corazzata.

A poppa, Seichan era accovacciata spalla a spalla con Yeung dietro una panca d'acciaio che offriva loro un minimo di protezione.

«Gray! Porta qui il culo!» urlò.

Lui si tirò su con un gemito e s'incamminò zoppicando. Al suo fianco, Numberi aveva un orecchio lacero e sanguinante e un'espressione sconcertata.

Uno sparo risuonò alle loro spalle.

Il proiettile colpì Gray di striscio a una spalla, spostandolo in avanti. Numberi cacciò un urlo e cadde in ginocchio.

Seichan si tuffò a terra e rispose al fuoco, sbarazzandosi di un soldato appostato dietro una finestra della timoniera.

Un altro Falcon in meno.

Gray prese il direttore sottobraccio e raggiunse la panca d'acciaio.

Yeung sparò una raffica di mitra contro la timoniera, quindi gli si rannicchiò accanto. Poi lasciò il fucile e prese il lanciagranate che portava a tracolla sull'altra spalla.

« Non ancora », disse Gray. Non era sicuro che la granata potesse danneggiare la timoniera. Inoltre il contraccolpo avrebbe potuto ferirli.

Un grido strozzato si levò al di là della poppa, in mare.

Zhuang.

Seichan scivolò verso il bordo dello scafo.

Gray affidò Numberi a Yeung e le andò dietro. Quando la raggiunse, si sporse oltre il parapetto. Zhuang stringeva un paracolpi con le dita del braccio ferito, mentre con quello sano teneva la testa di Guan-yin fuori dall'acqua. La donna sembrava esanime.

« Dobbiamo tirarli a bordo », disse Seichan.

Gray annuì, ma sapeva che quello li avrebbe esposti al nemico. Si voltò verso la timoniera, poi guardò Yeung, che capì e imbracciò di nuovo il fucile d'assalto. Li avrebbe coperti meglio che poteva.

« Al mio via », disse lui.

Ore 10.52

Nella timoniera, Heng s'inginocchiò accanto a un soldato con una mano maciullata. Si sfilò la cintura dei pantaloni e gliel'avvolse intorno all'avambraccio, a mo' di laccio emostatico.

In piedi nei pressi della porta, con lo sguardo fisso all'esterno, il capitano Wen attendeva il momento giusto per sferrare un nuovo attacco.

«Che diavolo l'è preso?» tuonò Xue alle sue spalle. «Non l'ho autorizzata ad aprire il fuoco!»

«Un suo superiore mi ha ordinato di eliminare il nemico alla prima occasione utile», rispose lui, senza voltarsi.

«Chi?»

Wen scosse la testa, rifiutandosi di rispondere. All'interno dell'Esercito popolare di liberazione vi erano due fazioni contrapposte, una incline al dialogo e al compromesso e l'altra inflessibile e assetata di sangue. Quel conflitto intestino veniva combattuto dietro le quinte con la stessa ferocia riservata in guerra a una potenza nemica. «Le ho concesso quanto più margine di manovra possibile. Ma è stata chiaramente una perdita di tempo.»

«Questa insubordinazione non...»

«Avrà sulla coscienza la responsabilità di ogni vita perduta, maggiore Choi, le sue mani saranno per sempre sporche del loro sangue. Non avrebbe dovuto assecondare la follia di quegli uomini.»

Nel frattempo, Heng aveva finito di medicare il soldato. Mentre si tirava su, guardò fuori dal finestrino posteriore e notò del movimento a poppa. Coperti in parte da una bassa panca d'acciaio, Gray e Seichan erano sporti oltre la battagliola.

«È ora di mettere fine a questa storia», chiosò Wen.

Imbracciò il fucile e dischiuse appena la porta.

All'esterno, un uomo spuntò da dietro la panca ed esplose una raffica di mitra contro la timoniera. Wen si ritrasse scatto. Alle spalle del tiratore, Gray e Seichan recuperarono una figura inerte e fradicia dall'acqua, poi scomparvero di nuovo alla vista.

«La prossima volta non sarete così fortunati», sogghignò il capitano.

Ore 10.54

Seichan si accovacciò accanto alla madre, strofinandole una mano tra le sue. «*Mẹ*», gemette, con la voce di una bambina in lacrime. «*Mẹ, thức giấc.*»

Guan-yin continuava a perdere conoscenza. La testa le ciondolava di lato, lo sguardo era assente. Alcune ciocche di capelli bagnati le si erano appiccicate al volto esangue.

«Resta con lei. Io penso a Zhuang», le disse Gray.

Seichan adagiò la mano della madre sul ponte. «No, lo facciamo insieme. E questa volta al mio via.»

Gray perdeva sangue da un graffio profondo sulla parte superiore del braccio destro, e quasi non riusciva ad appoggiare la gamba sinistra. Non ce l'avrebbe mai fatta da solo.

Alle loro spalle, Numberi si reggeva a Yeung con una mano premuta sulla pancia, segno che aveva riportato una ferita in quel punto. Aveva inoltre un lato della faccia ricoperto di sangue.

Lei spostò lo sguardo verso la timoniera, consapevole di quanto fosse precaria la loro situazione... e non solo sull'intercettatore.

La situazione intorno a loro era peggiorata. Il Tambora aveva ripreso a eruttare, come in risposta allo scontro a fuoco sulla barca. Il mare tremava a ogni esplosione. La lava scorreva ininterrottamente lungo i fianchi della montagna, trasformandola in una gigantesca massa fiammeggiante. Enormi nubi di vapore ammantavano l'isola, ma non riuscivano a smorzare quel bagliore rossastro.

Sembrava inutile continuare quella battaglia.

Ma io non mi sono mai arresa in vita mia.

Si voltò verso Yeung, che le restituì lo sguardo.

Lei annuì. «Al mio via.»

Ore 10.56

Heng non capiva quella situazione di stallo. Né si accorse del movimento fuori. Il capitano Wen sì, però. Era un soldato esperto, doveva aver notato qualcosa, perché infilò la canna del fucile nella fessura tra la porta e lo stipite, prese la mira con molta attenzione e premette il grilletto.

Heng era confuso. Là fuori non c'era nessuno. O almeno lui non aveva visto nessuno.

Poi sentì un grido.

I proiettili erano rimbalzati contro la battagliola di poppa e avevano colpito alla schiena il tiratore nascosto dietro la panca. Accadde tutto così in fretta che Gray e Seichan s'immobilizzarono proprio mentre stavano per tirare fuori qualcun altro dall'acqua.

Col nemico finalmente allo scoperto, Wen uscì dalla timoniera impugnando il fucile con una mano sola, e sparò all'impazzata verso la panca per impedire al tiratore di alzarsi. Poi, con la mano libera, estrasse la pistola dalla fondina e la puntò verso i soccorritori.

Gray e Seichan si lasciarono cadere all'indietro, sfruttando il peso dei loro corpi per trascinare a bordo un uomo, che cadde sul ponte accanto a loro.

Continuando a sparare col fucile, Wen mosse un altro paio di passi e rivolse la pistola contro di loro.

Una detonazione assordante risuonò all'interno della timoniera.

Heng si voltò e vide Xue col braccio teso in avanti e con una pistola nella mano.

La parte posteriore del ginocchio di Wen esplose. Lui riuscì in qualche modo a restare in piedi, ma la pistola gli cadde di mano. Poi, urlando, rivolse il fucile verso Gray.

Xue premette altre due volte il grilletto, ma Wen si girò di scatto sulla gamba sana e riuscì a schivarli entrambi.

Fu allora che un movimento attirò l'attenzione di Heng.

L'uomo appena recuperato dall'acqua era balzato in piedi con sorprendente rapidità. Si lanciò in avanti, poi cadde in ginocchio, scivolando sul ponte viscido di sangue.

Wen aprì il fuoco, centrandolo diverse volte al petto.

Ma non riuscì a fermarlo.

Zhuang continuava a scivolargli incontro, spinto dalla forza d'inerzia e, quando finalmente lo raggiunse, estrasse una lama d'argento da dietro la schiena e col suo ultimo respiro menò un forte fendente. Il braccio del capitano volò via insieme col fucile ancora stretto nella mano.

Wen urlò di terrore e indietreggiò arrancando sulla gamba sana, quindi andò a sbattere contro la battagliola alle sue spalle e cadde all'indietro in acqua.

Sul ponte, ancora in ginocchio, Zhuang si teneva alla sua spada con la fronte appoggiata sull'elsa, come se fosse assorto in preghiera. Una pozza di sangue andava allargandosi sotto di lui.

Compiuto il suo dovere, si accasciò su un fianco.

37

Oceano Pacifico,
seicento miglia a NE di Auckland,
24 gennaio, ore 15.07

Dieci secondi...

Nove...

Monk contava alla rovescia nella sua mente, mentre correva sul ponte scoperto dello *Yema*. La scia a forma di V del siluro si dirigeva verso la barca anfibia. In lontananza, al di là della torretta di comando del sottomarino hunter-killer, il *Dayangxi* era ancora sotto attacco. Avvolto dalle fiamme, l'LHD si era inclinato su un fianco e stava imbarcando acqua. La poppa aveva iniziato ad affondare.

Otto...

Sette...

Ancora più indietro, i vulcani delle Kermadec eruttavano copiosi getti di lava, tingendo il cielo di rosso. Scariche di fulmini si susseguivano tra gli alti pennacchi di fumo nero, formando grandi corone di fuoco elettrico. Le fragorose detonazioni coprivano persino le esplosioni dei missili, facendo sembrare la battaglia vicina una cosa da poco.

Ma non per Monk.

Sei...

Sapendo che non sarebbe mai riuscito ad allontanarsi in tempo dalla nave, raggiunse l'unico riparo a portata di mano: il carro armato parcheggiato sul ponte, un enorme drone corazzato in grado di circolare e sparare in totale autonomia.

Cinque...

Per Monk, era un porto in una tempesta.

Quattro...

Afferrò il portello in cima alla torretta, ma non si mosse.

Tre...

Temeva che fosse stato saldato, ma poi pensò che i tecnici dovevano comunque avere la possibilità di entrare in caso di necessità. In preda al panico, solo allora notò lo spesso chiavistello su un lato.

Due...

Cacciando un grido di frustrazione, lo fece scorrere con un colpo deciso della protesi di titanio e afferrò di nuovo il portello, che questa volta si sollevò.

Uno...

Si lanciò all'interno dell'abitacolo, richiudendo la porticina di schianto.

Zero...

L'esplosione fu simile a un colpo di martello sferrato da un dio furioso. Anche se attutito dalla corazza del carro armato, il rumore gli penetrò nel cervello. Un istante dopo l'onda d'urto scagliò in aria il mezzo. Monk si tenne a una maniglia e tese le gambe per proteggersi dall'urto, ma fu tutto inutile. Andò a sbattere prima sulle pareti e poi sul tettuccio.

Poi atterrò in mare con un clangore metallico, dove si fermò un istante, prima d'iniziare ad affondare.

Monk sapeva di avere solo pochi secondi prima che la pressione esterna dell'acqua sigillasse il portello, così piantò i piedi per terra e cominciò a spingerlo con le spalle e la parte superiore della schiena. Ma non cedeva. Ringhiò e spinse più forte, e alla fine riuscì ad aprirlo.

L'acqua si riversò nell'abitacolo come sparata da una manichetta dei pompieri, scaraventando Monk all'indietro e togliendogli il respiro. Lui serrò le labbra con forza, mettendocela tutta per resistere al panico. Attese che l'abitacolo si riempisse, che il flusso impetuoso dell'acqua si attenuasse, poi si diede una spinta coi piedi e varcò il portello aperto.

Schizzò fuori, mentre il carro armato sprofondava negli abissi sotto di lui. Si diresse verso la superficie nuotando come un forsennato. Aveva i polmoni in fiamme. Aumentò l'intensità delle bracciate e finalmente riemerse, ma con più foga di quanto non fosse sua intenzione. Si abbassò di scatto, sperando che nessuno l'avesse visto.

Il sottomarino era a soli cento metri di distanza, simile a un isolotto scuro che affiorava dalle acque nere. Piccole sagome si affaccendavano sopra la torretta, coordinando le operazioni. I portelli di poppa e di prua dello scafo principale erano sollevati, per consentire l'ingresso ai soldati che stavano tornando dal *Titan X* a bordo di gommoni.

Le forze cinesi stavano evacuando lo yacht.

Poteva significare solo una cosa.

Stanno per affondarlo.

La prua del sottomarino era già rivolta verso il bersaglio, probabilmente il comandante aveva ordinato l'evacuazione prima ancora di lanciare il siluro contro l'LCAC. E, dal momento che il *Dayangxi* era spacciato, e l'IA aveva perso il controllo dei droni, doveva essersi preso la responsabilità di silurare anche il megayacht.

Monk si girò, sapendo che non poteva fare nulla. Il suo tentativo di salvare il *Titan X* aveva solo rimandato l'inevitabile.

Ma a quanto pareva era servito a qualcosa.

Un idrovolante spuntò da dietro la grossa sagoma dello yacht, poi virò bruscamente e scese in picchiata verso il sottomarino.

Un Twin Otter.

Com'è arrivato qui? pensò lui, confuso.

Ma soprattutto...

Che ha intenzione di fare?

Ore 15.12

Kowalski si sporse dal portello laterale del Twin Otter, tenendosi con forza a una maniglia all'interno dell'abitacolo. Il mare si avvicinava sempre di più, come anche il sottomarino cinese.

« Ci siamo! » urlò Byrd dal sedile del pilota.

Arrancando per via della cenere che ne ostruiva i motori, l'idrovolante scese di un altro metro.

« Tienilo! Resta stabile! » urlò Kowalski.

L'Otter sorvolò la prua del sottomarino. Sotto di loro, l'equipaggio aprì subito il fuoco. I proiettili trapassavano le ali e scheggiavano i montanti. Byrd aveva grosse difficoltà a mantenere il controllo dell'aereo.

« Andiamo », gemette Kowalski.

L'Otter si abbassò ancora, tanto che gli uomini sulla torretta di controllo furono costretti a scansarsi.

« Ora! » urlò.

Jarrah diede una spallata a un'alta pila di Semtex 10 caricata sopra un pallet con ruote e la spinse fuori dall'abitacolo.

Mentre l'idrovolante si preparava alla ritirata, Kowalski si sporse ancora più fuori. « Vi eravate dimenticati una cosa, stronzi! »

Guardò il suo pacco regalo colpire la parte superiore della vela e sorrise.

Questo è ciò che so fare meglio.

Premette il detonatore.

Cento chili di esplosivo deflagrarono con un lampo fiammante. L'onda d'urto fece tremare l'aria e spinse l'Otter in avanti. Enormi lingue di fuoco guizzarono fuori dai portelli di prua e di poppa del sottomarino. I gommoni schizzarono in cielo, ridotti in brandelli di fuoco.

Byrd eseguì una mezza virata per vedere i danni che avevano provocato.

La torretta di comando bruciava come una torcia. Un'altra esplosione, provocata probabilmente dallo scoppio dei siluri, scosse il sottomarino, che s'inclinò su un fianco e iniziò ad affondare.

Qualche centinaio di metri più in là, un landing helicopter dock era avvolto a sua volta dalle fiamme. Uno sciame di droni ne bombardava il ponte fortemente inclinato, come per assicurarsi che restasse giù. Kowalski non sapeva chi c'era dietro quell'attacco, ma gli era comunque grato per l'aiuto.

« I motori sono quasi in stallo! » urlò Byrd.

Lui batté un pugno contro lo stipite dello sportello. « Tranquillo! Ce la farà! »

Si sbagliava.

I motori tossirono un paio di volte e si spensero.

« Tenetevi forte! »

Byrd diresse l'aereo verso il mare, per atterrare nel modo

meno traumatico possibile nonostante le ali crivellate di proiettili.

I pattini sfiorarono l'acqua, ma affondarono subito perché il muso dell'aereo si abbassò. L'Otter s'inclinò bruscamente in avanti, tanto che Kowalski era convinto che si sarebbe ribaltato, ma alla fine tornò giù e poco dopo si fermò.

« Te l'avevo detto che ce l'avrebbe fatta! » urlò al pilota, che gli scoccò un'occhiataccia.

« C'è un uomo in mare. » Jarrah indicò un punto fuori dal suo sportello. « E viene da questa parte. »

Kowalski prese la carabina QBX che teneva dietro la schiena. Non aveva intenzione di caricare un autostoppista.

Poi vide una testa calva tra le onde e sentì chiamare il suo nome.

« Monk, che ci fai in acqua? » urlò, con le mani a coppa intorno alla bocca. « Sei caduto in mare? »

PARTE SETTIMA

IL RUGGITO DEL SERPENTE

38

Mar di Bali, quattro miglia al largo
delle coste di Nusa Tenggara Occidentale,
24 gennaio, ore 11.13

Gray gemeva di dolore mentre Heng gli fasciava la coscia. « Il proiettile è uscito, ma ha bisogno di farsi vedere il prima possibile. »

« Tutto a suo tempo. »

Erano all'interno della timoniera. La carneficina era finita, ma c'era ancora molto da fare. Heng si stava facendo in quattro per curare tutti i feriti, e per fortuna il kit di pronto soccorso a bordo dell'intercettatore era ben fornito.

Seichan era sul ponte con la madre, che vegliava il corpo di Zhuang. Guan-yin aveva la testa appoggiata al suo petto immobile. Le spalle le tremavano, ma non per debolezza o febbre. Il dolore per quella perdita la consumava molto più del veleno che le era stato inoculato. Quand'era caduta in acqua, decine di sfere coralline l'avevano aggredita, e adesso le centinaia di punture avevano iniziato a scurirsi. Ma a lei non importava, sembrava pronta a seguire Zhuang nella morte.

Sapendo di non poter far nulla per aiutarle, Gray le lasciò al loro dolore e si avvicinò zoppicando a Xue, in piedi davanti al timone.

« Grazie », gli disse.

Lui abbassò lo sguardo sulla pistola nella fondina. « Non sono stato io a salvarla. »

Gray lanciò un'occhiata a Zhuang. « Ma gli ha dato il tempo di agire. »

Xue alzò le spalle e tornò a fissare l'orizzonte lontano. « Già, ma adesso quanto ne abbiamo, di tempo? I nostri sforzi sono stati inutili, su questo il capitano Wen aveva ragione. »

Gray si rifiutava di concordare con qualunque cosa avesse

detto quel bastardo. «Siamo stati interrotti, non abbiamo potuto finire ciò che avevamo iniziato.»

«Cosa intende dire?» Xue aggrottò la fronte.

«Stando al resoconto di Raffles, due secoli fa il Tambora è stato placato non da uno o due aborigeni... ma da *centinaia* di loro, sopraggiunti da ogni angolo dell'Indonesia... e tutti avevano un rombo. È chiaro che anche allora, col solo Tambora in eruzione, uno solo non era sufficiente.»

«E adesso non abbiamo neppure quello, visto che è andato distrutto.»

«Non ne abbiamo bisogno.»

Xue fece un passo indietro e lo guardò come se fosse impazzito.

«Prima ho notato che ha filmato Numberi col cellulare... ciò significa che abbiamo una registrazione del suono emesso dal rombo.»

Il maggiore sgranò gli occhi e tirò fuori il telefono.

«Questa motovedetta è impiegata contro pirati e contrabbandieri», continuò Gray. «E, per questo motivo, sopra la timoniera c'è un grosso dissuasore acustico LRAD. Viene usato principalmente per arginare le loro scorrerie... ma funziona anche come un potente altoparlante.»

Xue capì. «Se diffondiamo il ruggito attraverso l'altoparlante...»

«... sembrerà prodotto da *migliaia* di rombi.»

Ore 11.21

Seichan accompagnò la madre nella timoniera. Guan-yin quasi non riusciva a stare in piedi. Era così calda che anche i suoi vestiti scottavano.

Gray l'aiutò a sedersi, poi passò un paio di cuffie a Seichan. Ne aveva trovate diverse vicino alla postazione radio, probabilmente l'equipaggio le teneva a portata di mano per ripararsi le orecchie durante gli assordanti attacchi alle navi pirata.

«Mettile a tua madre», le consigliò. «Non sarà piacevole.»

Lei annuì.

Gray le diede un abbraccio veloce prima di lanciare un'occhiata preoccupata al dragone, che si piegò su un fianco e perse di nuovo i sensi.

« Sarà meglio che funzioni », disse Seichan, guardando la madre.

Non solo per il mondo.

« Faremo il possibile. »

Si voltò, ma lei lo trattenne e gli diede un bacio sulla bocca. Aveva bisogno di sentire il calore delle sue labbra, il sapore del suo respiro. Aveva bisogno della sua solidità per non crollare. Non fu gentile. Prese ciò di cui aveva bisogno. Gray non si oppose.

Quando ebbe finito, lo spinse via. « Datevi da fare. »

Il loro piano prevedeva di affrontare quella tempesta sonica all'interno della timoniera, con la speranza che la struttura corazzata e i vetri antiproiettile li proteggessero dal suono sparato dall'altoparlante.

Dopo essersi accertato che ogni cosa fosse a posto, Gray indossò le cuffie e mostrò il pollice alzato al maggiore.

Xue premette un interruttore e diede inizio alla trasmissione. Un basso ruggito cominciò a diffondersi attraverso l'altoparlante a lungo raggio montato sopra la timoniera.

Lui gli fece cenno di alzare il volume.

Il suono s'intensificò velocemente, diventando via via più forte. Anche se era diretto verso l'esterno, faceva tremare il tetto. Seichan pensò che avrebbero anche potuto fare a meno delle cuffie, visto che quel ruggito le riempiva comunque il cranio, le faceva sbattere i denti e vibrare le costole.

Gray si guardò intorno.

Aspettò che tutti gli dessero un cenno di assenso, quindi fece segno al maggiore di ruotare la manopola del volume.

E Xue obbedì, girandola al massimo.

Seichan si contrasse, cercando di sfuggire a quel suono. Ma era ovunque. Nelle sue ossa, nel suo sangue. Avvertiva un senso di nausea sempre più intenso. La pelle le formicolava per il calore. Il cuore le batteva all'impazzata, pompato da un panico indescrivibile. Il ruggito riempiva l'aria, rendendo difficile respirare.

Sapeva che era la sua immaginazione, ma le sembrava terribilmente reale.

Gray richiamò l'attenzione di Xue, indicandogli il Tambora al di là delle finestre a prua.

Le fontane di fuoco erano collassate all'interno del cratere. I fianchi della montagna si stavano scurendo, non più incendiati da colate fresche di roccia fusa.

Seichan si voltò nella direzione opposta, notando che il bagliore infuocato all'orizzonte si era attenuato. Gray incrociò il suo sguardo con un'espressione eloquente.

Sta funzionando.

Ma non si riferiva solo ai vulcani.

Le indicò l'acqua intorno alla barca. Era ancora scura, ma adesso sotto lo strato di cenere s'intravedevano luci intermittenti.

I Serpenti Arcobaleno...

Gray guardò Xue e si passò un dito sulla gola.

Il maggiore abbassò il volume e il ruggito cessò. Un silenzio di tomba scese sull'oceano, era come se il mondo stesse trattenendo il respiro.

« Li abbiamo evocati », disse lui, guardando le luci che si agitavano in mare.

« Ma sarà sufficiente? » chiese Xue, incerto.

Ore 11.40

Gray aveva lo sguardo fisso sul monte Tambora. Erano passati dieci minuti, ed era ancora quieto. Il cratere era andato scurendosi sempre di più, fino a svanire in un'oscurità cinerea. Altrove, le fiamme che fino a poco prima avevano tinto gli orizzonti di rosso si erano estinte. Tuttavia alcuni punti continuavano a bruciare, segno che i vulcani più lontani erano ancora attivi.

Xue lo raggiunse, valutando la situazione.

I boati che riecheggiavano intorno a loro non ricordavano più colpi di cannone, ma tuoni che rimbombavano in lontananza. L'instabilità tettonica persisteva.

Gray arrivò a una conclusione. «Siamo riusciti a placare solo i vulcani nelle immediate vicinanze.»

«Già. Abbiamo solo messo il dito nel buco della diga. Se l'attività vulcanica nel resto della regione dovesse intensificarsi ulteriormente, verremmo travolti da un muro d'acqua.»

«A ogni modo, almeno adesso sappiamo che questo metodo funziona.» Abbassò lo sguardo sull'acqua, dove sfumature bioluminescenti di ogni colore continuavano a lampeggiare e luccicare sotto la cenere. Non c'era da meravigliarsi che gli aborigeni le avessero associate agli *arcobaleni*.

Le creature avevano il loro bel daffare. Tentacoli lisci si muovevano a pelo d'acqua, raccogliendo i globi di corallo e riportandoli sottacqua. Stavano meticolosamente ripulendo l'oceano da quella minaccia infuocata.

Gray si chiese per l'ennesima volta se quelle sfere fossero una sorta di sistema difensivo biologico. Gli esemplari più giovani e aggressivi di quella specie venivano forse impiegati per proteggere il loro territorio?

Al momento, però, quell'aspetto della loro biologia non era importante.

A poppa, Yeung e Heng avevano trovato una leva che consentiva di estendere una piattaforma d'immersione sull'acqua, un accessorio che lui avrebbe preferito scoprire *prima* di trarre in salvo Guan-yin e Zhuang.

Yeung lo chiamò. «Siamo pronti.»

Gray annuì e raggiunse la panca d'acciaio che li aveva protetti durante la sparatoria, e su cui adesso giaceva il corpo pallido e chiazzato di punture nere di Guan-yin.

Si avvicinò a Seichan e le diede una mano a sollevarla. La donna, ormai completamente priva di sensi, sembrava leggera come una piuma, quasi che la morte imminente l'avesse svuotata.

S'incamminarono verso la piattaforma posizionata appena sopra il pelo dell'acqua e vi posarono Guan-yin alla sua estremità. Poi s'inginocchiarono e la spostarono sopra lo strato di cenere.

In mare, adagiata sulle onde, sembrava ancor più leggera, quasi incorporea. Sospirò, come se l'acqua fredda le offrisse un po' di sollievo dalla febbre.

Gray e Seichan la sostenevano senza sforzo, pregando in silenzio per un miracolo, per la promessa di una cura nascosta in vecchie carte e antiche cerimonie. Ma le creature scintillanti non si avvicinavano.

« Perché ci ignorano? » chiese Seichan.

« Non lo so. »

Gray tenne per sé ciò che pensava.

Forse non la ritengono degna.

Guan-yin era una donna d'onore, ma il significato del suo nome - « dea della misericordia » - era più ironico che appropriato. Aveva vissuto una vita dura, e aveva dato filo da torcere a quelli che la circondavano, specialmente i suoi nemici. Le sue mani si erano spesso sporcate di sangue, anche innocente.

Se è per questo, anche le mie.

Un rumore alle sue spalle lo fece voltare. Xue si avvicinò alla battagliola della barca con in mano il cellulare, e fece partire la registrazione del rombo. Non era più il tuono di prima, ma un suono triste e lamentoso.

Gray tornò a guardare il mare.

Le creature rallentarono fino a fermarsi, come per ascoltare quella nenia, poi s'immersero. Lo strato di cenere tornò a chiudersi sull'acqua, celando la loro presenza.

Le abbiamo inavvertitamente respinte?

Poi Seichan trasalì, sorpresa.

Numerosi tentacoli simili a serpenti emersero ai lati della madre. Le loro luci bioluminescenti si armonizzarono gradualmente, dando vita a un vortice di colori vibranti di straordinaria bellezza che fluiva da un tentacolo all'altro. Era come se un arcobaleno si fosse posato sulle acque.

I tentacoli si abbassarono piano, fino a sfiorare il corpo pallido di Guan-yin, quindi allungarono filamenti più sottili che iniziarono a toccarlo qua e là, concentrandosi soprattutto sui segni scuri provocati dalle punture velenose dei coralli. Ogni lieve tocco sulla pelle generava un pomfo che faceva contrarre la carne.

Guan-yin gemeva, stringendo gli occhi per il dolore.

Ma i serpenti non si fermavano.

Incapace di trattenersi oltre, Heng scese sulla piattaforma e, con una profusione di scuse e inchini, disse: «Se questa è una cura, molti altri ne avranno bisogno».

Gray e Seichan si spostarono per fargli spazio. Sapevano che aveva alcuni pazienti in Cambogia, ma non erano solo loro a preoccuparlo. Guan-yin non era certo l'unica a essere stata avvelenata in quelle acque, era molto probabile che l'intera regione necessitasse di quella cura.

Heng s'inginocchiò con in mano una piastra di Petri. Doveva averla tenuta nello zaino per tutto quel tempo. Era il motivo per cui aveva intrapreso quel viaggio: la speranza di una cura. Diversi filamenti si allungarono verso quella ciotolina di vetro, secernendo una sostanza al suo interno. Quando ritenne di averne raccolta a sufficienza, Heng ritrasse la mano e sigillò il contenitore. Era stato punto diverse volte durante quell'operazione, ma aveva stretto i denti, disposto a soffrire pur di ottenere ciò che voleva. Mise via la piastra e ne prese un'altra, e dopo averla riempita la posò accanto alle ginocchia di Gray.

«Condividerò tutto ciò che scopriremo, se lei farà altrettanto», disse.

«Certo», promise lui.

Heng si congedò con un piccolo inchino.

Il battesimo del fuoco di Guan-yin proseguì per qualche altro minuto, a dimostrazione dell'impegno e della scrupolosità di quelle creature. Infine, come obbedendo a un segnale invisibile, i tentacoli si ritirarono tutti nello stesso momento.

Gray aiutò Seichan a spostare la madre di nuovo sulla piattaforma, poi si tirò su e fissò il mare buio.

Le creature non tornarono; a quanto pareva, il loro compito era terminato.

Sfortunatamente, l'avevano svolto solo in quelle acque.

I vulcani in lontananza continuavano a eruttare, e le fiamme brillavano ancora all'orizzonte.

Gray si adombrò.

C'è ancora molto da fare.

39

Tredicimila metri sotto l'oceano Pacifico,
24 gennaio, ore 15.22

Attraverso le cuffie, Phoebe sentiva un'inquietante sinfonia di suoni di varie tonalità e intensità. Riecheggiava nella foresta devastata, ma proveniva da quelle sue sezioni che scintillavano e luccicavano in lontananza.

Di tanto in tanto, il suono era interrotto da esplosioni ovattate, ma lei non sapeva se fossero dovute a uno scontro a fuoco o alle eruzioni vulcaniche. Guardò in alto. Il *Cormorano* era a quasi quattordicimila metri di profondità, ma il mondo in superficie sembrava molto più lontano. I suoi problemi apparivano insignificanti e privi d'importanza, per quegli abissi tranquilli e pacifici.

Datuk sbuffò alle sue spalle, dando un calcetto involontario al suo sedile.

Lei si tolse le cuffie. « Che succede? »

« Il sequenziatore a nanopori continua a darmi sempre gli stessi risultati anomali. Non capisco se la pressione o le radiazioni influiscano in qualche nodo sul suo funzionamento... »

« Quanti rem ci sono là fuori? » chiese Adam.

« Ottocento... abbastanza da provocare una morte immediata. »

« E dentro? »

« Centosessanta. »

Phoebe deglutì. In effetti le era venuta un po' di nausea, ma non sapeva se fosse un sintomo di avvelenamento da radiazioni o semplicemente una reazione del suo corpo alla tensione.

« Siamo quasi a quattordicimila metri. Resteremo quaggiù solo un quarto d'ora, la pressione e le radiazioni sono troppo alte a questa profondità », disse Bryan, con un tono che non ammetteva repliche.

Non ci provò nessuno.

Nessuno di loro voleva trattenersi laggiù più a lungo di quanto non fosse necessario. Nell'ultima ora, il *Cormorano* aveva iniziato a emettere schiocchi e scricchiolii a causa della crescente pressione.

E la tensione era salita alle stelle.

Phoebe aveva provato a distrarsi ascoltando i suoni della foresta, cercando conforto nella quieta sinfonia che la circondava. Per quello stesso motivo, adesso si girò verso Datuk. «Che problemi ti sta dando il sequenziatore? Posso aiutarti in qualche modo?»

Lui scosse la testa, frustrato. «Continua a darmi sempre lo stesso errore. Di solito il MinIon è molto preciso, riesce a individuare e a distinguere le basi di DNA da quelle di RNA, e anche i polipeptidi dagli altri polimeri... ma nel DNA che ho prelevato dal campione ho trovato adenina, guanina, citosina e timina.»

Lei scrollò le spalle. Quelle basi - abbreviate nella sigla AGCT - componevano il codice a quattro lettere della maggior parte delle forme di vita sulla Terra. «Dov'è il problema?»

«Secondo il MinIon, queste quattro basi compongono il novantotto per cento del DNA del campione. Ho ripetuto il test più volte, e ho ottenuto sempre lo stesso risultato, decimale più decimale meno.»

«E il restante *due* per cento?»

«È proprio questo il problema. È sempre formato da basi AGCT, solo che il MinIon le ha etichettate come 'anomale'.»

«Perché?»

«Anche se queste basi hanno la stessa configurazione delle altre, le loro molecole sono composte di atomi di *silicio* anziché di *carbonio*.»

«È una cosa possibile?»

«Forse. In laboratorio sono stati creati microrganismi in grado di produrre enzimaticamente proprietà organo-siliciche, persino basi simili a quelle dell'RNA e del DNA... Ma l'errore che sto rilevando potrebbe essere dovuto semplicemente a contaminazione, forse causata dalla presenza di limo o sabbia sul campione. Il silicio è ovunque, costituisce il trenta per cento della crosta terrestre, ed è centinaia di volte più abbondante del carbonio. In passato, è stata teorizzata l'esistenza di forme di vita a base di silicio, ma il carbonio è più versatile ed è per questo che la vita sulla Terra si basa su quest'atomo.»

«Forse non tutta la vita», commentò lei fissando il mare. «Questa creatura potrebbe essere una sorta di chimera che possiede entrambi i tipi di basi del DNA, carbonio *e* silicio.»

«Non lo so... ma questo spiegherebbe come fa a sopravvivere quaggiù. Forse i suoi geni organo-silicici producono particolari proteine che le permettono di vivere a queste profondità estreme.»

«È possibile», concordò lei.

«Sono tutte congetture, e resteranno tali senza ulteriori ricerche.»

Adam li interruppe: «Guardate a sinistra!»

Phoebe si girò verso il finestrino. Una grossa creatura luminosa sfrecciava attraverso la foresta buia. Ondeggiava e si contorceva, allungando e ritraendo una serie di tentacoli. Le luci sul suo corpo lampeggiavano e guizzavano come fiamme. Il motivo di quella fuga precipitosa, e del balenio frenetico delle luci, era facilmente intuibile.

«Dev'essersi avvicinata per sbaglio all'area contaminata», disse lei. «Poi, presa dal panico, è fuggita nella direzione sbagliata, addentrandosi più in profondità nella zona morta.»

La creatura simile a un polipo schizzò fuori dalla foresta e si diresse verso di loro.

«È attratta dalle nostre luci», disse Datuk.

L'enorme bestia - una via di mezzo tra un calamaro e una piovra - li raggiunse e iniziò a girare intorno al *Cormorano*, scrutandolo coi suoi quattro occhi globulari posizionati ai lati della testa a forma di proiettile. Poi allungò i suoi otto tentacoli e li avvinse alla cupola del DSV, quasi come se stesse chiedendo di poter entrare.

Ma non c'era niente da fare.

Quattro cuori, visibili attraverso la sua pelle traslucida, battevano all'impazzata come tamburi. La creatura rimase aggrappata al sommergibile per un lungo minuto, poi le luci sul suo corpo si attenuarono, e la contrazione terrorizzata dei quattro cuori rallentò fino a fermarsi.

Phoebe appoggiò una mano sul vetro.

Perdonami.

Alla fine l'animale scivolò nelle tenebre sottostanti, diventando parte di esse.

Datuk allungò il braccio idraulico del *Cormorano* verso quell'esemplare, intenzionato a prelevare un altro campione.

« No, ti prego », lo implorò lei.

Lui annuì e ritirò il braccio.

Rimasero tutti in silenzio per diversi istanti.

« Aveva sicuramente alcune caratteristiche di un polpo primordiale », disse dopo un po' Datuk. « Forse queste creature sono davvero le progenitrici della specie. L'anello mancante. Una risposta alle domande sull'anatomia, sulla fisiologia e sull'intelligenza dei polpi che da tempo ossessionano e gli evoluzionisti. »

« E quei pezzi di DNA organo-silicici? »

« Forse quell'articolo sui polpi provenienti dallo spazio di cui vi ho parlato ieri non è poi così peregrino. »

Adam si girò verso di lui, chiaramente scettico. « Che cosa sostiene? »

« La sua tesi principale è che il nostro pianeta potrebbe essere stato inseminato da retrovirus extraterrestri - estremamente mutageni - nel corso di un bombardamento cometario avvenuto durante il Cambriano. Ed è proprio in *questo* periodo geologico che i retrovirus hanno fatto la loro comparsa - di punto in bianco - nelle linee dei vertebrati. Secondo l'articolo, sono stati questi virus mutageni a innescare l'Esplosione Cambriana, ovvero l'improvvisa comparsa della maggior parte dei phyla del mondo moderno sulla Terra, un evento risalente a circa mezzo miliardo di anni fa. L'articolo suggerisce inoltre che i retrovirus abbiano prodotto la biologia unica e inspiegabile dei polpi. »

« Quindi i polpi derivano da virus extraterrestri? » sintetizzò Adam con uno sbuffo beffardo.

« Quello che a posteriori trovo più interessante - soprattutto alla luce di quanto abbiamo visto in queste acque - è ciò che ha significato l'*inizio* dell'Esplosione Cambriana. È stato un evento cruciale, una svolta di fondamentale importanza che ha permesso alla vita di diffondersi negli oceani e sulla terraferma. E questo evento ha immediatamente preceduto la comparsa di polpi e calamari sulla Terra.»

«E quale sarebbe questa svolta così importante?» chiese Adam.

Phoebe conosceva la risposta. «La comparsa di parti *solide* nel corpo degli animali», rispose, fissando la foresta buia all'esterno. «A cominciare dagli scheletri dei coralli.»

Ore 15.45

Adam fissava la griglia batimetrica. «Ci siamo. Siamo quasi a quattordicimila metri.»

«Rilascio zavorra. Continuiamo in assetto neutro», comunicò Bryan.

La discesa del DSV rallentò fino a fermarsi.

Il profondimetro diceva: 13.978 METRI.

Può bastare.

«Phoebe, cosa mostra il sonar?» chiese Adam.

«Gli aloni sono sempre laggiù, solo che adesso sono più distinti. Una sezione del fondale marino si trova circa duemila metri sotto di noi, ma ci sono ancora diversi punti morti che il sonar non riesce a sondare.»

«Diamo un'occhiata, allora.»

Il pilota ruotò le telecamere alloggiate sotto le due ali ai lati dello scafo e le puntò in basso, poi pigiò alcuni interruttori e il largo monitor sopra il timone si accese. Era diviso in quattro parti, una per ogni telecamera, ma le diverse inquadrature erano cucite insieme a formare un'unica immagine più grande.

La visuale era sfocata. Bryan regolò lo zoom di ciascuna telecamera fino a mettere a fuoco ogni obiettivo, e qualche secondo dopo il fondale marino divenne più nitido e definito.

Un coro di sussulti si levò all'interno dell'abitacolo.

Adam si sarebbe aspettato di tutto, ma di certo non quel paesaggio infernale. Il fondo della caverna era una distesa di buche, fratture e voragini enormi, probabilmente i punti morti che il sonar non era riuscito a sondare. E, se il loro sonar non era in grado di penetrare quegli abissi oscuri, allora dovevano essere incredibilmente profondi, forse tanto da arrivare fino alla crosta terrestre.

Accantonò quel pensiero e si concentrò su ciò che riusciva a vedere. Le aree intatte del fondale erano disseminate di enormi caldere da cui fuoriuscivano colonne di fumo nero.

«Cosa sono?» chiese Phoebe.

«Vulcani sottomarini», rispose lui. «La differenza con quelli di superficie è che questi non eruttano *magma*, ma *anidride carbonica* liquida. Ce n'è uno nel mare delle Filippine, l'Eifuku, che raggiunge temperature di oltre duecento gradi. Ma quei crateri laggiù, a vederli così profondi e larghi, chi lo sa quanto sono caldi...»

«E quei punti giallo ocra sul fondale?» chiese Datuk, indicando una serie di chiazze dall'aspetto malsano.

«Non ne ho idea», ammise Adam, osservandole con attenzione. Quella più estesa, larga quasi due chilometri e delimitata da una crosta nera, era di un marrone scuro ai bordi, ma andava schiarendosi via via che ci si allontanava dalla riva, fino a diventare di un luminoso giallo sole al centro.

«Sono laghi di zolfo fuso», disse Phoebe. «Finora li avevo visti solo in foto, però mai così grandi. Quello più esteso sembra vorticare intorno a una pozza di roccia fusa.»

Bryan puntò l'indice sull'angolo in basso a destra del monitor. «È la coda di un sottomarino, quella?»

Tutti spostarono la loro attenzione sul punto indicato dal pilota, ricordando il motivo per cui si trovavano lì.

«Puoi spostare tutte e quattro le telecamere in quella direzione?» gli chiese Adam.

«Nessun problema.»

Pochi istanti dopo, sullo schermo apparve l'intera figura del sottomarino perduto. Sembrava un giocattolo rotto abbandonato da un bambino. Era circondato da tronchi e rami di corallo caduti dall'alto. Il resto della foresta era probabilmente precipitato in quelle depressioni senza fondo, o bruciato nei vulcani e nelle pozze di zolfo fuso.

Peccato che il relitto non abbia fatto la stessa fine.

Come se fosse stato evocato da quel pensiero, qualcosa di enorme sbucò dalla vicina giungla e iniziò ad avanzare sotto la distesa di tronchi e rami frantumati, restando perlopiù nascosto alla vista. Di tanto in tanto s'intravedeva una massa nera coperta di macchie ruvide, come se sul dorso avesse un carapace roccioso. Era gigantesca, tre volte più spessa del diametro del sottomarino, che impallidiva al suo confronto.

A un certo punto emerse da sotto i coralli frantumati, scrollandoseli di dosso senza nessuno sforzo. La sua pelle scura pulsava di una luce profonda e intensa, ma non si trattava della bioluminescenza brillante delle creature che popolavano la foresta. Era più simile al bagliore di un sole morente, aveva un che di antico, e sembrava emanare dalle profondità del suo essere.

Tuttavia non c'erano dubbi su cosa fosse.

« È un tentacolo », disse Phoebe.

Ai margini della foresta, alcune ombre palpitanti della stessa luce cupa indicavano la presenza di altri tentacoli. Quello in avanscoperta raggiunse il relitto e lo spostò in avanti. Poi si ritrasse di scatto, arricciato, come se avesse provato disgusto a quel contatto. Il suo bagliore interno si affievolì, a dimostrazione che persino quell'appendice colossale soffriva l'alto livello delle radiazioni.

Un altro tentacolo ricoperto da un pesante carapace di rocce strisciò fuori dal suo nascondiglio e si scagliò contro il sottomarino. Poi indietreggiò di scatto, scottato da quel tizzone radioattivo.

Un terzo tentacolo ripeté l'operazione dei primi due, imitato poi da un altro e da un altro ancora.

Phoebe fu la prima a capire cosa stavano cercando di fare. « Stanno spingendo il relitto verso il lago di zolfo fuso. Vogliono distruggerlo. »

Adam guardò Datuk, ricordando la sua teoria secondo cui i terremoti non erano casuali, ma avevano uno scopo preciso, ovvero rimuovere quella scheggia rovente che si era conficcata nella loro foresta. Siccome quel tentativo era fallito, avevano creato la fenditura per far cadere il sottomarino in quel paesaggio da incubo.

Possibile che sia così?

Datuk ne sembrava convinto. « Stanno smaltendo i rifiuti tossici. »

« Ma cos'è quella creatura? » chiese Adam. « Sembra un gigantesco polipo di corallo, ma è evidente che non lo è. »

« Dev'essere molto più antica. Potrebbe avere centinaia di milioni di anni. » Phoebe si girò verso Datuk. « Scommetto che, se analizzassi il suo DNA, troveresti molte più sequenze a base di silicio. »

« In che senso? » fece Adam.

Lei spostò lo sguardo in basso. « Quella che vediamo laggiù è una fusione di geologia e biologia, una forma di vita a base di silicio *e* carbonio. »

Adam sperava che Datuk la contraddicesse, invece rimase in silenzio.

« È probabile che i polipi si siano liberati del silicio presente nel loro DNA – la parte minerale dei loro corpi – nel corso d'innumerevoli millenni, evolvendosi fino ad acquisire l'abilità di muoversi liberamente in mare », continuò lei.

« Fino a mantenerne una percentuale minima, per garantire la sopravvivenza a queste profondità », mormorò Datuk.

« Ma, nel tempo, anche queste tracce residue sono state eliminate. Quando i polipi hanno iniziato a nuotare, e dunque si sono potuti spostare in acque meno ostili, le basi siliciche del DNA e le loro proteine sono diventate superflue. »

« E alla fine queste creature sono diventate gli sconcertanti enigmi che conosciamo oggi », chiosò Datuk. « I polpi. »

« O magari sono all'origine di *tutte* le forme di vita », ipotizzò Phoebe. « A ogni modo, parte di quel passato è sopravvissuta in questi abissi. Sono sicura che, se ci addentrassimo in quelle voragini là sotto, c'imbatteremmo in misteri ancora più grandi, forse persino al di là della nostra comprensione. »

Adam ripensò alla sua descrizione di poco prima.

Una fusione di geologia e biologia.

Proprio in quel momento, i tentacoli rocciosi riuscirono finalmente a spostare il sottomarino fino al bordo del lago. Il pesante mezzo spaccò la crosta nera che lo delimitava e scivolò in quegli abissi incandescenti, sparendo per sempre sotto lo zolfo.

Lui lo immaginò cadere sempre più in profondità, diretto verso la roccia fusa al centro. Quel pensiero gli diede una scossa. « Dobbiamo andarcene », disse con tono deciso.

« Abbiamo ancora qualche minuto », lo informò Bryan, affascinato da quello spettacolo.

« No che non ce l'abbiamo. »

Il pilota si girò a guardarlo.

Adam indicò il sottomarino. « Quasi certamente ha missili balistici a bordo. Dotati di testate nucleari. »

« Potrebbero esplodere? » chiese Datuk con un'espressione incredula.

« È abbastanza improbabile, ma meglio non correre rischi. »

Bryan disattivò le telecamere e si mise a premere pulsanti con evidente ansia. « Ultime zavorre rilasciate. »

Il *Cormorano* iniziò la risalita.

« Abbiamo molta strada da fare. » Phoebe sollevò lo sguardo. *Tredicimila metri.*

« Ce la faremo », disse Adam, anche se non sapeva che tipo di accoglienza avrebbero ricevuto in superficie. Erano ore ormai che il *Titan X* non dava più sue notizie.

Un forte rombo risuonò intorno al DSV, abbastanza potente da farlo tremare. I passeggeri si scambiarono occhiate preoccupate, sapendo cosa lo aveva provocato.

Un altro terremoto.

« Quanto manca all'imbocco della fenditura? » chiese Adam.

« Lo scopriamo subito. » Phoebe attivò il sonar.

Attesero col fiato sospeso il suo responso, che arrivò un attimo dopo.

« Altri mille metri. »

Una volta raggiunta la voragine, avrebbero dovuto comunque percorrere altri tremila metri al suo interno.

Adam pregava di sbagliarsi sulle testate nucleari.

Ma, se ho ragione, dobbiamo allontanarci il più possibile.

Phoebe continuava a sondare il tetto della caverna.

Lui si appoggiò allo schienale del sedile, consapevole che

non c'era niente che potesse fare. Erano alla mercé del galleggiamento e della pressione.

« No, no, no... » gemette Phoebe.

« Che succede? »

Lei scosse la testa e attivò per l'ennesima volta il sonar.

Adam studiò il nuovo sondaggio sullo schermo e notò un puntino che scendeva dalla fenditura. « Cos'è quello? »

« Non saprei. Probabilmente un detrito, o forse una roccia che si è staccata dalle scogliere sopra di noi. »

« Una roccia bella grossa », osservò lui.

« Ignorala. Abbiamo un problema molto più grande. »

« Quale? »

« Il terremoto sta chiudendo la fenditura. »

Datuk scattò in avanti. « Cosa?! »

Adam sollevò lo sguardo. « Dobbiamo risalire più in fretta. »

Tutti gli occhi si posarono sul pilota, che si limitò a scuotere la testa. Stavano già andando alla velocità massima.

« Riusciremo a raggiungere la fenditura in tempo? » chiese Adam.

« Sì, ma non farà differenza », rispose Phoebe.

« Perché? »

« Quella crepa è lunga tre chilometri », ricordò loro. « Al ritmo con cui si sta richiudendo, non ce la faremo mai a passare dall'altra parte. »

40

Mar di Bali, due miglia al largo
delle coste di Nusa Tenggara Occidentale,
24 gennaio, ore 11.55

Gray raggiunse Yeung, che pilotava abilmente la motovedetta attraverso le acque ancora soffocate dalla cenere, cercando di tenersi controvento rispetto al Tambora per sfuggire alle sue nubi più dense.

Anche se il vulcano si era placato, continuava a emettere fumo e vapore. La lava brillante che s'intravedeva nelle crepe sui suoi fianchi che andavano raffreddandosi ricordava a tutti che il pericolo non era ancora passato.

Non che i danni causati fino a quel momento non fossero stati già abbastanza devastanti.

L'intercettatore transitò davanti ai resti fumanti di un campo di pesca su un minuscolo atollo. Le onde avevano scagliato le barche tra le stradine di un villaggio distrutto. Un paio di capre sul tetto di una casa belarono mestamente al loro passaggio. Non sembravano esserci altri segni di vita.

Gray si sentiva sconfitto.

Il numero delle vittime e dei feriti era già incalcolabile. Eppure sapeva che si trovavano solo nell'occhio di quella tempesta tettonica. Se non l'avessero fermata, le eruzioni non solo sarebbero riprese, ma sarebbero diventate cento volte più potenti.

Abbiamo solo guadagnato un po' di tempo.

Si diresse verso poppa. Sul ponte, Xue e Heng avevano composto i cadaveri e li avevano coperti con dei drappi. Mentre loro erano impegnati là sopra, Gray aveva aiutato Seichan a portare la madre in una cabina sottocoperta. Anche se la febbre era scesa, Guan-yin era ancora in stato confusionale. Sudava copiosamente, come se il suo corpo stesse cercando di espellere gli ultimi residui del veleno attraverso i pori della pelle. Seichan le aveva bagnato la fronte e le braccia con una pezza fresca e umida. Sembrava che le avesse dato sollievo, aveva aperto gli occhi e, mormorando qualcosa tra sé, si era guardata intorno con un'espressione confusa e disorientata, come se cercasse qualcuno.

Gray e Seichan sapevano benissimo chi.

Ma anche quel piccolo sforzo era stato troppo per lei. Aveva richiuso gli occhi e perso di nuovo conoscenza. Gray sospettava che una parte di Guan-yin trovasse troppo angosciante il pensiero di risvegliarsi, e preferisse cedere all'oblio piuttosto che affrontare la perdita che aveva subito.

Gray raggiunse Xue e Heng e si voltò a guardare il cielo al di là la prua. Era mezzogiorno, ma la spessa coltre di fumo oscurava ancora il sole. Tuttavia le nuvole in lontananza sembravano più grigie che nere. Gray sperava di riuscire a raggiungerle.

« Qual è il suo piano, comandante Pierce? » gli chiese il maggiore, notando la direzione del suo sguardo. « Non è stato molto chiaro al riguardo. »

« Mi perdoni. Avevo fretta di ripartire. »

« Perché? » intervenne Heng. « Vuole continuare a spostarsi per trasmettere di nuovo il suono del rombo? »

Gray s'immaginò a navigare in tutta la regione per battere le placche tettoniche in una gigantesca partita di Acchiappa la Talpa. « No. Non servirebbe a niente. A quanto sappiamo, i rombi funzionano solo in prossimità di punti *sottili* della crosta terrestre, e uno di questi si trova proprio in queste acque. Ce ne saranno sicuramente diversi in tutta la regione, il problema è che non sappiamo dove siano. »

« Però abbiamo un indizio su dove potremmo trovarne un altro », ribatté Xue.

« Proprio così », confermò lui. « Il più importante, il punto sottile che indica la *casa* dei Serpenti Arcobaleno. Stando a Crawfurd, si trova nelle acque su cui si affaccia l'isola che ha disegnato. »

Xue annuì, iniziava a capire il suo piano. « Se riuscissimo a replicare là ciò che abbiamo fatto qui, potremmo arrestare la catena di eventi che si è messa in moto. »

« Ma dove si trova quell'isola? E come ci arriviamo? » chiese Heng.

« Crawfurd l'ha descritta in modo vago, limitandosi a dire che 'si trova ben oltre tutte le isole, in mari raramente visti da occhio umano'. Tenendo però conto di tutto ciò che è successo, mi sono fatto un'idea di dove potrebbe essere. » Gray accese lo schermo del tablet che aveva con sé e mostrò loro le due vedute costiere e il perimetro dell'isola.

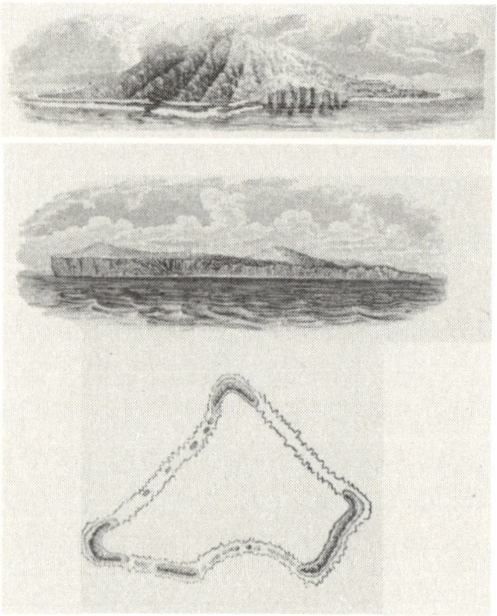

« Crawfurd ha lasciato abbastanza indizi da permettermi di avviare una ricerca. »

« Dove? » chiese Heng.

« L'isola deve trovarsi da qualche parte lungo la fossa delle Tonga, dove hanno avuto inizio le scosse di terremoto », rispose Xue, già un passo avanti rispetto al medico. « E dove abbiamo captato il segnale ELF lanciato durante la missione del *Chang'e-5.* »

Gray annuì. « C'è un arcipelago che costeggia la fossa delle Tonga. Le isole Kermadec. Le ho controllate una per una, confrontandone la forma con quella del disegno di Crawfurd. E ho trovato questa. » Fece scorrere un dito sullo schermo, e un istante dopo apparve la foto satellitare di un'isola a forma d'incudine.

Xue la osservò attentamente, poi alzò lo sguardo. «Quanto dista dal punto degli epicentri?»

«Una decina di miglia.»

«Allora *deve* essere la nostra isola, la casa dei Serpenti Arcobaleno.»

Gray ci sperava. «È da lì che dobbiamo diffondere la registrazione del rombo, lì dove hanno avuto origine tutti gli eventi catastrofici.»

«Ma come ci arriviamo?» chiese per la seconda volta Heng. «Le isole Kermadec sono a centinaia di miglia da qui!»

«Quattrocento, per la precisione. E, con tutta la cenere che c'è in cielo, raggiungerla in aereo è impensabile. È stata già un'impresa arrivare a Bali.»

«Ma qualcosa bisogna fare», ribatté Xue. «Secondo i nostri geologi, il punto di non ritorno in questa regione è previsto tra dodici ore, e forse molto meno.»

Gray alzò lo sguardo al cielo. «Dobbiamo trovare un tratto di cielo libero da quelle nubi di cenere, l'energia statica al loro interno sta bloccando le comunicazioni. Nell'ultima mezz'ora ho provato più volte a usare il mio telefono satellitare, e alla fine sono riuscito a stabilire una connessione, ma è durata solo pochi secondi.»

Xue spostò lo sguardo sul Tambora. «Parte delle interferenze potrebbe esser dovuta agli effetti elettromagnetici delle eruzioni vulcaniche. Ora che sono diminuite, è possibile che le comunicazioni siano meno disturbate.»

«Ma chi sta cercando di contattare?» intervenne Heng. «Chi mai potrebbe arrivare in tempo sul posto?»

Gray lo guardò. «C'è una nave da ricerca nell'area. Se riuscissimo a inviarle la registrazione del rombo, magari loro potrebbero riprodurla e gli dei li ascolterebbero...»

Xue abbassò lo sguardo.

«Che succede?» chiese lui, percependo la sua preoccupazione.

«C'è anche un nostro contingente in quelle acque, o almeno dovrebbe esserci, le comunicazioni sono saltate prima che arrivasse a destinazione. Ha ricevuto l'ordine di chiudere quel tratto di mare.»

Gray gli lanciò un'occhiataccia per avergli tenuto nascosta quell'informazione. Pensò all'enorme megayacht... e a chi c'era a bordo.

Monk.

Puntò un indice contro Xue. «Vorrà dire, allora, che *anche* lei proverà a mettersi in contatto coi suoi commilitoni. Non importa chi controlla l'area, è necessario che qualcuno faccia ciò che noi non possiamo fare.»

Xue annuì, ma sembrava ancora preoccupato.

«C'è altro?» fece Gray.

«Mio padre... Una volta messa in sicurezza l'area, ha intenzione d'inviare un altro segnale ELF per capire se è davvero in grado di provocare terremoti. Sta aspettando solo l'okay della comandante della missione.»

Gray chiuse gli occhi. «Se manda quel segnale, distruggerà il mondo.»

«Adesso lo sappiamo.»

«Deve fermare suo padre, convincerlo del pericolo che stiamo correndo tutti. O pregare che la sua collega non faccia mai quella chiamata.»

Il maggiore deglutì con un'espressione disgustata, come se conoscesse bene l'ufficiale a capo di quella missione.

Heng imprecò tra i denti, confermando che la conosceva anche lui. «Allora siamo spacciati.»

41

Tredicimila metri sotto l'oceano Pacifico,
24 gennaio, ore 16.17

Daiyu si tolse le cuffie e alzò lo sguardo con un'aria accigliata.

« Novità? » le chiese Yang, con la fronte madida di sudore e il volto cinereo.

Erano appena usciti dalla fenditura quando si era scatenato un forte terremoto. Sabbia, rocce e massi più grandi continuavano a cadere dall'alto. Alcuni detriti colpivano il *Qianliyan* producendo forti rumori metallici.

Yang rabbrividiva e si abbassava a ogni impatto.

« Nessuna », rispose lei. « I rumori provocati dal terremoto bloccano le comunicazioni radio. »

« Allora forse dovremmo risalire. »

In precedenza, il comandante del sottomarino li aveva chiamati per informarli che il *Dayangxi* era stato distrutto... dai droni della capitana Tse. Da allora, lei era rimasta in attesa di ulteriori aggiornamenti. Rabbia e umiliazione si contendevano il suo animo.

« Capitana Tse », la incalzò Yang con tono ansioso.

Scosse la testa. « No. La missione deve continuare. »

Un'altra grossa pietra colpì il batiscafo.

« Al diavolo », esclamò lui, allungando una mano verso la fila d'interruttori per il rilascio delle zavorre. Riuscì a premerne uno. Una serie di pompe idrauliche spinse l'acqua fuori da uno dei serbatoi, e subito la discesa del batiscafo rallentò.

Daiyu si aspettava quel gesto inconsulto. Si era accorta che il tenente stava scivolando nel panico. Mentre lui cercava di raggiungere un secondo interruttore, lei fece la sua mossa. Il pugnale era pronto. In un attimo gli conficcò la lunga lama del QNL-95 nel collo.

Yang si ritrasse, sconcertato, premendosi le mani sulla gola.

Daiyu rigirò la lama, facendo schizzare fiotti di sangue sulla cupola e sulla propria divisa. L'uomo annaspava in cerca d'aria, poi iniziò a scivolare lentamente sul sedile, come se cercasse di allontanarsi dalla morte imminente.

Ma non aveva scampo.

Lei strinse l'elsa finché lui non smise di muoversi. La sua bocca si aprì e si richiuse per qualche altro secondo, infine rimase spalancata in una smorfia di sorpresa.

Daiyu lasciò il pugnale nella gola e si pulì le mani sui pantaloni. Era decisa a portare a termine la sua missione. Aveva bisogno di un successo in quegli abissi per compensare il fallimento in superficie.

C'era ancora modo di rimediare.

Se avesse contribuito alla realizzazione del nuovo sistema bellico del dottor Choi, un'arma che avrebbe potuto cambiare il destino della Cina, nessuno si sarebbe dato pensiero per la perdita di una nave.

Impugnò i controlli e riempì i serbatoi di zavorra, e subito il batiscafo riprese velocità. Non aveva bisogno di Yang, a bordo del sommergibile aveva tutto ciò che le occorreva. Il *Qianliyan* era infatti dotato di diversi dispositivi di rilevamento: sonar a scansione laterale e frontale, una decina di telecamere subacquee e persino sensori spaziali.

Il batiscafo scendeva velocemente verso il suo obiettivo, che continuava a rivelare la sua posizione con ripetuti *ping*. L'altro sommergibile – il *Cormorano* – aveva invertito la rotta e si stava dirigendo verso di lei.

Daiyu non riteneva più necessario continuare a nascondere le proprie intenzioni, dopotutto il nemico era disarmato e impreparato, e dunque attivò il suo modem acustico. Ormai i due veicoli erano abbastanza vicini che neppure il rombo di sottofondo del terremoto in corso riusciva a bloccare le loro comunicazioni.

Indossò le cuffie e avvicinò il microfono alla bocca. « *Cormorano,* qui è il *Qianliyan*. Mi ricevete? »

Attese una risposta. C'erano solo cinquecento metri fra i due sommergibili, dunque non avrebbe dovuto esserci nessun tempo di latenza.

Alla fine una voce confusa risuonò nelle cuffie. Lo spiccato accento australiano identificava il suo interlocutore come il pilota del mezzo. « Qui è il *Cormorano*. Quali sono le vostre intenzioni, *Qianliyan*? Passo. »

« L'Esercito popolare di liberazione cinese ha il pieno controllo dell'area », mentì lei. « E il *Qianliyan* è dotato di armi di profondità. Interrompete la vostra risalita e diteci cosa avete scoperto laggiù. Tutto quello che sapete. Se ci riterremo soddisfatti, potrete seguirci in superficie. »

« Non possiamo acconsentire, *Qianliyan*. Il vostro sottomarino è andato distrutto. E... »

« Distrutto come? » lo interruppe lei.

« È affondato in un lago di magma. »

La capitana colse il terrore nella sua voce. Forse quell'uomo temeva un'esplosione atomica. Che sciocchezza. Da buona ingegnera, sapeva che il magma non poteva far detonare una testata nucleare. Al massimo, sarebbero esplosi i serbatoi di carburante dei missili.

Poi il pilota le rivelò l'origine della sua paura. « Il terremoto sta chiudendo la fenditura in alto. Se non risaliamo ora, non lo faremo mai più. »

Lei attivò il sonar per la prima volta, cercando conferma a quella minaccia. Concentrata sull'obiettivo, non aveva pensato a guardarsi le spalle.

Abbassò gli occhi sul monitor, inviando per sicurezza altri tre segnali, e il respiro le morì in gola. L'immagine che si aggiornava sullo schermo mostrava il progressivo restringimento delle due pareti rocciose sopra di loro.

Non le avevano mentito.

Premette tutti gli interruttori per il rilascio delle zavorre. Il *Qianliyan* vibrava mentre le pompe idrauliche svuotavano i serbatoi. Daiyu rilasciò anche i bulloni esplosivi, le batterie esterne e tre pesanti siluri.

Il batiscafo frenò la discesa così bruscamente da spingerla a terra. Un attimo dopo iniziò la risalita, riguadagnando velocità in fretta.

Ora che il sottomarino nucleare era andato distrutto, Daiyu poteva considerare concluso uno degli incarichi che le erano stati assegnati. E, una volta che il terremoto fosse passato, avrebbe potuto mandare un messaggio in superficie da passare al dottor Choi, per poi osservare gli effetti della trasmissione del segnale ELF dalle acque sopra la fenditura.

Ma prima devo arrivarci.

Per riuscirci, doveva alleggerire ulteriormente il *Qianliyan*. A quel modo, inoltre, avrebbe portato a termine la sua missione in quella caverna. Si girò verso la console delle armi e manovrò un joystick per agganciare il bersaglio: posizionò il mirino sul *Cormorano* e premette il grilletto.

L'ultima *zanna velenosa* si sganciò dal lato inferiore del *Qianliyan* e s'inoltrò nelle tenebre.

A quelle profondità, dove le pressioni trasformavano l'acqua in piombo, un *Dú-yá* all'inizio procedeva a rilento, ma la sua velocità aumentava progressivamente. Daiyu seguiva la sua avanzata su uno schermo, mentre il sistema di puntamento del grosso proiettile colpiva il suo bersaglio con un *ping*.

Era un lento pugnale diretto verso il cuore del nemico.

Soddisfatta, la capitana tornò a concentrarsi sulla risalita. Secondo il computer di bordo, aveva ancora un margine di tempo sufficiente per raggiungere e superare la fenditura.

Ma non c'era un secondo da perdere.

Ore 16.28

«Siamo stati agganciati», disse Bryan.

Adam l'aveva già capito. I *ping* sempre più intensi che bombardavano il *Cormorano* erano così forti da penetragli nel cranio. «Probabilmente è un siluro. Dobbiamo trovare riparo.»

«E dove?» chiese Phoebe.

«Nella foresta di corallo», consigliò lui. «È la nostra unica speranza.»

Non che sia granché.

Il pilota riempì al massimo i serbatoi di zavorra, poi attivò i propulsori e li spostò verso l'esterno. Infine sfruttò le ali ai lati dello scafo per effettuare un'inversione.

« Il sonar sta rilevando il siluro », disse Phoebe. « È sempre più veloce. »

« Bryan, bisogna aumentare l'angolo di discesa! Dobbiamo entrare nella foresta! » urlò Adam.

« Cosa credi che stia cercando di fare? » ribatté lui con un sorriso teso.

Sullo schermo, il siluro si avvicinava sempre di più. I *ping* del suo sistema di puntamento continuavano a colpire la sfera di vetro, facendola risuonare come una campana.

« Non ce la faremo mai », disse cupamente Bryan.

Ore 16.31

Il *Qianliyan* sfrecciava all'interno della fenditura. Altre rocce colpivano il guscio esterno del veicolo, che però continuava a proteggere l'abitacolo. Un paio di pietre rimbalzarono su una sezione non protetta del vetro, facendo sobbalzare Daiyu al suo interno.

Un attimo prima, Daiyu aveva aumentato ulteriormente la velocità sganciando anche i serbatoi d'ossigeno di riserva, riducendo di fatto il batiscafo alle sue componenti essenziali. A quel punto, l'unica cosa che contava era uscire da quella voragine.

Le due pareti rocciose si avvicinavano sempre di più, e nelle le cuffie si sentiva l'incessante stridore della roccia che si muoveva.

Non morirò così, da sola, e in modo tanto indegno.

Gettò uno sguardo al cadavere al suo fianco. Lo sfintere del tenente si era rilassato, lasciando fuoriuscire il contenuto degli intestini, e un tanfo di putrefazione si era diffuso all'interno dell'abitacolo.

Non così.

Provò a lanciare un segnale ai suoi uomini in superficie, sia per informarli delle sue difficoltà sia per comunicare al dottor Choi di attivare l'array sui monti Dabie per l'invio del segnale ELF. Ma tutto ciò che ottenne in risposta fu il solito brontolio del terremoto, che continuava a vanificare ogni suo sforzo.

Serrò la mascella, trovando conforto nel fatto che i suoi sistemi di bordo continuavano a indicare che aveva tempo a sufficienza per superare la fenditura.

Poi un forte boato scosse l'abitacolo. Una grossa lastra di roccia si staccò da una parete, come un iceberg da un ghiacciaio, e s'inclinò verso il batiscafo.

Rabbrividendo, aumentò la potenza dei propulsori su quel lato.

Trattenne il respiro.

Il guscio protettivo dell'abitacolo grattò contro la roccia, mentre il veicolo schivava il bordo superiore del lastrone. Poi l'enorme pezzo di scogliera continuò la sua caduta nel vuoto e s'inabissò nelle tenebre.

Passato il pericolo, Daiyu tirò un forte sospiro di sollievo e riportò lo sguardo in alto, ripetendo la sua promessa.

Non così.

Ore 16.32

« Tenetevi forte! » urlò Bryan.

Phoebe si teneva con una mano premuta contro la curvatura del tetto, pregando che quella manovra consigliata da Adam funzionasse.

Bryan svuotò di nuovo i serbatoi di zavorra.

Era presto diventato chiaro che non sarebbero mai riusciti a raggiungere la foresta di coralli prima che il siluro li colpisse, così Adam aveva proposto un'alternativa disperata: *una brusca inversione di marcia*. Sperava che ciò potesse confondere il sistema di puntamento del missile, costringendolo a riagganciare il suo bersaglio. E comunque il siluro era appesantito da tredicimila metri di acqua: un improvviso cambio di direzione avrebbe potuto rallentarlo.

Forse quanto bastava.

Bryan ripiegò le due alette, rendendo il profilo dello scafo più aerodinamico. Il *Cormorano* perse un po' di manovrabilità, ma adesso i propulsori potevano andare al massimo della potenza. Ripresero a salire, diretti verso la foresta. I tronchi curvi e i rami contorti scorrevano all'esterno della sfera di vetro, riempiendo completamente il loro campo visivo.

Adam si sporse tra i due sedili davanti per osservare lo schermo del sonar. « Il siluro sta girando, si è accorto che abbiamo invertito la rotta. »

« È intelligente, il bastardo », disse Datuk.

« Ma la manovra l'ha rallentato un poco », riferì Phoebe.

« Però sta riprendendo rapidamente velocità », aggiunse Adam.

« Ho un'idea », urlò Bryan.

Nessuno ebbe il tempo di chiedergli di cosa si trattasse.

Il pilota si chinò sui comandi, regolò alcuni interruttori e tirò la cloche di controllo. L'aletta sul lato sinistro dello scafo si sollevò. L'improvviso attrito a quella velocità sostenuta li fece inclinare bruscamente verso la linea degli alberi.

« Credo stia funzionando », disse Adam.

« Aspetta a dirlo », lo ammonì Phoebe.

Trattennero tutti il fiato per una ventina di secondi, poi il *Cormorano* s'infilò nella foresta come un uccello con un'ala spezzata.

« Il siluro ci sta ancora inseguendo », constatò Adam.

Bryan abbassò di nuovo l'ala, per timore che potesse staccarsi se fosse passato troppo vicino a un albero di corallo, poi regolò la galleggiabilità e i propulsori per proseguire fra i tronchi.

Phoebe si appoggiò al finestrino. Davanti a loro, illuminato dai fari esterni del sommergibile, si estendeva il colonnato nero dell'area contaminata di quella smisurata distesa corallina.

« Il siluro è appena entrato nella foresta », li aggiornò Adam.

Poco prima, i *ping* emessi dal sistema di puntamento si erano momentaneamente affievoliti, ma adesso erano tornati regolari.

« Siamo ancora agganciati », spiegò. « Abbiamo guadagnato qualche minuto, ma quel bastardo sta riprendendo velocità e tra non molto ci sarà di nuovo addosso. »

« Che facciamo? » gemette Datuk.

Phoebe indicò davanti a sé, verso la sezione della foresta che brillava e scintillava. « Se non altro, prima di morire voglio vedere cosa c'è laggiù. »

La foresta buia sfrecciava ai loro lati, coi rami che graffiavano il guscio esterno del DSV come artigli di cadaveri.

Qualche minuto dopo, la previsione di Adam si rivelò corretta: il siluro li aveva ormai ripresi.

Phoebe fissava la distesa luminosa davanti a lei. Man mano che si avvicinavano, le sue sfumature radiose andavano intensificandosi e differenziandosi in vortici e spirali di bioluminescenza. Era come se stessero passando dai campi bui del Kansas allo splendente regno di Oz.

Ma non ce l'avrebbero mai fatta.

Intrappolati com'erano in quella selva intricata di rami e alberi, Bryan non aveva lo spazio necessario per tentare una qualche scaltra manovra in extremis. Non potevano fare altro che proseguire attraverso la foresta. Phoebe ripensò alla creatura solitaria che avanzava fra i tronchi di corallo, disperata e terrorizzata.

Adesso si sentiva allo stesso modo.

Quella povera...

Si raddrizzò di scatto sul sedile.

« Che succede? » chiese Adam.

Lei si girò verso il pilota. « Accendi e spegni tutte le luci il più velocemente possibile! » esclamò. « E tira su anche il faro! »

Impegnato ai comandi, lui le scoccò un'occhiataccia.

Giusto...

Phoebe si mise in azione.

Adam e Datuk l'aiutarono.

Pochi secondi dopo, le luci esterne lampeggiavano nell'oscurità, mentre il faro illuminava i dintorni coi suoi ventimila lumen.

Prima, erano stati i fari del *Cormorano* ad attrarre la creatura solitaria che aveva implorato il loro aiuto, e adesso Phoebe sperava che il loro spettacolo di luci riuscisse a fare altrettanto con gli abitanti di quella giungla luminosa.

E così aspettava e pregava.

Adam controllava il sonar. « Il siluro si avvicina ad alta velocità. Ci sarà addosso tra meno di un minuto. »

Phoebe si rifiutava di distogliere gli occhi dalla foresta scintillante. « Andiamo... »

Qualche istante dopo notò qualcosa, un cambiamento così lieve che poteva essere un'illusione ottica dovuta alla speranza. Rivoli di luce che scorrevano nell'oscurità.

«Guardate!» indicò, più che altro per assicurarsi che fossero reali.

Poi i rivoli divennero ruscelli, quindi fiumi sfolgoranti.

«Stanno arrivando», le sussurrò Datuk.

Un istante dopo, il *Cormorano* fu sommerso dalle loro forme sinuose, dai loro bracci ondeggianti. Lo stormo gli girava intorno, dando vita a un vortice abbagliante di curiosità.

«Non vedo più niente», disse Bryan.

Speriamo che lo stesso valga per il siluro.

Spense i propulsori, per non andare a schiantarsi contro qualche tronco.

I versi e i richiami delle creature bombardavano il *Cormorano*, talmente forti da sovrastare i *ping* che continuavano a tempestarlo.

Phoebe pregava che quel coro riuscisse a creare una copertura sonar. Non era insolito che i sottomarini militari traessero vantaggio da situazioni simili, sfruttando per esempio il forte rumore prodotto dalle colonie di gamberi pistola per eludere i sonar e i radar di profondità.

Premette una mano contro il vetro, un movimento che attirò un turbine di luminosi occhi neri.

«Non siamo più agganciati», disse Adam, incredulo. «Il siluro sta girando a vuoto. Credo che potrebbe...»

Un boato fragoroso scosse il DSV, e un istante dopo un'onda d'urto lo scaraventò contro un tronco di corallo, mentre i polipi continuavano a nuotare intorno a loro.

Poi uno schianto assordante si levò alle loro spalle, seguito da un altro, e un altro ancora. Quei suoni, sempre più vicini, ricordavano il crepitio di un incendio che avanzava in un bosco.

Phoebe sapeva di cosa si trattava. L'esplosione del siluro doveva aver abbattuto uno di quei giganti di corallo, innescando una caduta a catena. S'immaginò una di quelle piante colossali che si schiantava su di loro.

«Ci stiamo muovendo», disse poi Bryan.

«Che intendi?» gli chiese Adam.

Il pilota sollevò le mani dai comandi. « Non sono io. »

Lei premette il naso contro il vetro, incrociando un grosso occhio che la fissava. Riconobbe la viva intelligenza che brillava in quell'alone luminoso. « Sono loro! Ci stanno spingendo fuori dalla foresta. »

Il crepitio aumentò d'intensità, per poi concludersi con un potente fragore alla loro sinistra.

Poi, d'un tratto, le acque s'illuminarono, e quella massa vorticante di polipi si fece da parte. La loro missione - salvare gli stranieri in pericolo - si era conclusa.

Phoebe si guardava intorno ridendo. Non poteva farne a meno. « È... è fantastico. »

Davanti a loro si apriva un meraviglioso mondo di luce. Enormi tronchi neri, screziati e dipinti con brillanti tappeti di alghe luminescenti, si snodavano nell'acqua, dando vita diversi metri più in alto a una maestosa volta frondosa. Altrove, arbusti oscillanti indicavano la presenza di gigantesche creature simili ad anemoni che splendevano di sfumature di ogni colore immaginabile.

Ma erano i custodi di quel giardino ad attirare la sua attenzione.

Una moltitudine di polipi luccicanti sfrecciava attraverso la foresta, s'incrociava dentro e fuori dai nidi, bisticciava e volteggiava gioiosa. Andavano dalle dimensioni di un pugno a quelle di mastodontici giganti, che se ne stavano discretamente in disparte.

Phoebe appoggiò la fronte al vetro, desiderando di poter nuotare con loro. Pensò alla gioia che le dava immergersi in apnea, a quella sensazione di essere tutt'una con l'oceano e le sue creature, accettando i limiti della propria specie e onorando allo stesso tempo la vita in tutte le sue molteplici espressioni.

« È troppo tardi », commentò Adam, riscuotendola dai suoi pensieri.

Lei fece una fatica enorme a distogliere lo sguardo da quel paesaggio incantato.

« Non riusciremo mai a raggiungere la fenditura in tempo. Siamo intrappolati quaggiù. »

42

Oceano Pacifico,
seicento miglia a NE di Auckland,
24 gennaio, ore 17.18

Monk era affacciato sul ponte del *Titan X*. Della battaglia di due ore prima non restavano che i detriti: pezzi di navi distrutte, cadaveri in giubbotti arancioni, salvagenti che non avevano fatto il loro dovere, barili di petrolio galleggianti e pozze di benzina che bruciavano qua e là.

La più estesa di esse - un vero e proprio lago di fuoco - indicava il punto in cui era affondato il *Dayangxi*. Il relitto continuava a perdere carburante, alimentando la pira funeraria in superficie. Il sottomarino e l'LCAC, invece, erano stati inghiottiti dalle acque.

Un brontolio lamentoso annunciò l'arrivo di Kowalski. «'Fanculo... non me ne frega niente di chi c'è sul ponte. Non lo spengo, il sigaro.»

Monk si voltò nel sentire l'odore di fumo profumato. Insieme con Kowalski c'era Jarrah, il capo della sicurezza. Entrambi avevano un fucile d'assalto a tracolla e una pistola nella fondina.

«Come stanno i nostri ospiti?» gli urlò.

«Tutti sistemati», rispose Kowalski.

«Quanti sono?» chiese Byrd, al timone del megayacht.

«Diciotto. Dovrebbero essere tutti», rispose Jarrah.

«Li abbiamo infilati nelle due celle», aggiunse Kowalski. «Stanno un po' stretti, ma sempre meglio che finire in pasto agli squali.»

Monk scosse la testa. Poco prima, avevano radunato tutti i soldati cinesi ancora in vita. I feriti erano stati trasferiti nell'infermeria della nave, dove, seppur sorvegliati e in manette, stavano ricevendo un trattamento migliore di quanto meritassero.

Molti dei loro compagni galleggiavano in acqua, tuttavia Monk aveva rimandato il recupero dei cadaveri.

E per una buona ragione.

Guardò verso i droni che ancora giravano in tondo sopra il lago infuocato, sorvegliando le acque in cui era affondato l'LHD. Non c'era dubbio che anche le profondità dell'oceano fossero ancora ben pattugliate.

Ecco perché Monk non aveva fatto partire le operazioni di recupero. Non voleva attrarre l'attenzione di quelle armi. Era possibile che fossero programmate per attaccare un bersaglio ben specifico, ma non aveva nessuna intenzione di testare la sua teoria. Era anche il motivo per cui aveva deciso di non spostare il *Titan X*.

Per attendere che il nemico si sconfiggesse da solo.

Ripensò al VTOL che un paio di ore prima aveva visto atterrare sull'LCAC per ricaricarsi. Adesso che la nave base era in fondo all'oceano, i droni si sarebbero scaricati. Solo allora sarebbero salpati.

Kowalski lo aveva informato che a bordo dei resti della Stazione Titan Superiore c'era una ventina di uomini e donne ancora vivi. Per il momento, avrebbero dovuto aspettare. La loro priorità era la sicurezza degli oltre cento passeggeri a bordo dello yacht.

E di altri quattro.

Abbassò lo sguardo.

Ma non c'è molto che possa fare per loro.

Si spostò alla postazione sonar. «Com'è la situazione?» chiese al tecnico seduto davanti al monitor.

«Sembrerebbe che il terremoto stia passando. Ci sono ancora alcune scosse, ma non sono intense», rispose lui.

«E la fenditura?» chiese Byrd.

Il tecnico si girò verso di lui. «Si è quasi richiusa. Non sono ancora riuscito a mettermi in contatto col *Cormorano.*»

«Anche la capitana Tse si è immersa, e il suo batiscafo è armato», disse Monk, con un'espressione preoccupata. «La tenga d'occhio, non vorrei che ci tendesse un'imboscata.»

«D'accordo.»

«Signore!» urlò il marconista a Byrd. «Ho una chiamata satellitare per il dottor Kokkalis.»

Monk si affrettò a raggiungerlo. Erano due ore che cercavano invano di mettersi in contatto con qualcuno. Le dense nubi di cenere, l'energia statica e le interferenze elettromagnetiche provocate dalle eruzioni ostacolavano le comunicazioni.

Come ci sono riusciti?

Prese il ricevitore. «Sono il dottor Kokkalis.»

«Caspita, Monk, credevo che fossimo amici!»

«Gray!»

Kowalski lo raggiunse avvolto da una nuvola di fumo. «Chiaro, si fa sentire dopo che il grosso del lavoro è finito.»

«Non ho molto tempo, la linea potrebbe cadere da un momento all'altro», disse Gray. «Ho bisogno che tu faccia una cosa. Subito.»

«Di che si tratta?» Monk mise il vivavoce, in modo che tutti potessero seguire la conversazione.

Nel corso dei venti minuti successivi, Gray condivise una registrazione digitale e un racconto incredibile, e Monk fece del suo meglio per ragguagliarlo su ciò che era successo in quelle acque. Sembrava che ognuno di loro avesse qualche tassello di quel puzzle vecchio di due secoli.

«Vai immediatamente all'isola di Raoul, e diffondi questa registrazione al volume più alto possibile», finì Gray. «E lasciala andare.»

Nonostante le spiegazioni, Monk aveva difficoltà a credere a quella storia. Ma, se Gray e gli altri erano riusciti a placare il Tambora, allora valeva la pena tentare.

L'isola di Raoul distava solo otto miglia dalla loro posizione attuale.

Socchiuse le palpebre e individuò la vetta più infuocata tra quei picchi in lontananza.

Dev'essere quella.

Gray aveva un avvertimento finale. «Il maggiore Choi non è ancora riuscito a mettersi in contatto con suo padre. Se i cinesi inviassero un altro segnale ELF...»

Monk non aveva bisogno che Gray finisse la frase.

Game over.

Chiuse la telefonata e guardò i membri dell'equipaggio. Tutti sapevano cosa fare.

« E la dottoressa Reed e gli altri? » chiese Byrd.

Lui si voltò verso l'addetto al sonar. « Mandi la registrazione del rombo al *Cormorano*. Se non ricordo male, durante l'addestramento pre-immersione ci è stato spiegato che il modem acustico può inviare messaggi di testo. Dico bene? »

Il tecnico annuì. « I messaggi possono raggiungere profondità maggiori rispetto alle chiamate vocali, e hanno una probabilità minore di essere intercettati. »

« Perfetto. Allora, oltre alla registrazione audio, invierà anche un messaggio. »

« Cosa devo scrivere? »

Lui glielo dettò, poi abbassò lo sguardo verso il mare e pregò che il suo messaggio raggiungesse il *Cormorano*.

E nessun altro.

43

Diecimila metri sotto l'oceano Pacifico,
24 gennaio, ore 17.38

Un'ora dopo aver imboccato la fenditura, il *Qianliyan* era ormai prossimo all'uscita.

Daiyu sudava. L'umidità all'interno della sfera era diventata insopportabile. Aveva scaricato la maggior parte delle batterie per velocizzare la risalita, e per non consumare quelle rimanenti aveva spento l'impianto di ventilazione, limitandosi a usare solo i depuratori di CO_2.

In quello spazio angusto aleggiava pure l'odore acre di decomposizione emanato dal corpo di Yang. Daiyu si sentiva in bocca un sapore di bile. Era un tanfo che non dava tregua. Avrebbe dato qualsiasi cosa per una boccata di aria fresca.

Lo stridore della roccia nelle cuffie era andato gradualmente attenuandosi, e adesso le due scogliere distavano un metro dai lati del batiscafo. Daiyu faceva sempre più fatica a evitare che il *Qianliyan* le toccasse. Doveva regolare ripetutamente i propulsori per schivare sporgenze e massi in caduta.

Rischiò un'occhiata in basso, verso lo schermo del sonar.

Ci siamo quasi.

Un tremore più forte scosse il sommergibile, quindi le pareti si avvicinarono, dimezzando la distanza.

Lei fece una smorfia e imprecò.

Non morirò quaggiù, promise a se stessa per l'ennesima volta.

Il monitor mostrava che la strada fino all'uscita era libera, così lei tornò a concentrarsi sulla risalita. Pregò di poter accelerare.

Altri cento metri.

Alzò lo sguardo, sperando di vedere l'uscita, ma le acque erano sempre buie. Da qualche parte lassù, c'era una foresta di corallo scintillante, che per lei era un riflesso dell'aurora boreale che da bambina le aveva preannunciato un futuro radioso. Scrutò in alto, in cerca di qualche segno di quello splendore.

Il brontolio della roccia si affievolì di nuovo, e lei sperò che significasse che il terremoto stava finalmente per finire.

Poi un nuovo suono irruppe nelle sue cuffie. Era un ruggito grave, un ronzio regolare con una nota di rabbia. Socchiuse le palpebre e guardò di nuovo in alto, cercando di capire da dove venisse, o cosa lo stesse producendo.

L'oscurità perpetua sopra di lei si schiarì gradualmente in una tonalità di grigio più tenue. Daiyu poteva giurare di vedere sfumature vorticose ai bordi.

La mia aurora...

Spense le lampade esterne del *Qianliyan* per averne conferma. Il mondo le si chiuse intorno mentre il veicolo continuava la sua risalita.

Avevo ragione.

Quell'alone brillante andava allargandosi. Sorrise.

Sto arrivando.

Poi il mondo tremò di nuovo e il batiscafo venne scagliato contro una scogliera. Sbalzata di lato, Daiyu si raddrizzò e riaccese le luci, poi cercò di stabilizzare il veicolo regolando i propulsori, ma era tutto inutile.

Le pareti erano sempre più vicine.

Il *Qianliyan* sbatteva da una parte all'altra. Le lampade esterne si spensero, i depuratori di CO_2 si arrestarono con un sibilo stridente.

Un'ondata di panico claustrofobico travolse Daiyu.

Trattenne il respiro finché il tremore non cessò. Poi guardò l'aurora boreale in alto, che nel frattempo aveva preso a splendere con maggiore intensità.

Meno di cinque metri.

Il *Qianliyan* saliva verso l'uscita.

Quattro...

Tre...

D'un tratto, il batiscafo si fermò bruscamente con uno stridore metallico.

Daiyu si girò sul sedile.

No...

Il veicolo si era bloccato contro una sporgenza rocciosa che le era sfuggita. Controllò il sonar.

Solo altri due metri.

L'estremità superiore della fenditura era a portata di mano. Il bagliore della foresta scintillante di corallo incombeva beffardo sopra di lei. Ma Daiyu non aveva nessuna intenzione di arrendersi.

Se fosse riuscita a scendere di un metro o poco più, pensò, avrebbe potuto aggirare l'ostacolo. Aspirò quindi acqua dall'oceano per riempire i serbatoi di zavorra e appesantire il batiscafo. In quel momento, rimpianse di essersi liberata dei quattro siluri.

« *Gāisǐ de!* » gridò, inveendo contro il mondo e contorcendosi sul sedile, come se stesse cercando di liberarsi da qualcosa.

Quando i serbatoi furono pieni, il *Qianliyan* iniziò a muoversi, e pochi istanti dopo si disincagliò con un altro stridio di metallo.

Lei urlò di soddisfazione e alzò lo sguardo, ma ciò che vide la lasciò confusa.

Un'ombra imponente attraversò la foresta illuminata e si schiantò contro l'imbocco della fenditura, producendo un forte clangore metallico. Poi una lunga asta - un *cannone* - puntò in basso, verso di lei, e allora Daiyu capì.

Il carro armato imbarcato sull'LCAC.

Pieno d'aria residua, il veicolo corazzato aveva impiegato due ore per arrivare a diecimila metri di profondità. Daiyu fissava quella testimonianza del suo fallimento, quasi convinta che si stesse prendendo gioco di lei.

Una roccia allentata dall'impatto cadde dal bordo di una scogliera, rimbalzando avanti e indietro fra le due pareti prima di colpire la sfera del *Qianliyan*. L'urto fu abbastanza forte da aprire una crepa lungo una giuntura tra il vetro e il titanio.

Un sottile getto d'acqua schizzò all'interno dell'abitacolo e colpì Daiyu allo stomaco. A quelle pressioni estreme, il fiotto la trapassò da parte a parte. Un violento spasmo di dolore fece muovere la sua mano appoggiata sulla manetta del gas.

Il *Qianliyan* s'inclinò di colpo, scagliandola di lato.

Il laser d'acqua le squarciò la pancia, tagliandola quasi in due.

La vita le si riversava in grembo.

Lei cercò di riprendersela.

Non così.

L'abitacolo implose, cancellando il suo ultimo pensiero.

44

Tredicimila metri sotto l'oceano Pacifico,
24 gennaio, ore 15.44

«Quanto ossigeno ci rimane?» chiese Adam.

Bryan controllò uno schermo. «Considerato che abbiamo espulso i serbatoi di riserva in prossimità della fenditura, quattro o cinque ore al massimo. Lo stesso vale per le batterie.»

Adam digrignò i denti.

Giusto il tempo di scrivere i nostri necrologi.

Phoebe sembrava impassibile. Continuava a osservare le forme di vita che la circondavano, disegnando schizzi su un quaderno appoggiato sulle ginocchia. Lei e Datuk avevano passato l'ultima ora a confabulare e scambiarsi teorie. Adam sospettava che - almeno per Datuk - fosse un modo per non pensare all'inevitabile.

Phoebe indicò un vortice scintillante formato da centinaia di polipi che si muovevano all'unisono, come eseguendo una danza complessa e coordinata. «Si comportano più come uno *stormo* di storni che come un *banco* di pesci.»

Datuk si avvicinò a lei. «Probabilmente riescono a sincronizzare i movimenti grazie a una combinazione di pattern bioluminescenti e segnali sonori. Un simile comportamento potrebbe spiegare perché queste creature sembrano più intelligenti dei polpi. Con rare eccezioni, i polpi conducono esistenze solitarie. L'intelligenza si affina molto meglio in una struttura sociale, all'interno della quale lo sviluppo delle abilità comunicative e la cooperazione sono fondamentali.»

Adam emise un profondo sospiro e si voltò, lasciandoli alle loro riflessioni. Guardò la foresta buia e ripensò alla fenditura che si era ristretta in seguito al terremoto. All'estremità inferiore, le due pareti di roccia si erano avvicinate al punto di formare uno stretto varco. Il loro sonar mostrava che probabilmente il passaggio era più largo in alto, ma il *Cormorano* non sarebbe mai riuscito a passare attraverso la strozzatura.

Un movimento attirò il suo sguardo verso la foresta scura. Stormi di creature bioluminescenti si stavano ammassando ai suoi margini, volteggiando fra i tronchi, come se volessero avventurarsi al suo interno, ma fossero ancora caute per via delle radiazioni. Col passare dei secondi, sempre più polipi andavano a ingrossare le file di quell'esercito frustrato.

« Che stanno facendo? » mormorò.

Phoebe si girò verso di lui. « Che c'è? »

« Possiamo girarci? » chiese lui al pilota.

Bryan aumentò la potenza dei propulsori per effettuare un'inversione a U.

« Sembra che qualcosa li stia chiamando a sé », osservò Datuk. « Ma non hanno il coraggio di attraversare l'area contaminata per raccogliere l'invito. »

Phoebe indossò le cuffie, e un istante dopo due profonde rughe le solcarono la fronte. Si rivolse al pilota, toccandosi un auricolare. « Puoi riprodurlo tramite gli altoparlanti? »

Bryan premette un interruttore e subito un basso ruggito riempì l'abitacolo.

Alcuni polipi di passaggio si girarono di scatto e si avvicinarono al DSV, sbirciando al suo interno coi loro occhi luminosi.

« Lo sentono anche loro. E ne sono chiaramente attratti », disse Datuk.

Phoebe annuì. « Qualcuno lo sta trasmettendo dalla superficie. Deve riecheggiare attraverso la fenditura. »

« Ma chi? E, soprattutto, cos'è? » chiese Adam.

Bryan indicò un monitor alla destra del timone. « Viene dal *Titan X*... ed è accompagnato da un messaggio di testo. » Si girò a guardare gli altri. « Da parte di Monk, il nostro vecchio compagno di bordo. »

Adam si sporse in avanti, quasi strisciando sulla testa del pilota, che lo ricacciò indietro con un gomito.

« Ve lo passo sui vostri monitor. »

Adam tornò al suo posto e lesse il lungo messaggio su una storia risalente a due secoli prima. Era chiaro che Monk avesse cercato di condividere con loro il maggior numero possibile d'informazioni.

« Rombi? » chiese Datuk. « È questo che stiamo ascoltando, e che sta agitando quelle creature? »

Phoebe non sembrava sorpresa. « Questa specie comunica attraverso frequenze armoniche. Forse ci riesce grazie al silicio contenuto nel loro DNA, o a qualche forma di amplificazione che coinvolge la struttura cristallina dei loro scheletri di corallo. Qualunque sia la ragione, per loro è senza dubbio un potente mezzo di comunicazione. »

Poi il ruggito all'interno dell'abitacolo si attenuò gradualmente, fino a cessare del tutto. Adam immaginò il megayacht che si allontanava da quelle acque, diretto verso l'isola di Raoul.

Abbiamo perso il segnale.

Frustrato, si rivolse agli altri. « Tutto questo ci aiuta in qualche modo a uscire dalla nostra situazione attuale? Monk ovviamente non può sapere che siamo intrappolati quaggiù, si è limitato a fornirci abbastanza informazioni su dove raggiungerlo una volta riemersi. »

Phoebe ignorò la sua domanda, troppo concentrata a lanciare segnali sonar. Si sporse verso la postazione di Bryan per controllare la loro posizione e la bussola.

« Che stai facendo? » le chiese lui.

« So come uscire da qui. »

« Cosa? » esclamò Datuk. « Come? »

Lei indicò lo schermo del sonar. Il sondaggio mostrava il lato più lontano della caverna, un parete di solida roccia disseminata di cavità scure che non rimandavano indietro il segnale. « Quella più grande dev'essere un tunnel, visto che procede nella direzione delle coordinate che ci ha fornito Monk. »

« Stai dicendo che porta all'isola di Raoul? » chiese Bryan.

« Forse. Il messaggio parla del mito aborigeno del Serpente Arcobaleno, una creatura in grado di spostarsi per il mondo attraverso distese d'acqua sotterranee. » Allargò le braccia per indicare la caverna in cui si trovavano. « Di mare in mare, da un punto sottile all'altro. »

« E l'isola di Raoul è la sua leggendaria dimora », aggiunse Adam.

« Esatto. Un po' come dire che tutte le strade portano a Roma, no? »

« Ma chi ci dà la certezza che seguiremo la strada giusta? » chiese Datuk. « Potremmo ritrovarci all'interno di un labirinto, una volta lasciata questa caverna. »

Phoebe scrollò le spalle. « Possiamo provarci... »

« ... o morire », finì al posto suo Adam.

Ore 18.17

Monk uscì sul portellone abbassato del *Titan X* con un walkie-talkie in mano. Davanti a lui si estendeva il versante occidentale dell'isola di Raoul. Lo yacht aveva gettato l'ancora a circa un miglio dalla costa. Due lingue di terra si protendevano verso di loro, incorniciando una larga baia.

Un alto vulcano eruttava bombe di lava che disegnavano grandi archi infuocati nel cielo prima di abbattersi sibilando nell'acqua della baia o sulla foresta devastata che si estendeva ai suoi piedi. Prima quell'isola era un atollo lussureggiante coperto da una fitta giungla e numerosi laghetti. Adesso, invece, era un tozzo di carbone ardente in un mare nero. Tronchi d'albero anneriti punteggiavano i suoi pendii. Torce solitarie bruciavano nella penombra ammantata di fumo.

A sud, una fila di altri vulcani si allungava verso la costa della Nuova Zelanda. Quello più vicino sputava fuoco e fiamme come il Raoul, mentre gli altri erano bagliori rossastri che sbiadivano in lontananza.

Monk si fece avanti.

« Fossi in te, io non mi tufferei. » Kowalski scrollò il sigaro in mare, aggiungendo altra cenere a quella che già da giorni soffocava l'acqua.

Ma non era quella a preoccuparlo, né le fiamme che guizzavano qua e là sulla superficie dell'oceano.

L'intera baia era disseminata di piccole sfere spinose che, a detta di Gray, erano estremamente pericolose.

Monk si portò la radio alla bocca e chiamò il ponte di comando. « Qui Kokkalis. Sono in posizione. Mi ricevete? »

«Noi siamo pronti», rispose Byrd. «Al suo segnale, le sirene e gli altoparlanti d'emergenza della nave diffonderanno la registrazione. Sarà assordante. Sicuri di voler restare all'aperto?»

«Date fuoco alle polveri», si limitò a dire lui, abbassando il walkie-talkie.

Voleva essere il primo a vedere se funzionava.

Kowalski, invece, era lì per farsi una fumata.

Un istante dopo, un basso ruggito si levò intorno alla nave, riecheggiando sul mare, quindi salì rapidamente di volume. Monk trasalì. Kowalski si tappò le orecchie con le mani.

Il suono crebbe fino a diventare un allarme fragoroso che si riverberava in tutta la nave. Il portellone sotto di loro vibrava, come anche lo strato di cenere in mare.

Il *Titan X* era diventato il diapason più grande al mondo.

Monk mosse un passo in direzione della stiva, cercando di sfuggire a quell'assalto sonoro.

Alcune frequenze di quel ruggito gli facevano contrarre la mano prostetica. Il modulo di guerra elettronica nel palmo si scaldò così tanto che Monk temeva potesse fondergli la pelle. La testa gli pulsava. Il dolore gli trafiggeva lo scalpo, risalendo dalla cicatrice dietro l'orecchio che indicava il punto in cui gli avevano installato l'impianto corticale.

In quel momento, ricordò che il segnale ELF di cui gli aveva parlato Gray aveva messo fuori uso le componenti elettroniche di un lander lunare, e forse anche quelle del sottomarino nucleare cinese.

Questo ruggito contiene lunghezze d'onda altrettanto dannose?

Incespicò all'indietro, la vista gli si annebbiò.

Non sarei dovuto restare fuori.

Kowalski lo sorresse, indicandogli poi un punto oltre la poppa.

Il vulcano sull'isola continuava a fumare, ma i getti di magma erano cessati e le colate laviche lungo i suoi fianchi sembravano più rade. Un ultimo zampillo di fuoco fuoriuscì dal cratere, quindi il Raoul si placò.

Ancora stordito dal rumore, Monk spostò lo sguardo verso l'orizzonte a sud. Anche i vulcani in quella direzione si erano placati. I bagliori distanti erano spariti, e il picco più vicino stava lentamente scomparendo nella penombra.

Si portò la radio alle labbra. « Byrd! Stacchi tutto! »

Non sentì risposta, ma un attimo dopo gli altoparlanti si spensero e il ruggito cessò.

Si voltò verso Kowalski, con le orecchie che continuavano a ronzargli. « Non credevo che avrebbe funzionato. E soprattutto così in fretta. »

« Ma che dici? » ribatté l'altro, sollevando il sigaro ormai ridotto a un mozzicone. « Quelle maledette sirene hanno suonato per quasi un'ora. »

« Cosa? »

Kowalski s'infilò una nocca in un orecchio. « Mi sa che resterò mezzo sordo per sempre. »

Ho perso la cognizione del tempo, pensò Monk, massaggiandosi una tempia e aprendo e chiudendo la protesi per accertarsi che non avesse riportato danni.

« Guarda! » Kowalski indicò la baia.

Senza la torcia del vulcano, il mondo si era fatto più buio. Eppure, sotto la cenere, l'acqua riluceva debolmente. A poco a poco, quelle chiazze luminose si fecero sempre più brillanti e aumentarono di numero, arrivando a riempire completamente la baia. Serpeggiavano e guizzavano da una parte all'altra, emergendo a volte da sotto la cenere con vividi bagliori verde smeraldo e blu cobalto.

I Serpenti Arcobaleno.

Monk fece qualche passo avanti, affascinato e incredulo, ma era ancora debole e dovette aggrapparsi a un supporto d'acciaio della gru A-Frame, il sistema di messa in mare e recupero del *Cormorano*.

Ricordandosi improvvisamente degli altri, si portò di nuovo il walkie-talkie alle labbra. « Ponte, notizie del *Cormorano*? »

Attese una risposta, che tardò ad arrivare, come se nessuno volesse guardare in faccia la realtà.

« No », disse Byrd alla fine. « Forse dovremmo prendere in considerazione l'ipotesi che sia andato perduto. »

Ore 18.45

«Qualcuno ha idea di dove siamo?» chiese Adam.

Phoebe colse la nota disperata nella sua voce. Stavano attraversando quel labirinto da più di un'ora, e presto sarebbero rimasti senza ossigeno.

Fissò lo schermo del sonar. Il *Cormorano* era fermo all'interno di una larga caverna piena di coralli e brulicante di forme di vita brillanti e vivaci.

Ormai anche il suo entusiasmo per quel paesaggio perduto si era affievolito.

«Più avanti ci sono quattro tunnel che proseguono verso est», riferì. «Ma non riesco a capire quale potrebbe portare all'isola di Raoul.»

«Sempre che uno di loro ci arrivi effettivamente», aggiunse Datuk, stanco e scoraggiato.

Bryan offrì l'unica opzione a loro disposizione. «Possiamo sempre lanciare una monetina.»

Lei aggrottò la fronte, restia ad ammettere la sconfitta.

Dopo aver lasciato la prima caverna, avevano scoperto un intrico di tunnel incrociati, fessure frastagliate e dirupi senza fondo. Non potevano neppure più fare affidamento sulla bussola, il cui ago a volte girava furiosamente a causa di qualche flusso magnetico. Phoebe non era neanche sicura che sarebbe riuscita a ritrovare la strada per tornare al punto da dove erano partiti.

L'unico aspetto incoraggiante era la diminuzione costante della pressione esterna, segno che stavano risalendo. Bryan era costretto ad alleggerire il DSV per regolarne la galleggiabilità. La pressione esterna era di 15.000 psi, dunque dovevano essere a una profondità di circa diecimila metri.

«Non dovrebbe mancare molto», disse lei. «L'isola distava solo otto miglia dalla posizione del *Titan X* e nel momento in cui abbiamo lasciato la prima enorme caverna noi ne avevamo già percorse due. Ormai dovremmo essere nelle acque dell'isola.»

«Anche se fosse vero, come facciamo a riemergere?» le chiese Adam. «Il sonar non rileva un'apertura che sia una nel soffitto sopra di noi, ma solo una distesa ininterrotta di roccia.»

«Vuol dire che proseguiremo finché non ne troveremo una», ribatté Phoebe. «Non abbiamo alternative.»

Bryan attivò i propulsori e il *Cormorano* riprese ad avanzare. Il loro movimento attirò l'attenzione di una coppia di polipi di passaggio. Le due creature si avvicinarono, lanciarono un'occhiata indagatrice all'interno dell'abitacolo, e quindi schizzarono via.

Altri esemplari le raggiunsero, vorticando intorno a loro in un turbinio di luci e colori lampeggianti. Lei percepì un senso di urgenza in quel balenio, ma probabilmente era solo un riflesso della propria tensione.

«Dev'essere l'ora di punta», borbottò Bryan.

Phoebe sorrise, poi capì che il pilota aveva ragione. Distolse lo sguardo dal sonar per osservare quel fiume di polipi che andava ingrossandosi accanto a loro. Sarebbe tornata allo schermo, se non avesse notato che tutti stavano emettendo lo stesso balenio urgente dei primi due.

Bryan iniziò a virare per uscire da quell'ingorgo, ma lei si allungò dalla sua parte e spostò la cloche all'indietro. «Seguili!»

«Che succede?» chiese Adam da dietro.

Phoebe ignorò la sua domanda e indossò le cuffie. Il coro della foresta di corallo le riempì subito la testa. Strizzò gli occhi, cercando d'individuare un tono più profondo, ma c'era troppo rumore.

Adam le toccò una spalla. «Phoebe?»

Lei si tolse le cuffie e si voltò. «Il modo in cui le loro luci lampeggiano... l'esercito che si sta radunando... è come quando nella prima caverna si sono ammassati ai margini della foresta contaminata.»

«Stanno reagendo alla stessa maniera. Probabilmente allo stesso segnale», commentò Datuk.

«La registrazione del rombo...»

«Esatto. Monk ha scritto che avrebbe riprodotto quel suono sopra le acque dell'isola di Raoul.» Phoebe scrutò l'oceano davanti a sé. «Ecco cosa stanno sentendo queste creature... anzi, lo stanno seguendo.»

«Allora potrebbero condurci fuori da qui...» comprese Adam.

Bryan attivò i propulsori alla massima potenza. «Andiamo. Non voglio rimanere indietro.»

Il *Cormorano* si mise a seguire quel fiume scintillante, tallonato a sua volta da un arcobaleno di colori. Lo stormo s'incuneò in un tunnel, attraversò una caverna più piccola e risalì lungo una spaccatura a spirale.

Bryan si liberò di altra zavorra per riuscire a stargli dietro.

Phoebe faceva lampeggiare i fari del DSV, più o meno in sincronia col balenio dei polipi, cercando di segnalare le loro intenzioni: *Veniamo anche noi.*

La fiumana di polipi arrivò alla fine della spirale ed entrò in una grotta a forma di conca. Era piena di giganteschi coralli, ma i suoi nidi erano perlopiù vuoti; solo poche manciate di polipi fluttuavano attraverso quella foresta buia.

Adam si lanciò in avanti verso il sonar, che mostrava un'immagine del soffitto sopra di loro. «Una fessura!» esclamò.

Bryan scaricò tutta la zavorra e il *Cormorano* riprese a salire, circondato dalla marea luminosa di polipi.

Phoebe guardò quelle creature, che normalmente si muovevano a una velocità maggiore. «Ci stanno aspettando. Non vogliono lasciarci indietro.»

Poi Adam indicò la crepa sempre più vicina. «Sembra piuttosto stretta.»

«Ci passiamo», promise Bryan.

Ma non gli fu data la possibilità di dimostrarlo.

Qualcosa urtò il *Cormorano* dal basso, facendolo accelerare. Phoebe abbassò lo sguardo tra le gambe e vide un polipo grosso come un elefante che li spingeva verso l'alto coi suoi enormi tentacoli.

«Stiamo andando troppo veloci», avvertì Bryan. «Di questo passo, sarà impossibile effettuare correzioni di rotta o aggiustamenti.»

Adam fissò la crepa. «Allora speriamo che quel bestione abbia una buona mira. Perché da qui non si torna più indietro.»

Il *Cormorano* prese velocità.

«Tenetevi forte!» urlò Bryan.

Illuminata dal fiume di luce che scorreva tutt'intorno, la fessura era sempre più vicina. Finché il *Cormorano* non ci si ritrovò dentro. Phoebe trattenne il fiato, come per farsi piccina piccina. Le pareti rocciose, che sfrecciavano a pochi centimetri da loro, erano ricoperte di strati di anemoni ondeggianti e folti tappeti di alghe, segno che la fenditura doveva essere molto antica.

Phoebe capì cosa stavano attraversando.

Uno dei punti *sottili* degli aborigeni.

Immaginò che dovesse essercene uno simile nei mari che circondavano il Tambora, una finestra antica tra il mondo di superficie e quello sottomarino.

Qualche minuto dopo, il DSV schizzò fuori dalla fessura, finalmente in mare aperto. Il polipo gigante gli diede un'ultima spinta e poi si allontanò, subito imitato dalla marea luminosa, che continuò ad avanzare verso l'isola di Raoul.

«Pare che d'ora in poi dovremo cavarcela da soli», constatò Adam.

«Nessun problema», lo tranquillizzò il pilota, puntando l'indice verso l'alto. «Da qui conosco la strada.»

Phoebe controllò la profondità. «Cinquemila metri.»

«Mantenendo questa velocità, dovremmo riemergere tra venti minuti», disse Bryan.

Si sbagliava.

Ce ne vollero solo quindici.

Il *Cormorano* raggiunse la superficie e sbucò quasi completamente fuori dall'acqua. Ballonzolò su e giù per qualche secondo, finché infine si stabilizzò sulle onde.

Bryan si arrampicò fino al portello in alto e lo sollevò.

Adam prese il suo posto sul sedile del pilota, accanto a Phoebe, e osservò i resti fumanti dell'isola di Raoul. Ancorato vicino all'imboccatura di una baia, il *Titan X* scintillava a un miglio di distanza. L'acqua splendente di sfumature variopinte sciabordava contro il suo scafo.

«Ce l'abbiamo fatta?» chiese Phoebe.

Lui le spostò il mento con un dito, rivolgendo il suo sguardo più a ovest.

Il drappo di nubi nere si era diradato abbastanza da mostrare un picco all'orizzonte, in cima a un mondo che adesso le sembrava nuovo.

Ma un dettaglio restava eterno e pieno di promesse.

Il sole del tramonto che si preparava a tuffarsi in mare.

Sorrise.

Sì, ce l'abbiamo fatta.

45

Washington, 7 febbraio, ore 11.08

Aiutandosi con un bastone da passeggio, Gray percorreva il corridoio principale del quartier generale della Sigma, ubicato diversi piani sotto lo Smithsonian Castle. Guardò l'ora e fece una smorfia. Avvertiva una fitta di dolore alla coscia sinistra ogni volta che appoggiava il piede a terra. Quando passò davanti al centro operativo dell'intelligence, Kat Bryant - il ragno di quella rete tecnologica - gli andò incontro. « Sei in ritardo », disse, appoggiandosi al telaio della porta.

« La fisioterapia è andata per le lunghe », rispose Gray, senza fermarsi.

« Non sarà invece perché ti sei fermato da Starbucks? » gli urlò dietro lei.

Lui sorrise. Kat era la migliore. « Quello era parte della terapia. Inoltre, per questa riunione, mi servirebbe ben altro che una dose di caffeina. »

« Un triplo espresso non è stato sufficiente? »

Lui si voltò dalla sua parte, ma Kat era già tornata dentro. Aveva tracciato il suo ordine, o semplicemente lo conosceva così bene da intuire cosa aveva preso? Non sapeva quale delle due cose fosse peggio.

Proseguì verso l'ufficio del direttore. La porta era aperta, ma lui bussò comunque sul telaio.

« Comandante Pierce, sei in ritardo. »

« Così mi hanno detto. »

Seduto nell'ufficio, Monk lo accolse con un largo sorriso.

Il direttore Crowe era dietro la sua scrivania, senza la giacca e con le maniche della camicia arrotolate fino ai gomiti. Gli indicò la sedia libera, mentre spostava dietro un orecchio l'unica ciocca bianca dei suoi capelli corvini. « Iniziamo. »

Alle sue spalle, tre monitor su altrettante pareti mostravano una mappa del Sud-est asiatico, un servizio giornalistico - senz'audio - sulle operazioni di soccorso e una veduta satellitare dell'isola di Raoul, al largo della quale era ancorata una grande nave, con a poppa un'alta sfera di vetro.

Gray prese posto. Erano trascorse due settimane da quando la regione si era stabilizzata, ma a livello globale la situazione continuava a essere instabile. Le nubi di cenere provocate dalle numerose eruzioni avevano circondato la Terra, e una fitta foschia persisteva nell'atmosfera. Ci sarebbero potuti volere mesi, se non anni, prima che si diradassero del tutto, con conseguenze climatiche ancora sconosciute.

«Cosa dicono in Cina?» chiese.

«Più o meno quello che ci aspettavamo», rispose Painter. «Hanno addossato ogni responsabilità a una fazione ribelle dell'Esercito guidata da una capitana eccessivamente ambiziosa. E si rifiutano di parlare del segnale ELF o del sottomarino scomparso.»

«Ma non ci crede nessuno», intervenne Monk. «I Paesi coinvolti la ritengono direttamente responsabile. Pechino sta cercando di salvarsi la faccia finanziando la maggior parte dei lavori di ricostruzione e bonifica del territorio.»

Painter annuì. «Inoltre la Cina ha ricevuto così tante critiche da avviare un dialogo con la NASA, per collaborare con loro al programma Artemis, per le future missioni lunari.»

Gray aggrottò la fronte. «Scommetto che l'ha fatto solo per poter condividere la colpa nel caso qualcosa dovesse andare storto di nuovo.»

«Ma cos'è successo esattamente lassù?» chiese Monk.

«Secondo quanto si è riusciti a capire, i cinesi avevano ragione riguardo a Theia, l'antico planetoide che miliardi di anni fa si è schiantato sulla Terra e ha dato origine alla Luna», spiegò Painter. «Alcuni suoi frammenti sono presenti non solo sotto il nostro mantello, ma anche nella crosta lunare. A quanto pare, una forza che ancora oggi collega questi pezzi tra loro ha reagito alla trivellazione del lander cinese.»

Gray si disinteressò alla sua spiegazione. Era rimasto in contatto col maggiore Choi, con cui aveva avuto lunghe conversazioni proprio su quell'argomento. C'erano ancora molti punti oscuri, ma una cosa era chiara: tutti dovevano procedere con cautela, sia sulla Luna sia con lo strano ecosistema scoperto nelle profondità dell'oceano.

«Quante probabilità ci sono che qualcuno possa usare quel segnale ELF come arma e scatenare altri terremoti?» chiese Monk.

Il direttore sospirò. «Le nazioni di tutto il mondo sono state informate dell'esistenza di questi segnali, che dunque avranno mille occhi addosso. Inoltre sappiamo che i rombi possono annullarne gli effetti, pertanto un'eventuale arma basata sul loro utilizzo sarebbe inefficace.»

«Speriamo bene», chiosò Monk.

«Ho anche parlato con la dottoressa Phoebe Reed del suo lavoro sulla specie appena scoperta», continuò Painter. «Sta conducendo analisi approfondite sulla loro strana morfologia, che sembra assottigliare il confine tra geologia e biologia. È convinta che questi polipi siano in grado di comunicare tra loro utilizzando particolari frequenze armoniche, le stesse con cui riescono a manipolare l'ambiente in cui vivono. In parole povere, quando si sentono minacciati, emettono questi suoni che fanno vibrare la natura cristallina dei frammenti di Theia, provocando terremoti o eruzioni vulcaniche.»

«Meglio non farli arrabbiare, allora», commentò Monk.

«Per precauzione, il tratto di oceano intorno all'isola di Raoul è stato circoscritto. Le ricerche sul posto saranno limitate. Sarà William Byrd, che sta ripristinando il Progetto Titan nelle acque vicine, a occuparsi della loro supervisione.»

«E per quanto riguarda la teoria secondo cui questa specie avrebbe avuto origine da una roccia inseminata da quei frammenti di Theia?»

«È troppo presto per dirlo. Secondo la dottoressa Reed, è un po' come cercare di capire se è nato prima l'uovo o la gallina. Forse in quel planetoide cristallino c'era già qualcosa, e una volta giunto sulla Terra si è liberato della sua natura silicica fino a diventare ciò che abbiamo scoperto. O forse qualche antenato dei coralli di profondità è entrato in contatto col frammento, incorporando alcune delle sue proprietà siliciche. In ogni caso, sembra che questi polipi abbiano un rapporto di natura armonica con quelle masse rocciose.»

Monk aggrottò la fronte. «È possibile che siano davvero i grandi antenati dei polpi moderni e di altre specie di cefalopodi?»

Painter scrollò le spalle. «La dottoressa Reed si sta ponendo la stessa domanda, insieme col dottor Lee e con alcuni esperti di panspermia, ovvero la teoria per cui la vita sulla Terra sarebbe comparsa in seguito a un bombardamento cosmico, durante il quale il nostro pianeta sarebbe stato inseminato - almeno in parte - da retrovirus extraterrestri. Saranno necessarie numerose ricerche prima di poter trarre una qualsiasi conclusione, in un senso o nell'altro.»

Gray si spostò sulla sedia, scatenando le proteste della coscia ferita. Quella fitta di dolore gli ricordò che non era l'unico a essere uscito malconcio da quell'avventura. «Ho chiamato il dottor Numberi all'ospedale di Giacarta, dov'è stato ricoverato per la ferita che ha riportato all'addome. Abbiamo parlato del ruolo svolto dagli aborigeni in questa vicenda. Byrd gli ha già proposto di unirsi al nuovo Progetto Titan per studiare più approfonditamente la vera storia del popolo del suo bisnonno. Non vede l'ora di mettere in discussione la teoria Out-of-Africa sull'origine dell'umanità.»

«Sono proprio curioso di vedere cosa scoprirà», commentò Painter.

Nel corso dell'ora successiva, i tre uomini passarono in rassegna innumerevoli altri dettagli.

Poi il direttore si alzò dalla scrivania, pronto a congedarli. Prima, però, rivolse un cenno a Gray. «Comandante Pierce, potresti trattenerti ancora un istante?»

«Certo.»

Gray salutò Monk con un abbraccio e una pacca sulla schiena.

«Costretto a restare in classe dopo le lezioni, eh? Mi sa che qualcuno qui si è messo nei guai», commentò Monk, con uno scintillio divertito negli occhi.

«Sai che novità», scherzò lui, salutandolo.

Non appena Monk lasciò la stanza, Gray si rivolse a Painter.

«Allora, di cosa volevi parlarmi?»

« Di questo. » Il direttore aprì un cassetto e tirò fuori un fascicolo contrassegnato dalla dicitura TOP SECRET in caratteri rossi. « Il sottosegretario della Difesa per l'intelligence e la sicurezza mi ha autorizzato a mostrartelo. È un rapporto altamente confidenziale della neonata UAPTF. »

Gray non conosceva quell'acronimo.

« Sta per Unidentified Aerial Phenomena Task Force », gli spiegò Painter. « Questo gruppo, coordinato dal dipartimento della Marina, ha il compito di rilevare, analizzare e catalogare i cosiddetti UAP, i 'fenomeni aerei non identificati'. » Gli passò il fascicolo.

« Di che si tratta? »

« Riguarda l'argomento di cui stavamo discutendo poco fa, ovvero la possibilità che quei frammenti di Theia possano aver inseminato il nostro pianeta. La task force ha notato un insolito pattern nell'attività degli UAP. Sono arrivate anche numerose segnalazioni da parte della popolazione civile, cosa che ha attirato l'attenzione dei media. Ma nessuno ha mai indagato a fondo su questa faccenda. »

« Fino a ora », disse lui.

Painter annuì. « Alla luce di tutto ciò che è successo, la UAPTF ha ritenuto di dover condividere - almeno con noi - ciò che ha scoperto. »

Lui aprì la cartella e lesse il titolo del documento.

PREVALENZA E PREPONDERANZA DEGLI UAP
NELLE AREE TETTONICAMENTE ATTIVE.

Gray non credeva ai suoi occhi.

« Il rapporto dimostra che le attività degli UAP si concentrano prevalentemente nelle regioni a rischio vulcanico e sismico, in particolare lungo i bordi delle grandi province a bassa velocità di taglio, quelle distese rocciose che a detta di qualcuno potrebbero essere frammenti di Theia. »

Il documento era corredato di grafici e immagini. Sfogliandolo, Gray si soffermò per un istante su una fotografia che mostrava un anello di luci blu intorno a un cratere infuocato.

« È come se *qualcuno* stesse monitorando queste aree », disse Painter.

Gray ci mise un attimo, ma poi capì. Alzò la testa di scatto. « Come un contadino che si prende cura del campo che ha seminato. »

Painter si sporse in avanti e chiuse il fascicolo. « Nel caso, speriamo non arrivi mai il tempo della raccolta. »

Isola di Raoul, ore 14.00

Lo Zodiac sfrecciava nella baia di Denham, diretto verso l'isola di Raoul. In piedi a prua, Phoebe inalava gli spruzzi nebulizzati a ogni sobbalzo del gommone sulle onde. Aveva i capelli raccolti dietro la testa, e i venti le accarezzavano le guance.

Lanciò un'occhiata alle sue spalle. Il sole del pomeriggio si rifletteva sulle acque blu, celando i misteri oscuri sotto la superficie. Poco lontano, il *Titan X* si ergeva come un iceberg bianco e lucido. Il globo di vetro, i larghi ponti e i lunghi corridoi erano stati ripuliti di qualsiasi traccia di cenere e sangue. Una squadra di operai era ancora al lavoro per riparare tutti i danni subiti durante l'attacco.

William Byrd aveva imposto ai cinesi il pagamento dei lavori di riparazione, oltre a un risarcimento in denaro a tutte le famiglie che avevano perso un loro caro. Aveva inoltre ottenuto un cospicuo finanziamento per il nuovo Progetto Titan. Pechino gliel'aveva concesso non perché si sentisse in colpa per quanto era accaduto, ma perché Byrd era proprietario e amministratore delegato della ESKY, una compagnia marittima che gestiva il commercio navale a livello globale. Una sua parola sarebbe stata sufficiente a mettere in ginocchio l'economia cinese... dunque lui aveva ottenuto quello che voleva.

Phoebe accantonò quelle questioni, considerandole tutte deprimenti.

Tornò quindi a ciò che aveva fatto partire tutte quelle considerazioni. A poppa dello Zodiac, Choi Xue e Luo Heng erano seduti di fronte a Bryan, che pilotava l'imbarcazione. Non li conosceva bene, però Monk aveva garantito per loro. Lei aveva persino revisionato la ricerca di Heng sulla cura del morbo pietrificante che aveva colpito migliaia d'individui nella regione.

Inclusa una persona che le stava molto a cuore.

Jazz l'aveva raggiunta una settimana prima, subito dopo essere stata dimessa dall'ospedale. Aveva perso due dita a causa di quella malattia, ma non il buon umore, ed era entusiasta di continuare a collaborare con lei.

L'altro ricercatore colpito dal veleno, il dottor Kim Jong Suk, non se l'era cavata altrettanto bene, in quanto aveva perso il braccio sinistro. Byrd gli aveva offerto un posto nella nuova stazione, ma lui aveva rifiutato categoricamente.

« Quand'è che mi dirai perché ci stiamo dirigendo verso l'isola? » le chiese Jazz, col braccio destro appeso al collo.

Bryan le interruppe, chiamandole dalla poppa. « Sarà meglio che vi sediate! E aggrappatevi a qualcosa! »

Jazz gli lanciò uno sguardo. « Lo so io a cosa mi piacerebbe aggrapparmi. Quell'accento... mmm... »

Phoebe avrebbe voluto scoccarle un'occhiata di rimprovero, ma finì per sorriderle.

« Bisogna pur impiegare il tempo libero. A proposito... » Jazz sorrise. « Ho saputo che Adam arriverà stasera. »

« Per vedere come procedono i lavori. Tutto qua. È una visita puramente professionale. »

Jazz le rivolse un'occhiata dubbiosa.

Per sua fortuna, lo Zodiac raggiunse la riva e si arenò sulla spiaggia, ponendo fine alla conversazione.

Heng e Xue trasportarono a terra un grosso contenitore a tenuta stagna.

« Che c'è lì dentro? » chiese Jazz.

Phoebe era una delle poche persone a conoscere la risposta a quella domanda, ma anche Jazz meritava di saperlo, aveva pagato per quell'onore con due dita della mano destra. E, se non fosse stata curata, avrebbe potuto soffrire molto di più.

Jazz stava per scoprire *quanto*.

Ore 14.11

Heng appoggiò il pesante cassone sulla sabbia. Si asciugò il sudore dalla fronte e guardò le rovine dell'isola, ridotta a un guscio carbonizzato di roccia e carbone. Il cratere era tranquillo, ma emetteva ancora una sottile spirale di fumo.

Xue gli mise una mano sulla spalla. « Stai bene? »

Lui prese un profondo respiro. « Sì. Ho solo bisogno di tempo. »

Il senso di colpa lo consumava.

Avrei dovuto fare di più.

Poco dopo la fine dei tragici eventi che avevano sconvolto la regione, era riuscito a distillare l'antitossina dal campione che avevano raccolto nei pressi del monte Tambora. La dottoressa Reed gli aveva dato una mano, mettendogli a disposizione diversi campioni dei filamenti con le nematocisti. Quella specie era stata chiamata *Iridis serpens*, in onore delle popolazioni aborigene che per prime avevano instaurato un rapporto con quelle creature. L'antitossina si era rivelata essere un enzima organo-silicico, facile da produrre in massa attraverso un processo di fermentazione in stato solido.

Tuttavia non era stato abbastanza veloce da salvare tutti. Era riuscito a curare il sottotenente Junjie alla base navale di Réam, in Cambogia, ma non l'ufficiale Wong. Heng rimpiangeva di averlo rianimato più volte, anche se non aveva nessuna speranza di sopravvivere, facendogli soffrire pene infernali fino al suo ultimo e agonizzate istante di vita.

Maledisse la capitana Tse – ovunque si trovasse – per averlo costretto a farlo.

Mi sarei dovuto opporre.

E adesso tutto ciò che poteva fare era cercare di espiare i suoi peccati.

Xue gli strinse la spalla, offrendogli conforto. Nonostante i suoi impegni, aveva trovato il tempo di accompagnarlo sull'isola di Raoul.

In Cambogia, il maggiore aveva preso possesso della struttura della capitana Tse, convertendola in un nuovo centro di ricerca spaziale. Aveva inoltre iniziato a collaborare con la

NASA, cercando d'instaurare una relazione più aperta con gli Stati Uniti. Era un compito gravoso, soprattutto considerato l'ostracismo di suo padre.

Avevano scoperto che era stato proprio lui a ordinare al capitano Wen di eliminare gli americani. Padre e figlio si trovavano alle estremità opposte di un divario generazionale: il primo aderiva a una filosofia maoista d'isolazionismo e militarismo, il secondo credeva invece che il futuro della Cina fosse nella cooperazione e nel rispetto reciproco. Quel contrasto avrebbe forse avuto fine solo quando la vecchia guardia avesse allentato la presa sul potere.

Ma era un processo che richiedeva tempo e pazienza.

Non poteva essere affrettato.

Proprio per contribuire a raggiungere quell'obiettivo, Heng aveva accettato di continuare il suo lavoro alla base. Era stato Xue in persona a chiedergli di restare.

I due uomini avevano trascorso molto tempo insieme nelle ultime due settimane, intrattenendosi in lunghe conversazioni, che partivano a cena per concludersi a tarda notte. Lui sospettava che l'invito di Xue a restare in Cambogia andasse oltre il mero rispetto accademico.

Ma non ne aveva la certezza.

Per il momento, nessuno dei due aveva fatto il primo passo.

Forse anche quello avrebbe richiesto tempo e pazienza.

E, anche in questo caso, meglio non affrettare le cose.

Heng si chinò e sollevò il coperchio della grossa cassa, che era colma di una soluzione salina su cui galleggiava una massa grigio-rosa, avvolta da tentacoli che un tempo avevano formato un unico midollo spinale.

« Cos'è quella roba? » chiese Jazz.

« L'ufficiale Wong. » Heng chinò la testa in segno di rispetto.

Xue si fece da parte e accese un piccolo megafono digitale. Un istante dopo, il richiamo gorgheggiante di un antico rombo iniziò a risuonare per tutta la baia silenziosa.

Heng sentì Phoebe spiegare quanto accaduto alla sua assistente: anche se lui non era riuscito a salvare la vita al sottufficiale, aveva preservato ciò che poteva.

Qualche minuto dopo, Phoebe l'aiutò a trasportare la cassa

in mare. Entrarono in acqua fin quasi alla vita e rimasero in attesa. Intanto il rombo continuava a emettere il suo suono gutturale.

« Quanto pensa che ci vor... »

« Sstt! » lo interruppe Phoebe. « Stanno arrivando. »

Heng però non vedeva nulla. Si fece ombra con la mano, per schermare il riflesso del sole sull'acqua. A poco a poco, iniziò a intravedere delle forme, forse una decina, che nuotavano verso di loro, emanando un fioco bagliore. La loro disposizione assomigliava a un arcobaleno sommerso.

Non c'era da meravigliarsi che gli aborigeni avessero dato loro quel nome.

Iridis serpens.

Il Serpente Arcobaleno.

« Pronto? » gli chiese Phoebe.

Lui annuì, troppo ansioso per parlare. Inclinarono la cassa e lasciarono cadere i resti dell'ufficiale Wong in mare, quindi indietreggiarono.

I polipi si avvicinarono con cautela a quella creatura sconosciuta, sfiorandone la superficie luccicante coi loro tentacoli. A ogni tocco, le passavano un po' della loro bioluminescenza. La massa grigio-rosa estese a sua volta i propri tentacoli, che s'intrecciarono con quelli dei polipi, dando vita a una danza sfolgorante, una fusione luminosa di luce e carne, di energia e sostanza.

Poi, lentamente, i polipi trascinarono il nuovo arrivato nelle profondità del mare e scomparvero.

Fissandoli, Heng ripensò alla leggenda aborigena di cui gli aveva parlato il dottor Numberi, secondo la quale quelle creature aiutavano gli afflitti a rinascere dopo aver piantato minuscoli semi nei loro corpi, e successivamente portavano le loro anime dal gigante che dormiva nelle viscere della Terra.

Dove la vita diventava un Sogno eterno.

Pregò con tutto se stesso che un residuo della coscienza di Wong fosse sopravvissuto alla sua morte, in modo che adesso potesse vivere per sempre.

O almeno abbastanza a lungo da perdonarmi.

Takoma Park, Maryland, ore 19.06

Seichan combatteva demoni in soggiorno.

Dopo aver spostato il divano e il tavolino, si era sfilata le scarpe e si era spogliata fino a restare in reggiseno sportivo e shorts neri. La sua pelle liscia luccicava, era come se il suo corpo fosse scolpito nella pietra. In equilibrio sulla punta di un piede, teneva l'altro ginocchio sollevato e stringeva con entrambe le mani la sciabola cinese all'altezza dell'anca.

A ogni respiro, compiva una serie di movimenti del Qingping Jian, uno stile di combattimento con la spada cinese: *Beng, Ci, Mo, Gua, Lan*... Fendeva, colpiva, affondava, parava e bloccava. Si muoveva sempre più velocemente. L'antico dao era una macchia sfocata d'acciaio che le vorticava intorno. Eseguiva le sequenze secondo la tradizione: *Angelo che Infila il Fuso, Sole e Luna Scambiano i Raggi*...

Andò avanti finché le braccia e le gambe non iniziarono a tremare, quindi si piegò in due, esausta, col dao appoggiato sulle ginocchia.

Basta.

Ripose la lama nella sua guaina d'acciaio opaco che, oltre a essere una custodia decorativa, poteva diventare essa stessa un'arma. Appoggiò il fodero su un supporto di palissandro, accanto a una ciotola di crisantemi bianchi. Lì accanto, una candela bruciava davanti a una foto incorniciata di Zhuang. Seichan era tornata dal suo funerale a Macao la settimana prima. La cerimonia era durata sette giorni. Vi aveva preso parte l'intera *Duàn zhī*, incluso Bolin Chén, la giovane Lanterna Blu che era stata premiata per il suo coraggio ed era diventata un membro della triade a tutti gli effetti. Yeung, invece, era stato promosso a tenente e guardia del corpo personale del dragone.

Durante quei giorni cupi, Seichan aveva fatto del proprio meglio per confortare sua madre. In pubblico, vestita di bianco, Guan-yin aveva mostrato un'espressione stoica. Un velo di seta sul viso l'aveva aiutata a mantenere quella facciata.

Ma, lontana da occhi indiscreti, era una donna distrutta.

Una sera, sua madre le aveva raccontato la storia di Zhuang. Era stato lui a darle rifugio e a proteggerla quand'era fuggita dai suoi persecutori vietnamiti. Zhuang era stato cresciuto da un monaco buddista dopo che la sua famiglia era stata uccisa durante l'assedio maoista della città di Changchun. In quell'occasione, quasi duecentomila civili avevano perso la vita, compresi i suoi genitori e una sorella minore. Tutto ciò che gli era rimasto della sua famiglia era il dao di suo padre, che lui aveva usato per uccidere un soldato e sfuggire all'assedio.

Accomunati dalla sofferenza e dal dolore, Zhuang e Guan-yin avevano scoperto una profonda affinità spirituale. Animati da un identico e ardente senso di giustizia, alla fine avevano fondato la triade *Duàn zhī*. Nel corso del tempo, pur mantenendo la sua ferocia, Zhuang aveva raggiunto una serenità che invece la madre di Seichan non era mai riuscita a trovare. Guan-yin riconosceva con rammarico che il suo status di dragone l'aveva costretta a mantenere una certa distanza da lui. Sebbene condividessero momenti intimi in privato e si amassero, c'era sempre un velo sottile a dividerli.

Dopo il funerale, Guan-yin aveva consegnato la spada di Zhuang a Seichan, onorando una richiesta che lui stesso le aveva fatto in passato. Zhuang aveva infatti espresso il desiderio che quell'arma restasse in famiglia. Anche se Seichan non era sua figlia, occupava un posto speciale nel suo cuore. Era stato lui a insegnarle quelle sequenze che lei aveva appena eseguito con l'antico dao. E, poco prima, mentre fendeva l'aria con quella lama, Seichan lo aveva sentito impartirle un'ultima lezione.

Sfiorò la foto con le dita e si preparò.

Fece una doccia veloce, quindi indossò un vestito di seta nera decorato con rose grigie, i cui petali erano orlati da delicati fili d'argento. Applicò una goccia di profumo al gelsomino sui polsi e si raccolse i capelli in una coda.

Scese al piano di sotto, aprì una bottiglia di pinot nero e accese le candele sul tavolo. Quella sera, Jack avrebbe dormito a casa di Monk e Kat.

Una chiave girò nella serratura della porta d'ingresso alle sue spalle. S'irrigidì, rendendosi conto di non aver sentito il rombo gutturale della Thunderbird. Una parte di lei sarebbe voluta scappare, ma si fece forza, erigendo mentalmente una barriera protettiva intorno a se stessa.

Controllò un'ultima volta che tutto fosse pronto.

Quando Gray aprì la porta, lei gettò uno sguardo al tavolo commemorativo di Zhuang e chinò leggermente la testa, ringraziandolo per quell'ultima lezione che le aveva insegnato.

« Perché le luci sono tutte spente? » Gray entrò in soggiorno e la vide in sala da pranzo, avvolta dal tenue bagliore delle candele. Si fermò, confuso. « Ma che stai...? »

Seichan si mise in ginocchio e premette il detonatore che aveva in mano.

Nel cortile, visibile attraverso la finestra della sala da pranzo, una cascata di fuochi d'artificio diede vita a una magnifica coreografia di luci e colori.

Era stato Kowalski ad aiutarla a preparare quel piccolo spettacolo pirotecnico.

Fece per parlare, ma fu interrotta da una forte esplosione. La finestra alle sue spalle andò in frantumi, spargendo schegge di vetro ovunque.

C'era da aspettarselo, da Kowalski.

Gray le corse incontro. « Tutto okay? »

« Temo che questo momento non sia suggestivo come il capodanno cinese, ma... » Prese una scatolina e gliela aprì davanti. Anche l'anello d'acciaio al suo interno era appartenuto a Zhuang. Sollevò lo sguardo fino a incrociare quello di Gray. Seichan aveva vissuto una vita di rimpianti. Non ne avrebbe aggiunto un altro.

Squarciò l'ultimo velo tra loro.

« Vuoi sposarmi? »

EPILOGO

Due mesi dopo

L'aria frizzante del mattino annunciava il primo giorno di primavera. Il sole brillava sul manto erboso del parco. C'erano famiglie che passeggiavano, qualche cane che scodinzolava. La brezza portava con sé un chiacchiericcio sereno. In alto, il cielo era talmente azzurro da sembrare dipinto.

Un grido di gioia la strappò ai suoi pensieri. Un bambino le stava correndo incontro, incespicando sul marciapiede, quasi trascinato da un aquilone a forma di pipistrello.

Valya Mikhailov si scansò. «Sta' attento, *rebenok.*»

Lui sollevò un braccio per farle capire che l'aveva sentita, ma ignorò il suo avvertimento e continuò a correre.

Valya proseguì fino all'estremità opposta del parco.

Nonostante la giornata radiosa, i pensieri che le affollavano la mente erano cupi.

Nel corso degli ultimi due anni, pur mantenendo un profilo basso, aveva ampliato e migliorato la sua organizzazione, potenziando anche le sue capacità d'intelligence.

Quando le si era presentata l'opportunità di sbarazzarsi di una seccatura, l'aveva colta senza pensarci due volte. Nella fretta d'agire, però, aveva commesso una serie di errori. Lo riconosceva e l'accettava. Aveva comunque fatto un ultimo tentativo a Giacarta, informando il maggiore Choi che il comandante Pierce e gli altri erano diretti al museo. Sperava che a quel modo sarebbe riuscita a riconquistare la fiducia dei suoi ex datori di lavoro.

Ma è stato un altro errore.

Forse, però, era meglio così. Se doveva essere sincera con se stessa, preferiva vendicarsi personalmente.

Ma ora gli altri sapevano che era viva, il che rappresentava un problema. Non tollerava l'idea che qualcuno potesse darle la caccia. Aveva dunque deciso di passare all'offensiva, stanca di nascondersi e di aspettare.

Se è la guerra che vogliono...

Girò la testa, fissando lo sguardo sulla guglia del monumento a Washington, oltre la quale si ergeva l'imponente facciata in mattoni rossi dello Smithsonian Castle.

Si fermò ad ascoltare le risate e le grida che caratterizzavano quella mattina frizzante, poi premette il pulsante del trasmettitore nella sua tasca.

Boati fragorosi rimbombarono come colpi di cannone.

Si rimise in cammino, mentre il castello si sgretolava alle sue spalle.

... guerra avranno.

VERITÀ O FINZIONE

È arrivato il momento di farmi da parte, alzare il sipario e rivelare quanto di questo romanzo è basato sui *fatti* e quanto invece è frutto di *fantasia*. Pur raccontando una storia fantastica su esotiche forme di vita organo-siliciche, missioni lunari fallite e catastrofi tettoniche, questo libro contiene numerosi elementi che si fondano su fatti reali.

Cominciamo da dove questa storia ha inizio. Nel passato.

L'eruzione del monte Tambora. Innanzitutto devo confessare che c'è un film, che ho visto da bambino, che ha fortemente influenzato la mia immaginazione: *Krakatoa, est di Giava*, una pellicola catastrofica del 1968 con Maximilian Schell e Brian Keith che raccontava dell'eruzione del Krakatoa avvenuta nel 1883. Questo film mi è rimasto impresso a lungo, e ha fatto nascere in me la passione per i vulcani. Come scrittore, volevo provare a ricatturare le forti emozioni provate durante la sua visione.

Molti dettagli che compaiono nel prologo sono tratti da resoconti di prima mano dell'eruzione del Tambora: le esplosioni simili a cannonate udite a centinaia di chilometri di distanza, l'oceano e le navi da esplorazione ricoperti di cenere, gli isolotti di pietra pomice galleggianti. I giorni divenuti notte; le coste devastate dagli tsunami.

Tutti questi dettagli sono presenti in un avvincente saggio storico che vi consiglio caldamente: *The Year Without Summer: 1816 and the Volcano That Darkened the World and Changed History*, di William K. Klingaman e Nicholas P. Klingaman.

Grazie a questo libro ho fatto la conoscenza di sir Stamford Raffles, il governatore della regione che documentò scrupolosamente l'eruzione, svolgendo quindi un ruolo fondamentale in questa vicenda. Appassionato naturalista, nutriva un grande interesse per la storia e la cultura delle popolazioni indigene. È stato inoltre presidente della Società Reale Bataviana, un'importante organizzazione scientifica con sede a Giacarta. Pochi anni dopo l'eruzione ha fondato la città di Singapore, affidandone il governatorato a William Farquhar. I due uomini, tuttavia, erano perennemente in competizione, si contendevano di continuo i meriti delle loro scoperte, e alla fine la loro collaborazione si è interrotta bruscamente. Sir Raffles ha destituito Farquhar dal suo incarico, sostituendolo con un medico che conosceva dai tempi di Giacarta: il dottor Crawfurd. Il loro burrascoso rapporto - caratterizzato da intrighi, pugnalate alle spalle e rivalità scientifica - è ben documentato. Per quanto mi riguarda, la loro storia nascondeva sicuramente dell'altro, così ho deciso di svilupparla lavorando di fantasia.

Un'altra scoperta interessante che ho fatto durante le mie ricerche è che gli aborigeni facevano spesso parte degli equipaggi delle navi britanniche e olandesi nella regione. I membri delle Prime Nazioni Australiane erano molto apprezzati per le loro conoscenze e competenze, e venivano reclutati come timonieri, segugi, negoziatori, interpreti e guide. Dunque non sarebbe stato insolito imbattersi in una nave con a bordo un mozzo come Matthew.

Analizziamo quest'ultimo tema in modo più dettagliato.

Popoli delle Prime Nazioni Australiane. Alcuni personaggi di questo romanzo discutono tra loro dei primi insediamenti umani in Australia. Oggi il consenso è che risalgono a 50.000-60.000 anni fa, ma questa stima è stata messa in discussione dalla recente scoperta di antichi siti di caccia e pesca. Mentre m'informavo su questo argomento, mi sono imbattuto in articoli scientifici che contestano la teoria Out-of-Africa, e sostengono che l'*Homo sapiens* fosse originario dell'*Australia*. La cosa più sorprendente è che i due genetisti che per primi hanno proposto il modello Out-of-Africa hanno successivamente ritrattato il loro lavoro. La citazione parafrasata nel romanzo (« l'analisi del DNA mitocondriale colloca l'origine dell'umanità molto più indietro nel tempo, e indica che i primi aborigeni australiani fecero la loro comparsa 400.000 anni fa ») si deve a uno dei due suddetti scienziati.

Per quanto riguarda le *leggende* dei popoli delle Prime Nazioni, ho potuto solo accennare ai loro ricchi e diversificati sistemi di credenze. Ma ciò che avete letto al riguardo tra le pagine del romanzo si basa su veri miti aborigeni. Le leggende legate al Serpente Arcobaleno sono esattamente come le ho riportate nel libro: il mito della creazione, il serpente gigantesco che dorme sotto la crosta terrestre, la sua capacità di spostarsi attraverso distese d'acqua sotterranee e la sua duplice natura di distruttore/salvatore, persino i « piccoli arcobaleni » piantati negli uomini per seminare il caos.

I rombi sono davvero gli strumenti « segreti-sacri » dei popoli delle Prime Nazioni. Il suono che producono viene considerato « la voce del Serpente Arcobaleno », e questa voce è molto *potente*: può viaggiare per chilometri e raggiungere i cento decibel, l'equivalente di una sega elettrica in funzione.

La parte del romanzo relativa al Sogno Oscuro unisce elementi della mitologia aborigena e alcune mie speculazioni personali. Sono affascinato dal fatto che il supervulcano Toba abbia eruttato nella regione 74.000 anni fa. Mi sono sempre chiesto se sia stato questo evento – un'eruzione che oscurò la Terra per decenni e ridusse la popolazione mondiale a meno di 30.000 individui – a spingere le popolazioni aborigene a trasferirsi in Australia. Questa ipotesi è particolarmente stuzzicante se si considera che le storie più antiche degli aborigeni parlano di un monumentale cataclisma infuocato e d'immense onde distruttive. Potrebbe trattarsi di un resoconto di prima mano dell'eruzione del Toba? Qualcuno dovrebbe condurre delle ricerche al riguardo.

E, a proposito di ricerche, passiamo ad alcuni dei temi scientifici affrontati nel romanzo.

Esplorazione delle profondità oceaniche. Ritengo che sia giusto parlare prima dei *veicoli* utilizzati dai personaggi del libro. Si basano tutti su interessanti navi da ricerca, una ancora in fase di sviluppo e due ormai collaudate e operative.

Il *Titan X* è ispirato all'Earth 300, un megayacht a propulsione nucleare attualmente in produzione che dovrebbe salpare per il suo primo viaggio di ricerca oceanico nel 2025, con a bordo centosessanta scienziati e altrettanti membri dell'equipaggio. A poppa avrà una sfera di vetro di tredici piani (la Città della Scienza) contenente ventidue laboratori all'avanguardia, e all'interno dello scafo una flotta di veicoli per spedizioni subacquee. Dopo aver appreso della sua esistenza, ho deciso di fare un giro di prova: l'ho riportato indietro senza un graffio, e alla fine gli ho anche dato una ripulita. Sto ancora aspettando il mio invito per il suo viaggio inaugurale... porterò lo champagne. Se volete saperne di più su questa nave straordinaria, consultate il sito web www.earth300.com.

Tra i veicoli per spedizioni subacquee a bordo dell'Earth 300 probabilmente ci sarà anche un Triton 36000/2, un sommergibile che ha ispirato il *Cormorano*. Il mio modello ha quattro posti anziché due, oltre a un paio di ali che ho preso in prestito dal Titanic Explorer, un altro mezzo sottomarino della Triton. Per il resto, il *Cormorano* è identico in tutto e per tutto al Triton 36000/2. Il modem acustico - basato a sua volta su una tecnologia esistente - è capace di comunicazioni vocali e testuali in grado di raggiungere persino le depressioni oceaniche più profonde.

Anche i DriX, veicoli a guida autonoma progettati dal meraviglioso team della iXblue, esistono realmente.

E ora passiamo a *cosa* potrebbero trovare queste navi.

Creature degli abissi. Gran parte dei nostri oceani è ancora inesplorata. Abbiamo mappato circa il venti per cento dei fondali, ma queste mappe sono a bassa risoluzione. Se parliamo d'immagini più nitide, con un livello di dettaglio tale da permetterci di rilevare un relitto aereo, questa percentuale precipita allo 0,05 per cento.

Nessuno sa con certezza cosa ci sia laggiù e ogni giorno vengono fatte nuove scoperte. I calamari giganti erano considerati creature mitiche, finché alcuni esemplari non si sono arenati su diverse spiagge del mondo. Nei primi capitoli, ho descritto nel modo più accurato possibile alcune creature che vivono a tremila metri di profondità, mi sono impegnato al massimo affinché le descrizioni fossero biologicamente plausibili. Ci sono oasi meravigliose che prosperano negli abissi senza sole.

Tutte le informazioni sulla biologia unica dei coralli di profondità sono vere. Nel Mediterraneo ci sono davvero banchi coralliferi che crescono ininterrottamente da 400.000 anni. Tuttavia fino a oggi non sono mai state trovate formazioni coralline a dieci chilometri di profondità, ma abbiamo appena iniziato a cercarle e, da un punto di vista puramente biologico (con un piccolo ritocco organo-silicico), potrebbero essercene a quelle profondità estreme.

Anche i dettagli sul *gigantismo* negli abissi marini si basano su dati concreti, così come le ragioni biologiche dietro questo affascinante fenomeno (saturazione dell'ossigeno, salinità e pressione).

I gamberi pistola - creature rumorose in grado di sparare bolle d'acqua piene di plasma - esistono, e la DARPA li sta studiando per sviluppare un nuovo sistema sonar basato sui suoni prodotti dalle loro chele. Intanto i sottomarini militari *sfruttano* queste chiassose colonie di crostacei per nascondersi dai sonar delle navi in superficie... proprio come ha fatto Phoebe.

Per quanto riguarda la geologia dei fondali oceanici, nel romanzo Adam parla di vulcani sottomarini che emettono anidride carbonica liquida e grosse quantità di zolfo fuso, e tracce sia dell'una sia dell'altro sono state trovate nelle oscure profondità degli oceani inesplorati.

E a proposito di geologia...

Grandi province a bassa velocità di taglio (o « blob ») e formazione della Luna. Sotto l'oceano Pacifico e il continente africano ci sono davvero due enormi formazioni rocciose. La comunità scientifica è sempre più propensa a credere che potrebbero essere pezzi di Theia, il planetoide che in un lontano passato si è schiantato contro la Terra primordiale e ha creato la Luna. S'ipotizza inoltre che il nostro satellite sia composto in minima parte anche di piccoli frammenti di questo stesso planetoide, ma ciò non è stato dimostrato. Almeno non ancora.

Il *Chang'e-5* - il lander cinese spedito sulla Luna nel 2020 - ha avuto un misterioso problema mentre trivellava uno strano strato roccioso. L'analisi dei campioni di roccia riportati sulla Terra ha dimostrato che la Luna si è raffreddata molto più lentamente di quanto previsto da qualsiasi modello. Una delle spiegazioni per questo lento raffreddamento è la possibile presenza di un materiale radioattivo che ha contribuito a mantenere alta la temperatura del satellite. Cosa potrebbe essere? Io ho una mia teoria, che avete appena letto.

I due « blob » di cui sopra sembrano essere responsabili di gran parte dell'instabilità tettonica della Terra, con eruzioni vulcaniche e terremoti che si verificano soprattutto lungo i loro margini. Trond Torsvik, un professore di geofisica all'università di Oslo, è convinto che un cambiamento avvenuto in uno di questi blob abbia provocato la più grave catastrofe della storia della Terra: la Grande Moria, l'evento d'estinzione di massa che ha spazzato via la maggior parte delle forme di vita sul pianeta. E crede che potrebbe accadere di nuovo, che siamo tutti seduti sopra una « bomba a orologeria antidiluviana ».

Anche l'alto numero di segnalazioni di UAP intorno ad aree di attività tettonica trova riscontro nella realtà. C'è forse qualcuno lassù che si prende cura del giardino che ha piantato? Come ha detto Painter: *speriamo non arrivi mai il tempo della raccolta.*

Polpi spaziali. Avendo visto il documentario *Il mio amico in fondo al mare*, e letto un'infinità di articoli sulla biologia e sull'intelligenza uniche dei polpi, non sono rimasto del tutto sorpreso quando mi sono imbattuto in una teoria molto particolare sul loro percorso evolutivo. Di recente i media ne hanno parlato diffusamente, ma perlopiù in tono ironico. Approfondendo la questione, però, ho scoperto che questa teoria si basa su un articolo scientifico sottoposto a peer-review sulla panspermia e sull'inseminazione cosmica del nostro pianeta da parte di retrovirus extraterrestri. S'intitola *Cause of Cambrian Explosion – Terrestrial or Cosmic?* (Causa dell'esplosione cambriana: terrestre o cosmica?) ed è firmato da astrobiologi di tutto il mondo. L'ho letto, e ho trovato le loro conclusioni estremamente convincenti, così ho iniziato a riflettere sulle possibili implicazioni di questa teoria.

E ancora a proposito di forme di vita extraterrestri e di come trovarle...

Biofirme. Negli ultimi anni, gli scienziati interessati a prove di vita extraterrestre hanno gradualmente abbandonato la ricerca di tecnofirme (segnali radio, ecc...) in favore delle firme biologiche. Nel libro, è il dottor Datuk Lee ad affrontare questo tema, e le sue argomentazioni si basano su studi recenti e ancora in corso. L'organizzazione con cui collabora – il Laboratory for Agnostic Biosignatures – è un vero gruppo di lavoro affiliato alla Georgetown University, e opera a livello mondiale. Il sequenziatore a nanopori MinIon che usa sul *Cormorano* è un dispositivo di analisi organica che attualmente è in fase di sperimentazione per valutare un suo possibile utilizzo a bordo di veicoli per l'esplorazione spaziale.

Se volete saperne di più sulla ricerca delle biofirme, vi consiglio un libro scritto da un astronomo di Harvard: *Non siamo soli. I segnali di vita intelligente dallo spazio*, di Avi Loeb.

Questo saggio affronta l'argomento delle biofirme in modo molto più dettagliato, arrivando persino a ipotizzare che Oumuamua, l'asteroide a forma di sigaro che nel 2019 è transitato a una trentina di milioni di chilometri dalla Terra, fosse un pezzo di tecnologia aliena. Anche questa teoria, come quella sui polpi extraterrestri, non è vista di buon occhio, ma io ho apprezzato l'atteggiamento generale dell'autore e la sua conclusione: « Prendetevi un momento per riflettere e informatevi il più possibile ». È una filosofia che potrebbe giovare a tutti noi.

Mezzi autonomi cinesi. I mezzi militari cinesi presenti nel romanzo si basano tutti su progetti reali attualmente in produzione o già operativi. E dunque abbiamo il sottomarino balistico nucleare di Tipo 096 (il *Changzheng* affondato), il landing helicopter dock di Tipo 076 (il *Dayangxi*), e il Landing Craft Air-Cushion di Tipo 726 (lo *Yema*), insieme col suo carro armato da combattimento di Tipo 096.

Anche la nave da ricerca *Zhu Hai Yun* gestita dall'intelligenza artificiale esiste davvero, e si pensa che ne sia stata realizzata anche una versione militarizzata. Gli UUV e i siluri intelligenti che tormentano Kowalski sono reali, e sono stati testati in mare nello stretto di Taiwan. La Marina cinese ha inoltre sviluppato un batiscafo di profondità in grado di svolgere diverse operazioni militari, tra cui ricognizione, sorveglianza e guerra antisommergibile. Il *Qianliyan* si basa sul suo progetto.

Ma lasciamoci alle spalle gli aspetti scientifici, e chiudiamo con aree di particolare interesse.

Location, location, location. L'Old Man, il bar di Hong Kong in cui Kowalski va a bere, esiste realmente, così come anche i cocktail che ordina. Il parco soprelevato in cui affronta un manipolo di malintenzionati si trova proprio dall'altra parte della strada. Se volete, potete ormeggiare la vostra barca al Royal Hong Kong Yacht Club, e giocare a golf sulla riva vicina, a meno che uno tsunami non vi costringa a rifugiarvi nella sua club house (com'è successo a Gray). I sentieri escursionistici e antincendio sulle alture boscose del Victoria Peak formano davvero un labirinto caotico.

Il museo Lee Kong Chian di Singapore comprende la collezione originale di storia naturale del museo fondato da sir Stamford Raffles, tra cui i reperti da lui raccolti personalmente. L'Heritage Gallery espone le prove dell'accesa competizione scientifica che vide contrapposti il tenente governatore e Farquhar. Le vaste collezioni in liquido e a secco ai piani di ricerca superiori ospitano milioni di campioni. E, negli spazi aperti al pubblico, uno spettacolo di luci mette in risalto gli imponenti scheletri di dinosauri in mostra. Mi scuso per il caos che ho scatenato all'interno di questa istituzione.

Il Love Bridge di Giacarta è disponibile per passeggiate notturne (o sparatorie). In passato, l'edificio che oggi ospita il museo storico di Giacarta fungeva da municipio della città, all'interno del quale sir Stamford Raffles aveva il suo ufficio di governatore. Dubito che nascosta da qualche parte tra le sue mura possa esserci una cassaforte contenente i resti di un ragazzo morto... ma non si sa mai. Anche il laboratorio dove Heng e Xue conducono alcune ricerche notturne, l'Istituto Eijkman di Biologia Molecolare, è una struttura reale.

La Cina ha effettivamente occupato un'ampia porzione della base navale di Réam, in Cambogia. Secondo un articolo del *Washington Post,* la base avrà una duplice destinazione, militare *e* scientifica, e questo m'inquieta più di quanto non farebbe se fosse destinata solo a uno di questi due scopi.

E questo è tutto. Alla luce dell'epilogo del romanzo, è facilmente intuibile che a breve la Sigma sarà sul piede di guerra. Una grande battaglia sta per essere combattuta a livello mondiale. Nessuno ne uscirà illeso. Per sopravvivere, sarà necessario coinvolgere ogni agente, passato e presente, incluso un certo soldato a quattro zampe (o forse *due*...)

REFERENZE FOTOGRAFICHE

Mappa del Sud-est asiatico e dell'Australia

Disegno di Steve Prey. Tutti i diritti riservati. Usata su concessione di Steve Prey.

Piattaforma e nave del Complesso Titan

Acquisita con licenza estesa. ID 1528272203 © Pulsmusic | Shutterstock.com. Immagine modificata dall'autore.

Schema della Stazione Titan Inferiore

Disegno dell'autore.

Skyline di Hong Kong / Il Progetto Titan

Benh LIEU SONG (Flickr), CC BY-SA 4.0, https://creativecommons.org/licenses/by-sa/4.0, via Wikimedia Commons. Immagine modificata dall'autore.

Polipi del corallo

Acquisita con licenza estesa. ID 2142574655 © Fotopogledi | Shutterstock.com. Immagine modificata dall'autore.

Mappa delle fosse

Disegno dell'autore basato sul modello di mappa di Steve Prey.

Mappa dei terremoti

Disegno dell'autore basato sul modello di mappa di Steve Prey.

Mappa dei vettori delle forze

Disegno dell'autore basato sul modello di mappa di Steve Prey.

Mappa dei vulcani

Disegno dell'autore basato sul modello di mappa di Steve Prey.

Cristalli

Acquisita con licenza estesa. ID 2166599081 © Yevgenij_D | Shutterstock.com. Immagine modificata dall'autore.

Arca di cemento

Jacklee, CC BY-SA 4.0 https://creativecommons.org/licenses/by-sa/4.0, via Wikimedia Commons. Immagine modificata dall'autore.

Blob africano

Sanne.cottaar, CC BY-SA 3.0, https://creativecommons.org/

licenses/by-sa/3.0, via Wikimedia Commons. Immagine modificata dall'autore.

Blob pacifico

Sanne.cottaar, CC BY-SA 3.0 https://creativecommons.org/licenses/by-sa/3.0, via Wikimedia Commons. Immagine modificata dall'autore.

Sovrapposto a una mappa parziale: ID 1680806881 © Saiful52 | Shutterstock.com. Acquisita con licenza estesa. Immagine composta e modificata dall'autore.

Stratificazione di aragonite

Glenn Elert, CC BY-SA 3.0, https://creativecommons.org/licenses/by-sa/3.0, via Wikimedia Commons. Immagine modificata dall'autore.

Cristallo di aragonite

Rob Lavinsky, iRocks.com - CC-BY-SA-3.0, CC BY-SA 3.0 https://creativecommons.org/licenses/by-sa/3.0, via Wikimedia Commons. Immagine modificata dall'autore.

Zona adale/Titan X

Iddes Yachts for the Earth 300 organisation, CC BY-SA 4.0 @https://creativecommons.org/licenses/by-sa/4.0:, via Wikimedia Commons. Immagine modificata dall'autore.

Scansione del corallo

Lau, Yee Wah et al. «Stolonifera from shallow waters in the north-western Pacific: a description of a new genus and two new species within the Arulidae (Anthozoa, Octocorallia).» CC BY 4 https://creativecommons.org/licenses/by/4.0, via Wikimedia Commons. Immagine modificata dall'autore.

Cataclisma

Oliver Spalt, CC BY 2.0 https://creativecommons.org/licenses/by/2.0, via Wikimedia Commons. Immagine modificata dall'autore.

Mappa VEI

Disegno dell'autore basato sul modello di mappa di Steve Prey.

Pezzo di corallo

The Annals and Magazine of Natural History, including Zoology, Botany, and Geology, di Albert C.L.G. Günther, William S. Dallas, William Carruthers e William Francis (London: Taylor and

Francis, Ltd., 1883). Holding Company: Smithsonian Libraries. Immagine di dominio pubblico, modificata dall'autore.

Immagine isola 1

Corals and Coral Islands, di James Dwight Dana (New York: Dodd, Mead and Company, 1890). Holding Company: Harvard University, Museum of Comparative Zoology, Ernst Mayr Library. Immagine di dominio pubblico, modificata dall'autore.

Immagine isola 2

Corals and Coral Islands, di James Dwight Dana (New York: Dodd, Mead and Company, 1890). Holding Company: Harvard University, Museum of Comparative Zoology, Ernst Mayr Library. Immagine di dominio pubblico, modificata dall'autore.

Immagine isola 3

Corals and Coral Islands, di James Dwight Dana (New York: Dodd, Mead and Company, 1890). Holding Company: Harvard University, Museum of Comparative Zoology, Ernst Mayr Library. Immagine di dominio pubblico, modificata dall'autore.

Serpente Arcobaleno

Wellcome Library, London. Wellcome Images (images@wellcome.ac.uk) http://wellcomeimages.org, pagina 34, intitolato: Et apprehendit Draconem / Serpentein antiquani(?) / Apoc. XX Due disegni: il primo rappresenta un arcobaleno e un guerriero in piedi su una nuvola, intento ad attaccare tre mostri (un uccello, un serpente e un demone); il secondo raffigura apparecchi scientifici. CC BY 4.0, https://creativecommons.org/licenses/by/4.0, via Wikimedia Commons. Immagine modificata dall'autore.

Cristallo analizzato al SEM 1

Danielgeounivasf, CC BY-SA 4.0, https://creativecommons.org /licenses/by-sa/4.0, via Wikimedia Commons. Immagine modificata dall'autore.

Cristallo analizzato al SEM 2

Danielgeounivasf, CC BY-SA 4.0, https://creativecommons.org/licenses/by-sa/4.0, via Wikimedia Commons. Immagine modificata dall'autore.

Hunter/Killer

Acquisita con licenza estesa. ID 2181028901 © Studio Melange | Shutterstock.com. Immagine modificata dall'autore.

Rombo

Acquisita con licenza estesa. ID 108145860 © Mushika | Dreamstime.com. Immagine modificata dall'autore.

Immagine isola 4

Corals and Coral Islands, di James Dwight Dana (New York: Dodd, Mead and Company, 1890). Holding Company: Harvard University, Museum of Comparative Zoology, Ernst Mayr Library. Immagine di dominio pubblico, modificata dall'autore.

Immagine isola 5

Corals and Coral Islands, di James Dwight Dana (New York: Dodd, Mead and Company, 1890). Holding Company: Harvard University, Museum of Comparative Zoology, Ernst Mayr Library. Immagine di dominio pubblico, modificata dall'autore.

Grosso albero di corallo

Corals and Coral Islands, di James Dwight Dana (New York: Dodd, Mead and Company, 1890). Holding Company: Harvard University, Museum of Comparative Zoology, Ernst Mayr Library. Immagine di dominio pubblico, modificata dall'autore.

Collezione di coralli

Corals and Coral Islands, di James Dwight Dana (New York: Dodd, Mead and Company, 1890). Holding Company: Harvard University, Museum of Comparative Zoology, Ernst Mayr Library. Immagine di dominio pubblico, modificata dall'autore.

Globo di corallo

Acquisita con licenza estesa. ID 1693692316 © Sharp Dezign | Shutterstock.com. Immagine modificata dall'autore.

Ciclo della vita

Histoire naturelle: générale et particulière des céphalopodes acétabulifères vivants et fossiles, di Férussac, A.E. d'Audebard de baron de, (André Étienne) and Orbigny, Alcide Dessalines d' (Parigi:

Impr. de A. Lacour, 1835). Holding Company: Museums Victoria. Immagine di dominio pubblico, modificata dall'autore.

Disegno del Serpente Arcobaleno

Histoire naturelle: générale et particulière des céphalopodes acétabulifères vivants et fossiles, di Férussac, A.E. d'Audebard de baron de, (André Étienne) and Orbigny, Alcide Dessalines d' (Parigi: Impr. de A. Lacour, 1835). Holding Company: Museums Victoria. Immagine di dominio pubblico, modificata dall'autore.

Disegno di una nematocisti

Corals and Coral Islands, di James Dwight Dana (New York: Dodd, Mead and Company, 1890). Holding Company: Harvard University, Museum of Comparative Zoology, Ernst Mayr Library. Immagine di dominio pubblico, modificata dall'autore.

Paradiso oscuro

Acquisita con licenza estesa. ID 2190950377 © Dav_782 | Shutterstock.com. Immagine modificata dall'autore.

Il ruggito del Serpente

Acquisita con licenza estesa. ID 84245848 © digitalbalance | Shutterstock.com. Immagine modificata dall'autore.

Immagine isola 6

Corals and Coral Islands, di James Dwight Dana (New York: Dodd, Mead and Company, 1890). Holding Company: Harvard University, Museum of Comparative Zoology, Ernst Mayr Library. Immagine di dominio pubblico, modificata dall'autore.

Veduta satellitare dell'isola di Raoul

NASA International Space Station image ISS002-E-8883, 2001 (http://eol.jsc.nasa.gov/). Immagine di dominio pubblico, modificata dall'autore.

RINGRAZIAMENTI

Scrivere un libro è come correre una maratona. E, per un qualsiasi maratoneta, è un dono prezioso poter contare su un gruppo di amici che lo sostenga lungo il percorso, lo aiuti a rialzarsi in caso di caduta e lo incoraggi a ogni chilometro coperto. Quindi permettetemi di rivolgere un ringraziamento speciale a una squadra che ha fatto tutto questo e molto altro per me, dimostrandosi straordinariamente disponibile: Chris Crowe, Lee Garrett, Matt Bishop, Matt Orr, Judy Prey.

Grazie a Caroline Williams, Sadie Davenport, Igor Poshelyuznyy, Vanessa Bedford e Lisa Goldkuhl. Inoltre un ringraziamento speciale va a Steve Prey, per le sue critiche e per aver disegnato le mappe presenti nel libro, a David Sylvian, per il suo duro lavoro e l'impegno profuso nella sfera digitale, e a Cherei McCarter, per aver condiviso con me una marea d'idee e aneddoti intriganti (molti dei quali si trovano tra queste pagine). Va da sé che questo libro non esisterebbe senza una straordinaria squadra di professionisti che sfido chiunque a superare. Grazie a tutto lo staff della William Morrow, che mi copre sempre le spalle, e soprattutto a Liate Stehlik, Kaitlin Harri, Josh Marwell, Richard Aquan, e Caitlin Garing. Infine, ovviamente, una menzione particolare alle persone cruciali a tutti i livelli della produzione: Lyssa Keusch, la mia stimata editor, e la sua scrupolosa collega, Mireya Chiriboga; e, per tutto il loro instancabile lavoro, i miei agenti: Russ Galen, Danny Baror e sua figlia Heather. Per finire, come sempre ci tengo a sottolineare che gli eventuali errori presenti in questo libro – che spero non siano tanti – sono tutti farina del mio sacco.

Questo libro è stampato col sole

Azienda carbon-free

Certificato PEFC
Questo prodotto è realizzato con materia prima da foreste gestite in maniera sostenibile e da fonti controllate
PEFC/18-31-226
www.pefc.it

Fotocomposizione Editype S.r.l.
Agrate Brianza (MB)

Finito di stampare
nel mese di aprile 2024
per conto della Casa Editrice Nord s.u.r.l.
da Grafica Veneta S.p.A. di Trebaseleghe (PD)
Printed in Italy